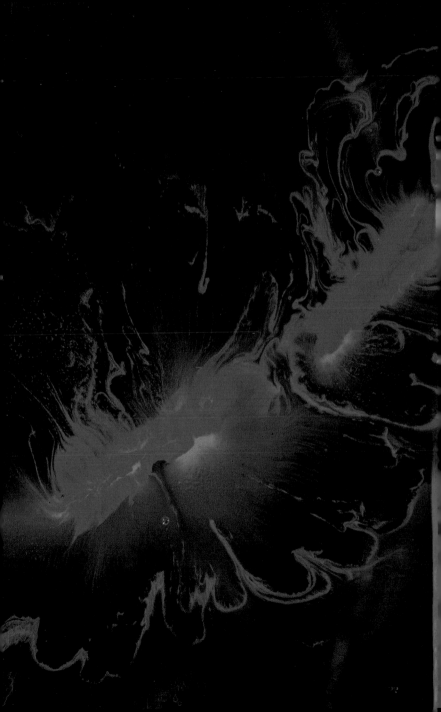

오래된 방랑하는 집

프랭크 허버트 단편 걸작선 1952-1961

1952

오래된
방랑하는 집

**Frank Herbert
Anthology**

프랭크   박미영
허버트   옮김
글

프랭크 허버트
단편 걸작선
1952-1961

황금가지

1961

차례

1952

뭔가 찾고
계신가요?

Looking for
Something?

1952년 4월, 《스타틀링 스토리스(Startling Stories)》 수록.

솔 III 소구역의 주임 세뇌자 머사 위즈는 숙소에 있는 휴식실의 용도에 항거하는 중이었다. 금속 벽 사이를 격분하여 오가느라 진공 컵이 떨어질 때마다 그의 페달-막이 삑삑 소리를 냈다.

'멍청이들! 어리석고 무능하며 생각이라곤 없는 멍청이들!' 그는 생각했다.

머사 위즈는 데네브인이었다. 그의 종족은 데네브 항성을 중심으로 공전하는 네 번째 행성에서 지구 시간으로 300만 년보다 더 오래전에 발생했다. 이제는 존재하지 않는 행성이다. 진공 컵 페달-막이 '스커트' 아래로 바닥에 닿아 있어, 옆모습이 바닥까지 내려오는 드레스 차림의 키 큰 여자와 묘하게 비슷했다. 특수하게 펴지는 여덟 개의 근육은 데네브인의 분노 패턴에 따라 흔들리고 있었고, 가느다란 가로 절개선 형태의 입에서는(아래에 자리한 후각-폐 입구와는 구분해서 봐야 한다.) 앞에 조아리고 있는 비서를 향해 다국어로 욕설을 쏟아 내고 있었다.

"어쩌다 이런 일이 생긴 거야? 100년 만에 처음으로 휴가를 다녀왔더니 무능하게 내 커리어를 거의 박살 냈잖아!" 그가 고함쳤다.

머사 위즈는 몸을 돌려 방을 가로질렀다. 머리 위쪽으로 3분의 1 정도 위치에 박힌 빛나는 새하얀 세발자전거 바퀴처럼 생긴 기관인 시각 고리를 통해, 그는 다시 지구인 폴 마커스에 대한 보고서를 검토하면서 뒤에 있는 비서를 향해 경멸에 찬 시선을 고정했다. 왼쪽 시각 세포를 활성화해 그는 벽의 정밀 시계를 확인했다.

그는 중얼거렸다. "시간이 너무 없어. 일탈자가 나타났을 때 알아볼 만한 사람이 중앙 처리소에 있기만 했어도! 이제 이 골칫거리가 커지기 전에 해결해야 하는데. 본부에서 이걸 알았다간……."

머사 위즈, 데네브인이자 은하계 전역에 자리한 그의 종족의 코라드 농장 제국의 부품인 그는 페달-막으로 빙글 몸을 돌려 소리 없이 열리는 자동문으로 나갔다. 이날 밤 그의 불꽃 같은 모습을 본 인간들은 유령, 정령, 소인족, 요정, 엘프, 픽시의 전설을 후세에 전할 것이다…….

볼 수 있는 능력이 있었다면 성난 감시자가 지나갔음을 알았을 것이다. 하지만 물론 그들은 보지 못할 것이다. 그것이 바로 머사 위즈의 일이었으니까.

*   *   *

　폴 마커스가 세상을 지배한 자들의 편린을 언뜻 포착하게
된 주된 이유는 그가 전문 최면술사였기 때문이었다.

　그 일이 일어난 밤, 폴은 워싱턴주 타코마의 록시 극장 무대
에서 쇼에 참여한 관객의 잠재의식에 최면 후 명령을 불어넣는
중이었다.

　폴은 키가 크고 마른 남자로 두상 폭이 넓어 머리가 커 보였
지만 실제로는 그렇지 않았다. 검은 연미복과 정장 바지 차림
에, 보석 커프스단추와 새하얀 소매가 손짓을 할 때마다 빛나
고 반짝였다. 발코니의 붉은 스포트라이트가 무대 세팅에 메피
스토 같은 분위기를 냈고, 배경에는 두 개의 거대하고 번쩍이
는 눈이 빛나는 검은 새틴 위에 드리워져 있었다. 그는 '신비의
마커스'라는 호칭을 쓰고 있었으며 그에 어울리게 보였다.

　최면 대상은 젊은 금발 여자로, 평균보다 높은 지능의 기미
가 보였으며 그게 쉽게 최면에 걸리는 사람들의 보편적인 특징
이기 때문에 선택되었다. 여자는 몸매가 근사해서 의자에 앉을
때 다리가 많이 드러나자 앞줄 관객들에게서 들뜬 휘파람 소리
가 터져 나왔다. 여자는 얼굴이 붉어졌지만, 평정을 유지했다.

　"이름이 뭔가요?" 폴이 물었다.

　여자는 콘트랄토 목소리로 답했다. "매들린 워커."

　"미스? 미시즈?"

　여자는 말했다. "미스예요."

폴은 오른손을 들어 올렸다. 손에 들린 금 체인이 달랑거렸고 그 끝에는 다면체로 된 커다란 모조 보석이 달려 있었다. 무대 측면에서 똑바로 쏘아진 스포트라이트를 받아, 보석에서는 헤아릴 수 없는 반짝임이 터져 나왔다.

"이 다이아몬드를 보시겠습니까? 그냥 시선을 고정하세요." 폴이 말했다.

그는 보석을 시계추처럼 양옆으로 리드미컬하게 흔들기 시작했다. 여자의 시선이 따라왔다. 폴은 여자의 눈이 흔들리는 보석에 맞춰 움직일 때까지 기다렸다가, 느리고 단조로운 어조로 추의 움직임에 맞춰 읊기 시작했다.

"잠듭니다. 당신은 잠에 빠져듭니다…… 깊은 잠으로…… 깊은 잠으로…… 잠듭니다…… 깊은 잠으로…… 잠듭니다…… 잠듭니다……."

여자의 눈이 보석을 따라갔다.

"눈꺼풀이 무겁게 느껴집니다. 잠듭니다. 잠이 듭니다. 당신은 잠에 빠져듭니다…… 깊고 편안한 잠으로…… 치유의 잠으로…… 깊은 잠으로…… 잠듭니다…… 잠듭니다…… 잠듭니다……."

여자의 머리가 끄덕거리기 시작하고, 눈꺼풀이 가물가물 감기다가 번뜩 뜨이는 것이 점차로 느려졌다. 폴은 왼손을 체인에 맞춰 가볍게 움직였다. 여전히 단조로운 어조로 말했다.

"다이아몬드의 흔들림이 멈추면 당신은 깊고 편안한 잠에 빠져들고 오직 나만이 깨울 수 있습니다."

보석을 점점 더 느리게 더 짧은 폭으로 흔들었다. 마침내 양손 손바닥 사이에 체인을 끼우고 회전시켰다. 체인 끝 보석은 빠르게 소용돌이를 그리기 시작했고, 그 면면에 스포트라이트의 반사광이 빛났다.

미스 워커의 고개가 앞으로 떨궈지자 폴은 그녀의 어깨를 잡아 넘어지지 않게 했다. 여자는 깊은 최면 상태에 있었다. 그는 관객들에게 이 상태의 전형적인 증상을 선보이기 시작했다……. 통증에 대한 무반응, 경직된 신체, 최면술사의 목소리에 대한 전적인 복종.

쇼는 루틴대로 흘러갔다. 미스 워커는 개처럼 짖었다. 위엄 있는 몸가짐의 왕대비가 되었다. 자신의 이름에 대답하지 않았다. 상상 속 교향악단을 지휘했다. 오페라 아리아를 불렀다.

관객은 공연 중 적절한 타이밍마다 박수를 쳤다. 폴은 꾸벅 절했다. 또한 최면 대상자 역시 통나무처럼 절하게 했다. 그는 피날레를 장식했다.

"제가 손가락을 튕기면 깨어나세요. 푹 자고 난 것처럼 완전히 상쾌한 기분이 들 것입니다. 깨어나고 10초 후 당신은 붐비는 전차에 있고 아무도 자리를 양보해 주지 않습니다. 당신은 무척이나 피곤합니다. 결국, 앞에 있는 뚱뚱한 남자에게 자리 양보를 부탁합니다. 남자가 양보하고 당신은 자리에 앉습니다. 알겠죠?"

미스 워커는 고개를 끄덕였다.

"깨어나면 이 일은 하나도 기억하지 못합니다." 폴은 말했다.

그는 손가락을 튕기려 손을 들어 올렸고…….

바로 그때 그 발상이 떠오르며 폴 마커스의 뇌리를 뒤흔들었다. 그는 손을 들고 손가락을 튕길 준비를 한 채 생각에 잠겼고, 그러다가 뒤쪽 관객들이 술렁거리는 소리가 들려와, 고개를 설레설레 젓고 손가락을 딱 튕겼다.

미스 워커는 천천히 깨어나 주위를 둘러보더니, 일어나서 정확히 10초 후 전차 환상을 시작했다. 정확히 지시받은 대로 행동했고, 다시 깨어나자, 더 많은 박수와 휘파람 속에 어리둥절해하며 무대에서 내려갔다.

흡족해야 마땅했다. 하지만 그 발상이 떠오른 순간부터, 폴 마커스는 공연이 남의 일인 양 전혀 신경을 쓰지 않았다. 최면술의 위력에 대한 짧은 언급, 커튼콜 등 마무리 루틴을 습관적으로 수행할 뿐이었다. 그런 다음 생각에 잠긴 채 천천히 탈의실로 돌아가며, 하루의 마지막 공연이 끝나면 늘 그랬듯이 단추를 풀었다. 무대 아래 콘크리트 동굴에 그의 발소리가 메아리쳤다.

탈의실에서 연미복을 벗어 옷장에 걸었다. 그러곤 화장대 거울 앞에 앉아 가벼운 메이크업을 지우기 위한 준비 단계로 크림을 바르기 시작했다. 거울 속 자신의 눈을 마주하기가 어려웠다.

"바보 같긴." 폴은 부루퉁하게 혼잣말했다.

문에서 노크 소리가 났다. 돌아보지 않은 채 말했다. "들어와요."

문이 주저주저 열리고 금발의 미스 워커가 들어섰다.

여자가 말했다. "실례해요. 앞에 있는 분이 이 안에 계시다고

해서……."

거울 속 그녀를 보고, 폴은 몸을 돌려 일어섰다.

"뭐 문제라도?" 그는 물었다.

미스 워커는 둘만 있는지 확인이라도 하는 듯 주위를 둘러 보고는 대답했다.

"그렇진 않은데요."

폴은 화장대 옆 소파를 향해 손짓했다. "앉으세요." 그는 화 장대로 돌아갔고 미스 워커는 자리에 앉았다.

"실례지만 이것 좀 마저 하겠습니다." 그는 턱 밑에 남은 분장 페인트에 티슈를 가져다 댔다.

미스 워커는 미소 지었다. "여자들 밤에 피부 관리하는 거 떠 오르네요."

폴은 생각했다, 또 무대에 홀린 여자네, 그리고 공연 덕분에 내 시간을 잡아먹을 핑계를 얻었고. 곁눈으로 여자를 흘끗 봤 다. "나쁘진 않아요, 그래도…… 무슨 일로 찾아오셨는지 아직 못 들었습니다만."

미스 워커의 얼굴이 상념으로 흐려졌다.

"정말 바보 같은 건데요." 그녀가 말했다.

아마 그렇겠지, 폴은 생각했다.

"그럴 리가요. 무슨 일인지 말씀해 주시죠."

"어, 친구들이 제가 무대에서 했던 행동을 말해 주는 동안 떠오른 생각이 있는데요." 그녀는 쓰게 미소 지었다. "진짜로 거 기 전차가 없었다니 너무 믿기 힘든 거예요. 아직 완전히 확신이 서지 않아요. 어쩌면 가짜 전차에 배우들을 잔뜩 세워 놓은 건지도. 아, 모르겠어요!" 여자는 머리를 흔들고 한 손을 눈에 가져갔다.

"모르겠어요!"라는 말투에서 폴은 자신의 발상을 떠올렸다. 자신의 뇌리를 뒤흔든 바로 그 발상을. 그는 미스 워커를 얼른 떨쳐 내고 이 새로운 발상을 궁리해서 논리적인 결론을 낼 시간을 확보하기로 마음먹었다.

"전차는 어떻던가요?" 폴은 물었다.

여자의 얼굴에 근심에 찬 표정이 떠올랐다. "난 진짜 전차인 줄만 알았어요. 관객도 없고, 최면술사도…… 없고. 아무것도 없었어요. 그저 고된 하루를 보내고 전차로 퇴근하는 현실뿐. 전차엔 사람들이 있었어요. 냄새도 맡았고. 발밑의 진동도 느꼈죠. 요금함에서 짤랑거리는 동전 소리와 전차에서 나는 온갖 소리를 다 들었다고요. 말소리, 신문 펼치는 소리. 내 앞에 앉은 뚱뚱한 남자가 보였어요. 자리를 양보해 달라고 부탁했죠. 심지어 민망하기까지 했어요. 남자가 대답하는 소리를 듣고 그 자리에 앉았어요. 더웠고 양쪽에서 사람들이 밀어붙이는 게 느껴졌죠. 정말 실감 났어요."

"그런데 뭐가 마음에 걸립니까?" 폴이 물었다.

여자는 무릎 위에 꼭 모아 쥐고 있던 손에서 눈을 들어 올렸다.

"그게 마음에 걸려요. 그 전차. 그건 진짜였어요. 내가 아는 모든 것과 마찬가지로 진짜였어요. 지금 이 순간처럼 진짜였다고요. 난 그렇게 믿었어요. 그런데 그게 진짜가 아니라고 하네요." 다시금 손을 내려다보았다. "뭘 믿어야 할까요?"

그 발상에 가까워지고 있어, 폴은 생각했다.

"뭐가 마음에 걸리는지 다르게 설명해 주겠습니까?" 그는 물었다.

매들린 워커는 그의 눈을 똑바로 응시했다. "네. 친구들이 얘기를 들려주는 사이 생각을 해 봤어요. 궁금해지더라고요. 만약 이 모든 것이……." 주위를 빙 둘러 손짓했다. "우리의 모든 삶이, 세계가, 우리가 보고 느끼고 듣고 냄새 맡고 어떤 식으로든 감지하는 모든 것이 다 마찬가지라면. 최면 속 환상이라면!"

"정확해요!" 폴은 내뱉듯이 말했다.

"뭐라고요?" 그녀가 물었다.

"'정확해요!'라고 했습니다."

폴은 그녀를 향해 돌아앉아 왼쪽 팔꿈치를 화장대에 얹었다. "왜냐하면, 당신에게 깨어났을 때 이런저런 행동을 할 거라고 설명하고 있던 바로 그 순간, 당신을 최면에 빠져들게 할 지시를 내리고 있던 그 순간, 나도 똑같은 생각을 했거든요."

"저런!" 그녀가 말했다. 그 담담한 감탄사가 오히려 욕설을 내뱉는 것보다 더 격하게 와닿았다.

폴은 다시 화장대 거울로 돌아앉았다. "혹시 텔레파시 같은 것도 있을까 궁금한데요?"

미스 워커는 거울 속 그를 쳐다보았고, 그녀 뒤로 방이 좁혀드는 듯이 보였다. 그녀가 입을 열었다. "혼자만 생각하고 넘길수가 없었어요. 친구들에게 말했어요. 친구 부부랑 같이 왔거든요. 하지만 그냥 웃기만 하더라고요. 여기 돌아와서 선생님께 얘기하기로 충동적으로 결심하고 용기를 잃기 전에 저질러 버렸어요. 뭐니 뭐니 해도, 선생님은 최면술사니까. 뭔가 아는 게 있겠죠."

"좀 알아봐야겠습니다. 궁금한 게 있는데……." 폴은 미스 워커를 향해 몸을 돌렸다. "오늘 밤 혹시 일정 있습니까?"

그녀의 표정이 바뀌었다. 마치 어머니가 귓가에 대고 "조심해! 조심해! 남자잖니." 하고 외치기라도 한 듯이 그를 쳐다보았다.

"어, 잘 모르겠어요……."

폴은 최고로 호감 가는 미소를 지어 보였다. "저 바람둥이 아닙니다. 제발, 누가 고르디아스의 매듭을 자르라고 시켰는데, 자르기보다는 풀어내고 싶은 그런 기분이에요. 하지만 도움이 필요합니다."

"우리가 뭘 할 수 있는데요?" 그녀가 물었다.

이번에는 폴이 망설일 차례였다. "문제에 접근하는 방법은 여러 가지가 있죠. 미국은 최면술이라는 학문의 표면만 스쳤을 뿐이에요." 그는 주먹을 쥐고 화장대를 가볍게 두들겼다. "휴! 나보다도 더 많이 아는 아이티 주술사도 봤죠. 하지만……."

"먼저 무엇부터 할 건가요?" 그녀가 물었다.

"난…… 나는……." 폴은 마치 그녀를 처음으로 제대로 본 것처럼 쳐다보았다. "이렇게 해 보죠. 소파에 편히 앉으세요. 뒤로 기대고. 그렇게."

"뭘 하려고요?" 그녀가 물었다.

"음, 이런 감각적 환각이 최면술에 노출된 인간의 신경계 한 부분에 집중되어 있다는 건 상당히 확정된 사실이거든요. 최면술을 이용하여 다른 최면술사가 심어 놓은 지시에 도달하는 게 가능합니다. 당신을 깊은 무의식 상태로 이끌어서 당신이 직접 지시를 찾게 하려고요. 만약 환각 속을 살도록 내려진 지시가 있다면, 다른 모든 지시와 마찬가지로 바로 그 자리에 있을 테니까요."

"모르겠네요." 그녀는 말했다.

"제발, 단 몇 분 만에 바로 여기서 알아낼 수도 있는데요." 폴이 졸랐다.

"좋아요." 목소리엔 아직 망설이는 기미가 있었으나, 그녀는 지시대로 뒤로 기댔다.

폴은 화장대에서 모조 보석을 집어 들어 화장대 조명이 그것을 비추게 했다. "다이아몬드를 보세요." 그는 말했고……

이번엔 그녀는 좀 더 순순히 무의식으로 빠져들었다. 폴은 그녀의 통증 역치와 근육 조절을 확인했다. 반응은 적절했다. 그는 질문을 시작했다.

"내 목소리 들려요?"

"네." 그녀가 말했다.

"당신 뇌리에 무슨 최면 지시가 있는지 압니까?" 그는 물었다.

한참 뜸을 들였다. 그녀의 입술이 버석하게 벌어졌다. "지시가…… 있어요."

"그 지시에 따릅니까?" 그는 물었다.

"그래야 해요."

"그 지시의 가장 기본적인 건 뭐죠?"

"난…… 말…… 못…… 해요."

폴은 두 손을 마주 비빌 뻔했다. 단순한 '그것'에 대해선 얘기하지 마로군, 그는 생각했다.

"내가 그 지시를 따라 말하면 그냥 고개만 끄덕여요. '말하면 안 된다'는 겁니까?"

그녀의 고개가 끄덕거렸다.

폴은 바지 다리에 양손을 문지르다 불현듯 엄청나게 땀을 흘리고 있음을 깨달았다.

"말하지 말아야 하는 게 뭐죠?" 그가 물었다.

미스 워커는 말없이 고개를 저었다.

"나한테 말해야 해요. 말하지 않으면, 오른발이 타오르기 시작하고 견딜 수 없게 가려워질 겁니다. 나한테 말할 때까지 계속 그럴 거예요. 말하면 안 된다고 지시받은 게 뭔지 말해요."

다시 그녀가 고개를 저었다. 손을 아래로 뻗어 오른발을 긁기 시작했다. 신발을 벗었다.

"나한테 말해야 해요. 지시의 내용은 뭡니까?" 폴이 질문을 반복했다.

여자는 그를 올려다보았지만, 눈은 초점이 없는 채였다.

"너는……." 그녀가 말했다.

마치 그녀 안의 깊고 어두운 곳에서 끌어 올린 단어이기에 입 밖에 내는 것조차 너무나 힘든 것 같았다. 여자는 계속 오른쪽 다리를 긁었다.

"그다음은?" 폴이 물었다.

그녀는 말하려 애썼지만 입 밖에 내지 못했다.

"뭘 하라는 건가요? 맞는다면 고개 끄덕여요."

여자는 고개를 끄덕였다.

"뭘 해야 한다는 건데요?"

다시금 그녀는 말문이 막혔다.

그는 잠시 생각을 해 보았다. '감각 지각.' 그는 앞으로 몸을 숙였다. "뭘 느껴야 한다고 한 건가요……? 그것만 느껴야 한다고?"

그녀의 긴장이 풀렸다. 고개를 끄덕이고 말했다. "네."

폴은 심호흡을 했다.

"그것만 느껴야 한다는 게 뭔가요?" 그가 물었다.

미스 워커가 입을 벌리고 입술을 움직였지만 아무 소리도 나오지 않았다.

그는 소리를 지르고 싶었다. 그녀의 뇌리에서 대답을 움켜쥐어 끄집어 내고 싶었다.

"뭐냐고요? 말해요!" 그의 목소리가 갈라졌다.

그녀는 고개를 양옆으로 저었다. 깨어나려는 낌새가 보였다.

다시 그는 심호흡을 했다. "나한테 말하면 어떻게 됩니까?"

"난 죽어요." 그녀가 말했다.

그는 몸을 숙이고 목소리를 낮춰 비밀스러운 어조로 말했다. "어리석은 소리. 말 몇 마디 한다고 죽을 리가 없잖아요. 알면서. 이제 뭘 느끼라고 명령받았는지 말해요."

그녀는 입을 벌린 채 정면을 응시했으나 아무것도 보고 있지 않았다. 폴은 고개를 숙여 그녀의 눈을 똑바로 들여다보았다.

"내가 보입니까?" 그가 물었다.

"아뇨." 그녀가 대답했다.

"뭐가 보이죠?"

"죽음요."

"죽음 대신 나를 봐요. 나 기억하죠."

"당신이 죽음이에요."

"말도 안 되는 소리! 나를 봐요." 명령조였다.

그녀의 눈이 더 커졌다. 폴은 그 눈을 들여다보았다. 그녀의 눈이 계속 커지고 커지고 커지고 커지고…… 폴은 눈을 뗄 수 없었다. 그 청회색의 눈 외에는 세상에 아무것도 존재하지 않았다. 저음의 첼로처럼 깊고 울림 있는 목소리가 그의 뇌리를 채웠다.

그 목소리가 말했다. "오늘 밤 있었던 모든 일을 잊을 것이다. 기억하느니 차라리 죽고 말 것이다. 너는 느끼도록 명령받은 것만 느껴야 하고, 느낄 것이다. 나……………… 명령한다. 날 기억하는가?"

폴이 입술을 움직여 말했다. "네."

"내가 누구인가?" 목소리가 물었다.

폴은 혀로 입술을 축였다. "죽음입니다."

관료주의란 시대와 인종을 뛰어넘는 일종의 틀이 있어, 어느 행성의 어느 부서 구성원이라도 관공서의 공문은 알아보게 마련이다. 다수의 복사본, 악의적인 의도를 감추기 위한 정확한 어휘, 호칭과 의전에 대한 절대적인 집착. 소통 상대가 재건 금융 회사이든 데네브성 최면 본부이든 간에 다 같은 패턴이었다.

머사 위즈에게 그 패턴은 또 하나의 본능만큼이나 익숙했다. 세뇌 관리자이자 솔 III에 있는 코라드 농장 감독으로서 해당 행성 기준 57년을 일해 왔다. 그 시간 동안, 세뇌 본부의 규정을 문자 그대로 충실히 따르며 절대 그 정신을 개인적으로 해석하지 않음으로써, 그는 언제고 자리가 생길 때 솔 구역 전체 조정자로 승진할 발판을 다져 놓았다.

지위를 뒤흔들 만한 위기를 또 한 번 해결했으니 남은 임기 동안 아무런 문제가 없으리란 걸 확신하며, 그는 사무실의 기계 비서 전송기 앞에 앉아 본부에 보낼 편지를 구술했다. 그가 시각 세포 수용체의 긴장을 풀자 머리 주위의 시각 고리가 은은한 호박색으로 빛났다. 편안하게 몸을 뻗고, 안마 의자에서 부드럽게 마사지를 받았다.

"최근 신세뇌자들의 훈련이 상당히 부주의하게 실시되었습니다." 그는 통신 튜브에 대고 말했다.

본부에서 웃대가리 몇이 잘려 나가겠지, 그는 생각했다.

"우리 솔 구역은 열등한 존재를 다루고 있으니, 구역의 세뇌자들에게 덜 신경 써도 된다는 분위기가 만연한 듯합니다. 저는 방금 솔 III 코라드 공급에 닥친 일급 위기를 해결했습니다. 신세뇌자들의 부주의가 직접적인 원인이 된 위협이었죠. 세뇌자 대학 최근 졸업생 세 명이 일탈자를 놓친 겁니다. 이 세뇌자들은 재교육을 받도록 돌려보냈습니다."

그는 만족스럽게 생각에 잠겼다. 관리 대상자의 분비선에서 나오는 코라드가 그들 자신의 불멸에 필요하다는 점을 감안하여, 훈련소에서 더욱 엄격하게 다스릴 것이다. 문득 걱정이 되었다. 코라드 분비선을 이 생명체의 외부로 끌어내는 교배 실험이 배출을 더 자주 가능하게 한다는 사실을 본부에 말할 때가 거의 된 것 같다.

본부에선 특히 세뇌의 정교함을 높이 평가하겠지. 짝짓기 패턴을 늘리고, 개별 위험을 늘리고, 그로 인한 장수 분비물, 그리고 생명체가 변화를 알아채지 못하게 막는 더 엄격한 시각적 제한을 두고…….

그는 튜브에 대고 말했다. "이 위기를 처리한 방법에 대해 전체 시각 기록 보고서를 보냅니다. 간단히 말해, 저 자신을 지구 개체 내부에 주입하여 더 엄격한 명령을 설정했습니다. 표준 절차죠. 명령 간섭에 대한 최근 해석 때문에, 해당 생명체를 제거하는 것은 실용적이지 않다고 여겨졌습니다. 개체 제거는 우리 의도에 반하는 심화 사고 패턴을 촉진할지 모른다고 느껴집니다.

그러므로, 해당 생명체는 더 엄격하게 우리 통제하에 있는 다른 동족과 짝지으라는 명령을 받았습니다. 생명체는 또한 고등 신경 센터와 관련된 어떤 노동에서든 배제되어, 전차라는 이름의 교통수단을 운전하는 다른 임무를 배당받았습니다.

그 짝은 부속 기관 절단 대상이 되었습니다. 불행히도 조치를 취하기 전, 제가 처리한 생물체가 대단히 영리한 연속 행동을 취하기 시작하여 제거 불가능한 명령을 설정했고, 그로 인해 부속 기관이 쓸모없게 되었습니다."

그 생명체가 얼마나 일탈했는지, 그리고 신세뇌자들이 얼마나 부주의했는지, 이제 저들도 알 거야, 그는 생각했다.

"세뇌자 근무에선 솔 인공 식물 벨트를 만들려다 발생한 일을 항시 명심해야 합니다. 모두 알다시피, 한때 은하계 전체에서 가장 큰 코라드 공급원이었던 다이라드 행성이 있었죠. 세뇌자들이 도입한 엉망진창 절차로 인해 제가 방금 예방한 것과 비슷한 상황이 벌어졌고, 결국은 행성 전체를 파괴해야 했습니다. 우리의 통제를 벗어난 정신의 잠재력은 항시 관심을 갖고 지켜봐야 합니다. 다이라드는 그 본보기입니다.

물론 이곳 상황은 지극히 정상적이며, 코라드 공급은 안전합니다. 계속하여 그들의 불멸을 채취할 수 있겠지만, 항시 경계를 늦추지 않아야만 할 것입니다."

그는 서명했다. '솔 구역 주임 세뇌자, 머사 위즈 올림.'

언젠가는 '조정자'가 되겠지, 그는 생각했다.

기계 비서 앞에서 일어나, 머사 위즈는 보고서 패널의 '수신' 튜브로 옮겨 갔고 신입 비서가 노란색 밴드로 '대단히 중요'로 표시해 놓은 튜브를 발견했다.

그는 튜브를 번역기에 꽂고 앉아 보고서 내용을 훑어보았다.

'힌두 개체가 자신의 실제 정체를 보았습니다.' 보고서에는 그렇게 나와 있었다.

머사 위즈는 손을 뻗어 신입 비서가 이 위협에 어떻게 대처하는지 확인하려 추적 광선을 비추었다.

보고서가 이어졌다.

'해당 개체는 세뇌 명령에 따라 미쳐 버렸으나, 불행히도 광기를 숭배하는 종파의 일원이었습니다. 다른 개체들이 그 헛소리를 귀담아듣기 시작했습니다.'

보고서는 이렇게 끝났다. '서두르겠습니다.'

머사 위즈는 뒤로 기대어 긴장을 풀고 은은하게 미소 지었다. 새 비서는 유망했다.

1954

작동 증후군

**Operation
Syndrome**

1954년 6월, 《어스타운딩 스토리스(Astounding Stories)》 수록.

호놀룰루는 조용했다. 죽은 자들은 묻혔고, 건물 잔해는 치워졌다. 인양 바지선이 다이아몬드헤드 근처의 태평양 파도에 흔들리고 있었다. 잠수사들은 기포를 따라 스테이트사이드 스카이트레인의 잔해를 향해 녹색 물로 뛰어들었다. 스크램블 증후군이 이렇게 만들었다. 해변에선, 개조 막사에서 심리학자들이 광기 후의 여파 속에 애쓰고 있었지만 전혀 소득이 없었다. 여기가 스크램블 증후군이 시작된 곳이다. 평화롭던 도시가 일순간 미쳐 버렸다.

40일 만에 도시 아홉 곳이 감염되었다.

20세기의 흑사병.

시애틀

처음에는 귀에서 울리던 소리가, 경적 소리로 커졌다. 경적

소리는 악몽 속 기차가 울려 대는 경고음이 되어 덜컥거리며 그의 꿈을 가로질렀다.

심리학자라면 임상 연구 대상으로 꿈을 즐겼을지도 모른다. 이 심리학자는 꿈을 연구하는 게 아니었다. 꿈을 꾸고 있었다. 침대에 누워 목 주위 시트를 움켜쥐고 소리 없이 몸을 뒤틀며, 무릎을 턱 아래까지 끌어 올렸다.

기차 경적은 「미친 광기의 블루스」를 부르는 몸값 높은 밤무대 가수의 콘트랄토로 바뀌었다. 꿈은 두려움과 야생의 떨림을 전달했다.

"100만 달러는 아무 의미도 없어요……."

거친 목소리가 금관 악기 소리, 쿵쿵대는 드럼, 성난 말처럼 울부짖는 클라리넷 소리 너머로 울려 퍼졌다.

짙은 색 피부에 쨍한 파란 눈을 하고 검은 옷을 입은 가수가 붉은 배경에서 멀어졌다. 여자는 보이지 않는 청중을 향해 팔을 벌렸다. 가수와 배경이 느닷없이 움직이더니, 점점 더 빨리 돌아 붉은 빛의 점으로 합쳐졌다. 붉은 빛은 단음계를 유지하고 있는 트럼펫 나팔 입구에 꽂혔다.

음악 소리가 찢어지는 소리로 바뀌었다. 칼이 되어 그의 뇌를 베었다.

의사 에릭 라드는 잠에서 깨어났다. 숨은 가쁘고, 식은땀이 났다. 그래도 가수의 목소리가, 음악이 들렸다.

깨어 있는 꿈을 꾸고 있는 거야. 그는 생각했다.

시트를 젖히고 발을 빼서, 따뜻한 바닥을 디뎠다. 뒤이어, 침대에서 일어나 창문으로 가서, 워싱턴 호수를 가로질러 비추는 달빛을 내려다보았다. 창문 옆 음향 스위치를 누르니 이제 밤의 소리가 들렸다. 귀뚜라미, 호숫가 청개구리, 멀리서 들리는 스카이트레인 소리.

노랫소리는 남아 있었다.

그는 비틀거리며 창문 문틀을 움켜쥐었다.

스크램블 증후군……

몸을 돌려 침대 옆 뉴스테이프를 확인했다. 시애틀 언급은 없었다. 아마도 그는 안전했다. 병으로부터. 하지만 그의 머릿속 음악은 병이 아니었다.

자제력을 찾으려 필사적으로 애쓰며, 고개를 내젓고 손바닥으로 귀를 팍팍 쳤다. 노랫소리는 끊겼다. 침대 옆 시계를 보았다. 1999년 5월 14일, 오전 1:05.

머릿속에서 음악이 멈췄다. 하지만 이젠…… 갈채! 터져 나오는 박수, 외침, 발 구르는 소리. 에릭은 머리를 문질렀다.

난 미치지 않았어…… 미치지 않았어…….

실내 가운을 입고, 독신자 숙소의 간이 주방에 들어섰다. 물을 마시고, 하품을 하고, 숨을 참으며 소음을 떨쳐 내기 위해서라면 무엇이든 했다. 이제는 닭값을 흥정하는 소리, 쨍그랑 소리, 발이 미끄러져 나가는 소리가 들렸다.

에릭은 하이볼을 만들어 목구멍에 쏟아부었다. 머릿속 소리가 그쳤다. 손에 든 빈 잔을 바라보며 고개를 내저었다.

광기의 새로운 특효약…… 알코올! 쓴웃음이 나왔다. 이러고서

매일 환자들에게 술은 해결책이 될 수 없다고 했단 말이지. 그는 씁쓸히 수심에 잠겼다. 어쩌면 여기서 광기를 치료할 기계를 만들겠다고 할 게 아니라 치료 팀에 합류해야 했을지도 몰라. 그들이 비웃지만 않았어도…….

골판지 상자를 옮겨 싱크대 옆에 자리를 만들고, 잔을 내려 놓았다. 상자에서 삐죽 빠져나온 노트가 전자기기 부품 더미 위에 놓여 있었다. 노트를 집어 들고 표지에 쓰인 자신의 익숙한 글씨를 응시했다. 아만티 텔레프로브 — 테스트 기록 9권.

그들은 연세 드신 박사님까지 비웃었지, 그를 비웃고 정신병원에 넣었어. 어쩌면 나도 그리로 가게 될지 몰라…… 이 세계의 다른 모든 사람과 마찬가지로.

노트를 펼쳐, 가장 최근의 실험 회로도를 손가락으로 더듬어 나갔다. 지하 실험실의 텔레프로브는 일부 해체되어, 여전히 배선을 달고 있었다.

어디가 잘못됐기에?

노트를 덮어 다시 상자에 던져 넣었다. 그의 상념은 머릿속에 저장된 이론을, 수천 번의 실패를 통해 축적된 지식 사이를 헤매었다. 피로와 낙담이 그를 짓눌렀다. 그러나 그는 알았다, 전자 추적 회로 속에서는 프로이트, 융, 아들러가, 그리고 다른 모든 사람들이 꿈과 매너리즘에서 추구한 것들이 그의 인식 바로 위를 맴돌고 있었다.

그는 서재 겸 침실로 돌아와 침대로 기어들었다. 요가 호흡법을 연습하다가 잠의 물결에 쓸려 갔다. 가수의 노랫소리, 기차

소리, 경적 소리는 돌아오지 않았다.

* * *

아침 햇살이 방 안을 밝혔다. 잠에서 깨어난 악몽의 편린을 의식 속에서 더듬으며, 10시까지 스케줄이 비어 있음을 의식했다. 침대 옆 뉴스테이프는 일련의 기사를 줄줄이 보여 주었고, 대부분 '스크램블 증후군'이라는 제목을 달고 있었다. 그는 기사 여덟 개 몫의 코드 문자를 입력하고, 기기를 음성 모드로 전환해서 뉴스를 들으며 옷을 입었다.

악몽의 기억이 신경을 긁었다. 그는 궁금해졌다. '얼마나 많은 사람이 밤에 잠 못 이루고 이번에는 내 차례일까 하는 의문을 품을까?'

그는 담자색 망토를 골라 흰색 커버올(아래위가 붙은 형태의 전신 작업복 — 옮긴이) 위에 걸쳤다. 부엌에 놓인 상자에서 노트를 꺼내, 서늘한 봄 아침 공기 속으로 나섰다. 커버올의 온도 조절기를 높였다. 통합철을 타고는 엘리엇만(灣) 부둣가로 이동했다. 해산물 식당에서 텔레프로브 기록을 접시 옆에 펼쳐 놓은 채 식사를 했다. 아침을 먹고 나서는 바다를 마주한, 사람 없는 벤치에 앉아 기록을 펼쳐 들었다. 회로도를 들여다보기가 내키지 않아, 바다를 응시하고 있었다.

물보라가 잿빛 물에서 피어올라, 반대쪽 해안을 가렸다. 해류 어딘가에서 선망 어선이 경적을 울렸다. 메아리가 뒤쪽 건물에 반사되었다. 이른 출근을 하는 이들이 바쁘게 지나갔고, 머릿속 목소리가 잦아들었다. 핼쑥한 얼굴들, 쫓기는 듯한 시선. 두려움을 나타내는 표시이다. 벤치의 냉기가 옷을 뚫고 스며들었다. 몸을 부르르 떨고, 그는 소금기 있는 공기를 크게 들이쉬었다. 만에서 불어오는 바람은 해초 내음을 실어 왔고, 도시에서 발산되는 주도적인 향취인 씁쓸한 사향과 어우러졌다. 갈매기들이 밀물 여울에 있는 먹이 조각을 두고 투덕거렸다. 무릎 위에 올려놓은 서류가 펄럭였다. 그는 한 손으로 서류를 누르고 사람들을 지켜보았다.

이렇게 미루고 있네, 요즘 내 직업에선 누리기 어려운 사치지. 그는 생각했다.

붉은 모피 망토 차림의 여자가 다가왔고, 여자의 샌들 소리가 콘크리트에 빠른 리듬으로 울렸다. 여자의 망토가 바람결에 뒤로 휘날렸다.

고개를 드니 짙은 색 머리칼에 감싸인 얼굴이 보였다. 에릭은 온몸의 근육이 굳어졌다. 세세한 곳 하나까지 악몽에 나온 바로 그 여자였다! 그는 눈으로 그녀를 좇았다. 그녀는 그의 눈길을 보고, 시선을 돌려 지나갔다.

허둥지둥 서류를 갈무리하고 노트를 덮어 그녀를 따라 달려갔다. 여자를 따라잡아 발걸음을 맞추고, 아무 생각 없이 계속 쳐다보았다. 그녀는 그를 보곤, 얼굴이 빨개져선 시선을 돌렸다.

"저리 가요, 경찰 부를 거야!"

"제발, 얘기 좀 합시다."

"저리 가라니까." 여자는 발걸음을 빠르게 했다. 그는 속도를 맞춰 따라갔다.

"죄송합니다, 하지만 어젯밤 당신 꿈을 꿨어요. 저기……."

여자는 정면을 똑바로 응시했다.

"전에도 들어 본 수작이거든요! 저리 가라니까!"

"하지만 오해하신 겁니다."

여자는 멈춰 몸을 돌려 그를 마주했고, 분노로 부들부들 떨고 있었다. "오해하긴 뭘 오해해! 어젯밤 내 쇼를 봤고, 내 꿈을 꿨다, 이거잖아요! 미스 라나이, 당신을 알아야겠습니다! 이런 말을 하려는 거잖아요!" 여자는 고개를 내저었다.

에릭은 고개를 저었다. "하지만 저는 이제까지 당신을 들은 적도 본 적도 없는데요."

"하! 이런 모욕도 익숙하진 않거든요!" 여자는 홱 돌아서서 성큼성큼 걸어갔고, 붉은 망토가 그 뒤로 휘날렸다. 다시 그는 그녀를 따라잡았다.

"제발……."

"소리 지를 거예요!"

"난 심리학자입니다."

여자는 망설이다가 발걸음을 늦추었고, 멈춰 섰다. 혼란스러운 표정이 그녀의 얼굴에 스쳤다. "어, 접근법이 새롭긴 하네요."

그는 그녀의 흥미를 이용했다. "정말 당신 꿈을 꿨어요. 굉장히 심란했죠. 뇌리에서 지울 수가 없었어요."

그의 목소리, 태도의 무언가에 그녀는 웃음을 터트렸다. "언젠가는 진짜 꿈이 나타나기 마련이겠죠."

"에릭 라드, 의사입니다."

여자는 그의 가슴 포켓에 달린 카두세우스(헤르메스의 지팡이로 의학의 상징 — 옮긴이) 배지를 흘끗 보았다. "콜린 라나이예요, 노래를 하고."

그는 움츠러들었다. "압니다."

"들어 본 적 없다면서요."

"내 꿈에서 노래했거든요."

"아, 네." 잠시 정적. "정말 심리학자세요?"

그는 가슴 포켓에서 명함을 꺼내 그녀에게 건넸다. 그녀는 명함을 들여다보았다.

"'텔레프로브 분석'은 무슨 뜻이에요?"

"제가 사용하는 기구입니다."

그녀는 명함을 돌려주고, 그와 팔짱을 끼더니 가볍게 거니는 속도로 발을 내디뎠다. "좋아요, 의사 선생님. 당신이 꾼 꿈을 들려주면 내 두통 얘기도 할게요. 공평한 교환이죠?" 그녀는 짙은 속눈썹 아래로 그를 흘끗 올려다보았다.

"두통이 있어요?"

"지독한 두통이죠." 그녀는 고개를 저었다.

에릭은 그녀를 내려다보았다. 악몽의 비현실적인 느낌이 일부 돌아왔다. 그는 생각했다. '이게 무슨 일이지? 낯선 사람을 꿈에서 보고 다음 날 실제로 만나는 일이 벌어질 리가 없는데. 이러다가 내 무의식 세계 전체가 현실이 되는 건 아닐까.'

그녀가 물었다. "증후군과 관련된 걸까요? 로스앤젤레스에 다녀온 이후로……." 그녀는 입술을 깨물었다.

그는 그녀를 쳐다보았다. "로스앤젤레스에 있었다고요?"

"바로 몇 시간 전까지요. 그…… 그 일이 벌어지기 전에……. 선생님, 미친다는 건 어떤 걸까요?" 그녀는 몸서리쳤다.

그는 주저하다 대답했다. "제정신인 것과 다를 게 없습니다…… 당사자에게는요." 만에서 피어오르는 물안개를 바라보며 말을 이었다. "증후군은 다른 형태의 정신병과 비슷한 형태로 보입니다. 마치 뭔가가 사람을 광기의 문턱 너머로 밀어 버리는 것 같죠. 희한해요. 그 증후군이 발생한 구역은 상당히 뚜렷하게 반경 100킬로미터 정도로 한정되거든요. 예를 들어 애틀랜타나 로스앤젤레스, 로턴을 보면 꽤 확실한 경계선이 있어요. 거리 이쪽에 사는 사람들은 걸렸고, 거리 저쪽에 사는 사람들은 안 걸렸죠. 추정하기로는 감염 기간이란 게 있는데, 그 기간이……."

그는 말을 멈추고, 그녀를 내려다보며 미소 지었다. "그냥 간단한 질문이었는데. 강의하는 게 천성이라서요. 두통은 별로 걱정 안 해도 될 겁니다. 아마도 식단이나 기후 변화 때문이거나 눈에 문제가 있거나 하겠죠. 종합 검사를 받아 보지 그래요?"

그녀는 고개를 저었다. "카라치를 떠난 후로 검사를 여섯 번 했어요. 다 똑같죠. 식단도 네 번이나 바꾸고." 그녀는 어깨를 으쓱했다. "그래도 머리가 아파요."

에릭은 우뚝 멈춰 서서 숨을 천천히 내쉬었다. "카라치에도 있었다고요?"

"어, 네. 호놀룰루 이후로 세 번째로 들른 곳이었죠."

그는 그녀 쪽으로 몸을 기울였다. "호놀룰루도?"

"뭐예요, 반대 신문이에요? 어······." 그녀는 얼굴을 찌푸리더니 대답을 미뤘다.

그는 침을 삼키고 생각했다. 어떻게 증후군이 벌어진 도시마다 있었으면서 이렇게 태연할 수가 있을까?

그녀가 발을 까닥거렸다. "갑자기 말문이 막혔어요?"

정말 아무렇지도 않은 눈치인데. 그는 생각했다.

그는 손꼽아 도시를 헤아렸다. "로스앤젤레스, 호놀룰루, 카라치에 있었댔죠. 증후군 감염 지역에 들렀는데······."

동물의 울음 같은 날카로운 탄성이 그녀에게서 터져 나왔다. "거기 다 퍼졌어요?"

어떻게 증후군이 어디에 퍼졌는지 모를 수가 있지? 그는 생각했다.

그는 물었다. "몰랐다고요?"

그녀는 멍하니 휘둥그런 눈으로 응시하며 고개를 저었다. "하지만 피트 말로는······." 입을 다물었다 다시 열었다. "새 곡을 배우느라 너무 바빴어요. 옛날 인기 재즈 리바이벌을 하고 있거든요."

"어떻게 모를 수가 있죠? TV, 뉴스테이프, 전송그래프."

그녀는 어깨를 으쓱했다. "그냥 너무 바빴어요. 그리고 그런 일 생각하고 싶지 않아서. 피트가 그랬는데······." 고개를 저었다. "저기, 나 혼자서 산책 나온 게 한 달 만이에요. 피트가 자고 있길래…… 피트도 참, 날 걱정시키고 싶지 않았나 봐요." 그녀의 표정이 누그러졌다.

"당신이 그렇다면 맞겠죠, 다만……." 주저하다 물었다. "피트는 누굽니까?"

"피트 세란티스와 뮤지크론 얘기 못 들어 봤어요?"

"뮤지크론이 뭐죠?"

그녀는 고개를 저어 검은 곱슬머리를 넘겼다. "농담하지 말고요, 선생님."

"아니, 진짜로요. 뮤지크론이 뭡니까?"

그녀는 얼굴을 찌푸렸다. "정말 뮤지크론이 뭔지 몰라요?"

그는 고개를 저었다.

그녀는 나직하게 목을 울려 웃었다. "선생님, 나더러는 카라치랑 호놀룰루 일을 모른다고 놀라더니. 도대체 어디 숨어 살기라도 했어요? 《버라이어티》 특집 기사로도 실렸단 말이에요."

그는 생각했다. '되게 진지하네!'

약간 뻣뻣하게 그는 말했다. "내 연구 문제로 좀 바빴거든요. 증후군 관련이죠."

"아." 그녀는 몸을 돌려 만의 잿빛 물을 쳐다보다가 다시 돌아섰다. 양손을 쥐어짰다. "호놀룰루에 증후군이 퍼진 거 진짜예요?"

"가족이 거기 있나요?"

그녀는 고개를 저었다. "가족이 없어요. 그냥 친구뿐이죠." 반짝이는 눈으로 그를 올려다보았다. "그곳 사람들 다…… 걸렸나요?"

그는 고개를 끄덕이고는 생각했다. 그녀의 주의를 딴 데로 돌릴 만한 게 필요하겠다.

"미스 라나이, 부탁 좀 해도 될까요?" 그는 대답을 기다리지 않고 밀어붙였다. "증후군이 퍼진 장소 세 곳에 계셨죠. 어쩌면 당신 패턴에 단서가 있을지도 몰라요. 내 연구실에서 테스트 좀 해 볼 수 있을까요? 오래 걸리진 않을 겁니다."

"아마 안 될 거예요. 오늘 밤 공연이 있어서. 그냥 잠깐 혼자 있으려 빠져나온 거예요. 숙소는 그웨덕 룸이에요. 피트가 일어 났을지도 모르고……." 그녀는 그의 애원하는 표정에 집중했다. "미안해요, 선생님. 어쩌면 나중에 봐서. 어차피 나한테서 중요 한 건 아무것도 찾지 못할 거예요."

그는 어깨를 으쓱하고 망설였다. "하지만 내 꿈 얘기는 아직 안 했는데요."

"굉장히 유혹적이네요, 선생님. 야한 꿈 얘기는 많이 들어 봤 거든요. 이번만은 진짜라면 고맙겠네요. 그웨덕 룸까지 바래다 주실래요? 두 블록만 가면 돼요."

"좋습니다."

그녀는 그의 팔을 잡았다.

"절반의 성공이네요."

* * *

그는 한쪽 다리가 뒤틀리고, 일그러진 증오의 얼굴을 한 마른 남자였다. 무릎에는 지팡이를 기대 놓았다. 그의 주위에는 전선이 거미줄처럼 얽혀 있었다. 뮤지크론. 머리에는 반구 형태의 후드를 쓰고 있었다. 전혀 의심받지 않은 채, 그는 여자의 눈을 통해 자신을 의사 에릭 라드라고 밝힌 남자를 보고 있었다. 마른 남자는 비웃으며 여자의 귀를 통해 들었다. "절반의 성공이네요."

* * *

바닷가 산책로를, 에릭과 콜린은 나란히 걸었다.

"뮤지크론이 뭔지 아직 안 말해 줬는데요."

그녀의 웃음소리에 지나가던 커플이 몸을 돌려 빤히 쳐다보았다. "좋아요. 하지만 아직도 이해가 안 가네요. 한 달 동안 TV에 나왔는데."

그는 생각했다. 나를 세상과 담쌓은 사람으로 생각하겠네!

그는 말했다. "연예 회선을 구독하지 않아서요. 과학과 뉴스통신만 봅니다."

그녀는 어깨를 으쓱했다. "어, 뮤지크론은 녹음 및 재생 기계 같은 거예요. 다만 뭐든 원하는 새로운 소리를 믹스할 수 있죠. 머리에 금속 그릇 같은 걸 쓰고 소리를 생각하는 거예요. 그럼 뮤지크론이 그걸 재생하죠." 그에게 흘낏 눈길을 주었다가, 다시 앞을 보았다. "다들 가짜라고 그러는데, 정말 아니에요."

에릭이 우뚝 서는 바람에 콜린까지 멈춰 섰다. "대단하네요. 왜……." 그는 말을 하다 말고 웃었다. "저기, 사실 이런 일에서 몇 안 되는 세계적인 전문가가 바로 여기 있습니다. 내 지하 연구실에 뇌파 기록기가 있어요. 그게 텔레프로브의 가장 최신 형태죠. 당신이 말하려던 게 그거예요." 슬쩍 미소도 지어졌다. "이 동네 심리학자들은 나를 벼락 출세한 애송이라고 생각하면서, 제일 진단이 어려운 케이스는 나한테 보내죠." 그녀를 내려다보며 결론을 재촉했다. "그러니 그 피트의 기계는 예술적인 쇼라는 걸 인정합시다, 네?"

"하지만 그냥 쇼는 아니에요. 기계에 들어가기 전 녹음과 나온 후의 녹음을 들어 봤는걸요."

에릭은 허헛 웃었다.

그녀는 얼굴을 찌푸렸다. "아, 너무 잘난 척하네요."

에릭은 그녀의 팔에 손을 얹었다. "화내지 말아요. 내가 이 분야를 아니까 그러는 거라. 피트에게 다른 사람들과 마찬가지로 속았다는 걸 인정하고 싶지 않겠죠."

그녀는 느리고 절제된 어조로 말했다. "저기요…… 선생님…… 피트는…… 뮤지크론의…… 발명자 중…… 한 명이에요……. 피트랑 아만티 박사님." 그녀는 눈을 찌푸리고 그를 올려다보았다. "당신이 이 업계 권위자인진 몰라도, 나도 들은 게 있어요."

"피트가 어느 박사와 함께 이 뮤지크론이란 걸 만들었다고 했죠. 그 박사 이름이 뭐라고요?"

"아, 카를로스 아만티 박사님이요. 뮤지크론 안 명판에 그분 이름이 새겨져 있어요."

에릭은 고개를 저었다. "불가능해요. 카를로스 아만티 박사님은 정신병원에 계십니다."

그녀는 고개를 끄덕였다. "맞아요. 와일리쿠 정신병원. 거기서 둘이 작업한 거예요."

에릭은 조심스럽고 머뭇거리는 표정이 되었다. "그럼 피트가 소리를 생각하면, 기계가 그걸 출력한다고요?"

"그럼요."

"내가 뮤지크론에 대해 전혀 들어 보지 못했다는 게 이상한데요."

"선생님, 세상에는 선생님이 들어 보지 못한 게 아주 많답니다."

그는 혀로 입술을 축였다. "그 말이 맞을지도 모르겠네요." 그러고는 그녀의 팔을 붙잡고, 빠른 걸음으로 나아갔다. "그 뮤지크론을 보고 싶습니다."

* * *

오클라호마 로턴에는, 햇빛에 달궈진 평지에 조립식 막사가 길게 더위 속에 줄지어 있었다. 막사 건물마다 작은 칸으로 나뉘어 있고, 그 칸마다 병상이 놓였으며, 병상마다 사람이 있었다. 막사 XRO-29. 정신과 의사가 통로를 걸어가고, 그 뒤에는 보조원이 카트를 밀고 따르고 있었다. 카트에는 피하 주사 바늘, 주사기, 소독약, 진정제, 시험관이 놓여 있었다. 정신과 의사가 고개를 저었다.

"누가 이름 붙였는지 스크램블 증후군이 딱이에요, 베일리. 사람에게 생길 수 있는 모든 정신병에 달걀 거품기를 넣고, 몽땅 저어서 내놓은 거니까."

보조원은 으흠 소리를 내고 정신과 의사를 쳐다보았다.

정신과 의사도 마주 보았다. "그리고 아무 진전이 없군요. 체로 바닷물을 퍼담는 거나 마찬가지니."

통로 저편에서 남자가 비명을 질렀다. 두 사람의 발걸음이 빨라졌다.

* * *

그웨덕 룸의 엘리베이터 돔은 멜론 반쪽을 뒤집어 놓은 듯한 형상으로 에릭과 콜린 앞에 우뚝 서 있었다. 돔 꼭대기에는 파란색과 빨간색의 글자가 천천히 빙글빙글 돌고 있었다. '콜린 라나이와 피트 세란티스 그리고 뮤지크론.'

돔으로 향하는 통로에는 마른 남자가 절름거리는 다리를 지팡이로 지지하고 서성거리고 있었다. 에릭과 콜린이 다가서자 그가 올려다보았다.

"피트." 콜린이 말했다.

남자는 절름거리며 다가왔고, 지팡이가 스타카토로 울렸다.

"피트, 이쪽은 라드 의사 선생님이에요. 아만티 박사님 소식을 듣고 물어보고 싶은 게 있다고……."

피트는 에릭을 무시하고, 이글거리는 눈길로 콜린을 노려보았다. "오늘 밤 쇼 있는 거 몰라? 어디 갔다 온 거야?"

"하지만 겨우 9시 조금 넘었어요. 난……."

에릭이 끼어들었다. "제가 아만티 박사님 제자로 있었습니다. 선생님의 뮤지크론에 관심이 있는데요. 아만티 박사님의 연구를 이어받아 진행 중인데……."

마른 남자가 고함쳤다. "시간 없어!" 그러고는 콜린의 팔을 잡아 돔 쪽으로 끌어당겼다.

"피트, 제발! 도대체 왜 이래요?" 여자는 버텼다.

피트는 멈춰서 여자에게 얼굴을 들이댔다. "이 일이 좋아?"

여자는 휘둥그런 눈으로 말없이 고개만 끄덕였다.

"그럼 가서 일해!"

여자는 에릭을 돌아보고 어깨를 으쓱했다. "미안해요."

피트는 여자를 돔 안으로 끌어당겼다.

에릭은 그들의 뒷모습을 응시했다. '확실한 강박 유형이네……. 아주 불안정해. 콜린처럼 증후군에 면역은 아닐 수도 있겠어.' 10시 약속이 생각나, 미간을 찌푸리며 손목시계를 확인했다. "이런!" 돌아서다 웨이터 보조들이 입는 커버올 복장의 젊은 남자와 부딪힐 뻔했다.

젊은 남자는 초조하게 담배를 빨다 홱 빼고는 비웃었다. "다른 여자 찾아요, 선생님. 쟤는 임자 있다고요."

에릭은 젊지만 나이 든 눈을 응시하며 내려다보았다. "저기서 일해요?"

젊은 남자는 얇은 입술에 다시 담배를 물고 푸른 기가 도는 연기 사이로 대꾸했다. "네."

"언제 열죠?"

젊은 남자는 담배를 입에서 빼 에릭의 어깨 너머로 바다에 툭 던져 버렸다. "지금 아침 영업 해요. 플로어 쇼는 오늘 밤 7시나 되어야 하고요."

"미스 라나이는 플로어 쇼에 나옵니까?"

웨이터 보조는 돔 위에 출력되는 문자를 쳐다보고는 알 만하다는 미소를 지었다. "선생님, 그 여자가 바로 플로어 쇼예요!"

다시 에릭은 손목시계를 확인하고 생각했다. 오늘 밤에 돌아와야겠어. 그는 제일 가까운 통합철을 향해 돌아섰다. "고마워요." 그는 말했다.

"오늘 밤 오실 거면 예약해 두는 게 좋을걸요." 웨이터 보조가 말했다.

에릭은 멈춰 돌아보았다. 주머니에 손을 넣어 20달러를 찾아 웨이터 보조에게 툭 던져 주었다. 마른 젊은이는 주화를 허공에서 낚아채 확인하고는 말했다. "선생님 고맙습니다. 선생님 성함이?"

"에릭 라드, 의사요."

웨이터 보조가 주화를 주머니에 챙겼다. "좋아요, 의사 선생님. 플로어 옆으로요. 6시에 다시 올게요. 직접 모셔다 드리죠."

에릭은 다시 통합철 입구를 향해 돌아서서 즉시 떠났다.

* * *

스모그를 뒤집어쓴 로스앤젤레스 태양 아래, 갈색으로 메마른 도시.

이동식 연구소 31이 성모자애병원 앞에 멈춰 서자, 하수구에 말라붙은 야자수 잎이 소용돌이치며 날아올랐다. 무리한 터보 모터가 슉 하고는 덜덜거리며 멈췄다. 일본인 정신과 의사가 한쪽 측면에서, 맞은편 측면에선 스웨덴인 의사가 나왔다. 둘 다 어깨가 축 처졌다.

정신과 의사가 물었다. "올레, 마지막으로 푹 잔 게 언제예요?"

의사는 고개를 저었다. "기억 안 나요, 요시. 샌프란시스코에 있을 땐가."

창살 달린 트럭 짐칸에서 사납고 높은 웃음소리, 한숨, 웃음소리가 났다.

의사는 병원 옆 계단을 내려오다 비틀거렸다. 그는 멈춰 돌아섰다. "요시……."

"알아요, 올레. 신규 보조원한테 처리하라고 할게요." 그러고는 혼잣말로 덧붙였다. "신규 보조원이 남아 있다면."

병원 안에선 서늘한 공기가 통로를 짓누르고 있었다. 스웨덴인 의사가 클립보드를 든 남자를 불러세웠다. "실시간 확진자 숫자는요?”

남자는 클립보드 모서리로 이마를 긁었다. “마지막으로 듣기론 250만입니다, 선생님. 아직 멀쩡한 사람은 하나도 못 찾았대요.”

* * *

그웨덕 룸은 뼈로 된 손가락을 엘리엇만 아래로 뻗은 형태였다. 투명 천장 위 손님들의 시선이 닿지 않는 곳에 드리운 철창이 빡빡이 들어찬 해양 생물들을 꼼짝 못 하게 가둬 두고 있었다. 일루마빔이 물을 관통하여, 관찰자들에게 노란색 연어, 연홍색 농어, 분홍색 문어, 푸른색 해파리를 보여 주었다. 방 한쪽 끝에는, 인공 자개가 커다란 대합 껍데기 모양을 이룬 무대가 있었다. 색색의 스포트라이트가 배경에 기다란 불꽃과 푸른 그림자를 드리웠다.

에릭은 엘리베이터로 내려가, 심란하리만큼 그의 악몽을 닮은 분위기 속으로 들어섰다. 없는 것은 가수뿐이었다. 웨이터가 그를 가향 담배 연기의 흐릿한 구름 속으로 이끌어, 검은 정장 차림 남자들, 금실로 짠 천이나 눈부신 합성 섬유로 만든 야회복 차림의 여자들이 둘러싼 테이블 사이를 지났다. 아쿠아마린색의 빛이 작은 원형 테이블 위로 일렁였다. 무대 스포트라이트와 머리 위 어두운 물속 일루마빔을 제외하면 그웨덕 룸의 유일한 빛이었다. 수많은 목소리의 속삭임이 허공에 떠돌았다. 알코올, 담배, 향수, 이국적인 해산물 내음이 실내에 겹겹이 쌓이고, 그 아래 깔린 땀내와 뒤섞였다.

테이블은 두 번째 줄에 있었고 사방이 붐볐다. 웨이터가 의자 하나를 빼 주었다. 에릭은 자리에 앉았다.

"음료는 뭐로 하시겠습니까?"

"봄베이 에일."

웨이터는 몸을 돌려 어둑함에 스며들었다.

에릭은 의자를 편한 위치로 옮기려 했으나, 뒷자리 의자 두 개 사이에 끼였음을 깨달았다. 맞은편 어둑함 속에서 형체가 나타났다. 그는 웨이터 보조를 알아보았다.

"그 자리가 최선이었어요, 선생님."

"훌륭해요." 에릭은 미소 짓고, 주머니에서 20달러를 꺼내 상대의 손에 쥐어 주었다.

"뭐 도와드릴 거 있어요, 선생님?"

"미스 라나이한테 내가 여기 있다고 전해 줄 수 있을지?"

"노력은 해 보겠지만, 그 피트라는 양반이 오후 내내 보물 지키듯 그 여자를 지켜보고 있어서요. 뭐 나라도 안 그러리라는 보장은 없지만요."

연기에 둘러싸인 그림자 속에 하얀 이가 번뜩였다. 웨이터 보조는 몸을 돌려 테이블 사이를 굽이굽이 돌아 빠져나갔다. 장내에 수군수군 깔리던 목소리의 흐름이 잦아들었다. 에릭은 무대 쪽으로 몸을 돌렸다. 흑백 줄무늬 커버올 차림의 땅딸막한 남자가 마이크 위로 몸을 숙였다.

"여러분이 기다리시던 무대입니다." 남자는 왼손으로 손짓했다. 스포트라이트가 그림자를 지우고, 손을 앞에 모아 쥔 콜린 라나이를 드러냈다. 눈동자 색과 맞춘 일렉트릭 블루 컬러의 고전적인 드레스가 풍만한 곡선을 감쌌다.

"콜린 라나이!"

박수 소리가 실내를 휩쓸고, 잦아들었다. 땅딸막한 남자가 오른손으로 손짓했다. 다른 스포트라이트가 터지며, 검은색 커버올 차림에 지팡이에 몸을 기댄 피트 세란티스가 드러났다.

"피트 세란티스 그리고……."

그는 좀 덜 열렬한 박수 소리가 사그라지기를 기다렸다.

"……뮤지크론!"

무대 가장자리에서 스포트라이트가 쏟아져 나와 피트 뒤 커다란 금속 상자를 비추었다. 마른 남자는 절름거리며 상자 주위를 돌더니 고개를 숙여 안으로 들어갔다. 콜린은 진행자에게서 마이크를 받아 들었고, 진행자는 인사하고 무대에서 내려갔다.

에릭은 장내의 긴박한 압박감을 의식했다. '한순간 두려움도, 증후군도 다 잊었네. 음악과 이 순간을 제외하고 전부 다.'

콜린이 마이크를 입가에 가까이 가져갔다.

"오늘 밤은 여러분께 들려드릴 진짜 옛날 곡을 좀 더 준비했어요." 그녀가 말했다. 그녀에게선 전기처럼 압도적인 개성이 뿜어져 나왔다. "이 중 두 곡은 이제까지 선보이지 않았던 곡이에요. 먼저, 뮤지크론과 함께 하는 삼중주곡 「테러블 블루스」는 클라런스 윌리엄스와 레드 어니언 재즈 베이비스의 기본 녹음에, 피트 세란티스가 완전히 새로운 효과를 더했어요. 그다음

「와일드 맨 블루스」와 트럼펫은 루이 암스트롱 그 자체랍니다. 마지막으로, 「뎁스 그레이브야드 워즈」는 베시 스미스 스페셜이에요." 그녀는 거의 흠잡을 데 없는 태도로 꾸벅 인사했다.

음악이 시작되었으나 어디라고 방향을 특정할 수는 없었다. 음악이 감각을 가득 채웠다. 콜린이 노래하기 시작했으며, 힘하나 들이지 않는 것 같았다. 그녀는 호른처럼 목소리를 다루어, 음악과 함께 솟구치고 스러지며, 공기를 어루만졌다.

에릭은 다른 모든 관객과 마찬가지로 얼어붙은 채 응시했다.

그녀는 첫 번째 노래를 마쳤다. 박수 소리에 귀가 멀 듯했다. 손이 아파서 내려다보니, 힘껏 박수를 치고 있었다. 에릭은 박수를 멈추고 고개를 내저은 다음, 네 번 심호흡했다. 콜린이 새 멜로디를 이어 나갔다. 에릭은 눈을 가늘게 모으고 무대를 응시했다. 충동적으로 귀를 손으로 막아 봤고 음악이 여전히 줄어들지 않은 채 들리자 패닉이 왔다. 눈을 감았지만, 계속 콜린이 보이자 숨이 턱 막혔다. 처음에는 흐릿하게 움직이더니, 더 가까이 왼쪽에 안정적인 모습으로 나타났다.

감정 가득한 떨리는 송가가 그 영상에 함께했다. 에릭은 손으로 눈을 가렸다. 그 모습은 그대로였다. 눈을 떠 보았다. 모습이 다시 흐릿해지고, 정상으로 바뀌었다. 콜린의 한쪽 면에서 아까 그녀를 본 위치를 찾아보았다. 뮤지크론 안쪽일 수밖에 없다는 결론을 내린 그 순간 금속 박스 정면에 있는 거울 패널의 윤곽을 알아보았다.

'매직 미러를 통해. 피트의 눈을 통해.' 그는 생각했다.

그는 앉아서 생각했고, 그사이 콜린은 세 번째 곡을 마쳤다. 피트가 뮤지크론에서 나와 함께 박수갈채를 받았다. 콜린이 관객석으로 손 키스를 날렸다.

"조금 이따 돌아올게요."

콜린은 무대에서 내려갔고 피트가 그 뒤를 따랐다. 어둠이 그들을 삼켰다. 웨이터들이 테이블 사이로 돌아다녔다. 에릭의 테이블에 음료가 놓였다. 그는 트레이에 돈을 놓았다. 푸른 형체가 맞은편에 나타나, 자리에 앉았다.

"토미가 당신이 여기 있다고 하더라고요……. 웨이터 보조요." 그러고는 테이블 위로 몸을 숙였다. "피트 눈에 띄면 안 돼요. 노발대발 난리도 아니에요. 누가 그렇게 화내는 건 처음 봤어요."

에릭은 여자 쪽으로 몸을 숙였고, 섬세한 샌달우드 향기를 맡았다. 머리가 어찔했다.

그는 말했다. "얘기 좀 하고 싶습니다. 쇼가 끝난 후에 만날 수 있을까요?"

"당신을 믿어도 될 거 같아요." 여자는 망설이다가 희미하게 미소 지었다. "당신은 전문가 타입이죠." 또 짧은 정적. "그리고 내가 지금 전문적인 조언이 필요한 거 같거든요." 그녀는 자리에서 일어나 섰다. "내가 분장실에 있지 않은 걸 피트가 알아채기 전에 가 봐야 해요. 위층 화물용 엘리베이터 근처에서 봐요."

여자는 가 버렸다.

* * *

　만에서 불어온 차가운 바람이 망토를 잡아당겨 뒤쪽으로 휘날리게 했다. 에릭은 콘크리트 난간에 기대어 담배를 빨아들였다. 이글거리는 불빛이 얼굴에 오렌지빛을 드리우고, 확 타오르다가 스러졌다. 파도가 킥킥대고 속삭였다. 물결이 아래쪽 콘크리트를 철썩철썩 때렸다. 그웨덕 룸 꼭대기 일루마빔이 꺼지자 왼쪽으로 물속의 다채로운 빛 역시 스러졌다. 몸이 부르르 떨렸다. 왼쪽에서 발소리가 다가와서 뒤쪽을 지나갔다. 남자 한 명이었다. 나지막한 윙윙 소리가 커지더니 멈췄다. 가벼운 발소리가 그를 향해 달려왔고, 난간에서 멈춰 섰다. 그녀의 향수 내음이 났다.

　"고마워요." 그는 말했다.

　"오래 못 있어요. 피트가 의심하거든요. 토미가 화물 엘리베이터에 태워 줬어요. 지금 기다리는 중이에요."

　"간단히 끝내겠습니다. 생각해 봤는데요. 여행 얘기 좀 하죠. 당신이 호놀룰루에서 피트와 뭉친 이후로 들렀던 지역들요." 에릭은 몸을 돌려 난간에 옆으로 기댔다. "처음에 캘리포니아 산타로사에서 쇼를 시도했죠. 그다음 피켓버그, 카라치, 레이캬비크, 포틀랜드, 홀란디아, 로턴…… 드디어 로스앤젤레스. 그리고 여기로 왔지요."

　"우리 일정을 찾아봤군요."

　그는 고개를 저었다. "아뇨." 머뭇거리다 물었다. "피트가 리허

설을 꽤 바쁘게 진행했나 보군요?"

"쉬운 일은 아니니까요."

"그런 뜻이 아니라." 그는 다시 난간을 향해 돌아서서 담배꽁초를 어둠 속으로 날리고, 물에서 치익 하는 소리를 들었다. "피트하고 알고 지낸 지는 얼마나 됐습니까?"

"두어 달 정도요. 왜요?"

그는 돌아섰다. "어떤 사람이죠?

그녀는 어깨를 으쓱했다. "좋은 사람이에요. 나한테 결혼하자고 했죠."

에릭은 침을 꿀꺽 삼켰다. "할 겁니까?"

여자는 캄캄한 만을 바라보았다. "그래서 당신 조언을 듣고 싶은 거예요. 난 모르겠어요…… 그냥 모르겠어요. 피트는 날 여기까지 이끌어 주었죠, 연예계 꼭대기에." 그러고는 에릭을 향해 돌아섰다. "그리고 정말로 무척 좋은 사람이에요…… 그 신랄함만 넘어서면요."

에릭은 심호흡을 하고 콘크리트 난간에 기댔다. "얘기 좀 해도 될까요?"

"무슨 얘기요?"

"오늘 아침 카를로스 아만티 박사님 얘기를 했죠, 텔레프로브 발명자. 그분과 아는 사이인가요?"

"아뇨."

"나는 그분 제자였어요. 그분한테 정신 이상이 왔을 때 제자들 모두 힘들어했지만, 텔레프로브 프로젝트를 이어받은 건 나

하나였죠. 8년 동안 연구해 왔어요."

그녀가 옆에서 자세를 바꿨다. "그 텔레프로브라는 게 뭐예요?"

"과학 기고가들은 그걸로 말장난을 치고 놀았죠. '마음을 읽는 기계'라고. 그건 아니에요. 그저 인간 두뇌의 무의식적인 자극 일부를 해석하는 수단입니다. 언젠가는 마음을 읽는 것에 가까워질 수도 있기야 하겠지만. 지금 당장은 상당히 원시적인 기구로, 때로는 예측 불가능해요. 아만티 박사님의 의도는 뇌파 해석을 이용하여 무의식 정신과 소통하는 거였습니다. 뇌파를 증폭시키고, 각 유형 간에 적절히 분리를 유지하며, 생각한 이미지에 따른 유형 변화를 해석한다는 발상이었죠."

여자는 아랫입술을 잘근거렸다. "그럼 뮤지크론이 텔레프로브 개선에 도움이 될 거라고, 그래서 증후군을 막는 데 도움이 될 거라고 생각하는 거예요?"

"그 이상이라고 봅니다." 그는 인도를 내려다보았다.

"뭔가 말하고 싶은 게 있나 본데요. 피트 일이에요?"

"정확히 그런 건 아니고요."

"왜 우리가 거쳐 온 지역을 줄줄이 나열한 거예요? 그냥 잡담은 아닌데. 목적이 뭐죠?"

그는 생각에 잠긴 눈으로 그녀의 기분을 살폈다. "피트가 이 지역들에 관해 얘기한 게 없나요?"

그녀는 손으로 입을 가리고 눈이 휘둥그레져 응시했다. 응시하다 신음을 흘렸다. "증후군은 아니겠죠…… 그 지역 전부 다?"

"전부 다 증후군이에요." 덤덤히 마침표를 찍는 말투였다.

그녀는 고개를 저었다. "무슨 말을 하고 싶은 거예요?"

"뮤지크론이 이 모든 일의 원인일 수 있다고요."

"그럴 리가요, 아니에요!"

"내가 틀렸을지도 모릅니다. 하지만 이 상황이 어떻게 보이는지 봐요. 아만티 박사님은 천재였고 거의 미칠 지경에 이르도록 일했어요. 정신 분열증이 왔고. 그러고는 피트를 도와 기계를 만들었죠. 그 기계가 작업자의 뇌파 패턴을 포착해서, 변환 충동으로 전송할 가능성이 있어. 뮤지크론은 생각을 감지 가능한 에너지로 변환시키죠. 소리 말입니다. 그렇다면 혼란한 충동을 무의식에 바로 꽂는 것도 가능하지 않을까요." 그는 혀로 입술을 축이고 말을 이었다. "손으로 귀를 막고도 소리가 들리고, 눈을 가려도 당신이 보였단 말입니다. 내 악몽 얘기 기억해요? 내 신경계가 주관적 충동에 반응하고 있는 거죠."

"모든 사람에게 마찬가지인가요?"

"아마 아닐 겁니다. 나처럼 다년간 유사한 기계의 영향 속에 있으면서 조율된 사람이 아니라면, 그 충동은 의식의 문턱에서 검열되겠지요. 불가능한 일로 치부될 겁니다."

콜린의 입매가 굳어졌다. 그녀는 고개를 저었다. "이런 어려운 과학 얘기가 어떻게 뮤지크론이 증후군을 일으켰다는 증명이 되는지 모르겠어요."

"아닐 수도 있겠죠. 하지만 내가 보기엔 가장 가능성이 커요. 그래서 부탁 하나만 할게요. 뮤지크론의 회로도를 구해 줄 수 있을까요? 그걸 보면 그 기계가 어떤 기능을 하는지 알 수 있을 텐데요. 혹시 피트에게 설계도가 있는지 압니까?"

"뮤지크론 안에 두꺼운 노트 같은 게 있긴 해요. 그게 당신이 찾는 거 같아요."

"가져올 수 있을까요?"

"어쩌면, 하지만 오늘 밤은 안 돼요……. 그리고 피트에겐 차마 말 못 하겠어요."

"왜 오늘 밤은 안 됩니까?"

"피트가 뮤지크론 열쇠를 갖고 자요. 뮤지크론을 쓰지 않을 때는 항상 잠근 상태고요. 누가 안에 들어가서 충격 받는 일이 없게끔. 예열에 시간이 너무 오래 걸려서 항상 켜 둔 상태로 둬야 하거든요. 크리스털인지 에너지 잠재력인지 뭐 그런 문제였는데."

"피트의 숙소는 어디죠?"

"아래쪽에 있어요, 특별한 아파트가."

그는 돌아서서 축축한 짠 공기를 들이쉬고, 다시 몸을 돌렸다.

콜린이 몸을 부르르 떨었다. "뮤지크론은 아니에요. 난……그들은……." 어느새 그녀는 울고 있었다.

그는 다가가 그녀의 어깨에 팔을 두르고 기다렸다. 여자의 떨림이 느껴졌다. 여자는 그에게 기대 왔고, 떨림이 잦아들었다.

"그 설계도를 가져올게요. 그럼 뮤지크론 때문이 아니라는 게 증명될 거예요." 그녀는 안절부절 고개를 가만두지 못했다.

"콜린……." 남자는 여자의 어깨를 감싼 팔에 힘을 주었고, 내면에서 따뜻한 다급함을 느꼈다.

여자가 가까이 붙어 왔다. "네."

그는 고개를 숙였다. 그녀의 입술은 따스하고 부드러웠다. 여자는 그에게 달라붙었다가 살짝 떨어지며 그의 품에 머물렀다.

"이건 옳지 않아요." 여자가 말했다.

다시 남자는 고개를 숙였다. 여자는 고개를 젖혀 그를 맞이했다. 부드러운 키스였다.

여자는 천천히 물러나, 만 쪽으로 고개를 돌렸다. "이럴 순 없어요." 속삭이는 목소리였다. "이렇게 빨리…… 아무 예고도 없이."

남자는 여자의 머리칼에 얼굴을 묻고 숨을 들이쉬었다. "어떻게요?"

"마치 집으로 가는 길을 찾은 것처럼요."

남자는 침을 꿀꺽 삼켰다. "내 사랑."

다시 둘의 입술이 맞닿았다. 여사는 물러나 그의 뺨에 한 손을 가져다 댔다. "가야 해요."

"언제 다시 만나죠?"

"내일. 피트에게 쇼핑 가야 한다고 말할게요."

"어디서?"

"혹시 연구실 있나요?"

"호수 맞은편 찰머스 플레이스에 있는 내 집에요. 전화번호부에 나와 있고."

"도면을 구하자마자 갈게요."

다시 둘은 키스했다.

"정말 가야 해요."

남자는 여자를 꼭 껴안았다.

"정말로." 여자는 뒤로 물러났다. "잘 자요." 주저하다 이름을
불렀다. "에릭." 그림자가 그녀 주위를 감쌌다.

남자는 엘리베이터의 우웅 소리를 듣고, 콘크리트에 기대어
마음을 가라앉히려 심호흡을 했다.

의도적인 발소리가 왼쪽에서 다가왔다. 손전등이 그의 얼굴을
비추고, 불빛 뒤에선 야간 순찰 경관의 완장이 둔탁하게 번들거
렸다. 불빛이 그의 가슴팍에 달린 카두세우스 배지로 향했다.

"밤이 늦었습니다, 선생님."

불빛이 그의 얼굴로 돌아왔다가, 꺼졌다. 에릭은 절차상 자신
이 촬영되었음을 알았다.

"립스틱이 묻었습니다." 순찰 경관이 말했다. 그는 엘리베이터
돔을 지나가 버렸다.

* * *

고요한 뮤지크론 안, 일그러진 얼굴을 한 마른 남자가 증오에
휩싸여 있었다. 쓸쓸한 생각. 그야말로 달콤한 러브신 아닌가! 잠시
정적. 의사 선생이 읽고 싶은 게 있으시다? 비틀린 미소. 드려야지.
우리가 떠난 후 정신 쏟을 거리가 있도록.

* * *

잠자리에 들기 전, 에릭은 비서인 베르츠 부인에게 메시지를 남겨, 다음 날 일정을 취소하라고 했다. 베개에 머리를 파묻었다. 잠이 영 오지 않았다. 요가 호흡법을 실행했다. 감각은 여전히 각성 상태였다. 침대에서 일어나 로브를 걸치고 샌들을 신었다. 침대 옆 시계를 확인했다…… 1999년 5월 15일 토요일, 오전 2:05. 그는 생각했다. 바로 25시간 전만 해도 악몽을 꾸고 있었는데. 지금은…… 모르겠다. 그는 미소 지었다. 그래, 알아. 사랑에 빠졌어. 풋내기 대학생이 된 기분이네.

크게 숨을 들이쉬었다. 사랑에 빠졌어. 눈을 감고 기억 속 콜린의 사진을 보았다. 에릭, 이 증후군만 해결한다면, 세상은 네 것이야. 문득 불안감이 다시 고개를 들었다. 난 초기 정신병자야…….

에릭은 심사숙고했다. 피트가 그 뮤지크론을 시애틀 밖으로 가져가면…… 그땐 어떡하지?

손가락을 딱 튕기고, 영상전화로 가서 야간 영업을 하는 여행사에 전화했다. 오랜 설득 끝에 여자 직원이 그가 원하는 예약 날짜를 찾아봐 주기로 했다. 특별가를 받고. 에릭은 청구 코드를 알려 주고, 통화를 끊은 후 침대 발치에 있는 마이크로필름 선반으로 갔다. 제목 목록을 손가락으로 훑어 내리다가, 「뇌파 형태의 함의, 9건의 뇌 맥박 분석, 저자 카를로스 아만티 박사」에서 멈췄다. 테이프 맞은편의 선택기를 누르고, 선반 위 스크린을 활성화한 다음 리모콘을 들고 침대로 돌아갔다.

첫 페이지가 스크린에 떴다. 방 조명은 자동으로 어두워졌다. 그는 읽었다.

'인간의 가청 규모를 넘나들며 지속적으로 공포의 감정적 반응을 다양한 정도로 일으키는 진동 임펄스의 범위가 있다. 이 진동 임펄스 중 일부(크게 음향이라는 용어로 묶을 수 있음.)는 인간 감정 경험의 한계를 시험한다. 모든 감정은 조화로운 움직임에 의한, 진동에 대한 자극이라고 말하는 것이 합당할 수 있다.

많은 연구자가 특징적인 뇌파 반응이 있는 감정을 선호했다. 제타파와 사랑에 대한 카터의 연구, 파이파와 추상적 사고에 대한 레이먼의 연구, 세타파 지수에서 슬픔의 정도에 대한 폴슨의 연구 등 몇 가지를 꼽을 수 있다.

본 연구의 목적은 이러한 특징적인 반응을 추적하고, 완전히 새로운 해석 방향이 되리라 믿어지는……'

시간이 늦어 읽다 보면 졸음이 오리라 예상했으나, 읽을수록 감각은 더욱 말짱해졌다. 여러 번 거듭 읽어 말 자체는 익숙했으나, 그래도 자극이 있었다. 에릭은 책 끝 쪽에 있는 구절을 떠올리고, 필름을 모터에 올려 원하는 부분 쪽으로 훑어 나갔다. 테이프 속도를 늦추어, 페이지 단위 진도로 돌아갔다. 구절을 찾아냈다.

'텔레프로브에서 증세가 심한 환자들과 연구하는 동안, 분위기에서 고조된 감정적 느낌을 감지했다. 내 연구와 무관한 다른 이들도 같은 경험을 보고했다. 이는 정신 이상의 특징적인 발산이 텔레프로브의 차폐되지 않은 영역 내 있는 사람들에게 공감하는 반응을 일으킬 가능성을 제시한다. 이상하게도, 이 혼란스러운 감각은 때로 환자가 검사받은 시점에서 몇 분 또는 심지어 몇 시간 후에 나타난다.

이 후자의 현상에 근거한 이론을 제시하기는 망설여진다. 텔레프로브에 대해 우리가 알지 못하는 것이 많다. 예를 들자면 잠재기가 있다. 그러나, 텔레프로브와 정신 이상의 결합이 그 영역 내에 있는 사람들의 무의식적 기능에 우울한 영향을 방출할 가능성이 있다. 그렇다고 해도, 이 텔레프로브와 뇌파 연구 분야 전체가 가지는 의미는……'

단호한 동작으로 에릭은 영사기를 끄고, 침대에서 일어나 옷을 입었다. 침대 옆 시계는 1999년 5월 15일 토요일, 오전 3:28을 표시하고 있었다. 평생 이보다 더 말짱한 적이 없었다. 계단을 두 칸씩 내려가 지하 연구실로 들어선 다음, 불을 모조리 켜고 텔레프로브를 꺼냈다.

뭔가 잡아냈어, 증후군 문제가 이렇게 급박한데 자느라 시간을 낭비할 순 없지. 그는 생각했다.

그는 텔레프로브를 응시했다. 여러 칸으로 이루어진 열린 틀, 튜브의 벽, 전선의 미로, 한가운데에는 긴 의자 그리고 금속 반구 모양의 수집기가 의자 바로 위에 달려 있었다. 그는 생각했다. 뮤지크론은 음성 투영을 위한 장치야, 그러니 뭔가 2차 공진 회로가 있단 뜻이지.

작업대 끝의 선반에서 미사용 테이프 레코더를 꺼내어, 재생 회로를 뜯어냈다. 레코더 사용설명서를 꺼내 필요할 변화를 그리고, 이따금 멈춰 가며 계산자로 회로 부하 및 균형을 계산했다. 현재로선 자신의 작업에 크게 만족하지 못했지만 얼른 시작하고 싶어서, 필요한 부품을 꺼내 자르고 납땜질하기 시작했다. 두 시간 후 원하는 것을 만들어 냈다.

에릭은 커터 플라이어를 꺼내 텔레프로브로 가서, 레코더 회로를 잘라 내어 꺼냈다. 텔레프로브 케이지를 벤치로 끌고 가서, 조심스레 회로 도면을 확인해 가며 재생 회로를 연결했다. 모니터와 오디오 쪽에선 주요 납판을 떼어 내어, 뇌파 감지기의 첫 번째 단자에 다시 달았다. 완성된 회로에 테스트 전원 공급을 하고 임피던스 균형을 맞추기 위해 눈대중으로 제동 유닛을 추가하기 시작했다. 한 시간 이상 테스트하고 자르고, 차폐 유닛이 여러 개 들어갔다.

한 발짝 물러나 기계를 응시했다. 그는 생각했다. 사방으로 흔들리게 생겼는데. 어떻게 이 괴물의 균형을 잡지?

에릭은 턱을 집어넣고 생각에 잠겼다. 흠, 이 혼종이 뭘 하는지 볼까.

작업대 위 벽시계는 오전 6:45를 표시하고 있었다. 그는 심호흡을 하고, 과부하 퓨즈를 릴레이 전원 스위치에 연결하고 스위치를 닫았다. 픽업 회로에 있는 전선이 하얗게 타올랐다. 퓨즈가 나갔다. 에릭은 스위치를 열고, 테스트 미터기를 가지고 왔다. 어디가 잘못된 건지 찾을 수가 없었다. 회로 도면으로 돌아갔다.

"혹시 전력이 너무 높았나……." 전문가용 가감 저항기를 수리하러 보낸 걸 떠올리고, 다른 실험에 썼던 보조 발전기를 꺼내 올까 생각했다. 발전기는 구석에 쌓인 상자 무더기 아래 있었다. 일단 그건 미뤄 두고, 텔레프로브로 돌아갔다.

"그 뮤지크론을 한번 볼 수만 있다면."

기계를 응시했다. "공진 회로하고…… 또 뭐가 있을까?" 기계 안에 들어간 자신을 머릿속에 그리며 부품의 상호작용을 상상하려 애썼다.

"뭔가 놓친 게 있어! 뭔가 다른 게 있는데 이미 내가 알고 있단 기분이 든단 말이야, 들어 본 거 같은데. 그 뮤지크론의 도면을 봐야겠어."

돌아서서 연구실에서 나와 계단을 올라 부엌으로 갔다. 찬장에 있는 포장에서 커피 캡슐을 꺼내, 싱크대 옆에 두었다. 영상전화가 울렸다. 여행사 직원이었다. 에릭은 직원의 보고서를 받고 감사 인사를 한 다음 전화를 끊었다. 뺄셈을 해 보았다.

'28시간씩 차이 나네. 전부 다. 우연이라기엔 지나치지.' 그는 생각했다.

순간 현기증이 느껴지고, 이어 피로가 몰려왔다. '좀 쉬어야겠네. 머리가 더 맑을 때 다시 봐야겠다.'

터덜터덜 침실로 가서, 침대에 앉아 샌들을 벗고 그대로 누웠다. 옷을 벗기엔 너무 피곤했다. 영 잠이 오지 않았다. 눈을 뜨고 시계를 보았다. 오전 7:00. 한숨을 내쉬고는 눈을 감고 가물가물 조는 상태로 빠져들었다. 심란한 걱정이 의식을 파고들었다. 다시 눈을 뜨고 시계를 보았다. 오전 9:50. 그는 생각했다. 시간이 지나는 줄도 몰랐는데, 잠들었던 모양이야. 그는 눈을 감았다. 감각은 몽롱함으로 빠져들었다. 물결 속 흐름, 흐름 위 배, 헤매고, 사냥하고, 빙빙 돌고.

그는 생각했다. 내가 가는 걸 그가 못 봤으면 좋겠는데.

눈이 번쩍 뜨이는가 싶더니, 다음 순간 머리 위 천장에서 통합철 입구가 어른거렸다. 그는 고개를 저었다.

'미친 생각이야. 왜 이런 생각이? 너무 일을 많이 했나.' 그는 의아해했다.

옆으로 돌아눕자, 다시 몽롱한 상태로 빠져들며 눈이 가물가물 감겼다. 곧바로 전선의 미로 속에 들어온 기분이었다. 증오의 감정이 너무나 강하게 치밀어 당황스러웠다. 이유도, 무엇을 향한 것인지도 알 수 없었다. 이를 갈며 고개를 젓고, 눈을 떴다. 그 감정은 사라지고 기운이 빠졌다. 다시 눈을 감았다. 거의 압도적이라 할 만한 가드니아 꽃향기, 덧문 닫힌 창문 사이로 비쳐 드는 동틀 녘 빛의 모습이 감각에 스며들었다. 그는 눈을 번쩍 떴다. 침대에 일어나 앉아, 양손에 얼굴을 묻었다.

후각뇌 자극, 시각 자극…… 청각 자극…… 거의 총체적인 감각 반응이었다. 뭔가 의미가 있다. 하지만 무슨 의미란 말인가? 그는 고개를 젓고 시계를 보았다. 오전 10:10.

파키스탄 카라치 외곽에선, 힌두교 성직자가 오래된 길가의 흙먼지 속에 쭈그리고 있었다. 그 옆으로는 선별한 증후군 정신 질환자들을 실은 국제 적십자 트럭 행렬이 인더스강 삼각주 들판의 스카이트레인 착륙장으로 향하고 있었다. 내일 환자들은 빈의 신규 진료소에서 연구 대상이 될 예정이었다. 트럭 모터가 웅웅거리고 핑음을 냈다. 땅이 떨렸다. 성직자는 손가락으로 흙바닥에 고대 상징을 그렸다. 지나가는 트럭이 일으킨 바람이 브라마푸트라 무늬를 흩트리고 뒤틀었다. 성직자는 서글프게 고개를 저었다.

* * *

누군가 입구 매트에 발을 딛자 에릭의 현관 알림 장치가 울렸다. 그는 침대 옆 스캐너 스위치를 누르고, 침실 마스터 스크린을 확인했다. 콜린의 얼굴이 화면에 떠 있었다. 그는 문 열림을 누르려다 잘못 눌러 다시 눌러야 했다. 머리를 쓸어 올린 다음 커버올 클립을 채우고, 현관으로 향했다.

현관에 선 콜린은 작고 머뭇거리는 것처럼 보였다. 그녀를 바라보며, 거미줄 같은 뭔가가 덜컥 그의 마음을 옭아매는 것을 느꼈다…… 철두철미하게.

그는 생각했다. 이야, 단 하루 만에 완전히 빠져들었구나.

"에릭." 그녀가 말했다.

여자의 따뜻하고 부드러운 몸이 밀착해 왔다. 머리칼에서 향기가 올라왔다.

"보고 싶었어요." 남자는 말했다.

여자는 물러나 올려다보았다. "내 꿈을 꿨나요?"

남자는 여자에게 입 맞췄다. "그냥 일반적인 꿈을 꿨는데요."

"선생님!"

남자의 미소에 여자의 표정은 금세 누그러졌다. 그녀는 물러나 모피 안감 망토를 벗었다. 뒤이어 망토 안주머니에서 납작한 파란 책자를 꺼냈다. "여기 도면이요. 피트는 전혀 의심 안 하더라고요."

돌연 여자가 비틀거리며 그의 팔을 붙들고 헐떡였다.

남자는 놀라 여자를 붙잡았다. "무슨 일이에요?"

여자는 고개를 저으며, 깊고 떨리는 숨을 들이쉬었다.

"아무것도 아니에요, 그냥…… 조금 두통이."

"조금 두통이 아무것도 아닐 리가." 그는 손등을 그녀의 이마에 대 보았다. 피부에 열기가 느껴졌다. "몸이 안 좋아요?"

여자는 고개를 저었다. "아뇨. 금방 괜찮아질 거예요."

"금방 좋아질 것 같지 않은데. 식사는 했어요?"

여자는 좀 차분해져 올려다보았다. "아뇨, 하지만 원래 아침은 잘 안 먹어서…… 허리선 때문에."

"말도 안 돼! 이리 들어와서 과일 좀 먹어요."

여자는 그에게 미소 지었다. "그래요, 선생님…… 에릭."

* * *

뮤지크론의 내부 통제판 표면에 반사된 빛이 아래쪽에서 비쳐 피트의 얼굴에 악마 같은 분위기를 드리웠다. 그의 손은 자동 스위치 위에 놓여 있었다. 망설이며 생각했다. 콜린, 네 생각을 통제할 수 있다면 좋을 텐데. 너의 행동을 조종할 수 있다면 좋을 텐데. 시도할 때마다 너는 두통이 생기지. 이 기계가 진짜 어떻게 작용하는지 알 수만 있다면.

*　*　*

　에릭의 연구실은 여전히 어젯밤의 활약으로 어지럽혀진 채였다. 남자는 콜린을 작업대 끝자리에 앉히고, 옆에서 뮤지크론 책자를 펼쳤다. 여자는 펼쳐진 페이지를 내려다보았다.

　"이 이상하게 생긴 낙서는 다 뭐예요?"

　남자는 미소 지었다. "회로 도면." 그러고는 테스트 클립을 꺼내, 도면을 흘끗 보고 공진 회로에서 리드를 끌어내기 시작했다. 손길이 멈추고, 혼란스러움으로 얼굴을 찌푸렸다. 남자는 도면을 응시했다. "그럴 리 없어." 메모장과 펜을 찾아, 책자를 점검하기 시작했다.

　"뭐 잘못됐어요?"

　"말이 안 돼요."

　"무슨 뜻이에요?"

　"원래 용도를 위한 설계가 아닙니다."

　"확실해요?"

　"난 아만티 박사님의 연구를 알아요. 이건 그분 방식이 아니고." 그는 책자를 획획 넘기기 시작했다. 한 페이지가 떨어져 나왔다. 제본을 확인해 보았다. 여러 페이지가 칼로 잘려 나가고 새로운 페이지로 대체되어 있었다. 훌륭한 솜씨였다. 페이지가 떨어지지 않았다면, 알아채지 못했을 것이다. "이걸 얻기 쉬웠다고 했죠. 어디 있었나요?"

"뮤지크론 바로 위에요."

그는 생각에 잠긴 얼굴로 그녀를 바라보았다.

"뭐 잘못됐어요?" 여자의 눈은 해맑기만 했다.

"뭐가 잘못된 건지 알 수 있으면 좋겠군요. 이건 화성 운하만큼이나 가짜입니다." 남자는 책자를 가리켰다.

"어떻게 알아요?"

"저런 식으로 조립했다간, 전원을 넣는 순간 터질걸요. 답은 하나뿐이네요. 피트가 우리 움직임을 눈치챘어요." 책자를 손짓하며 말했다.

"하지만 어떻게요?"

"그게 내가 알고 싶은 겁니다……. 당신이 날 위해 도면을 가져오려는 걸 피트는 어떻게 예상했을까. 혹시 그 웨이터 보조가……."

"토미? 하지만 정말 착한 사람인데요."

"착한 사람이겠죠, 하지만 가격만 맞으면 자기 어머니도 팔걸요. 어젯밤 엿들었을지도 모르겠군요."

"나는 못 믿겠어요." 그녀는 고개를 저었다.

* * *

뮤지크론의 연결망 속에서, 피트는 이를 갈았다. 그를 증오해! 그를 증오해!

그는 그 생각을 그녀에게 밀어 넣었고, 실패한 것을 보았다. 거친 동작으로 금속 반구를 머리에서 홱 벗어 버리고, 뮤지크론에서 비틀비틀 걸어 나왔다. 넌 콜린을 가질 수 없어! 지저분하게 싸우고 싶다면, 본때를 보여 주지!

* * *

콜린이 물었다. "뭔가 다른 설명이 없을까요?"

"뭐 생각나는 거 있어요?"

여자는 작업대에서 미끄러져 내려오다가, 잠시 주저하더니 그에게 달려들어 그의 가슴에 고개를 댔다. "머리가…… 머리가……."

남자의 품에서 축 늘어져 몸서리치던 여자는 천천히 기운을 차렸는지 헉하고 숨을 들이마시며 일어섰다. "고마워요."

연구실 구석에 캔버스 데크 체어가 있었다. 남자는 여자를 이끌어 앉혔다. "지금 당장 병원에 가서 전체 검사를 합시다. 추적기 같은 게 있는지. 아무래도 불안해요."

"그냥 두통이에요."

"특이한 두통이죠."

"병원엔 안 갈래요."

"반박은 안 받아요. 당장 예약 전화 할 겁니다."

"에릭, 안 한다니까요!" 여자는 의자에서 벌떡 몸을 일으켰다. "의사는 볼 만큼 봤어요." 머뭇거리다 남자를 올려다보았다. "당신만 빼고. 온갖 검사를 다 받았어요. 나 아무 문제 없어요…… 머릿속의 뭔가를 제외하면. 그 뭔가를 치료해 줄 선생님은 이미 만난 것 같은데요." 그녀는 미소 짓고 있었다.

여자는 등을 기대고 눈을 감았다. 에릭은 의자를 끌어다가 그녀 옆에 앉아 손을 잡았다. 콜린은 얕은 잠으로 빠져드는 듯했고 고른 숨을 쉬고 있었다. 몇 분이 흘렀다.

텔레프로브가 사실상 해체되지만 않았다면, 검사를 할 수 있을 텐데. 그는 생각했다.

그녀가 뒤척이더니 눈을 떴다.

남자는 그녀의 팔을 잡았다. "그 뮤지크론 말입니다, 그걸 갖고 작업하기 전에 이런 두통이 있었던 적 있습니까?"

여자는 몸서리를 쳤다. "두통이 있긴 했죠, 하지만…… 어, 이렇게 심하진 않았어요. 어젯밤 그 미쳐 가는 사람들에 대한 끔찍한 악몽을 계속 꿨어요. 자꾸 잠이 깨더라고요. 들어가서 피트와 결판을 내고 싶었어요. 어떻게 뮤지크론이라고 확신할 수 있죠. 분명한 건 아니잖아요. 난 믿지 않을 거예요! 못 믿겠어요." 그녀는 양손으로 얼굴을 가렸다.

에릭은 일어나 작업대로 가서 노트를 찾아 널린 부품을 뒤졌다. 이윽고 돌아와 여자의 무릎에 노트를 툭 던졌다. "여기 증거요."

여자는 노트를 펼치지 않은 채 쳐다보았다. "이게 뭐죠?"

"당신 일정을 계산한 겁니다. 여행사에 당신 출발 시간을 확인해 달라고 했죠. 피트가 뮤지크론을 종료했을 시간에서부터 난리 통이 벌어지기까지 딱 28시간의 간격이 있어요. 똑같은 시간 간격을 두고 증후군이 창궐했다고요."

여자는 노트를 무릎에서 밀어냈다. "안 믿어요. 당신이 지어낸 거죠."

남자는 고개를 저었다. "콜린, 증후군이 덮친 곳마다 당신이 있었다는 게…… 그리고 28시간의 시간차를 두고 증후군이 창궐했다는 게 어떻게 들립니까. 우연의 일치라기엔 지나치지 않아요?"

여자의 입매에 힘이 들어갔다. "그거 사실이 아니잖아요. 당신 말이 옳다고 여겼다니 내가 무슨 생각을 했는지 모르겠어요. 그게 사실일 리가 없어요. 만약 그렇다면, 피트가 전부 다 계획했단 소리잖아요. 그럴 사람이 아니에요. 피트는 좋은 사람이고, 생각이 깊어요." 그녀는 소극적인 눈으로 올려다보았다.

그는 그녀의 팔에 손을 얹으려 했다. "하지만 콜린, 내 생각은……."

"손대지 말아요. 당신이 무슨 생각을 했든, 내가 무슨 생각을 했든 상관없어요. 당신이 심리학 능력을 써서 나를 피트한테 등을 돌리게 만들려 했단 생각이 들어요."

남자는 고개를 젓고 다시 여자의 팔을 잡으려 했다.

여자는 뒤로 물러났다. "아니! 난 생각 좀 하고 싶은데 이러면…… 당신 손이 닿으면 생각을 할 수 없어요." 그러고는 남자를 응시했다. "당신은 그냥 피트를 질투하는 것 같아요."

"그런 것이 아니……."

연구실 문에서 움직임이 시야 한구석에 잡혀, 그는 멈추었다. 피트가 지팡이에 몸을 기댄 채 거기 서 있었다.

에릭은 생각했다. 어떻게 여기 왔지? 아무 소리도 못 들었는데. 얼마나 오래 저기 있었을까? 남자는 일어섰다.

피트가 앞으로 발을 디뎠다. "문을 잠그는 걸 잊으셨던데, 선생." 그러고는 콜린을 쳐다보았다. "흔한 일이지. 나도 그랬거든." 피트가 절름거리며 방으로 들어왔고, 지팡이 소리가 규칙적으로 났다. "질투에 대해서 뭔가 말하고 있던데." 잠시 정적. "난 질투를 이해하고 있어."

"피트!" 콜린이 그를 응시하다가, 에릭을 돌아보았다. "에릭, 나는……." 말을 꺼내려다가 몸서리쳤다.

피트는 양손을 지팡이 꼭대기에 얹은 채 에릭을 쳐다보았다. "나한테는 아무것도 남기지 않을 셈이군, 선생…… 내가 사랑한 여자도, 뮤지크론도. 게다가 이 증후군 건을 내 탓으로 몰아갈 참이야."

에릭은 멈춰서, 바닥에서 노트를 집어 들었다. 피트에게 건네자, 그는 그걸 뒤집어 뒷면을 보았다.

"증거는 거기 있습니다. 당신이 지역을 떠나고 광기가 덮치기까지 28시간의 시간 간격이 있죠. 당신은 이미 그 증후군이 곳

곳마다 당신을 따라다니는 걸 알았어요. 예외 없이. 확인했습니다."

피트의 얼굴이 창백해졌다. "우연의 일치야. 숫자는 거짓말일 수 있고. 난 괴물이 아니라고."

콜린이 에릭을 돌아보고, 다시 피트를 보았다. "내가 하려던 말이 그거예요, 피트."

에릭이 말했다. "당신을 괴물이라고 비난하는 사람은 아무도 없습니다, 피트…… 하지만 당신은 구원자가 될 수 있지요. 그 뮤지크론에 숨겨진 지식은 말 그대로 광기를 사라지게 할 수 있습니다. 무의식과의 긍정적인 고리죠……. 언제든 손댈 수 있는. 뭐, 제대로 차폐된다면……."

"미친 소리! 당신이 뮤지크론을 손에 넣어서 잘난 척하고 다니려는 속셈이겠지." 피트는 콜린을 돌아보았다. "그리고 콜린을 꼬여 돕게 만들었고. 여자에게 배신당한 게 처음도 아니야. 나야말로 심리학자가 되어야 했는데." 숫제 비웃는 표정이었다.

콜린은 고개를 저었다. "피트, 그렇게 말하지 말아요."

"그래…… 그럼 달리 어떻게 말할까? 넌 뭣도 아니었어. 홀라 코러스에 있던 걸 내가 발탁해서 바로 정상까지 띄웠지. 그럼 어떻게 할까……." 피트는 지팡이에 기대어 몸을 돌렸다. "여자는 선생 맘대로 해. 딱 당신 타입이겠지!"

에릭은 손을 내밀다가 내렸다. "피트! 장애 때문에 이성을 잃진 말아요! 콜린에 대한 우리 감정은 상관없습니다. 뮤지크론이 사람들에게 미치는 영향을 생각해야죠! 이게 사람들에게 미치는 그 모든 불행과…… 죽음…… 고통을 생각하면……."

"사람들!" 피트가 내뱉었다.

에릭은 그에게 한 걸음 다가갔다. "그만하세요! 내 말이 맞는다는 거 알잖습니까. 뮤지크론이든 뭐든 개발한 명예는 당신이 다 가질 수 있습니다. 통제권도 다 가질 수 있고요. 당신이……."

"사람 놀리지 말라고, 선생. 전문가들이 시도해 봤어. 당신네들의 그 거창한 헛소리! 그냥 여기 있는 애인에게 잘 보이려는 거지. 여자는 선생 맘대로 하라고 이미 말했잖아. 난 저 여자를 원하지 않아."

"피트! 당신이……."

"조심해, 선생, 성질 내지 말고!"

"당신처럼 꽉 막힌 사람을 상대하는데 성질 안 나겠어요?"

"그럼 꽉 막힌 사람과 도둑의 대결인가, 의사 선생?" 피트는 바닥에 퉤 침을 뱉더니, 문을 향해 돌아서다 지팡이에 걸려 넘어졌다.

콜린이 곁으로 달려갔다. "피트, 안 다쳤어요?"

피트는 여자를 밀쳤다. "내가 알아서 할 수 있어!" 그러고는 비틀비틀 일어나, 지팡이로 몸을 지탱했다.

"피트, 제발……."

에릭은 피트의 눈에 맺힌 물기를 보았다. "피트, 이 일을 해결합시다."

"이미 해결됐어." 그는 절름절름 문으로 향했다.

콜린이 머뭇거렸다. "같이 가 봐야겠어요. 저렇게 가게 둘 순 없어요. 피트가 뭘 할지 모르는데."

"하지만 피트가 뭘 했는지 봤잖아요?"

여자의 눈이 분노로 확 불타오르더니 에릭을 응시했다. "당신이 한 일은 봤어요. 내가 본 중에 제일 잔인한 일이었죠." 그러고는 뒤돌아 피트를 쫓아 달려갔다.

* * *

여자의 발소리가 계단에 울려 퍼졌다. 바깥 문이 쾅 닫혔다.

빈 골판지 상자가 텔레프로브 옆에 놓여 있었다. 에릭은 상자를 발로 차 날려 버렸다.

"비이성적이고…… 신경질적이고…… 변덕스럽고…… 무책임하고……."

에릭은 우뚝 멈추었다. 가슴속 공허함이 커져 갔다. 텔레프로브를 쳐다보았다. "가끔 여자들은 진짜 예측을 못 하겠다니까." 작업대로 가서 트랜지스터를 집어 들었다가 내려놓고, 저항기 한 무더기를 작업대 뒤쪽으로 밀어냈다. "진작 알았어야 했어."

돌아서서 문으로 향하다가, 다른 모든 의식을 싹 지워 버리는 어떤 생각이 떠오르는 바람에 얼어붙었다.

저들이 시애틀을 떠나면?

에릭은 세 칸씩 계단을 뛰어 올라가 현관을 나서 거리 이쪽저쪽을 둘러보았다. 한 명이 탄 제트카가 휙 지나갔다. 여자와 아이 둘이 왼쪽에서 다가오고 있었다. 그 외에 거리는 텅 비어 있었다. 반 블록 안 되는 거리의 통합철 입구에서 10대 소녀 셋이 나왔다. 그는 그쪽으로 다가가려다 마음을 바꿨다. 통합철은 15초 간격으로 다녔다. 두 사람을 붙잡을 가능성은 그가 상처를 달래는 사이 날아가 버렸다.

도로 아파트로 들어갔다.

그는 생각했다. 뭔가 해야 해, 그들이 시애틀을 떠나면, 시애틀도 다른 곳과 마찬가지의 길을 걷겠지. 영상전화 앞에 앉아 다이얼에 손가락을 올렸다가 내렸다.

경찰에 전화하면 증거를 원하겠지. 시간표 외에 보여 줄 게 뭐가 있을까? 왼쪽 창밖을 내다보았다. 뮤지크론! 그걸 보면…… 다시 다이얼로 손을 뻗다가, 다시 내렸다. 그들이 뭘 보게 될까? 피트는 그냥 내가 그걸 훔치려 한다고 주장할 거고.

에릭은 일어나 서성거리며 창가로 가서 호수를 내다보았다.

협회에 전화해 보면 어떨까. 그는 생각했다.

현재 카인드 카운티 정신의학 상담자 협회의 지휘부에 있는 사람들을 하나씩 제외해 보았다. 다들 에릭 라드 선생이 젊은 나이에 너무 성공했다고 여기고 있었다. 그 밖에 그의 텔레프로브 연구 관련해서도 문제가 있었다. 대체로 터무니없는 일들이었다.

에릭은 고개를 저었다. 하지만 뭔가 해야 해…… 증후군을…… 뭘 하든 혼자 해야만 해. 그는 검은 망토를 걸치고, 밖으로 나가 그웨덕 룸으로 향했다.

차가운 바람에 파도의 포말이 일고, 물가 통행로에 물보라가 흩뿌려졌다. 에릭은 엘리베이터에 불쑥 올라타, 점심 식사가 진행 중인 홀에 도착했다. 안내대의 여직원이 고개를 들었다.

"한 분이신가요, 선생님?"

"미스 라나이를 찾고 있습니다."

"죄송해요. 밖에서 엇갈리셨나 보네요. 세란티스 씨와 함께 방금 나가셨어요."

"어디로 갔는지 혹시 압니까?"

"죄송해요, 오늘 저녁에 다시 오시면 아마……."

에릭은 엘리베이터로 돌아가, 어렴풋이 불안한 기운이 감도는 거리로 올라왔다. 엘리베이터 돔에서 나올 때, 업무용 돔에서 밴이 나오는 것이 보였다. 에릭은 직감을 좇아 업무용 엘리베이터로 달려갔으나 이미 우웅 소리와 함께 내려가고 있었다.

"저기!"

우웅 소리가 멈추었다가 재개되었다. 엘리베이터는 지상층으로 돌아왔고, 안에는 웨이터 보조 토미가 타고 있었다.

"다음엔 좀 더 운이 따르시길 바라요, 선생님."

"그들은 어디로?"

"어……."

에릭은 주머니에 손을 넣어 50달러 화폐를 꺼냈다.

토미는 동전을 보고 다시 에릭의 눈을 보았다. "피트가 벨링엄 스카이트레인 비행장에 런던행 예약 전화를 하는 걸 들었어요."

에릭은 가슴이 콱 막히는 것을 느꼈다. 숨결이 얕고 가빠졌다. 주위를 둘러보았다.

"겨우 스물여덟 시간……."

"아는 건 그게 다예요, 의사 선생님."

에릭은 웨이터 보조의 눈을 쳐다보며 관찰했다.

토미는 고개를 저었다. "그런 식으로 보지 말아요!" 몸서리를 치며 말을 이었다. "그 피트란 사람 소름 끼쳐요. 항상 사람을 빤히 쳐다보고. 하루 종일 그 기계 안에 앉아 있는데 아무 소리도 안 나고." 다시금 몸서리를 쳤다. "그 사람이 가 버려서 얼마나 다행인지."

에릭은 그에게 동전을 건넸다. "그럴 일 없을 거야."

토미는 엘리베이터로 도로 들어섰다. "그래요. 그 아가씨랑 잘되지 않아서 안됐어요, 선생님."

"잠깐."

"네?"

"미스 라나이가 남긴 메시지는 없었고?"

토미의 손이 커버올 안주머니 쪽으로 거의 알아챌 수 없을 정도로 움직였다. 에릭은 숙련된 눈썰미로 그 동작을 포착했다. 그는 성큼 나아가 토미의 팔을 잡았다.

"이리 내놔!"

"저기 있죠, 선생님."

"이리 달라니까!"

"무슨 소린지 도대체 모르겠는데요."

에릭은 웨이터 보조에게 얼굴을 바싹 들이밀었다. "로스앤젤레스, 로턴, 포틀랜드, 증후군이 닥친 그 모든 곳에 무슨 일이 생겼는지 봤지?"

청년의 눈이 휘둥그레졌다. "선생님, 전……."

"이리 달라고!"

토미는 잡히지 않은 손을 커버올 아래 집어넣어 두꺼운 봉투를 꺼내, 에릭의 손에 떠넘겼다.

에릭은 청년의 팔을 놓아주었다. 봉투에 갈겨쓴 글자가 보였다. '이게 피트에 대한 당신 생각이 틀렸다는 증거가 될 거예요.' '콜린'이라고 서명이 되어 있었다.

"이걸 그냥 가지고 있으려 했어?" 에릭은 물었다.

토미의 입술이 뒤틀렸다. "이게 뮤지크론 도면이라는 건 바보라도 알 수 있어요. 이거 비싼 거잖아요."

"넌 아무것도 몰라." 에릭이 문득 고개를 들고 물었다. "그 둘이 벨링엄으로 갔다고?"

"네."

＊　＊　＊

끊임없는 통합철에 올라 에릭은 21분 만에 벨링엄 비행장에 도착했다. 통합철에서 뛰어내려 사람들을 밀치며 역으로 달렸다. 스카이트레인이 비행장 저 끝에서 허공으로 날아올랐다. 에릭은 걸음이 꼬여 비틀거리다 균형을 찾았다.

역내에서는 사람들이 매표소를 떠나 그의 옆을 스쳐 갔다.

에릭은 창구로 달려가 카운터 위로 몸을 내밀었다. "런던행 다음 편은요?"

창구 직원이 바로 옆 스크린을 확인했다. "내일 오후 12:50에 있습니다, 손님. 방금 놓치셨어요."

"하지만 24시간 후잖아요!"

"런던 도착 예정 시간은 오후 4:50입니다, 손님. 티타임에는 조금 늦겠네요." 직원은 미소를 짓고는 에릭의 카두세우스 배지를 흘끗 보았다.

에릭은 카운터 가장자리를 붙들고 여자 쪽으로 몸을 기울였다. "그럼 29시간이에요…… 한 시간 늘는단 말입니다."

에릭은 몸을 일으켜 돌아섰다.

"네 시간밖에 안 걸려요, 선생님."

다시 몸을 돌렸다. "전용선을 빌릴 수 있을까요?"

"죄송합니다, 선생님. 전기 폭풍이 다가오고 있어요. 여행자 빔을 중단해야 합니다. 빔 없이 가려는 파일럿은 못 구하실 거예요. 아시죠?"

"스카이트레인에 탑승한 사람에게 전화할 방법이 있습니까?"

"개인적인 문제인가요, 선생님?"

"긴급 상황입니다."

"어떤 종류의 긴급 상황인지 여쭤도 될까요?"

에릭은 잠시 생각하며, 여자를 쳐다보았다. 여기도 문제는 마찬가지야……. 아무도 날 믿지 않겠지.

그는 말했다. "됐습니다. 제일 가까운 영상전화는 어디인가요? 플리머스 도착장에 메시지를 남겨야겠어요."

"오른쪽으로 죽 가시면 있습니다, 선생님." 여자는 표 판매를
재개하려다 돌아선 에릭의 등을 쳐다보았다. "의학적인 응급 상
황인가요, 선생님?"

그는 멈칫했다가, 돌아섰다. 주머니에 든 봉투가 바스락거렸
다. 손으로 더듬어 봉투를 꺼냈다. 토미가 준 이후로 두 번째로,
에릭은 안에 든 전기 장치 도면을 흘끗 들여다보았다. 일부는
'C.A.'라는 머리글자가 적혀 있었다.

여직원은 그를 응시한 채 기다리고 있었다.

에릭은 봉투를 다시 주머니에 넣었다. 어떤 생각이 또렷이 떠
올랐던 것이다. 그는 여자를 올려다보았다. "네, 의학적 응급 상
황입니다. 하지만 당신이 할 수 있는 일은 없어요."

돌아서서, 성큼성큼 밖으로 나와 통합철로 돌아왔다. 그는
콜린을 떠올렸다. 신경 과민한 여자를 믿어선 안 돼. 욕망에 현혹되지
말았어야 했는데.

통합철 입구로 내려가, 고속로로 가서 제일 먼저 오는 차량에
올라탔고, 비어 있어 다행으로 여겼다. 타고 가는 동안 봉투를
꺼내 그 내용물을 살폈다. 의심의 여지가 없었다. 봉투에 든 것
은 피트가 뮤지크론 책자에서 잘라 낸 그 페이지들이었다. 에
릭은 아만티 박사의 특징인 갈겨쓴 글씨를 알아보았다.

에릭이 연구실 불을 켰을 때 벽시계는 오후 2:10을 표시하고
있었다. 노트에서 백지를 한 장 뜯어내어, 유성 연필로 썼다.

'최종 기한, 5월 16일 일요일, 오후 4:00.'

종이를 작업대에 붙이고, 봉투에 든 회로 도면을 펼쳤다. 첫 번째 페이지를 확인했다.

그는 생각했다. 직렬 변조, 1/4 파장. 펜으로 페이지를 훑어 내리고, 다음 페이지를 확인했다. 다중 페이즈 리버스. 다음 페이지로 넘어갔다. 펜이 멈칫했다. 회로를 따라가다, 첫 페이지로 돌아갔다. 음성 피드백. 그는 고개를 저었다. 그건 불가능해! 그러면 제멋대로의 고조파 미로가 될 뿐일 텐데. 이어서 도면을 샅샅이 살펴 넘기다 멈추고, 마지막 두 페이지를 천천히 꼼꼼하게 읽었다. 회로를 두 번, 세 번, 네 번 검토했다. 고개를 저었다. 이게 뭐지?

그는 도면의 많은 고안을 가늠해 볼 수 있었고, 그 아이디어의 뚜렷한 단순함에 감탄했다. 하지만 마지막 열 페이지는…… 어딘가 익숙한 회로를 묘사하고 있었고, 극도로 높은 진동의 듀얼 주파수 결정 진동자가 연상되었다. 가장자리에 '10,000 KC'라고 표시되어 있었다. 하지만 그가 설명할 수 없는 미묘한 차이가 있었다. 예를 들어, 더 낮은 제한 표시가 있었다.

여러 개의 고조파가 쫓고 변화했다. 하지만 무작위일 리는 없었다. 무언가 그걸 통제하고, 균형을 잡아야만 했다.

마지막 페이지 밑단에는 기록이 있었다. '중요: C6 극소 가변, C7, C8 듀얼, 4ufd만 사용할 것.'

저 시리즈의 튜브는 생산 중단된 지 50년인데, 뭘로 대체하지?

그는 도면을 연구했다.

이걸 제시간에 만들어 낼 가능성은 없어. 혹시 그런다 한들, 그다음엔? 그는 이마를 닦았다. 왜 결정 진동자가 연상될까? 시계를 보았다……. 두 시간이 지나 있었다. 시간이 언제 이렇게 지나갔지? 이게 뭔지 익히는 데만도 너무 많은 시간이 걸려. 그는 입술을 깨물며, 움직이는 시계 초침을 응시하다가 돌연 얼어붙었다. 부품 업체가 곧 닫을 텐데, 내일은 일요일이야!

* * *

연구실 영상전화로 가서, 부품 업체에 전화했다. 받지 않았다. 옆에 부품 업체 목록을 두고 체크해 가며 차례차례 전화했다. 받지 않았다. 다섯 번째 통화한 곳에선 트랜지스터를 사용하여 작동할 만한 대체 회로를 제안해 왔다. 에릭은 직원이 알려 준 부품을 목록에서 지우고, 자신의 배송 튜브 코드를 알려 주었다.

"월요일 바로 발송하겠습니다." 남자가 말했다.

"하지만 오늘 필요해요! 오늘 밤!"

"죄송합니다, 손님. 부품이 저희 창고에 있어요. 토요일 오후에는 다 닫혀 있습니다."

"정가에 100달러 더 드리겠습니다."

"죄송합니다, 손님. 제 권한이 아닙니다."

"200달러."

"하지만……."

"300달러."

직원은 주저했다. 에릭은 상대가 계산을 해 보고 있음을 알 수 있었다. 300달러면 아마 일주일 치 수입일 것이다.

"여기 근무가 끝난 다음 제가 직접 가져다 드릴게요. 또 필요한 건 없으시고요?" 직원이 말했다.

에릭은 회로 도면을 넘겨보며, 가장자리에 쓰인 부품 목록을 읽어 주었다. "7시 전에 가져다주면 추가로 100달러 더 드려요."

"5:30에 퇴근합니다, 선생님. 최선을 다할게요."

에릭은 통화를 끊고, 작업대로 돌아가 도면을 보며 자신이 가진 소재를 적어 보았다. 원격 검색기는 놀랄 만큼 적은 변화로 기본 요소를 이루었다.

5:40, 위층에서 전송그래프 알림이 울렸다. 에릭은 납땜기를 내려놓고, 위층으로 올라가 테이프를 빼 보았다. 발송 지역국을 본 그의 손이 떨렸다. 런던.

그는 메시지를 읽었다.

'다시 나를 볼 생각 말아요. 이제는 알겠지만 당신의 의심은 전혀 근거가 없어요. 피트와 나는 월요일에 결혼해요. 콜린.'

에릭은 송신기 앞에 앉아 아메리칸 익스프레스에 보내는 메시지를 입력하고, 콜린 라나이에게 급행 배달을 선택했다.

'콜린: 내 생각을 못 견디겠다면, 사람들 가득한 도시에 이게 어떤 의미인지 생각해 줘요. 너무 늦기 전에 피트와 그 기계를 도로 이리 옮겨 와요. 이건 비인간적인 일이에요.'

이름을 적기 전 망설이다가, '사랑해요'를 입력했다. '에릭'이라고 서명했다.

그는 생각했다. 정말 바보야, 난. 그렇게 도망친 사람한테.

부엌에 들어가 피로를 막는 캡슐을 복용하고, 알약 식사를 한 다음 커피를 마셨다. 부엌 싱크대에 기대어 캡슐 효과가 나타나기를 기다렸다. 머리가 맑아졌다. 찬물로 세수를 한 다음 물기를 닦고, 연구실로 돌아갔다.

오후 6:42, 현관 알림 장치가 울렸다. 화면에는 부품 상점 직원의 얼굴이 보였고, 품에는 부피 큰 짐이 안겨 있었다. 에릭은 문 열림을 누르고, 튜브에 대고 말했다. "아래층으로 내려와서 왼쪽 첫 번째 문이요."

작업대 뒤쪽 벽이 갑자기 휘청이고, 석조 구조물 선이 물결쳤다. 순간 감각의 혼란이 닥쳐왔다. 그는 입술을 깨물고, 현실의 고통에 매달렸다.

그는 생각했다. 너무 일러, 그냥 내가 신경이 예민해진 거겠지, 너무 긴장했어.

증후군의 특성 하나가 번뜩 떠올랐다. 그는 연습장을 끌어당겨 갈겨썼다. '무의식적 자율성의 상실, 잠재의식 수용체의 과도한 자극, 총합 지각 — 미세 지각. C. G. 융의 집단 무의식을 확인할 것.'

발소리가 계단을 내려왔다.

"여기인가요?"

직원은 예상보다 키가 큰 남자였다. 연구실을 둘러보는 남자의 얼굴에는 청년다운 열의에 가까운 분위기가 맴돌았다. "굉장한데요!"

에릭은 작업대에 자리를 마련했다. "여기다 두세요." 시선은 직원의 섬세한 손에 꽂혀 있었다. 남자는 작업대에 상자를 놓고, 상자 옆에 있던 고정형 결정 진동자를 집어 들어 들여다보았다.

"전기 연결에 대해 좀 알아요?" 에릭은 물었다.

직원은 고개를 들고 씩 웃었다. "호출 부호 W7CGO. 10년 넘게 아마추어 무선 통신을 해 왔죠."

에릭은 손을 내밀었다. "에릭 라드, 의사입니다."

"볼드윈 플라트…… 볼디라고 부르세요." 직원은 섬세한 그 손으로 숱이 줄어들어 가는 머리를 쓸어 올렸다.

"만나서 반가워요, 볼디. 이미 약속한 것에 1000달러 얹어 드리면 어떨까요?"

"농담하세요, 선생님?"

에릭은 고개를 돌려 텔레프로브의 뼈대를 쳐다보았다. "저걸 내일 오후 4시까지 마무리해서 준비하지 않으면, 시애틀은 로스앤젤레스의 뒤를 따르게 됩니다."

볼디가 휘둥그레진 눈으로 뼈대를 쳐다보았다. "증후군이요? 어떻게……."

"무엇이 증후군을 일으키는지 알아냈어요……. 바로 이런 기계죠. 그 기계의 복제본을 만들어서 가동해야 해요. 안 그러면……."

직원의 눈이 또렷하고 진지해졌다. "위층에서 명패 봤어요, 선생님, 그리고 전에 선생님에 관해 읽은 게 생각나더라고요."

"그래요?"

그는 작업대 위의 부품을 쳐다보고, 다시 텔레프로브를 보았다. "선생님이 알아낸 증후군의 원인을 확신하신다면, 저도 믿겠습니다. 그냥 저한테 설명하려고 하지만 마세요. 뭘 하면 될지 말씀해 주세요." 짧은 정적. "선생님이 하는 얘기가 확실한 거면 좋겠네요."

"그저 우연의 일치일 수가 없는 걸 발견했어요. 거기에다 텔레프로브에 대해 내가 아는 걸 더해 보면……." 에릭은 망설이다 덧붙였다. "그래요, 내가 하는 얘기는 확실한 거예요."

에릭은 작업대 뒤쪽에서 작은 병을 집어 들어, 라벨을 확인하고 캡슐을 하나 꺼냈다. "여기, 이거 들어요. 잠을 쫓아 줄 겁니다."

볼디는 캡슐을 삼켰다.

에릭은 작업대에 놓인 종이를 정리해서, 첫 번째 장을 찾았다. "자, 이게 우리가 다루는 거예요. 까다로운 1/4 파장 연결에 사람을 기절초풍하게 할 증폭 계수의 결합인데."

볼디는 에릭의 어깨 너머로 보았다. "따라가기 어려울 거 같진 않은데요. 제가 그거 하는 동안 선생님은 더 어려운 부분을 해결하시죠." 그러고는 도면을 작업대의 더 깨끗한 모퉁이로 옮겼다. "이건 어떤 용도인가요, 선생님?"

"임펄스 필드를 만드는데, 그게 인간 무의식에 직접적으로 유입돼요. 필드는 뒤트는 역할을……."

볼디가 말을 잘랐다. "오케이, 선생님. 저한테 설명하지 말라고 부탁했던 걸 깜박했네요." 고개를 들고 미소 지었다. "전 사회학은 낙제했어요." 그의 표정이 진지해졌다. "그냥 선생님은 다 잘 알고 계시겠거니 하고 작업할게요. 전기는 제가 아는데, 심리학은…… 아니죠."

* * *

그들은 침묵 속에 작업했고, 이따금 질문과 중얼거림만이 그 침묵을 깼다. 벽시계 초침이 돌고 돌고, 분침이 따르고, 시침이 쫓아갔다.

오전 8:00, 그들은 아침 식사를 하러 나갔다. 결정 진동자의 배치는 여전히 수수께끼였다. 도면은 갈겨쓴 무선통신 용어로 뒤덮여 있다시피 했다.

수수께끼를 처음 푼 사람은 볼디였다.

"선생님, 이게 소리가 나게 되어 있나요?"

에릭이 휘둥그레진 눈으로 도면을 쳐다보았다. "뭐? 당연히 소리가 나게 되어 있지."

볼디가 혀로 입술을 축였다. "잠수함 탐지에 필요한 수심 음향을 위한 특수 음파 결정체 세트가 있거든요. 그 회로랑 좀 비슷해 보이는데, 다만 좀 희한한 차이점이 있네요."

에릭은 입꼬리가 올라갔다. 눈이 번들거렸다. "그거야! 그래서 통제 회로가 없었던 거야! 그래서 온 사방을 추적하러 다니게 생긴 모양이었던 거고! 조종자가 통제 장치였어. 정신으로 균형을 유지하는 거지!"

"어떻게요?"

에릭은 질문을 무시했다. "하지만 그럼 우리가 결정체를 잘 못 가져온 건데. 부품 목록을 잘못 읽었어. 그리고 아직 절반도 못 끝냈고." 좌절감에 그의 어깨가 처졌다.

볼디가 손가락으로 도면을 툭툭 쳤다. "선생님, 저희 집에 오래된 음파 기기가 몇 가지 있는데요. 아내한테 전화해서 가져오라고 할게요. 음파 진동기가 예닐곱 개 있을 거예요…… 그거면 될 거 같네요."

에릭은 벽시계를 쳐다보았다. 오전 8:28. 일곱 시간 반이 남아 있었다. "부인한테 서두르라고 해 줘."

* * *

볼디의 아내는 남편의 여자 버전이었다. 무거운 나무 상자를 들고 계단을 내려왔는데도, 편안하고 느긋하게 균형을 잡고 있었다.

"안녕, 자기. 이거 어디 놔?"

"바닥에…… 아무 데나. 선생님, 이쪽은 베티예요."

"안녕하십니까."

"안녕하세요, 선생님. 차에 짐이 더 있어요. 가져올게요."

볼디가 그녀의 팔을 잡았다. "내가 할게. 당신은 무거운 짐 들면 안 돼, 특히 계단 내려올 때는."

그녀는 뒤로 물러났다. "괜찮아. 하던 일 해. 내 건강에도 좋

90

아……. 운동이 필요하니까."

"하지만……."

"하지만은 없어." 그녀는 그를 밀어냈다.

볼디는 마지못해 작업대로 돌아와, 아내를 돌아보았다. 그녀는 문가에서 뒤돌아 볼디를 쳐다보았다. "밤새 여기 있었던 것 치고는 괜찮아 보이네. 뭐가 이리 바빠?"

"나중에 설명할게. 남은 짐 좀 가져다줘."

볼디는 그녀가 가져온 상자로 가서, 내용물을 뒤지기 시작했다. "여기 있네요." 작은 플라스틱 상자 두 개를 꺼내 에릭에게 건네고, 또 하나, 그리고 또 하나를 꺼냈다. 전부 여덟 개였다. 그들은 상자를 작업대에 나란히 줄 세웠다. 볼디가 첫 번째 상자의 뚜껑을 달칵 열었다.

"대부분은 인쇄 회로, 크리스털 다이오드 트랜지스터, 그리고 튜브 몇 개예요. 훌륭한 엔지니어링이죠. 이걸로 뭔 거창한 일을 하려 했는지도 모르겠네요. 할인가라 안 살 수가 없었어요. 개당 2달러였죠." 그는 옆판을 도로 접었다. "여기 크리스털…… 선생님!"

에릭이 상자 위로 몸을 숙였다.

볼디가 상자 안으로 손을 뻗었다. "찾으시던 튜브가 뭐였죠?"

에릭은 회로 도면을 붙들고 부품 목록을 손가락으로 훑어 내려갔다. "C6 극소 가변, C7, C8 듀얼, 4ufd."

볼디는 튜브를 하나 잡아 뽑았다. "여기 C6." 또 하나를 뽑았다. "여기 C8." 또 하나를 뽑았다. "C7." 작업물을 흘끗 들여다보왔다. "여기 아무 소용이 없을 거 같은 세 번째 단이 있는데요. 4ufd 부품의 대체품을 만들어 낼 수 있을 거예요."

볼디는 잇새로 높낮이 없는 휘파람 소리를 냈다. "도면이 낯익어 보였던 것도 당연하네요. 이 전쟁 때 회로에 기반을 뒀던 거라."

에릭은 순간적으로 환희를 느꼈다가, 벽시계를 보고 정신을 차렸다. 오전 09:04.

그는 생각했다. '더 빨리 작업하지 않으면 절대 시간에 못 맞춰. 일곱 시간도 안 남았는데.'

그는 말했다. "얼른 하자고. 시간이 별로 없어."

베티가 다른 상자를 들고 계단을 내려왔다. "식사해야지요."

볼디는 두 번째 플라스틱 상자를 분해하느라 고개도 들지 않았다. "응, 하지만 나중에 먹을 샌드위치 만들어 주면 좋겠는데."

에릭은 다른 플라스틱 상자에서 고개를 들고 말했다. "위층 찬장에 음식 가득해요."

베티는 뒤돌아서 다닥다닥 계단을 올라갔다.

볼디는 곁눈질로 에릭을 흘끗 보았다. "선생님, 이 난리가 난 이유는 베티에게 말하지 말아 주세요. 다섯 달 후에 첫아들이 태어날 예정이거든요." 상자로 관심을 돌려 체계적으로 작업하던 볼디는 크게 숨을 들이쉬었다. "선생님 말이 믿어져요. 이건 작동할 거예요." 땀 한 방울이 그의 코를 주르륵 타고, 손에 떨어졌다. 그는 손을 셔츠에 닦아 냈다.

베티의 목소리가 계단에 울려 퍼졌다. "선생님, 깡통따개는 어디 있어요?"

에릭은 머리와 어깨를 텔레프로브 안에 집어넣고 있었다. 그는 물러나서 외쳤다. "싱크 왼쪽에, 기계식이요."

중얼중얼, 끙끙, 쨍강대는 소리가 부엌에서 울려 퍼졌다. 이윽고 베티가 왼손 엄지에 빨갛게 물든 반창고를 감은 채 샌드위치 한 접시를 들고 나타났다. "과도를 망가뜨렸어요. 이런 기계는 무서워요." 남편의 등을 애정을 담아 바라보며 말을 이었다. "남편은 선생님만큼 새로운 기기를 좋아하죠. 내가 스파이 빔처럼 지켜보지 않으면 내 구식 부엌은 전기제품 지옥이 될걸요."

그녀는 빈 상자를 뒤집고, 샌드위치 접시를 그 위에 놓았다. "배고프면 드세요. 뭐 도울 일은 없고요?"

볼디가 작업대에서 물러나 돌아섰다. "오늘은 엄마 집에 가 있지 그래?"

"하루 종일?"

볼디가 에릭을 흘끗 보고, 다시 아내를 보았다. "선생님이 하루치 일당으로 1400달러를 주실 거야. 우리 아기 돈이야. 이제 얼른 가 봐."

그녀는 뭔가 말하려다가 입을 다물고, 남편에게 걸어가 뺨에 입 맞췄다. "그래, 자기. 안녕." 그녀는 떠났다.

에릭과 볼디는 작업을 계속했고, 시간이 재깍재깍 감에 따라 압박감은 더해 갔다. 그들은 묵묵히 나아가며 체계적으로 매 단계를 점검했다.

오후 3:20, 볼디가 새 공진 회로의 절반에서 테스트 클립을 풀어내며 벽시계를 확인했다. 그는 멈추고 텔레프로브를 돌아보고, 남은 할 일을 가늠했다. 에릭은 기계 아래 드러누워, 새 연결을 납땜질하고 있었다.

"선생님, 우리 다 못 하겠어요. 시간이 부족해요." 그는 테스트 미터기를 작업대에 내려놓고 기댔다.

텔레프로브 아래에서 전기 납땜기가 미끄러져 나왔다. 에릭은 꿈틀꿈틀 그 아래에서 나와, 벽시계를 올려다보고 결정 회로의 연결되지 않은 전선을 다시 보았다. 일어나 주머니에서 신용책을 꺼내 1400달러짜리 신용 수표를 볼드윈 플라트 앞으로 썼다. 수표를 끊어 볼디에게 건넸다.

"이 금액만큼 충분히 일했어, 볼디. 이제 가 봐. 부인한테 가야지."

"하지만……."

"말씨름할 시간 없어. 나갈 때 문 잠가 줘, 네가 다시 들어올 수 없게, 만약에……."

볼디는 오른손을 들어 올리다가 내렸다. "선생님, 전 그렇게는……."

에릭은 크게 숨을 들이쉬었다. "괜찮아, 볼디. 때를 놓치면 내가 어떻게 끝날지 대충 알아. 너는 어떨지 모르겠다. 어떻게 하는 게 좋을까, 글쎄……." 그는 볼디를 응시하다 어깨를 으쓱했다.

볼디는 고개를 끄덕이고 침을 꿀꺽 삼켰다. "선생님 말씀이 맞겠죠." 그는 입술을 비죽거리는가 싶더니 갑자기 돌아서서 계단을 뛰어 올라갔다. 현관문이 쾅 닫혔다.

에릭은 텔레프로브로 몸을 돌려, 결정 회로 전선을 집어 들어 수신기에 연결하고, 접속 부위에 납땜을 했다. 다음 결정 유닛으로 넘어가고, 그다음…….

4시 1분 전 에릭은 시계를 보았다. 텔레프로브 작업은 한 시간 이상 분량이 남았고 그다음은…… 알 수 없었다. 작업대에 기댔다. 피로로 눈이 가물거렸다. 주머니에서 담배를 꺼내 점화기를 누르고, 깊게 들이마셨다. 그는 콜린의 질문을 기억했다. '미친다는 건 어떤 걸까요?' 그는 담뱃불을 응시했다.

내가 텔레프로브를 산산조각 내게 될까? 총을 꺼내 들고 콜린과 피트를 찾으러 가게 될까? 밖으로 달려 나가게 될까? 벽시계가 울렸다. 그는 긴장했다. 어떤 기분일까? 현기증이 나고 속이 울렁거렸다. 우울감이 그의 감정을 집어삼켰다. 자기 연민의 눈물이 샘솟기 시작했다. 이를 악물었다. 난 미치지 않았어…… 미치지 않았어……. 손톱으로 손바닥을 찌르며, 깊고 떨리는 숨을 들이쉬었다. 불확실한 생각이 뇌리를 맴돌았다.

난 기절하겠지…… 일관성 없는 우매함…… 귀신 들림…… 술 취한 듯한 현기증…… 리비도에서 구체화된 아니마 형상…… 광란의 열병…… 완전히 돌아 버린…….

고개가 앞으로 털썩 처졌다.

……불건전한 정신…… 광기…… 악마에 씐…… 시애틀에는 무슨 일이 벌어졌을까? 시애틀에는 무슨 일이 벌어졌을까? 시애틀에는……. 호흡이 진정되고, 그는 눈을 깜박였다. 모든 것이 그대로인 듯했다……. 그대로…… 그대로……. 멍하니 이러고 있네. 정

신 차려야지!

오른손 손가락이 뜨거웠다. 그는 타들어 간 담뱃불을 털어냈다.

내가 틀렸던 걸까? 밖엔 무슨 일이 벌어졌을까? 계단을 향해 문까지 절반쯤 갔을 때, 불이 나갔다. 가슴이 옥죄어 왔다. 에릭은 손으로 더듬어 문까지 가서, 계단 난간을 움켜쥐고 어둑어둑하고 빛이 스며드는 복도로 나아갔다. 문 옆 스테인드글라스 벽돌을 응시하다, 밖에서 총소리가 연달아 터지자 얼어붙었다. 살금살금 부엌으로 걸어가, 까치발을 딛고 서서 싱크대 위 환기용 창으로 내다보았다.

사람들! 거리에는 사람이 넘쳐났다…… 누구는 뛰고, 누구는 목적을 갖고 걸어가고, 누구는 목적 없이 배회하고, 누구는 옷을 입었고, 누구는 일부만 입었고, 누구는 알몸이었다. 맞은편 길모퉁이에는 남자와 아이의 시신이 피바다 속에 널브러져 있었다.

고개를 내젓고 몸을 돌려 거실로 들어갔다. 갑자기 불이 들어왔다, 나갔다, 들어오고, 유지되었다. 뉴스 프로그램을 보려 비디오를 눌렀지만 물결만 떠 있었다. 수동으로 전환하고, 타코마 방송국으로 돌렸다. 또 물결뿐이었다.

올림피아는 방송 중이었고, 뉴스 캐스터가 기상 예보를 읽고 있었다. "내일 오후까지는 일부 구름이 끼면서 소나기가 내리겠습니다. 기온은……."

종이를 든 손이 캐스터의 눈앞에 끼어들었다. 진행자는 멈추고 종이를 훑어보았다. 그의 손이 떨렸다. "속보입니다! 클라이드 경기장 제트 레이스에 있던 현장 취재팀이 스크램블 증후군이 시애틀과 타코마를 덮쳐 왔다고 알려왔습니다. 300만 명 이상이 감염되었다는 보고가 있습니다. 긴급 조치가 이미 취해졌습니다. 도로 통제가 진행 중입니다. 사상자가 있다고 전해집니다, 하지만……."

새로운 종이가 아나운서에게 전해졌다. 뉴스를 읽는 아나운서의 턱 근육이 꿈틀거렸다. "제트 레이스 선수가 클라이드 경기장의 관객을 향해 돌진했습니다. 사망자 수는 300명으로 추산됩니다. 대응 가능한 의료 시설은 없습니다. 지금 이 방송을 본 모든 의사는 당장 주립 재난 본부에 보고해 주십시오. 응급 의료……." 다시 불이 깜박이더니 화면이 나갔다.

에릭은 주저했다. 나는 의사야. 밖으로 나가서 내가 할 수 있는 의료 활동을 해야 하나, 아니면 아래로 내려가 텔레프로브를 마저 만들어야 하나……. 이제 내가 옳았다는 게 증명되었는데? 그걸 작동시킨다한들 소용이 있을까? 어느새 그는 깊게 숨을 들이쉬고 내쉬고 있었다. 아니면 나도 남들처럼 미친 걸까? 정말 내 생각대로 뭔가 하고 있는 게 맞긴 한가? 미쳐서 현실을 꿈꾸고 있는 건 아닐까? 스스로를 꼬집어 볼까 생각하다가, 그게 증거가 될 수 없음을 깨달았다. 그냥 내가 제정신이라고 가정하고 나아갈 수밖에 없어. 그 외에는 전부미친 짓이야.

*   *   *

텔레프로브를 마저 만들기로 결정하고는 침실에다 손전등을 놓고, 지하 연구실로 돌아왔다. 구석에 쌓인 상자 아래에서 오랫동안 사용하지 않은 비상 발전기를 발견했다. 그걸 연구실 가운데로 밀고 가서 살펴보았다. 강력 알코올 터빈은 작동 가능한 상태로 보였다. 연료 탱크의 압력 뚜껑을 돌리자 퐁 하고 열렸다. 연료 탱크는 반 이상 차 있었다. 발전기가 보관되어 있던 방구석에서 알코올 통을 두 개 발견했다. 연료 탱크를 채우고, 뚜껑을 닫은 다음 펌프로 압력을 가했다.

발전기 전력선을 연구실 퓨즈 박스에 연결했다. 수동 점화기는 첫 번째 회전에서 켜졌다. 터빈이 우웅 소리를 내며 돌아가고, 속도를 올리며 소리가 고조되었다. 연구실에 불이 들어왔다가 스러지고, 계전기를 조절하자 안정되었다.

마지막 접속 부위에 납땜을 했을 때 벽시계는 오후 7:22를 가리키고 있었다. 에릭은 발전기가 작동하기까지 반 시간이 지연되었다고 추정하고, 사실은 8시에 가까우리라 짐작했다. 왠지 이상하게도 완성된 기계를 시험하기가 내키지 않아 주저하는 자신을 발견했다. 그가 만든 일회용 두뇌 기록기는 엇갈린 전선, 임시 덮개, 들어찬 튜브, 회로로 이루어진 괴상한 미로였다. 관 형태의 구조에서 유일하게 남은 익숙한 것은 테스트 의자 위에 늘어진 반구 형태의 머리 접촉부였다.

에릭은 전원을 꽂고, 의자 옆 기계에 둔 이동 배전함에 연결했다. 전선 다발을 치우고 그 틈으로 파고들어, 의자에 앉았다. 스위치에 손을 올린 채 주저했다.

내가 정말 여기 앉아 있는 게 맞을까? 아니면 무의식의 속임수일까? 어쩌면 어딘가 방구석에서 손가락을 빨고 있을지도 모르지. 텔레프로브를 산산조각 냈을지도 몰라. 텔레프로브를 완성했고, 스위치를 누르는 순간 죽게 될지도 몰라.

스위치를 내려다보고 손을 치웠다. 그냥 여기 앉아만 있을 수는 없어, 그것도 미친 짓이야.

헬멧처럼 생긴 반구를 들어, 머리에 썼다. 접촉부가 머리카락 사이로 두피에 닿으며 따끔거리는 느낌이 났다. 마취 침이 고정되고, 피부 감각이 사라졌다.

이건 현실처럼 느껴지는데, 하지만 어쩌면 기억을 기반으로 만들어 내는지도. 이 도시에서 나만 유일하게 제정신일 가능성은 거의 없어. 그는 스위치로 손을 내렸다. 하지만 그렇다는 가정하에 행동해야 하지.

엄지손가락이 거의 스스로의 의지로 움직여 스위치를 눌렀다. 즉각 나직한 울부짖음이 연구실에 울려 퍼졌다. 불협화음에서 화음으로, 오열로, 반쯤 잊힌 음악으로 바뀌어 갔고, 떨리며 음계가 올라갔다 내려갔다.

에릭의 머릿속에선, 얼룩진 광기의 광경이 그의 의식을 압도하려 들었다. 그는 거대한 소용돌이 속으로 빠져들었다. 눈앞에 눈부신 분광이 펼쳐졌다. 의식의 작은 한구석에선, 별개의 감각 패턴이, 그를 구해 줄, 붙잡아야 할 현실이 남아 있었다……. 하반신에, 그리고 등에 닿는 텔레프로브 의자의 존재감.

소용돌이 속으로 더 깊이 빠져들었고, 그 색이 회색으로 바뀌더니 갑자기 망원경을 거꾸로 봤을 때 보이는 그 조그만 화면으로 변했다. 어린 소년이 검은 드레스를 입은 여자의 손을 잡고 있었다. 둘은 홀 같은 방으로 들어갔다. 갑자기 멀리서 그들을 보고 있는 게 아니라 다시 아홉 살 자신이 되어 관을 향해 걸어가고 있었다. 다시금 소름 끼치는 매혹을 느끼고, 어머니의 흐느낌, 키 크고 마른 장의사의 중얼중얼 무의미한 목소리를 들었다. 그리고, 관에 누운 창백하고 밀랍 같은 존재는 왠지 그의 아버지처럼 보였다. 에릭이 지켜보는 가운데, 그 얼굴이 녹아 마크 삼촌의 얼굴이 되었다. 그다음은 고등학교 기하학 선생님의 얼굴이었다. 에릭은 생각했다. 내 정신 분석을 할 때 저건 놓쳤네. 그가 지켜보는 가운데 관 속 움직이는 얼굴은 다시금 바뀌어 이상심리학을 가르쳤던 교수님이, 그다음은 그 자신의 정신 분석가 링컨 오드웨이가, 그다음으로는 카를로스 아만티가 되었다……. 에릭은 그 마지막에는 저항했다.

그럼 이게 내가 그동안 내내 품어 왔던 아버지 상(像)이로군, 즉 포기하지 않고 내내 아버지를 찾아 왔단 뜻이지. 정신 분석가가 스스로에 대해 알아 가는 건 바람직한 일이지! 그는 주저했다. 왜 내가 이걸 인식해야 하지? 피트가 자기 뮤지크론에서 이걸 겪었을까? 그의 정신 한쪽에서 말했다. 당연히 아니지. 설령 기회가 있더라도, 자기 내면은 보고 싶어 하는 사람이나 보는 거지 아니면 절대 그럴 일이 없어.

정신의 다른 부분이 갑자기 뻗어 와 의식의 통제권을 쥐었다. 자아에 대한 인식은 한쪽으로 밀려나고, 기억 속을 너무나 빠르게 휘젓는 티끌로 변모하여 뭐가 지나가는지 제대로 구분할 수조차 없었다.

내가 죽어 가고 있나? 지난 삶이 주마등처럼 지나가는 건가? 그는 궁금했다.

만화경같이 흘러가던 것이 콜린의 모습에서 딱 멈춰 섰다…… 그가 꿈속에서 봤던 그대로. 기억의 화면이 피트로 넘어갔다. 그 두 사람은 그로서는 온전히 이해할 수 없는 관계임을 보았다. 그들은 촉매를 상징했으며, 선도 악도 아닌 그저 사건을 일으키게 하는 시약일 뿐이었다.

갑자기 에릭은 인식이 커져 가며 육체에 스며드는 것을 느꼈다. 조직, 근육 섬유, 신경 세포의 상태와 작용이 하나하나 눈에 들어왔다. 내부의 눈을 자신이 지나온 회색에 집중했다. 그 회색 안에 붉은 가닥이 나타나, 움직이고, 뒤틀리고, 꾸물거리며 그를 지나쳐 갔다. 그는 붉은 선을 따라갔다. 정신 속에서 어떤 장면이 형성되며, 마취에서 깨어나는 의식처럼 자라 갔다. 봄날 황혼 속 어둑어둑한 긴 거리를…… 그를 향해 돌진하는 제트카의 불빛을 내려다보았다. 제트카가 점점 더 커져 가고, 불빛은 최면을 거는 두 개의 눈이었다. 그 광경과 함께 생각이 떠올랐다. 와, 참 예쁜데!

반사적인 반응이 뒤따랐다. 근육이 긴장하는 것을 느꼈고 펄쩍 옆으로 피하자, 제트카의 뜨거운 기운이 스쳐 갔다. 애처로운 생각이 그의 정신을 뒤틀었다. 여긴 어디야? 엄마는 어디? 비어트리스는 어디?

또 다른 의식 속에 자리하고, 다른 이의 눈을 통해 보고, 다른 이의 신경을 통해 감지하고 있음을 깨닫고 에릭은 가슴이 조여들었다. 그 경험에서 뛰어 달아나, 뜨거운 조리대에 닿은 것처럼 다른 정신에서 빠져나왔다.

그래서 피트가 그렇게 잘 알고 있었군, 피트는 뮤지크론에 앉아 우리 눈을 통해 본 거야. 또 다른 생각. 여기서 뭘 하고 있는 거지? 그는 몸 아래 텔레프로브 의자를 느꼈고, 자신 안의 새로운 자아가 말하는 것을 들었다.

"더 잘 훈련받은 전문가의 도움이 필요해."

또 다른 붉은 가닥을 따라가 찾아보고, 넘어갔다. 다른 것을 쫓아갔다. 방향 감각이 신기했다……. 다른 사람의 눈을 통해 보기 전까지는 정확한 위도 아래도 동서남북도 없었다. 마침내 사무 건물의 40층 열린 창문에서 아래를 내려다보는 사람에 들어왔고, 그 사람 안에서 쌓여 가는 자살 충동을 감지했다. 살며시 에릭은 의식의 중심을 건드려 이름을 찾았다……. 링컨 오드웨이, 심리학자.

에릭은 생각했다. 이럴 때조차 내 담당 분석가에게 돌아왔네.

긴장하여, 에릭은 상대 의식의 하부 단계로 물러났다. 조금이라도 잘못 건드리면 이 남자의 죽음의 소망대로, 저 창문 너머로 뛰어내리도록 자극하게 되리라는 것을 알았다. 하부 단계가 갑자기 자줏빛 소용돌이로 터져 나왔다. 소용돌이가 느려지고 만다라 형상이 되었다……. 형상의 네 개 꼭짓점에는 열린 창문, 관, 나무와 인간 얼굴이 있었고 에릭은 별안간 그것이 왜

곡된 자신의 모습임을 깨달았다. 얼굴은 소년 같았고, 약간 공허했다.

* * *

에릭은 생각했다. 그 역시 상상 속 환자에 묶여 있는 거야. 그 생각을 품은 채, 스스로의 형상 속으로 좀 더 부드럽게, 지나침 없이 들어가, 지배 영역을 다른 이들의 무의식 속으로 확장하기 시작했다. 오드웨이 박사의 의식 초점을 상징하는 거의 실재에 가까운 벽에 조심스러운 생각을 밀어붙였다. 라인(속삭임), 뛰어내리지 말아요. 내 목소리 들려요, 라인? 뛰어내리지 말아요. 이 도시엔 당신의 도움이 필요해요.

정신 한구석에서, 에릭은 만약 정신 분석가가 자신의 정신적 프라이버시가 침해되었음을 감지한다면 그 깨달음에 균형이 무너져, 창문으로 뛰어내릴 수 있음을 알아차렸다. 에릭의 정신의 또 한구석에서는 그 틈을 타 이 사람이, 그리고 이 사람 같은 사람들이 필요한 이유를 떠올리고 있었다. 피트 세란티스가 퍼뜨린 광기의 패턴은 침착함과 이성을 다시 퍼뜨려야만 그 균형을 되찾을 수 있었다.

에릭은 정신 분석가가 창가로 더 다가가는 것을 느끼고 긴장하여 약간 물러났다. 상대의 정신 속에서 그는 속삭였다. "창문에서 떨어져요. 창문에서……." 저항! 하얀 빛이 에릭의 생각 속에 확장되며 그를 거부했다. 그는 회색 소용돌이 속으로 헤엄쳐 나가, 멀어져 가는 자신을 느꼈다. 붉은 가닥이 다가왔고, 거기에 자신의 것이 아닌 질문이 실려 와 정신 속으로 떠올랐다.

에릭? 이게 뭡니까?

에릭은 텔레프로브 발전 패턴이 자신의 정신을 타고 스며 나가도록 했다. 그는 필요한 질문으로 패턴을 마무리 지었다.

생각: 에릭, 어떻게 증후군에 걸리지 않은 거죠?

나 자신의 텔레프로브에 오래 노출되어 조절된 덕이죠. 그 작업을 통해 무의식적 왜곡에 높은 저항력을 갖게 된 겁니다.

재미있네요, 당신의 간섭을 감지했을 때 나는 막 창문에서 뛰어내리려던 참이었어요. 붉은 가닥이 다가왔다······. 뭔가 이런 식으로.

그들은 완전히 뒤섞였다.

"이제 어쩌죠?" 오드웨이 박사가 물었다.

"시내의 숙련된 전문가들이 최대한 많이 필요해요. 다른 사람들은 이 체험을 의식의 문턱 아래에서 검열해 버리겠죠."

"원격검색기의 영향이 모든 사람들을 진정시킬지도 모릅니다."

"네, 하지만 기계가 혹시 꺼지거나, 사람들이 그 영향권 밖으로 나간다면 다시 그 광기로 빠져들겠죠."

"시내에 있는 모든 사람의 무의식의 뒷문으로 들어가 제대로 돌려놔야겠군요!"

"이 도시만이 아니에요. 뮤지크론이 휩쓴 모든 도시, 그리고 우리가 막기 전까지 세란티스가 덮칠 모든 도시예요."

"뮤지크론이 어떻게 이런 작용을 하죠?"

에릭은 개념과 그림의 혼재된 패턴을 투영했다. "뮤지크론은 우리를 집단적 무의식 깊숙이 밀어 넣어, 우리가 그 영향권 범위 내에 있는 한 거기에 매달려 있게 합니다. (소용돌이치는 안개 속에 매달려 있는 밧줄 그림) 그런 다음 뮤지크론이 꺼집니다. (칼이 밧줄을 자르고, 잘린 쪽이 회색 소용돌이 속으로 계속 계속 떨어지는 그림) 알겠어요?"

"사람들을 따라 저 소용돌이 속으로 내려가야 한다면, 얼른 시작하는 게 낫지 않을까요?"

* * *

그는 작은 체구의 남자로, 꽃밭의 부드러운 흙을 손으로 파면서 낙엽을 멍하니 응시하고 있었다……. 심리학자 해럴드 마시 박사. 눈에 띄지 않게, 살며시 그들은 그를 텔레프로브의 네트워크에 흡수했다.

그녀는 얇은 실내복 차림의 여자로, 부두 끄트머리에서 뛰어내리려 하고 있었다……. 정신 분석가 로이스 부어히스. 신속하게 그들은 그녀가 제정신을 찾게 이끌었다.

에릭은 잠시 멈추어 이웃의 정신으로 이어지는 가느다란 빨간 덩굴을 따라가, 다른 이의 눈을 통해 그가 제정신으로 돌아오는 것을 보았다.

연못에 물결이 퍼지듯, 이성이 도시 전체를 씻어 냈다. 전기가 돌아오고, 응급 서비스가 복구되었다.

도시 동쪽의 임상 심리학자의 눈이 클라이드 경기장을 향해 날아가는 제트기의 모습을 전송했다. 심리학자의 정신을 통해 네트워크는 어느 여자의 발산되는 생각 패턴을 포착했다······. 죄책감, 후회, 절망.

콜린!

주저하며, 네트워크는 생각의 촉수를 뻗어 콜린의 의식에 도달했고 공포를 발견했다. 이게 뭐야!

에릭이 나섰다. 콜린, 무서워하지 말아요. 에릭이에요. 당신과 뮤지크론 도면 덕분에 상황을 복구하는 중이에요. 그러고는 그들이 이룬 성과 패턴을 투영했다.

뭐가 뭔지 모르겠어요. 당신은······.

지금 이해할 필요 없어요. 에릭이 머뭇거리다 말했다. 당신이 와서 기뻐요.

에릭, 소식 듣자마자······ 당신이 피트와 뮤지크론에 대해 한 말이 맞았다는 걸 깨닫자마자 왔어요. 그녀는 잠시 멈추었다. 곧 착륙해요.

콜린의 전세기가 활주로에 내려앉고, 격납고로 나아가 주 방위군에 둘러싸였다.

그녀가 생각을 보내왔다. 런던에 뭔가 조치를 취해야 해요. 피트가 뮤지크론을 부수고 자살하겠다고 협박했어요. 나를 억지로 잡아 두려 들었어요.

언제?

여섯 시간 전.

증후군이 덮친 지 그렇게나 오래되었어요?

네트워크가 끼어들었다. 그 세란티스는 어떤 사람입니까?

콜린과 에릭은 생각을 결합하여 피트의 성격을 투영했다.

네트워크: 자살하거나 기계를 부수진 않을 겁니다. 너무 자기중심적이에요. 몸을 숨기겠죠. 필요하게 되면 금방 그를 찾아낼 겁니다……. 먼저 린치를 당하지만 않는다면.

콜린이 끼어들었다. 주 방위군 소령이 나를 공항에서 나가지 못하게 해요.

메이너드 병원에 배치된 간호사라고 말해요.

네트워크의 개인 생각: 제가 이쪽에서 보증하죠.

에릭: 어서 와요……. 콜린. 텔레프로브에 저항할 수 있는 사람들의 모든 도움이 절실해요.

네트워크의 생각: 그거 대단한 합리화군요. 누구나 나름의 정신 나간 순간이 있는 거니까. 농담은 이제 그만…… 다들 일합시다!

1954

사라진 개들

The Gone Dogs

1954년 11월, 《어메이징 스토리스(Amazing Stories)》 수록.

녹색의 터보콥터가 뉴멕시코 모래밭 위를 날았고 회전 날개에서 윙윙 소리가 났다. 그 앞쪽 강 협곡에는 저녁 햇살이 짙은 그림자를 드리웠다. 터보콥터는 드러난 바위에 내려앉았고, 해치가 열리며 코요테 암컷 한 마리가 든 강철 케이지가 밖으로 내던져졌다. 케이지 문이 떨어져 나갔다. 펄쩍 뛰어 짐승은 감옥에서 나와 도망쳤다. 바위 위를 재빨리 지나, 협곡 벽을 따라 자리한 가장자리에서 뛰어내려 모퉁이를 돌아 시야에서 사라졌다……. 그 핏속에는 돼지열병에서 시작된 돌연변이 바이러스가 들어 있었다.

＊　＊　＊

　연구실은 코를 찌르는 화학 약품 냄새가 풍겼고 요오드포름과 에테르가 느껴졌다. 그 밑으로 갇힌 동물에 따라오는 사향내와 젖은 털 냄새가 깔려 있었다. 한쪽 끝 케이지에는 풀 죽은 폭스테리어가 시무룩하게 있었다. 중앙 작업대의 해부대 위에는 푸들 사체가 늘어져 있었고, 그 다리에는 **X-8 풀먼 수의학 연구센터 E 실험실**이라고 적힌 태그가 달려 있었다. 간접 조명이 모든 것에 그림자 없는 무심함으로 와닿았다.

호리호리한 체구에 검은 머리, 각진 이목구비의 생물학자 발리 트렌트는 푸들 옆 트레이에 메스를 내려놓고, 뒤로 물러나 맞은편의 동물의약품 교수 월터 한-미어스 박사를 쳐다보았다. 교수는 통통하고, 모래색 머리를 한 중국계 네덜란드인으로 동양 조각상처럼 매끄러운 피부를 가졌다. 그는 해부대 옆에 서서 푸들을 응시했다.

"또 실패야. 해부할 때마다 지구의 마지막 개에 그만큼 가까워지는구나 하는 생각이 들어." 트렌트가 말했다.

교수가 고개를 끄덕였다. "최신 소식을 알려 주러 왔어. 무슨 도움이 될진 모르겠다만, 아무튼 이 바이러스는 코요테에서 시작되었다네."

"코요테?"

한-미어스 교수는 실험실 스툴을 찾아 끌어내서 앉았다. "그래. 뉴멕시코 농장 일꾼이 폭로했어. 관계 기관에 알렸다지. 그 고용주는 포터 더킨이라는 수의사인데, 거기 농장에 동물병원이 있고. 방사성 탄소 난자로 돼지열병 돌연변이를 만들었대. 자기 이름을 알리고 싶었다나. 그 사람이 몰매 맞아 죽을까 봐

정부에서 군대를 보내야 했어."

트렌트는 한 손으로 머리를 쓸어 올렸다. "그 멍청이는 다른 개와 동물에 전염되리라는 걸 생각 못 한 거야?"

"보아하니 꿈에도 상상 못 한 모양이야. 작은 촌구석 학교에서 자격증을 땄는데, 그렇게 멍청한 작자가 학점은 어떻게 땄나 몰라."

"코요테는 어때?"

"아, 그건 대성공이었지. 양 목장주들이 한 달 넘게 코요테 피해가 없었다고 하니. 이제 그들이 걱정하는 건 곰, 퓨마, 그리고 개가 없어서 생기는……."

"개 얘기가 나왔으니 말인데, 내일까지 더 많은 실험 동물이 필요해. 9번 혈청은 저 폭스테리어에게 아무 소용이 없었어. 오늘 밤 죽을 거야." 트렌트가 말했다.

"내일까진 실험 동물이 많이 올 거야. 캐나다 격리보호 구역의 마지막 남은 개 두 마리가 1차 감염되었다고 오늘 아침 보고가 왔어." 한-미어스가 말했다.

트렌트는 손가락으로 작업대를 토도독 두들겼다. "정부는 베가인 생물리학자들의 제안은 어떻게 한대?"

한-미어스가 어깨를 으쓱했다. "아직 거절하고 있지. 베가인들은 그 프로젝트를 완전히 통제하려 버티고 있어. 생물리학적 변형에 대한 거기 평판 알잖아. 우리 개들을 구할 수 있을지는 몰라도, 돌아오는 건 더 이상 개라고 할 수 없는 존재가 될걸. 길쭉하고 수많은 다리가 달린, 비늘 꼬리의 괴물일 거야. 도대체 왜 그렇게 물고기 꼬리에 환장하는지 좀 알고 싶다."

"연결된 유전자. 지적 요소 결합. 그들은 마이크시즈 생성기로 유전자 쌍을 열고……." 트렌트가 말했다.

"맞다. 너 그들과 공부했지. 네가 늘 말하던 그 베가인 이름이 뭐더라?" 한-미어스가 말했다.

"게르 안소-안소."

"그래, 그 사람. 베가 대표단과 지구에 와 있지 않던가?"

트렌트는 고개를 끄덕였다. "10년 전 퀘벡 컨퍼런스에서 만났어. 베가에 생물리학 조사단을 보내기 1년 전이지. 알고 보면 정말 좋은 친구야."

한-미어스가 고개를 저었다. "나한텐 아냐. 너무 크고 사람을 무시해. 내가 열등한 존재가 된 기분이 든다니까. 항상 그 빌어먹을 마이크시즈 생성기와 그걸로 생물리학에 할 수 있는 일을 떠들어 대고."

"실제로 할 수 있으니까."

"그러니까 짜증이 난다는 거야!"

트렌트는 웃음을 터트렸다. "기분이 나아질지 모르겠다만, 베가인들은 자기네 생물리학에 대해선 자부심은 넘쳐날지 몰라도 우리 시설에 대해서는 질투심으로 불타고 있더라."

"흐으음!"

"난 여전히 실험 목적으로 베가인들에게 개를 보내야 한다고 생각해. 현재 상태로 가다간 얼마 안 가 개 한 마리도 남지 않게 될 거야." 트렌트는 말했다.

"길베르토 나달이 연방 상원에 있는 한 병든 스파니엘 한 마리도 안 보낼걸. 누가 그 얘기를 꺼내기만 해도 벌떡 일어나서 지구의 긍지와 바깥 세계의 위협에 대해 떠들어 대거든." 한-미어스가 말했다.

"하지만……"

"데네브 전투가 그렇게 오래전 일이 아니잖아." 한-미어스가 말했다.

트렌트는 혀로 입술을 축였다. "으음, 으음. 다른 연구 센터들은 어떻대?"

"우리랑 마찬가지지. 오전 보고서는 말은 많은데 요약하면 아무 내용도 없어. 자, 너도 봐 둬. 어차피 곧 공개될 텐데." 한-미어스는 주머니에서 노란 종이를 꺼내 트렌트의 손에 들려 주었다.

트렌트는 제목을 흘끗 보았다.

사무국 통신 —— 보건위생부 —— 주요 기밀.

그는 한-미어스를 올려다보았다.

"읽어 봐." 교수가 말했다.

트렌트는 다시 사무국 통신으로 시선을 돌렸다. "부서 박사들은 전 세계 갯과 동물들을 공격하는 바이러스 D-D가 100퍼센트 치명적이라고 오늘 확인했습니다. 모든 격리 조치에도 불구하고 퍼져 나가고 있습니다. 바이러스는 돼지열병 콜레라와 유사점이 알려져 있으나, 목록의 다른 모든 바이러스를 죽일 수 있을 만큼 강력한 프로토마이세틴 용액에서도 건재합니다. 휴면 및 혐기성 능력을 보였습니다. 두 달 이내에 이 질병과 싸울

적합한 무기를 찾아내지 못한다면, 지구의 모든 늑대, 개, 여우, 코요테 종을 잃을 위기에 처할 것입니다……."

트렌트는 한-미어스를 다시 쳐다보았다. "모두 이 정도로 심할 거라고 예상하기야 했지만……." 말끝을 흐리며 사무국 통신을 툭 쳤다.

한-미어스는 트렌트의 손에서 서류를 가져갔다. "발리, 너는 통계조사원들이 개 숫자를 파악하러 왔을 때 버텼지?"

트렌트는 입술을 삐죽 내밀었다. "왜 그런 말을 해?"

"발리, 너를 경찰에 넘기려는 게 아니야. 베가 친구에게 연락해서 네 개들을 넘기라는 거지."

트렌트는 크게 숨을 들이쉬었다. "지난주 강아지 다섯 마리를 넘겼어."

* * *

6주 전 언론사의 수도 특파원이 기사를 터트렸고, 이어 연방 상원 보건위생 위원회에서 말이 새어 나왔다. 신종 바이러스가 세계 갯과 동물들을 공격하고 있으며 알려진 맞설 수단은 없었다. 사람들은 반려동물들이 떼로 죽어 가고 있음을 진즉부터 알고 있었다. 뉴스는 공포를 일으키기에 충분했다. 성간 여객선에 자리가 동났다. 권력 있는 사람들은 본인과 지인들을 위해 영향력을 행사했다. 사람들은 반려동물을 데리고 도망치려 사방으로 시도했지만, 행성 격리 규제에 걸려 절망했다. 그리고 불가피한 사업이 생겨났다.

알데바란계 행성행 특별 전세 우주선. 가장 엄격한 격리 지침을 준수함. 이동 중 반려동물을 지킬 숙련된 승무원 확보. 가격: 킬로그램당 5만 크레딧.

선적 공간이 제한된 관계로, 당연히 주인은 동행하지 못했다.

연방 순찰선이 명왕성 너머에서 이상한 유성군과 맞닥뜨리고 그 경로를 기록하려 멈추었다가 유성군이 알고 보니 개들의 얼어붙은 사체로 이루어졌음을 발견하고서야 사업이 중단되었다.

바이러스 기사가 나고 11일 후, 아크투르스계 행성들은 지구 견종을 금지했다. 아크투르스인들은 개 밀수가 시작될 것이고 그걸로 이익을 얻을 수 있으리라는 걸 알고 있었다.

* * *

트렌트는 올림픽산(山) 사냥 캠프에 자리한 자동 운영 사육장에 비글 하운드 믹스 여섯 마리를 보유하고 있었다. 정부가 긴급 개 통계 조사를 시행했을 때 개들은 캠프에 있었다. 트렌트는 의도적으로 그 개들을 통계에 넣지 않았다.

한-미어스와 얘기한 후 트렌트는 새벽 3시에 풀먼을 떠나, 제트콥터를 자동 운행 모드로 두고 애버딘에 도착할 때까지 잤다.

연방 경찰 애버딘 서장은 닳고 닳은 백발의 데네브 전투 참전 용사였다. 사무실은 항구를 내려다보는 정사각형 형태였다. 벽에는 외계 무기, 경찰 그리고 사람들의 단체 사진이 걸려 있었다. 서장은 트렌트가 들어서자 자리에서 일어나, 의자를 권했다. "마카로프입니다. 무슨 일이시죠?"

트렌트는 자기소개를 하고, 풀먼 연구팀 일원이며 하운드 아홉 마리(성견 여섯과 강아지 셋)를 산에 있는 사육장에 보유하고 있다고 밝혔다.

서장은 의자 팔걸이를 잡고 뒤로 기대앉았다. "왜 정부 보호구역에 있지 않고요?"

트렌트는 그의 눈을 똑바로 응시했다. "지금 있는 곳이 더 안전할 거라 판단했고 제가 옳았거든요. 보호구역은 감염되었습니다. 하지만 제 하운드들은 건강 그 자체죠. 거기에 더해, 인간이 질병을 옮긴다는 걸 발견했습니다. 우리는······."

"내가 쓰다듬으면 개가 죽을 수 있단 말인가요?"

"맞습니다."

서장은 조용해졌다. 곧 그가 말했다. "그럼 격리 조치를 위반하셨다는 거군요?"

"네."

"나도 때로 같은 식의 행동을 합니다. 멍청한 명령이 내려왔고 그게 통하지 않으리라는 걸 알면, 맞서야지요. 내가 틀렸으면 위에서 징계를 내리겠고, 내가 맞으면 훈장을 달아 주겠죠. 한번은 데네브 전투에서······."

"제 캠프 상공에 공중 순찰을 보내 주실 수 있을까요?" 트렌트가 물었다.

서장은 턱을 당겼다. "하운드라고 하셨죠? 훌륭한 사냥 하운드보다 나은 건 없죠. 다른 개들처럼 죽는다면 정말 안타까운 일일 겁니다." 잠시 입을 다물었다가 물었다. "공중 순찰이요? 사람 말고?"

"두 달 안에 이 바이러스의 해결책을 찾지 못하면 지구에서 개는 사라질 겁니다. 저 개들이 얼마나 중요한지 아시겠죠?" 트렌트가 말했다.

"그만큼 심각해요?" 서장은 영상전화기를 끌어당겼다. "펄란 연결해." 그러고는 트렌트를 돌아보았다. "캠프 위치는 어딥니까?"

트렌트는 위치 정보를 알려 주었다. 서장은 메모장에 그걸 갈겨썼다.

화면에 얼굴이 나타났다. "네, 서장님."

서장이 영상전화로 몸을 돌렸다. "펄란, 로봇 공중 순찰대를 여기 사냥 캠프 위에 24시간 배치해." 메모장을 흘긋 보며 말을 이었다. "올림픽 서쪽 산자락 8181-A에 0662-Y. 캠프에 하운드 아홉 마리가 있는 사육장이 있어. 그 누구도 그 개들과 접촉해선 안 돼. 여기 계신 박사님 말로는 인간이 그 D-D 바이러스를 옮긴다네." 그는 혀로 입술을 축였다.

트렌트가 그날 오후 풀먼에 도착하니 한-미어스가 E 실험실에서 기다리고 있었다. 교수는 이틀 동안 그 자리에 있었던 것마냥 같은 의자에 앉아 있었다. 그는 치켜 올라간 눈으로 폭스테리어가 들어가 있던 케이지를 가만히 응시하고 있었다. 이제 그 안에는 에어데일테리어가 들어가 있었다. 트렌트가 들어서자 한-미어스가 몸을 돌렸다.

"발리, 이 애버딘 경찰관이 언론에다 한 소리가 뭐야?"

트렌트는 연구실 문을 닫았다. 서장이 얘기했구나.

한-미어스가 말했다. "플로레스 클리닉에서 오늘 두 번 연락이 왔어. 자기들이 놓쳤고 우리가 발견한 게 뭔지 알고 싶어 해. 경찰관이 지어낸 이야기겠지?"

트렌트는 고개를 저었다. "아니. 내 직감을 기정사실로 이야기했어. 내 사냥 캠프 위에 공중 순찰대를 배치해야 했거든. 그 하운드들은 건강 그 자체야."

한-미어스가 고개를 끄덕였다. "여름 내내 아무 편의 시설 없이 있었지. 이제 갖추게 될 거야."

"하운드들이 죽을까 봐 무서웠어. 뭐니 뭐니 해도, 강아지 때부터 키워 왔으니까. 같이 사냥하고……."

"알겠어. 내일 모두에게 큰 실수였다고 말하자고. 네가 이것보단 과학적 진실성을 갖춘 사람이라고 생각했는데."

트렌트는 덤덤한 얼굴 뒤에 분노를 감추고, 코트를 벗고 실험실 앞치마를 입었다. "내 개들은 여름 내내 인간들로부터 격리되어 있었어. 우리는……."

"플로레스 쪽에선 꼼꼼하게 조사해 왔어. 그쪽은 우리를 의심……." 한-미어스가 말했다.

"그 정도로는 부족해. 여기서 도와줄 거야, 아니면 나 혼자 이걸 해결하게 둘 거야?" 트렌트는 찬장 문을 열고 녹색 액체가 든 병을 꺼냈다.

한-미어스는 가운을 벗고 여분의 실험실 앞치마를 찾아냈다. "너 지금 되게 위태위태해, 발리. 하지만 그 의학박사님들에게 정말 큰 인과응보를 안겨 드릴 멋진 기회네." 그는 돌아서서 미소 지었다.

*　*　*

다음 날 아침 9시 16분, 트렌트는 유리 비커를 떨어뜨렸다. 비커는 타일 바닥에 떨어져 산산조각 났고 트렌트의 침착함 역시 같이 산산조각 났다. 그는 2분 동안 욕을 해 댔다.

"우린 지쳤어. 쉬고, 나중에 다시 하자. 오늘 플로레스 클리닉과 다른 사람들은 내가 미뤄 둘게. 아직 남은……." 한-미어스가 말했다.

트렌트는 고개를 저었다. "아니, 클라렌든 수렴제로 내 피부를 한 번 더 씻어 내자고."

"하지만 그건 벌써 두 번이나 시도했는데……."

"한 번만 더. 이번에는 분할 전에 인공 개 혈액을 추가할 거야." 트렌트가 말했다.

10시 22분, 한-미어스는 최종 테스트 튜브를 플라스틱 회절 랙에 놓고, 그 아래 스위치를 눌렀다. 작은 은빛의 거미줄이 튜브 꼭대기 근처에서 일어났다.

"아아아아아!" 교수가 목소리를 높였다.

그들은 역추적 끝에 정오쯤 패턴을 알아냈다. 인간 땀샘으로 운반되는 휴먼 바이러스가, 오직 스트레스 감정의 상황에서만 땀구멍을 통해(대부분 손바닥으로) 분출되는 것이었다. 일단 땀구멍 밖으로 나오면 바이러스는 말라서 혐기성이 된다.

"그 비커를 떨어뜨려 화가 나지 않았더라면……."

트렌트의 말을 한-미어스가 받았다. "아직도 찾고 있겠지. 이거 참 악마 같네. 휴면 상태에 극소량으로. 그래서 그들이 놓친 거야. 누가 흥분 상태의 대상자를 테스트하겠어? 진정될 때까지 기다리겠지."

"사람은 자신이 사랑하는 것을 죽이지." 트렌트가 오스카 와일드를 인용했다.

"오스카 와일드 같은 철학자에 더 관심을 기울여야 했어. 이제 박사들에게 전화해서 뭘 실수했는지 알려 줘야지. 한낱 생물학자에게 가르침을 받다니, 반가워하지 않을걸." 한-미어스가 말했다.

"우연한 사고였어." 트렌트가 말했다.

"너의 개들에 대한 관찰에 근거한 사고였지. 물론, 그런 사건이 한낱 생물학자에게 일어난 게 처음은 아니지만. 파스퇴르도 있지. 사람들은 마을 거리에서 그에게 돌을 던졌고……." 한-미어스가 말했다.

"파스퇴르는 화학자였어." 트렌트가 퉁명스레 말했다. 그러고는 돌아서서, 테스트 튜브와 스탠드를 옆 작업대에 놓았다. "관계 기관에 남은 개들을 위한 로봇 서비스를 준비하라고 말해야지. 그러면 이걸 끝까지 해낼 시간을 벌 수 있을지도 몰라."

"내가 네 연구실 전화로 박사들한테 전화 돌리면 플로레스가 뭐라고 할지 궁금해 죽겠네……." 한-미어스가 말했다.

전화가 울렸다. 한-미어스가 전화를 귀에 가져다 댔다. "네. 전…… 네, 여기 있습니다. 네, 제가 통화하죠." 그는 기다렸다. "아, 안녕하세요, 플로레스 박사님. 그렇잖아도 막……." 입을 다물고, 귀를 기울였다. "아, 그러셨어요?" 단조로운 목소리로 통화를 이어 나갔다. "네, 저희 발견과도 일치하네요. 네, 대부분 손의 땀구멍을 통해서요. 확실히 확인하려고 기다리고 있었죠……. 네, 저희 트렌트 박사가요. 여기 생물학자입니다. 그쪽 직원 몇이 트렌트의 학생이었을걸요. 대단한 친구죠. 그 발견에 대해 전적으로 공을 돌릴 만해요." 긴 침묵이 뒤따랐다. "전 과학적 정직성을 고집합니다, 플로레스 박사님, 그리고 박사님 보고서가 저한테 있고요. 거기에선 바이러스 보균자가 인간일 가능성을 배제했어요. 이 발전이 박사님 클리닉에 좋지 않으리라는 건 동의합니다만, 그건 어쩔 수 없죠. 안녕히 계십시오, 플로레스 박사님. 전화 주셔서 감사합니다."

한-미어스는 전화를 끊고 몸을 돌렸다. 트렌트는 어디에도 보이지 않았다.

그날 오후, 매니토바 안구악에서 최후의 순종 세인트버나드가 죽었다. 다음 날 아침. 조지아 당국은 이구르츠크 근방 격리 사육장이 감염되었음을 확인했다. 미감염 개 수색은 계속되었으며, 이제는 로봇이 수행했다. 전 세계에 바이러스 D-D에 걸리지 않은 개는 아홉 마리만이 알려져 있었다. 하운드 성견 여섯과 강아지 셋. 그들은 산속 사육장에서 킁킁 돌아다니며, 인간 친구가 없어 낙담한 상태였다.

　그날 밤 트렌트가 독신자 아파트에 도착했을 때 그곳엔 손님이 있었다. 키가 큰(거의 2미터 20센티미터) 클래스 C 휴머노이드로, 머리에는 두 개의 깃털 볏이 있고, 눈은 베네치아 블라인드처럼 가늘게 찢어진 막 형태였다. 늘씬한 육체는 파란 로브로 가렸고 허리에 벨트를 맸다.

　"게르!" 트렌트가 친구를 부르고는 문을 닫았다.

　"친구 발리." 베가인이 이상한 휘파람 같은 어조로 말했다.

　그들은 손을 내밀어 베가식으로 손바닥을 마주했다. 게르의 손가락 일곱 개 달린 손은 지나치게 따뜻했다.

　"열이 있는데. 너무 지구에 오래 있었나." 트렌트가 말했다.

　"너희 환경의 저주받을 산화칠 때문이야. 오늘 밤 약 분량을 늘려야지." 그는 볏의 긴장을 풀었다. 기쁨을 나타내는 표현이었다. "하지만 다시 만나 반가워, 발리."

　"나도 반가워. 좀 어때……." 트렌트는 손을 내려 개를 쓰다듬는 동작을 해 보였다.

　"그래서 왔어. 더 많이 필요해." 게르가 말했다.

　"더? 다른 개들은 죽었어?"

　"그 세포는 새로운 자손 안에 살아 있어. 가속실을 사용해서 몇 세대를 빨리 얻어 냈지만, 결과가 만족스럽지 않아. 아주 이상한 동물이야, 발리. 개체 생김새가 똑같다는 게 희한하지 않아?" 게르가 말했다.

"가끔 있는 일이야." 트렌트가 말했다.

"그리고 염색체 숫자. 혹시……."

"일부 특수 품종은 달라." 트렌트가 서둘러 말했다.

"그렇군. 이 품종을 더 데려갈 수 있을까?"

게르가 고개를 끄덕이며 묻자 트렌트가 말했다.

"좀 까다롭겠지만, 아주 조심하면 가능할 거야."

* * *

마카로프 서장은 유명한 트렌트 박사와의 친분을 이어 나가게 되어 기뻤다. 먼 베가성에서 온 손님을 만나게 된 것도 기뻤다. 트렌트 박사를 만난 것보다는 덜 기뻤지만. 서장은 바깥 세계 사람들을 전반적으로 의심하는 것이 분명했다. 그는 두 사람을 집무실로 안내하고, 자리를 권한 다음 책상 뒤에 앉았다.

트렌트가 입을 열었다. "안소 - 안소 박사에게 제 사육장 방문 허가를 내주셨으면 합니다. 지구 인간이 아니니, 박사는 바이러스 보균자가 아니고 방문해도 안전할……."

"왜요?"

"어, 생물리학 분야에서 베가인들의 기술에 대해 혹시 들어보셨을까요. 안소 - 안소 박사는 제 연구를 도와주고 있습니다. 박사는 혈액과 배양 샘플이 여러 건 필요해서……." 트렌트가 말했다.

"로봇이 못 합니까?"

"고도의 전문 지식이 필요한 관찰이라 그런 훈련을 받은 로봇은 없습니다."

마카로프 서장은 고민하다 대답했다. "흐음. 알겠습니다. 음, 트렌트 박사님이 보증하신다면, 물론 괜찮겠지요." 그의 어조는 트렌트 박사가 착각할 수도 있음을 시사하고 있었다. 서장은 서랍에서 패드를 꺼내 허가증을 써서 트렌트에게 건넸다. "경찰 콥터로 보내 드리겠습니다."

"저희 연구실 기구로 특별 살균한 콥터가 있습니다. 로보틱스 인터내셔널이 지금 운행 중이죠." 트렌트가 말했다.

마카로프 서장이 고개를 끄덕였다. "알겠습니다. 그럼 언제든 말씀하실 때 호위를 준비시켜 놓죠."

* * *

소환장은 다음 날 분홍색 종이의 형태로 왔다.

'발리 트렌트 박사에게 내일 오후 4시에 연방 상원 사무실 건물에서 열리는 연방 상원 보건위생 특별분과 위원회의 청문회 출석을 명합니다.' 서명은 '길베르토 나달 상원의원 특별보좌관 오스카 올라프손'으로 되어 있었다.

트렌트는 연구실에서 소환장을 받고, 읽어 본 다음 한-미어스의 사무실로 가져갔다.

교수는 명령을 읽고 트렌트에게 돌려주었다. "기소에 대해선 아무 언급도 없어, 발리. 어제 어디 있었어?"

트렌트는 자리에 앉았다. "베가인 친구를 보호구역에 데려갔어, 강아지 세 마리를 빼내 갈 수 있도록. 지금쯤이면 모성까지 절반쯤 갔겠네."

한-미어스가 말했다. "오늘 아침 점호에서 발견했겠지, 물론. 보통은 그냥 감옥으로 끌고 가겠지만, 곧 선거가 있어. 나달은 마카로프 서장과 사이가 좋겠지."

트렌트는 바닥을 내려다보았다.

한-미어스가 말했다. "상원의원은 바이러스 발견 공헌에도 불구하고 너를 십자가에 못 박을 거야. 아무래도 네가 강력한 적을 만든 거 같은데. 플로레스 박사는 세출 위원회 그라파풀러스 상원의원의 처남이지. 플로레스 클리닉 사람들을 끌어들여 바이러스 보균자를 너 없이도 발견했을 거라고 주장할 거야."

"하지만 내 개들인데! 내 뜻대로……"

"긴급 통계 및 검역 조례 이후로는 아니지. 국유재산 점유죄야. 그리고 네가 만든 적들은……" 한-미어스는 트렌트를 가리켰다.

"내가 만들었다고! 플로레스하고 한판 붙은 건 너잖아."

"자, 발리. 우리끼리 싸우지 말자."

트렌트는 바닥을 내려다보았다. "좋아. 이미 지난 일은 지난 일이니까."

"나한테 좋은 수가 있어. 대학 조사선 엘멘도프호가 하틀리 비행장에 있거든. 연료 보급도 됐고 새지테리어스성까지 운항할 만하지." 한-미어스가 말했다.

"무슨 뜻이야?"

"물론 경비가 있지만, 얼굴 알려진 연구원이 나의 위조 편지를 갖고 간다면 탑승할 수 있을 거야. 혼자 엘멘도프호를 다룰 수 있겠어?"

"당연하지. 생물리학 조사 때 우리가 베가성에 타고 간 우주선인데."

"그럼 얼른 가. 그 우주선으로 초공간도약 하면 절대 못 잡을걸."

트렌트는 고개를 저었다. "그러면 내가 유죄라고 인정하게 되잖아."

"야, 너는 유죄야! 나달 상원의원이 내일 알게 되겠지. 큰 뉴스가 될 거야. 하지만 네가 도망치면, 더 큰 뉴스가 될 거고 상원의원이 소리소리 질러 봤자 그냥 배경 잡음에 불과할 테니까."

"모르겠어."

"사람들은 그 사람의 주장을 피곤해해, 발리."

"그래도 마음에 안 들어."

"발리, 상원의원은 표를 얻을 뉴스가 절박해. 조금 더 시간을 주면, 조금 더 절박하게 되면, 도를 넘게 될 거야."

"난 상원의원을 걱정하는 게 아니야. 내가 걱정하는 건……."

"개들이지. 그리고 베가로 도망치면 너는 그들에게 지구 생물학 지식을 얹어 줄 수 있어. 물론 원격으로 해야겠지만, 그래도……." 한-미어스는 말을 마무리 짓지 않은 채 두었다.

트렌트는 입술을 내밀었다.

"이렇게 시간 낭비할수록 네 탈출 가능성은 점점 줄어들어.

여기 내 이름이 박힌 편지지야. 편지를 위조해." 한-미어스가 패드를 트렌트 쪽으로 밀었다.

20분 후 트렌트의 콥터가 하틀리 비행장을 향해 이륙한 후, 정부 콥터가 캠퍼스 주차장에 내려앉았다. 남자 둘이 내려 급히 한-미어스의 사무실로 가서는 경찰 신분증을 제시했다. "발리 트렌트 박사를 찾고 있습니다. 개 제한 조례 위반 혐의로 기소되었는데요. 신병을 확보해야 합니다."

한-미어스는 적절히 경악한 얼굴을 했다. "집에 간 거 같은데요. 몸이 좋지 않다면서."

* * *

나달 상원의원은 격분했다. 그의 통통한 몸이 부들부들 떨렸다. 평소 벌건 얼굴이 더 벌게졌고, 고함치고 소리 질렀다. 밤이면 그가 씩씩거리는 모습이 뉴스 영상으로 떴다. 흥분이 머리 끝까지 차서 고삐 풀린 과학에 대한 경고를 늘어놓으려 할 때면 더 중요한 뉴스 영상이 떠서 뒷전으로 밀려났다.

격리 보호구역에 있던 마지막 개(브린들 차우종(種))가 바이러스 감염으로 죽었다. 상원의원이 새로운 공격에 열을 올리기 전, 정부는 바이러스에 닿지 않은 북극 늑대 스물여섯 마리로 이루어진 무리를 발견했다고 발표했다. 하루 뒤, 로봇 수색대가 살아 있는 열두 살 믹스견을 이스터섬에서, 코커스패니얼 다섯 마리를 티에라델푸에고섬에서 찾아냈다. 올림픽산의 서쪽 산

자락에 개와 늑대를 위한 별도의 보호구역이 준비되었고, 모든 동물은 그리로 운송되었다.

늑대, 코커스패니얼, 믹스견, 하운드…… 그들은 세계의 반려동물이었다. 봉인된 콥터 견학이 애버딘에서 개-늑대 보호구역으로부터 5킬로미터 떨어진 곳까지 운행되었다. 거기에서, 고성능 망원경을 동원하면 때로 언뜻 움직임을 포착할 수 있었고 상상력은 그걸 개나 늑대로 변신시켰다.

나달 상원의원이 새로운 공격을 개시하여 트렌트의 하운드들은 그렇게 필수적으로 중요한 게 아니고, 살아남은 개가 더 있다고 지적할 즈음, 열두 살 믹스견이 노령으로 사망했다.

온 세상 애견가들이 애도했다. 모든 언론이 죽은 믹스견 뉴스로 도배되다시피 했다. 나달 상원의원은 다시 배경 잡음이 되었다.

* * *

트렌트는 베가로 향하여, 태양의 워프 구역을 벗어나자마자 초공간도약을 했다. 베가인들이 개 보호 차원에서 자신을 격리하리라는 것을 알았으나, 영상으로 실험 진도를 따라가고, 지구 생물 지식으로 도움을 줄 수 있었다.

한-미어스 교수는 건강 악화를 주장하며 대학 업무를 조수에게 넘긴 다음, 세계 여행 휴가를 떠났다. 먼저, 수도에 들러 나달 상원의원을 만나 트렌트의 탈주를 사과하고 상대의 정치적 처신에 찬사를 보냈다.

제네바에서 한-미어스는 유행병 초기에 반려견 달마시안을 잃은 피아니스트를 만났다. 카이로에서는 울프하운드를 키우던 정부 관리를 만났는데, 그 개 역시 초기에 사망한 사례 중 하나였다. 파리에서는 모피상의 아내를 만났는데, 그녀의 반려견 에어데일테리어 코코는 3차 유행 때 죽었다. 모스코바, 뭄바이, 콜카타, 싱가포르, 베이징, 샌프란시스코, 디모인, 시카고에서 비슷한 아픔을 겪은 각양각색의 사람들을 만났다. 모두에게 나달 상원의원에게 보내는 소개장을 써 주고, 올림픽산 보호구역을 방문하고 싶다면 상원의원이 특별히 사정을 봐줄 거라고 설명했다. 한-미어스는 이들 중 최소한 한 명은 엄청난 물의를 일으켜 상원의원에게 정치적 부담을 안겨 줄 거라고 예상했다.

파리 모피상의 아내 마담 에스타지엔 쿨록이 과연 일을 저질렀다. 하지만 한-미어스가 예상한 방식은 아니었다.

* * *

마담 쿨록은 마흔다섯쯤 된 날씬한 여성으로, 시대를 초월한 프랑스 패션으로 세련되게 차려입었다. 자녀는 없었고, 폭이 좁고 오만한 얼굴과 거기에 어울리는 태도를 지녔다. 하지만 그녀의 할머니는 농가 아낙네였고 겉보기에는 곱게 가꾼 부유한 여성일지언정, 마담 쿨록은 터프했다. 그녀는 메이드 두 명과 소소하게 꾸린 여행가방만 거느린 채, 나달 상원의원의 편지를 가지고 애버딘에 왔다. 인간이 병의 보균자라는 그 모든 헛소리가 자신에게는 적용될 리 없다고 확신했다. 간단한 위생 조치 몇 가지만 취하면 그녀만의 개를 가질 수 있을 것이다.

마담 쿨록은 비용이 얼마가 되었든 비글 믹스견을 가질 참이었다. 가질 수 있는 개가 없다는 사실에 마음이 더욱 조급해졌다. 애버딘에 조심스럽게 문의한 결과 그녀는 혼자 행동해야 한다는 결론에 도달했다. 심리적 절망감으로 머릿속이 온통 뒤죽박죽되었기 때문일까, 그녀가 세운 계획은 정신 질환자들에게서 흔히 보이는 종잡을 수 없는 교활함으로 가득 차 있었다.

공중에서 진행되는 당일치기 견학 도중, 마담 쿨록은 지형을 살폈다. 마음을 독하게 먹지 않은 사람이라면 지레 포기할 만큼 험난했다. 그 지역은 700년 동안 천연 점판암이 유지되어 왔다. 무성한 레몬잎, 땃두릅나무, 월귤나무 덩굴이 내부로 향하는 자연 진입로를 가득 메웠다. 강에는 봄눈 녹은 물이 가득했다. 산마루에는 바람에 떨어진 열매와 야생 검은딸기, 화강암 조각이 뒤엉켜 있었다. 거친 지형을 지나고 나면 이중 펜스가 있었다. 각각 16미터 높이에, 간격은 1킬로미터였다.

마담 쿨록은 애버딘으로 돌아와, 메이드들은 호텔에 남겨 둔 채 시애틀로 날아가 튼튼한 캠핑 의류, 밧줄과 갈고리, 가벼운 배낭, 농축 식품과 나침반을 구매했다. 보호구역 지도는 구하기 쉬웠다. 기념품으로 팔고 있었다.

그다음 그녀는 후안데푸카 해협으로 낚시를 가서, 네아만(灣)에 머물렀다. 남쪽으로 꼭대기에 눈 쌓인 올림픽 산맥이 보였다.

사흘 동안 비가 내렸다. 닷새 동안 마담 쿨록은 가이드와 함께 낚시를 했다. 아홉째 날에는 혼자 낚시를 갔다. 다음 날 아침, 연방 해안 경비가 타투시 등대 근처에서 뒤집힌 그녀의 보트를 발견했다. 그 무렵 그녀는 세킴 남쪽 19킬로미터, 펜스로 두른 금지 구역 2킬로미터 안쪽에 있었다. 그녀는 가문비나무 덤불 속에서 종일 잤다. 달빛이 도움이 되었으나, 펜스가 보이는 데까지 오는 데 꼬박 하룻밤이 걸렸다. 그날은 오리건 포도 수풀 속에 웅크려, 다리 셋 달린 로봇 순찰대 둘이 펜스 저편에서 지나가는 것을 보았다. 밤이 내리자 앞으로 나아가 순찰이 지나가 시야에서 멀어지기를 기다렸다. 갈고리와 밧줄로 펜스를 넘었다. 펜스 사이 1킬로미터 공간은 나무와 수풀이 제거되어 있었다. 그녀는 빠르게 지나, 최후의 장벽을 무너뜨렸다.

로봇 순찰대는 험악한 지형에 지나치게 의존했으며 제정신이 아닌 여자는 계획에 넣지 않았다.

보호구역 내 2킬로미터에서 마담 쿨록은 숨을 만한 작은 삼나무 숲을 찾아냈다. 심장이 달음박질치는 가운데, 숲속에 웅크린 채 동틀 녘이 되면 자신의 개를 찾으려고 기다렸다. 얼굴과 손, 다리는 긁혔고 옷은 찢겨 있었다. 하지만 펜스 안에 들어왔다!

그날 밤 그녀는 여러 번 축축한 손바닥을 등산복 바지에 문질러 닦아야 했다. 아침이 다가올 무렵, 차가운 땅바닥에서 잠들었다. 베스와 이글은 동튼 직후 그녀를 발견했다.

마담 쿨록은 자신의 뺨을 핥는 따뜻하고 축축하며 까끌한 혀에 깨어났다. 한순간, 그녀는 죽은 코코가 다시 돌아왔다고 생각했다. 그러다가 자신이 있는 곳을 깨달았다.

그리고 아름다운 개들!

그녀는 베스를 껴안았고, 베스 역시 마담 쿨록만큼 인간의 정에 굶주려 있었다.

오, 이 예쁜 것들!

로봇 순찰대는 정오 직전에 그들을 발견했다. 로봇은 각 개체 피부 속에 삽입한 작은 발신기의 도움을 받아 개 숫자를 세고 있었다. 마담 쿨록은 개와 함께 도망치려고 어둠이 내리기를 기다리고 있었다.

베스와 이글은 로봇들에게서 도망쳤다. 비인간형 기계들이 끌어내자 마담 쿨록은 비명을 지르고 분노했다.

그날 오후, 이글은 보호구역을 분리한 펜스 너머로 늑대 암컷과 코를 마주 댔다.

로봇은 개들을 분리 격리했지만 이미 때는 늦은 뒤였다. 그리고 별도의 보호구역에 있는 늑대 생각은 아무도 하지 않았다.

7주 만에 개-늑대 보호구역은 바이러스 D-D로 텅 비었다. 마담 쿨록은 비싼 변호사의 간청에도 불구하고 정신병원으로 호송되었다. 언론은 그녀의 주머니에서 발견된 나달 상원의원의 편지를 집중적으로 다루었다.

* * *

지구 공무원들은 후회에 젖어 베가에 메시지를 보냈다. 발리 트렌트 박사라는 사람이 베가인 생물리학자에게 지구 개를 준

것으로 알고 있습니다. 혹시라도, 아직 살아 있는 개가 있을까요?

그에 대한 베가인들의 답장이 왔다. 우리에겐 개가 없습니다. 현재 우리는 트렌트 박사의 행방을 모릅니다.

* * *

트렌트의 우주선이 초공간도약에서 나오자 화면에 베가가 커다랗게 떠 있었다. 태양의 불타는 돌출부가 또렷하게 보였다. 80만 킬로미터에서, 그는 확대 배율을 높여 행성을 스캔하기 시작했다. 대신 그를 향해 쏜살같이 다가오는 베가 경비선을 발견했다. 베가 경비선은 겨우 6000킬로미터 거리에서 어뢰를 발사했다. 트렌트는 신원을 밝히려 재빨리 송신기로 몸을 날렸으나 근접한 폭발에 막히고 말았다. 우주선이 흔들리고 요동쳤다. 비상문이 쾅 닫히고, 공기가 쉬익 소리를 내고, 경고등이 켜지고, 사이렌이 울려 댔다. 트렌트는 그의 섹션에 남은 유일한 구명선에 올라탔다. 통신기가 망가지긴 했어도, 작은 구명선은 여전히 작동 가능했다.

그는 우주선의 잔해 그림자 속에 최대한 오래 머물렀다가, 화면에서 2시 방향에 어렴풋이 보이는 베가 행성을 향해 돌진했다. 탑승자 튜브에 불이 들어오자마자, 베가인들이 속도를 높여 추적해 왔다. 트렌트는 한계까지 작은 구명선을 몰아붙였지만, 추적자들은 그래도 거리를 좁혀 왔다. 베가인들이 또 어뢰를 쏘기엔 이제 행성과 너무 가까웠다.

구명선은 대기의 얇은 가장자리에 진입했다. 너무 빨라! 공기 냉각 유닛이 과부하로 울부짖었다. 컨트롤 뒤쪽 표면이 붉게 타올라 녹아내리고 융합되었다. 트렌트는 아슬아슬하게 비상용 기수 로켓을 발사했고, 기절하기 직전 자동 운행 모드로 전환했다. 우주선은 부분적으로 통제 불능 상태로 급강하했고, 기수 로켓은 여전히 발사되고 있었다. 중계기가 딸깍했고(전면 경보!) 비상시 인간 생명을 지키기 위해 설계된 회로가 가동되었다. 일부는 작동했고, 일부는 파괴되었다.

* * *

어딘가에서 물 흐르는 소리가 들렸다. 그가 있는 곳은 어둡거나, 희미한 붉은 빛이 밝히고 있었다. 그의 눈꺼풀은 딱 붙어 있었다. 몸을 겹겹이 둘러싼 천이 느껴졌다. 낙하산! 구명선의 로봇 컨트롤이 마지막 수단으로 그의 낙하산 좌석을 비상 사출 한 것이었다.

트렌트는 움직이려 해 보았다. 근육이 말을 듣지 않았다. 골반이 저리고, 양팔이 특정 지각에 대한 감각을 상실했다는 것이 느껴졌다.

그때 들렸다…… 하운드 짖는 소리가…… 멀리서 또렷하게. 다시 들을 수 있으리라고는 기대조차 못 한 소리였다. 왈왈 소리가 반복되었다. 지구에서 싸늘한 밤에 베스와 이글을 따라가던 기억이 떠오르고……

하운드 짖는 소리!

공포가 그를 휩쓸었다. 하운드들이 그를 발견해선 안 된다!
그는 지구 인간으로, 치명적인 바이러스가 가득했다!

뺨 근육을 억지로 움직여 트렌트는 간신히 한 눈을 떴고, 어
두운 것이 아니라 낙하산 자락 아래 희미한 노란 빛이 있음을
알았다. 눈꺼풀에는 피가 엉겨 있었다.

이제 달려오는 발소리와, 하운드가 여기저기 분주히 쿵쿵대
는 소리가 들렸다.

제발 나한테서 멀리 떨어져! 그는 애원했다.

낙하산 가장자리가 꾸물거렸다. 이제는 열심히 낑낑대는 소
리였다. 뭔가 천 아래에서 그를 향해 기어 오고 있었다.

"저리 가!" 그는 꽥 소리 질렀다.

흐릿한 한쪽 눈으로, 트렌트는 이글과 아주 비슷한 갈색과
흰색의 머리를 보았다. 그 머리가 무언가를 향해 숙여졌다. 트
렌트는 그 무언가가 바이러스 가득한 자신의 손임을 깨닫고 가
슴이 철렁 내려앉았다. 분홍색 혀가 나와서 손을 핥는 것을 보
았지만 느껴지진 않았다. 움직이려 하자 무의식이 그를 휩쓸었
다. 어둠이 닥치기 전 그의 정신을 스친 마지막 생각은…….

'사람은 자신이 사랑하는 것을…….'

＊　＊　＊

트렌트는 침대에 누워 있었다. 눕기만 해도 잠이 오는 폭신한

침대. 의식의 한구석에서는 긴 시간이 지났음을 알았다. 손이, 바늘이, 이동식 침대가 그를 이리저리 데리고 다니고, 입에 액체를 넣고, 혈관에 튜브를 꽂았다. 그는 눈을 떴다. 녹색 벽, 블라인드에 약간 은은해진 쨍한 하얀 햇빛, 밖에 얼핏 보이는 청록색 언덕.

"좀 나아?" 목소리는 베가인 성대의 특이한 휘파람 들숨이 섞여 있었다.

트렌트는 오른쪽으로 시선을 옮겼다. 게르! 베가인은 침대 옆에 서 있었고, 겉보기엔 지구 인간 같았다. 셔터 같은 안구 막을 크게 떴고, 머리 깃털 볏은 집어넣었다. 노란색 로브 차림에 허리에 벨트를 했다.

"얼마나 오래……."

베가인은 일곱 손가락 손을 트렌트의 손목에 얹고 맥박을 쟀다. "그래, 훨씬 나아졌군. 너희 시간으로 거의 넉 달을 무척 아팠어."

"그럼 개들은 전부 죽었구나." 트렌트의 목소리는 단조로웠다.

"죽어?" 게르의 안구 막이 깜박 닫혔다가 열렸다.

"내가 죽인 거야. 내 몸에는 휴면 바이러스가 가득해." 트렌트가 말했다.

"아니, 우리가 개들에게 더 공격적인 특별 백혈구 세포를 투여했어. 너희의 연약한 바이러스는 살아남지 못했지."

베가인의 말에 트렌트가 일어나 앉으려 했으나 게르가 저지했다. "제발, 발리. 넌 아직 회복된 게 아니야."

"하지만 개들이 바이러스에 면역이라면……." 그는 고개를 저었다. "우주선 가득 개들을 실어 주면 금액은 부르는 대로 줄게."

"발리, 개들이 면역이 있다고는 안 했어. 이제…… 정확히 개라고는 할 수 없게 됐다. 우주선 가득 너희 동물을 실어 줄 순 없어. 우리한테는 없으니까. 우리 연구 과정에서 희생되었어."

트렌트는 게르를 응시했다.

"불행한 소식이 있어, 친구. 우리 행성은 인간의 출입을 제한하거든. 너는 평생 여기서 살 수는 있지만, 동료들과 연락할 수는 없어."

"그래서 내 우주선을 쏜 거야?"

"지구 함선이 조사하러 오는 줄 알았지."

"하지만……."

"너를 이곳에 잡아 둬야 한다니 유감이야, 발리, 하지만 우리의 자부심이 달린 문제라."

"자부심?"

베가인은 바닥을 내려다보았다. "우리는 이제껏 생물리학 변형에 실패한 적이 없는데……." 말끝에 고개를 저었다.

"어떻게 됐길래?"

베가인의 얼굴이 민망함에 파래졌다.

* * *

트렌트는 이 행성에서 처음 깨어났을 때를 떠올렸다. "의식을 찾았을 때 개를 봤어. 최소한 개의 머리는 봤지."

게르는 등나무 의자를 침대 가까이 끌어다 앉았다. "발리, 우리는 베가의 프로고아와 지구 개의 최고 요소를 결합하려 했어."

"어, 그게 네가 하기로 했던 거 아니야?"

"그래, 하지만 그 과정에서 네가 보낸 개들을 전부 잃었고 그 결과로 나온 동물은⋯⋯." 게르는 어깨를 으쓱했다.

"뭐가 됐는데?"

"비늘 달린 꼬리나 뿔 달린 주둥이가 있는 건 아니야. 몇 세기 동안 우리는 우주 전체에 말해 왔지, 인지를 가진 최상품 반려동물은 우리 프로고아의 이러한 특성을 보여야 한다고 말이야."

"새로운 동물이 똑똑하고 충성스럽지 않아? 뛰어난 청각과 후각을 가지고 있어?"

"변화가 있다면, 그런 특성은 오히려 강화되었지."

게르는 잠시 입을 다물었다 말했다. "하지만 이 동물은 진짜 개라고 할 수 없어."

"진짜가 아니⋯⋯."

"기능상으로는 온전해⋯⋯."

트렌트는 침을 꿀꺽 삼켰다. "그럼 가격이나 불러."

"최초 교차할 때 마이크시즈 수정 과정은 열린 프로고아 세포와 개 세포를 결합했지만, 일련의 특이한 연결이 발생했어. 우리가 읽어 낸 정보와 너희에게서 들은 것을 토대로 예상한 게 아니었지."

트렌트는 크게 숨을 들이쉬고 천천히 내쉬었다.

게르가 말했다. "마치 개 특성 유전자 패턴이 공격적이라, 프로고아 우성과도 단단히 묶이는 것 같았어. 과정을 반복할 때마다 같은 일이 벌어졌지. 우리의 지구 생물학 지식에 따르면, 이래서는 안 되었어. 우리 동물들의 혈액 화학적 성질은 너희가 구리라고 부르는 원소에 기초하고 있어. 우리 행성에는 철이 많지 않지만, 얼마 안 되는 너희 타입 우리 동물들의 경우 마이크시즈 교차에서 구리 기본이 우성임이 증명되었단 말이야. 물론, 마이크시즈 생성기 없이는 세포를 열어 그런 교차를 할 수 없지만, 그래도……."

트렌트는 눈을 감았다가 떴다. "지금 하려는 말은 너에게만 하는 건데……." 그는 망설였다.

베가인의 뺨에 생각에 잠길 때 나타나는 세로 선이 보였다. "응?"

"조사차 여기 왔을 때, 마이크시즈 생성기 도면을 복사했어. 지구에서 생성기를 만들어 작동에 성공했지. 그걸로 하운드 혈통을 개발했고." 혀로 입술을 축이고 다시 말을 이었다. "지구에도 구리 기반 혈액의 생물이 있어. 우리 바다에 흔한 오징어도 그중 하나고."

게르는 턱을 내리고 계속 트렌트를 응시했다.

"생성기로, 내 개들의 갯과 우성을 오징어 열성과 연결했어."

"하지만 자연적으로 번식할 수 없을 텐데. 그러면……."

"물론 안 되지. 내가 너한테 보낸 하운드들은 6대에 걸쳐 부계가 없는 혈통이야. 생성기로 수정했어. 모계만 있고, 가장 먼저 나타나는 연결 고리에 열려 있지."

"왜?"

"왜 그랬냐면, 직접 프로고아를 관찰한 결과, 개가 우등하지만 그 교차를 통해 이점을 얻을 수 있단 걸 알았거든. 그 교차를 나 자신이 하고 싶었어."

베가인은 바닥을 내려다보았다. "발리, 인정하기 괴롭지만 직면한 증거를 보면 네 주장이 맞아. 그러나 우리 세계는 자부심 때문에 이 사실이 알려지게 두지 않을 거야. 장로들이 다시 고려해야 할지도 모르겠는데."

"날 알잖아. 약속할게." 트렌트가 말했다.

게르는 고개를 끄덕였다. "네가 그렇게 말한다면야, 발리. 너를 잘 아니까." 그는 손가락 세 개로 깃털 볏을 가지런히 했다. "그리고 너를 알기에, 우리 세계를 지배하는 자부심을 접어 보겠어." 그는 고개를 끄덕거렸다. "나 역시 입을 다물겠다." 희미한 베가인의 미소가 얼굴에 퍼졌다가 사라졌다.

트렌트는 의식을 찾았을 때 낙하산 아래에서 본 비글 머리를 떠올렸다. "그 동물을 직접 보고 싶어."

"그건 가능……." 하운드 떼가 짖어 대는 소리에 가까운 것이 끼어들었다. 게르는 일어나 창문을 열고, 돌아와서 트렌트의 머리를 받쳐 주었다. "밖을 내다봐, 친구 발리."

청록색의 베가 들판 위, 트렌트는 한 무리의 하운드가 도망치는 이치카 무리를 쫓는 것을 볼 수 있었다. 하운드들의 머리는 낯익은 비글이었고 털은 갈색과 흰색이었다. 전부 다리가 여섯 개였다.

1955

실험쥐 시험

Rat Race

1955년 7월, 《어스타운딩 스토리스》 수록.

존 체르낙 보안관 밑의 형사과장이 되기까지 걸린 9년 동안, 웰비 루이스는 경찰 일을 지그소 퍼즐 맞추기와 비슷하게 보게 되었다. 조각을 맞추어 알아볼 수 있는 그림으로 만드는 루틴이었다. 냉소적인 경찰관의 세계가 H.G. 웰스(『우주 전쟁』 등을 쓴 SF 소설가 — 옮긴이)나 찰스 포트(이상 현상을 주로 다룬 미국의 소설가 — 옮긴이)의 작품 속 세계로 변모하게 되는 상황에 대비되어 있지 않았다.

　루이스가 "여기 출신이 아니다."라고 말할 때는 미국인이 아니란 의미지, 외계인이란 소리가 아니었다. 곤충 눈 달린 괴물이라든가 하는 건 물론 알고 있었다. SF 소설을 읽어 보았으니까. 하지만 바로 그게 요점이었다. 그런 상황은 소설에나 나오는 거지, 경찰 업무 중 맞닥뜨리는 게 아니다. 그리고 절대로 장례식장에서 예상할 일은 아니었다. 정확히는 존슨-튤 장례식장에서.

루이스는 화요일 아침 8시 5분 전 보안관 사무실로 출근했다. 그는 이마가 좁았으며, 마르고 창백한 웨일스인의 얼굴에 검은 머리를 하고 있었다. 부숭부숭한 눈썹 아래 두 눈은 연신 이리저리 헤매는 녹색 옥 같았다.

천장이 높고 얼룩진 회벽의 사무실은 밴버리에 있는 카운티 건물의 1층 구석에 자리하고 있었다. 사무실 내 세로로 긴 창문 아래에는 주철 라디에이터가 있었다. 창문 옆에는 진주 가닥만 걸친 여자의 달력 사진이 걸려 있었다. 책상 두 개가 마주하고 있었으며 그 사이 통로는 복도 문에서 라디에이터까지 이어져 있었다. 왼쪽 책상은 야간 근무자 조 웰치의 자리였다. 루이스는 오른쪽 책상을 차지했으며, 담배 자국 가득한 이 빈티지 책상은 사무실에 30년 이상 자리하고 있었다.

루이스는 책상 앞에 멈춰, 수신 바구니에 든 서류를 훑어보다가 체르낙 보안관이 들어오자 고개를 들었다. 보안관은 뚱뚱한 남자로, 큼직한 슬라브계의 이목구비에 빵 껍질 같은 얼굴색을 하고 있었고, 끙 소리를 내며 달력 아래 자리에 털썩 앉았다. 갈색 펠트 모자를 뒤통수로 젖히자 벗어진 머리가 드러났다.

루이스가 말했다. "안녕하세요, 존. 부인은 어때요?" 그는 서류를 도로 바구니에 내려놓았다.

"이번 주엔 좌골신경통이 좀 낫대. 바구니에 있는 절도 경위서는 그냥 넘기라고 하려고 왔어. 오늘 아침 행인이 물건을 든 불량 청소년 두 놈을 발견했어. 미성년 재판소로 보낼 거야." 보안관이 대답했다.

"절대 못 바로잡아요." 루이스가 말했다.

"자네가 해 줄 일이 하나 있는데, 그것 말고는 별일 없어. 오늘은 서류 작업 좀 할 수 있으려나." 보안관이 의자에서 몸을 일으켰다. "벨라마인 선생이 그 세리노 여자 부검을 했는데, 존슨-튤 장례식장에 위 내용물 병을 두고 왔대. 그 병을 챙겨서 카운티 병원에 갖다줄 수 있을까?"

"그럼요. 하지만 그 여자 사인은 자연사일걸요. 다들 아는 알코올 중독이었잖아요. 집에는 술병이 쌓여 있었고." 루이스가 말했다.

"아마도." 보안관은 루이스의 책상 앞에 멈추어, 달력 사진을 올려다보았다. "괜찮은데."

루이스는 씩 웃었다. "저런 여자를 만나면 결혼할 거예요."

"그래야지." 보안관은 이렇게 말하고 느릿느릿 사무실을 나섰다.

8시 30분경, 루이스는 공무용 차를 타고 장례식장으로 가 그 앞에서 주차할 자리를 찾는 데 실패했다. 다음 모퉁이인 코브가(街)에서 우회전하고 골목을 따라가, 장례식장 차고 앞 콘크리트 주차대에 차를 세웠다.

밤새 폭풍의 전조를 보였던 남서풍이 눅눅한 공기를 몰고 오는 가운데 차에서 내렸다. 루이스는 회색 하늘을 올려다보았지만, 비옷은 차 뒷좌석에 그냥 두고 내렸다. 차고 옆 좁은 인도를 지나, 장례식장 뒷문에 도착하니 문이 비스듬히 열려 있었다. 안에는 복도에 세 개의 금속 탱크가 줄지어 있었다. 용접공들이 산소와 아세틸렌가스 담을 때 쓰는 그런 긴 통이었다. 루이스는 그걸 홀끗 보고, 장례식장에서 무슨 장비에 저게 필요한가 궁금해하다가 의문을 한편으로 치워 버렸다. 복도 반대쪽 끝에는 문이 열려 있고 머스크 꽃향기가 나는 카펫 깔린 로비로 이어졌다. 왼쪽에 있는 문에는 사무실이라고 청동 명판이 붙어 있었다. 루이스는 로비를 가로질러 사무실로 들어갔다.

구석의 유리판 깐 책상 뒤에 뚜렷한 북유럽계 이목구비의 키 큰 금발이 앉아 있었다. 남자 뒤의 벽에는 오크나무 액자에 든 래슨산(山) 컬러 사진이 있었고 양각 명패에 평화라고 새겨져 있었다. 일부 작성된 매장 신고서가 남자 앞 책상에 놓여 있었다. 책상 왼쪽 구석에는 청동 컵이 놓여 있고 그 안에는 금속 공이 들었다. 루이스가 다가가자 공에서 씩씩 소리가 났고 그는 로비의 짙은 꽃향기를 들이쉬었다.

책상 뒤 남자가 매장 양식에 펜을 내려놓고 일어섰다. 루이스는 남자를 알아보았다. 장례식장의 공동 소유주 존슨이었다.

"무슨 일로 오셨습니까?" 장의사가 물었다.

루이스는 용건을 설명했다.

존슨이 책상 서랍에서 작은 병을 꺼내 루이스에게 건네곤, 어리둥절한 표정으로 부(副)보안관을 쳐다보았다. "어떻게 들어오셨어요? 현관 종소리 나는 거 못 들었는데."

루이스는 병을 코트 주머니에 넣었다. "골목에 주차하고 뒷문으로 들어왔죠. 도로에 오드 펠로스 형제회 차가 좍 깔려서."

"오드 펠로스요?" 존슨이 책상을 빙 돌아 나왔다.

"신문에서 보니 오늘 무슨 벼룩시장을 한다네요." 루이스는 고개를 내밀어 앞쪽 창문 밖을 내다보았다. "오드 펠로스 차일 거예요. 길 건너가 거기 회관이니까."

장례식장 앞 잔디밭의 장식용 관목이 바람에 휘어지고 빗방울이 후드득 창문을 때렸다. 루이스는 바로 섰다. "차에다 비옷을 두고 왔는데. 들어왔던 쪽으로 후딱 뛰어갈게요."

존슨이 사무실 문으로 왔다. "외근 나간 우리 직원 둘이 곧 돌아오거든요. 직원들이⋯⋯."

"시체는 전에도 봤어요." 루이스는 말했다. 그는 존슨을 지나쳐, 뒤쪽 복도로 이어지는 문으로 향했다.

존슨의 손이 부보안관의 어깨를 잡았다. "앞문으로 가 주셔야겠습니다."

루이스는 멈춰 섰고, 머릿속엔 수많은 의문이 맴돌았다. "비가 오는데요. 다 젖게 생겼는데."

"죄송합니다." 존슨이 말했다.

다른 사람이라면 그냥 넘기고 존슨의 요청에 따랐을지도 모르지만, 웰비 루이스의 아버지인 고(故) 프록터 루이스는 밴버리 카운티 셜록 홈스 모임 회장을 3회 역임했다. 그는 합리적 추론을 어려서부터 익혔고 이 상황은 논리적으로 맞지 않았다. 복도의 기억을 되짚어 보았다. 뒷문 근처 금속 탱크 말고는 텅 비어 있었다.

"그 금속 탱크 안에는 뭐가 있습니까?" 루이스는 물었다.

어깨를 잡은 장의사의 손에 힘이 들어가고 루이스는 몸이 앞문을 향해 돌아가는 것을 느꼈다. "그냥 방부액입니다. 그렇게 배달이 와요." 존슨이 말했다.

"아, 그래요." 루이스는 존슨의 딱딱하게 굳어진 얼굴을 올려다보고, 붙잡은 손에서 벗어나 앞문으로 나갔다. 비가 쏟아지는 가운데 그는 장례식장을 빙 돌아 차까지 뛰어가 올라탄다. 문을 쾅 닫고 앉아서 기다렸다. 그의 손목시계로 오전 9시 28분, 장의사 조수가 나와서 차고 문을 열었다. 루이스는 조수석 너머로 몸을 기울여 오른쪽 차창을 열었다.

"차 빼셔야 해요. 저희 외근 나가야 합니다." 조수가 말했다.

"다른 직원들은 언제 돌아옵니까?" 루이스는 물었다.

장의사 조수는 차고에 반쯤 들어가다 멈춰 섰다. "다른 직원 누구요?" 그가 물었다.

"오늘 아침 외근 나간 직원들이요."

"다른 장례식장이겠죠. 이게 오늘 첫 외근입니다." 조수가 말했다.

"고마워요." 루이스는 창문을 닫고, 차를 출발시켜 카운티 병원으로 갔다. 답을 얻지 못한 수많은 질문이 머릿속에 맴돌았다. 무엇보다도, 왜 존슨은 내가 뒷문으로 나가지 못하게 거짓말을 했을까?

병원에서 그는 병리학 실험실에 병을 전달하고, 공중전화를 찾아 밴버리 장례식장에 전화를 걸었다. 조수가 전화를 받자 루이스는 말했다. "내기를 해서 그런데요. 방부액이 장례식장으로 어떻게 배달되는지 알려 줄 수 있을까요?"

"농축액을 상자 단위로 구매합니다. 상자당 스물네 병, 한 병에는 450밀리리터가 들었죠. 살아 계신 것 같은 혈색을 내기 위해 적색이나 오렌지색 염료가 함유되어 있습니다. 저희가 사용하는 브랜드는 딸기 소다 향이 나요. 불쾌한 점은 전혀 없습니다. 저희는 확실하게 살아 계신 것처럼……." 장의사 조수가 말했다.

"그냥 어떻게 들여오는지 알고 싶었어요. 그럼 금속 탱크로 배달 오는 건 아니죠?" 루이스는 물었다.

"어휴, 아뇨! 그럼 부식되고 말 텐데요!" 상대가 말했다.

"고맙습니다." 루이스는 조용히 전화를 끊었다. 머릿속에선 홈스식 추론이 펼쳐졌다. 만약 겉보기엔 사소한 것에 대해 거짓말을 한다면, 실제론 사소하지 않은 것이다.

공중전화 부스에서 나오다가 부검의 벨라민 선생과 맞닥뜨렸다. 의사는 키가 크고 울퉁불퉁한 체형의 사람으로, 반백의 머리에 조명에 그을린 피부와 메스처럼 날카로운 푸른 눈의 소유자였다.

"아, 여기 있었네, 루이스. 이쪽으로 갔다고 듣고 왔지. 그 세리노 여자한테서 세 사람을 죽이고도 남을 분량의 알코올을 발견했어. 위 내용물도 확인은 하겠지만 뭐 달라지는 건 없지 싶어." 의사가 말했다.

"세리노 여자요?" 루이스가 말했다.

"기관차 차고 옆 오두막에서 자네가 찾아낸 알코올 중독 노인 말이야. 다 까먹었어?" 벨라민 선생이 말했다.

"아…… 아, 그랬죠. 다른 사람을 생각하느라. 고맙습니다, 선생님." 루이스는 의사 곁을 지나쳤다. "이제 가 봐야 해요."

* * *

사무실에 돌아온 루이스는 책상 모퉁이에 걸터앉아, 전화기를 끌어당겨 존슨-튤 장례식장에 전화를 걸었다. 낯선 남자 목소리가 전화를 받았다. 루이스는 말했다. "거기 장례식장에서 소각도 합니까?"

"저희 장례식장은 아닙니다. 하지만 로스 론 화장장과 협약이 되어 있죠. 방문해서 상담하시겠습니까?"

"지금 당장은 아니고요, 감사합니다." 루이스는 말하고 수화기를 내려놓았다. 그는 염두에 두었던 의문을 하나 더 삭제했다…… 탱크에 화장에 쓰는 가스가 들었을 가능성. 도대체 그 탱크는 뭐지?

"누가 죽기라도 했냐?" 문가에서 들려온 목소리가 루이스의 상념을 깨뜨렸다. 돌아서니 체르낙 보안관이 있었다.

"아뇨, 그냥 수수께끼가 있어서." 루이스가 말했다. 그는 책상을 돌아 자리로 가서 앉았다.

"벨라마인 선생이 그 세리노 여자 건은 뭐래?" 보안관이 물었다. 그는 안으로 들어와 달력 사진 아래 자리에 앉았다.

"알코올 중독이요. 말한 대로." 그는 의자에 기대앉아 책상에 발을 올리고 천장의 얼룩진 자리를 응시했다.

"뭐 마음에 걸리는 거 있어? 수수께끼 때문에 애먹는 사람

같아." 보안관이 물었다.

"맞아요." 루이스는 말하고 장례식장에서 있었던 사건 얘기를 했다.

체르낙은 모자를 벗고 대머리를 긁었다. "난 별일 아닌 것 같은데, 웰비. 모든 가능성을 고려하면 아주 간단한 해답이라고 생각해."

"제 생각은 다릅니다." 루이스가 말했다.

"왜?"

루이스는 고개를 저었다. "모르겠어요. 그냥 그렇게 생각이 되지가 않네요. 그 장례식장 어딘가 진짜 같지 않아요."

"그 금속 탱크에 뭐가 들어 있는 거 같은데?" 보안관이 물었다.

"몰라요." 루이스가 말했다.

보안관은 모자를 꾹 눌러썼다. "다른 사람이었으면 그냥 잊어버리라고 하겠지만, 자네는 글쎄, 모르겠네. 희한한 재주를 부리는 걸 한두 번 봤어야지. 가끔은 사람 속을 들여다보는 괴물 아닌가 싶다니까." 보안관이 말했다.

"저 괴물 맞아요." 루이스가 말했다. 그는 발을 바닥에 내려놓고, 메모장을 끌어당겨 낙서하기 시작했다.

"그래, 머리 여섯 개 달린 게 잘 보이네." 보안관이 말했다.

"아뇨, 진짜로요. 심장이 가슴 오른쪽에 있거든요." 루이스가 말했다.

"몰랐어, 하지만 이제 듣고 보니……."

"괴물, 그게 그 장의사를 봤을 때 느낌이에요. 무슨 징그러운 괴물 같은."

루이스는 메모장을 밀어냈다. 지그재그 선으로 조각조각 낸 사각형이 가득 그려져 있었다. 지그소 퍼즐처럼.

"어디 이상하기라도 했어?"

루이스는 고개를 저었다. "겉으로 봐선 아니었어요."

체르낙은 자리에서 몸을 일으켰다. "있잖나, 오늘은 한가하니까. 가서 좀 둘러보지 그래?" 체르낙이 말했다.

"도와줄 사람은 누굴 붙여 주실 겁니까?" 루이스는 물었다.

"바니 키일러가 반 시간쯤 후에 돌아올 거야. 고든 판사님의 소환장을 전달하러 갔어." 체르낙이 말했다.

"좋아요. 돌아오면, 오드 펠로스 홀로 와서 눈에 띄지 않게 뒤쪽으로 들어오라고 해 주세요. 거기 타워룸으로 가서 장례식장 앞쪽을 지켜보면서, 누가 출입하는지 전부 기록하고 그 금속 탱크를 봐 달라고요. 금속 탱크가 실려 나가면 갖고 나간 사람을 미행해서 어디로 가는지 알아보고요." 루이스가 말했다.

"자넨 어딜 가게?" 보안관이 물었다.

"뒷문을 지켜볼 수 있는 곳을 찾으려요. 자리 잡으면 연락드리죠." 루이스는 맞은편 책상 쪽으로 엄지를 까딱했다. "조 웰치가 오면 저랑 교대하러 보내 주세요."

"그래. 난 여전히 자네가 헛다리 짚은 거라고 생각하지만." 체르낙이 말했다.

"그럴지도 모르죠. 하지만 그 장례식장엔 뭔가 구린 구석이 있어서 상상력이 발동된단 말입니다. 장의사라면 거추장스러운 시체를 처리하기가 얼마나 쉬울까 하는 생각이 자꾸 든다고요."

"그 금속 탱크에 집어넣는다?" 보안관이 물었다.

"아니. 그 정도로 크진 않고요." 루이스는 고개를 저었다. "그냥 그 사람이 거짓말을 한 게 마음에 걸려서요."

* * *

루이스가 필요한 장소를 찾아낸 때는 오전 10시 30분 직후였다. 골목 맞은편 건물 뒷면으로, 장례식장 차고에서 문 두 개 올라간 위치의 병원이었다. 3층에 검사실 세 개가 있고, 뒤쪽 방은 장례식장 뒷마당을 내려다보는 위치였다. 루이스는 의사와 간호사에게 비밀을 지켜 달라고 당부하고, 소형 쌍안경을 들고 뒤쪽 방에 진을 쳤다.

정오에 그는 간호사를 보내 점심으로 햄버거와 우유 한 잔을 사 오게 한 다음, 간호사에게 대신 장례식장 마당을 지켜봐 달라 하고, 그사이 사무실에 전화해서 주간 무선 담당에게 자신의 위치를 알렸다.

5시에 의사가 들어와서 루이스에게 사무실 여분 열쇠를 주고, 갈 때는 꼭 문을 잠가 달라고 부탁했다. 다시 루이스는 의사에게 장례식장 감시에 대해선 아무 말 하지 말아 달라고 이르고, 상대가 질문하려는 기색을 보이자 빤히 내려다보았다. 의사는 돌아서서 나갔다. 곧 문이 굳게 닫혔다. 병원은 조용했다.

7시 30분쯤 되자 장례식장 뒷마당에서 무슨 일이 벌어지더라도 제대로 보기엔 너무 어두워졌다. 루이스는 골목으로 감시 위치를 옮길까 했지만, 갑자기 장례식장 마당 위 조명등 두 개가 확 켜지고 뒷문에 달린 창문으로 야간 조명의 호박색 불빛이 흘러나왔다.

부보안관 조 웰치가 8시 20분에 병원 문을 두드리자 루이스는 문을 열어 주고, 서둘러 창문으로 돌아갔다. 그 뒤를 웰치가 따랐다. 웰치는 키가 크고 초조하게 줄담배를 피워 댔으며 눈을 항상 찌푸리고 다녔고, 목소리는 바순 소리 같았다. 그는 창가의 루이스 옆자리로 와서 말했다. "뭐 해? 보안관님이 무슨 아세틸렌 금속 탱크 얘기를 하던데."

"아무것도 아닐 수도 있는데, 하지만 뭔가 큰 건이라는 감이 들어." 루이스는 말했다. 그러고는 간략한 문장 몇 개로 아침에 있었던 장의사와의 만남을 설명했다.

"별로 흥미진진하게 들리진 않는데. 그 금속 탱크에 뭐가 들었을 거 같아서?" 웰치가 물었다.

"나도 알았으면 좋겠다." 루이스가 말했다.

웰치는 어두워진 방구석으로 가서 담뱃불을 붙이고 돌아왔다. "그냥 그 존슨이란 사람한테 물어보지?"

"그게 포인트야. 물어봤더니 거짓말을 하더라고. 그래서 의심하게 됐지. 저들이 금속 탱크를 내가서 어디든 우리가 미행할 수 있으면 하는데. 그 방법으로 답을 얻게." 루이스가 말했다.

"숨기려는 게 금속 탱크라고 그렇게 확신하는 이유가 뭐야?" 웰치가 물었다.

"복도가 아주 희한해. 양쪽 끝에 문이 있고, 양옆으로는 하나도 없어. 거기 있는 건 그 금속 탱크뿐이야."

"음, 그 금속 탱크는 이미 사라졌을지도 모르겠네. 너는 10시 반 넘어서야 이쪽에서 감시를 시작했고, 키일러는 11시 정도에나 앞문 쪽에 왔지. 그렇게 애타게 중요한 거라면 이미 내갔을 수도 있어." 웰치가 말했다.

"나도 같은 생각을 했어, 하지만 그랬을 거 같진 않아. 난 잠깐 나가서 뭐 좀 먹고, 더 자세히 보게 골목으로 내려갈게." 루이스는 말했다.

"마당에 저렇게 조명을 밝혀 놨으니 아주 가까이는 못 갈걸." 웰치가 말했다.

루이스는 차고를 가리켰다. "자세히 보면 맞은편 옆에 공간이 있어. 저기 그늘. 불은 뒷문 현관 안에 켜져 있지. 그 뒷문 창문으로 들여다볼 수 있을 만큼 가까이 가 보려고. 금속 탱크가 높이가 있으니까, 볼 수 있을 거야."

"그럼 건물 내 다른 곳으로 옮겨 놨으면?" 웰치가 물었다.

"그럼 들어가서 존슨과 맞대면할 각오를 해야지. 애초에 그랬어야 했나 싶기도 한데, 상황이 별나잖아. 그냥 저 장례식장의 비밀이 마음에 안 들어." 루이스가 말했다.

"추리 소설 제목 같네. 「장례식장의 비밀」." 웰치가 말했다.

웰치가 코로 쿵 하는 소리를 냈다. "저 안에는 이미 죽음이 있어. 굉장히 불쾌한 일일 수도 있겠지."

웰치는 피우고 있던 담뱃불로 새 담배에 불을 붙이고, 루이스가 재떨이로 쓰던 접시에 꽁초를 짓눌러 껐다. "네 말이 옳을 지도 모르지. 이 사건에서 유일하게 인상적인 건 말이야, 보안 관님 말씀대로 네가 희한한 재주를 부리는 걸 한두 번 본 게 아니란 거지."

"그렇게 말씀하셨어?" 루이스가 물었다.

"그래, 하지만 이번에는 네가 허탕 칠지도 모른다고 생각하시 더라." 웰치는 장례식장을 내려다보았다. "안으로 들어갈 거면, 정해 놓은 시간까지 네가 안 나올 경우 우리 쪽 몇 명 모아다가 쳐들어갈까?

"그럴 필요는 없지 싶은데. 의심스러운 걸 본 게 아니라면 아무 행동도 하지 마." 루이스가 말했다.

웰치는 고개를 끄덕였다. "좋아." 그는 발갛게 타오르는 담뱃 불을 쳐다보고, 감시하던 마당을 내려다보았다. "아무튼 장의 사들은 소름이 끼쳐."

루이스는 장례식장에서 두 블록 떨어진 카페에서 따뜻한 비 프 샌드위치를 쑤셔 넣고, 뒤쪽 거리를 따라 돌아왔다. 골목은 춥고 축축했다. 끈질긴 바람이 그의 레인코트 자락을 계속 헝 클어 놓았다. 장례식장 차고 근처 그늘에 숨어들어 보니 염두 에 두었던 구역에는 나무판자를 가로질러 못을 박아 두었다. 루이스는 나무판자를 기어올라 부드러운 땅으로 착지했고, 바 람은 나무판자가 막아 주었지만 청소를 안 한 지붕 물받이에서 물방울이 뚝뚝 떨어지고 있었다. 그는 조용히 그늘 끝으로 이 동했고, 예상대로 뒷문 창문을 통해 장례식장 안을 들여다볼 수 있었다. 금속 탱크가 보이지 않았다. 루이스는 소리 죽여 욕설을 내뱉은 다음, 어깨를 으쓱하고 그늘에서 나와 환한 마당을 가로질렀다. 문은 잠겨 있었으나, 창문을 통해 보니 복도는 텅 비어 있었다. 빙 돌아 앞문으로 가서 야간 벨을 울렸다.

입은 채 자다 일어난 듯 구겨진 검은 정장 차림의 남자가 문을 열어 주었다. 루이스는 그를 지나쳐 따스한 꽃향기가 나는 로비로 들어섰다. "존슨이 여기 있습니까?" 그는 물었다.

"주무십니다. 무슨 일이신가요?" 남자가 물었다.

"존슨 씨한테 이리 내려와 달라고 해 주세요. 공무입니다." 루이스는 배지를 보였다.

"물론이죠. 저기 사무실에 앉아 계시면, 존슨 씨에게 오셨다고 알리겠습니다. 위층 방에서 주무시거든요." 남자가 말했다.

"고마워요." 루이스가 말했다. 그가 사무실로 들어가 래슨 산 컬러 사진을 보고 있는 사이 야간 담당자가 로비 맞은편 끝의 계단으로 올라가 사라졌다. 그러자 루이스는 사무실에서 나와 복도로 이어지는 문간으로 갔다. 문은 잠겨 있었다. 억지로 열어 보려 했지만, 꿈적도 하지 않았다. 경첩 쪽을 살펴보니 가느다란 틈이 있어 저쪽 복도를 볼 수 있었다. 들여다본 그는 헉하고 숨을 들이쉬었다. 세 개의 금속 탱크가 예상했던 바로 그 자리에 있었다. 루이스는 사무실로 돌아가, 전화번호부를 찾아 웰치가 대기 중인 병원 전화번호를 찾아 전화를 걸었다. 한참 기다린 끝에 웰치가 전화를 받았고, 경계하는 목소리였다. "네?"

"나야. 뒷마당 쪽에 뭐 들어온 거 있어?"

"아니, 넌 괜찮나?" 웰치가 물었다.

"의문이 들기 시작하고 있지. 눈 똑바로 뜨고 봐." 루이스가 전화를 끊고 돌아서니 존슨의 키 큰 체구가 사무실 문간을 채우고 있었다.

"루이스 씨, 뭐 잘못된 거라도 있습니까?" 존슨이 사무실로 들어왔다.

"그 금속 탱크를 좀 보고 싶어서요." 루이스가 말했다.

존슨이 멈춰 섰다. "무슨 금속 탱크요?"

"뒤쪽 복도에 있던 거 말입니다." 루이스가 말했다.

"아, 방부액. 방부액에는 무슨 관심이시죠?" 존슨이 말했다.

"아무튼 좀 봅시다." 루이스가 말했다.

"영장 있으십니까?" 존슨이 물었다.

루이스는 턱을 홱 치켜들고 상대를 응시했다. "받아 오는 데 문제는 없을걸요."

"무슨 근거로?"

"뭔가 통할 만한 걸 생각해 보면 되겠고. 쉬운 길로 갈 겁니까, 어려운 길로 갈 겁니까?" 루이스가 물었다.

존슨은 어깨를 으쓱했다. "바라시는 대로." 존슨은 사무실을 나가 잠긴 복도 문을 열어 주었고, 앞장서서 복도를 지나 금속 탱크까지 루이스를 안내했다.

"방부액은 450밀리리터 유리병으로 들어오는 줄 알았는데요." 루이스가 말했다.

"새로 들어온 겁니다. 금속 탱크 안에 유리 내통이 들었죠. 액체가 압력하에 보존됩니다." 존슨이 말했다. 밸브를 돌리자 상단 부속품에서 매캐한 분무액이 나왔다.

루이스는 한번 찔러 보았다. "방부액 냄새 같지 않은데요."

존슨이 말했다. "새로 나온 종류거든요. 나중에 방취용 향을 추가합니다."

"방금 채운 겁니까?" 루이스가 물었다.

"아뇨, 지난주 배달 왔죠. 더 나은 보관 장소가 없어서 여기 두고 있습니다." 존슨이 말했다. 그는 루이스를 향해 미소 지었지만, 눈은 차갑고 경계심이 가득했다. "왜 관심이 있으시죠?"

"직업적 호기심이라고 해 둡시다." 루이스는 말했다. 그는 뒷문으로 가서 걸쇠를 풀고 문이 잠기지 않게 해 놓은 다음, 밖으로 나가서 문을 닫았다. 창문으로 탱크가 아주 잘 보였다. 그는 복도로 들어왔다.

* * *

아직도 거짓말을 하고 있는데, 하지만 너무 빤히 들여다보여. "이곳을 철저히 수색해야겠습니다."

"어째서요?" 존슨이 항의했다.

"별다른 이유는 없습니다. 원하신다면 가서 영장을 가져오죠." 루이스는 말했다. 존슨 옆을 지나치려 했으나 힘센 손이 어깨를 붙잡아 제지했고, 뭔가 단단한 것이 옆구리를 눌러 왔다.

내려다보니 납작한 자동 권총이 겨누어져 있었다.

"참 후회스럽군. 진심이야, 정말로." 존슨이 말했다.

"앞으로 더 후회하게 될 텐데. 이곳 앞뒤를 감시 중이고 서에서는 내가 여기 있다는 걸 알거든."

처음으로 존슨의 얼굴에 망설임이 보였다. "거짓말이야." 장의사가 말했다.

"이리 와 보시지." 루이스가 말했다. 뒷문으로 가서 웰치가 서 있는 어두운 창문을 올려다보았다. 부보안관의 담뱃불은 아주 똑똑히 보였고, 어둠을 배경으로 오렌지빛이 번졌다. 존슨은 그걸 보았다. "이제 앞쪽을 확인해 보자고." 루이스가 말했다.

"필요 없어. 단독 행동을 하는 줄 알았는데." 존슨은 잠시 입을 다물었다. "뒷마당으로 다시 들어와서 창으로 들여다봤지?"

"어떨 거 같아?" 루이스가 물었다.

"예상해야 했는데. 그냥 있는 그대로 보이게 하려고 너무 안달했나 싶네. 밤에 이렇게 들어오는 걸 보고 놀랐어."

"내가 앞문으로 들어오는 걸 봤다고?" 루이스가 말했다.

"그쪽이 아래층에 있다는 걸 직원이 말하기 전부터 알고 있었다고 해 두지." 존슨은 총으로 가리켜 보였다. "사무실로 돌아가지."

루이스는 앞장서서 복도를 걸었다. 현관문에서 그는 흘끗 돌아보았다.

"뒤돌아!" 존슨이 고함쳤다.

하지만 그 잠깐으로 충분했다. 금속 탱크가 사라졌다. "그 옹웅거리는 소린 뭐지?" 루이스가 물었다.

"그냥 계속 가." 존슨이 말했다.

앞쪽 사무실에서 장의사는 루이스에게 의자를 가리켰다. "뭘 찾고 있어?" 존슨이 물었다. 그는 책상 뒤 의자에 미끄러지듯 앉아, 권총 든 손을 책상에 올렸다.

"찾던 건 발견했어." 루이스가 말했다.

"그래서 그게?"

"이곳을 샅샅이 수색해야 한다는 믿음을 뒷받침할 증거."

존슨은 미소 짓고, 왼손으로 전화기를 끌어와 수화기를 들어 책상 위에 놓았다. "사무실 번호가?"

루이스는 말해 주었다.

존슨은 다이얼을 돌리고 수화기를 집어 들어 말했다. "여보세요, 나 루이스인데."

루이스는 반쯤 의자에서 튀어 올랐다. 그 자신의 목소리가 존슨의 입에서 나오고 있었다. 장의사가 손에 든 권총을 휘둘러 그를 도로 의자에 앉혔다.

"내가 하는 일 관련 정보 있어?" 존슨이 묻고 기다렸다. "아니. 중요한 건 아니야. 그냥 보는 중." 다시 잠깐 정적. "뭐 찾으면 연락할게." 그는 수화기를 내려놓았다.

"그래서?" 루이스가 말했다.

존슨의 입매가 가늘어졌다. "믿어지지 않아. 한낱 인간이……."

존슨은 말을 끊고는 루이스를 응시했다. "내 실수는 그 문이

열려 있었던 후에도 뻔한 거짓말을 한 거야. 차라리……." 그는
어깨를 으쓱했다.

"우리를 영원히 속일 순 없을걸." 루이스가 말했다.

"그런 거 같아. 하지만 논리적으론 아직 기회가 있다 싶은데."
총이 갑자기 홱 올라와 총구가 루이스를 겨누었다. "그 기회에
걸고 모험할 수밖에 없어." 장의사가 말했다. 총이 불을 토하고
루이스는 의자에 확 떠밀렸다. 흐릿해져 가는 시야 속에서 존
슨이 총을 자기 머리에 갖다 대고 방아쇠를 당겨, 책상에 쓰러
지는 모습이 보였다. 이어 루이스 주위의 흐릿함이 짙어져 가
고, 새까만 무의식의 세계가 되었다.

어딘지 알 수 없는 곳에서 루이스는 그 자신을 의식하게 되
었다. 검은 동굴을 통과해서 달리고 있었고, 이글이글 타오르
는 눈과 문어 다리 같은 팔이 달린 괴물에게 쫓기고 있었다. 괴
물은 계속 외치고 있었다. "한낱 인간이! 한낱 인간이! 한낱 인
간이!" 빗물 통에 대고 얘기하는 것처럼 우렁우렁 울리는 목소
리였다. 이어, 괴물의 목소리 너머로 루이스는 빠르고 고르게
뚝뚝 물 떨어지는 소리를 들었다. 동시에 둥글고 환한 동굴 출
구가 보였다. 환한 부분이 점점 더 커지더니, 하얀 병원 벽과 햇
살 가득한 창문이 되었다. 루이스는 고개를 돌리다 장례식장에
있던 것 같은 금속 탱크를 보았다.

누군가의 목소리가 말했다. "그것 덕분에 정신이 들었군요."

현기증이 몰려와 루이스는 잠시 버텼다. 하얀 차림의 형체가
시야에 들어오더니 루이스도 아는 카운티 병원 인턴의 모습이

되었다. 인턴은 검은 산소마스크를 들고 있었다.

똑똑 물 떨어지는 소리가 이제 더 커졌고 그제야 손목시계 소리임을 깨달았다. 소리를 향해 고개를 돌리자, 체르낙 보안관이 그의 머리 가까이에서 몸을 일으키고 있었다. 체르낙의 슬라브계 얼굴이 환하게 웃고 있었다. "어휴, 자네 덕에 식겁했어."

루이스는 침을 삼키고 목소리를 냈다. "무슨……."

"괴물이라 천만다행인 줄 알아. 오른쪽에 심장이 있어서 살아남은 거야. 그리고 조가 총소리를 들은 덕에." 체르낙이 말했다.

인턴이 빙 돌아 보안관 옆으로 왔다. "총알이 폐를 스치고 등쪽 갈비뼈를 약간 날렸어요. 타고난 행운아이신가 보다."

"존슨은?" 루이스가 말했다.

"뒈졌지. 이제 무슨 일이 있었는지 말할 기운이 나나? 조가 한 얘기는 말이 안 되서. 그 방부액 금속 탱크는 뭐야?" 체르낙이 말했다.

루이스는 장의사와의 사건을 생각했다. 뭐 하나 말이 되는 게 없었다. "방부액은 450밀리리터 병으로 들여온답니다."

"복도에 있던 금속 탱크 세 개는 확보했어. 근데 그걸 어째야 할지 모르겠네." 체르낙이 말했다.

"복도에요?" 루이스는 존슨이 돌아서라고 하기 전 마지막으로 본 텅 빈 복도를 기억했다. 몸을 일으키려 하자 통증이 칼날처럼 가슴을 관통했다. 인턴이 조심스레 그를 밀어 눕혔다. "자, 그건 안 됩니다. 그냥 가만히 누워 계세요." 인턴이 말했다.

"금속 탱크엔 뭐가 있었어요?" 루이스가 속삭였다.

"여기 연구실 말로는 방부액이라던데. 뭐가 그리 특별하길래?" 보안관이 말했다.

루이스는 존슨이 탱크 밸브를 열었을 때 분사된 매캐한 냄새를 기억했다. "연구실에 아직 그 액체가 있습니까? 냄새를 맡아 보고 싶은데." 그는 물었다.

"가져다 드리죠. 환자분 일어나지 못하게 하세요. 출혈이 시작될 수 있어요." 인턴이 말하고 문을 나섰다.

"그 금속 탱크를 어디서 찾았어요?" 루이스가 물었다.

"뒷문 옆. 자네가 있다고 한 자리에. 왜?" 체르낙이 말했다.

"아직 정확히는 모르겠지만, 해 주셨으면 하는 일이 있습니다. 누구……."

문이 열리고 인턴이 들어왔다. 손에는 시험관이 들려 있었다. "이게 그겁니다." 인턴은 튜브를 루이스의 코 밑에 스치게 했다. 머스크 같은 달콤한 향이 났다. 그가 금속 탱크에서 맡은 냄새가 아니었다. 그럼 탱크가 사라졌던 이유는 설명이 되는군. 누가 바꿔치기를 한 거야. 하지만 원래 통에는 뭐가 들어 있을까? 그는 인턴을 올려다보고 말했다. "고마워요."

"아까 뭔 말 하다 말았지." 보안관이 말했다.

"네. 누구 하나 데리고 그 장례식장에 가서, 금속 탱크를 발견한 곳 뒤의 벽을 뜯어내고 그 아래 바닥을 들어내세요." 루이스가 말했다.

"뭘 찾으라는 건데?" 체르낙이 물었다.

"저라고 알겠습니까, 하지만 분명히 흥미로울 거예요. 그 금속 탱크는 제가 등을 돌릴 때마다 사라졌다 나타났다 한다니까요. 이유 좀 알고 싶네요." 루이스가 말했다.

"이봐, 계속 진행하려면 뭔가 확실한 게 있어야 해. 사람들이 장례식장 주위로 미친 듯이 몰려들어선 영업에 방해된다느니 난리도 아냐." 보안관이 말했다.

"오히려 영업에 도움이 되는 거 아닌가요." 루이스의 입술에 짧은 미소가 떠올랐다. 그의 얼굴이 진지해졌다. "누가 부하를 살해하려 들었고 그다음 자살했다는 거면 충분하지 않습니까?"

보안관은 머리를 긁었다. "그렇겠지. 그냥 자네 감 말고는 더 없어?"

"저라고 뭐 더 아는 게 있겠습니까. 그나저나, 존슨의 시신은 어디 있고요?" 루이스가 물었다.

"매장하려고 수습 중이야. 웰비, 정말 자네 주장 이상의 뭔가가 있어야 해. 내가 너무 밀어붙이면 검사가 소리 지를 거라고." 체르낙이 말했다.

"그래도 보안관이시잖아요." 루이스가 말했다.

"존슨이 왜 자살했는지라도 알려 주면 안 돼?"

"정신적으로 불안정했다고 해 두죠. 그리고 또 하나 있는데요. 벨라마인 선생님에게 존슨을 부검하고 시신을 확대경으로 살펴보라 하시죠."

"왜?"

"한낱 인간이 어쩌고 하더라고요." 루이스가 말했다.

"나더러 목을 내걸란 소리네." 체르낙이 말했다.

"해 주실 거죠?" 루이스가 물었다.

"당연히 하고말고! 하지만 마음에 안 들어!" 체르낙이 폭발했다. 모자를 홱 당겨 쓰고 그는 성큼성큼 방을 나섰다.

인턴이 따라나섰다.

루이스는 말했다. "지금 몇 십니까?"

인턴이 멈춰 손목시계를 보았다. "거의 5시요." 그는 루이스를 쳐다보았다. "수술실에서 나온 후로 진정제를 투여하고 있었습니다."

"오전 5시요, 오후 5시요?" 루이스가 물었다.

"오후 5시요." 인턴이 말했다.

"힘든 수술이었나요?" 루이스가 물었다.

"깨끗한 상처였는데요. 이제 좀 쉬세요. 식사 시간 거의 다 됐네요. 첫 번째 다임에 배식받으실 수 있도록 하고 그다음 간호사가 진정제를 가져다 드릴 겁니다. 쉬셔야 해요." 인턴이 말했다.

"얼마나 이 침대에 붙들려 있어야 합니까?" 루이스가 물었다.

"나중에 논의해 보죠. 말씀 많이 하시면 안 됩니다." 인턴은 말하고 문을 나섰다.

루이스는 고개를 돌리다가, 누가 침대 협탁에 쌓아 두고 간 잡지를 보았다. 제일 위에 있던 잡지가 표지를 위로 하고 떨어져 있었다. 곤충 눈 달린 괴물이 헐벗다시피 한 여자를 뒤쫓는 모습이 요란스러운 색깔로 묘사되어 있었다. 루이스는 조금 전 악몽을 떠올렸다. 한낱 인간이…… 한낱 인간이. 그 말이 계속 뇌리를 맴돌았다. 존슨의 어떤 점이 괴물이란 생각이 들게 했을까?

간호 실습생이 식사 쟁반을 가져와, 침대를 세워 주고 식사를 거들었다. 곧 간호사가 주사기를 가져와 그의 팔에 놓아주었다. 답을 찾지 못한 의문으로 가득한 채 그는 가물가물 잠에 빠져들었다.

"이제 깨어났어요." 여자 목소리가 말했다. 문 여는 소리를 듣고 루이스가 올려다보니 체르낙이 조 웰치를 따라 들어오고 있었다. 밖은 낮이었고 비가 오고 있었다. 두 남자는 젖은 우비를 벗어 의자에 걸쳐 놓았다.

루이스는 웰치에게 미소 지었다. "귀가 밝아서 고마워, 조."

웰치가 씩 웃으며 말했다. "창문을 열었더니 네가 뒷문으로 나오는 게 보이더라고. 나한테 뭐 소리라도 치려나 했지. 그러더니 도로 안으로 들어가기에 거 희한하다 했어. 그래서 창문을 좀 열어 놓고 있었으니 망정이지 아니었으면 아무 소리도 못 들었을 거야."

체르낙이 루이스의 침대 옆으로 의자를 끌어와 앉았다. 웰치는 발치 쪽 의자에 앉았다.

루이스는 보안관 쪽으로 고개를 돌렸다. "검사가 벌써 소리질러요?"

"아니. 일전에 폭우를 맞고 독감에 걸려 집에 있거든. 게다가 이 카운티 보안관은 아직 나니까." 체르낙은 침대를 툭툭 쳤다. "기분은 좀 어떤가?"

"아쉽지만 살아났네요." 루이스가 말했다.

"그래야지. 통신실에 새로 들어온 여직원이 네 사진을 보고 만나 보고 싶대. 끝내줘." 웰치가 말했다.

"기다려 달라고 전해 줘." 루이스는 보안관을 쳐다보았다. "뭘 찾으셨어요?"

"난 모르겠다, 루이스. 금속 탱크 바로 뒤는 벽돌벽이었고 회반죽으로 덮여 있었지. 그 석회를 벗겨 냈더니 온통 금속 와이어더라고." 체르낙이 말했다.

"무슨 와이어요?"

"그냥 그거야, 키일러 아버지가 보석상인데 키일러 말로는 은이라더군. 온 사방으로 가로세로로, 무슨 스크린처럼 되어 있어."

"어디에 연결되어 있던가요?"

"우리가 찾아본 한에서는 아무 데도." 체르낙이 웰치를 쳐다보았다. "그렇지 않아?"

"그 와이어 말고는 아무것도 없어." 웰치가 말했다.

"그걸 어떻게 하셨어요?" 루이스가 물었다.

"아무것도. 그대로 두고 사진만 찍었지." 체르낙이 말했다.

"바닥 아래는요?"

체르낙의 얼굴이 환해졌다. "아, 거기 진짜 대박이었지!" 그는 고개를 숙여 루이스를 자세히 들여다보았다. "어떻게 그 아래에서 뭘 찾아낼 줄 알았어?"

"그 금속 탱크가 별안간 나타나는 것만 알았죠. 그 아래에 뭐가 있던가요?" 루이스가 물었다.

체르낙이 몸을 바로 했다. "복도 바닥 한 부분이 엘리베이터고 그 아래에는 큰 방이 있더라고. 복도 아래에서부터 방부처리실까지 이어지는데 그 방부처리실 바닥 한 부분에는 타일 여러 개가 하나로 합쳐진 곳이 있고, 거기에 난 바닥문을 열면 계단이 있어. 어휴! 꼭 공포 영화에 나오는 것 같더라니까!"

"그 아래로 내려가면 뭐가 있는데요?"

"기계류." 체르낙이 말했다.

"무슨 기계요?"

"몰라." 체르낙이 고개를 저으며 웰치에게 눈길을 주었다.

"그런 괴상한 건 생전 처음 봤어." 웰치가 어깨를 으쓱했다.

"벨라마인 선생이 어젯밤 부검 후 내려와서 한번 봤지. 오늘 아침 널 보러 들른다던데." 체르낙이 말했다.

"부검 관련해선 뭐 얘기 없고요?" 루이스가 물었다.

"나한텐 안 했는데." 체르낙이 말했다.

웰치가 침대 발치로 의자를 더 끌어와서, 한쪽 팔을 난간에 기댔다. "부검하다 본 것 때문에 장례식장을 보러 오게 되었다고 하시던데. 뭔지는 말 안 하셨고." 웰치가 말했다.

"장례식장 직원들은요? 그 비밀 방에 대해 뭐라던가요?" 루이스가 물었다.

"자기들은 그게 있는 줄도 몰랐다고 맹세하더라. 아무튼 전부 구금했어, 튤과 부인만 빼고."

"튤?"

"그래, 동업자. 그 부인도 정식 장의사였거든. 자네가 총에 맞은 그날 밤 이후로 행방을 몰라. 직원들 말로는 존슨과 튤 부부가 항상 별 이유 없이 건물 주위 문을 잠그고 다녔대."

"그 기계는 어떻게 생겼고요?"

"일부는 그냥 그 층 엘리베이터고. 다른 건 위층 방부처리대
에서 내려온 파이프 여러 개와 연결되어 있었어. 그리고 이렇게
커다란……" 문이 열리자 체르낙은 입을 다물었다.

벨라마인 선생이 냉소적인 얼굴을 병실에 들이밀었다. 안에
있는 사람들을 쫙 훑어보고, 들어와서 문을 닫았다. "환자 상태
가 나아졌네. 처음엔 내 공식 업무 대상이 되는가 싶었다니까."

"이 친구가 우리보다 오래 살겠어요." 웰치가 말했다.

"아마 그럴걸." 의사가 말했다. 그는 루이스를 내려다보았다.
"얘기 좀 할 만한가?"

"잠깐만요, 선생님." 루이스는 체르낙을 돌아보았다. "부탁 하
나만 더 드리겠습니다. 그 금속 탱크를 용접소로 가져가서 용
접기로 열어 볼 수 있을까요. 안이 어떻게 만들어졌나 알고 싶
어서요."

"아니, 안 돼. 설명 듣기 전에는 여기서 안 나갈 거다." 체르낙
이 말했다.

"저한텐 드릴 설명이 없습니다. 아직 조각이 전부 맞춰지지
않았어요. 수사를 해야 할 마당에 병실에 묶여 있으니. 궁금한
것이 만 가지는 되는데 답을 할 방법이 없군요."

"너무 흥분하지 마." 벨라마인 선생이 말했다.

"그래, 루이스, 쉬엄쉬엄해. 그냥 내가 답답해서 속이 터질 거
같아서 그래. 뭐 하나 말이 되는 게 없어. 그 사람은 별 이유 없

이 자네를 죽이려 들었고 그다음 자살했어. 자네가 그 금속 탱크 안을 들여다보고 싶어 해서 그런 것 같은데, 그냥 방부액이었단 말이야. 이해가 안 가." 체르낙이 말했다.

"그 금속 탱크 좀 잘라 봐 주시겠어요?" 루이스가 물었다.

"그래, 그래." 체르낙이 자리에서 몸을 일으켰다. 웰치도 일어섰다. "가자고, 웰치. 우린 셜록의 정보 수집 담당밖에 안 돼. 둘이 얘기하라고 두고……."

"죄송해요. 다만 제가 아직……." 루이스가 말했다.

"아직 직접 못 하는 거 알아. 그래서 내가 하는 거지. 자네는 내 부하 중 최고야, 그러니 이 사건을 해결하리라 믿고 있어. 나는 그 기계 봤을 때 포기했다니까." 체르낙은 중얼거리며 병실을 나섰고, 웰치는 그 뒤를 따르다 문가에서 멈춰 루이스에게 윙크를 날렸다.

벨라마인은 문이 닫힐 때까지 기다렸다 침대 발치에 앉았다. "어떻게 저러도록 만들었나?" 그가 물었다.

루이스는 질문을 무시했다. "부검에서 뭘 찾으셨어요?"

부검의는 얼굴을 찌푸렸다. "보안관이 자네 부탁을 전달했을 때 자네가 미쳤나 보다 했지. 어느 멍청이가 봐도 존슨은 머리의 총상으로 사망한 건데. 하지만 뭔가 이유가 있겠지 했어. 그래서 조심스럽게 절개했는데 그래서 다행이었네."

"왜요?"

"음, 이 건은 부검의가 때로 간과하는 종류의 사건이야. 눈에 띄는 부상. 명백한 사인. 나도 놓쳤을지 몰라. 겉보기엔 정상이었지.”

"뭘 놓쳐요?"

"하나 예를 들어 보자면 심장. 심장막에 근육이 한 겹 더 있어. 그걸 실험하다가 메스를 떨굴 뻔했다니까. 항공기 연료통에 쓰는 자동 밀폐장치처럼 작동하더라고. 심장을 찌르면 심장이 치유될 때까지 이 근육막이 구멍을 봉하는 거야."

"세상에!" 루이스가 말했다.

"전신이 다 그런 식이었어. 오랫동안 의사들은 인체를 보며 특정 부분을 더 나은 사양으로 재설계할 수 있다면 얼마나 좋을까 바라 왔어. 존슨은 우리의 소원이 이루어진 것처럼 보이더군. 척추골 숫자는 줄어들고 관절은 더 나아지고. 눈동자에 있는 색소막은 일종의 필터라고밖엔……."

"그거예요!" 루이스는 손바닥으로 침대를 내리쳤다. "괴물 같다고 느껴지는데 딱 뭔지 알 수가 없었던 점이 그겁니다. 눈동자 색이 바뀌었어요. 그걸 봤던 기억이……."

"자네가 본 건 아무것도 아니야. 골반저가 더 넓고 무게를 더 고르게 다리에 분산해. 발은 뼈가 더 크고 무게가 더 아치 중심 위로 분산되고. 엇갈린 막 형태의 지지대가 장기를 지탱했어. 순환계에는 전략적인 위치 곳곳에 괄약근 판막이 있어서 출혈을 조절할 수 있지. 이 존슨은 겉보기엔 인간일지 몰라도 내부는 초인이었어."

"장례식장 지하실에 있던 기계는요?" 루이스가 물었다.

벨라마인이 일어나 서성이기 시작하더니, 침대 발치를 오갔다. 곧이어 멈춰 서서, 양손을 난간에 얹고 루이스를 응시했다.
"밤이 거의 절반이 가도록 배치를 조사했어. 내가 본 중에 가장
아름답게 설계하고 실현한 장치더군. 주목적은 시신의 혈액을
뽑아 단백질을 분리하는 거지." 벨라마인이 말했다.

"혈장이나 뭐 그런 걸 만드는 겁니까?" 루이스가 물었다.

"뭐 그런 거지." 벨라마인이 말했다.

"시체의 혈액을 그렇게 이용할 수 있는 줄은 몰랐네요." 루이
스가 말했다.

"우리도 마찬가지야. 하지만 러시아인들이 그 연구를 하고
있지. 우리 경험에 따르면 너무 빨리 손상돼. 우리가 시도했
던……."

"그럼 이게 공산주의자들의 획책이라고요?"

벨라마인은 고개를 내저었다. "그건 아니지. 이 장치는 그냥
미국에만 낯선 게 아니야. 지구에서 보지 못한 것이지. 그 안에
는 공기 분사로 자유롭게 회전하는 원심 펌프가 하나 있어. 그
게 생성해 낼 위력을 생각할 때마다 등골이 오싹해진다니까.
우리에겐 그 종족에 근접할 만한 기술이 없어. 그리고 러시아
도 없기는 마찬가지지."

"어떻게 확신하십니까?"

"먼저, 이런 종류의 장치를 기다리는 연구 프로젝트가 여러
건 있고 러시아도 우리만큼이나 그 프로젝트의 결과를 얻지 못
하기는 마찬가지거든."

"그럼 시신의 혈액으로부터 생성한 뭔가가 그 금속 탱크에

보관되어 있었군요." 루이스가 말했다.

벨라마인은 고개를 끄덕였다. "내가 확인해 봤네. 금속 탱크의 부속품이 그 기계의 부속품 중 하나와 맞춰지더라고."

루이스는 가슴 통증을 무시하고 벌떡 몸을 일으켰다. "그렇다면 외계인이 우리……." 가슴 통증이 너무 심해져 다시 베개에 늘어졌다.

벨라마인 선생이 급히 옆으로 왔다. "이 바보! 쉬엄쉬엄하랬더니." 의사가 고함쳤다. 침대 머리맡 비상 버튼을 누르고 붕대를 풀기 시작했다.

"무슨 일이죠?" 루이스가 속삭였다.

"출혈이야. 그 멍청한 간호사는 어디 갔대? 왜 호출에 응답을 안 하지?" 벨라마인은 반창고를 죽 떼어 냈다.

문이 열리고 간호사가 들어오다가, 그 광경을 보고 멈춰 섰다.

"응급 트레이. 에드워즈 선생을 불러와! 혈장 가져오고!" 벨라마인이 말했다.

루이스는 머릿속에서 둥둥 북소리가 시작되는 것을 들었다…… 더 크게, 크게, 크게. 그러더니 스러지고 아무것도 남지 않았다.

* * *

부스럭거리는 소리와 발소리에 그는 깨어났다. 그러다가 깨달았다. 병실을 돌아다니는 간호사의 풀 먹인 유니폼 소리. 눈을 뜨고 바깥 그림자를 보고 오후임을 알았다.

"깨어나셨군요." 간호사가 말했다.

루이스는 소리 쪽으로 고개를 돌렸다. "새 간호사군요. 못 보던 얼굴인데."

"특별이에요. 이제 그냥 쉬고 움직이지 않도록 하세요." 간호사는 호출 버튼을 눌렀다.

거의 즉시 나타난 듯한 벨라마인 선생이 루이스 위로 몸을 숙였다. 의사는 루이스의 손목 맥을 짚고, 심호흡했다. "쇼크 상태였어. 조용히 있어야 해. 움직이려고 하지 말고."

낮고 허스키한 목소리로 루이스가 말했다. "질문 좀 해도 될까요?"

"그래, 하지만 몇 분만이야. 뭐든 진 빼면 안 돼."

"보안관님이 그 금속 탱크에 대해 뭔가 알아냈나요?"

벨라마인이 얼굴을 찡그렸다. "못 열었어. 금속을 자를 수가 없대."

"그럼 확인됐네요. 그런 장비가 또 있을까요?" 루이스가 말했다.

"물론 그렇겠지." 벨라마인이 침대 머리맡 의자에 앉았다. "지하실 배치를 다시 한번 보고 기계 전문가를 데려갔어. 내 의견에 동의하더군. 어딜 봐도 대량 생산품이야. 대부분 주조 부속품에 기계 가공은 최소로 했어. 단순하고 효율적인 공정이지."

"왜? 인간 시체 피가 무슨 소용이 있다고요?"

"나도 같은 의문을 품어 왔어. 배양을 위한 영양액 용도일 수 있겠지. 항체 용도일 수도 있고."

"소용이 있을까요?"

"혈액을 얼마나 빨리 추출하느냐에 달렸어. 시간 요소는 온도, 신체 상태, 온갖 것에 따라 달라져."

"하지만 왜요?"

의사는 한 손으로 백발을 쓸어 올렸다. "그 질문에 대해 생각해 본 답이 있는데 영 마음에 들지 않아. 우리가 기니피그 혈액을 어떻게 분리하는지, 병아리 배아에서 어떻게 백신을 추출하는지, 온갖 실험동물을 어떻게 사용하는지 자꾸 생각이 나."

루이스의 눈이 병실 저편 서랍장으로 향했다. 누가 협탁에 있던 책을 서랍장 위에 갖다 놓았다. 곤충 눈을 한 괴물 표지가 아직도 보였다.

"과학 소설에서 본 바에 따르면, 복도의 그 은제 격자는 금속 탱크를 어딘가 사용될 곳으로 보내는 물질전송기겠군요. 왜 기계와 같이 지하에 두지 않았나 궁금하네요." 루이스가 말했다.

"아마 지상에 있어야 했을 거야. 나와 같은 방식으로 짐작했군." 벨라마인이 말했다.

"선생님은 현실적인 분이죠. 어쩌다 곤충 눈을 한 괴물 이론을 믿게 되셨어요?"

"조합이지. 그 은제 격자, 기계 설계와 목적, 이상한 금속, 존슨의 신체적 차이. 모두 외계인을 가리키고 있어. 하지만 자네도 마찬가지야, 루이스. 어떻게 깨닫게 된 거지?" 벨라마인이 말했다.

"존슨이요. 저를 한낱 인간이라고 했거든요. 본인을 인류와 분리한다는 게 얼마나 이질적인지 생각하지 않을 수가 없더라고요."

"맞아떨어지는군." 벨라마인이 말했다.

"하지만 왜 기니피그죠?" 루이스가 물었다.

의사는 미간을 찌푸리고 바닥을 보다가 다시 루이스한테 눈길을 돌렸다. "그 장치에는 두 단계가 있던데. 그 기능은 딱 하나일 수밖에 없어. 살아 있는 바이러스를 엑스선이든 베타선이든 일종의 충격을 통해 전송하고, 돌연변이 변종을 키 봤자 주먹만 한 작은 스프레이 용기에 넣는 거지. 내 연구 경험을 통해 일부 변이 바이러스가 치명적일 수 있단 걸 알거든."

"세균전. 러시아가 아닌 거 확실해요?" 루이스가 속삭였다.

"확실해. 이건 완벽한 감염 센터야. 완전한. 그게 가동되었으면 밴버리는 지금쯤 전멸했을걸."

"아직 준비가 안 되었을지도 모르죠."

"세균전은 감염 센터가 하나 설치되었으면 준비 다 된 거야. 이 장비는 일반적인 세균을 약간 변형시키는 용도지. 아니라면 내 짐작이 틀린 거고. 작은 스프레이 용기는……."

"존슨 책상의 선반에 있었죠." 루이스가 말했다.

"그래." 벨라마인이 말했다.

"제가 봤어요. 무슨 방취제 같은 건 줄 알았는데." 루이스는 이불에서 먼지 부스러기를 집어 들었다. "그럼 우리한테 변이 바이러스를 감염시키는 거군요."

"겁이 나." 벨라마인이 말했다.

루이스는 눈을 가늘게 뜨고 의사를 올려다보았다. "선생님,

선생님의 실험용 흰쥐 중 한 마리가 지성이 있을 뿐만 아니라 선생님이 자기에게 뭘 하려는지 알게 되었다면 어쩌실 건가요?"

"어……." 벨라마인은 창밖의 짙어져 가는 황혼을 쳐다보았다. "난 괴물이 아니야, 루이스. 아마 놓아주겠지. 아니다……." 그는 턱을 긁었다. "아니, 아마 그러진 않겠네. 하지만 더 이상 감염시키진 않을 거야. 얼마나 똑똑한지 알아볼 시험 몇 가지를 할 거 같아. 그 쥐는 더 이상 단순한 실험동물이 아닐 테니까. 그 유용성은 심리학 분야에 있겠지, 나에 대해 말해 줄 수 있는."

"제가 생각했던 대로군요. 저 얼마나 더 오래 이 침대에 있어야 할까요?" 루이스가 물었다.

"왜?"

"기니피그가 연구자에게 다 끝났다고 말할 방법을 생각해 냈거든요."

"어떻게? 우린 그들의 언어도 모르는걸. 오직 한 개체만 봤을 뿐이고 그건 죽었어. 그들이 우리와 같은 방식으로 반응할지도 모르고."

"반응할 겁니다." 루이스가 말했다.

"어떻게 확신해? 그들은 우리가 지각이 있단 걸 이미 알 텐데."

"쥐도 지각이 있죠. 어느 정도까지는. 다 보는 방식에 달린 거예요. 물론이죠. 우리에 비하면 쥐는 한참 떨어져요. 바로 그런 식으로……."

"자네에겐 인류 전체의 위험을 감수할 권리가 없어. 그중 하나가 자넬 죽이려 했잖아!" 벨라마인이 항의했다.

"하지만 모든 사실이 그자는 결함이 있다고 말하고 있지요. 너무 많은 실수를 저질렀어요. 그게 우리가 이긴 유일한 이유입니다." 루이스가 말했다.

"우리를 이제 쓸모없다 여기고 소각로에 처넣을지도 몰라. 그들은……."

루이스가 말했다. "그들은 거의 순수한 과학자일 겁니다. 존슨은 현장 담당, 실험실 기술자, 일꾼이었죠. 순수한 과학자라면 우리 인간의 패턴을 따를 거고. 확실해요. 순수한 과학자가 되려면 자신을 통제할 수 있어야 하죠. 즉 다른 사람들의…… 다른 존재의 문제를 이해할 수 있단 겁니다. 아뇨, 선생님. 선생님의 첫 번째 대답이 최선이에요. 실험용 쥐에게 심리 테스트를 하겠죠."

벨라마인은 자기 손을 내려다보았다. "자네 생각은 뭔가?"

"흰쥐 한 마리를 실험실 케이지에서 꺼냅니다. 일반 세균에 감염시키고, 감염 주사기를 케이지에 두고, 쥐와 그 모든 것을 은제 와이어 격자 앞에 둡니다. 왜곡을……."

"미친 짓이야. 상대의 언어조차 모르는데 어떻게 가상의 상대에게 자네의 메시지를 보라고 할 수 있지…… 애초에 어떻게 연락하고?" 벨라마인이 말했다.

"금속 조각으로 와이어를 건드려 그 격자의 장을 왜곡합니다. 안전을 위해 막대 끝에 금속을 묶어서요." 루이스가 말했다.

"이보다 미친 소리는 들어 본 적이 없어." 벨라마인이 말했다.

"흰쥐, 케이지, 그리고 주사기만 주시면 제가 직접 하겠습니다." 루이스가 말했다.

벨라마인은 자리에서 일어나 문 쪽으로 향했다. "자네는 두 주 정도는 아무것도 안 해야 해. 아픈 사람이고 이미 너무 오래 얘기했어." 뒤이어 문을 열고 병실을 나섰다.

루이스는 천장을 응시했다. 부르르 진저리가 쳐졌다. 돌연변이 바이러스!

문이 열리고 보조원과 간호사가 들어왔다. "따뜻한 젤라틴을 튜브로 드실 거예요." 간호사가 말했다. 간호사는 식사를 돕고, 루이스의 항의를 무릅쓰고 진정제를 놓았다.

"선생님 처방이에요." 간호사가 말했다.

밀려오는 안개 속에 루이스는 중얼거렸다. "어느 선생님?"

"벨라마인 선생님이요."

안개가 더 낮게 깔리고 어두워졌다. 그는 수천 명의 존슨이 사는 악몽으로 빠져들었다. 모두 커다란 금속 탱크를 들고 뛰어다녔고, "넌 인간인가?" 하고 물으며 혈액을 모았다.

* * *

루이스가 깨어나 보니 체르낙 보안관이 침대 곁에 있었다. 창 밖에 동이 트는 것이 보였다. 그는 보안관을 향해 고개를 돌렸다. "안녕하세요, 존." 그가 속삭였다. 혀가 두껍고 마른 느낌이었다.

"깨어날 때쯤 되었지. 여기서 두 시간쯤 기다리고 있었어. 뭔가 수상한 일이 벌어지고 있다." 체르낙이 말했다.

"침대 좀 세워 주시겠어요? 무슨 일인데요?" 루이스가 물었다.

체르낙이 일어나 침대 발치로 가서 손잡이를 돌렸다.

"벨라마인 선생이 사라진 게 큰일이지. 여기 실험실에서 장례식장까지 추적했어. 거기서 뿅! 사라진 거야."

루이스의 눈이 휘둥그레졌다. "흰쥐 케이지가 있던가요?"

"또 이러네!" 체르낙이 고함쳤다. "아무것도 모른다 해 놓고, 질문은 다 안단 말이야." 그가 루이스 위로 몸을 숙였다.

"그래, 쥐 케이지가 있었지! 어떻게 아는지 말해 보라고!"

"먼저 나에게 무슨 일이 있었는지 말해 주세요." 루이스가 말했다.

체르낙이 몸을 바로 하고 미간을 찌푸렸다. "좋아, 하지만 다 얘기하고 나면 말 좀 해 달라고." 그는 혀로 입술을 축였다. "어젯밤 선생이 여기 와서 자네랑 얘기했다고 들었어. 그다음 실험실로 가서 흰쥐 한 마리를 케이지에 넣어 갔다고 하네. 그다음 장례식장으로 갔고. 케이지와 흰쥐를 가지고. 우리 야간 경비가 들여보냈지. 좀 지나서 선생이 나오지를 않으니 경비가 걱정되어 안에 들어갔어. 뒤쪽 복도에 선생의 검은 가방이 있었지. 그리고 그 은으로 된 와이어 있던 자리에는……."

"있던?" 루이스가 외쳤다.

"그래, 그것도야. 어젯밤 누군가 그 와이어를 몽땅 뜯어냈고 흔적 하나 남기지 않았어." 체르낙이 힘없이 말했다.

"경비가 또 뭘 찾았던가요?"

체르낙이 칼라 아래 목덜미를 손으로 쓸어 올리며, 맞은편 벽을 응시했다.

"네?"

"웰비, 이봐, 내가……."

"무슨 일이 있었죠?"

"야간 경비가 래스머센이었는데, 나한테 전화했기에 당장 가봤지. 래스머센은 아무것도 건드리지 않았어. 의사 선생 가방, 타이어 레버를 끝에 단 긴 나무막대기, 쥐 케이지가 있더군. 쥐는 사라졌고."

"케이지 안에 뭔가 있던가요?"

체르낙이 갑자기 몸을 숙이며 내뱉었다. "이봐, 웰비, 그 케이지 말인데. 뭔가 수상한 데가 있어. 내가 처음에 갔을 땐 분명히 거기 없었다고. 래스머센도 기억에 없다고 하고. 거기 갔을 때 처음엔 의사 선생이 뒷문으로 나갔겠거니 했어, 하지만 우리가 문에 봉인해 놓은 게 그대로더군. 열린 적이 없었어. 그걸 생각하면서 복도 한가운데 서 있는데, 갑자기 병에서 코르크 마개 뽑는 것 같은 소리가 나더란 말이야. 돌아보니 그 작은 케이지가 바닥에 있었지. 난데없이."

"비어 있었나요?"

"무슨 유리 조각만 있었는데 주사기의 일부라 하더라고."

"깨졌어요?"

"산산조각이 났지."

"케이지 문은 열려 있었고요?"

체르낙이 고개를 한쪽으로 기울이고 멀리 있는 벽을 쳐다보았다. "아니, 안 열려 있던 거 같은데."

"그리고 케이지는 정확히 어디 있었나요?" 루이스의 눈이 열기를 띠고 보안관을 응시했다.

"말한 대로야. 와이어가 있던 자리 바로 앞."

"그리고 와이어는 사라졌고?"

"어……." 다시 보안관은 불편한 기색이었다. "그 소리를 듣고 돌아봤을 때 한 순간, 딱 한 순간은 그걸 본 것 같았는데."

루이스는 크게 숨을 들이쉬었다.

체르낙이 말했다. "이제 제발 좀 말해 주라, 응? 의사 선생은 어디 있는 거야? 뭔가 감이 온 거잖아, 물어보는 걸 보면."

"선생님은 입장 시험을 치고 계셔요. 그리고 우리는 그분이 통과하기만을 빌어야겠죠." 루이스가 말했다.

1955

점령군

Occupation Force

1955년 8월, 《판타스틱(Fantastic)》 수록.

어디선가 들려오는 쿵쿵 소리에 헨리 A. 르웰린 장군은 한참
만에 깨어났다. 눈이 번쩍 뜨였다. 누군가 침실 문 앞에 있었다.
이제 목소리가 들렸다. "장군님…… 장군님…… 장군님……."
당번병이었다.

"알았어, 왓킨스, 일어났다고."

쿵쿵거림이 멈추었다.

장군은 발을 획 침대 아래로 내리고, 알람 시계의 야광 바늘
을 확인했다. 02시 25분. 도대체 뭐야? 그는 로브를 걸쳤다. 키가
크고 불그스레한 얼굴을 한 남자로, 합동참모본부 의장이었다.

장군이 문을 열자 왓킨스가 거수경례했다. "장군님, 대통령
께서 긴급 각료회의를 소집하셨습니다." 당번병은 빠르게 얘기
하기 시작했고 말이 한꺼번에 굴러 나왔다. "이리호(북미 오대호
중의 하나로 대한민국 면적의 4분의 1 크기 — 옮긴이)만 한 외계

우주선이 지구 주위를 돌고 있으며 공격 준비 중입니다."

장군이 그 말을 해석하기까지는 잠깐 시간이 걸렸다. 그는 코웃음 쳤다. 싸구려 잡지에나 나올 헛소리!

"장군님, 관용차가 백악관에 모셔 가려 아래 대기 중입니다." 왓킨스가 말했다.

"내가 옷 입는 동안 커피 한 잔 갖다줘." 장군이 말했다.

* * *

5개국 대표, 각료 전원, 상원의원 아홉 명, 하원의원 열네 명, 비밀경호국 국장, FBI 및 모든 군사 위원회가 참석해 있었다. 그들은 백악관 지하 벙커 회의실에 모여 있었다. 사방 벽에는 깊은 액자에 든 그림이 창문을 가정하고 있었다. 르웰린 장군은 오크나무 회의 테이블의 대통령 맞은편에 앉아 있었다. 대통령이 의사봉을 두드리자 실내의 웅웅거리던 목소리가 그쳤다. 보좌관 한 명이 일어나 첫 번째 브리핑을 했다.

시카고 대학 천문학자가 오후 8시경 우주 함선을 발견했다. 오리온자리 허리띠 쪽 방향에서 오고 있었다. 천문학자는 몇몇 관측소에 알렸고 누가 정부에 통보해야겠다고 생각했다.

우주 함선은 놀라운 속도로 돌진해 와, 지구 주위를 1시간 30분 주기 궤도로 돌고 있었다. 그쯤에는 맨눈으로도 보였고, 또 하나의 달이라 할 만했다. 추정한 크기는 길이 30킬로미터, 폭 20킬로미터로 대략 달걀 모양이었다.

분광 분석 결과 구동은 수소 이온 스트림에 탄소 흔적이 있었고, 이는 아마도 굴절기에서 나왔을 것이다. 침입자는 레이더에 잡히지 않았고, 어떤 형태의 통신에도 응하지 않았다.

다수 의견: 지구 정복 임무 중인 적함

소수 의견: 우주에서 온 조심스러운 방문자

궤도를 돌기 시작한 지 대략 두 시간 후, 우주선은 150미터 길이의 정찰선을 내보내 보스턴을 덮쳤고, 버스를 기다리던 야간 노동자 무리 중에서 윌리엄 R. 존스라는 이름의 남자를 잡아갔다.

소수 중 일부가 다수로 넘어갔다. 그러나 대통령은 공격하자는 모든 제안에 거부권을 행사했다. 대통령을 지지하는 것은 각자의 정부와 정기적으로 소통 중인 외국 대표들이었다.

"그 크기를 봐요. 개미가 개미 크기의 장난감 총을 들고 코끼리를 공격하면서 성공하길 바라는 거나 마찬가지지." 대통령이 말했다.

"저들이 그저 신중함을 발휘하고 있을 가능성도 늘 존재합니다. 누군가의 주장처럼 저들이 그 보스턴의 존스라는 사람을 해부하고 있다는 증거는 없습니다." 국무부 보좌관이 말했다.

"저 크기를 보면 평화적인 의도는 배제해야죠. 저 안에는 침략군이 있습니다. 수급 가능한 모든 핵탄두 로켓을 발사해야 합니다, 그리고……." 르웰린 장군이 말했다.

대통령이 손을 들어 그의 입을 다물게 했다.

르웰린 장군은 바로 앉았다. 논쟁하느라 목이 아프고, 테이블을 두드리느라 손이 아팠다.

오전 8시, 함선은 뉴저지 해안을 지나며 300미터 길이의 정찰선을 내보냈다. 정찰선은 워싱턴 D.C. 상공으로 내려왔다. 오전 8시 18분, 정찰선은 워싱턴 공항과 완벽한 영어로 교신하여, 착륙 지시를 요청했다. 놀란 관제사는 육군 부대가 주변을 정리할 때까지 대기하라고 경고했다.

르웰린 장군과 일군의 소모품 보좌관들이 침략자 맞이 담당으로 뽑혔다. 그들은 8시 51분에 비행장에 왔다. 울새 알처럼 파란 정찰선이 내려앉았고 활주로 바닥에는 금이 갔다. 정찰선 표면에서 작은 틈이 빼꼼 열렸다가 닫혔다. 긴 막대가 뻗어 나왔다가 들어갔다. 이러기를 10분 하고, 문이 열리고 경사로가 뻗어 나와 바닥에 닿았다. 다시 정적.

동원 가능한 군의 모든 병기가 침략자를 향해 있었다. 제트기 편대가 머리 위로 휙 지나갔다. 그 훨씬 위로는 핵폭탄이 실린 폭격기 한 대가 맴돌고 있었다. 모두 장군의 신호를 기다렸다.

경사로 위 그림자 속에서 무언가 움직였다. 문에 네 명의 인간 형상이 나타났다. 줄무늬 바지, 연미복, 반짝이는 검은 구두, 톱해트 차림이었다. 받쳐 입은 셔츠가 눈부셨다. 세 명은 서류 가방을, 한 명은 두루마리를 들고 있었다. 그들이 경사로를 내려왔다.

르웰린 장군과 보좌관들은 경사로 하단 쪽으로 걸어갔다. 관료처럼 보이는데. 장군은 생각했다.

두루마리를 든 검은 머리에 얼굴 폭이 좁은 남자가 먼저 입을 열었다. "크롤리아 대사로 임명된 것을 영광으로 생각합니다, 루 모가세이비디안투입니다." 그의 영어는 흠잡을 데 없었다. 그가 두루마리를 내밀었다. "제 신임장입니다."

르웰린 장군은 두루마리를 받아 들고 말했다. "헨리 A. 르웰린 장군입니다." 주저하다 말을 이었다. "지구를 대표하고 있습니다."

크롤리아인이 고개 숙여 절했다. "제 직원들을 소개해도 될까요?" 그는 몸을 돌렸다. "아이크 투르고토키칼라파, 민 시노바야타구르키, 지구 보스턴 출신 윌리엄 R. 존스입니다."

장군은 모든 아침 신문을 도배한 사진의 주인을 알아보았다. 최초의 태양계 반역자로군. 그는 생각했다.

"착륙 지연에 대해 사과드리고자 합니다. 때로 식민 프로그램의 예비 단계와 2차 단계 사이에 꽤 긴 시간이 허용되거든요." 크롤리아 대사가 말했다.

식민 프로그램! 장군은 생각했다. 이 자리에 죽음을 내릴 신호를 거의 보낼 뻔했다. 하지만 대사는 할 말이 더 있었다.

"착륙 지연은 필요한 조치였습니다. 이렇게 긴 시간이 흐르다 보니 우리의 데이터가 구식이 되었습니다. 샘플을 얻을 시간이 필요했습니다, 존스 씨와 이야기하며 우리의 데이터를 최신 상태로 업데이트했죠." 다시 크롤리아 대사가 정중하게 예를 다하여 절했다.

이제 르웰린 장군은 혼란스러웠다. 샘플…… 데이터……. 그는 크게 숨을 들이쉬었다. 어깨에 짊어진 역사의 무게를 의식하며 말했다. "질문드릴 것이 하나 있습니다, 대사님. 우방으로 오신 겁니까, 아니면 정복하러 온 겁니까?"

크롤리아인의 눈이 커졌다. 그는 옆의 지구인을 돌아보았다. "내 예상대로군요, 존스 씨." 그의 입매에 힘이 들어갔다. "그 식민 사무국이! 직원도 부족하고! 비효율적이고! 무능한⋯⋯."

장군은 미간을 찌푸렸다. "무슨 말인지 모르겠습니다."

"아뇨, 물론 그렇겠죠. 하지만 우리 식민 사무국이 계속 기록해 왔다면⋯⋯." 대사는 한 손을 흔들었다. "주위의 당신네 사람들을 보세요."

장군은 처음엔 대사 뒤에 있는 사람들을 보았다. 명백히 인간이었다. 크롤리아인의 손짓에, 그는 몸을 돌려 뒤에 있는 군인들을, 그다음은 공항 펜스 너머 겁에 질린 민간인들의 얼굴을 보았다. 장군은 어깨를 으쓱하고, 크롤리아인에게로 돌아섰다. "지구 사람들은 제 질문에 대한 답을 기다리고 있습니다. 우방으로 오신 겁니까, 아니면 정복하러 온 겁니까?"

대사는 한숨을 쉬었다. "진실은, 그 질문에는 정말로 답이 없습니다. 우리가 같은 종이라는 걸 당연히 알아채셨을 텐데요."

장군은 기다렸다.

"뻔한 일 아닙니까, 우리는 지구를 이미 정복했습니다⋯⋯ 한 70만 년 전에요." 크롤리아인이 말했다.

1956

무능자

The Nothing

1956년 1월, 《판타스틱 유니버스(Fantastic Universe)》 수록.

아버지와 싸우지 않았더라면 그 술집에 갈 일은 절대 없었을 거고 그랬다면 무능자를 만날 일도 없었을 것이다. 이 무능자는 정말이지 그냥 평범하게 생긴 남자였다. 딱히 관심을 둘 만한 사람이 아니었다. 혹시 나처럼 자신은 감각영상 스타 말라그라임이고, 상대는 바에서 접선해서 스파이 캡슐을 건네려는 시드니 하치라고 상상하고 있다면 모를까.

　다 아버지 탓이다. 내가 잡목 태우는 일을 하지 않겠다고 해서 화를 낸다니 말이 되냐고. 애초에 그게 열여덟 살 여자애가 할 일이야? 식구들이 돈에 쪼들린다는 건 알았지만 그렇다고 아버지가 나한테 그런 식으로 성질낸 것에 대한 변명은 되지 않는다.

　다툼은 점심 먹을 때였지만 내가 집에서 몰래 빠져나올 기회가 생긴 것은 6시 넘어서였다. 술집에 간 이유는 아버지가 알면

노해서 펄펄 뛰고도 남을 일이기 때문이었다. 물론 아버지에게 숨길 방법은 없었다. 아버지는 내가 집에 올 때마다 들들 볶았다.

술집은 재능자가 모여 기록을 비교하고 일 얘기를 하는 교차로 같은 곳이었다. 나는 전에 딱 한 번 가 보았고, 그때는 아버지와 함께였다. 아버지는 취한 자들이 많은 곳이니 나더러 혼자선 가지 말라고 일렀다. 그 냄새가 홀에 온통 진동했다. 하이로 그릇에서 피어오른 핑크색 연기가 천장 가까이 맴돌았다. 누가 금성 오인 필터를 돌리고 있었다. 이른 저녁 시간치고는 재능자들이 많았다.

나는 바 구석에 빈자리를 찾아 블루 파이어를 주문했다. 감각영상에서 말라 그라임이 그러는 걸 본 적이 있었기 때문이다. 바텐더가 날카롭게 나를 응시하기에 나는 혹시 텔레인가 의심했지만 그는 캐묻지 않았다. 잠시 후 바텐더는 내 음료를 띄워 보내고 내 돈을 텔레포트로 가져갔다. 나는 말라 그라임이 하던 모양대로 음료를 홀짝였지만 너무 달았다. 나는 얼굴에 아무 티도 내지 않으려 했다.

바 거울에는 실내의 전경이 잘 비쳤고 나는 누굴 기다리는 척 그걸 들여다보고 있었다. 거울 속에서 그를 보자마자 내 옆자리에 앉으리라는 걸 알았다. 딱히 예지력이 있는 건 아니지만 가끔 뻔한 일이 있으니까.

그는 들어찬 테이블 사이를 검투사 같은 날렵함으로 지나 바 안을 가로질렀다. 바로 그때 나는 일요일에 본 감각영상 속 포트 사이드 바에서 시드니 하치로부터 스파이 캡슐을 전달받으러 기다리는 말라 그라임 흉내를 냈다. 그 남자는 조금 하치를 닮았다…… 곱슬머리, 짙은 파란색 눈, 조각가가 작업을 덜 마무리한 듯이 온통 날카롭게 각진 얼굴.

남자는 내가 예상한 대로 내 옆자리에 앉았고, 블루 파이어를 덜 달게 주문했다. 당연히 나는 이것을 서로 알아 가자는 신호로 짐작했고 무슨 말을 해야 하나 궁리했다. 갑자기, 이때 집으로 돌아갈 때까지 말라 그라임 흉내로 밀고 나가는 게 아주 흥미진진하게 여겨졌다.

혹시 그가 포터라 해도 날 막을 방법은 없었다. 알겠지만, 나는 파이로(불을 조종하는 능력자 — 옮긴이)고 그거면 누구라도 충분히 방어할 수 있다. 나는 20년대 스커트를 흘끗 내려다보고 말라 그라임이 그랬듯이 옆트임으로 가터벨트가 내보이도록 자세를 고쳤다. 이 금발 청년은 신경도 쓰지 않았다. 그는 음료를 다 마시고 또 한 잔 주문했다.

나는 그에게서 코카인 종류 냄새가 나나 맡아 보았지만 멀쩡했다. 약쟁이는 아니었다. 하지만 실내의 다른 것이 내게 스며들기 시작해, 현기증이 났다. 곧 나가야 했고 다시는 말라 그라임 타입이 될 기회가 없으리라는 걸 알았다. 그래서 말을 걸었다. "당신은 뭐예요?"

남자는 내가 자기에게 말하고 있는 줄 뻔히 알면서, 고개조차 들지 않았다. 화가 치밀었다. 여자에겐 지켜야 할 자존심이 있고 내가 대화를 시작하기까지 했는데! 그의 앞에는 종잇조각이 쌓인 재떨이가 있었다. 내가 거기에 집중하자 갑자기 종이가 불타올랐다. 마음만 먹으면 나는 괜찮은 파이로다. 몇몇 남자들은 상냥하게도 내가 재능 없이도 불을 붙일 수 있을 거라고 말해 주었다. 하지만 나처럼 간섭 많은 아버지를 두고서 어떻게 그걸 알겠는가?

불이 그 남자의 관심을 끌었다. 그는 내가 불을 붙였음을 알았다. 그냥 내 쪽을 흘끗 보더니 고개를 돌렸다. "내버려 둬요. 난 무능자입니다."

* * *

나는 그게 뭔지 몰랐다. 어쩌면 그 의사 말대로 약간의 텔레재능이 있는지도 모르지만, 나는 그가 사실을 말하고 있단 걸 알았다. 감각영상에서 본 그런 개그는 아니었다. 코미디언 둘이 나와서 한쪽이 말한다. "너는 뭐야?" 그럼 상대방은 "없어."라고 대답한다.

하지만 그러는 내내 그는 다른 남자의 의자를 띄우고 등 뒤로는 대여섯 개의 물건을 손 안 쓰고 저글링 하는 중이다. 뻔한 개그다. 한물간 지 오래. 그래서 남자가 그 말을 했을 때 나는 내심 한발 물러섰다. 그때까지 현실에서 무능자를 한 번도 본 적이 없었다. 아, 그런 사람들이 있다는 건 안다. 정부 보호구역이나 뭐 그런 곳에. 하지만 이렇게, 바로 옆에 있었던 적은 없었다.

"미안. 난 파이로예요." 나는 말했다.

남자는 재떨이를 흘끗 보고 말했다. "네, 알아요."

"파이로에게 적당한 일이 요샌 많이 없죠. 내 재능은 그것뿐
인데." 나는 몸을 돌려 그를 쳐다보았다. 무능자이긴 해도 잘생
겼다. "무슨 일을 해요?" 나는 물었다.

"도망쳤어요. 소노마 보호구역의 도망자죠."

등골이 오싹했다. 그냥 무능자인 것도 아니라, 도망자이기까
지 하다니. 꼭 감각영상에서처럼. 나는 말했다. "우리 집에 숨을
래요?"

그 말에 그가 돌아보았다. 나를 살펴보더니 진짜로 얼굴이
빨개졌다. 진짜로! 나는 남자가 얼굴 빨개지는 걸 한 번도 본 적
이 없었다. 확실히 내게는 첫 경험으로 가득한 남자였다.

"내가 잡히면 오해받을지도 몰라요. 분명 결국엔 잡힐 테니
까. 나는 늘 그렇거든요." 그가 말했다.

나는 산전수전 다 겪어 본 여자 역할의 느낌을 정말로 잡아
가고 있었다. "그럼 지금 자유를 즐겨야죠?" 나는 물었다.

나는 그가 20년대 옷 트임 사이로 조금 더 볼 수 있게 했다.
그는 실제로 몸을 돌렸다!

그때 경찰이 왔다. 하나도 수선 피우지 않고. 나는 그 두 남
자가 문 바로 안쪽에서 우리를 지켜보는 것을 알아챘다. 다만
날 쳐다보는 줄만 알았지. 그들은 실내를 가로질러 왔고 한 명
이 내 옆 사람에게로 몸을 숙였다.

"좋아, 클로드. 조용히 가자고." 남자가 말했다.

다른 사람은 내 팔을 붙잡고 말했다. "아가씨도 같이 갑시다."

나는 홱 뿌리쳤다. "뭔데 이래."

"아, 그 여자분은 내버려 둬요. 나는 아무 말 안 했으니까. 그냥 나를 꾀려던 사람이에요." 그 클로드가 말했다.

"죄송합니다. 여자분도 가야 합니다." 경찰이 말했다.

그때부터 겁이 나기 시작했다. "저기요, 이게 다 무슨 일인지 모르겠는데." 나는 말했다.

남자는 내게 주머니에 든 주사총을 보여 주었다. "소란 그만 피우고 조용히 갑시다, 아가씨, 아님 이걸 쓸 수밖에."

누가 마취당하고 싶겠어? 나는 조용히 따라가며, 아버지나 아니면 누구 아는 사람과 만나 상황을 설명할 수 있기를 기도했다. 하지만 그런 행운은 없었다.

경찰은 밖에 평범한 오래된 제트버기카를 세워 두었고 사람들이 둘러서서 쳐다보고 있었다. 인파 중 포터 한 명이 능력을 써서 차의 뒤쪽을 바닥에서 들어 올렸다 내려놨다 하며 장난치고 있었다. 남자는 주머니에 손을 넣고 물러서서 씩 웃고 있었다.

혼자 얘기 다 했던 경찰이 그 포터 쪽을 쳐다보기만 하니 남자의 미소가 사라지고 허겁지겁 자리를 피했다. 그때 경찰이 텔레라는 걸 알았다. 하지만 내 정신은 건드리지 않았다. 텔레 중 일부는 윤리 규범에 엄청나게 예민했다.

한 번도 타 보지 못했던 거라, 오래된 제트버기카를 타는 건 재미있었다. 경찰 중 한 명이 클로드와 나와 함께 뒷자리에 탔다. 다른 경찰은 운전을 했다. 기계에 올라 만(灣) 위를 나는 것은 정말 이상한 기분이었다. 보통 내가 어딜 가고 싶으면 그냥 공손하게 혹시 근처에 포터가 있는지 묻고, 그다음 내가 가고 싶은 곳을 생각하면 포터가 눈 깜짝할 사이 그리로 보내 주곤 했다.

물론 이따금 웬 노인네 아파트로 이동될 때도 있었다. 어떤 포터들은 수수료를 받고 그런 일을 해 주었다. 하지만 파이로는 그런 카사노바 희망자를 걱정할 일이 없었다. 제 옷에 불이 붙었는데 수작 부릴 노인네는 없으니까.

제트버기카가 마침내 시내에서 한참 떨어진 오래된 병원 부지에 내려앉았고 경찰은 우리를 본관의 작은 사무실로 데려갔다. 걸어서 말이지. 사무실은 빛이 충분하지 않아 침침했고, 복도의 환한 불빛 이후로 눈이 적응하기까지는 시간이 좀 걸렸다. 마침내 눈이 적응하자 책상 뒤에 앉은 괴짜 노인을 보고 진짜로 숨을 헉 들이마셨다. 멘서 윌리엄스였다. 그래. 위대한 전능자. 누군가 할 수 있는 거라면 뭐든 그는 더 잘 할 수 있었다.

누가 어딘가에서 스위치를 조작해서 불이 환해졌다. "안녕하세요, 미스 칼라일." 그가 말하자 작은 염소수염이 흔들렸다.

내가 독심 관련 윤리에 대해 농담을 던지기 전, 그가 말했다. "당신의 사고 과정에 침범한 게 아닙니다. 그저 당신 이름을 알게 되는 지점까지 돌려 봤을 뿐이지."

거기에 예지력까지!

"여자분을 데려올 필요는 정말로 없었는데." 그가 경찰들에게 말했다. "하지만 그렇게 되리라는 건 불가피했지." 그리고 정말 희한한 짓을 했다. 그는 클로드를 돌아보고는 내 쪽으로 고개를 까딱했다. "여자분이 마음에 드냐, 클로드?" 그가 물었다.

날 무슨 상품 권하기라도 하듯이!

클로드가 말했다. "이 사람이에요, 아빠?"

아빠라니! 이건 충격이었다. 전능자한테 자식이 있고, 그 자식이 무능자라니!

"이 사람이다." 윌리엄스가 말했다.

클로드는 뭐랄까…… 어깨를 바로 펴더니 말했다. "그럼 전반기를 들어야겠네요. 안 해요!"

"하게 될 거다." 윌리엄스가 말했다.

이건 전부 내 이해를 한참 뛰어넘은 데다가 어차피 참을 만큼 참았다. 나는 말했다. "저기 잠깐만요, 여러분, 안 그러면 불지를 거예요! 진짜라고!"

"그녀는 정말 할 수 있어요." 클로드가 제 아버지를 향해 씩 웃으며 말했다.

"하지만 안 할 거야." 윌리엄스가 말했다.

"아, 내가 안 할 거라고요? 그럼 막아 보든가!" 내가 말했다.

"그럴 필요 없습니다. 무슨 일이 생길지 내가 이미 봤으니까." 윌리엄스가 말했다.

그런 식이었다! 저 예지 재능자들은 소름 끼쳤다. 가끔은 본인들은 소름 안 끼치나 싶었다. 그들에게 삶이란 이미 아는 부분을 반복하는 일일 것이다. 난 됐거든. 나는 말했다. "내가 당신이 본 것과 다른 행동을 하면 어떻게 돼요?"

윌리엄스는 흥미롭다는 눈빛을 하고 몸을 앞으로 내밀었다. "절대 벌어진 적 없지. 한 번이라도 그랬다면 진짜 선례가 될 거고."

잘은 모르겠지만 보고 있자니, 그는 정말로 자신의 예지와 다른 일이 벌어지는 것에 관심이 있으리란 생각이 들었다. 그의 책상 위 서류에다가 작게 불이라도 질러 볼까 생각했다. 하지만 어째서인지 내키지 않았다. 내 마음속에 하지 말라고 말하는 어떤 존재가 있는 것도 아니었다. 이걸 뭐라 해야 할지 모르겠다. 그냥 마음이 내키지 않았다. 나는 말했다. "이 헛소리가 다 무슨 뜻이에요?"

남자는 뒤로 몸을 기댔고, 진짜 맹세해도 좋은데, 뭔가 실망한 눈치였다. "아가씨와 클로드가 결혼한다는 거죠."

나는 입을 벌렸으나 아무 말도 나오지 않았다. 마침내 더듬더듬 말했다. "미래를 봤더니 우리가 결혼했더란 소리예요? 우리가 애는 몇이나 낳고 그 외에 다른 전부는 어떤데요?"

"음, 전부는 아니고. 미래의 모든 것이 뚜렷한 건 아닙니다. 특정 중심 전개만이지. 그리고 대부분의 일은 그렇게 멀리 미래를 내다볼 수 없어요. 과거가 더 쉽고. 딱 고정되었으니까."

"그럼 우리가 원하지 않는다면요?" 클로드가 물었다.

"그래요, 그럼 어떻게 돼요?" 내가 물었다. 하지만 솔직히 완전 거부감이 들진 않았다. 말했듯이 클로드는 시드니 하치처럼 생겼고, 더 젊을 뿐이었으니까. 그에겐 뭔가 있었다. 뭐, 육체적 끌림이라고 해도 좋고.

나이 든 남자는 그저 미소 지을 뿐이었다. "미스 칼라일, 정말 솔직하게 반대하는지……"

"어차피 가족이 될 거라면 편하게 진이라고 부르시죠." 내가 말했다.

이 모든 것이 운명이라는 기분이 들기 시작했다. 우리 해리엇 고모할머니는 예지력이 있어서 나도 겪은 바가 있었다. 고모할머니가 내 고양이가 죽을 거라고 말하기에 고양이를 오래된 저수지에 숨긴 적이 있었는데 그날 밤비가 쏟아져 저수지에 물이 찼다. 당연히 고양이는 물에 빠져 죽었다. 고양이가 어떻게 죽는지 얘기 안 해 준 고모할머니를 절대 용서하지 않을 거다.

윌리엄스는 나를 보고 말했다. "최소한 당신은 합리적으로 행동하는군요."

"난 아니에요." 클로드가 말했다.

그래서 나는 해리엇 고모할머니 얘기를 해 주었다.

"그게 순리지. 왜 진처럼 합리적이지 못한 거냐, 아들?" 윌리엄스가 말했다.

클로드는 돌처럼 굳은 얼굴을 하고 앉아 있을 뿐이었다.

"내가 그렇게 거부감 들어요?" 나는 물었다.

그러자 그가 나를 쳐다보았다. 정말로 보았다. 그 시선에 나는 달아올랐다. 내가 거부감 들 정도는 아니란 건 알고 있었다. 결국, 내 얼굴이 빨개진 모양이었다.

"거부감 들지 않아요. 그냥 내 인생 전체가 체스판처럼 짜이는 데 반대하는 거지." 그는 말했다.

반박 불가. 우리는 완전한 정적 속에 한 1분 남짓 그러고 앉아 있었다. 곧 윌리엄스가 나를 돌아보고 말했다. "미스 칼라일, 지금 뭐가 어떻게 돌아가는지 궁금할 거라 생각하는데."

"나 바보 아니에요. 여기 무능자 보호구역이잖아요." 나는 말했다.

"맞습니다. 다만 그 이상이죠. 당신이 받은 교육에는 우리의 재능이 방사능 돌연변이로부터 발전된 과정에 대한 지식이 포함되어 있을 겁니다. 일반에서 멀어진 극단은 어떻게 되는지도 배웠는지?"

물론 학생들은 다 안다. 그래서 나는 말해 주었다. 발전의 방향은 평균을 향한다는 것을. 천재 부모는 본인들보다 덜 똑똑한 아이를 낳기 마련이고. 그건 일반 상식이었다.

그런데 남자가 변화구를 던졌다. "재능은 점차 사라져 가고 있어요."

나는 앉은 채 잠시 생각해 보았다. 물론 요새 포터 구하기가 쉽지 않다는 건 알고 있었다. 노인네 포터라도.

"세대마다 재능이 없거나 엄청나게 재능이 둔화한 아이가 점점 늘어납니다. 완전히 사라진 상태까지는 절대 도달하지 않겠지만, 얼마 남지 않은 이들은 공익을 위한 특수직에 필요하죠." 윌리엄스가 말했다.

"내가 아이를 낳는다면 무능자가 되기 쉽단 뜻인가요?" 나는 물었다.

"본인 가족을 봐요. 고모할머니가 예지자였댔죠. 가족 중에 더 있습니까?"

"어, 아뇨, 하지만……."

"예지력은 극단의 재능입니다. 이제 1000명도 남지 않았죠.

내 부문에는 아홉 명. 사람들은 우리를 전능자라고 부른다고 알고 있습니다만." 그가 말했다.

"하지만 뭔가 조처해야죠! 세상이 망하게 생겼잖아요!" 나는 말했다.

"조처하고 있습니다. 바로 여기, 그리고 여덟 곳의 다른 보호 구역이 세계 곳곳에 있죠. 재능 발현 이전 문명을 지탱했던 기계와 도구 기술을 되살리고 그 문명의 재탄생을 가능하게 할 기구를 보관하고 있어요."

그는 한 손을 들어 반박을 제지했다. "하지만 비밀리에 움직여야 합니다. 세상은 아직 이 정보를 받아들일 준비가 되지 않았어요. 이게 알려지면 끔찍한 공포를 불러일으킬 겁니다."

"음, 당신은 예지자잖아요. 어떻게 되는데요?" 나는 그에게 물었다.

"불행히도 우리 중 누구도 그걸 확신하지 못해요. 미결정 시간선이거나 아니면 우리가 넘을 수 없는 방해가 존재하거나." 윌리엄스가 고개를 내젓자 염소수염이 흔들렸다. "근미래에 우리가 볼 수 없는 뿌연 영역이 있어요. 우리 중 누구도 못 보는."

나는 겁이 났다. 예지자가 소름 끼칠 수야 있지만, 누군가 알 수 있는 미래로 나아간다는 건 마음 편한 일이었다. 갑자기 아예 미래가 존재하지 않게 된 거나 마찬가지였다. 나는 울기 시작했다.

"그럼 우리 아이들은 무능자가 되겠네요." 나는 말했다.

"딱 그렇진 않아요. 일부는 그렇겠지, 아마. 하지만 우리는 당신과 클로드 둘의 유전자 계통을 비교해 봤습니다. 예지력이나 텔레파시, 또는 둘 다 있는 자녀를 가질 확률이 높아요. 70퍼센트 이상." 윌리엄의 목소리에 애원하는 기색이 실렸다. "세상에는 그 확률이 필요합니다."

클로드가 다가와 내 어깨에 한 손을 얹었다. 등골을 따라 기분 좋은 전율이 퍼졌다. 갑자기, 그의 생각이 언뜻 떠올랐다…… 우리가 키스하는 장면. 나는 진짜 텔레는 아니지만, 말했듯이 가끔 보일 때가 있었다.

클로드가 말했다. "좋아요. 불가피한 일에 저항해 봤자 소용없겠죠. 우린 결혼할 겁니다."

더 이상의 논쟁은 없었다. 우리는 함께 다른 방으로 이동했고 거기에는 목사와 모든 것이 준비되어 있었다. 반지까지. 또 다른 예지자. 그는 이 식을 진행하려고 160킬로미터가 넘는 길을 왔다고 했다.

* * *

식이 끝나고, 나는 클로드에게 키스를 한 번 허락했다. 내가 결혼했다는 걸 실감하기가 힘들었다. 클로드 윌리엄스 부인. 하지만 불가피한 일이란 그런 거겠지, 나는 생각했다.

윌리엄스가 내 팔을 붙잡고 작은 예방책을 취해야 한다고 했다. 나는 이따금 밖에 나가게 될 거고 어느 비윤리적인 텔레가 내 생각을 읽을 가능성은 항상 존재했다.

그들은 나를 마취했고 깨어났을 때 내 머리뼈 속에는 은제 격자가 삽입되어 있었다. 좀 가렵긴 했지만, 시간이 지나면 사라질 거라 했다. 전에 들어 본 적이 있었다. 가림막이라고 했다.

멘서 윌리엄스가 말했다. "이제 집에 가서 소지품을 챙겨요. 부모님께는 정부 일을 하게 되었다는 것 이상으로 말할 필요 없고. 가능한 한 빨리 돌아오도록."

"포터를 붙여 주세요." 나는 말했다.

"여기 부지는 텔레포터 방지 격자가 깔려 있어서, 제트버기카로 보내 줄 수밖에 없군요."

그래서 그렇게 했다.

나는 10분 후 집에 도착했다.

위층의 우리 집으로 올라갔다. 그때는 9시가 지난 후였다. 아버지는 현관 안에서 기다리고 있었다.

"열여덟 살 먹은 여자애가 어딜 이 시간에 들어와!" 아버지는 고함치며 내가 뭘 하고 있었나 보려고 내 정신을 텔레로 찔러 왔다. 텔레의 윤리관이란! 아버지는 가림막에 부딪혔다. 누가 봤다면 아버지가 평소 이런 일에 동요하지 않는 사람인가 보다 했을 것이다. 아버지는 갑자기 조용해졌다.

나는 말했다. "나 정부 일을 하게 됐어요. 짐 챙기러 온 것뿐이에요." 결혼 얘기는 나중에 해도 충분할 것이다. 그때 그 얘기를 꺼냈으면 난리가 났을 것이다.

엄마가 들어와서 말했다. "우리 아기가 정부 일을! 얼마나 준대?"

나는 말했다. "너무 천박해지지 말자고요."

아빠가 내 편을 들었다. "물론 안 되지. 헤이즐. 애 그냥 내버려 둬. 정부 일이라니! 세상에! 넉넉히 준다던데. 어디냐, 애야?"

아버지는 내게서 얼마나 뜯어낼 수 있을지 궁금해하는 기색이었다. 나는 이 거짓말을 유지할 만큼 돈이 나오기는 할까 궁금해졌다. 나는 말했다. "소노마 보호구역이요."

아빠가 말했다. "거기에 파이로가 왜 필요하대?"

놀라운 아이디어가 떠올랐다. 나는 말했다. "무능자들 기강을 잡으려고요. 여기 조금 화상을 입히고, 저기 조금 화상을 입히고. 아시죠."

그게 웃겼나 보다. 웃음을 멈출 수 있게 되자 아버지는 말했다. "알지, 우리 딸. 그간 네 생각을 잘 지켜봐 왔으니까. 조심해서 지내고 이상한 일에는 얽히지 마라. 네가 지낼 숙소는 안전하고 괜찮은 곳이겠지?"

"안전 그 자체죠." 나는 말했다.

아버지가 내 가림막을 한 번 더 찔러 보고 물러나는 것이 느껴졌다. "정부 일이라 일급비밀이에요." 나는 말했다.

"그럼. 이해하고말고." 아버지가 말했다.

그래서 나는 방으로 가서 짐을 챙겼다. 부모님은 내가 이렇게 갑자기 가게 된 것에 대해 조금 더 호들갑을 떨었지만, 당장 가지 않으면 일자리 얻을 기회가 사라진다고 내가 말하자 조용해졌다.

아빠가 마침내 말했다. "그래, 정부가 안전하지 않으면 어디가 안전하겠어."

부모님은 내게 작별 키스를 했고 나는 편지를 쓰고 쉬는 첫 주말에 오겠다고 약속했다.

"걱정하지 말아요, 아빠." 나는 말했다.

제트버기카를 타고 나는 다시 보호구역으로 돌아갔다. 사무실에 들어서자 내 남편이 된 클로드가 책상을 사이에 두고 자기 아버지와 마주 앉아 있었다.

나이 든 남자는 양손을 이마에 대고 있었고 손가락에 가려지지 않은 부분에는 땀방울이 송골송골 맺혀 있었다. 즉시 그는 손을 내리고 고개를 내저었다.

"어때요?" 클로드가 물었다.

"아무것도." 아버지 쪽이 말했다.

나는 안으로 조금 더 들어갔지만 그들은 나를 알아채지 못했다.

"사실대로 얘기해 줘요, 아빠. 우리 미래를 어디까지 봤어요?" 클로드가 말했다.

멘서 윌리엄스가 고개를 숙이고 한숨을 내쉬었다. "그래, 클로드. 너는 사실을 알 자격이 있어. 네가 미스 칼라일을 술집에서 만난 건 봤지만 그 외엔 아무것도 몰라. 우리는 옛날 방식으로 그녀를 추적하고 너희의 유전자 계통을 비교할 수밖에 없었다. 나머지는 사실이야. 내가 너한테 거짓말은 하지 않잖냐."

나는 목청을 가다듬었고 둘 다 나를 쳐다보았다.

클로드가 의자에서 펄쩍 일어나 나를 마주했다. "결혼을 무효로 할 수 있어요. 다른 사람의 인생을 그렇게 갖고 놀 권리는 아무에게도 없다고." 그가 말했다.

거기 선 클로드의 모습은 너무나 사랑스럽고 어린애 같았다. 갑자기 난 결혼 무효를 원하지 않는다는 걸 깨달았다. 나는 말했다. "젊은 세대도 언젠가는 책임을 받아들여야죠."

멘서 윌리엄스는 열의에 찬 눈을 하고 있었다. 나는 그에게로 돌아서서 말했다. "확률 70퍼센트는 맞고요?"

"맞고말고, 그럼. 클로드가 만나는 모든 결혼 가능한 여성을 확인했어요, 클로드는 우리 가족의 우성 형질을 물려받았거든. 두 사람의 조합은 최고지. 우리가 바랐던 것보다 훨씬 높아요."

"우리의 미래에 대해 달리 더 해 주실 말씀 있어요?" 나는 물었다.

윌리엄스는 고개를 저었다. "다 흐릿해. 둘이 알아서 해야지."

다시 그 소름 끼치는 기분이 들어 남편을 올려다보았다. 클로드의 눈가가 웃음으로 잔주름이 잡혔고 그는 미소 지었다. 그때 다른 생각이 퍼뜩 떠올랐다. 우리가 알아서 해 나가야 한다면, 우리의 미래를 만들어 나간단 뜻이다. 고정되지 않은 미래. 그리고 참견쟁이 예지자들도 우리를 귀찮게 할 수 없다. 여자로서 그게 좀 마음에 들었다. 특히 결혼 첫날밤에는.

1956

사격 중지

Cease Fire

1956년 1월, 《어스타운딩 스토리스》 수록.

얼어붙은 습지대 위로 변덕스러운 돌풍에 눈이 비스듬하게 휘날렸다. 나무로 된 관측소에 막혀 나지막하게 눈더미가 쌓였다. 관측소 꼭대기의 생명탐지기 안테나는 서리 맞아 딱딱하게 얼어붙은 나뭇가지처럼 일정한 리듬에 맞춰 반원을 그리며 오갔다.

눈은 모든 거리감을 숨기고, 질감을 왜곡하여 음영 없는 회색의 그림자로 탈바꿈시켰다. 북쪽에 밝게 느껴지는 기운은 이 계절의 한밤에조차 태양이 지평선 위 낮게 걸려 있음을 의미했다.

세계를 뒤흔들 발명이 태어날 장소치고, 현재 운영 중인 것처럼 보이지 않았다.

관측소 북동쪽의 버려진 탱크에 라이플 총알이 튕겨 저 멀리서 소리가 났다. 총알은 그저 고독을, 그리고 1972년 북극 전투지 최전방에서도 한참 위쪽인 관측소가 얼마나 동떨어져 있는지를 강조할 뿐이었다. 기지 너머 남쪽으로는 캐나다 황무지 지역이 길게 뻗어 있었다. 뱅크섬 아래 북극해가 길게 뻗은 부분이 북쪽의 이른 눈 폭풍 속에 묻혀 있었다.

약에 취해 부들부들 깬 상태를 유지 중인 관리자 한 명이 관측소에서 당직을 서고 있었다. 그 주위의 공간은 지름 1.8미터도 채 되지 않았고 장비가 빼곡하게 들어섰으며, 격자무늬의 화면에는 생명체를 표시하는 흐린 초록 불빛이 하나 빛났다. 뇌조 무리거나 어쩌면 북극여우. 화면상의 모든 격자 지점에는 포격을 위한 조준 코드가 있었다.

이 장소는 연합군 사령부에 의해 'OP 114'라고 지정되었다. 이 공포의 자리로 떠밀리고, 따돌림당하고, 수치를 당해 오게 된 예민한 남자에게 적합한 곳은 아니었다. 그가 OP 114를 차지하고 있다는 사실은 이 전쟁을 지배하는 참혹한 급박함을 증명할 뿐이었다.

다시 라이플 총알이 버려진 탱크를 뚫었다. 관측소 화면 위로 몸을 수그린 래리 헐저 상병은 총알의 궤적을 확인하려 했다. 아까 북극여우이리라 짐작한 생명체 표시에서 나온 듯했다.

인간이라기엔 너무 작은데. 작은 게 맞나?

화면의 녹색 불빛이 헐저의 어두운 얼굴 아래를 비추어, 위로 드리워진 그림자가 검은 머리와 합쳐졌다. 그는 입술을 깨물었고, 숨길 수 없는 두려움에 초조히 눈을 굴렸다. 병영에 있을 때 항상 놀림거리였던 두려움이었다.

헐저는 사회를 완전히 변화시킬 수 있는 사람처럼 보이지 않았다. 그저 생명탐지기 실드에 감싸여 묘한 녹색 그림자 속에 웅크린 불분명한 인간 형체로 보일 뿐이었다.

한참 예전 젊은 시절, 헐저의 화학 교수는 학과 다과 모임 자리에서 그를 두고 이렇게 말했다. "기인이야, 현대 세계에선 실패할 수밖에 없지."

헐저가 여우로 여겼던 표시 불빛의 위치가 바뀌었다.

헐저는 고민했다. 포병대에 알려야 하나? 아냐. 비행 탐지기로 조사하기로 할 수도 있어. 그리고 만약 조종사가 불빛이 여우임을 확인하게 되면……. 헐저는 두 달 전 신고했던 늑대 때문에 받은 조롱을 기억하고 움츠러들었다.

"울보 헐저!"

이런 일을 하기엔 난 너무 늙었어. 서른여덟 살은 너무 늙었지. 뭔가 끝낼 방법만 있다면…….

또 한 번 라이플 총알이 부서진 탱크에 부딪쳤다. 헐저는 조그만 나무 관측소 안에서 더 몸을 웅크리려 애썼다. 총알은 식별 불가능한 금속을 더듬어 찾는 손가락 같았다. 관측소를 발견하려고. 총알이 목표물을 찾아내면, 무선 장비로 정확한 위치를 파악하고 200밀리미터 박격포 한 발이 뒤따를 것이다. 아니면 다른 관측자 브렉 윈게이트의 경우처럼 될 수도 있었다.

헐저는 그 기억에 부르르 몸을 떨었다.

윈게이트는 장비 위로 수그린 채 발견되었고, 겨드랑이 바로 아래 양옆으로 깔끔하게 관통상이 나 있었다. 윈게이트 옆에는 관측소 벽에 뚫린 단 하나의 구멍으로 바람이 숭숭 들어오고 있었다. 적은 그를 발견했으나 전혀 몰랐다.

헐저는 합판 벽을 불안하게 올려다보았다. 총알로부터 그를 지켜 주는 것은 그 금속을 흡수하고 대신 총알이 눈더미에 부딪히는 소리를 내도록 디자인된 나무 외벽뿐이었다. 돔 지붕 꼭대기에 다른 사람이 망볼 때 난 총구멍은 둘둘 만 종이로 막아 두었다.

다시 헐저는 부르르 몸을 떨었다.

그리고 다시 총알이 고장 난 탱크에 부딪혔다. 이어 박격포탄이 탱크에 명중하며 땅이 울리고 뒤흔들렸다.

우리가 관측소로 사용하지 못하게 막는 거지. 헐저는 생각했다.

박격포의 위치를 포병대에 알리려 역추적 중계를 누르긴 했지만 별 희망은 없었다. 적군은 역추적을 교란하는 새로운 '변형' 포탄을 쓰기 시작했다.

* * *

생명탐지기 화면 옆 전화기가 빨갛게 빛났다. 헐저는 통화구로 몸을 숙여 답했다. "OP 114. 헐저."

목소리는 체임벌린 상사의 것이었다. "박격포가 어딜 겨냥했어, 울피?"

헐저는 이를 악물고 탱크에 관해 설명했다.

체임벌린이 전화기 너머에서 고함을 질러 댔다. "이런 걸 설명을 들으러 전화를 걸어야겠나! 정신 똑바로 차리고 깨어 있는 거 맞아?"

"네, 상사님."

"좋아. 눈 똑바로 떠, 울피."

전화기의 붉은 빛이 꺼졌다.

헐저는 분노로 부들부들 떨었다. 울피!

그는 마이크 체임벌린 상사를 떠올렸다. 키가 크고 고압적이며, 짜증 나는 비음 섞인 목소리. 그리고 체임벌린의 폭이 좁은 얼굴과 작은 눈, 커다란 코를 어떻게 해 버리고 싶은지 생각했다. 다시 전화해서 주먹코 체임벌린을 바꿔 달라 할까 궁리했다.

헐저는 씩 웃었다. 그러면 난리가 나겠지! 그래 봤자 네 시간은 더 기다려야 뭘 해 볼 수 있겠지만.

하지만 체임벌린의 분노를 불러일으켰을 때 감당해야 할 대가를 생각하자 얼굴의 웃음이 싹 가셨다.

중앙 화면에서 뭔가 움직였다. 여우. 여우 맞나? 얼어붙은 대지를 가로질러 부서진 탱크 쪽으로 이동하다, 중간쯤 멈춰 섰다.

폭약과 탄 연기의 낯선 냄새에 살펴보러 나온 여우일까? 아니면 적군일까?

그 생각에 거의 공황 상태가 왔다. 만약 일정 크기(대충 50킬로그램) 이상의 생명체가 적절한 피아식별장치 없이 관측소에 너무 가까이 다가오면 초소와 그 안에 든 모든 것은 폭약으로 폭발하고 만다. 적군이 관측자의 생명탐지기 실드를 노획하는 것을 막기 위해 전부 소각한다.

헐저는 중앙 화면을 열심히 뜯어보았다. 어렸을 때 했던 게임이 떠올랐다. 아이 두 명이 방 양쪽 끝에 있고, 무릎에 놓인 책 뒤에는 줄 친 그래프용지가 숨겨져 있었다. 플레이어의 종이마다 사각형이 몰래 표시되어 있다. 네 개가 나란히 있으면 전함, 세 개가 나란히 있으면 구축함, 두 개가 나란히 있으면······.

다시 화면의 불빛이 탱크 구덩이를 향해 움직였다.

반짝이는 점 위의 격자가 교차하는 지점을 응시하는 사이, 마음 깊은 곳에선 어떤 생각이 그를 향해 킥킥거렸다. 전화해서 화면 O-6-C 위치에 전함이 있다고 말해. 그러면 적군의 8소대를 빼앗을 수 있을걸!

군대에서 나가!

그의 생각은 불현듯 뉴오클랜드로, 캐럴 진에게로 향했다. 그때 캐럴과 우리 아기를 가질 생각을······.

다시 (여우?)가 탱크 구덩이를 향해 움직였다.

하지만 그의 정신은 어쩔 도리 없이 뉴오클랜드에 붙들려 있었다. 캐럴 이전의 그 모든 외로운 세월을 생각했다. 주 5일을 플래니터리 화학공장에서 일하고······ 도서관과 끝없는 책(그리고 정신의 또 다른 한 갈래가 한마디 했다. 너는 너무 관심사가 사방팔방에 널려 있다고!)······ 그의 아파트의 작고 아늑한 방들······ 무미건조한······.

이제 (여우?)가 탱크 구덩이로 휙 돌진하더니 빙 돌아갔다.

헐저의 정신은 그 움직임을 인지하고, 바로 몽상으로 빠져들었다. 그리고 캐럴! 왜 우리는 더 빨리 만나지 못했을까? 겨우 한 달 같이 있었을 뿐······.

화면에 또 다른 작은 불빛이 첫 번째 불빛을 봤던 위치 근처에서 나타났다. 그것 역시 탱크 구덩이 쪽으로 돌진했다.

헐저는 싸늘한 현재로 돌아왔고 무시무시한 의심이 파고들었다. 적군에게 새로운 타입의 실드가 있어, 우리 것만큼 좋진 않지만. 그냥 이미지 크기만 줄이는 거야!

아니면 여우 두 마리일까?

망설임에 이러지도 저러지도 못했다.

적의 새로운 실드일 수도 있어. 우리가 과학자를 독점한 것도 아니고.

그리고 정신의 한구석은 새로운 방향으로 흘러갔다…… 전쟁 속 전쟁. 장비 우세를 점하기 위한 투쟁. 새로운 무기…… 새로운 실드…… 더 나은 무기…… 더 나은 실드. 살점이 뚝뚝 떨어지는 끔찍한 사다리 같았다.

적의 새로운 실드일 수도 있어. 그의 정신이 되뇌었다.

그리고 정신의 또 다른 한구석에서는 실드를 생각하기 시작했다. 인간 육체를 투명하게 만드는 복잡한 점멸 격자…….

불현듯 헐저는 얼어붙었다. 명료하게, 모든 도표와 도식, 공식이 완전히 갖추어져 이 전쟁을 끝낼 장비가 뇌리에 펼쳐졌다. 주체할 수 없는 떨림이 그의 육체를 점령했다. 마른 목구멍으로 간신히 침을 삼켰다.

그의 시선은 앞에 놓인 화면에 고정된 채였다. 두 개의 불빛이 합쳐져, 탱크 구덩이 안으로 움직였다. 헐저는 통화구로 몸을 숙여 답했다. "여기는 OP 114. 좌표 O-6-C 하위 T-R에 녹색 두 개가 떴다. 작전을 수행하려는 것 같다!"

"확실한가?" 체임벌린의 비음이었다.

"당연히 확실하다!"

"보면 알겠지."

전화가 끊어졌다.

* * *

헐저는 몸을 바로 하고 혀로 입술을 축였다. 비행기를 보내 항공 관측을 할까? 저들은 나를 진짜로 믿지 않아.

탱크 구덩이에서 나는 찢어지는 폭발음이 대답이 되었다.

즉시, 적진에서 탕탕하고 총기 발사음이 연달아 들려왔다. 총알이 회색 눈 사이를 가로질렀다.

적의 작전이었어! 이제 저들은 여기 관측자가 있던 걸 알아!

또 다른 총알이 관측소 돔을 발견했다.

헐저는 공포에 질려 구멍을 응시했다. 저들이 나를 죽이면? 내 아이디어도 같이 죽겠지! 전쟁은 계속 이어질 거고······. 그는 전화기를 향해 홱 몸을 돌려 거기에 대고 소리쳤다. "여기서 나가게 해 줘! 여기서 나가게 해 줘! 여기서 나가게 해 줘!"

그들이 발견했을 때 헐저는 여전히 그 말을 중얼거리고 있었다.

체임벌린의 깡마른 체구가 관측소의 포복 구멍 앞에 쭈그렸다. 그 뒤의 옷에 파묻힌 형체 셋은 관측소를 무시하고 라이플을 든 채 이리저리 고개를 돌리며 눈밭을 응시했다. 적군의 소규모 화기 발사는 멈추었다.

또 한 명 망가졌군, 수치심을 자극하면 좀 더 오래 갈지도 모른다 생각했는데! 체임벌린은 생각했다.

그는 헐저를 눈밭으로 끌어내어 쏘아붙였다. "뭐냐, 넌? 왜 우리를 여기로 끌어냈어?"

헐저는 침을 삼키고 말했다. "상사님, 제발 믿어 주십시오. 폭발물 위치를 몰라도 적군 폭발물을 원거리에서 폭파하는 방법을 압니다. 할 수⋯⋯."

"원거리에서 폭발물을 폭파해?" 체임벌린의 눈이 실금 두 개로 보일 정도로 가늘어졌다. 충격을 줘서 정신 차리게 하지 못하면 이놈도 정신과 의사한테 보내게 생겼군. 체임벌린은 말했다. "너 정신 나갔구나, 나갔어. 이제 그 장비 내려놓고⋯⋯."

헐저의 얼굴이 창백해졌다. "아뇨, 상사님! 저는 돌아가야만⋯⋯."

"널 이 자리에서 당장 쏴 버릴 수도 있어⋯⋯."

두려움, 좌절감, 분노⋯⋯ 그 모든 복잡한 중압감에서 빚어진 감정으로 인해 헐저의 입 밖으로 말이 튀어나왔다. "이 코만 크고 무식한 놈. 내가 이 전쟁을 끝낼 수 있다고! 알아들어?" 그의 목소리가 커졌다. "중위님께 날 데려가! 너 같은 놈들은 쥐구멍을 찾게 만들어 주겠어, 네가⋯⋯."

체임벌린의 주먹이 헐저의 옆머리를 쳐, 눈 속에 구르게 만들었다. 쓰러지는 와중에도 헐저는 속으로 말하고 있었다. 하지만 말했잖아, 그거야! 드디어 말했어!

상사는 일행들을 돌아보고 생각했다. 적이 저 소리를 들었다면 우린 끝이야! 그는 가까이에 있는 부하에게 손짓했다. "미치, 이 관측소 당번을 맡아. 우린 헐저를 데려가야 해."

상대는 고개를 끄덕이고 구멍으로 기어들어 갔다.

체임벌린은 헐저한테 몸을 숙이고 을러댔다. "이 쓰레기 같은 겁쟁이! 이 자리에서 죽여 버리고 싶은 마음이 굴뚝같은데! 하지만 널 데려가 달달 볶이면서 절절매는 꼴을 보고 말겠다! 이제 일어서! 그리고 걸어!"

* * *

토니 리파리 소령은 캔버스 천을 댄 대피호 벽에 기대어 뒤통수에 깍지를 끼었다. 마르고 번들거리는 외모에, 검은 머리를 가운데 가르마를 타서 풍뎅이 날개처럼 딱 붙여 넘겼다. 민간인 시절 그는 창고형 매장에서 운동용품을 팔았다. 한번은 회사 파티에 터번을 쓰고 갔는데, 외모에 새로운 세상이 열리는 경험이었다. 그의 먼 조상 중에는 무어인이 있었다.

소령은 피곤했고 (사상자 보고! 끝없는 사상자 보고!) 짜증이 났으며 약간 초조했다.

이제 그 관측소를 운영할 만큼 인력이 없어! 저 사이코들에게 또 하나 내줘야 하나?

"중위한테……." 초조함에 목소리가 뒤집혀, 소령은 말을 멈추고 목청을 가다듬었다. "중위한테 전부 들었어, 상병. 솔직히 그야말로 환상적이더군."

헐저 상병은 소령 앞에 차렷 자세로 섰다. "소령님께 말씀드려도 되겠습니까?"

리파리는 고개를 끄덕였다. "그래."

"저는 화학자고…… 민간인일 때 말입니다. 전기도 좀 만질 줄 알고 화학자보다는 생명탐지 관측자가 더 필요했기 때문에 이 분과에 배치되었습니다. 저, 우리 실드는……." 불현듯 리파리 소령을 설득하는 문제가 너무 막막하게 느껴져 하던 말을 중단했다.

나더러 생명탐지 관측자가 필요하단 소리를 하는 건가! 리파리는 생각했다. "그래, 계속해 봐, 헐저."

"소령님, 화학에 대해 아십니까?"

"조금."

"제 말은, 산화 환원 반응과 치환 반응을 이해하시는지……."

"그래, 그래. 계속해!"

헐저는 침을 삼키고 생각했다. 소령은 몰라. 왜 이해할 만한 사람에게 보내 주지 않고? 헐저는 말했다. "소령님, 우리 생명탐지 실드의 단열층은 특별한 종류의 보호막으로……."

"물론이지! 착용자를 슈트의 전하로부터 단열해 주는 거!"

헐저는 소령을 향해 눈을 휘둥그렇게 떴다. "단열…… 어, 아닙니다, 소령님. 송구스럽습니다만 그게 아니라……."

"이게 꼭 필요한가, 상병?" 리파리가 물었다. 그리고 생각했다. 이 연극 좀 관두고 업무에 복귀나 했으면! 엄살이 뻔한데! 만약…….

"소령님, 혹시 모르시……."

"재입대했을 때 생명탐지 실드 교육 수료 분량을 다 채웠어. 물론 내 특기는 보병이야. 한국에서, 알지. 하지만 실드 작동 방법은 알아. 계속해, 상병." 그는 의자를 발로 차 벽에서 떨어지게 했다.

"소령님, 단열층이 막아 주는 것은 착용자 피부의 유사 치환 반응입니다. 슈트의 필드가 인체를 혼란시켜 질소 공기 방울을 생성하게 함으로써……."

"그래, 헐저! 안다니까! 하지만 그게 자네의 놀라운 아이디어랑 무슨 상관이지?"

헐저는 크게 숨을 들이쉬었다. "소령님, 저는 생명탐지 슈트의 원리에 기반한 영사기를 만들어 어떤 폭발물에든 인공 유사 치환 반응을 발생시킬 수 있습니다. 확실히 가능합니다!"

"확실해?"

"네, 소령님. 예를 들어, 트리녹스에 불소와 이온화 수소를 발생시키는 반응을 만들 수 있습니다. 물론 미량이지만, 근처의 모든 필드 원천을 폭파하기에 충분한……."

"그런 필드가 적군의 창고에 있다고 어떻게 확신하나?"

"소령님! 누구나 일종의 생명탐지 실드를 착용하고 있습니다! 그게 필드 생성기입니다. 또는 내연 모터…… 또는…… 또는…… 그냥 뭐든지요! 불소와 수소 존재하에 한 시스템에서 다른 시스템으로 붕괴되는 폭발성 혼합물이 있다면…… 째려보기만 해도 폭발할걸요!"

리파리는 목청을 가다듬었다. "알겠네." 다시 그는 벽에 기댔다. 눈 피로감으로 인한 두통으로 관자놀이가 지끈지끈 아팠다. 이제 행동하느냐 아니면 닥치느냐. 그는 생각했다. "그 멋진 투사기를 어떻게 만들지, 상병?"

"소령님, 기계 기술자 및 전자 전문가와 논의해 봐야……."

"상병, 누가 누구와 논의할지는 내가 결정해. 자. 뭘 해야 할지 정해 주지. 그 투사기 설명서를 작성해서 나한테 맡겨. 경로를 거쳐 적절한 곳에 보내도록 할 테니까."

"소령님, 그렇게 간단한 게 아닙니다. 설명서는 전부 제 머릿속에 있긴 하지만, 이런 건 버그를 해결해야 하고……."

"그걸 할 수 있는 기술 전문가는 충분해." 리파리는 말했다. 그리고 생각했다. 왜 그냥 포기하지 않지? 품위 있게 빠져나갈 기회를 줬잖아! 종이에다 아무거나 끄적여서 내. 그러면 끝이라고!

"하지만 소령님……."

"상병! 당번병이 종이와 연필을 가져다줄 거야. 그냥……."

"소령님! 그런 식으로는 불가능합니다!"

리파리는 이마를 문질렀다. "헐저 상병, 명령이다. 앉아서 그 투사기 계획안과 설명서를 작성해. 지금 당장."

헐저는 입에 쓴맛이 돌았다. 침을 꿀꺽 삼켰다. 그리고 이게 래리 헐저 상병의 마지막 말이 되겠지, 토니 리파리가 명성을 얻고. 그는 생각했다.

"소령님, 제 계획안을 제출하고 나서 혹시 누가 묻거든, 예를 들어 극성 분자가 어떻게……."

"그걸 전부 개요에서 설명하도록 해. 알아들었나, 상병?"

"소령님, 모든 상황을 예상한 계획안을 작성하려면 6개월은……."

"시간 끌고 있잖아, 상병!" 리파리 소령이 몸을 앞으로 내밀며 일어섰다. 목소리를 낮춰 말했다. "솔직해지자고, 헐저. 지어낸 소리잖아! 난 알아. 자네도 알고. 그냥 전쟁에 질려서 빠지고싶은 거지."

헐저는 고개를 설레설레 저었다.

"그렇게 간단한 게 아니야, 상병. 지금. 내가 할 수 있는 모든 방법으로 이해할 수 있다고, 기꺼이 듣겠다고 보여 줬더니……."

"송구스럽습니다, 하지만……."

"둘 중 하나로 해, 헐저 상병. 쓸 만한 아이디어라는 걸 증명하는 도면, 스케치, 뭐든 작성하든가, 아니면 부대로 복귀해. 장난질 상대해 주는 건 이제 끝이야!"

"소령님, 모르시겠……."

"군사법에 따라 총살에 처할 수도 있었어!"

그리고 리파리는 생각했다. 필요한 건 그거야…… 따끔한 충격!

쓰디쓴 좌절감에 헐저는 거의 압도당했다. 체임벌린 상사를 공격하게 몰아붙인 그런 종류의 분노를 느꼈다. "소령님, 이제 제 아이디어에 대해 아는 사람들이 제법 있습니다. 최소한 그중 일부는 혹시 소령님이 황금알을 낳는 거위를 쏜 게 아닐까 의문을 가질 텐데요!"

리파리의 두통은 이제 정점에 이르러 있었다. 그는 헐저에게 얼굴을 들이밀었다. "총살 말고 대안도 있지, 상병!"

헐저는 리파리의 성난 눈빛을 맞받았다. "이런 생각이 들었습니다, 이 프로젝트가 갑자기 '우리' 프로젝트가 되고, 그다음엔 '소령님의' 프로젝트가 되고, 그 과정에서 한낱 상병은 사라지겠죠."

리파리의 입이 소리 없이 움직였다. 곧 그가 말했다. "더는 못 참아, 헐저! 법정에 세우고 말겠어! 내가 자네 앞길에 확실하게 해 줄 수 있는 게 하나 있지!"

그리고 내 입장에선 이걸로 문제 끝이지, 끝내주는 하루군! 리파리는 생각했다.

그는 대피호 문을 향해 몸을 돌렸다. "상사!"

문이 열리고 멀대 같은 체임벌린이 들어왔다. 대피호를 가로질러 리파리 앞에 차렷 자세로 서서, 경례했다. "소령님?"

"이자를 체포해, 상사. 경비병이 있는 지역 본부로 도로 데려가서 법정에 세우도록 해. 나가는 길에 내 당번병 들어오라고 하고." 리파리가 말했다.

체임벌린이 경례했다. "네, 소령님." 그는 돌아서서 헐저의 팔을 잡았다. "따라와, 헐저."

리파리는 돌아서서, 아스피린을 찾으러 구석 선반을 뒤졌다. 등 뒤에서 문이 열리고 닫히는 소리가 났다. 그 순간이 되어서야 그는 의문을 가졌다. 그 미치광이의 아이디어가 실제로 쓸만한 것일 수도 있을까? 그는 아스피린을 찾아냈고 그 생각을 떨쳐 버렸다. 몽상이지!

헐저는 철제 침상에 앉아 양손에 머리를 묻고 있었다. 그를 둘러싼 감방 벽은 리벳 못으로 고정한 평평한 철판이었다. 길이는 정확히 침상만큼이고, 폭은 침상 두 배인 공간이었다. 왼쪽 침대 발치에는 창살문이 있었다. 오른쪽 공간에는 접이식 세면기가 있고 그 아래 변기가 있었다. 진동하는 소독약 냄새에도 불구하고 감방에선 고약한 냄새가 났다.

왜 그냥 끝장내지 않지? 이 미친 곳에서 사흘이나! 얼마나 오래…….

감방 문이 덜컹거렸다.

헐저는 고개를 들었다. 대령 제복 차림의 후줄근한 형상이 창살 맞은편에 있었다. 작은 체구에 백발, 호기심 많은 새 같은 눈, 그리고 마른 양피지 같은 피부의 남자였다. 제대로 복장만 갖추면 중세 마법사처럼 보였을 것이다.

젊은 헌병이 시야에 들어오더니, 문 자물쇠를 열고 옆으로 물러섰다. 대령이 감방에 들어왔다.

"이런, 이런." 그가 말했다.

헐저는 일어나서 경례했다.

"제가 필요하십니까, 대령님?" 헌병이 물었다.

"응?" 대령이 몸을 돌렸다. "아. 아니, 됐어. 그냥 문은 열어 두고……."

"하지만 대령님……."

"아무도 이 건물 밖으론 못 나가지?"

"맞습니다. 하지만……."

"그럼 문은 열어 두고 가 봐."

"네, 대령님." 헌병은 경례하고 얼굴을 찌푸리더니 몸을 돌렸다. 그의 발소리가 복도의 금속 바닥에 울려 퍼졌다.

대령이 헐저를 다시 돌아보았다. "자네가 그 뛰어난 아이디어의 청년이군."

헐저는 목청을 가다듬었다. "네, 대령님."

대령은 감방을 둘러보았다. "나는 새비지 장군 휘하의 페이지 대령이야. 화학전."

헐저는 고개를 끄덕였다.

"장군 부관이 나더러 자네와 얘기해 보라고 하더군. 화학자라면 혹시……." 페이지가 말했다.

"페이지! 설마 유사 리튬 연구를 하신 에드먼드 페이지 박사는 아니시죠?" 헐저가 말했다.

대령의 얼굴에 반가워하는 미소가 번졌다. "어…… 그래, 맞아."

"연구에 대해 구할 수 있는 것은 전부 읽었습니다. 생각난 게 있는데 혹시……." 헐저의 목소리가 기어들었다.

"계속해 봐." 페이지가 말했다.

헐저는 꿀꺽 침을 삼켰다. "어, 유기 화학에서 무기 화학으로 옮겨 가기만 하셨다면, 그럼……." 그는 어깨를 으쓱했다.

"유기 반응보다는 직접 화학 반응을 유도하게 되었을지도 모른다?" 페이지가 물었다.

"네, 대령님."

"여기로 오던 중에야 그 생각이 나더라고." 페이지는 침상을 향해 손짓했다. "앉게."

헐저는 도로 침상에 주저앉았다.

페이지는 주위를 둘러보고, 마침내 헐저의 무릎을 한 번 쥐고는 변기 뚜껑 위에 앉았다. "자, 자네 아이디어가 뭔지 알아보자고."

헐저는 손을 내려다보았다.

"장군님과 논의해 봤어. 자네가 뭘 알고 하는 소리일지도 모른다는 느낌이 들었네. 전부 설명을 해 준다면 대단히 고맙겠어."

"제가 잃을 건 뭡니까?" 헐저가 물었다.

"마음 상할 만도 하겠지. 하지만 자네에 대한 혐의를 읽어 보니 현재 상황의 최소한 일부는 자네 책임이라고 봐." 페이지는 손목시계를 확인했다. "자, 어떻게 멀리서 군수품 창고를 폭파하겠다는 건지 정확히 얘기해 봐…… 자네가 말했던 그 투사기."

헐저는 크게 숨을 들이쉬었다. 이분은 화학자야. 어쩌면 납득시킬 수 있을지도 몰라. 그는 생각했다. 그는 페이지를 올려다보고, 설명하기 시작했다.

곧, 대령이 끼어들었다. "하지만 원자 구조를 바꾸려면 어마어마한 에너지가 필요한데……."

"그런 의미에서의 원자 구조 변화 얘기가 아닙니다. 보세요, 그냥 촉매가 존재하는 것처럼 인공 조건을 만든 것뿐입니다. 유사 촉매요. 그리고 이게 이미 존재하는 정적 혼합물을 끌어냅니다. 수분 속 수소 이온, 트리녹스의 경우 실제 성분 속 불소.

디트레이트 속 백린, 일반 화약 속 질소 산화물과 사방황."

페이지는 혀로 입술을 축였다. "하지만 어째서 비유기적 시스템에서…… 유사 촉매의 존재가……." 그는 고개를 저었다. "그렇지! 내가 이렇게 멍청했네! 처음엔 극성 반응을 얻겠지. 내가 유사 리튬으로 그랬듯이. 그리고 그걸 첫발로 나아갈 길은……." 페이지는 눈이 휘둥그레져 헐저를 응시했다. "이 사람아, 자네는 비유기 화학에 완전히 새로운 장을 열었어!"

"아시겠습니까?"

"물론 알고말고!" 페이지는 벌떡 일어섰다. "경계가 불안정한 인공 라디칼을 만드는 거지. 이 경계에 조금이라도 물기가 존재하면 수소 이온이……." 페이지는 환희에 찬 어린 소년처럼 손뼉을 쳤다. "콰쾅!"

헐저는 미소 지었다.

페이지는 그를 내려다보았다. "상병, 자네의 투사기는 될 거 같아. 필드 격자와 다른 전자 문제는 솔직히 난 모르겠지만 자네는 아는가 보군."

"네, 대령님."

"어쩌다 이런 걸 떠올리게 됐나?" 페이지가 물었다.

"생명탐지 시스템의 격자 효과에 대해 생각하다가, 갑자기 떠오르더라고요. 전체 아이디어가!"

페이지는 고개를 끄덕였다. "정확하게 적절한 환경이 조성될 때까지는 휴면 상태로 있어야 하는 그런 일이지." 뒤이어 헐저의 무릎을 쥐었다. "아냐, 아냐. 일어날 것 없어. 생명탐지 분과 대령과 회의를 잡고, 좀 더 기술 방향으로 잘 아는 사람을 끌어와야지. 스티븐스 대위나." 페이지는 고개를 끄덕였다. "상병, 자네는 여기 그냥 있으면서……." 감방 안을 둘러보고 멋쩍게 웃었다. "걱정하지 말게. 몇 시간 안에 꺼내 줄 테니까."

* * *

헐저는 '빅 붐 작전'의 초창기 5주간을 정신없는 비현실의 시간으로 돌아보게 될 것이다. 군은 일련의 예비 계획안을 외부로 내보내, 새비지 장군의 보호 지역에서 프로젝트를 개발하도록 명했다. 전장과 가까우면 보안 누출 가능성이 작고, 드넓은 황무지인 보호 지역에선 이상한 폭발이 일어나도 괜한 의문을 살 일이 없으리라는 판단에서였다.

하지만 군은 위험을 무릅쓰지 않았다. 지역에 특별 파견한 헌병대를 깔았다. 기록장치 전문가가 프로젝트에 합류하여, 본국 배송을 위해 모든 것을 복사했다.

그들은 중대한 테스트를 위해 군수품에서 멀리 떨어진 탁 트인 대지를 선택했다. 바람 부는 황무지였다. 얼어붙은 땅에 잿빛 바위가 여기저기 솟아 있었다. 길고 검은 벌레 같은 전원선이 테스트 셸터 너머 저 멀리로 뻗어 있었다.

설상차가 헐저와 페이지를 시험장으로 태워 갔다. 투사기함은 그들 사이 좌석에 놓여 있었다. 가로세로 60센티미터에 1.2미터 높이의 녹색 보관함에 들어 있었다. 한쪽 끝에는 유리 튜브가 튀어나와 있었다. 봉인하고 빨간색 '연결하지 마시오' 표시가 붙은 전원 연결부가 반대쪽 끝의 중심에 자리했다. 삼각대가 한쪽 끝을 차지하여 균형을 맞췄다.

춥고 맑은 아침으로 바람이 매서웠다. 하늘은 짙은 코발트 느낌으로, 마치 광택제를 바른 듯 강렬했다.

약 50명이 테스트를 위해 모였다. 그들은 셸터에 길게 늘어서 있었다. 셸터는 한쪽이 개방된 형태의 긴 가건물이었다. 개방된 면(面) 거의 한가운데 빈 삼각대가 세워져 있었다. 삼각대 양쪽으로 기술자들이 기록장치를 놓고 앉아 있었다. 그 앞에서 나온 가느다란 검은색 전선이 가건물 맞은편, 1.5킬로미터 거리에 자리한 둔덕 방향으로 뻗어 있었다.

새비지 장군은 이미 현장에 있었고, 그날 아침 인상적인 공중 호위대를 이끌고 나타난 낯선 사람과 이야기하고 있었다. 올 때는 민간인 복장이었다. 지금은 지급품 파카와 스노팬츠로 중무장했다. 민간인처럼 보이지도 않았고 그렇게 행동하지도 않았다. 그리고 새비지 장군이 존댓말을 쓰는 것도 눈에 띄었다.

장군은 무뚝뚝하고 몸통이 두툼한 남자로, 본인 능력을 확신하는 사람 특유의 고압적인 자신감이 느껴졌다. 얼굴은 코가 두툼하고 사각턱의 불도그 같은 인상이었다. 휘장 없는 위장복 차림이라면, 상사로 오해받을 만했다. 오래 복무한 상사에게 기대할 법한 단단한 모습이었다. 새비지 장군의 부하들은 장군을 '타잔'이라고 불렀는데, 주된 이유는 장군이 영하의 날씨에 벌거벗고 눈 목욕을 했기 때문이었다.

흰색 헬멧을 쓴 경비대가 시험장 가건물 내부를 에워쌌다. 헐저는 그들이 권총을 착용하지 않았고, 손에 든 총검 외에는 무기를 소지하지 않았음을 알아챘다. 저들이 석궁을 들고 있었대도 놀랍지 않으리라는 생각이 들었다.

페이지 대령과 헐저가 가건물에 들어서자 새비지 장군이 손을 흔들었다. 페이지 대령은 손을 들어 답하고, 삼각대 근처 뺨이 매끈한 중위 앞에 멈춰 섰다.

"중위, 테스트 더미를 제외하고 지역 내 모든 폭발물을 제거했나?" 페이지가 말했다.

중위는 얼어붙어 뻣뻣하게 차렷 자세로 서서 경례했다. "네, 대령님."

페이지는 주머니에서 담배를 꺼냈다. "라이터 좀 쓸 수 있을까, 중위?"

"네, 대령님." 중위는 주머니를 뒤져 크롬 라이터를 꺼내 페이지에게 건넸다.

페이지 대령은 라이터를 받아 잠시 쳐다보더니, 라이터와 담배 둘 다 눈밭에다 내던졌다. 라이터는 20미터쯤 날아가서 떨어졌다.

중위는 창백해졌다가, 새빨개졌다.

대령이 말했다. "라이터 전부, 성냥 전부. 그리고 특수 알약을 최소 네 시간 전에 복용했는지 모든 사람에게 확인해. 주변에 이동 수단도 없는 와중에 체내 폭발이 일어나는 사태는 막아야 하니까."

중위는 심란해 보였다. "네, 대령님."

"그리고 중위, 마지막 설상차에게 가지 말고 기다렸다가 자네가 모은 물품들을 우리 구역 밖으로 내가라고 해."

"네, 대령님." 중위는 바삐 사라졌다.

* * *

페이지는 헐저를 돌아보았다. 헐저는 투사기를 삼각대에 올리고, 그 옆에 서 있었다.

"준비 완료되었습니다. 제가 케이블을 연결할까요?" 헐저가 말했다.

"어떻게 생각하나?" 페이지가 물었다.

"준비는 더할 나위 없습니다."

"좋아. 연결하고, 스위치를 손에 들고 대기해."

헐저는 명령에 따르러 몸을 돌렸다. 그리고 이제 결정적인 테스트의 순간이 다가오자, 다리가 떨리기 시작했다. 모두에게 자신의 초조함이 빤히 보일 거라 확신했다.

경직된 정적이 가건물 안의 사람들을 뒤덮었다.

새비지 장군과 손님이 다가왔다. 장군은 투사기 이론을 설명하고 있었다.

손님은 고개를 끄덕였다.

가까이서 보니 손님은 새비지 장군에게서 뿜어져 나오는 것과 같은 종류의 단단한 자신감이 느껴지는 인상이었다. 다만 더 자신만만하고, 더 단단했다. 쑥 들어간 음울한 검은 눈동자 아래, 광대뼈가 바위처럼 우뚝 솟았다.

새비지 장군이 저 멀리 있는 검은 폭발물 무더기를 가리켰다. "저기 폭발물과 함께 설비가 있습니다. 전선으로 여기 가건물에 있는 기록장치와 연결되어 있고요. 테스트를 위해 각종 폭발물을 준비했습니다. 등유, 휘발유, 엔진오일까지. 핵을 제외하고 구할 수 있는 것은 전부. 하지만 여기에 통한다면, 투사기가 핵에도 통하리라는 걸 알게 됩니다."

손님이 입을 열었고, 그의 목소리는 자갈 사이에 나뭇가지를 질질 끄는 듯한 느낌이 있었다. "이론이 맞는다면, 이 투사기가 석탄을 포함하여 모든 화석 연료에 작용할 거라고 설명을 들었지."

"네, 그렇습니다. 석탄에도 발화가 될 것으로 여겨집니다. 한쪽에다 자루에 담은 석탄 몇 덩이를 가져다 놓았습니다. 여기에선 눈 때문에 보이지는 않습니다만. 하지만 우리 장비로 어떤 것이 영향을 받는지 확인할 수 있을 것입니다." 그는 헐저에게 흘긋 눈길을 주었다. "만약 있다면."

기록장치 확인을 마친 페이지 대령이 돌아왔다.

새비지가 대령을 돌아보았다. "준비됐나, 에드?"

"네, 장군님." 그는 헐저에게 눈길을 주고 고개를 끄덕였다. "시작하지, 래리. 전원 넣어."

헐저는 손에 든 스위치를 눌렀고 무의식중에 눈을 감았다가, 번쩍 뜨고 저 멀리 있는 폭발물을 응시했다.

낮게 웅웅거리는 소리가 투사기에서 났다.

페이지가 장군에게 말했다. "효과가 발휘되기까지 시간이 좀 걸릴……."

그가 '수'라고 말하려는 찰나 폭발물 더미가 우르릉 쾅쾅 하는 엄청난 소리와 함께 폭발했다. 페이지 대령은 '수'를 말하려는 입 모양을 한 채 폭발을 응시했다.

연기와 먼지가 폭발물이 있던 자리를 뒤덮었다.

손님의 자갈 긁는 목소리가 헐저 뒤에서 났다. "이걸로 전부 끝이군, 장군. 사격전 말이야!"

"제가 두려워하던 바입니다. 하지만 이젠 달리 어쩔 수가 없군요." 새비지는 씁쓸한 말투였다.

헐저는 두 사람의 목소리에 담긴 씁쓸함에 놀랐다. 몸을 돌려 보니 아까 페이지에게 질책받은 중위가 얼굴이 시뻘게져 가슴 포켓에 붙은 불을 두드려 끄고 있었다. 주위 사람들이 웃으며 도우려 하고 있었다.

페이지는 급히 늘어선 기록장치를 따라 하나씩 살피고 있었다.

중위가 저지른 실수의 의미가 갑자기 헐저의 뇌리에 와닿았다. 성냥! 담배 라이터를 압수당한 후 예비 성냥을 깜박한 거야! 대령이 라이터를 던졌던 자리를 보니, 눈밭에 검은 흔적이 남아 있었다.

기록장치 확인을 마친 페이지 대령이 돌아왔다. "석탄은 확실하지 않지만, 우리가 확인 가능한 한에선 더미에 있는 그 외 모든 것이 영향을 받았습니다!" 그는 헐저의 어깨에 한쪽 팔을 둘렀다. "이 젊은 천재 덕에 우리가 전쟁에서 이기게 되었습니다."

새비지가 돌아서서 헐저에게 인상을 썼다.

(민간인?)은 코웃음을 쳤다.

하지만 헐저는 폭발 구덩이를 응시한 채였고 얼굴에는 황홀한 표정이 떠올라 있었다.

기술자들이 지역에서 철수하며, 조심스레 폭발하지 않은 파편을 조사하고 있었다.

장군과 손님은 어떤 의미로도 해석할 수 있는 시선을 교환했다.

새비지 장군이 무선병에게 차량을 호출하라고 신호했다.

즉각, 설상차가 우르릉거리며 시험장으로 줄지어 왔다.

새비지가 헐저의 팔을 꽉 잡았다. "우리와 같이 가는 게 좋겠어. 이젠 귀한 재산이니."

헐저는 폭발 후 새비지와 손님의 희한한 대화에 다시 생각이 미쳤고, 장군의 목소리에 담긴 묘한 슬픔에 놀랐다. 전쟁이 끝나는 게 아쉬운 노병인가? 어째서인지, 장군을 보고 있자면 그 이미지와는 들어맞지 않았다.

* * *

그들은 황무지를 달려 기지로 향했고, 헐저는 장군과 손님 사이에서 불편했다. 아무래도 아무도 방금 있었던 일을 논의하고 싶지 않은 모양이었다. 헐저는 주위에 반기는 기색이 없어 불편해졌다. 운전사의 목뒤를 쳐다보았으나, 그걸로는 아무것도 알 수 없었다.

그들은 장군의 사무실로 들어갔고, 창문 없는 긴 방이었다. 벽에는 지도가 뒤덮고 있었다. 낮은 파티션으로 공간을 분리하여 한쪽에는 삭막한 테이블 두 개가 있고 다른 쪽에는 간격을 두고 책상 세 개가 놓여 있었다. 그들은 각자 책상으로 향했다.

새비지가 손님을 가리켰다. "이쪽은 슬레이든 씨." '씨'에 약간의 망설임이 실려 있었다.

헐저는 경례하고픈 마음을 누르고, 악수했다. 상대는 굳은살 없는 손으로 힘 있게 잡아 왔다.

슬레이든의 자갈 긁는 바리톤 소리는 무뚝뚝하고 명령조였다. "저 친구에게 설명하게, 장군. 나는 부하들과 장비를 모으러가 봐야 해서. 우린 당장 돌아가야 해."

새비지는 고개를 끄덕였다. "감사합니다. 바로 하겠습니다."

슬레이든은 생각에 잠긴 눈길을 헐저에게 던졌다. "방금 있었던 일의 의미를 확실하게 이해시켜. 아무래도 고려해 보지 않은 거 같아."

"네, 알겠습니다."

슬레이든은 가 버렸다.

헐저는 묘하게 가슴이 철렁 내려앉는 느낌이 들었다.

새비지가 말했다. "난 순전히 기쁘기만 하진 않아. 그리고 시간이 별로 없지. 군대 격식은 잠시 잊자고."

헐저는 말없이 고개를 끄덕였다.

"방금 무슨 일이 있었는지 아나?" 새비지가 물었다.

"네. 하지만 도무지 모르겠는 건 우리가 우세를 점해 이 전쟁에서 이길 수 있게 되었는데 사람들이 기뻐 보이지 않는 점입니다. 이건······."

"우리가 우세를 점하는지는 확실하지 않아." 새비지는 책상에 앉아 붉은 가죽 장정 책을 집어 들었다.

"그럼 적이······."

"자네가 내놓은 것 같은 훌륭한 발상은 누구라도 떠올릴 수 있다고, 헐저. 적이 이미 확보했거나, 연구 중일 수도 있어. 그렇지만 않았다면 자네의 묘안은 그냥 묻히게 됐을 거야. 인간은 일단 이걸 할 수 있다 하고 깨달으면, 해낼 때까지 만족하지 못하는 모양이야."

"적이 알아냈다는 기미라도······."

"아니. 하지만 그들이 우리의 새 무기를 봤다는 기미도 없지······ 몰랐으면 좋겠군. 요점은 이거야. 이제 가졌으니 그걸 사용할 거라고. 아마 적이 대비하기도 전에 압도하겠지. 그게 이번 전쟁의 끝이 될 거야."

"하지만 폭발물이 쓸모없게 되면 모든 전쟁이 끝난다는 뜻이잖습니까. 그게 제가 고려한 점이라고요!"

장군은 코웃음 쳤다. "순진한 젊은 친구, 이제까지 그 무엇도 전쟁을 불가능하게 한 건 없어! 이 전쟁이 끝나면, 양측 다 자네의 투사기를 쓰는 또 다른 전쟁이 시작되기까지는 시간문제일 뿐이야."

"하지만 장군님······."

"그럼 다음 전쟁은 기병, 검, 석궁과 창으로 싸우겠지. 그리고 다른 작은 개선점이 있겠고!" 그는 붉은 책으로 책상을 내리치고 벌떡 일어섰다. "폭발물을 배제하면 첩보전, 독극물, 독가스, 세균전…… 그 모든 게 필수가 될 뿐이야!"

"어떻게……."

"모르겠나, 헐저? 자네는 군사 목적의 폭발물 사용을 불가능하게 만들었어. 가솔린이 들어가지. 그럼 내연 모터가 제외돼. 제트기 연료가 들어가지. 비행기도 제외되고. 화약이 들어가지. 초소형 휴대 총기에서부터 초대형 대포까지 전부 제외야!"

"물론입니다, 하지만……."

"하지만 우리에겐 다른 대안이 있어, 헐저. 우리에겐 아서왕이 썼던 무기들이 있지. 그리고 현대 발명품도 있고. 독가스, 독을 바른 석궁 화살, 박테리아……."

"하지만 제네바 협약이……."

"제네바 협약 따위! 그걸 무시하고자 하는 사람들의 숫자가 충분히 많아지면 그렇게 되는 거지!" 새비지 장군은 주먹으로 책상을 쾅 쳤다. "잘 들어! 폭력은 인간 삶의 일부야. 권력욕은 인간 삶의 일부라고. 사람이 권력을 간절히 원하는 한, 어떤 수단이든 쓸 수밖에 없어. 옳든 그르든 간에! 평화롭든 아니든!"

"비관주의이신 것 같습니다."

"그럴지도 모르지. 그러기를 바라고. 하지만 나는 대대로 군인 집안 출신이야. 비관주의자가 될 수밖에 없는 일들을 봐 왔다고."

"하지만 평화를 원하는 압력이……."

"이제까지 전쟁 억지력으로 부족했지, 헐저." 장군은 고개를 내저었다. "얘기해 줄 게 있네, 젊은 친구. 처음 자네 혐의에서 자네 아이디어에 대한 언급을 봤을 때, 익사하기 직전의 그 가라앉는 느낌이 들었어. 자네가 틀렸기를 바랐지만 조사하지 않을 도리가 없었지. 리파리 소령과 체임벌린 상사가 자네를 부적격자로 몰아가기를 바랐는데……."

장군은 말을 하다 말고, 헐저를 노려보았다. "그러고 보니 자네에게 할 말이 또 있지! 그 훌륭한 군인 두 명에 대한 자네의 처사는 유치하기 그지없어! 리파리와 체임벌린 같은 사람들이 아니었다면 자네는 감독관에게 매일 아침 채찍 서른 대씩 맞았을 거야!"

"하지만 장군님……."

"토 달지 말고! 시간만 있었다면, 자네가 두 사람에게 개인적으로 사과하게 시켰을 텐데!"

헐저는 얼굴을 붉히며 고개를 저었다. "모르겠습니다. 제가 아는 건 제 아이디어가 확실히 통하리라는 확신과, 리파리와 체임벌린이 이해하지 못한다는 것뿐이었습니다. 그리고 제가 죽거나 제 아이디어를 펼치지 못한다면, 적이 먼저 가져가리라는 걸 알았고요."

새비지는 책상에 기대어 한 손으로 눈을 눌렀다. "자네 말이 옳아, 물론. 다만 자네는 시스템을 뒤흔들었는데, 시스템을 뒤흔들기에 적합한 타입이 아니란 거지. 자네 타입은 보통 시도하다 실패하는데."

헐저는 한숨을 쉬었다.

"이제 자네는 귀한 재산이야. 그러니 괜히 자신을 동정하지 말라고. 집에 돌아가 부인이 아이를 낳을 때 곁에 있어 줄 수 있을 테니."

헐저는 놀란 얼굴이었다.

"아, 그래, 부인에 대해 알아냈지. 처음에는 집에 있는 부인에게 돌아가려고 열심히 일하나 했어." 새비지는 어깨를 으쓱했다. "이제쯤이면 대우가 상당히 좋아졌겠지. 애지중지 보호받고. 또 다른 천재적인 업적을 기대하겠지! 누가 알겠나, 어쩌면 자네가 천재일지도."

"두고 보십시오, 장군님. 이것으로 모든 전쟁이 끝나리라 생각합니다."

장군은 갑자기 생각이 많아 보였다. "헐저, 엄청나게 저평가되고 대단히 미움받는 작가가 이렇게 말한 적이 있네. '새로운 질서를 도입할 때 주도권을 잡기보다 더 어렵고, 더 실행하기 위험하고, 더 성공을 확신하기 어려운 일은 없다.' 아주 심오한 얘기야, 헐저. 그리고 자네는 '새로운 질서'와 함께 최전선에 서 있지. 태어날 자네 아이를 위해서, 모든 아이들을 위해서라도 더 이상 전쟁이 없기를 바라네." 새비지는 어깨를 으쓱했다. "하지만 나는 계속 남아 있지 않을……."

슬레이든이 다시 사무실로 돌아왔다. "엄호할 비행 편대가 오고 있어, 장군. 헐저를 지금 이대로 데려가야겠는데. 장비는 나중에 보내 줄 수 있겠지?"

"물론입니다." 새비지는 바로 서서, 오른손을 내밀어 헐저와 악수했다. "행운을 비네, 헐저. 내가 했던 말 명심하고. 전쟁을 살아가는 사람들이 받아들여야 하는 쓰라린 진실이야. 자네의 뛰어난 아이디어는 문제의 근원을 공격한 게 아니야. 그 증상 중 하나를 공격했지."

새비지의 왼손이 책상 위 붉은 책을 집어 들었다. "태어날 자네 아이에게 주는 선물이네." 책을 헐저의 손에 쥐여 주었다. "다음 세대는 이 책을 이해해야만 해."

헐저에겐 "감사합니다, 장군님." 하고 말할 시간뿐이었다. 이내 슬레이든에게 이끌려 문을 나섰다.

남으로 향하는 비행기에 오르고 나서야 책을 살펴볼 기회가 있었다. 그러고 나서 헐저는 책을 양손으로 꽉 붙들고, 창밖의 구름바다를 응시했다. 책은 한정판으로, 기만과 배신의 대가 니콜로 마키아벨리 저서의 무삭제 완전판이었다.

에필로그

많은 이들이 헐저 기폭장치가 정부 비밀 연구소에서 발견되었다는 오해에 사로잡혀 있다. 실상은, 로런스 헐저 박사의 천재성은 1972년 북극 전투지에서 아이디어를 구상하고 곧장 인정받았을 때 처음으로 주목받았다.

비처 카슨, 검의 도래: 고대 및 현대 전쟁의 역사, 6권, p112.

1958

오래된
방랑하는 집

Old Rambling
House

1958년 4월, 《갤럭시(Galaxy)》 수록.

지구에서 보내는 마지막 밤, 테드 그레이엄은 유리 벽 공중전화 부스 위 구형 전구에 미친 듯 펄럭거리는 나방을 피하려 몸을 숙이며 부스에서 나왔다.

테드 그레이엄은 목이 길고 두드러진 달걀 모양 머리에 일찍부터 벗어져 가는 모래색 머리칼이 얹힌 남자였다. 그의 깡마르고 강렬한 인상에서는 어딘지 직업이 티가 났다. 공인 세무사.

신문 개인 광고란을 들여다보고 있는 아내 뒤에 멈춰서, 미간을 찌푸렸다. "우리더러 여기서 기다리라고 했잖아. 자기들이 데리러 오겠다고. 밤에 찾기 어려운 곳이라면서."

마사 그레이엄은 신문에서 고개를 들었다. 인형 같은 얼굴의 여자로, 만삭이었고 뭔가 핑크빛으로 예쁜 구석이 있었다. 부스 위 노란 불빛이 포니테일로 묶은 그녀 머리의 적갈색 기운을 중화시켰다.

"난 그냥 아기가 태어날 때 집이 있어야겠단 거야. 그 사람들 말하는 게 어땠는데?" 마사가 물었다.

"모르겠어. 이상한 소리가 끼어들었는데, 무슨 외국어로 하는 말다툼 같았어."

"외국인 같았어?"

"어떤 면에선." 그는 어둠에 감싸여 늘어선 트레일러들을 따라 두 개의 창문이 노랗게 빛나고 있는 트레일러로 향했다. "안에서 기다리자. 여기 벌레들이 지독해."

"우리 트레일러가 어느 건지 그 사람들한테 말했어?"

"그래. 별로 얼른 보고 싶어 죽겠단 느낌은 아니던데. 이상해. 자기네 집을 트레일러랑 맞바꾸고 싶다니."

"이상할 게 뭐 있어. 아마 우리처럼 방랑벽이 있나 보지."

테드는 아내의 대꾸를 듣지 못한 듯했다. "그 말다툼 소리는 평생 제일 희한하게 들리는 언어였어. 꽥꽥거리는 소리 같달까."

트레일러 안에서, 테드 그레이엄은 손님이 오면 더블베드로 펼칠 수 있는 녹색 소파에 앉았다.

"이 근방에 괜찮은 세무사가 필요할 만하지. 처음 봤을 때 딱 느낌이 오더라니까. 계곡이 부유해 보이잖아. 아무도 진작에 여기 사무실을 열지 않은 게 놀라워."

그의 아내는 주방과 거실 영역을 분리하는 카운터 옆 식탁 의자에 앉아, 커다란 배 위로 손을 겹쳤다.

"난 그냥 바퀴가 밑에서 계속 굴러가는 게 지겨워. 앉아서 남은 평생 똑같은 풍경만 바라보며 살고 싶어. 어째서 그땐 트레일러가 근사해 보였는지⋯⋯."

"유산을 받으니 방랑벽이 생겼지." 테드가 말했다.

바깥에서 자갈길을 밟는 타이어 소리가 났다.

마사 그레이엄이 몸을 바로 했다. "그 사람들일까?"

"맞는다면 되게 빠르네." 그는 문으로 가서 열고, 마침 노크하러 한 손을 들어 올린 남자를 내려다보았다.

"테드 그레이엄 씨?" 남자가 물었다.

"네." 테드는 방문자를 쳐다보고 있는 자신을 깨달았다.

"클린트 러시입니다. 집 문제로 전화 주셨죠?" 남자가 빛 속으로 더 들어왔다. 처음에는 노인으로 보였다. 얼굴에 가득한 잔주름, 피로해 보이는 가죽 같은 피부. 하지만 빛 속에서 남자가 고개를 들자 주름이 사라지는 듯했고, 그와 함께 나이도 사라졌다.

"네, 저희가 전화했죠." 테드는 옆으로 비켜섰다. "지금 트레일러 보시겠어요?"

마사 그레이엄은 남편 곁에 와서 섰다. "아주 상태를 잘 유지해 놨어요. 크게 잘못된 곳은 절대 없게 했죠."

너무 초조해하는 것처럼 들리잖아, 내가 얘기하게 두면 좋겠는데. 테드 그레이엄은 생각했다.

"트레일러는 내일 다시 와서 낮에 환할 때 봐도 됩니다. 제 차는 바로 앞에 있어요, 저희 집을 보고 싶으시다면." 러시가 말했다.

테드 그레이엄은 망설였다. 마음속 끈질기게 거슬리는 걱정을 느끼고, 염려되는 점에 주의를 기울이려 애썼다.

"저희 차를 가져가는 게 낫지 않을까요? 차로 따라가면 되는데." 그가 물었다.

"그럴 필요 없어요. 우린 어차피 오늘 밤 시내로 돌아올 거니까. 그때 내려 드리면 되죠." 러시가 말했다.

테드 그레이엄은 고개를 끄덕였다. "문 잠그고 금방 가겠습니다."

차 안에서 러시는 소개를 했다. 그의 아내는 어두운 그림자처럼 조수석에 앉아 있었고, 머리는 팽팽히 당겨 말아 올렸다. 이목구비는 잠시 혈통이 엿보였다. 러시는 아내를 라이미라고 불렀다.

이상한 이름이네. 그레이엄은 생각했다. 그리고 그녀 역시 처음의 이상하게 나이 든 인상이 빛이 바뀌며 사라지는 현상이 있었다.

러시 부인이 마사 그레이엄을 돌아보았다. "아기를 낳을 건가요?"

이상하고 의미가 불분명한 발언이었다.

갑자기 차가 앞으로 굴러갔다.

마사 그레이엄이 말했다. "두 달 후쯤 태어나요. 아들이기를 바라고 있어요."

러시 부인이 남편을 쳐다보았다. "마음이 바뀌었어."

러시는 길에서 눈을 떼지 않은 채 말했다. "너무……." 그는 말하다 말고, 이상한 소리를 쏟아 내었다.

테드 그레이엄은 전화로 들었던 그 언어임을 알았다.

러시 부인이 같은 언어로 대답했고, 어조에서 분노가 드러났다. 남편이 그보다는 차분한 목소리로 대답했다.

즉시 러시 부인은 침울하게 침묵했다.

러시가 고개를 뒷좌석 쪽으로 기울였다. "아내는 그 오래된 집을 처분하고 싶지 않다는 생각이 들 때면 감정적으로 돼요. 오랫동안 살던 집이라."

테드 그레이엄은 말했다. "그래요." 잠시 후 물었다. "스페인 분이신가요?"

러시가 머뭇거렸다. "아뇨. 우린 바스크 사람입니다."

그는 고속도로로 이어지는 가로등 환한 거리에서 차 속도를 줄였다. 옆길로 접어들었다. 이어 몇 번 더 꺾었다…… 좌회전, 우회전, 우회전.

테드 그레이엄은 경로를 잃어버렸다.

차가 덜컹하고 튀는 바람에 마사가 헉 소리를 냈다.

"너무 험하지 않았다면 좋겠는데, 거의 다 왔어요." 러시가 말했다.

차가 진입로로 접어들고 라이트 불빛에 벌거벗은 나무들의 윤곽이 보였다. 특이한 나무였다. 키가 크고 메말랐으며 잎새 하나 없었다. 테드 그레이엄의 불편한 기분이 더해졌다.

진입로가 쑥 내려가 벽이 낮은 집에서 끝났다. 돌출 처마 바로 밑 높은 위치에 창이 난 붉은 벽돌집이었다. 벽의 인상과 왼쪽으로 있는 폭이 넓은 문은 굉장히 현대적인 느낌을 주었다.

테드 그레이엄은 차에서 내리는 아내를 돕고, 러시 부부를 따라 문으로 향했다.

"오래된 집이라고 하신 것 같은데요." 그가 말했다.

"최초의 모더니스트가 디자인했죠." 러시가 대꾸하더니 묘하게 구부러진 열쇠를 갖고 씨름했다. 넓은 문이 열리고 드러난 현관은 마찬가지로 넓었고 두꺼운 러그가 깔려 있었다. 복도 저 끝에 천장부터 바닥까지 닿는 창문과 그 너머 도시의 불빛이 보였다.

마사 그레이엄은 헉하고, 마치 홀린 듯 현관에 들어섰다. 테드 그레이엄이 그 뒤를 따랐고 등 뒤로 문이 닫히는 소리가 났다.

"너무…… 너무…… 너무 커요." 마사 그레이엄이 감탄했다.

"이걸 저희 트레일러와 바꾸고 싶으시다고요?" 테드 그레이엄이 물었다.

"우리한테는 너무 불편해서요. 내 일이 해안 쪽 산에 걸쳐서 있거든요." 러시는 어깨를 으쓱했다. "팔 수는 없고."

테드 그레이엄은 그를 날카롭게 쳐다보았다. "이 근방에 돈이 좀 돕니까?" 갑자기 고객이라고는 없는 세무사의 모습이 뇌리에 떠올랐다.

"돈이야 많죠, 하지만 부동산을 살 사람은 없어서."

그들은 거실에 들어섰다. 등받이 없는 소파가 벽을 따라 놓여 있었다. 은은한 조명이 모서리마다 흘러나왔다. 그림 두 점이 맞은편 벽에 걸려 있었다. 이상한 선과 뒤틀린 직사각형에 테드 그레이엄은 현기증을 느꼈다.

경고음이 뇌리에서 울렸다.

마사 그레이엄은 창문으로 가서, 멀리 있는 불빛을 쳐다보았다. "이렇게 멀리 올라온 줄은 몰랐어요. 요정의 도시 같네요."
마사가 말했다.

러시 부인이 짧고 초조한 웃음소리를 냈다.

테드 그레이엄은 실내를 둘러보며 생각했다. 집의 다른 부분도
이렇다면 5만, 6만은 될 거야. 그리고 트레일러를 생각했다. 괜찮긴
하지만 7천 이상은 아니지.

불편함이 네온사인처럼 그의 마음속에서 번쩍였다. "이건 너
무……." 테드는 고개를 저었다.

"집 나머지도 둘러보시겠어요?" 러시가 물었다.

마사 그레이엄이 창가에서 돌아섰다. "네, 그럼요."

테드 그레이엄은 어깨를 으쓱했다. 봐도 해될 건 없지. 그는 생
각했다.

거실로 돌아왔을 때, 테드 그레이엄은 조금 전 집 가격 추정
치를 두 배로 올렸다. 머릿속은 요약하느라 바빴다. 천장에 인
공 태양광 조명등이 쫙 깔린 일광욕실, 더러워진 옷을 떨어뜨
리면 반대쪽 끝에서 세탁과 다림질이 되는 자동 세탁실…….

"부인과 조용히 의논하고 싶으시겠죠. 잠깐 자리 비워 드릴
게요." 러시가 말했다.

그리고 테드가 말리기도 전에 나가 버렸다.

마사 그레이엄이 말했다. "테드, 진짜로 평생 꿈도 못……."

"뭔가 아주 잘못됐어, 여보."

"하지만, 테드……."

"이 집은 최소한 10만 달러는 나가. 그보다 더할 수도 있고.

그런데 이걸⋯⋯." 그는 주위를 둘러보았다. "7000달러짜리 트레일러와 바꾸자고?"

"테드, 외국인이잖아. 그리고 저 사람들이 멍청해서 집 시세를 모른다면, 그렇다면 왜⋯⋯."

"마음에 안 들어." 다시 테드는 안을 둘러보고, 집에 있는 환상적인 설비를 떠올렸다. "당신 말이 맞을지도 모르겠네."

그는 도시의 불빛을 응시했다. 어딘가 레이스 천 같은 데가 있었다. 깜박이는 백열등 불빛의 선으로 이어진 높은 건물들. 하늘 높이서 찍은 불꽃놀이처럼.

"좋아! 저들이 바꾸고 싶다면 거래를 밀어붙여서⋯⋯."

돌연, 집이 떨렸다. 도시의 불빛이 꺼졌다. 웅웅거리는 소리가 울려 퍼졌다.

마사 그레이엄은 남편의 팔을 움켜쥐었다. "테드! 저게⋯⋯ 저게 뭐야?"

"몰라." 그는 몸을 돌렸다. "러시 씨!"

대답이 없었다. 웅웅거리는 소리뿐이었다.

거실 저 끝의 문이 열렸다. 이상한 남자가 들어왔다. 남자는 회색의 금속 느낌 나는 천으로 된 짧은 토가 같은 옷을 입었고, 모든 색채로 반짝이고 반들거리는 무언가로 벨트를 했다. 냉정함과 권력의 기운이 그에게서 발산되었다. 불가침의 오만함.

남자는 주위를 둘러보고, 러시 부부가 썼던 것과 같은 언어로 말했다.

테드 그레이엄이 말했다. "무슨 말인지 모르겠습니다, 선생님."

남자는 반짝거리는 벨트에 한 손을 댔다. 테드와 마사 둘 다 바닥에 뿌리박힌 듯한 느낌이 왔고, 짜릿한 감각이 모든 신경을 따라 진동했다.

다시 그 이상한 언어가 남자의 입에서 흘러나왔으나 이제 그 말이 이해되었다.

"누구십니까?

"제 이름은 테드 그레이엄입니다. 이쪽은 아내고요. 무슨……."

"어떻게 여기 왔습니까?"

"러시 부부요, 이 집을 저희 트레일러와 바꾸고 싶어 해서. 그 사람들이 데려왔습니다. 저기요, 우리……."

"당신의 재능은…… 직업은 뭡니까?"

"세무사입니다. 이봐요! 도대체 왜……."

"예상했던 대로야. 영리해! 대단히 영리해!" 남자의 손이 다시 벨트로 움직였다. "이제 아주 조용히 하십시오. 잠깐 혼란스러울 수 있습니다."

색색의 불빛이 그레이엄 부부의 머릿속을 채웠다. 그들은 비틀거렸다.

"자격이 인정되었습니다. 당신들은 종사할 것입니다."

"여기 어디예요?" 마사 그레이엄이 다그쳤다.

"좌표는 당신들에겐 이해가 되지 않을 것입니다. 나는 로작 사람입니다. 당신들은 이제 로작의 통치 아래에 있다는 것만 알아 두면 됩니다.

테드 그레이엄은 말했다. "하지만······."

"당신들은 어떻게 보면, 납치당한 겁니다. 그리고 라이미 부부는 당신네 행성······ 미등록 행성으로 도망갔지요."

"무서워요." 마사 그레이엄이 떨리는 목소리로 말했다.

"두려워할 것 없습니다. 당신들은 이제 태어난 행성에 있는 게 아닙니다. 같은 은하계조차 아니죠." 그는 테드 그레이엄의 손목을 흘끗 보았다. "손목에 있는 그 장치는 당신 지역 시간을 알려 주는 겁니까?"

"네."

"수색에 도움이 되겠군요. 그리고 당신네 태양은······ 원자 주기를 알려 줄 수 있겠습니까?"

테드 그레이엄은 학교 과학 수업의, 신문 일요 특별판의 기억을 더듬었다. "우리 은하계는 나선으로······."

"대부분의 은하계는 나선입니다."

"이거 무슨 장난인가요?" 테드 그레이엄이 물었다.

남자는 미소 지었다, 차갑고 우월한 미소를. "농담 아닙니다. 이제 내가 제안을 하나 하겠습니다."

테드는 경계하며 고개를 끄덕였다. "좋아요, 센 것부터."

"당신들을 이리로 데려온 사람들은 우리 로작이 부속 행성에서 채용한 세금 징수인입니다. 일을 버려두고 떠날 수 없도록 조정된 상태지요. 불행히도, 일을 대신할 사람을 데려오면 자기들은 정신적 속박에서 풀려난다는 걸 깨달을 만큼 영리했던 겁니다. 아주 영리했지."

"하지만……."

"그들의 일을 맡아도 좋습니다. 보통은 더 낮은 직위를 맡아야겠지만, 우리는 가능한 한 정의를 실현해야 한다고 믿습니다. 라이미 부부는 보아하니 당신 행성에 우연히 떨어졌다가 당신들을 속여 이 자리로 끌어들였……."

"내가 그 일을 할 수 있단 건 어떻게 압니까?"

"그 눈이 부신 순간이 적합성 검사였습니다. 당신은 통과했고. 그럼, 받아들이겠습니까?"

"우리 아기는요?" 마사 그레이엄이 걱정스레 물었다.

"아이가 결정할 나이가 될 때까지 데리고 있게 허가됩니다. 아이가 성인에 이를 때까지가 되겠지요."

"그다음엔요?" 마사 그레이엄이 캐물었다.

"아이는 사회에서 지위를 획득하게 됩니다. 본인 능력에 따라서."

"그 이후에 아이를 만날 수 있을까요?"

"아마도."

테드 그레이엄이 물었다. "이 제안엔 뭐가 숨겨져 있는 겁니까?"

다시 그 차갑고 우월한 미소. "라이미 부부에게 한 것과 유사한 조정을 받게 될 겁니다. 그리고 당신들 기억을 조사하고 싶군요, 당신 행성을 찾는 데 도움이 될 테니. 새로운 거주 가능한 장소를 발견한다면 좋겠죠."

"그 사람들은 왜 우리를 이렇게 함정에 빠뜨린 거죠?" 마사 그레이엄이 물었다.

"외로운 일이라. 이 집은 사실 수금 경로를 따라 여행하는 일종의 우주 수송선입니다. 여행할 일이 많은 직업이죠. 그러면 친구도 없고, 일 말고는 다른 걸 할 시간도 없고. 우리 방법은 때로 엄격해야 할 필요가 있습니다." 남자가 설명했다.

"여행?" 마사 그레이엄이 낙담해서 말했다.

"거의 항상."

테드 그레이엄은 머릿속이 팽팽 도는 것을 느꼈다. 그리고 뒤에선, 아내가 우는 소리가 들렸다.

* * *

라이미 부부는 그레이엄 부부의 것이었던 트레일러에 앉아 있었다.

"잠깐, 남자가 미끼를 물지 않을까 봐 겁났어. 먼저 상대의 동의를 받지 않고선, 거기 두고 떠날 만큼 당신이 정신적 충동을 극복하지 못할 줄 알았거든." 그녀가 말했다.

남자가 낄낄거렸다. "그래. 그리고 이제 로작이 절대 허락하지 않았던 걸 전부 누릴 거야. 시를 써야지."

"난 그림을 그릴래. 아, 이 달콤한 자유!" 여자가 말했다.

"탐욕 덕분에 얻어 낸 거야. 그레이엄 부부를 오랫동안 연구한 보람이 있어. 그들은 거래를 거절할 수 없었어."

"그 사람들이 응할 줄 알았지. 집을 봤을 때 그 눈빛이라니! 둘 다……." 그녀는 입을 다물었고, 경악한 눈빛이 되었다. "한 명이 동의하지 않았어!"

"둘 다 했어. 당신도 들었잖아."

"아기는?"

그는 아내를 응시했다. "하지만…… 하지만 결정할 나이가 안 되었잖아!"

"아마 이 행성 시간으로 18년이면, 결정할 나이일 거야. 그땐 어떻게 될까?"

그의 어깨가 축 처졌다. 그는 몸서리를 쳤다. "난 맞서지 못할 거야. 송신기를 만들어서 로작에 연락해 고백해야겠지!"

"그럼 그들은 거주 가능한 장소를 또 하나 얻게 될 거고." 그녀의 목소리는 덤덤하고 높낮이가 없었다.

"내가 망쳤어. 내가 망쳤어!"

1959

건초 더미 작전

**Operation
Haystack**

1959년 5월, 《어스타운딩 스토리스》 수록.

마락에 착륙한 I-A(Investigation & Adjustment. 조사와 조정 ― 옮긴이) 순찰정에는 의사가 살려 낼 희망이 없는 남자가 타고 있었다. 남자가 들어가 있는 생명유지장치가 생체 기능 대부분을 대신했기에 살아 있을 뿐이었다.

남자의 이름은 루이스 오른이었다. 그는 억세고 묵직한 근육질에 빨간 머리, 약간 중심에서 비뚤어진 이목구비와 중력이 큰 행성 원주민의 특징인 단단한 육체의 소유자였다. 죽음을 눈앞에 둔 평온한 안식 상태에서조차 그의 외모엔 뭔가 광대 같은 면이 있었다. 불에 타고, 연고로 범벅이 된 얼굴은 괴상한 쇼에 출연하려 화장한 것처럼 보였다.

마락은 연맹 수도이고 이곳의 I-A 의료 센터는 아마 은하계 최고이겠지만, 생명유지장치와 오른을 그저 신기한 사례 정도로 받아들였다. 남자는 한쪽 눈과 왼손 손가락 세 개, 머리카락 일부를 잃었고, 부서진 턱과 다양한 내상으로 고통받고 있었다. 90시간 이상 말기 쇼크 상태였다.

오른의 부서장인 움보 스텟슨은 병원 날틀이 생명유지장치와 환자를 데려간 후 순찰정의 '사무실'로 돌아갔다. 평소 구부정한 자세에 더해 스텟슨의 어깨가 더 처져 있었다. 큼직큼직한 이목구비에는 슬픔이 배어 있었다. 전반적으로 너저분한 분위기에 여기저기 기운 파란 위장복 차림이라 더했다.

의사의 말이 여전히 스텟슨의 귀에 맴돌았다. "손상 장기 교체 수술을 허가하기엔 환자의 생명 징후가 너무 낮습니다. 유지장치 때문에 한동안은 살겠지만……." 그리고 의사는 어깨를 으쓱했다.

스텟슨은 책상 의자에 주저앉아, 옆의 빈 정박소를 내다보았다. 400미터쯤 아래, I-A의 메인 필드에서 벌어지는 딱정벌레처럼 정신없는 움직임이 조화롭지 않은 우르릉거림과 덜컹거리는 소리를 냈다. 순찰정 두 줄이 스텟슨의 정박소와 나란히 주차되어 있었다. 반들거리는 빨간색과 검은색의 바늘. 응시하고 있긴 했지만 정말 보고 있는 것은 아니었다.

항상 '루틴' 임무에서 일이 벌어진단 말이야. 헬렙에 대한 약간의 의혹일 뿐이었지. 여자들만 고위층을 차지하고 있다는 사실. 그 단순하고 설명되지 않은 사실 하나…… 그리고 최고의 요원을 잃게 생겼어! 스텟슨은 한숨을 쉬고, 책상으로 돌아앉아 보고서를 작성하기 시작했다.

헬렙 행성의 무장단체 중심 제거 완료. 점령군은 현장에 위치함. 이곳을 기원으로 한 은하계 평화의 추가 위험은 없음.

작전 이유: R&R(Rediscovery & Reeducation. 재발견 및 재교육 — 옮긴이)가 행성에서 2년을 보내고도 무장단체의 자취 탐지에 실패함.

주요 징후: 1) 지배 계급은 여성에 한정

2) 루틱 표준을 훨씬 넘어서는 남녀 성비! 선임 현장 요원 루이스 오른은 지배 계급이 수정 단계에서 자손의 성별을 조절하고 있으며(첨부 참조), 그 규칙을 유지하기 위해 남성 노예 군대를 육성하고 있음을 발견. R&R 요원은 정보를 탈취당하고 살해당했음. 그 정보를 기반으로 제작된 무기가 선임 현장 요원 오른에게 치명상을 입힘. 요원은 생존 가망 없음. 그러므로 요원에게 은하계 훈장 수여와, 전사자 명부 등재를 촉구하는 바임.

스텟슨은 페이지를 밀쳐 두었다. 어차피 첫 장 외에는 읽지 않는 은하계 작전 사령관한테는 그걸로 충분했다. 세부 사항은 그의 보좌관들이 개봉하고 처리할 몫이었다. 기다려도 될 일이었다. 스텟슨은 책상 호출함을 눌러 오른의 복무 기록을 찾아, 가장 싫어하는 일에 착수했다. 그는 입술을 오므리고 읽었다.

출신 행성: 차곤. 사고 또는 사망 시 연락처: 빅토리아 오른, 어머니.

괴로운 메시지를 보내기가 내키지 않아 그는 페이지를 뒤적거렸다. 오른은 17살에 마락 해군에 입대했다. 가출 청소년이었고, 어머니가 차후 입대 동의를 해 주었다. 2년 후, 이곳 마락에 있는 R&R 학교인 갈락타 대학에 장학금을 받고 진학했다. 5년 간의 학업과 R&R 현장 임무 1회를 마치고, 햄멜 군부에 대한 훌륭한 조사를 위해 I-A에 발탁되었다. 그리고 2년 후…… 쾅!

불현듯 스텟슨은 복무 기록을 맞은편의 회색 금속 벽에다 내던졌다. 그러고는 일어나, 기록을 다시 책상으로 가져와 페이지를 바로 폈다. 눈에는 눈물이 고여 있었다. 그는 책상 스위치를 켜고, 중앙 행정처에 통보할 내용을 불러 주고 당장 전달하라고 명령했다. 그런 다음 지상으로 가서 오른이 가장 좋아하던 술인 호차 브랜디를 만취하도록 마셨다.

* * *

다음 날 아침 차곤에서 답변이 와 있었다.

루이스 오른의 어머니는 지병으로 여행이 곤란합니다. 여자 형제들에게 통보했습니다. 마락의 고등 판무관 부인 입스콧 불론 부인에게 가족을 대신해 달라고 부탁해 주십시오.

서명은 '누나 마드레나 오른 스탠디시'라고 되어 있었다.

일말의 의구심을 갖고, 스텟슨은 마락 의회 여당 당대표인 입스콧 불론의 자택에 전화했다. 불론 부인은 영상은 꺼둔 채

전화를 받았다. 배경에서 물 흐르는 소리가 들렸다. 스텟슨은 책상 화상 속 일렁이는 회색을 응시했다. 아무것도 없는 화면이 늘 싫었다. 바리톤의 허스키한 목소리가 끼어들었다. "폴리 불론입니다."

스텟슨은 자신을 소개하고, 차곤으로부터 온 메시지를 전달했다.

"빅토리아의 아들이 죽는다고요? 여기서? 불쌍해서 어째! 그리고 마드레나는 차곤에…… 선거가 있으니. 아, 그럼요, 물론이죠. 당장 병원에 가 볼게요!"

스텟슨은 인사를 하고, 통화를 끊었다.

고등 판무관 부인! 그는 생각했다. 그리고 해야만 하기에, 슬픔을 억누르고 일을 했다.

의료 센터에선, 오른이 든 타원형 고치가 개인실의 천장 고리에 걸려 있었다. 덥고 물기 어린 녹색의 실내에선 웅웅거리는 소리, 리드미컬한 통통 소리, 한숨. 때로 문이 거의 소리 없이 열리고, 흰옷 차림의 형체가 들어와 고치 계기판의 그래프 테이프를 확인했다.

오른의 명은 끝나지 않았다. 그는 인턴들의 커피 타임 주요 화젯거리가 되었다. "헬렙에서 다친 그 요원 있잖아, 아직 있더라. 와, 그 사람들은 우리랑 아예 재질이 다른가 봐! 그래! 장기의 8분의 1만 남은 걸 생각해 봐…… 간, 신장, 위장 다 사라졌는데…… 내기해도 좋지만 이번 달을 넘기지 못할걸…… 고참 맥타비시가 어디에 걸었는지 봐!"

고치에서 보낸 88일째 아침, 주간 간호사가 오른의 병실에 들어와 검사용 후드를 들추고 그를 내려다보았다. 주간 간호사는 키가 크고 얼굴이 날렵한 프로페셔널로 기적이든 실패든 똑같이 무표정하게 맞이하는 방법을 익힌 사람이었다. 하지만 죽어 가는 I-A 요원을 상대하는 이러한 일과는 그녀를 심리적으로 준비되지 않은 상태로 몰아넣었다. 언제라도 놀랄 일이 아니지, 불쌍해라. 간호사는 생각했다. 그랬기에 그가 남은 한쪽 눈을 뜨고 말하자 간호사는 소스라쳤다.

"그들이 헬렙의 그 여자들을 해치웠습니까?"

"네, 그럼요! 정말 그랬죠!" 간호사는 얼떨결에 대답했다.

"잘됐군요!"

오른은 한쪽 눈을 감았다. 그의 숨결이 깊어졌다.

간호사는 다급히 벨을 울려 의사를 호출했다.

오른으로서는 뿌연 안개 속 헤아릴 수 없는 시간이 흐른 뒤였고, 고통의 와중에 점차 자신이 고치 속에 있음을 깨달아 갔다. 그렇겠지. 헬렙에서의 갑작스러운 정체 발각과 폭발이 기억났고, 그 뒤로는 아무 기억도 없었다. 고치 덕분이 컸다. 모든 위험으로부터 보호받는 안전한 기분이었다.

오른은 미미하지만 꾸준히 회복되는 기미를 보이기 시작했다. 한 달이 더 지나고, 장기 이식 수술을 감행하자 새로 기력이 솟았다. 두 달 후, 없어진 눈과 손가락을 이식하고, 두피를 복원하고, 화상 흉터에 미용 수술을 했다.

'죽은 거나 마찬가지'인 상태로 들어온 지 14개월 11일 다섯 시간 2분 만에, 오른은 제 발로 병원을 걸어 나왔고, 묘하게 조용한 움보 스텟슨이 동행했다.

짙은 푸른색의 I-A 현장 케이프 아래, 오른의 한때 근육질이던 체구에 커버올 유니폼이 패전 깃발마냥 헐렁하게 걸려 있었다. 하지만 눈에는 장난스러운 빛이 돌아와 있었다…… 오래전 죽은 이름 모를 기증자에게서 받은 한쪽 눈에도. 체중 감소를 제외하면, 예전과 같은 루이스 오른처럼 보였다. '교체 부위'를 제외하고 다른 점이 있다면, 오직 그만이 의심할 수 있는 뭔가, '다시 태어났다'는 발상을 농담으로 치부할 수 없게 만드는 그 뭔가일 것이다.

* * *

병원을 나서니 구름이 마락의 녹색 태양을 가리고 있었다. 오전 중반이었다. 아직 찬 봄바람이 잔디를 구부리고, 병원 착륙장 주위 경계선에 심은 이국의 꽃을 장난스레 뒤흔들었다.

오른은 착륙장 위 계단에 멈춰 서서, 싸늘한 공기를 크게 들이마셨다. "아름다운 날이군요." 그가 말했다.

스텟슨은 계단을 내려가는 오른을 도우려 한 손을 내밀었다가, 멈칫하고 주머니에 넣었다. 부서장이자 상급자인 스텟슨의 지친 표정 뒤에는 초조함의 기미가 있었다. 큼직한 이목구비가 찌푸린 표정으로 굳어져 있었다. 처진 눈꺼풀도 날카롭게 평가하는 시선을 감추진 못했다.

오른은 남서쪽 하늘을 올려다보았다. "날틀이 곧 오겠군요."
돌풍에 그의 케이프가 휘날렸다. 오른은 비틀거리다 균형을 잡
았다. "기분 좋네요."

"장례식 치르다가 만 몰골이야." 스텟슨이 으르렁거렸다.

"그렇죠. 제 장례식." 오른은 씩 웃었다. "아무튼 그 산 송장
장례식장엔 질렸어요. 간호사들도 다 기혼이고."

"자네라면 거의 내 목숨을 걸고 믿을 수 있어." 스텟슨이 중
얼거렸다.

오른은 그를 쳐다보았다. "아뇨, 아뇨…… 제 목숨을 걸어야
죠. 익숙한 일이에요."

스텟슨은 고개를 내저었다. "아니야, 젠장! 자네를 믿지만, 편
하게 회복할 시간이 필요하다고. 우리가 이런 짐을 지울 권리
가……."

"스텟?" 오른의 목소리는 낮고, 재밌다는 느낌이었다.

"응?" 스텟슨은 고개를 들었다.

"인격자인 척하는 건 모르는 사람 앞에서나 그러라고요. 나
한테 맡길 일이 있나 본데, 됐어요. 양심에 거리낀다는 표시는
충분히 했으니까."

스텟슨은 민망하다는 듯 웃었다. "그래. 상황이 절박하고 시
간이 별로 없어. 간단히 말하자면, 자네가 불론 집안에 손님으
로 가게 된 김에 말인데, 우리는 입스콧 불론이 정부 전복 음모
의 수장이라고 의심하고 있어."

"무슨 소립니까, 정부 전복이라뇨? 은하계 고등 판무관이면 곧

정부 아닙니까, 헌법과 자신을 선출한 국회의원을 따르고요."
오른이 다그쳤다.

"현재 또 다른 림 전쟁이 터질 수 있는 상황이고, 그가 그 중심에 있다고 생각하고 있어. 우리는 81개의 까다로운 행성으로 이루어져 있고, 모두 연방에 속한 지 오래된 고참이지. 그리고 그 모든 행성마다 연방을 전복하기로 맹세한 반역자 무리가 있다고 믿을 만한 이유가 있어. 심지어 자네 고향 행성 차곤에도." 스텟슨이 말했다.

"고향 집에 가서 요양할까요? 열일곱 살 이후로 한 번도 안 갔는데. 아무래도 별 도움이……." 오른이 물었다.

"아니야, 젠장! 불론 집에 손님으로 가라고! 그리고 말이 나왔으니 말인데, 어쩌다 그 사람들이 자네를 돌보게 된 거지?"

"그게 희한한 일인데요. I-A 내에서 입스콧 불론에 대해 떠드는 소리야 많지만…… 알고 보니 그 부인이 저희 어머니랑 학교를 같이 다니셨더라고요."

"그 사람 본인을 만난 적 있나?"

"부인과 함께 병원에 몇 번 문병하러 오셨죠."

다시금, 스텟슨은 남서쪽을 쳐다보다가 오른에게로 눈길을 돌렸다. 생각에 잠긴 시선이 그의 얼굴을 훑었다. "학교 다니는 아이들도 네이시아와 마락 연방이 림 전쟁에서 어떻게 싸웠는지, 옛 문명이 어떻게 무너졌는지 다 알아. 그 모든 것이 먼 얘기 같지만."

"500표준년 전이죠." 오른이 말했다.

"그리고 어쩌면 어제보다 더 오래되지 않았을지도." 스텟슨은 이렇게 중얼거리고는 목청을 가다듬었다.

* * *

그리고 오른은 왜 스텟슨이 그리도 조심스럽게 움직이는지 궁금했다. 뭔가 마음에 걸리는 깊은 사정이 있어. 갑자기 번뜩 떠오르는 생각이 있었다. 오른은 물었다. "신뢰 얘기를 하셨죠. 이 음모에 I-A가 관련되어 있습니까?"

"우리 생각엔 그래. 1년 전쯤, R&R 고고학 팀이 다비흐에서 무슨 폐허를 살펴보고 있었어. 림 전쟁 중에 녹아내려 유리가 되다시피 했지만, 네이시아 전초 기지의 기록 한 무더기가 통째로 살아남았지." 스텟슨은 곁눈질로 오른을 살폈다. "R&R 팀원들은 그 기록을 이해할 수 없었어. 놀랄 일도 아니지. 그래서 I-A의 암호 분석가가 불려왔다네. 복잡한 치환 암호를 풀어냈지. 그 물건이 이해가 되기 시작하자 분석가는 비상벨을 울렸어."

"네이시아인이 500년 전에 쓴 것 때문에요?"

스텟슨의 처진 눈꺼풀이 올라갔다. 시선엔 차가운 기운이 있었다. "이건 주요 네이시아인 가문들을 위한 중계 기지였어. 훈련받은 난민. 오래된 수법이지…… 그 옛날부터 사용된……."

"하지만 500년 전이라고요, 스텟!"

"5000년 전이라도 상관없어!" 스텟슨이 버럭 소리 질렀다. "그 이후로 같은 암호로 쓰인 쪼가리를 몇 개 가로챘어. 그 뻔뻔한 자신감이라니! 거슬리지 않나?" 말을 이으며 고개를 내저었다. "그리고 우리가 가로챈 쪼가리는 전부 다가오는 선거 관련이었어."

"하지만 선거는 겨우 며칠 후인데요!" 오른이 항의했다.

스텟슨은 손목시계를 흘끗 보았다. "정확히 42시간이네. 시한이 얼마 남지 않았어!"

"그 옛날 기록에 뭔가 이름이 있었나요?" 오른이 물었다.

스텟슨이 고개를 끄덕였다. "행성들 이름이 있었지. 사람은 아니야. 암호명은 몇 있지만 가명은 아니고. 차곤의 암호명은 승리자였네. 뭔가 짐작 가는 게 있나?"

오른은 고개를 내저었다. "아뇨. 여기 암호명은요?"

"머리. 하지만 그게 무슨 소용이야? 분명 지금쯤이면 다 바꿨을 텐데."

"통신 암호는 바꾸지 않았죠." 오른이 말했다.

"그래…… 바꾸지 않았어."

"우리한테 뭔가 있을 겁니다, 무슨 단서가." 오른은 스텟슨이 뭔가 결정적인 걸 감추고 있다고 느꼈다.

"그럼. 역사책이 있지. 네이시아인은 정치 공학의 최상층이라고 나와 있어. 네이시아인이 난민 정착지를 아주 교묘하게 선택했다는 건 반론의 여지 없는 사실이야. 각 가문은 스며들어 이주지의 문화를 받아들여 성장하고, 약점을 발전시키고, 지하 조직을 세워 후손들이 이어받도록 훈련시켰어. 안에서부터 파먹어 들어가, 패배에서 승리를 이끌어 냈지. 네이시아인들은 참고 기다릴 줄 아는 사람들이었으니까. 원래 네이시아 II의 유목민 혈통이야. 그쪽 신화에서는 아르브 또는 아이르브라고 해. 가서 7학년 역사를 복습해 봐. 남들만큼 알게 될걸!"

"그야말로 전통적인 건초 더미에서 바늘 찾기군요. 어쩌다 불론 고등 판무관을 의심하게 된 겁니까?"

스텟슨은 혀로 입술을 축였다. "불론의 일곱 딸 중 한 명이 지금 집에 있어. 이름은 다이애나야. I-A 여성팀의 현장 리더지. 우리가 가로챈 네이시아 암호 메시지 중 하나가 그녀 이름을 수신인으로 썼어."

"메시지를 보낸 사람은? 어떤 내용이었습니까?" 오른이 물었다.

스텟슨은 기침을 했다. "알겠지만 우리는 전부 교차 검증을 해. 이 메시지는 M.O.S.라고 서명되어 있었지. 대조 결과 유일한 M.O.S.는 일상적인 가족 연락 답변에서 나왔고, 원본을 추적해서 필적을 확인했어. 이름이 마드레나 오른 스탠디시더군."

"매디?" 오른은 얼어붙었다가, 천천히 돌아서서 스텟슨을 마주했다. "그것 때문에 심란해한 거군요!"

"자네가 열일곱 살 이후로 집에 간 적 없는 건 알아. 자네 기록은 깨끗해. 문제는……." 스텟슨이 말했다.

"실례할게요. 문제는 이거죠. 그럴 상황이 된다면 내가 누나를 넘길지?"

스텟슨은 침묵을 지킨 채 오른을 응시하고 있었다.

"좋습니다. 내 일은 또 다른 림 전쟁이 닥치지 않게 하는 일이니까요. 이것 하나만 답해 주시죠. 어떻게 매디가 여기 말려든 겁니까? 제 가족은 반역자 일족이 아닌데요."

"이 모든 건 정치와 뒤엉켜 있어. 남편 때문일 거라 생각하고 있네." 스텟슨이 말했다.

"아하, 차곤의 의원. 전 만난 적 없지만." 오른은 날틀이 날아오고 있는 남서쪽을 쳐다보았다. "제 위장 연락처는요?"

"지에나 사건 때 자네 목에 심어 놨던 미니 송수신기. 아직 거기 있고 작동해. 자네 주위에서 무슨 일이 벌어지든, 우리가 듣고 있을 거야."

오른은 목의 속말 돌출부를 만져 보고, 입을 벌리지 않은 채 발성 근육을 움직여 보았다. 파도가 쉬익거리는 목소리가 스텟슨의 목에 있는 한 쌍인 송수신기에 울려 퍼졌다.

"제가 그 다이애나 불론 앞에서 연극을 하는 동안 집중해서 보시겠죠? 그럼 전문가가 어떻게 일하는지 아시게 될 겁니다."

"연기에 신경 쓰느라 거기 간 목적을 잊어버리지나 마." 스텟슨이 으르렁거렸다.

* * *

폴리 오른은 작고 통통한 생쥐 같은 여성이었다. 집의 손님방 거의 한가운데에, 길고 칙칙한 은색 드레스 차림으로 볼록한 배 앞에 손을 깍지 끼고 서 있었다. 차분한 회색 눈에 할머니 같은 백발을 똑바로 빗어 넘겨 보석 머리망으로 정리했다. 그리고 작은 입에서는 놀랄 만큼 허스키한 바리톤의 목소리가 나왔다. 여러 개의 턱에서 넉넉한 가슴으로 비스듬히 이어지던

몸매 윤곽은 그 아래로는 세로로 뚝 떨어졌다. 그녀의 정수리는 딱 오른의 정복 견장 위에 있었다.

"그저 네 집처럼 여겼으면 좋겠구나, 루이스. 우리 가족이나 다름없이 대할 거야." 허스키한 목소리로 부인이 말했다.

오른은 불론가(家)의 손님방을 둘러보았다. 차분한 가구에 실내 장식을 바꿔 주는 용도의 구식 셀렉타컬. 편광 창문은 타원형 수영장을 내려다보는 위치였고, 유리는 차분한 짙은 파란색으로 물들어 있었다. 덕분에 밖이 달밤처럼 보였다. 한쪽 벽에 컨투어 침대가 있었고, 붙박이 가구 여러 개, 그리고 비스듬히 열린 문 저쪽엔 욕실 타일이 보였다. 모든 것이 전통적이며 편안했다.

"벌써 집에 온 기분인데요. 차곤에 있는 저희 집과 아주 비슷합니다. 공중에서 처음 봤을 때 놀랐어요. 배경을 제외하면 거의 똑같아요." 오른은 말했다.

"너희 어머니와 내가 학교 다닐 때 아이디어를 공유한 게 아닐까. 아주 친한 친구였지." 폴리가 말했다.

"절 위해 이렇게 다 하셨을 텐데. 어떻게 갚을 수나 있을지……." 오른이 말했다.

"아! 여기 있었군!" 깊고 남자다운 목소리가 오른의 뒤쪽 열린 문에서 울려 퍼졌다. 돌아서자 마락 연방의 고등 판무관 입스콧 불론이 있었다. 불론은 키가 크고, 억세게 각지고 깊게 주름이 파인 얼굴에, 굵직한 눈썹 아래 짙은 색 눈, 썰물처럼 구불거리는 검은 머리를 하고 있었다. 어딘가 꼴사납게 어색한 구석이 있었다.

독재자 타입으로 보이진 않는데, 하지만 분명 스텟은 그렇게 의심하는 거겠지. 오른은 생각했다.

"무사히 와서 다행이야." 불론이 우렁차게 말했다. 뒤이어 방 안으로 들어와 둘러보았다. "다 취향에 맞았으면 좋겠네만."

"루이스가 우리 집이 차곤에 있는 어머니 집과 아주 비슷하단 얘기를 하던 참이었어." 폴리가 말했다.

"구식이지만 우린 이게 좋아. 중심에 축이 있는 커다란 정사 각형이야. 어떤 방이든 태양, 그늘, 아니면 바람 방향에 맞춰 돌릴 수 있지만, 보통은 주(主) 거실이 북동쪽을 향하게 두지. 수도 전망 때문에." 불론이 말했다.

"우리도 차곤에서 같은 식으로 바닷바람에 맞추죠." 오른이 말했다.

"루이스가 이제 한동안 혼자 있고 싶을 거야. 퇴원하고 첫날인걸. 피로하지 않게." 폴리가 말했다. 그녀는 편광 창문으로 가서 색을 중성적인 회색으로 조정하고, 셀렉타컬을 켜서 방의 주요 색을 녹색으로 바꾸었다. "자, 이제 더 편안하지. 혹시 뭐 필요한 게 있거든 침대 옆 벨을 울리면 돼. 자동 집사가 우리가 어디 있는지 알 거야."

불론 부부는 가고, 오른은 창가로 가서 수영장을 내다보았다. 젊은 여자는 돌아오지 않았다. 운전사가 모는 리무진 날틀이 집의 착륙장에 내려앉았을 때, 오른은 수영장 옆 파란 타일 위에서 파라솔과 선해트가 마주 까딱거리는 것을 보았다. 파라

솔은 폴리 불론을 가리고 있었다. 선해트는 수영용 타이츠 차림의 몸매 좋은 여성이 쓰고 있었고, 그녀는 다급히 집 안으로 뛰어 들어갔다.

폴리보다 키가 크진 않으나 날씬했고, 선해트 아래 금빛 빨간 머리를 수영하기 편하게 틀어 올렸다. 아름답지는 않았다. 얼굴은 너무 폭이 좁고 불론의 우락부락함을 연상케 하는 느낌이 있으며 눈은 과하게 컸다. 하지만 입술은 도톰하고 턱 선은 또렷했으며, 독특한 확신에 찬 분위기가 있었다. 전체적인 효과는 인상적인 우아함으로, 지극히 여성적이었다.

오른은 수영장 너머를 바라보았다. 숲이 우거진 언덕, 그리고 지평선에 희미하게 군데군데 끊긴 산자락. 불론 가족은 비싸고 외진 곳에 살고 있었다. 주위로는 몇 킬로미터에 걸쳐 야생이 펼쳐져 있었고 계획적으로 관리되지 않아 거칠었다.

보고할 시간이네. 오른은 생각했다. 송수신기 위의 목 돌기를 누르고, 스텟슨과 연결되자 지금까지 있었던 일을 이야기했다.

"좋아. 가서 그 딸을 찾아. 수영장 옆에서 봤다는 그 여자 설명하고 일치해." 스텟슨이 말했다.

"그러길 바랍니다." 오른이 말했다.

그는 연한 파란색 작업복으로 갈아입고, 방을 나서 복도로 들어섰다. 손목시계를 보니 정오 바로 전이었다. 점심 먹으라고 부르기 전에 잠시 정찰할 시간이었다. 잠깐 집을 둘러봤던 경험을 통해 어린 시절 자기 집과 유사하게 복도가 주 거실로 이어진다는 것을 알고 있었다. 화장실과 남자 숙소는 건물 외곽에 있었다. 별도의 가족 아파트와 여자 숙소가 안쪽 구역을 차지하고 있었다.

* * *

오른은 거실로 갔다. 두 개의 사각형 구역 주위로 지어진 길쭉한 형태였고, 전망창 아래 낮고 긴 쿠션 의자가 놓여 있었다. 바닥에는 두꺼운 러그가 빨간색과 갈색이 어지러이 대조되어 놓여 있었다. 방 저쪽 끝에는 그의 것과 같은 파란 작업복 차림의 사람이 일종의 받침대 위로 몸을 숙이고 있었다. 형체가 몸을 펴는 것과 동시에 딸랑거리는 음악이 울려 퍼졌다. 오른은 수영장 옆에서 본 젊은 여자의 붉은 금발을 알아보았다. 여자는 조각한 나무로 된 받침대에 옆으로 뉜 현악기를 두 개의 망치를 휘둘러 연주하고 있었다.

그는 여자 뒤에 가 섰고, 발소리는 카펫에 묻혔다. 음악은 모닥불 주위에서 격렬히 춤추는 사람들을 떠올리게 하는 묘한 리듬이 있었다. 여자가 마지막 음을 울리고, 현의 소리를 죽였다.

"고향이 그리워지네요." 오른이 말했다.

"이런!" 여자는 소스라치며 홱 돌아보고, 미소를 지었다. "놀랐어요. 누가 있는 줄 몰랐는데."

"미안합니다. 음악을 즐기고 있었어요."

"다이애나 불론이에요. 오른 씨시죠."

"불론 가족분들은 루라고 불러 주시면 좋겠네요." 그가 말했다.

"물론이죠…… 루." 그녀는 악기 쪽을 손짓했다. "아주 오래된 거예요. 대부분 이 음악을 좀…… 이상하다고 여기죠. 어머니 집안에서 대를 이어 내려온 거예요."

"카이스라 말이군요. 누나들도 연주했죠. 아주 오랜만에 듣네요." 오른이 말했다.

"아, 그렇네요. 어머님의……" 다이애나는 말을 하다 말고 당혹스러운 얼굴을 했다. "집에 낯선 사람이 있지만 완전 낯선 사람이 아니라는 사실에 적응해야겠군요."

오른은 씩 웃었다. 파란색의 I-A 작업복과 꽤 바싹 잡아당겨 묶은 머리에도 불구하고, 잘생긴 외모의 여성이었다. 오른은 그녀에게 호감이 가는 것을 느끼고, 그로 인해 자기혐오에 가까운 감정을 품었다. 그녀는 용의자였다. 좋아해선 안 될 상대였다. 하지만 불론 가족은 이렇게 그를 받아 줄 만큼 인품 좋은 사람들이었다. 그리고 지금 그들의 호의를 어떻게 갚고 있는가? 염탐하고 탐색하고. 하지만, 그의 충성 우선순위는 I-A에, 그리고 조직이 상징하는 평화에 있었다.

그는 약간은 어설프게 말했다. "내가 낯선 사람이라는 기분을 어서 극복했으면 좋겠군요."

"이미 극복했는걸요." 다이애나는 그와 팔짱을 끼고 이어 말했다. "기분 내키면, 특별 가이드 투어를 해 드리죠."

밤이 다가올 즈음, 오른은 혼란스러운 상태였다. 다이애나는 매혹적이지만, 또한 만나 봤던 중에 가장 곁에 있기 편안한 여자였다. 다이애나는 수영, 팔로이카 사냥, 디타 사과를 좋아했다.

구세대를 '개똥'같이 여겼으나 이전까지는 아무에게도 티 낸 적 없다고 했다. 둘은 말도 안 되는 소리에 바보처럼 웃어 댔다.

오른은 저녁식사 옷으로 갈아입으러 방으로 돌아갔다가, 편광 창문 앞에 멈춰 섰다. 위도가 낮아 빨리 찾아온 어둠이 풍경에 흑단 담요를 드리웠다. 왼쪽으로 도시의 불빛이 보였고, 마락의 세 개의 달이 떠오를 산꼭대기에는 주황색 후광이 걸려 있었다. 이 여자와 사랑에 빠진 걸까? 그는 스스로에게 질문했다. 스텟슨에게 연락하고 싶었다. 보고하려는 게 아니라 그냥 상황을 얘기하러. 그러고 보니 스텟슨이나 측근이 오늘 오후 있었던 대화를 전부 들었겠다는 실감이 났다.

* * *

자동 집사가 저녁식사 알림을 전했다. 오른은 바삐 깨끗한 실내 유니폼으로 갈아입고, 집 저쪽 편 작은 객실로 향했다. 불론 가족은 이미 진짜 촛불과 금빛 도기 식기를 갖춘 구식 버블슬롯 테이블 세트에 앉아 있었다. 창밖에는 마락의 달 가운데 두 개가 산 정상을 빠르게 넘어가고 있었다.

"집을 돌리셨군요." 오른이 말했다.

"우리가 달 뜨는 걸 좋아해서. 더 낭만적이지 않아?" 폴리가 말하며 다이애나를 돌아보았다.

다이애나는 자기 접시를 내려다보았다. 빨간 머리가 돋보이는 파이어메시 재질의 깊게 팬 드레스 차림이었다. 레이니흐 진주

한 가닥이 그녀의 목에서 빛났다.

오른은 다이애나의 맞은편 빈자리에 앉았다. 정말 멋진 여자 야! 그는 생각했다.

오른의 오른쪽에 앉은 폴리는 둥그런 굴곡을 가려 주는 녹색 스톨라 드레스를 입어 더 젊고 부드러워 보였다. 폴리의 맞은편 불론 고등 판무관은 검은 실내복 반바지와 무릎까지 내려오는 금색 진주 천의 쿠비 재킷 차림이었다. 사람과 배경의 모든 것이 부와 권력을 드러내고 있었다. 오른은 스텟슨의 의혹이 사실에 근거했을 수도 있겠다는 것을 납득했다. 불론은 이 호사를 유지하기 위해 어디까지 할지 모른다.

오른이 들어서는 바람에 폴리와 남편의 언쟁이 끊겼다. 부부는 그를 반겨 맞고는, 거리낌 없이 이어 갔다. 민망하다기보다는 오히려 더 자신의 집처럼, 더 이들에게 받아들여진 기분이었다.

불론이 참을성 있게 말했다. "하지만 이번엔 출마하지 않을 거라니까. 왜 굳이 어수선하게 저녁에 그렇게 사람을 많이 불러야 하는지……."

"우리 선거 날 밤 파티는 전통이니까." 폴리가 말했다.

"나는 내일 그냥 집에서 조용히 쉬고 싶어. 그럴 거 없이 그냥 여기 가족끼리 차분하게……." 그가 말했다.

"그렇게 큰 파티도 아냐. 명단을 50명으로 제한했는데." 폴리가 말했다.

다이애나가 몸을 바로 펴고 끼어들었다. "중요한 선거잖아요, 아빠! 어떻게 쉴 수가 있어요? 73석이 경합이에요…… 전체 균형이…… 알키스 구역에서만 일이 잘못되어도…… 그럼……
아빠는 바닥으로 추락하는 거예요. 아빠 자리를 잃고…… 그
럼…… 다른 사람이 자리를 차지하면…….”

“이쪽 일에 발 들인 걸 환영한다. 골칫거리지.” 불론은 오른을
향해 씩 웃어 보였다. “괜한 일에 말려들게 해서 미안하네, 우리
집안 여자들이 날 들들 볶아서. 듣기로는 꽤 바쁜 하루를 보냈
나 본데.” 다이애나를 향해 아버지다운 미소를 지으며 말을 맺
었다. “퇴원하고 첫날에.”

“꽤 빠듯한 속도였지만 즐거웠습니다.” 오른이 말했다.

“내일은 작은 날틀로 미개발 지역을 둘러보려고요. 루는 편
히 쉬어도 돼요. 운전은 제가 할 거니까.” 다이애나가 말했다.

“파티 전에 시간 충분히 남기고 돌아오렴. 혹시라도…….” 폴
리는 뒤쪽 벽감에서 들리는 낮은 벨 소리에 입을 다물었다. “내
전화일 거야. 잠깐 실례…… 아니, 일어날 거 없어.”

* * *

오른은 접시 옆의 반구형 슬롯에서 나온 저녁식사 위로 몸
을 기울였다. 이국적인 소스를 곁들인 고기, 시리크 샴페인, 팔로
이카 오 세밀…… 또 다른 사치.

그때, 폴리가 돌아와 자리에 앉았다.

“뭐 중요한 일이야?” 불론이 물었다.

“그냥 내일 밤 취소 건. 윙가드 교수가 아프다네.”

"차라리 다 취소되고 우리 넷만 남으면 좋겠는데." 불론이 말했다.

빈말이 아니라면, 더 큰 권력을 쥐고 싶은 사람 같진 않은데. 오른은 생각했다.

"여보, 당신 직책에 더 자부심을 가져야지! 중요 요인이잖아." 폴리가 쏘아붙였다.

"당신을 위해서가 아니라면, 나는 차라리 보통 사람으로 사는 게 좋아." 불론은 오른을 향해 씩 웃어 보였다. "아내에 비하면 난 정치적 멍청이지. 아내처럼 결과를 미리 예측하는 사람은 이제껏 못 봤다니까. 집안 내력이야. 장모님도 똑같았거든."

오른은 포크를 들어 올리다 말고 미동도 하지 않은 채 그를 응시했다. 갑자기 뇌리에 어떤 생각이 터져 나왔다.

"자네도 이런 생활에 대해 좀 알겠지, 루이스. 아버님이 차곤 대표를 한 번 지내셨으니까, 그렇지?"

"네. 하지만 제가 태어나기 전의 일이라. 아버지는 사무실에서 돌아가셨죠." 오른은 고개를 내젓고 생각했다. 그럴 리는 없어…… 하지만…….

"괜찮아요, 루? 갑자기 얼굴이 백지장이 됐어요." 다이애나가 물었다.

"그냥 피곤해서. 이만큼 활동하는 게 익숙하지 않은가 봅니다." 오른이 말했다.

"오늘 너무 바쁘게 한 내가 나빴네." 그녀가 말했다.

"여기서 격식 차릴 거 없어. 아팠던 사람인데, 당연히 이해하지. 피곤하면 얼른 들어가서 쉬어." 폴리는 걱정스러운 표정이었다.

식탁을 둘러본 오른은 걱정스러운 관심을 담은 얼굴들을 마주했다. 의자를 뒤로 밀고 말했다. "어, 식사 중에 결례가 되진 않을지……."

"결례는 무슨! 이제 가 봐!" 폴리가 외쳤다.

"아침에 봐요. 루." 다이애나가 말했다.

오른은 고개를 끄덕이고, 돌아서며 생각했다. 정말 멋진 여자야! 복도로 나서는데 불론이 다이애나에게 하는 소리가 들렸다. "다이애나, 내일은 저 친구를 데리고 나가지 않는 게 좋을지도 모르겠다. 아무래도 여기 쉬러 온 사람이잖니." 오른이 복도로 나가 문을 닫는 바람에 그녀의 대답은 들리지 않았다.

방에 들어와 혼자가 되자, 오른은 목의 송수신기를 누르고 말했다. "스텟?"

귓속에서 목소리가 쉭쉭거렸다. "스텟슨 씨 대리입니다. 오른 맞지요?"

"네. 고고학자들이 발견한 그 네이시아 기록을 지금 당장 하나만 확인해 주시죠. 헬렙이 그들이 뿌리내린 행성 중 하나인지."

"알겠습니다. 잠깐만요." 긴 침묵이 따르고, 잠시 후. "루, 스텟이야. 왜 헬렙에 관한 질문이 나온 거지?"

"그 네이시아 기록에 있었습니까?"

"아니. 왜 물어보지?"

"확실한가요, 스텟? 그러면 많은 게 설명될 텐데."

"목록엔 없어, 하지만…… 잠깐만." 침묵. 잠시 후. "헬렙은 아우리가로 가는 도중에 있고, 아우리가가 목록에 있네. 그들이 아우리가에 누군가를 내려놨다고 의심할 만한 이유가 있어. 만약 우주선에 문제가 생겼다면……."

"그겁니다!" 오른이 외쳤다.

"목소리를 낮추든가 아니면 속말로 말해. 이제 질문에 대답하고. 뭔데?" 스텟슨이 물었다.

"너무나 환상적이라 겁이 날 정도입니다. 헬렙 지배층 여성들이 수태 단계에서 자녀의 성별을 통제하여 여아 또는 남아를 낳는 거 기억하시죠. 그 방법이 독특합니다. 사실, 우리 의무병은 불가능하다고 생각했다가 나중에……."

스텟슨이 말을 잘랐다. "묻어 두고 잊고 싶은 걸 굳이 꺼낼 필요 없어. 그 방식을 오용할 가능성이 너무 커."

"네. 하지만 그 네이시아 지하 조직 전체가 같은 방식으로 번식한 여자들로만 구성되어 있다면요? 헬렙 여자들은 주류와 연락이 끊겨져 통제 불능이 된 일부 무리에 불과하다면요?" 오른이 말했다.

"맙소사!" 스텟슨이 내뱉었다. "증거가 있……."

"그냥 직감뿐입니다. 내일 여기 선거일 파티에 올 손님 명단이 혹시 있을까요?"

"구해 볼 수 있지. 왜?"

"정계에서 남편을 좌지우지하는 여자들을 확인하세요. 몇 명이고 누구인지 알려 주시고."

"루, 그것만으로는 도무지……."

"지금으로선 말씀드릴 수 있는 게 그것뿐이지만, 곧 더 알아낼 것 같습니다. 명심할 일은⋯⋯." 그는 주저하다, 새로운 생각이 떠올라 천천히 말을 이어 갔다. "⋯⋯네이시아인은⋯⋯ 유목민이란 점이죠."

＊　＊　＊

불론 집안의 하루는 일찍 시작되었다. 선거 날이지만 불론은 해 뜨고 한 시간 후에 사무실로 출근했다. "일에 매여 산다는 게 무슨 뜻인지 봤지?" 그가 오른에게 물었다.

"오늘은 쉬엄쉬엄 지낼 거예요, 루." 다이애나가 말했다. 리무진 날틀을 탄 아버지를 배웅한 후 계단을 올라가며 다이애나는 그의 손을 잡았다. 하늘은 구름 한 점 없었다.

손에 잡힌 그녀 손의 느낌이 좋았다. 너무 지나치게. 오른은 손을 빼고 옆으로 비켜서서 말했다. "앞서가요."

나 자신을 다스려야 해, 그녀는 너무 매력적이야. 그는 생각했다.

다이애나가 말했다. "피크닉을 할까 했는데. 서쪽으로 작은 호수가 있고 호숫가에 풀밭이 있어요. 뷰어 기기랑 재미있는 소설 몇 권을 가져가요. 아무것도 하지 않는 날이 될 거예요."

오른은 망설였다. 집에서 그가 지켜봐야 하는 일이 벌어질지도 모른다. 하지만⋯⋯ 이 상황에 대해 그가 옳다면, 다이애나가 약한 고리일 수도 있었다. 시간이 점차 다가오고 있었다. 내일이면 네이시아인이 정부를 완전히 통제할 수도 있었다.

호숫가는 따뜻했다. 호숫가 풀밭 너머로 보라색과 오렌지색 꽃이 피어 있었다. 풀숲과 나무 사이로 작은 동물들이 펄럭거리며 쩩쩩거렸다. 호수 아래쪽 갈대밭에는 그루미스가 한 마리 있었고 이따금 목청 가다듬는 노인네처럼 컹컹거렸다.

"자매들이 다 집에 있을 때는 8일마다 여기로 피크닉 오곤 했어요." 다이애나가 가져온 깔개를 깔고 드러누우며 말했다. 오른은 호수를 마주하고 그녀 옆에 앉았다. 그녀는 일어나 앉아 호수 건너를 보며 말을 이었다. "저 맞은편 호숫가에서 뗏목을 만들었죠. 있죠, 아직 그 파편들이 저기 있는 거 같아요, 보이죠?" 그녀가 뒤엉킨 통나무를 가리켰다. 손짓하면서 그녀의 손이 오른의 손을 스쳤다.

전기 충격 같은 무언가가 그들 사이에 통했다. 어쩌다 그렇게 되었는지 모르겠지만, 오른은 자신의 양팔이 다이애나를 감싸고, 둘의 입술이 느긋하게 키스를 나누고 있는 것을 깨달았다. 오른에게 떠오른 감정은 패닉에 아주 가까웠다. 그는 몸을 떼어 냈다.

"이런 일을 계획한 건 아닌데." 다이애나가 속삭였다.

"나도." 오른은 중얼거리고는 고개를 내저었다. "가끔은 끔찍한 난장판에 끌려든다니까!"

다이애나가 눈을 깜박였다. "루…… 나를…… 안 좋아해요?"

그는 감시 중인 송수신기를 무시하고, 속마음을 털어놓았다. 저들은 그냥 연기의 일부라고 생각할 거야. 그는 생각했다. 그리고 그 생각은 씁쓸했다.

"좋아하냐고? 당신을 사랑하는 것 같은데요!"

다이애나는 한숨을 쉬고, 그의 어깨에 기댔다. "그럼 뭐가 문제예요? 이미 결혼한 것도 아닌데. 어머니가 당신 복무 기록을 확인했거든요." 다이애나는 장난스레 미소를 지었다. "어머니가 앞날을 내다본 거죠."

쓸쓸함이 오른의 입안에 신맛처럼 느껴졌다. 패턴이 너무 뻔했다. "다이애나, 나는 열일곱 살에 가출했어요." 그가 말했다.

"알아요. 어머니가 전부 얘기해 줬어요."

"몰라서 그래요. 우리 아버지는 내가 태어나기 전에 돌아가셨는데. 아버지는……."

"어머님이 무척 힘드셨겠어요. 혼자 남아 가족을 지탱하려니…… 게다가 곧 아기도 태어날 상황에." 다이애나가 말했다.

"그분들은 진작부터 알고 있었어요. 아버지는 브로치병이 있었는데, 너무 늦게야 발견했죠. 이미 중추신경계에 침범한 후라." 오른이 말했다.

"끔찍하네요." 다이애나가 속삭였다.

오른은 갑자기 물 밖으로 나온 물고기가 된 기분이었다. 막 펄떡거리며 빠져나가려는 생각을 붙들고자 하는 자신을 깨달았다. "아버지는 정계에 계셨어요." 그는 속삭였다. 마치 꿈속에서 살아가는 기분이었다. 그의 목소리는 낮고 충격 받은 채였다. "처음 말문이 트였을 때부터, 어머니는 공적인 면에서 내가 아버지의 자리를 대신하도록 길들였어요."

"그런데 당신은 정치를 좋아하지 않았고요." 다이애나가 말했다.

그가 으르렁거렸다. "싫었죠! 처음 기회가 나자마자 도망쳤어요. 누나가 결혼한 젊은 남자가 이제 차곤 대표가 되었고. 그 사람은 그걸 즐겼으면 좋겠는데!"

"그 누님이 매디겠군요." 다이애나가 말했다.

"알아요?" 오른은 물었다. 그러다가 스텟슨이 해 준 얘기를 떠올리고, 등골이 서늘해졌다.

"물론 알죠. 루, 뭐가 문제예요?" 다이애나가 말했다.

"당신도 내가 같은 게임을 하길 바란다면, 당신이 결정해요. 정상을 노리고, 단호하게 잘라 내고, 기를 쓰고 버텨야지." 그가 말했다.

"내일이면 다 필요 없게 될 수도 있어요." 그녀가 말했다.

갑자기 목의 송수신기에서 삐익 하고 반송파 소리가 들렸지만, 모니터에서는 아무 말도 나오지 않았다.

"내일…… 무슨 일이 있기에?" 그가 물었다.

"선거 날이잖아요, 바보. 루, 진짜 이상하게 그러네요. 정말 괜찮은 거 맞아요?" 다이애나가 그의 이마를 짚어 보았다. "아무래도 우리 들……."

"잠깐만. 우리 말인데……." 오른은 침을 꿀꺽 삼켰다.

다이애나가 손을 물렸다. "부모님이 이미 의심하는 거 같긴 해요. 우리 불론 집안사람들은 첫눈에 반하는 걸로 유명해서." 그녀의 커다란 눈이 다정하게 그를 살펴보았다. "열이 나 보이지는 않는데, 그래도 들어가는 게……."

"내가 진짜 멍청했네!" 오른이 내뱉었다. "지금 막 깨달았는데 나도 네이시아인이겠네요."

"지금 깨달았어요?" 그녀는 그를 응시했다.

오른의 송수신기에서 헉하고 소스라치는 소리가 들렸다.

"우리 두 가족의 동일한 패턴. 심지어 집까지. 그리고 진짜 단서가 있었어. 멍청하긴!" 오른은 손가락을 딱 튕겼다. "머리! 폴리! 당신 어머니가 위대한 보스 여성이죠?"

"하지만 루…… 그야 당연히. 어머니는……."

"얼른 어머님에게 갑시다!" 오른이 외쳤다. 목의 돌기에 손을 댔지만, 스텟슨의 목소리가 끼어들었다.

"잘했어, 루! 특수 돌격 부대를 보내는 중이야. 어떤 위험도 무릅쓸 순……."

오른은 다급한 마음에 소리 내어 말했다. "스텟! 불론 집으로 와요! 혼자서! 군대 없이!"

다이애나가 펄쩍 일어나, 그에게서 물러났다.

"무슨 소리야?" 스텟슨이 다그쳤다.

오른이 고함쳤다. "멍청한 우리 둘을 구제하는 겁니다! 혼자서! 알았죠? 아니면 림 전쟁보다 더한 난장판이 벌어져요!"

오래 침묵이 따랐다. "알았어요, 스텟?" 오른이 다그쳤다.

"좋아, 루. 특수 부대는 대기 상태로 돌렸어. 10분 안에 불론 집에 갈게. 은작 사령관도 같이." 잠시 정적. "지금 무슨 짓을 하는지 알고나 있어!"

불론가의 주 거실 구석에 성난 사람들이 모여 있었다. 이글거리는 정오의 녹색 햇빛을 셰이드가 가려 주었다. 웅웅거리는 에어컨 소리와 밤에 있을 선거일 파티를 준비하는 가사 로봇이 덜그럭거리는 소리가 배경에 깔렸다. 스텟슨은 긴 의자 옆 벽에 기대어, 구겨지고 기운 작업복 주머니 깊숙이 손을 넣고 있었다. 너른 이마에 고랑이 깊게 팼다. 스텟슨 근처에는 은하계 작전 사령관 소바트 스펜서 제독이 서성거리고 있었다. 은작 사령관은 목이 굵고 대머리에, 크고 푸른 눈, 어울리지 않게 부드러운 목소리의 소유자였다. 우리에 갇힌 짐승의 걸음걸이였다…… 앞으로 세 걸음, 뒤로 세 걸음.

폴리 불론은 긴 의자에 앉아 있었다. 꾹 다문 입은 일자를 그리고 있었다. 무릎에 놓인 양손을 너무 꽉 맞잡고 있어서 손마디가 하얗게 드러났다. 다이애나는 어머니 옆에 서 있었다. 옆으로 늘어뜨린 주먹을 꽉 쥐고, 분노로 부들부들 떨고 있었다. 눈길은 오른에게 고정되어, 노려보고 있었다.

"좋습니다, 제 멍청함 덕분에 이 작은 모임이 성사되었군요." 오른은 폴리 앞 다섯 걸음 정도 거리에, 허리에 손을 얹고 섰다. 그의 오른쪽에서 서성거리는 제독이 신경에 거슬리기 시작하고 있었다. "하지만 제가 드리는 말씀을 들으시는 게 좋을 겁니다." 그는 은작 사령관을 흘끗 보았다. "여러분 모두."

스펜서 제독은 서성거리기를 멈추고 오른에게 인상을 썼다. "이곳을 샅샅이 수색해서 이 상황의 근본을 밝혀내지 말아야 할 그럴싸한 이유를 아직 듣지 못했는데."

"루이스, 이…… 배신자!" 폴리가 잠긴 목소리로 내뱉었다.

"저도 동의하고 싶군요, 마담. 다만 관점이 다를 뿐이지." 스펜서 제독은 이렇게 말하고 스텟슨을 흘끗 보았다. "입스콧 불론 소식은?"

"발견하는 대로 연락하기로 했습니다." 스텟슨은 조심스럽고 침울한 목소리였다.

"오늘 밤 여기 파티에 오실 계획이셨죠, 제독님?" 오른이 물었다.

"그게 무슨 상관이지?" 스펜서 제독이 다그쳤다.

"부인과 따님들을 음모죄로 감옥에 보낼 각오는 되셨습니까?" 오른이 물었다.

폴리의 입가에 딱딱한 미소가 맴돌았다.

스펜서는 입을 벌렸다가, 소리 없이 다물었다.

"네이시아인은 대부분 여성이죠. 제독님의 여성 가족들이 네이시아인이라는 증거가 있습니다." 오른이 말했다.

제독은 배를 걷어차인 듯한 얼굴이었다. "무슨…… 증거?" 제독이 속삭였다.

"곧 설명하겠습니다. 자, 이 점에 주목해 주세요. 네이시아인은 대부분 여성입니다. 일부 사고와 저처럼 일부 계획출산 한 남성만 존재하죠. 그래서 추적할 수 있는 성(姓)이 없는 겁니다. 단단히 뭉친 소규모 여성 모임일 뿐이죠, 모두 남자를 통해 권력자의 지위로 나아가려 노력하는." 오른이 말했다.

스펜서가 목청을 가다듬고, 침을 삼켰다. 오른의 입에서 눈을 뗄 수가 없는 듯했다.

"제 짐작으론, 삼사십 년 전 공모자들이 처음 남자아이 몇을 낳아 최상위 고위직에 맞게 길들이기 시작했습니다. 다른 네이시아 남자…… 성별 관리 실패로 태어난 사고의 결과물은 음모에 대해 전혀 알지 못했죠. 이렇게 태어난 아이들이 본격적인 멤버들입니다. 제가 예정대로 컸다면 그렇게 되었겠죠."

폴리가 그를 노려보다가, 다시 손을 쳐다보았다.

"계획의 그 부분은 이번 선거로 정점을 찍을 예정이었습니다. 이번에 성공했다면, 더 대담하게 나아갈 수 있었겠죠." 오른이 말했다.

"지금 감당도 못 할 일에 끼어든 거야. 우리한테 뭘 어쩌기엔 이미 늦었어!" 폴리가 으르렁거렸다.

"어디 두고 봅시다!" 스펜서 제독이 고함쳤다. 그는 자제력을 되찾은 듯했다. "적재적소의 홍보 약간과…… 주동자 몇을 체포하면……."

"아뇨. 폴리 말이 맞습니다. 그러기엔 이미 늦었어요. 아마 100년 전에도 너무 늦었을 겁니다. 저 여성들은 그때도 너무 깊게 뿌리내려 있었으니까."

* * *

벽에 기대 있던 스텟슨이 몸을 일으켜, 오른에게 칙칙한 미소를 지었다. 그는 다른 이들이 놓친 점을 이해한 듯했다. 다이애나는 여전히 오른을 노려보고 있었다. 폴리는 손에 시선을 고정한 채로, 입가에는 딱딱한 미소가 감돌고 있었다.

"이 여성들은 아마 연방 고위직의 3분의 1을 좌지우지하고 있을 겁니다. 그보다 더할 수도 있고요. 생각해 보십시오, 제독님…… 이런 걸 폭로했다가 무슨 일이 벌어질지. 분리 운동, 폭동에 지방 정부는 무너지고, 중앙 정부는 의심과 싸움으로 갈래갈래 찢어질 겁니다. 그런 환경에서 뭐가 자라날까요?" 그는 고개를 내저었다. "림 전쟁은 애들 장난처럼 보일 겁니다!"

"이 일을 그냥 넘길 순 없어!" 스펜서 제독이 고함쳤다. 그는 뻣뻣이 굳어서 오른을 노려보았다.

"그럴 수 있고 그렇게 할 겁니다. 선택의 여지가 없어요." 오른이 말했다.

폴리가 고개를 들어 오른의 얼굴을 살폈다. 다이애나는 혼란스러운 표정이었다.

"한번 네이시아인은 영원한 네이시아인이다, 그건가?" 스펜서 제독이 으르렁거렸다.

"그런 건 존재하지 않습니다. 다른 종과 500년간 이종교배가 진행되었는걸요. 그저 기민한 정치과학자들의 비밀 결사일 뿐입니다." 오른은 폴리를 향해 쓴웃음을 짓고, 다시 스펜서 제독을 돌아보았다. "사모님을 생각해 보십시오, 제독님. 솔직히, 사모님께서 진로를 이끌지 않았다면 지금 은작 사령관의 자리에 계시겠습니까?"

스펜서 제독의 얼굴이 어두워졌다. 그는 턱을 당기고 오른을 노려보려 했으나 실패했다. 이내 쓴웃음 소리를 냈다.

"제독이 이성을 찾아 가고 있네. 넌 이제 끝이야, 루이스." 폴리가 말했다.

"사윗감을 너무 얕잡아 보지 마시죠." 오른이 말했다.

"하! 난 그쪽 싫어하거든요, 루이스 오른!" 다이애나가 외쳤다.

"곧 극복하게 될 겁니다." 오른이 부드럽게 말했다.

"아아아아악!" 다이애나는 분노로 부들부들 떨었다.

"제 주요 요점은 이겁니다. 정부는 모호한 영광이죠. 날카로운 칼날 위에서 균형을 잡아 가며 권력과 부에 대한 대가를 치릅니다. 민중이라는 조직적이지 않은 위대한 존재는 많은 정부를 전복시키고 삼켜 버렸습니다. 권력을 유지하는 유일한 방법은 좋은 정부를 만드는 것입니다. 아니면 조만간 몰락할 차례가 되는 거죠. 어머니가 그 점을 강조하던 기억이 나는군요. 그게 제 뇌리에 새겨져 있습니다." 오른은 미간을 찌푸렸다. "정치에 대한 저의 반감은 당선되기 위해선 타협해야만 한다는 거였죠!"

스텟슨이 벽에서 떨어져 나왔다. "상당히 분명하죠." 그가 말했다. 사람들의 고개가 그쪽으로 돌아갔다. "권력을 유지하기 위해, 네이시아인은 제법 괜찮은 정부를 만들어야 했습니다. 반면, 우리가 폭로하면, 대신 정치 아마추어 떼거리가 그 자리를 차지하겠죠. 온 은하계의 광신자와 권력에 굶주린 선동가 들에게 권좌에 오르기 위해 필요한 무기를 주게 되는 겁니다."

"그다음은 혼돈. 그러니 네이시아인이 계속하게 두어야 합니다…… 두 가지 사소한 변화만 주고요." 오른이 말했다.

"우린 아무것도 안 바꿀 거야. 생각해 보니 말인데, 루이스 주장엔 어차피 근거도 없는데. 나는 탄로 났지만 내게서 아무 것도 알아낼 수 없을 거야. 조직은 나 없이 굴러갈 수 있고. 감히 우리를 폭로할 수는 없어. 우리가 주도권을 쥐고 있다고!"

* * *

"I-A는 열흘 안에 여러분 조직의 90퍼센트를 구금할 수 있습니다." 오른이 말했다.

"못 찾을걸!" 폴리가 쏘아붙였다.

"어떻게?" 스텟슨이 물었다.

"유목민이요. 이 집은 호화스러운 텐트입니다. 남자들은 바깥쪽, 여자들은 안쪽. 안뜰 구조를 찾아보십시오. 네이시아인 혈통의 본능입니다. 거기에 더해, 카이스라, 탐버, 오보에, 이런 괴상한 악기를 선호하죠. 다 유목민 악기입니다. 거기에 더해, 여성이 지배하는 가족. 유목민 유산으로는 기묘한 변형이지만 아주 독특한 건 아니죠. 높은 여아 비율 확인. 정치적 배경 조사. 이 정도면 거의 놓치지 않을 겁니다!" 오른이 대답했다.

폴리는 입을 벌린 채 그를 바라보기만 했다.

스펜서 제독이 말했다. "너무 전개가 빨라서 정신이 없군. 한 가지는 알겠어. 림 전쟁의 재현만은 막아야 해. 전부 구금을 하더라도……."

"이 음모가 알려지고 나서 한 시간 후면, 제독님은 누굴 구금하고 말고 할 처지가 아니실 겁니다. 네이시아인의 남편이시니!

오히려 구금을 당하시겠죠. 십중팔구 성난 군중의 손에 죽게 될 겁니다!" 오른이 말했다.

스펜서 제독의 얼굴이 창백해졌다.

"어떤 타협안을 제안하는 거지?" 폴리가 물었다.

"1번, I-A는 여러분이 올리는 어떤 후보자에게든 거부권을 행사할 수 있습니다. 2번, 여러분은 최고위층의 3분의 2 이상을 차지할 수 없습니다."

"I-A의 누가 우리 후보자에게 거부권을 행사하는데?" 폴리가 물었다.

"스펜서 제독님, 스텟, 저…… 그리고 누구든 우리가 신뢰하는 사람이요." 오른이 말했다.

"무슨 신이라도 된 줄 아나 보지?" 폴리가 다그쳤다.

"여러분만큼은 아니죠. 이건 견제와 균형이라고 하는 시스템입니다. 여러분이 파이를 자르고. 우리는 어떤 조각을 집을지 먼저 선택하죠." 오른이 말했다.

침묵이 이어지다가, 스펜서 제독이 입을 열었다. "이것만으로는 공정하지 않게 느껴……."

"정치적 타협이란 게 온전히 공정할 수가 없어요. 항상 단점이 있는 걸 고쳐 가며 쓰는 거죠. 그게 정부입니다." 폴리는 이렇게 말하고 웃더니, 그를 올려다보았다. "좋아, 루이스. 받아들이지." 그녀가 스펜서 제독을 바라보자, 제독은 어깨를 으쓱하고 음울하게 고개를 끄덕였다. 폴리는 다시 오른에게로 시선을 돌렸다. "이것 하나만 답해 줘. 어떻게 내가 지도자인 줄 알았지?"

"쉽습니다. 우리가 발견한 기록에 따르면······ 마락에 있는 네 이시아인(하마터면 '반역자'라고 말할 뻔했다.) 가족의 암호명은 머리였죠. 폴리라는 이름에는 고대어 폴이 들어 있고 그 뜻은 머리죠."

폴리는 스텟슨을 쳐다보았다. "늘 이렇게 예리한 사람인가요?"

"항상요." 스텟슨이 말했다.

"루이스, 정계에 입문하고 싶으면, 내가 기꺼이······." 폴리가 말했다.

"이미 원하는 만큼 정계에 발을 디딘 셈입니다. 제가 정말 원하는 건 다이애나와 얼른 자리 잡고, 그간 놓친 인생을 살아가는 겁니다." 오른이 투덜거렸다.

다이애나가 몸을 굳혔다. "루이스 오른은 보기도 싫고, 듣기도 싫고 소식도 알고 싶지 않아요! 이걸로 진짜 끝이에요!"

오른의 어깨가 처졌다. 그는 몸을 돌리다 비틀거리더니, 갑자기 두꺼운 카펫에 풀썩 쓰러졌다. 뒤에서 사람들의 헉 소리가 터져 나왔다.

스텟슨이 고함쳤다. "의사 불러요! 병원에서 아직 위태위태한 상태라고 그랬는데!" 복도를 향해 달려가는 폴리의 발소리가 울렸다.

"루!" 다이애나의 목소리였다. 그녀는 그의 옆에 무릎을 꿇고, 부드러운 손으로 그의 목과 머리를 다급히 확인했다.

"돌려 눕히고 옷깃을 풀어! 숨 쉬기 편하게!" 스펜서 제독이 외쳤다.

조심조심 사람들이 오른을 바로 눕혔다. 그는 창백해 보였고, 다이애나는 그의 옷깃을 풀고 목덜미에 얼굴을 파묻었다. "이런, 루, 미안해요. 그런 뜻은 아니었는데! 제발, 루…… 제발 죽지 말아요! 제발!" 그녀가 흐느꼈다.

오른은 눈을 뜨고, 스펜서 제독과 스텟슨을 올려다보았다. 복도에서는 다급하게 통화 중인 폴리의 목소리가 들렸다. 그는 목에 닿은 다이애나의 따뜻한 뺨과 축축한 눈물을 느낄 수 있었다. 천천히, 의도적으로, 오른은 두 남자를 향해 찡긋 윙크했다.

1960

사이의 사제

The Priests of Psi

1960년 2월, 《판타스틱》 수록.

선체 실드에서 출구 경사로로 걸어 나와 행성 아멜의 따뜻한 햇볕 속으로 나선 순간, 오른은 그를 둘러싸고 치솟는 사이 파워를 느꼈다. 마치 이상한 자기장에 붙들린 것 같았다. 오른은 갑작스러운 현기증에 난간을 붙잡고, 약 200미터 아래의 반짝이는 트리크리트 우주항을 내려다보았다. 반들거리는 표면에서 반사된 열기가 이 높은 곳의 공기까지 데우고 있었다. 그의 내부에 불어닥쳐 최근에 깨어난 감각과 맞닥뜨려 울부짖는 보이지 않는 사이 영역을 제외하면 바람 한 점 없었다.

마락에 있는 실험실에서 오른에게 피부 속에 감춘 사이 감지 도구의 사용법을 훈련시킨 기술자가 이 감각을 조금 맛보게 해준 적이 있었다. 이 현실에 비하면 훨씬 모자랐다. 목에 숨겨진 주(主) 감지기의 날카로운 첫 신호는 전면적인 사이 인식으로 바뀌어 있었다.

오른은 부르르 떨었다. 아멜에는 피부가 근질거리는 느낌이 그득했다. 열(熱) 번개가 번뜩하듯이 이상한 충동이 그의 마음속에 번쩍였다. 뒹굴뒹굴하는 키리파처럼 꿍꿍대고 싶고, 다음 순간 웃음이 가슴속에 고이는가 하면 목에선 흐느낌이 치밀었다.

심할 줄이야 알았지만. 그들이 경고했지.

이렇게 인식하게 되니 대응 조절은 이 순간을 더욱 힘들게 할 뿐이었다. 사이 훈련을 받지 않았더라면, 이질적인 감각을 경외감과 두려움이 결합한 것으로 혼동했을 것이다. 사제 행성에 내릴 때 느낄 법한 그야말로 완벽하게 논리적인 감정이니까.

이곳은 성지였다. 알려진 우주의 모든 종교의 성역이며, 일부에서는 알려지지 않은 우주의 모든 종교까지도 포함한다 했다.

오른은 기술자가 가르친 대로 내면의 초점에 억지로 집중했다. 천천히, 사이 인식이 거슬리는 배경 정도로 흐려졌다. 오른은 뜨겁고 건조한 공기를 크게 들이쉬었다. 뭔가 그의 폐에 익숙한 필수적인 요소가 빠진 것처럼 미묘하게 불만족스러웠다.

여전히 난간을 잡은 채, 내면의 가짜 충동이 가라앉을 때까지 기다렸다. 경사로 건너편, 열린 우주항의 반짝이는 안쪽 표면에 그의 모습이 비쳤다. 늘씬하고 길쭉길쭉한 일반형과 차별되는, 그의 특징을 강조하는 방향으로 약간 변형된 형상이었다. 각지고 단단한 체구에 진회색 원주민의 굵게 튀어나온 목 근육이, 이 세계의 고대에서 나온 반신(半神)의 환생처럼 보였다. 짧게 친 붉은 머리의 이마 선에는 희미한 흉터가 경계를 그리고 있었다. 불도그 같은 얼굴의 다른 자잘한 흉터는 어디에 있는지 알고 있어서 보였고, 기억은 덩치 큰 체구의 더 많은 흉터를 말해 주었다. R & R에서는 상급 현장 요원은 달고 다니는 흉터와 의료 패치의 숫자로 알아볼 수 있다는 반농담이 있었다.

오른은 연하늘색 토가의 검은 허리띠를 당겼다. 아멜의 모든 '학생'들이 입어야 하는 이 의상은 영 불편했다.

노란 태양 두브헤가 구름 한 점 없는 하늘 꼭대기에 걸려 있었다. 햇볕에 토가 틈새로 훅훅 열기가 스며들었다. 몸에 땀이 솟는 것이 느껴졌다. 낮게 웅웅 소리를 내는 수직이동기에서 한 걸음만 벗어나면, 선체 아래 보이는 번잡함 한가운데로 떨어질 수 있었다. 저 아래에선 사제와 승객 들이 신입생을 맞아 일종의 의식을 올리는 중이었다. 희미하게 둥둥 북소리가, 합창 노랫소리가 우주항의 기계음에 거의 묻혀 들려왔다.

오른은 인식하고 있음이 드러나지 않나 확인하려 계속 기다리면서 주위 광경을 둘러보았다. 선체의 경사로에선 주위가 한눈에 들어왔다. 타워, 종탑, 첨탑, 돔 지붕, 지구라트(고대 바빌로니아, 아시리아의 피라미드형 신전 — 옮긴이), 불탑, 사리탑, 이슬람 첨탑, 다고바(인도식 작은 불탑 — 옮긴이)가 환상적으로 어우러졌다. 열기 속에서 일렁이는 지평선까지 이어지는 평원을 어수선하게 뒤덮고 있었다. 타일과 석재, 트리크리트와 플라스틸, 그리고 수많은 문명의 합성물로 이루어진 건물의 밝은 원색과 바랜 파스텔 색에 금색 햇빛이 춤을 추었다.

종교 밀집 지대를 내려다보며, 오른은 저 좁고 휘어진 거리와 어지러운 건물에서 기다리고 있을지도 모르는 미지의 것에 대한 갑작스러운 두려움을 느꼈다. 아멜에서 흘러나오는 이야기에는 항상 금지된 미스터리의 낌새가 있었고, 오른은 자신의 감정이 그 미스터리에 영향받았음을 알고 있었다. 하지만 갑작스러운 두려움은 은근하게 특정한 종류의 공포로 바뀌었다.

새로운 인지 능력에서 유래한 이 별난 공포는, 마락에 있을 때부터 시작되었다.

오른은 독신 요원 숙소의 책상에 앉아 공원 같은 I-A 대학 부지의 풍경을 내다보고 있었다. 하늘 낮게 걸린 오후, 마락의 녹색 태양은 멀고 차가워 보였다. 오른은 '호전적 성향의 독특한 지표' 과목의 강사로 일하면서 다이애나 불론과의 결혼식을 기다리고 있었다. 3주 후면 고등 판무관의 딸과 결혼할 예정이었고, 키라친에 신혼여행을 다녀온 후 전쟁 방지 대학의 종신직이 되리라 예상하고 있었다. 또 다른 립 전쟁으로 번질 수 있는 실마리를 찾아 제거하는 기술을 미래의 I-A 요원들에게 가르치는 삶이 기대되었다.

마락에서의 그날 오후 그에게 미래의 개념은 그러했다. 하지만 갑자기 책상에서 벗어나 답답한 규제실에 자리하게 되었다. 뭔가 빗나갔다. 오른은 회색 벽, 딱딱하게 각진 침상, 엇갈린 검과 철필 형태의 파란 I-A 모노그램이 새겨진 하얀 침대보를 뜯어보았다. 방 안의 다른 의자는 침상 발치에 등받이를 대고 놓여 있었고, 회색 옷장 문과 3센티미터 거리를 두고 있었다.

뭐라 정의 내릴 수 없는 뭔가가 그를 초조하게 만들고 있었다. 예감이었다.

돌연 복도 문이 쾅 열렸다. 오른의 상사 움보 스텟슨이 성큼 성큼 들어왔다. 부서장은 그의 특징인 파란 작업복 차림이었다. 유일한 계급장인 옷깃과 유니폼 모자의 금색 I-A 엠블럼은 약간 변색해 보였다. 오른은 저걸 마지막으로 갈고 닦은 게 언제일까 궁금해하다가, 그 생각을 접었다. 스텟슨은 정신을 갈고 닦는 데에만 전념했다.

스텟슨의 뒤로는 크램테이프, 마이크로필름과 심지어 옛날식 종이책까지 실린 자동 카트가 따라왔다. 혼자서 굴러 들어왔고, 바퀴가 문지방을 넘으며 덜컹거렸다. 문이 저절로 닫혔다.

오른은 생각했다. 이런! 임무는 안 돼 지금은 안 돼. 그는 자리에서 일어나 먼저 카트를, 그다음 스텟슨을 쳐다보았다. 일말의 불안이 담긴 목소리로 물었다. "이게 뭡니까, 스텟?"

스텟슨은 침상 발치에 있는 의자를 끌어다가 걸터앉고, 모자를 이불 위로 던져 보냈다. 짙은 색 머리가 빗지 않아 헝클어져 있었다. 처진 눈꺼풀이 평소의 거만하게 잘난 척하는 표정을 강조했다.

"이게 뭔지는 알 만큼 임무를 받아 봤잖아." 그가 으르렁거렸다. 쓴웃음이 그의 입가에 맴돌았다. "자네가 해 줄 작은 일이 있어."

"제 발언권은 이제 없습니까?" 오른이 물었다.

"흠, 이제 상황이 좀 바뀌었을지도 모르고, 어쩌면 애초에 없었을 수도 있지." 스텟슨이 말했다.

"저는 3주 후에 결혼한단 말입니다. 고등 판무관 따님하고요."

"결혼식은 연기됐어." 스텟슨이 말했다. 오른의 얼굴이 어두워지자 스텟슨이 한 손을 들어 보였다. "잠깐만. 그냥 연기야. 비상이라. 고등 판무관은 오늘 따님을 우리가 단지 목적상 만들어 낸 일을 시키러 보냈지."

오른의 목소리는 위험스럽게 낮았다. "무슨 목적이요?"

"자네에게서 여자를 떼어 놓는 목적이지. 자네는 엿새 후 아멜로 떠날 거고 가기 전에 준비해야 할 일이 많아."

오른은 손가락으로 책상을 톡톡 쳤다. "그런 식이죠. 결혼식은 연기. 나는 임무로…… 아멜이요?"

"그래."

"이게 뭡니까, 스텟? 아멜은 쉬운 곳이잖아요."

"어……." 스텟슨은 고개를 내저었다. "아닐 수도 있어."

갑자기 퍼뜩 두려움이 치밀었다. "누구의 일이 날조된 겁니까? 혹시 다이애나가……."

"I-A 여성 신규 유니폼 디자인을 도우러 프란치 프라이머스에 갔지. 그만하면 안전해?" 스텟슨이 말했다.

"하지만 왜 갑자기?"

"자네한테 아멜에 갈 준비를 시켜야 하는데, 곁에 있으면 시간을 낭비하고 자네의 주의를 흩트릴 테니까. 다이애나는 무슨 일이 있다는 건 알지만 우리 I-A 요원들과 마찬가지로 명령을 따를 줄 알지. 이 정도면 알아듣겠나?"

"사전 통보도 없고, 아무것도 없이. 아, I-A는 참 즐거운 곳이니까요! 구직 중인 젊은 친구를 볼 때마다 추천해야겠어요!"

"불론 부인이 오늘 밤 다이애나의 편지를 가져올 거야. 다이애나는 완전히 안전해. 이 일이 끝나고 결혼하면 되지."

"I-A가 저한테 또 다른 비상 상황을 던지지만 않는다면요!" 오른이 고함쳤다.

"I-A 서약을 한 장본인 아닌가. 서약할 때 이런 일이 벌어질 줄 알았을 텐데." 스텟슨이 말했다.

"서약을 다시 써야겠습니다. 원래는 이렇지요. '나는 나의 생명과 신성한 명예를 걸고 어디에서든 전쟁의 씨앗을 찾아 파괴할 것을 맹세합니다.' 거기에 이렇게 덧붙입시다. '그리고 그 과정에서 무엇이든 누구든 희생할 것입니다.'"

"나쁜 추가는 아니네. 돌아와서 제안하지 그래?" 스텟슨이 말했다.

"돌아온다면 말이죠! 이번엔 무슨 비상이랍니까?"

"이번 비상은 특별히 자네를 노리고 왔어." 스텟슨이 말했다.

"참 사려 깊기도 하지."

"자네 이름이 아멜행 최신 소집 명단에 있어."

"신학생이요? 하지만 저는 지원한 적이 없는데……."

"하지만 자네 이름이 명단에 있다니까. 아주 정확하고 확실하게. 할마이라크 아보드 본인이 서명한 명단에."

"실수가 분명해요. 보나 마나 이름이 바뀌어서……."

"가족과 현재 주소로 구체적으로 특정했어. 실수 아냐."

오른은 책상에서 물러났다. "하지만 실수가 틀림없다니까요! 지원한 적이 없다고……." 그는 말끝을 흐렸다. "아무튼, 무슨 상관입니까? I-A가 아멜에 관심이 있을 수가 없잖아요. 그 근방에서는 전쟁이라곤 난 적이 없는데. 고위층에선 항상 그 신들을 모욕하게 될까 겁내죠."

스텟슨은 자동 카트를 가리켰다. "브리핑할 시간이 별로 없으니 그만 끼어들고. 이 카트에 있는 것 전부하고도 더 필요할 거야. 오늘 저녁 의무병에게 가서 신속 회복 수술을 받고. 뭐 되게 쉬쉬하는……." 미간을 찌푸리고, 반복해 말했다. "……되게 쉬쉬하는 장치를 자네 피부 아래 숨길 거야. 사이 파워에 대해 좀 알아?"

화제 전환 속도에 오른은 눈을 껌벅거렸다. 그는 혀로 입술을 축였다. "우주선 없이 우주의 어느 행성에라도 점프로 이동할 수 있다는 웨센의 그 사람 같은 거요?"

"뭐 그런 거."

"어, 그 사람 어떻게 됐던가요? 엄청 화제였다가 그다음은……."

"가짜였을지도 모르지. 아닐지도 모르고. 자네가 알아냈으면 해. 우리 기술자가 사이 장치를 이따 보여 줄 거야. 증폭기랑……."

"하지만 이게 아멜과 어떻게 연관되는 겁니까?"

"자네가 우리에게 알려 주게 되었으면 좋겠네. 이봐, 루, 우리도 오늘 아침 일찍 확정을 받았어. 의회 다음 회기에 I-A를 없애 버리고 우리 기능을 모두 R & R로 넘기려는 움직임이 있을 거래."

"우릴 타일러 제면 아래로 넣는다고요? 그 정치꾼! 우리 문제 절반은 그 R & R 바보짓 때문인데! 또 다른 림 전쟁을 10여 번은 일으킬 뻔했다고요!"

"으음, 으음. 그리고 다음 의회 회기는 금방이야. 다섯 달 후." 스텟슨이 말했다.

"하지만…… 하지만 그런 움직임은 가망이 없습니다! 어리석은 짓이에요! 제 말은, 보면……."

"이 변화 움직임에 대한 압력이 아멜의 사제들에게서 나왔다는 걸 알면 재미있을걸, 루. 종교적인 열정이 그걸 저쪽으로 넘길 수 있다는 데에는 의심의 여지가 없어."

"어떤 종파 사제요?"

"전부 다."

오른은 고개를 내저었다. "하지만 아멜에는 종파가 수만 개 있는데…… 수백만일 수도 있고. 에큐메니컬 협약에 따라서……."

"전부 다." 스텟슨이 반복했다.

오른은 미간을 찌푸렸다. "뭐 하나 맞아떨어지는 게 없군요. 사제들이 우릴 겨냥하는 거라면 왜 동시에 I-A 현장 요원을 자기네 행성으로 초대한답니까? 말이 되지가……."

"바로 그거야. 이제까지 아무도, 다시 말하지만 아무도! 아멜에 요원을 보낼 수 없었다는 걸 알게 되면 자네는 기뻐 날뛰겠지. I-A도. 과거 마락 비밀정보국도. 네이시아인들조차. 모든 시도는 예의 바른 추방으로 끝났지. 착륙장 이상 가 본 요원이 없어." 스텟슨이 자리에서 일어나 오른을 노려보았다. "여기 있는 배경 자료부터 얼른 시작해. 오늘 밤 의무병이 처치를 끝낸 후에 기술자와 첫 세션이 있어."

"아멜 쪽의 태도가 싸늘해지면 저를 빼낼 대비책은 뭡니까?" 오른이 물었다.

"없어."

오른은 펄쩍 뛰었다. "없어요?"

"우리가 알아낸 가장 상세한 정보로는 자네가 받을 훈련을 그쪽에선 '시련'이라고 하는데, 그게 6개월 걸린대. 그 기한 안에 자네에게서 보고가 없다면, 우리가 문의할 거야."

"예를 들자면, '시체는 어떻게 했습니까?' 이렇게요? 하! 6개월 후면 문의할 I-A가 아예 존재하지 않을지도 모르는데!" 오른이 으르렁거렸다.

스텟슨은 어깨를 으쓱했다. "갑작스럽다는 건 알고, 우리 데이터가 부실하긴 하지만……."

"이게 최후의 수단이다, 이 말입니까!"

"바로 그거야, 루. 하지만 모든 종교의 은하계 구심점이 왜 우리에게 등을 돌렸는지 알아내야 해. 그리로 들어가 진압할 가망은 없어. 그랬다간 은하계 전역에 걸쳐 종교 폭동이 시작될 테니. 림 전쟁은 애들 공놀이로 보일걸. 그 일을 할 만한 지원자가 충분히 나올지조차 확실치 않아. 우리는 종교를 이유로 그들에게 요원 자격을 주지 않지만, 그들은 그 점에서는 우리에게 자격을 줄걸. 아니. 이유를 알아내야만 해! 어쩌면 그들이 불편해하는 걸 바꿀 수 있을지도 모르고. 그게 우리의 유일한 희망이야. 어쩌면 저들이 몰라서……."

"저들이 전쟁으로 정복할 계획이라면 어쩝니까? 그렇다면요, 스텟? 새로운 파벌이 아멜에서 권력을 장악했을 수도 있어요. 누가 안답니까?"

스텟은 서글픈 얼굴을 하고 어깨를 으쓱했다. "자네가 증명할 수 있다면……." 그는 고개를 내저었다.

"의무실엔 언제 가 보면 됩니까?"

"그쪽에서 찾아올 거야."

"그래요. 이미 누가 찾아왔군요…… 보아하니."

* * *

이른 저녁 I-A 의료센터 오른의 병실, 저녁식사와 면회 시간 사이의 조용한 한때였다. 간호사가 침대 옆 조명을 켜 주었다. 조명이 녹색 벽에 차분한 빛을 비추었다. 턱 아래 촉진 붕대가 거추장스럽게 느껴졌으나, 특유의 신속 치유 가려움은 아직 시작되지 않았다.

병실에 있으니 은근히 불안했다. 이유는 알고 있었다. 그 냄새와 소리가 헬렙 봉기에서 부상을 입은 후 죽음으로부터 서서히 돌아오던 몇 달을 떠올리게 했기 때문이다. 헬렙은 전쟁 발발을 면한 또 다른 행성이었다. 아멜처럼.

병실 문이 열렸다. 기술직 담당관이 성큼성큼 들어와 문을 닫았다. 남자의 제복엔 묘하게 갈라진 번개 휘장이 달려 있었다. 오른은 이제까지 그런 휘장을 본 적이 없었다. 사이? 그는 생각했다. 담당관은 침대 발치에 멈춰 서서 가로대 위로 기댔다. 남자의 얼굴은 새처럼 뾰족했다. 긴 코와 뾰족한 턱, 좁은 입매. 눈은 빠르게 휙휙 움직였다. 키가 크고 깡말랐으며, 오른손을 들어 경례하는 시늉을 하는 손짓이 팔락거렸다.

"안녕하세요. 사이 부서 책임자 에이지 에몰리도입니다. 에이지는 '고뇌'를 의미하죠(agony의 앞 두 글자를 딴 이름 — 옮긴이)."

촉진 붕대 때문에 고개를 움직일 수 없어, 오른은 침대 발치의 에몰리도를 내려다보았다. 담당관은 분위기가…… 자신만만했다. 아는 자의 자신감. 차곤에 있을 때 알던 사제가 떠올랐다. 그 생각에 오른은 불안해졌다. 오른은 입을 열었다. "안녕하십니까."

"좀 빨리 진행해야겠습니다." 기술 담당관이 미소 지었다. "자정쯤엔 마비 최면 세션 차례니까."

"I-A에 들어오니 우주의 신비를 다 배우는군요." 오른이 말했다.

에몰리도는 한쪽 눈썹을 치켜올렸다. "본인이 사이 초점이라는 거 알고 있었습니까?"

"뭐라고요?" 오른은 일어나 앉으려 했으나, 붕대가 움직임을 막았다.

"사이 초점. 나중에 알게 될 겁니다. 간단히 말하자면, 당신은 무질서한 우주에 있는 질서의 섬이죠. I-A가 주목한 이후로 당신은 불가능한 일을 네 번 해냈습니다. 당신이 막은 사고 중 어느 하나라도 잘못되었으면 정치적 소란에 이어 전면전으로 이어질 수 있었어요. 당신은 무질서에서 질서를…….."

"훈련받은 대로 한 겁니다."

"훈련? 누구한테?"

"정부한테…… I-A한테. 참 멍청한 질문이군요."

"그런가요?" 에몰리도는 의자를 찾아 앉았고, 머리 높이가 오른과 같아졌다. "음, 그 점에 대해선 말씨름하지 맙시다. 중요한 건 커버해야 할 전반적인 영역을 당신이 의식적으로 알고 있다는 거죠. 알겠습니까?"

"마비 최면 테크닉은 압니다." 오른이 말했다.

"먼저, 사이 초점 얘기부터. 생명을 질서와 혼돈 사이의 다리라고 정의해 봅시다. 그다음, 혼돈은 원천 에너지이며 이걸 제압할 수 있다면, 즉 질서로 돌릴 수 있다면 그 에너지를 사용할 수 있습니다. 그러면 생명은 저장된 혼돈이 됩니다. 알겠어요?"

"듣고 있습니다. 계속하시죠."

"비숙련자는 초조해하기 마련이라." 에몰리도는 중얼거리며 목청을 가다듬었다. "달리 설명하자면 생명은 혼돈을 먹고 살지만, 질서 안에 존재해야 합니다. 명백한 모순이죠. 이로 인해 우리는 정체 상태에 이르게 됩니다. 정체는 자석과 같습니다. 정체는 자유 에너지를 끌어들여 결국에는 혼돈의 압력이 너무 강해져서 폭발하는데…… 폭발로 인해 다시 혼돈으로 돌아가죠. 결국 정체는 항상 혼돈으로 향한다는 피할 수 없는 결론에

다다르게 됩니다."

"그거 멋지군요." 오른이 말했다.

에몰리도는 미간을 찌푸렸다. "이 규칙은 화학적 무생물과 화학적 생물, 두 단계에 다 적용됩니다. 예를 들어, 물의 정체 상태인 얼음은 극도의 고열과 갑자기 접촉하면 폭발하죠. 냉동된 사회는 전쟁의 혼돈이나 낯선 새로운 사회의 표면적인 혼돈과 갑자기 접촉하면 폭발합니다. 자연은 정체 상태를 혐오합니다."

"진공 같은 거요." 오른이 말했다.

"정확해요."

"내 머릿속의 진공을 제외하고, 다른 무슨 문제가 있는 겁니까?" 오른이 물었다.

"아멜."

"아, 그래요. 또 다른 진공?"

"폭발하지 않는 정체죠."

"그럼 정체가 아닌가 보죠."

"아주 예리하군요, 오른."

"어이구…… 고맙습니다."

"본인이 아주 유머 넘친다고 생각하죠, 오른?"

"여기서 제일 웃겨 주는 분은 당신이라고 생각했는데요. 이 모든 게 아멜과 무슨 상관입니까?"

"기적이요. 당신이 아멜로 소환된 이유는 그쪽에서 당신을 기적의 사람이라고 여기기 때문입니다."

고개를 홱 돌리려 하는 바람에 오른의 붕대 감은 목에 통증이 직격했다. "기적이요?" 오른의 목소리가 뒤집혔다.

"사이를 기적으로 대체해요. 사이 초점이죠, 더 정확히 말하면." 기술자가 말했다. 기묘한 반쪽 미소가 에몰리도의 입가에 스쳤다. 웃을지 울지 내적 갈등에 맞서 싸우다가 결국 어느 쪽도 안 하기로 해결을 본 것만 같았다.

오른은 혼란스럽고 불안했다. "이해가 안 되는데요."

"사이 초점은 기적에 과학적 명칭을 붙인 겁니다. 허용된 규칙에도 불구하고, 인식된 경로 밖에서 벌어지는 일이죠. 종교에서는 그걸 기적이라 합니다. 특정 과학자들은 사이 초점을 접한 거라고 하죠. 사람일 수도 있고 장소일 수도 있습니다."

"전혀 모르겠습니다." 오른이 중얼거렸다.

"구 행성의 고대 기적 동굴은 들어 봤죠?"

오른은 눈을 껌벅거렸다. "전설은 들어 봤습니다만."

"그게 형태를…… 우리의 우주에서 투영된 뒤엉킨 것을 감추고 있다고 우린 믿고 있습니다. 이런 초점 지점을 제외하면, 외부 혼돈의 원천 에너지는 우리의 필요에 따라 다스릴 수가 없습니다. 하지만 이 초점 지점에서는, 혼돈이…… 그러니까 거친 에너지가…… 다스릴 수 있는 방식으로 풍부하게 존재해요. 일반 규칙을 거스르는 독특한 방식으로 가공할 수도 있겠죠." 에몰리도의 눈이 활활 불타올랐다. 내면의 거대한 흥분과 맞서 싸우는 것 같았다.

오른은 입술을 축였다. "형태요?"

"철사를 구부리고, 감고, 플라스틱 조각을 깎아 내고, 겉보기에 아무 관련 없는 이상한 조합의 물체들을 섞죠. 그러면 희한한 일이 벌어집니다. 매끄럽던 금속 조각이 풀을 바른 듯 끈적거려요. 특정한 바닥에 오각별을 그리면 그 안에서 불꽃이 춤을 춥니다. 이상한 모양의 병에서 연기가 피어오르고 사람이 시키는 대로 따라 움직입니다. 그리고 이런 초점을 자기 안에 감추고 있는 사람들이 있어요. 걸어가다가…… 돌연 사라지고, 몇 광년 떨어진 곳에 다시 나타나죠. 불치병으로 고통받는 사람을 쳐다보면 병이 치유됩니다. 죽은 자를 되살리죠. 마음을 읽고."

오른은 바싹 마른 목으로 침을 삼키려 애썼다. "이 모든 것이 사이라고요?"

"우린 그렇게 믿습니다." 에몰리도는 오른의 침대 옆 조명으로 몸을 숙여, 불빛과 녹색 벽 사이에 주먹을 쑥 내밀었다. "벽을 쳐다보세요."

"고개를 돌릴 수가 없어요." 오른이 말했다.

"미안합니다. 그냥 그림자예요." 에몰리도는 손을 내렸다. "하지만 저 벽의 평평한 면에 지각을 갖춘 존재들이 갇혀 있다고 가정해 봅시다. 그들이 내 주먹의 그림자를 봤다고 쳐요. 그들 중 천재가 그림자를 드리우는 형체를, 본인 차원의 밖에서 투영된 형체를 상상할 수 있을까요?

"좋은 질문이군요." 오른이 말했다.

"벽 속의 존재가 우리의 차원에 투영할 수 있는 기기를 만든다면? 장님이 전설 속 코끼리를 연구하는 것 같겠죠. 그 기기는 그의 차원과는 맞지 않는 방식으로 반응하겠고. 그는 온갖 종류의 새로운 가정을 세워야 할 겁니다."

붕대 아래 오른의 목 피부가 미친 듯이 가렵기 시작했다. 손가락으로 쑤시고 싶은 충동을 참았다. 차곤의 민담이 드문드문 뇌리에 떠올랐다. 마법사, 소원을 빈 사람이 후회하게 만드는 방식으로 소원을 들어주는 작은 사람들, 병이 치유되는 동굴. 신속 치유 가려움증에 거의 참을 수 없을 만큼 손이 그리로 가려 했다. 그는 침대 스탠드에 놓인 약을 덥석 집어삼키고, 효과를 기다렸다.

이어 오른은 입을 열었다. "내 목에 넣은 게 뭡니까?"

"이중 목적이 있습니다. 사이 활동, 우리가 사이 영역이라고 부르는 것의 존재를 알려 줘요. 그리고 증폭기는 혹시 있을 잠재된…… 어, 재능을 부풀려 줍니다. 때로 초보가 소소한 사이 효과를 낼 수 있게 해 주죠."

오른은 목 붕대의 바깥쪽을 문지르다, 손을 억지로 떼어 냈다. "예를 들자면 어떤?"

"아…… 사이가 유발한 감정에 저항하기, 타인의 감정을 통해 동기를 감지하기. 약간의 예지력을 줄 수도 있고요. 극도의 개인적인 위험을 시간상으로 아직 한참 남았을 때 감지할 수 있게 됩니다. 마비 최면 세션이 끝나면 이해하게 될 겁니다."

오른은 목에서 뭔가 저릿함을 느꼈다. 배 속에는 뭔가 공허한 감각이 있었다. "예지력이요?"

"처음에는 일종의 두려움으로 인지할 겁니다…… 특이한 두려움. 가끔은 방금 식사했는데도 느껴지는 허기 같죠. 가끔은 내면에, 아니면 숨 쉬는 공기에서 뭔가 빠진 것 같은 느낌이기도 하고. 느끼면 알 겁니다. 항상 위험에 대한 경고지요. 아주 신뢰할 만해요."

오른은 식은땀이 났다. 배 속에 뭔가 공허한 감각이 있었다. 방 안 공기가 답답하게 느껴졌다. 반사적인 반응은 감각과 그 모든 의미심장한 대화를 거부하는 것이었지만, 여전히 스텟슨의 문제가 있었다. I-A에서 미신에 냉정하게 객관적이거나 빨리 내던지기로는 그만 한 사람이 없었다. 그리고 스텟슨은 분명히 이 사이라는 걸 받아들였다. 스텟슨은 믿을 만했다. 그게 오른이 이…… 이 작자를 내쫓지 않는 주요한 이유였다.

"좀 창백해 보이는데요." 에몰리도가 말했다.

"그런가요." 오른은 굳은 미소를 지어 보였다. "지금 예지력을 느끼고 있는 것 같습니다."

"감각을 묘사해 봐요."

오른은 순순히 따랐다.

"별다른 이유 없이 짜증 나고, 안절부절못한다. 이렇게 빨리, 훈련 전에 벌어지다니 이상하군요. 혹시……." 에몰리도가 입술을 모았다.

"혹시 뭐요?"

"혹시 당신의 재능이…… 상당히 강하다면 모를까. 그리고 사이 훈련 자체가 사실 당신에게 위험하다면 모를까. 재미있지 않습니까?"

"그래요. 흥미진진하군요. 얼른 이 훈련을 끝내고 아멜로 향하고 싶어 죽겠어요."

* * *

내키지 않아 이러는 거라고 오른은 결론지었다. 선체 경사로에서 이렇게 미적거릴 핑계가 없었다. 분명, 아멜의 사이 영역에 들어선 첫 번째 충격을 극복했다. 여전히 예지력은 위험을 알리고 있었다. 그 존재를 표 내는 시린 이처럼. 날씨는 더웠고 토가는 너무 무거웠다. 오른은 땀에 푹 젖어 있었다.

젠장! 너무 오래 시간을 끌면 의심할 텐데.

그는 여전히 내키지 않는 마음과 맞서 싸우며, 수직이동기를 향해 반 발짝 디뎠다. 기름과 오존 냄새가 지배하는 착륙장에서 흘러나온 매운 인센스 연기가 코에 들어왔다. 대응 조절과 신중하게 키운 불가지론에도 불구하고, 갑자기 경외감이 느껴졌다. 아멜은 냉소적인 불신을 거스르는 마법의 기운을 방출하고 있었다.

종교 본진에서 안개처럼 피어오르는 합창과 흐느낌은 기억의 파편을 일깨웠다. 차곤에서 보낸 어린 시절이 오른의 뇌리에서 뒤섞였다. 축일에 행하는 종교 행사……키블라(이슬람교에서 예배할 때 향하는 방향 — 옮긴이)에서 내려다보는 마흐무드 그림……바이람(이슬람교의 축제 — 옮긴이) 날에 대광장 저편에서 울리는 아잔(이슬람교의 예배 알림 소리 — 옮긴이)…….

"신성모독을 금하라, 신성모독자를 살려 두지 마라! 그러한 자는 신과 축복받은 자로부터 발바닥에서 정수리까지, 잘 때나 걸을 때나, 앉을 때나 설 때나 저주받을 것이니……."

오른은 고개를 내저었다.

그래, 아일브의 별의 방랑자 울른에게 경배하라. 그는 생각했다. 종교를 가지기에 정말 좋은 때가 아닌가!

하지만 뿌리는 깊었다. 오른은 토가 허리띠를 조이고, 성큼성큼 수직이동기에 들어섰다. 부드러운 감촉이 그를 지상의 지붕 있는 통행로 옆에 내려 주고 떨어졌다. 한 무리의 사제와 학생들이 얇은 해 가리개 아래 몰려 있었다. 오른이 다가가자 그들은 둘씩 짝지어 흩어지기 시작했다. 흰옷 차림의 사제 한 명당 학생 하나.

한 사제가 오른을 마주한 채 남아 있었다. 키가 크고 체구가 두툼했다. 발을 디디면 땅이 흔들릴 듯이 무거운 느낌이 있었다. 머리는 깎은 민머리였다. 턱이 넓은 얼굴에는 깊게 파인 주름이 패턴을 그리고 있었다. 검은 눈이 늘어진 회색 눈썹 아래 번뜩이고 있었다.

"자네가 오른인가?" 사제가 울리는 목소리로 말했다.

오른은 통행로로 들어섰다. "맞습니다." 사제의 피부에는 누런 기가 돌았다.

"나는 바크리시라고 하네." 사제는 두툼한 양손을 골반에 얹고 오른을 노려보았다. "정화 의식을 놓쳤어."

큰 덩치, 인상 쓴 얼굴에 오른은 갑자기 알던 I-A 원사가 떠올랐다. 그 생각에 오른은 균형 감각을 되찾고, 얼굴에 싱긋 웃음을 떠올렸다.

"죄송합니다. 경치를 즐기느라." 오른이 말했다.

"뭐 재미있는 거 있나?" 바크리시가 다그쳤다.

"이 미천한 얼굴은 행복을 표현하는 겁니다. 아멜에 오게 된 행복이요." 오른이 말했다.

"아. 뭐, 따라오게." 바크리시는 몸을 돌려 지붕 있는 통행로에서 성큼성큼 걸어 나갔고, 오른이 따라오는지 확인도 하지 않았다.

오른은 어깨를 으쓱하고 사제를 따라나섰다. 다리 긴 상대의 속도를 따라잡으려면 반쯤 뛰다시피 해야 했다.

무빙워크도, 홀얼롱도 없군, 원시적인 곳이야. 오른은 생각했다.

통행로는 창문 없는 낮은 석조 건물에서 긴 부리처럼 튀어나온 형태였다. 양쪽으로 열리는 문은 어둑어둑한 복도로 이어졌다. 문은 수동으로 열어야 했으며 한쪽은 삐걱거렸다. 앞선 바크리시는 복도로 열려 있는 줄줄이 이어진 좁은 독방을 지나 마침내 다른 문에 도달했다. 다른 방보다 조금 더 큰 독방으로, 작은 책상 하나와 의자 두 개가 들어갈 크기였다. 숨겨진 조명에서 나오는 핑크빛 불빛이 방을 밝혔다.

바크리시는 앞서 독방을 가로질러, 책상 뒤 의자에 앉아 오른에게 다른 의자를 손짓했다. "앉게."

오른은 시키는 대로 했지만 갑작스러운 경계심이 일었다. 잔뜩 예민해진 감각에 이곳의 무언가가 아귀가 맞지 않았다.

"알다시피 여기 아멜에서는 에큐메니컬 협약에 따라 살고 있어. 그쪽 정보기관에서 그 사실 이면의 중요성에 대해 안내했을 거야." 바크리시가 말했다.

오른은 이 대화의 방향에 놀랐지만 내색하지 않았다. 그는 고개를 끄덕였다.

바크리시가 미소 지었다. "관련해서 자네가 알아야 할 중요한 점은 내가 자네 스승으로 배정되어도 전혀 이상한 일이 아니란 거야."

"무슨 말인지 모르겠습니다."

"자네는 마흐무드의 신자이지. 나는 힌드이자 왈리 교인이며, 신성한 보호 아래 있어. 협약에 따라, 우리 모두는 많은 이름을 지닌 하나의 신을 모시네. 이해하겠나?"

"알겠습니다."

바크리시가 고개를 끄덕였다. "에몰리도가 자네 얘기를 했지만, 물론 우리가 직접 봐야 하니까. 그래서 자네가 여기 오게 된 거야."

에몰리도 이 배신자! 강철의 자제력으로 오른은 충격을 드러내지 않았다.

"자네는 흥미로운 문제를 제시했어." 바크리시가 말했다.

오른은 분노가 치밀었다. 이런 머저리! 싱글거리는 웃음을 얼굴에 고정하고, 오른은 새로 자각한 사이 인식으로 이곳의 어떤 약점, 감정, 이 방이 주는 기묘한 느낌의 단서를 찾아 탐색했다. "바쁘게 지낼 거리를 찾으셨다니 기쁩니다."

바크리시는 몸을 내밀어 오른의 뒤쪽을 흘끗 보더니, 고개를 끄덕였다. 동시에 오른은 기묘한 감각이 스러지는 것을 느꼈다. 휙 돌아보니 로브 입은 형체와 바퀴 달린 물체가 열린 문으로 나가는 것이 얼핏 보였다.

"좀 낫군. 이제 자네 장치의 텐서 페이즈 패턴을 파악했으니, 우리 뜻대로 무효화할 수도 있고, 그걸로 자네를 파괴할 수도 있지." 바크리시가 말했다.

오른은 얼어붙었다. 에몰리도가 내 안에 무슨 종류의 폭탄을 심어 놓은 거지?

"그러나, 우리는 자네를 파괴하고 싶지 않아. 당분간은 자네 의 장치를 건드리지 않을 거야. 자네가 그걸 이용했으면 해." 바 크리시가 말했다.

오른은 두 번 심호흡을 했다. 의도하지 않은 채, 사이 훈련이 작용했다. 그는 내면의 초점을 차분함에 집중했다. 차가운 물 을 촥 끼얹는 듯했다. 얼음장 같고 객관적인 차분함.

당했어! 배신자 하나 때문에! 그 생각이 뇌리에 활활 타올랐다. 하지만 겉으로는 차분하고 기민한 모습을 유지했다.

"뭐 할 말 없나?" 바크리시가 물었다.

"있습니다." 오른은 목청을 가다듬었다. "할마이라크 아보드 를 만나고 싶습니다. 왜 우리를 파멸시키려는지 알아야……."

"다 때가 되면." 바크리시가 말했다.

"아보드는 어디 있습니까?"

"근처에. 자네가 아보드와 함께 사람들을 만날 때가 되면 준비될 거야."

"그동안, 그저 절 터트리기만 기다리라고요!"

"터트린다니……." 바크리시는 어리둥절한 눈치였다. "젊은 친구, 우린 자네를 파괴할 생각은 전혀 없어. 그냥 필요한 예방책이지. 자, 이렇게 두 가지는 사실이야. 자네는 우리에 대해 알고 싶어 하고, 우리는 자네에 대해 알고 싶어 하지. 우리 둘 다 목적을 달성하는 최상의 방법은 자네가 시련에 응하는 거야. 물론 자네에겐 선택의 여지가 없지만."

"당신네들이 나를 도살장에 끌려가는 그리프카처럼 끌고 다니게 둬야 한단 소리군요! 아니면 나를 파괴하든가."

"이걸 그냥 흥미로운 테스트로 보면 나을 거야. 그런 과격한 생각은 정말이지 적절치 않아." 바크리시가 중얼거렸다.

"당신을 열 받게 하는 방법을 찾아낼 겁니다. 찾아내면 당신네 원동력을 부숴 버릴 테니까!" 오른이 이를 갈았다.

바크리시는 얼굴을 찌푸리고, 침을 삼켰다. "자네는 신성한 신비를 접해야만 해." 그의 누런 피부가 창백해졌다.

오른은 도로 등을 기댔다. 갑자기 만용을 부린 것이 뒤늦게 민망했다. 그는 생각했다. 나를 비웃었어야 맞아. 주도권은 저쪽이 쥐고 있는데. 하지만 내 위협에 겁먹었어. 어째서?

"시련에 응하겠는가?" 바크리시가 물었다.

오른은 의자에서 몸을 일으켰다. "당신이 이미 말씀하셨죠. 저에겐 선택의 여지가 없다고."

         *   *   *

"여기는 믿음의 명상실이야. 바닥에 등을 대고 누워. 내가 허락할 때까지는 앉거나 일어서려고 하지 말고. 아주 위험해." 바크리시가 말했다.

"어째서요?" 오른은 방 안을 둘러보았다. 높고 좁았다. 벽, 바닥, 천장은 하얀 돌에 마치 벌레가 지나간 자국처럼 가느다란 갈색 줄이 나 있었다. 탈지유처럼 영혼 없고 맹맹한, 창백한 하얀 빛이 방 안을 밝혔다. 축축한 돌 냄새가 배어 있었다.

"바닥에 누워 있으면 상대적으로 안전하니까. 그냥 말 그대로 받아들여. 난 불신의 결과를 이 눈으로 봤다네." 바크리시가 말했다.

오른은 목청을 가다듬었고, 갑자기 추운 기분이었다. 앉은 다음, 바닥에 길게 드러누웠다. 등에 와 닿는 돌이 싸늘했다.

"일단 시련이 시작되면, 나가는 방법은 끝까지 가는 것뿐이야." 바크리시가 말했다.

"직접 통과하신 적은 있고요?" 오른이 물었다.

"그야 물론이지."

상대의 동기를, 감정을 탐색한 오른은 차가운 동정심과 맞닥뜨렸다…… 사이 인식을 믿을 수 있다면 말이지만. 결국, 상당부분 배신자 에몰리도에게서 배운 거니까.

"그럼 그 터널로 기어들어 가서…… 아니면 동굴이든가요? 반대쪽 끝에는 뭐가 있습니까?" 오른이 물었다.

"그건 자네가 발견할 몫이지."

"저를 이용해서 뭘 찾아내려는 거군요, 바크리시. 제가 협조 안 하면요? 교착 상태인가요?"

머뭇거리는 후회가 바크리시에게서 발산되었다. "실험이 실패했다고 과학자가 이후 새로운 장비로 하는 실험을 금지당할 필요는 없지. 자네에겐 정말 선택의 여지가 없어."

"그럼 얼른 해치우죠."

"뜻대로." 바크리시는 벽 끝으로 갔다. 벽이 휙 열리며 바깥 복도가 나타났고, 사제가 나가고 닫혔다. 갑자기 압박감이 강해진 느낌이었다.

오른은 독방을 살폈다. 길이 4미터, 폭 2미터, 높이 10미터쯤 되어 보였다. 하지만 얼룩덜룩한 돌 천장은 흐릿해 보였다. 어쩌면 높이가 더 높을지도 모른다. 창백한 조명은 감각을 혼란시키기 위한 의도일 수도 있다. 예지력을 탐색하자, 무정형의 뜨끔함이 느껴졌다…… 위험.

사제의 목소리가 갑자기 감춰진 스피커에서 흘러나와 방 안에 울렸다. "자네는 사이 기계 안에 들어 있어. 이 시련은 오래전부터 내려왔으며 엄혹하지. 믿음의 질을 시험하는 거야. 실패는 생명을, 영혼을 잃게 된단 의미지."

오른은 주먹을 꽉 움켜쥐었다. 땀으로 손바닥이 미끈거렸다. 배경의 갑작스러운 사이 활동 증가가 증폭기에 감지되었다.

"신비의 흐름에 자신을 맡기게. 무엇을 두려워하는가?" 바크리시가 말했다.

오른은 자신에게 집중된 압력을, 의미심장하며 숨겨진 의도의 모든 증거를 생각했다. "그냥 믿음으로만 행동하는 건 좋아하지 않습니다. 어디로 가는 건지 알고 싶은데요."

"가끔은 그냥 가는 것에 의미를 두고 가야 해. 사실, 자네가 항상 해 오던 거야⋯⋯." 바크리시가 말했다.

"미친 소리!"

"스위치를 눌러 방의 불을 켤 때, 불이 있으리라는 믿음에 근거해서 행동하지." 바크리시가 말했다.

"과거 경험에의 믿음이죠."

"그럼 첫 번째일 때는?"

"그야 불빛에 놀랐겠지요."

"그럼 놀랄 각오를 하게, 지금 그 방에는 조명장치가 없거든. 자네가 보고 있는 불빛은 자네가 바라기 때문에 존재하는 거고, 다른 이유는 없어."

"무슨⋯⋯."

어둠이 방을 집어삼켰다.

바크리시의 목소리가 허스키한 속삭임으로 어둠 속을 채웠다. "믿음을 가져."

예지력 경고가 오른을 쥐어짰다. 뒤틀리는 공포. 벌떡 일어나 벽 문으로 달려가고픈 충동과 맞서 싸웠다. 사제의 경고, 그 엄중한 사실이 진정으로 느껴졌다. 죽음이 허공에 있었다. 연기처럼 일렁이는 어스름이 천장 근처에 나타나, 소용돌이를 그리며 오른을 향해 내려왔다.

빛?

오른은 오른손을 들었다. 손이 보이지 않았다. 어스름은 독방의 다른 곳에는 전혀 빛을 드리우지 않았다. 독방 내 압박감이 맥박이 뛸 때마다 높아졌다.

내가 바란다면 빛이 들어온다고? 하기야…… 의심하니 어두워졌지.

그는 은은한 빛을 생각했다.

그림자 없는 광휘가 깜박깜박 생겨났지만, 아까 어스름한 빛을 본 천장 근처에는 검은 구름이 피어오르고 있었다. 우주 바깥의 어둠처럼 그를 부르고 있었다.

오른은 얼어붙어 바라보았다.

어둠이 방을 채웠다.

다시, 어스름한 빛이 천장에 떠올랐다.

예지력 공포의 경고음이 오른을 관통했다. 집중하려 애쓰느라 눈을 감았다. 즉시 공포가 줄어들었다. 충격으로 눈이 번쩍 뜨였다.

공포

그리고 유령처럼 빛나는 어스름이 스멀스멀 다가왔다.

눈을 감았다.

여전히 위험하단 감각은 있었지만 긴급함은 없었다.

공포는 곧 어둠과 동일하다. 빛 속에서조차, 어둠은 부른다. 그는 숨을 죽이고, 내면의 초점에 집중했다. 믿음? 맹목적인 믿음? 저들은 내게서 뭘 원할까? 공포는 어둠을 불러온다.

오른은 억지로 눈을 뜨고, 독방의 빛 없는 허공을 응시했다.

어스름이 똬리를 틀며 내려왔다. 어둠 속에도 빛은 있어. 하지만 그걸로 뭘 볼 수 없으니 진짜 빛은 아니지.

마치 그가 기억하는 어린 시절의 한때 같았다. 그의 방의 어둠. 달빛이 드리운 그림자가 괴물로 변했다. 어린 오른은 눈을 뜨면 직면하기 끔찍한 것을 볼까 무서워 눈을 꼭 감았다.

오른은 똬리를 튼 어스름을 올려다보았다. 가짜 빛. 마치 가짜 희망처럼. 어스름이 도로 자기 안으로 말려 올라가더니, 줄어들었다. 지극한 어둠은 곧 지극한 공포와 동일하다.

어스름이 깜박하고 사라졌다.

눅눅하고, 돌 냄새가 나는 어둠이 독방에 스며들었다. 섬뜩한 소리에 물든 어둠…… 발톱으로 긁고 쉭쉭거리는 소리, 작은 스르륵 소리…….

오른은 소리에 그의 상상력으로 만들어 낼 수 있는 모든 형태의 공포를 부여했다. 독 있는 도마뱀, 미친 괴물…… 위험의 감각이 감싸 오고 그는 거기 매달려 버텼다.

바크리시의 거친 속삭임이 어둠을 뚫고 파고들었다. "오른? 눈 뜨고 있나?"

말하려 애쓰려니 입술이 부들부들 떨렸다. "네."

"뭐가 보이나, 오른?"

오른 앞 검은 들판에 갑자기 이미지가 춤추었다. 으스스한 붉은 빛 속의 바크리시가 펄쩍 뛰고 경정경정 뛰고 얼굴을 찡그리고…….

"뭐가 보이나?" 바크리시가 낮게 내뱉었다.

"사제님이요. 사둔의 불지옥 속에 있는 모습이 보입니다."

"마흐무드의 지옥?"

"네. 왜죠?"

"오른, 빛이 좋지 않나?"

"왜 사제님이 보이죠?"

"오른, 제발 부탁이야! 선택을……."

"어째서 불길 속에 당신이……." 오른은 입을 다물었다. 무언가 그의 내면을 깊게 심사숙고하며 엿보고, 생명을, 그리고 그의 생명 작용까지도 확인하며 가늠하고 있다는 느낌이 들었다. 자신이 마음을 먹는다면, 바크리시는 마흐무드의 악몽 속 가장 깊은 고문의 구덩이에 던져지리라는 것을 돌연 알았다. 왜 안 되지? 하지만 뒤집어 보자면, 왜? 내가 뭐라고 결정해? 그는 맞는 사람이 아닐지도 몰라. 어쩌면 할마이리크 아보드가…….

신음 소리와 삐걱거리는 소리가 돌벽 독방에 가득했다. 날름거리는 불길이 오른 위의 어둠에서 뻗어 나와 태세를 갖췄다. 돌벽에 불그스레한 빛이 드리웠다.

예지의 공포가 그를 할퀴었다.

믿음? 믿음이 아니라, 지금 이 순간 위험하고 사악한 짓을 한 사람을 영원한 고문 속에 던져 넣을 수 있다는 내적인 앎이 그에겐 있었다. 누구를, 그리고 왜? 아무도 아니야. 오른은 선택을 거부했다.

그의 위에선 춤추는 불꽃이 스러져 꺼지고, 오직 어둠과 그 슥슥대는 소음만 남았다. 깨달음이 몰려왔다. 오른은 자신의 손가락이 덜덜 떨며 돌바닥을 긁고 있다는 것을 느꼈다. 발톱! 그는 소리 내어 웃고, 손을 멈추었다. 할퀴는 소리가 멈췄다. 하늘을 날려는 무의식적인 노력으로 발버둥 치고 있음을 느꼈다. 발을 멈추고, 의미심장한 슥슥 소리가 사라졌음을 인식했다. 그리고 쉿쉿 소리! 집중해서 들어 보니, 악문 잇새로 내뱉는 그 자신의 숨소리임을 깨달았다.

오른은 웃었다.

빛?

갑자기 속이 뒤틀려 빛이란 발상을 거부했다. 이 기계가 자신의 내밀한 소원에 반응하고 있으나, 의심하는 의식에 검열받지 않은 소원만 해당된다는 것을 어째서인지 알 수 있었다. 빛은 그가 바랐던 것이지만 그는 어둠을 선택했고, 불현듯 긴장감이 팍 몰려와 바크리시의 경고를 무시하고 벌떡 일어섰다. 그는 어둠을 향해 미소 지으며 입을 열었다. "문을 여시죠, 바크리시."

또다시 오른은 내면의 무언가가 엿보는 것을 느꼈고, 에몰리도가 사용한 훈련용 탐지로 인해 대단히 증폭된 사이 탐지임을 인식했다. 누군가 그의 동기를 확인하고 있었다.

"난 두렵지 않습니다. 문 열어요." 오른은 말했다.

드드득 긁히는 소리가 독방에 울려 퍼졌다. 끝 쪽 벽이 회전해 열리자 복도의 불빛이 안으로 퍼져 들어왔다. 오른은 빛을 등지고 로브 입은 동상처럼 그림자가 진 바크리시를 내다보았다.

그 힌드인은 앞으로 발을 내딛다, 오른이 서 있는 것을 보고 화들짝 멈춰 섰다.

"빛이 좋지 않았나, 오른?"

"아뇨."

"하지만 이 시험을 이해했으니까 서 있는 것일 텐데…… 내 경고를 두려워하지 않고."

"이 기계는 저의 검열받지 않은 의지에 복종합니다. 그게 믿음이죠. 검열받지 않은 의지." 오른이 말했다.

"이해했군. 그런데도 어둠을 선호한다?"

"그게 마음에 걸리십니까, 바크리시?"

"맞아, 그렇네."

"잘됐군요."

"알겠군." 바크리시가 고개를 숙였다. "나를 내던지지 않아 주어 고맙네."

"알고 있었습니까?"

"불길과 열기가 느껴지고, 타는 냄새가 났지……." 사제는 고개를 저었다. "이곳에서 스승의 삶이란 안전하지 않아. 너무 가능성이 크거든."

"사제님은 안전합니다. 제 의지를 검열했거든요."

"가장 계몽된 수준의 믿음이지." 바크리시가 중얼거렸다.

"제 시련은 그게 전부입니까?" 오른은 어두워진 독방 벽을 둘러보았다.

"겨우 첫 단계인걸. 전체 일곱 단계야. 믿음의 시험, 기적의 두 얼굴의 시험, 교의와 예식의 시험, 윤리의 시험, 종교적 이상의 시험, 삶에 대한 봉사의 시험, 신비적 체험의 시험. 정확히 그 순서는 아니지만." 바크리시가 말했다.

오른은 즉각적인 예지의 공포가 몰려오지 않는 것을 느꼈다. 고양감을 맛보았다. "그럼 얼른 해치우죠."

바크리시가 한숨을 쉬었다. "성 여제시여 저를 지키소서." 그는 중얼거리고 덧붙였다. "그래, 물론이지. 다음 단계는 기적의 두 얼굴이야."

그러자 위험의 예지 감각이 오른의 내면에서 깜박거리기 시작했다. 성이 나 그는 그 감각을 밀어냈다. 내겐 믿음이 있어, 나 자신에 대한 믿음, 공포를 다스릴 수 있음을 증명했다고. 그는 생각했다.

"왜, 뭘 기다리는 거죠?" 그는 다그쳤다.

"따라오게." 바크리시가 말했다. 하얀 로브를 나부끼며 몸을 돌려, 복도를 앞장서 나갔다.

오른은 그 뒤를 따랐다. "기적이라 함은, 사이 초점 말입니까?"

"뭐라고 부르든 무슨 차이가 있지?"

"제가 수수께끼를 전부 풀면, I-A에 대한 압력을 거두실 겁니까?" 오른이 물었다.

"압력이라니…… 아, 그 얘기…… 그건 할마이라크 아보드가 결정할 문제네."

"그분은 가까이 계시고요?"

"아주 가까이."

바크리시는 복도 끝 무거운 청동 문 앞에 멈춰, 장식 손잡이를 한쪽으로 돌리고 어깨로 문을 밀쳤다. 문이 끼익 열렸다. "우리는 보통 이쪽으로 안 오지. 이 두 가지 시험이 붙어 진행되는 경우는 드물거든." 그가 말했다.

오른은 눈을 껌벅이고, 사제를 따라 거대한 원형의 방으로 들어갔다. 돌벽이 곡선을 그리며 머리 한참 위 돔형 천장으로 이어졌다. 천장의 높은 곡선에 난 좁은 창문으로 들어온 가느다란 빛기둥 속에 먼지가 반짝거렸다. 아래로 향한 빛은 똑바로 뻗은 장벽에 초점이 맺혔는데, 방 한가운데에 자리한 그 벽은 높이 약 20미터에 폭은 40~50미터였으며 뚝 떨어져 있어 불완전해 보였다. 돔형 공간의 어마어마함에 벽은 왜소해 보였다.

바크리시는 오른의 등 뒤로 빙 돌아와서, 무거운 문을 쿵 닫고, 중앙 장벽을 향해 고갯짓했다. "저리로 가세." 사제가 앞장섰다.

철썩철썩 발소리가 벽에 반사되어 울렸다. 축축한 돌 냄새가 쓴맛처럼 강했다. 오른이 왼쪽을 돌아보니, 방 가장자리를 따라 그들이 들어온 것과 같은 청동 문이 일정한 간격으로 줄지어 나 있었다.

장벽에 가까워지자 오른은 그리로 주의를 집중했다. 표면은 매끄러운 회색 플라스틱처럼 보였다. 특징은 없지만 어쩐지 위협적인.

바크리시가 벽 한가운데에서 10미터쯤 떨어진 곳에 멈춰 섰다. 오른은 그 옆에 섰고, 예지 공포를 의식했다. 뭔가 벽과 관련되어 있었다. 그의 내면에는 바닷가 파도처럼 밀려왔다 물러나는 것이 있었다. 에몰리도는 그 감각을 설명하고 해석해 주었다.

기본적으로 위험한 상황에서의 무한한 가능성.

아무것도 없는 벽이?

"오른, 윗사람의 명령에 따라야 한다는 건 사실이 아닌가?" 바크리시의 목소리는 어마어마한 방 안에 공허한 메아리를 실어 왔다.

오른은 목이 바싹 말랐다. 큼큼 목청을 가다듬고, 쉰 소리로 말했다. "맞겠지요…… 그 명령이 이치에 닿는다면. 왜요?"

"자네는 여기 스파이로 파견되었지, 오른. 권리에 따르면, 자네에게 무슨 일이 생기든 우리가 걱정할 일이 아냐."

오른은 긴장했다. "무슨 의도로 하는 말입니까?"

바크리시는 오른을 내려다보았고, 큰 눈이 검게 번들거리고 있었다. "가끔 이 기계들은 사람을 겁나게 해. 그 수단이 너무 예상외고, 누구든 그 영향권에 들어가면 힘에 굴복하게 될 수 있지."

"아까 독방에서 당신이 불지옥 가장자리에 매달려 있을 때처럼요?"

바크리시가 몸서리쳤다. "그래."

"하지만 그래도 전 이걸 통과해야 하고요?"

"해야지. 자네가 여기 보내진 목적을 달성할 유일한 방법이며…… 그리고…… 어차피 이제 와선 멈출 수도 없어. 공이 비탈을 굴러 내려가고 있는 셈이지. 자네는 멈추고 싶지도 않을걸."

오른은 그 말을 자신의 감정에 비교하여 시험해 보고, 어깨를 으쓱했다. "궁금하니까요."

"요점은, 오른 자네는 우리를 의심하고 두려워한다는 거네.

그건 증오로 이어지지. 독방에 있을 때 봤어. 하지만 증오는 지금 현재의 시험에서 자네에게 대단히 위험할 수 있다네. 자네는……."

뒤에서 긁는 소리가 나서 오른은 돌아보았다. 노동 수사 둘이 무겁고 네모난 팔걸이의자를 돌바닥에 벽과 마주하게 놓았다. 그들은 오른에게, 그리고 벽을 향해 겁에 질린 시선을 던지고는, 몸을 돌려 무거운 청동 문으로 허둥지둥 향했다.

"말했듯이, 나는 그저 명령을 따를 뿐이야. 나를 증오하지 말기를, 아무도 증오하지 말기를 비네. 이 시험 중에 증오를 품어서는 안 돼."

"의자를 가져온 저 친구들은 뭘 무서워하는 겁니까?" 오른이 물었다. 그는 둘이 잰걸음으로 문을 지나고, 쾅 닫는 것을 지켜보았다.

"이 시험의 소문을 아는 거지. 우리 우주의 구조 자체가 그 안에 짜여 있어. 여기에서는 많은 것이 걸려 있을 수 있고. 무한한 가능성."

조심스레 오른은 바크리시의 동기를 탐색했다. 사제는 명백히 그 탐색을 감지했다. "난 두렵네, 오른. 이게 자네가 알고 싶었던 거 맞나?"

"왜 두려우십니까?"

"내가 시련을 거칠 때, 이 시험은 거의 치명적이었어. 난 증오의 핵을 품었지. 이곳에 오면 아직도 가슴이 조여들어." 그는 부르르 떨었다.

오른은 사제의 공포에 뒤숭숭해졌다. 그는 의자를 쳐다보았다. 땅딸막하고 못생겼다. 뒤집힌 금속 반구가 팔걸이에서 길게 뻗어 나와 시트 위로 달려 있었다. "이 의자는 뭐죠?"

"자네는 거기 앉아야 해."

오른은 회색 벽을, 바크리시를 보고, 다시 의자를 돌아보았다. 맥박이 뛸 때마다 압력을 방 안에 불어넣는 것처럼 긴장감이 자리했다. 밀려왔다 물러가는 예지 감각이 커져 갔으나, 그는 이 막막한 코스에 전념하고 있었다.

'가끔은 그냥 가는 것에 의미를 두고 가야 해.' 그 말이 기억에 떠올랐다. 누가 했던 말이더라?

그는 의자로 가서, 돌아서고, 앉았다. 앉는 동작을 하는 사이, 위험의 예지 감각이 극도로 고조되어 머물렀다. 하지만 마음을 바꿀 틈은 없었다. 금속 밴드가 의자의 감춰진 구멍에서 튀어나와 그의 팔을 고정하고, 가슴과 다리를 감았다. 오른은 확 몸을 당기고 뒤틀어 댔다.

"몸부림치지 마. 도망 못 쳐." 바크리시가 경고했다.

오른은 푹 기대앉았다.

"제발, 오른, 우리를 증오해선 안 돼. 그러면 위험이 엄청나게 증폭되네. 증오는 자네를 실패하게 만들 수 있어."

"당신을 끌고 떨어질 수도 있다, 그건가요?"

바크리시가 중얼거렸다. "충분히 가능하지. 사람은 증오의 결과로부터 벗어나지 못하는 법이니." 그러고는 의자 뒤로 가서, 뒤집힌 반구를 오른의 머리 위로 내렸다. "갑자기 움직이거나 반구 안의 마이크로필라멘트 탐침에서 몸을 빼내려 하면 엄청나게 고통스러울 거야."

오른은 뭔가 두피를 건드리고, 기어다니고, 간질이는 것을 느꼈다. "이게 뭐죠?"

"가장 위대한 사이 기계 중 하나지." 바크리시가 의자 위 뭔가를 조절했다. 금속 부딪히는 소리가 났다. "벽을 관찰하게. 자네의 가장 잠재된 충동을 드러낼 수 있어. 기적을 일으키고, 죽은 사람을 불러오고, 많은 경이를 행할 수 있지. 깊은 신비 체험의 직전에 있을지도 몰라."

오른은 목이 말라 침을 삼켰다. "제가 아버지가 여기 나타나기를 원한다면 그럴 수 있단 말인가요?"

"돌아가셨나?"

"네."

"그럼 가능하지. 하지만 주의를 줘야겠군. 여기서 보는 건 환각이 아니야. 그리고 하나 더. 죽은 이를 불러내는 데 성공한다면, 자네가 불러낸 게 그 죽은 사람이지만 또한 그 죽은 사람이 아니라는 걸 깨달아야만 해."

오른의 오른쪽 팔 위가 근질거렸다. 벅벅 긁고 싶었다. "어떻게……."

"역설은 바로 이거야, 자네의 의지를 통해 여기에 생명체가 나타나게 하려면 자네뿐만 아니라 그 생명체도 정신을 쏟아야 해. 그 물질이 자네의 물질에 침범하게 돼. 자네의 모든 기억을 자네가 불러낸 그 생명체도 알 수 있게 될 거야."

"하지만······."

"마저 들어, 오른. 몇몇 경우에는, 자네의 창조물이 스스로의 이중성을 온전히 이해하기도 해. 그 나머지는 자네 쪽 절반을 거부하겠지, 수용 능력이 없으니까. 일부는 지각력조차 갖추지 못했을 수도 있어."

오른은 바크리시가 그렇게 말하게 된 공포를 느끼고 그 말에 실린 진실을 감지했다. 아무튼 본인은 저렇게 믿는 거야. 오른은 물었다. "그런데 왜 저를 이렇게 의자에 묶는 겁니까?"

"자네 스스로에게서 도망치지 않는 게 중요해." 바크리시가 오른의 어깨에 손을 올렸다. "이제 난 가 봐야 해. 은총이 자네를 인도하시길."

로브 스치는 소리와 함께 사제는 성큼성큼 떠나갔다. 이내 문이 닫혔고, 그 소리는 공허하게 날카로웠다. 오른은 한없이 외로운 느낌이었다.

희미한 윙윙 소리가 점차 뚜렷해졌다. 멀리서 나는 벌 날갯짓 소리. 그의 목에 있는 증폭기가 확 당겨 왔고, 주위에 사이 영역이 확 일어나는 것을 느꼈다. 장벽이 깜박거리고 풀의 녹색으로 바뀌더니, 즉시 무지갯빛 광채를 띤 보라색 선이 뻗어 나가기 시작했다. 마치 끈끈한 녹색 수족관에 수많은 빛나는 벌레가 갇혀 꿈틀거리고 뒤트는 것 같았다.

오른은 떨리는 숨결을 들이쉬었다. 예지 공포가 그를 쿵쿵 두들겼다. 기어다니는 보라색 선은 최면을 거는 듯 눈길을 사로잡았다. 일부는 그를 향해 둥둥 떠오르는 듯했다. 다이애나의 얼굴 형태가 순간 그 가운데 번뜩였다. 그는 그 이미지를 붙들려 했으나 스러지는 것을 보았다.

다이애나는 살아 있기 때문인가? 그는 궁금했다.

뭐라 형태를 알기 힘든 기이한 개체들이 벽을 가로질러 꿈틀거리고 불현듯 합쳐져, 차곤에서 어머니들이 아이들에게 겁을 주어 말을 듣게 할 때 써먹는 톱니 이빨 도마뱀 쉬리가의 형태가 되었다. 그 이미지는 더 실체감을 얻고, 노란 비늘판과 가느다란 눈이 생겨났다.

오른의 내면에서 시간이 갑자기 느려져 단조롭게 꾸물꾸물 흘러갔다. 차곤에서 보낸 어린 시절을 떠올렸다. 공포의 기억을.

하지만 그때에도 쉬리가는 이미 멸종한 후였어. 그는 스스로를 타일렀다.

기억은 횡설수설하는 광기를 떠올리게 하는 공허한 메아리로 가득한 긴 복도를 따라 이어졌다. 계속…… 계속…… 계속…… 어린아이의 웃음소리를, 부엌을, 어머니를 떠올렸다. 그리고 누나들이 조소하듯 소리를 질러 대고 있었다. 창피해하며 움츠러들었던 기억이 났다. 그는 세 살 이상은 아니었을 것이다. 그는 집으로 달려 들어와 쉬리가를 봤다고 떠들어 댔다…… 계곡 도랑의 깊은 그늘 속에서.

웃어 대는 여자애들! 그 증오스러운 여자애들! "자기가 쉬리가를 봤대!" "쉿 조용히, 너희 둘."

녹색 벽에서 쉬리가의 형태가 바깥쪽으로 불거졌다. 발톱 달린 발이 뻗어 나왔다. 그것은 벽에서 나와 돌바닥에 발을 디뎠다. 사람 키의 절반쯤으로, 가느다란 눈을 좌우로 두리번거리며……

오른은 몽상에서 퍼뜩 깨어났고, 머리를 움직이는 통에 마이크로필라멘트 탐침이 흐트러져 아프게 욱신거렸다.

쉬리가 머뭇머뭇 벽에서 세 걸음 떼자 발톱이 돌을 긁는 소리가 났다. 오른은 내면의 공포를 맛보고 생각했다. 내 조상 누군가가 저런 괴물에게 쫓겼겠지! 공포가 너무 깊어! 또렷한 생각이 뇌리를 스치는 사이 모든 감각은 악몽의 도마뱀에게 집중해 있었다.

그것이 숨을 쉴 때마다 노란 비늘이 바스락거렸다. 폭이 좁고 새 같은 머리가 한쪽으로 돌아가고, 아래로 숙여졌다. 부리 주둥이가 열리며 갈라진 혀와 톱니 이빨이 드러났다.

원시적 본능에 오른은 의자에 바싹 몸을 붙였다. 괴물의 악취가 났다. 역겹게 달콤하고 시큼한 치즈 느낌이 깔려 있었다.

쉬리가 고개를 까딱거리며 재채기를 했다. "컹!" 가느다란 눈이 움직이다, 오른에게 고정되었다. 발톱 달린 발 하나를 들어 의자에 묶인 형체를 향해 쑥 내밀었다. 다리를 높이 들었다 내려놓는 걸음이 4미터쯤 떨어진 곳에 멈추더니 도마뱀이 고개를 한쪽으로 갸웃 기울이며 오른을 뜯어보았다.

그는 도마뱀을 올려다보았고, 유일한 신체 감각은 가슴과 배를 조이고 있는 희미한 느낌뿐이었다. 짐승의 악취가 거의 압도적이었다.

쉬리가 뒤로, 녹색 벽에서는 계속 무지갯빛 보라색 선이 꿈틀거리고 있었다. 오른의 눈에는 흐릿한 배경이었다. 도마뱀이 더 가까이 다가왔고, 그 숨결에선 늪의 고인 물 같은 썩은 내가 났다.

바크리시가 뭐라고 하든, 이건 환각임이 분명해. 쉬리가는 몇백 년 전에 멸종했어. 하지만 또 다른 생각이 마음에 걸렸다. 사제들이 종을 유지하기 위해 동물원 표본을 사육했을 수도 있지. 종교라는 명분 아래 여기에서 무슨 일이 벌어졌는지 누가 알까?

쉬리가가 고개를 반대쪽으로 기울였다.

녹색 벽에서는 선들이 고체화됐다. 꽉 끼는 햇살 무늬 앞치마 차림의 아이 둘이 돌바닥으로 뛰어나왔다. 아이들의 발소리가 울리고, 까르륵 웃는 소리가 드넓은 빈 공간에 울려 퍼졌다. 아이 하나는 다섯 살쯤 되어 보였고, 다른 아이는 조금 더 위 같았다. 아마도 여덟 살. 큰 아이는 작은 양동이를 들었고 안에 든 장난감 모종삽이 삐져나와 있었다. 아이들은 멈춰 서서, 어리둥절하여 주위를 둘러보았다.

쉬리가가 고개를 돌려 가느다란 눈을 아이들 쪽으로 향했다. 몸을 도로 벽 쪽으로 돌리고 한쪽 발을 들더니, 다리를 위아래로 퍼덕이며 성큼성큼 돌진했다.

작은 아이가 고개를 들었다가 꺅 소리를 질렀다.

쉬리가가 속도를 높였다.

충격 속에 오른은 아이들을 알아보았다. 오래전 그의 겁에 질린 비명을 비웃었던 누나들이었다. 마치 그의 증오를 배출하기 위한 목적 하나로 그 사건을 되살리고, 아이들이 한때 자신들이 조롱했던 괴물에게 고통받도록 한 것만 같았다.

도마뱀이 슉 내려와 아이들을 시야에서 가렸다. 오른은 눈을 감으려 했으나 되지 않았다. 비명 소리가 갑작스레 뚝 끊겼다. 멈추지 못하고 쉬리가는 녹색 벽에 부딪혀, 그 안으로 녹아들었다!

큰 아이가 양동이와 장난감 모종삽을 여전히 움켜쥔 채 바닥에 쓰러져 있었다. 아이 옆의 돌바닥에 붉은 자국이 번져 갔다. 아이는 방 저편에서 오른을 응시하며, 천천히 일어섰다.

바크리시가 뭐라고 하든, 이게 진짜일 리 없어. 오른은 생각했다. 그러나 쉬리가가 사라졌을 때는 기묘한 안도감의 물결이 밀려왔다.

아이가 양동이를 흔들거리며 오른을 향해 걸어오기 시작했다. 오른손은 장난감 모종삽을 움켜쥐고 있었다. 아이는 오른에게 시선을 고정하고 쳐다보았다. 그는 아이의 이름을 떠올렸다. 매디 누나, 루리 누나. 하지만 그녀는 이제 성인이고, 결혼했으며 자녀를 두고 있지.

모래가 아이의 다리와 뺨에 군데군데 묻어 있었다. 두 갈래 땋아 내린 금발 중 한쪽이 일부 풀어져 있었다. 아이는 화가 나 보였고, 여덟 살의 분노로 부들부들 떨고 있었다. 2미터쯤 떨어져 아이가 멈춰 섰다.

"네가 그랬지!" 아이가 소리 질렀다.

오른은 아이 목소리 속의 광기에 몸서리쳤다. 아이는 양동이를 들어 안에 든 것을 그에게 끼얹었다. 눈을 질끈 감자, 거친 모래가 얼굴에 쏟아지고 은색 돔 지붕을 강타하고, 그의 뺨에 흘러내렸다. 고통이 관통하는 가운데 그는 고개를 내저었고,

두피에 닿은 마이크로필라멘트 탐침이 흐트러졌다. 가늘게 뜬 눈 틈으로 녹색 벽의 춤추는 선이 요동치는 게 보였다. 구부러지고, 뒤틀리고, 휘둘렸다. 오른은 고통으로 붉게 흐려진 시야로 보라색의 광란을 응시했다. 그리고 그가 여기 불러내는 모든 생명은 스스로의 정신만이 아니라 그의 정신도 포함하게 된다는 스승의 경고를 기억해 냈다.

"루리, 제발 부탁……." 오른은 말했다.

"네가 내 머릿속에 들어오려 했어! 하지만 내가 밀어냈지!" 아이가 소리 질렀다.

바크리시가 했던 말이 있었다. "그 나머지는 자네 쪽 절반을 거부하겠지, 수용 능력이 없으니까." 이 이중 창조물은 여덟 살의 정신으로 그런 경험을 받아들일 수 없기에 그를 거부한 것이었다. 그리고 오른은 자신이 이 장면을 환각이 아니라 현실로 받아들이고 있음을 깨달았다.

"죽여 버릴 거야!" 루리가 소리 질렀다.

아이는 장난감 모종삽을 휘두르며 그에게 덤벼들었다. 작은 삽날에 불빛이 번뜩였다. 날이 그의 오른팔을 그어 내렸다. 갑작스러운 고통! 가운 소매가 피로 검게 물들었다.

오른은 악몽 속에 붙들린 자신을 느꼈다. 입에서 말이 튀어나왔다. "그만해, 루리! 신께 벌 받을 거야!"

아이 뒤의 움직임. 그는 고개를 들었다.

토가 차림에 붉은 터번을 쓴 형체가 녹색 벽에서 스르륵 나왔다. 키가 크고 번들거리는 눈에, 고통당한 고행자의 얼굴을 하고 있었다. 긴 회색 턱수염을 수피식으로 가르마를 탔다.

오른은 그 이름을 속삭였다. "마흐무드!"

저 얼굴의 거대한 트라이-디가 차곤의 내부 모스크에 자리해 있었다.

신께 벌 받을 거야!

오른은 모스크 안, 아버지 옆에 서서 그 형상을 올려다보고 절하던 것을 기억했다.

마흐무드의 형체가 성큼성큼 루리의 뒤로 걸어와, 또 소리 지르기 시작하는 아이의 팔을 붙잡았다. 아이는 돌아보고 몸부림쳤으나, 그는 아이를 단단히 잡고 천천히, 차근히 팔을 비틀었다. 메스꺼울 만큼 정확히 뼈가 딱 부러졌다. 아이는 비명을 지르고 또 지르고…….

"그만!" 오른이 제지했다.

마흐무드는 낮고 울리는 목소리로 말했다. "신의 대리자에게 정당한 처벌을 그만하라고 명령할 수는 없다." 그는 아이의 머리채를 잡고, 몸을 숙여 떨어진 모종삽을 주워 그걸로 아이의 목을 그었다. 비명이 멈췄다. 피가 그의 가운에 튀었다. 그는 이제 축 늘어진 형체를 바닥에 쓰러지게 놓아 버리고, 모종삽을 떨구고, 오른에게로 돌아섰다.

악몽이야! 이건 악몽이어야 해! 오른은 생각했다.

"이걸 악몽이라고 생각하고 있군." 마흐무드가 울리는 목소리로 말했다.

그리고 오른은 기억났다. 진짜라면, 이 창조물 역시 그의 반

웅과 기억을 갖고 생각할 수 있었다. 오른은 그 생각을 거부했다. "너는 악몽이다!"

"너의 창조물은 할 일을 했다. 알겠지만 그건 폐기해야 했다. 사랑이 아닌 증오에 의해 형상화되었으니." 마흐무드가 말했다.

오른은 메스껍고 죄스럽고 화가 났다. 이 시험은 기적의 이해와 관련 있다는 것을 기억해 냈다. "이게 기적인가?" 그는 다그쳤다.

"기적은 무엇이지?" 마흐무드가 다그쳤다.

돌연, 위기감이 오른을 감쌌다. 예지 공포가 그의 기운을 빨아들였다.

"기적은 무엇이지?" 마흐무드가 되풀이했다.

오른은 심장이 고동치는 것을 느꼈다. 그는 말에 집중할 수 없어, 더듬거렸다. "정말 신의 대리인이라고?"

"궤변과 명칭 따위! 명칭에 대해 모르나? 편의주의야! 명칭을 넘어선 그 이상이 있어. 언어의 영역이 끝나고, 다른 것이 시작하는 곳." 마흐무드가 고함쳤다.

저릿한 광기의 감각이 오른을 찔렀다. 자신이 혼돈의 경계에서 균형을 잡고 있다고 느꼈다. "기적은 무엇이지?" 그는 속삭였다. 그리고 에몰리도를 떠올렸다. 말…… 혼돈…… 에너지. 사이는 기적과 동일하다! 아니. 그것 역시 명칭일 뿐. 에너지.

"혼돈의 에너지가 지속으로 형성된다." 그는 말했다.

"표현은 아주 근접했군. 기적은 선한가, 아니면 악한가?" 마흐무드가 물었다.

"모두 기적은 선하다고 하지." 오른은 심호흡을 했다. "하지만 선하거나 악해야만 하진 않아. 선과 악은 전부 동기로 묶여 있어."

"인간에겐 동기가 있지." 마흐무드가 말했다.

"인간은 자신이 원하는 어떤 의미에서든 기적 안에서 선할 수도 악할 수도 있어." 오른이 말했다.

마흐무드는 고개를 들고, 오른을 깔보듯 내려다보았다. "그래?"

긴장된 한순간 후, 오른은 그 시선을 맞받았다. 이 시험의 성공은 그에게 큰 의미를 남길 것이다. 내적인 자극을 느낄 수 있었다. "인간이 선악의 정의를 강화하기 위해 신들을 창조했다고 말하게 만들고 싶은 거야?"

"내가?"

"그래서 내가 말했어!"

"할 말은 그게 다인가?"

오른은 말의 의미에 억지로 집중해야 했다. 빠른 물살을 거슬러 강 상류로 올라가는 것 같았다. 몸의 힘을 빼고 모두 잊기란 너무나 쉬웠다. 생각이 자꾸 흩어지려 했다. 내가 할 말은 그게 다인가?

"인간의 창조물은 어떤 것인가? 종류를 막론하고 창조란 무엇인가?" 마흐무드가 다그쳤다.

오른은 이 시험에서 있었던 일련의 악몽 같은 사건들을 떠올렸다. 그는 의문을 품었다. 우리가 종교라고 부르는 에너지를 사이 기계가 증폭시킬 수 있을까? 바크리시는 내가 죽은 이를 불러올 수 있다고 했어. 종교는 그것에 대해 독점권을 갖고 있어야만 해. 그리고 마흐무드 본인은 확실히 죽었어. 몇백 년 전에 죽었지. 환각이 아니라고 하면, 이 모든 것이 괴상하지만 말이 돼. 그렇다 해도…….

"너는 답을 알고 있어." 마흐무드가 말했다.

오른은 입을 열었다. "창조물은 창조주와 별개로 행동할 수 있지. 그러니 선악은 적용되지 않는다."

"아하! 이 교훈을 배웠군!"

마흐무드는 몸을 굽혀 죽은 아이의 형상을 들어 올렸다. 그의 동작에는 묘하게 상냥함이 깃들어 있었다. 그는 돌아서서, 꿈틀거리는 녹색의 벽 안으로 성큼성큼 들어갔다. 정적이 방 안을 뒤덮었다. 춤추는 보라색 선은 거의 정적으로 가라앉아, 끈적하게 힘없이 움직였다.

오른은 에너지가 싹 빠져나간 기분이었다. 마치 근육을 절대 한계까지 쓴 것처럼 팔다리가 쑤셨다.

그의 뒤에서 청동이 땡 울렸고, 녹색 벽은 특징 없는 회색으로 돌아갔다. 돌바닥에 발소리가 철썩철썩 났다. 누군가의 손이 금속 반구를 조작하여 그의 머리에서 들어 올렸다. 그를 의자에 고정한 스트랩이 떨어져 나갔다. 바크리시가 빙 돌아서 오른의 앞에 와 섰다.

"시험을 통과한 겁니까?" 오른이 물었다.

"살아서 여전히 영혼을 갖고 있는데 아닐 리가 있겠나?"

"아직 영혼을 가졌는지 어떻게 압니까?"

"부재 시에 알게 되지." 바크리시가 중얼거렸다. 그는 오른의 다친 팔을 흘끗 내려다보았다. "붕대를 감아야겠군. 지금은 밤이고 자네 시련의 다음 단계로 나아갈 시간이야."

"밤이요?" 오른은 돔형 지붕의 긴 창문을 올려다보았고, 어둠에 군데군데 별들이 박혀 있는 것을 보았다. 주위를 둘러보고 그림자 없는 둥근 조명의 불빛이 햇빛을 대신하고 있음을 깨달았다. "여긴 시간이 빨리 가네요."

"어떤 이들에게는…… 다른 이들에겐 아니지."

"너무 피곤한데요."

"팔을 치료할 때 에너지 알약을 줄 거야. 따라오게."

"다음은 뭡니까?"

"교의와 예식의 그림자를 지나가야 하네, 오른. 동기는 윤리의 아버지이며, 조심스러움은 두려움의 형제이고……." 그는 잠시 뜸을 들였다. "……두려움은 고통의 딸이라고 적혀 있기 때문이지."

밤공기에는 일말의 싸늘함이 돌았다. 오른은 몸을 감싼 두꺼운 로브에 이제 고마운 마음이 들었다. 새들이 구구거리는 소리가 앞쪽의 공원 구역 깊은 어둠 속에서 들려왔다. 공원 너머로는 언덕이 별들을 뒤로하고 솟아 있었고, 언덕 위에는 불빛들이 뱀처럼 움직였다.

바크리시가 오른 옆에서 말했다. "불빛은 학생들이 들고 있는 거야. 학생마다 장대를 들고 있고 그 위에 투명한 상자가 달려 있지. 상자 사면은 각각 다른 색을 보여 주지. 빨강, 파랑, 노랑, 초록."

오른은 불빛을 지켜보았다. 어둠 속에서 기묘한 반딧불처럼 깜박였다. "저건 왜 저러는 겁니까?"

"신앙심을 보이는 거지."

"제 말은 네 가지 색깔요."

"아. 빨강은 신께 바치는 피, 파랑은 진실, 노랑은 종교적 체험의 풍부함, 그리고 초록은 그 경험의 성장을 의미하지."

"그래서 산을 오르는군요."

"그래. 신앙심을 보이기 위해." 바크리시는 오른의 팔을 잡았다. "행렬은 저쪽 벽에 있는 문을 통해 도시에서 나와. 저기에 자네 몫의 등불도 있을 거야. 따라오게."

그들은 공원을 가로질러 좁은 열린 문 앞에 섰다. 바크리시가 벽 옆의 걸이에서 장대를 하나 꺼내 손잡이를 돌리자 꼭대기에 불이 들어왔다. "자."

오른의 손에 쥐어진 장대는 매끄러운 느낌이었다. 머리 위 등불이 문을 지나는 사람들에게 붉은 불빛을 드리웠다. 학생, 그 다음은 사제, 학생, 그리고 사제…… 그 얼굴에는 공통적으로 진중함이 깃들어 있었다.

행렬의 끝이 나타났다. "저 사제 뒤에 서게." 바크리시가 말했다. 오른을 행렬로 이끌고는 뒤로 처졌다.

즉시 예지 공포가 오른의 에너지를 끌어당겼다. 그는 발을 헛딛고 비틀거리다, 바크리시의 투덜거림을 들었다. "따라가! 따라가!"

오른은 균형을 되찾았다. 그의 등불은 앞에 가는 사제의 등에 탁한 녹색 반사광을 드리웠다. 웅얼거리고 발을 끄는 소리가 행렬에서 들려왔다. 그들 옆의 높게 자란 풀에서는 벌레가 찌르르 울어 댔다. 오른은 위를 올려다보았다. 끄덕거리는 등불이 언덕 위를 향해 구불구불 올라가고 있었다.

예지 공포가 강해져 갔다. 오른은 조각조각 난 기분이었다. 그의 일부는 여기서 실패할 수 있단 생각에 겁먹고 움츠러들었다. 다른 일부는 이번 시련의 괴물은 뭘까 가늠했다. 엄청난 고양감이 바로 곁에 있음을 감지했지만, 이는 그의 공포에 불을 지필 뿐이었다. 마치 악몽 속의 악몽에서 깨어나려 애쓰며, 깨어 봤자 진짜가 아니라 새로운 공포 속으로 빠져들게 되리라는 것을 알고 있는 것 같았다.

줄이 멈춰 섰다. 오른은 비틀거리며 멈춰, 주위에 벌어지는 일에 집중했다. 학생들이 반원 형태로 모였다. 그 등불들이 사람 키 두 배 정도 높이의 석조 사리탑을 색색으로 비췄다. 턱수염을 기르고 빨간색의 삼각모를 쓴 사제가 길고 검은 로브 아래 모호한 몸동작을 하며, 신비스러운 재판 속 어둠의 판사처럼 사리탑 앞에 서 있었다.

오른은 둘러선 학생들 바깥쪽에 자리를 잡고, 그 둘 사이를 들여다보았다.

빨간 모자 사제가 꾸벅 인사하고, 잘 울리는 베이스 목소리로 말했다. "너희는 순수함과 법의 사당 앞에 서 있으며, 이는 모든 진정한 믿음과 떼어 놓을 수 없는 두 가지이다. 여기 앞에 너희를 낙원으로 이끌 위대한 수수께끼의 열쇠가 있다."

오른은 긴장감을, 이어 강력한 사이 영역의 영향을 느끼고,

불현듯 이 사이 영역은 다르다는 것을 깨달았다. 그것은 사제의 말에 박자를 맞춰 메트로놈처럼 쿵쿵 뛰었으며, 연설의 열기에 따라 올라갔다.

"……모든 위대한 선지자의 불멸의 선함과 순수함이여! 순수함 속에 잉태되어, 순수함 속에 태어나고, 그 사상은 항시 선함에 젖어 있었으니! 모든 종의 기본 천성에 영향받지 않았다!"

충격과 함께 오른은 자기 주위의 이 사이 영역이 기계가 아니라 모인 학생들의 뒤섞인 감정에서 나온 것임을 깨달았다. 그가 감지한 감정들은 주요 영역에서 미묘한 화음을 이루고 있었다. 마치 음악가가 악기를 연주하듯 사제가 이 사람들을 연주하는 것 같았다.

"……이 신성한 교리의 영원한 진실이여!" 사제가 외쳤다.

향 타는 냄새가 오른의 코에 스며들었다. 숨겨진 음성 합성기에서 낮은 오르간 음이 흘러나오기 시작했다. 울리는 낭랑한 멜로디. 오른쪽에서 묘지 관리인이 둥글게 둘러선 학생들 주위를 돌고, 사제들이 사슬 달린 향로를 흔드는 것이 보였다. 푸르스름한 연기가 유령처럼 구불거리며 모인 사람들 위로 맴돌았다. 멀리 어둠 속에서 종이 일곱 번 울렸다.

오른은 최면에 걸린 기분으로 생각했다. 집단 감정이 사이 영역처럼 작용해! 세상에! 사이 영역이 뭐길래?

사제가 양팔을 들어 올리고 주먹을 불끈 쥐었다. "모든 참된 신자들에게 영원한 천국이! 모든 불신자들에게 영원한 저주가!" 그의 목소리가 낮아졌다. "영원한 진실을 찾는 너희 학생들, 무릎을 꿇고 깨달음을 구하라. 너희 눈에서 베일이 걷어지기를 기도하라."

로브가 부스럭거리고 스치는 소리 가운데 오른 주위의 학생들이 무릎을 꿇었다. 그래도 오른은 앞만 응시했고 아까의 발견에 온 정신이 팔려 있었다. 집단 감정이 사이 영역처럼 작용한다!

중얼거리는 소리가 학생들 사이에 돌아다녔다.

무엇이 사이 영역인가? 오른은 의문을 품었다. 해답이 뇌리의 숨겨진 구석에서 어른거리는 것이 느껴졌다.

무릎을 꿇은 학생들이 오른에게 성난 눈길을 향했다. 중얼거림이 더 커져 갔다.

뒤늦게 오른은 위험을 감지했다. 예지 공포가 내면에서 울리는 경적 소리 같았다.

바크리시가 가까이 몸을 숙이고 속삭였다. "자네 오른쪽으로 숲으로 들어가는 샛길이 있어. 그쪽으로 슬슬 가는 게 낫겠는데."

무릎을 꿇은 인파의 저쪽 끝에서 한 학생이 손을 들어 오른을 가리켰다. "저 사람은요? 학생인데!"

인파 속에 묻혀 보이지 않는 누군가가 외쳤다. "불신자!" 다들 생각 없는 구호처럼 따라 했다.

오른은 등불 장대를 꽉 움켜쥐고, 오른쪽으로 슬금슬금 이동하기 시작했다. 인파 속 긴장감이 폭발물 더미를 향해 연기와 불꽃을 내며 타들어 가는 도화선 같았다.

빨간 모자 사제가 오른을 노려보았고, 학생들이 든 색색의 등불 빛을 받은 짙은 색 얼굴이 뒤틀렸다. 사제가 오른을 향해 손을 쑥 뻗었다. "불신자에게 죽음을!"

학생들이 우르르 일어나기 시작했다.

오른은 발걸음을 빨리해 빛 너머 어둠 속으로 뛰어들어 갔고, 아직도 표시등마냥 등불을 들고 있음을 깨달았다. 그 색색의 불빛이 어둠으로 이어지는 샛길을 비추었다.

그의 뒤에서 사제의 목소리가 광기로 고조되었다. "저 신성모독자의 모가지를 가져와라!"

오른은 등불 장대를 뒤에 갑자기 몰려든 무리에게 창처럼 던지고, 몸을 돌려 샛길을 따라 도망쳤다.

거칠고 악귀 같은 고함이 학생 무리에서 밤하늘을 향해 울려 퍼졌다. 천둥 같은 발소리가 쿵쿵 그를 쫓았다.

오른은 속도를 더 냈다. 그의 눈은 별빛에 적응했고, 왼쪽으로 산등성이를 따라 휘어진 샛길을 간신히 분별할 수 있었다. 더 깊은 어둠이 앞에 도사리고 있었다.

숲?

몰려드는 군중의 소리가 그의 뒤로 밤공기를 채웠다.

오른의 발밑으로 길이 울퉁불퉁해졌고, 오른쪽으로 휘어 가파르게 내려가더니 왼쪽으로 꺾였다. 발을 헛디뎌 하마터면 넘어질 뻔했다. 로브 자락이 수풀에 걸리는 바람에 그걸 빼내느라 몇 초를 날리고 뒤를 돌아보았다. 몇 초만 더 있으면 군중의 불빛에 그의 모습이 드러날 판이었다. 찰나의 판단을 내려, 줄지어 선 나무와 평행하게 가는 오른쪽 내리막 샛길로 뛰어들었다. 수풀이 로브 자락을 잡아당겼다. 허리띠를 허둥지둥 풀어 로브를 벗어 던졌다.

"소리가 들려!" 누군가 위에서 외쳤다.

군중이 우뚝 멈춰 서서 침묵했다. 오른의 다급한 움직임이 밤의 소리를 지배했다.

"저 아래다!"

그리고 그들이 쫓아왔다.

"그의 목을! 머리를 잡아뜯어 버려!" 누군가 소리 질렀다.

오른은 내달렸고, 샌들과 로브 아래 입었던 얇은 반바지뿐 인 차림이라 춥고 드러난 느낌이었다. 위쪽의 군중은 요란한 산 사태였다. 욕설, 발소리, 찢는 소리, 흔들리는 불빛. 돌연 오른은 다른 샛길에 맞닥뜨렸다. 지나치기 직전에 간신히 왼쪽으로 틀 었다. 다리가 아팠다. 가슴이 꽉 조여 왔다. 더 깊은 어둠으로 뛰어들어, 별을 등지고 윤곽을 드러낸 나무들을 흘끗 올려다보 았다. 뒤쪽에선 군중이 혼란스러움에 아우성쳤다.

오른은 멈춰 서서, 목소리에 귀를 기울였다. "너희 일부는 그 리 가! 우린 이쪽 길로 갈게!"

헐떡헐떡 숨을 들이쉬며 주위를 둘러보았다. 쫓기는 동물처럼! 오른은 생각했다. 그리고 바크리시의 말을 기억해 냈다. "…… 조심스러움은 두려움의 형제이고……." 그는 울적하게 미소 짓고, 내리막 샛길에서 오른쪽으로 빠져, 몸을 숙여 나지막한 나뭇가 지 아래를 통과하고 통나무 아래를 기어갔다. 부드럽게, 조용 히, 통나무 옆 흙을 파서 얼굴과 가슴팍에 발랐다.

불빛이 샛길을 따라 가까워졌다. 성난 목소리가 들렸다.

오른은 고개를 숙이고 숲속으로 더 깊이 파고들어, 무릎을 대고 몸을 일으켜 언덕을 미끄러져 내려갔다. 오른쪽으로 언덕 내리막을 향했다. 군중의 소리가 멀어지고 흐려졌다. 또 다른 샛길을 지나고, 더 많은 나무와 수풀 사이로 스며들었다. 다친 팔이 욱신거렸고 이유 없이 의자에 묶여 있을 때 느꼈던 가려움이 떠올랐다…… 상처가 나을 때의 가려움 같지만 상처 나기 전이었지! 또 다른 단서를 얻었다는 느낌이 들었지만 그 의미가 도무지 혼란스러웠다.

나무가 듬성듬성해지고, 수풀 사이 간격이 멀어져 갔다. 평지의 공원 구역으로 나왔고 발밑은 잔디밭이었다. 공원 너머로 벽이 보였고, 그 위로는 거리의 불빛과 불 켜진 창문들이 있었다.

오른은 생각했다. 바크리시는 할마이라크 아보드가 이 도시에 있다고 했어. 왜 하위 단계에 연연하지? 나는 I-A 현장 요원이야. 임무에 나설 시간이다. 그리고 뇌리 한구석에선 다른 생각이 마음에 걸렸다. 마지막 시험은 통과했을까? 홧김에 그 생각은 밀어내고, 왼쪽 길에서 발소리가 나자 몸을 웅크렸다.

드문드문 나무 틈새로 새어 들어오는 별빛에 길을 따라 걷는 흰옷 입은 수사가 보였다. 오른은 나무에 몸을 바싹 붙이고 기다렸다. 밤에 피어나는 꽃향기가 콧속을 스쳤다. 머리 위 나뭇가지에서 새들이 우짖고 부스럭거리는 소리가 들렸다. 발소리가 가까워졌다.

오른은 사제가 지나가기를 기다려, 그 뒤로 쓱 나왔다.

이내 오른은 벽과 거리의 불빛을 향해 성큼성큼 걸어갔다. 사제의 로브는 그에겐 약간 길었다. 허리띠 아래로 옷자락을 밀어 넣으며 미소 지었다. 공원 가장자리 어두운 수풀 속엔 의식 잃은 형체가 본인 속옷에서 뜯어낸 끈으로 묶이고 입이 막힌 채 누워 있었다.

이제 이곳을 자극할 수 있는 게 뭔지 알아봐야지. 오른은 생각했다. 공원 그늘 속에 있는 사이 잠시 멈춰서, 로브 자락 안쪽으로 얼굴과 가슴팍의 흙을 닦아 내고, 차분하게 갈 길을 갔다. 일상 업무 중인 사제답게.

낮은 벽 너머로는 아무 움직임도 보이지 않았다. 오른은 벽을 따라 걸어가 문으로 들어가서 골목으로 향했다. 좁은 길목엔 시큼한 요리 하는 냄새가 배어 있었다. 찰싹찰싹 샌들 소리가 돌벽에 이중으로 메아리쳤다. 저 앞으론 장대 등불에 또 다른 좁은 골목과의 교차로가 보였다.

가느다란 그림자가 교차로에 드리워지자 오른은 멈춰 섰다. 사제 두 명이 성큼성큼 시야에 들어왔다. 오른은 서둘러 나아가며, 차곤에서 어린 시절 배운 종교 인사를 떠올렸다. "샤리아, 선량한 분들이여. 신께서 평화를 내리시길." 그는 말했다.

둘은 얼굴이 그늘에 가려진 채 오른 쪽으로 반쯤 돌아서 멈춰 섰다. 가까운 쪽이 말을 걸었다. "신성한 명과 안내의 길을 따르시기를." 다른 쪽이 입을 열었다. "저희가 도움이 될 일이 있을까요?"

"전 다른 구역에서 왔는데 할마이라크 아보드께 호출받았습

니다. 길을 잃은 것 같군요." 오른은 두 사람의 일거수일투족을
경계하며 기다렸다.

"여기 골목은 미로 같죠. 하지만 거의 다 왔습니다." 가까운
쪽 사제가 말했다. 사제가 몸을 돌리자 가로등에 딱딱한 얼굴
과 가느다란 눈이 드러났다. "요 앞에서 오른쪽으로 꺾으세요.
쭉 가다가 세 번째 갈림길에서 왼쪽으로 꺾고. 그 길 끝에 아보
드의 저택이 있습니다."

"감사드립니다." 오른은 중얼거렸다.

"신의 창조물께 봉사하는 것이 바로 신에 대한 봉사지요. 지
혜를 찾으실 수 있기를." 사제가 말했다. 두 사제는 인사하고, 오
른을 지나가 버렸다.

오른은 어둠을 향해 미소 지으며 생각했다. 오래된 I-A 격
언…… 곧장 최상위로 향하라.

아보드의 거리는 다른 곳보다도 좁았다. 오른이 양팔을 뻗으
면 양쪽 벽에 닿을 지경이었다. 골목 끝에는 반사된 별빛에 희
미하게 회색으로 드러난 문이 있었다. 문은 잠겨 있었다.

잠긴 문이라? 이곳에선 모든 것이 달콤하고 순수하기만 할까? 오른
은 한 발짝 물러나 벽을 올려다보았다. 꼭대기가 시커멓고 울
퉁불퉁한 것이 대못이나 그 비슷한 장애물을 설치한 듯했다.
그는 냉소적으로 흥미롭다고 생각했다. 이 평화로운 행성에 저런
문명의 산물이!

골목을 돌아보니 여전히 텅 비어 있었다. 그는 사제 로브를
벗어 밑단 처리된 옷자락을 벽 위로 던져 잡아당겼다. 로브가

살짝 미끄러져 내려오다가 걸렸다. 시험해 보니 살짝 찢어지는 소리가 났지만 로브는 걸린 채였다. 오른은 몸무게를 거기에 실어 보았다. 천은 늘어났지만 단단히 걸린 채였다.

벽을 타고 오르는 자리마다 긁히는 소리가 났다. 벽 꼭대기의 날카로운 대못을 피해 웅크렸다. 맞은편 건물의 창문 하나가 느슨한 가림막 뒤로 희미하게 장밋빛으로 빛나고 있었다. 아래를 내려다보니 별빛 아래 안마당에 꽃이 핀 키 높은 화분이 줄지어 있었다. 다시 창문에 눈길을 주니 갑자기 예지 공포가 날카롭게 찔러 왔다. 저기는 위험해! 긴장감이 안마당에 드리웠다.

오른은 대못에서 로브를 빼내고 안마당으로 뛰어내려, 어둠 속에 몸을 웅크리고 사제복을 도로 입었다. 심호흡을 한 번 하고, 그림자를 끼고 안마당을 왼쪽으로 빙 돌았다. 불 켜진 창문 아래 발코니에 덩굴이 늘어뜨려져 있었다. 시험 삼아 하나 당겨 보니 너무 약해서, 벽을 따라 더 나아갔다. 바람이 그의 왼뺨에 닿았다. 더 깊은 어둠이 거기 있었다⋯⋯ 열린 문.

예지 공포로 신경이 저릿저릿했다. 분개하여 그는 공포를 억누르고, 문을 지나 홀에 들어섰다.

홀에 불이 들어왔다!

오른은 얼어붙었다가, 문 옆의 조명 스위치를 보고 웃음을 참았다. 뒤로 물러섰다. 어둠. 앞으로 나아갔다. 빛.

홀의 끝 왼쪽에 곡선을 그리며 올라가는 계단이 있었다. 오른은 조용히 홀을 지나 계단 발치에 멈춰 서서 금색 머리글자가 돋을새김으로 박힌 묵직한 나무문을 올려다보았다. 'H.A.'

계단을 올라가 조심스럽게 문손잡이를 잡고 아주 살짝 돌려 보았다. 자물쇠가 딸각 소리를 냈다. 문을 홱 열어젖히고 뛰어 들어, 등 뒤로 쾅 닫았다.

"아, 오른 씨. 아주 능력이 뛰어나군요." 테너 남성 느낌의 목소리에는 살짝 떨림이 실려 있었다.

비틀거리며 몸을 돌린 오른은 넓은 덮개 달린 침대를 보았다. 침대 저 안쪽으로 잠옷 차림의 남자가 짙은 색 피부의 인형처럼 앉아 있었다. 베개 무더기가 남자를 받치고 있었다. 얼굴이 낯익어 보였다. 좁은 얼굴에 매끄러운 피부, 커다란 입 위로 절벽처럼 달린 코. 머리는 반질반질한 어두운 대머리였다.

커다란 입이 움직이며 희미하게 떨리는 테너 목소리가 나왔다. "내가 할마이라크 아보드네. 나를 보고 싶었다고?"

침대 위의 남자에게는 고대 양피지 냄새처럼 오래된 기운이 맴돌고 있었다.

오른이 침대를 향해 두 걸음 나아가자 예지 공포가 아우성쳤다. 멈춰 서서 유사점을 떠올렸다. "에몰리도를 닮았군요."

"내 동생이니까. 앉게." 남자는 침대 옆 의자를 손짓했다. "이런 식으로 맞이해서 미안하네만, 요 몇 년간은 휴식을 충실히 하려 애쓰고 있어서."

오른은 의자로 향했다. 이 깡마른 노인의 무언가가 오른이 만난 그 무엇보다도 죽음에 대해 확실히 말해 주고 있었다. 방을 둘러보니 벽에는 괴상한 형태의 시커먼 벽걸이가 걸려 있었다. 곡선과 사각형, 피라미드, 만(卍) 자, 닻같이 생긴 반복적인 상징. 그 밑부분에는 아치 모양이 달린 수직선이 있었다. 바닥은 거대한 오각형의 흑백 타일로, 하나의 폭이 최소한 가로 2미터는 되었다. 광을 낸 목재 가구가 구석에 몰려 있었다. 책상, 낮은 테이블, 의자, 테이프 선반, 그리고 나선계단 형태의 스탠드.

"이미 경비병을 불렀습니까?" 오른이 물었다.

"경비병은 필요 없다네. 자리에 앉게." 다시 해골 같은 팔뚝이 의자를 손짓으로 가리켰다.

오른은 의자를 쳐다보았다. 비밀 결박장치를 숨길 팔걸이는 없었다.

"그냥 의자야." 아보드가 말했다.

오른은 찬물에 뛰어드는 사람처럼 잔뜩 긴장해 앉았다.

아보드는 미소 지었다. "봤지?"

오른은 혀로 입술을 축였다. 뭔가 잘못되어 있었다. 이건 그가 예상했던 식으로 돌아가는 게 아니었다. "뭘 알아보러 여기 왔습니다."

"좋아. 정보를 공유하세."

"왜 당신들은 I-A를 노리는 겁니까?"

"먼저 중요한 것부터. 자네 시련의 의도를 풀었나?" 갈색으로 번들거리는 아보드의 커다란 눈이 오른을 응시했다. "왜 자네가 우리와 협력했는지 아나?"

"달리 어쩔 수 있었습니까?"

"많이 있지, 바로 오늘 밤 자네가 선보였듯이."

"좋아요, 궁금했습니다."

"무엇이?"

오른은 눈을 내리깔고, 내면의 무언가가 빠르게 뛰는 것을 느꼈다.

"솔직해지게, 오른."

"나…… 나 자신에 대해 알지 못하는 무언가를 당신이 가르쳐 줄 거라고 생각했습니다."

"훌륭해!" 아보드는 미소 지었다. "하지만 자네는 마락 문명의 산물이지. 모든 비정상적 경향은 어린 나이에 미세수술로 제거돼. 그렇다면, 어떻게 자네 본인도 모르는 것이 남아 있을 수 있을까?"

"그냥 존재합니다. 이유도 모른 채 두려워할 수 있다는 걸 알게 됐어요. 나는……."

"고대 기독교 시대의 마법 정신학에 대해 들어 봤나?"

"그게 어느 시대죠?"

"오래전. 아주 오래전이라 그 시대에 대해 알 수 있는 것은 아주 작고 알 듯 말 듯 한 파편뿐이지. 크리스테로스교(敎)가 그 시대에서 유래했다네."

"그게 뭐죠?"

"이 고대 치료를 못 들어 봤나?"

"미세수술 기술이 개발되기 전 정신과학이 존재했다는 건 압니다. 그 얘기인가요?

"어떤 면에선." 아보드는 입을 다물고 기다렸다.

오른은 침을 삼켰다. 뭔가 일이 잘못 굴러가고 있었다. 그는 수세에 몰린 기분이었지만, 상대하고 있는 것은 우스꽝스러운 잠옷 차림의 깡마른 노인일 뿐이었다. 분노가 오른의 안에서 치밀었다. "나는 당신네들이 전쟁을 조장하는지 밝히러 온 겁니다!"

"만약 그렇다면? 그럼 어쩔 건가? 감염 부위를 잘라 내고 사회를 이전의 건강 상태로 되돌릴 의사가 될 준비가 되었나?"

오른의 분노가 사그라들었다.

"유사점을 모르겠나, 오른?" 아보드가 미간을 찌푸렸다. "위대한 기계 과학의 정수가 자네를 고쳐 제정신이고 균형 잡혔고 명료하다고 선언했지. 하지만 그들이 건드리지 못한 무언가가 남았어."

"그럼 I-A가⋯⋯ 건드리지 못한 뭔가가 있다고요?"

"그야 물론이지."

"뭐죠?"

"빙산의 대부분은 해수면 아래 존재해." 아보드가 말했다.

오른의 분노가 작은 파도로 돌아왔다. "그게 도대체 무슨 뜻입니까?"

"그럼 이런 식으로 접근해 보세. 라마크리시나나를 이끌어 우리가 에큐메니컬 협약이라고 알고 있는 대통합을 이룬 파사완이라는 스승은, 힌드 교리의 신자였어. 이는 항상 영혼의 신성, 모든 존재의 통합, 신의 합일 그리고 모든 종교의 화합을 가르치지."

오른은 뻣뻣이 굳었다. "나한테 종교적인 헛소리를 들이부어 봤자 아무 성과도 안 나올 겁니다!"

"종교를 남에게 성공적으로 강요할 수 있을 리가. 그러는 게 편하다면 역사 수업으로 생각해도 되네." 아보드가 중얼거렸다.

오른은 다시 푹 기대앉았다. "그럼 계속하시죠."

"파사완 덕분에 우리는 종교의 과학을 발전시켰다고 믿고 있네. 사이 파워의 발견과 그 중요성에 대한 해석은 우리의 가정을 확증하는 경향이 있지."

"어떤 가정이요?"

"인류는 일종의 거대한 사이 기계로 작용하고, 힘을, 에너지 체계를 만들어 낸다는 가정이야. 이 체계를 종교라 해도 되고, 우리가 신이라고 부르는 행동의 독립적인 초점을 갖고 그걸 투입하는 거야. 하지만 규율 없는 신은 같은 상황에 놓인 한낱 인간과 같은 운명을 직면하게 된다는 점을 명심하게. 불행히도 인류는 항상 절대자의 환영에 매료되어 왔지. 믿는 신에 대해서도."

오른은 그날 밤 운집한 학생들의 감정으로부터 방출되는 사이 영역을 느꼈던 경험을 떠올렸다. 그는 턱을 문질렀다.

"이 절대자라는 개념을 생각해 보세. 특정 존재가 지식의 모든 영역을 소진할 수 있는 유한한 체계를 가정해 보자고. 즉, 모든 것을 아는 거지."

직관적인 도약을 통해 오른은 아보드의 말이 표현한 이미지를 깨달았다. 그는 내뱉었다. "죽음보다도 더 끔찍하겠군요!"

"말로 다 못 할, 치명적인 권태를 직면하겠지. 그 존재의 미래는 끝없는 반복이요, 오래된 테이프를 되풀이해 재생하는 거야. 소멸보다 더 끔찍한 권태."

"하지만 권태는 일종의 정체 상태인데요. 정체는 혼돈으로 이어지고." 오른이 말했다.

"그럼 뭐가 남겠는가? 혼돈이 남겠지. 무슨 일이든 벌어질 수 있는 무한한 체계. 지속적인 변화의 장소. 그리고 무한 체계의 필연적인 성질을 하나 짚고 넘어가자고. 만약 무슨 일이든 벌어질 수 있다면 우리가 가정한 존재도 소멸할 수 있어. 권태로부터 도피하기 위해 치러야 하는 대가치고는 상당하지?"

"좋습니다. 당신의 게임과 가상의 존재 얘기에 장단을 맞춰 드리죠. 그 존재가 일종의…… 안전책을 찾아낼 수는 없을까요?"

"달걀을 무한한 숫자의 바구니에 나눠 담는 식으로 말인가?"

"생명이 바로 그렇게 하지 않았습니까? 온 우주에 수십억 개의 형태로 퍼졌죠."

"하지만 무슨 일이든 벌어질 수 있지. 그럼 우리에겐 두 가지 선택이 있어. 권태 또는 무한한 기회." 아보드가 말했다.

"그래서요?"

"역사 수업을 계속 듣고 싶은가?"

"그러시죠."

"이제 이 흩어진 생명 뒤 또는 아래, 또는 그 안에 투영된 일종의 의식을 가정해 보면……." 그는 오른의 얼굴이 어두워지자 한 손을 들어 제지했다. "마저 듣게, 오른. 셀 수 없을 만큼 오랜 세월 동안 인간은 이 다른 의식의 존재를 의심해 왔네. '집단적 무의식', '파라마트만'(힌두교에서 말하는 보편적 자아 — 옮긴이), '우르그룬트'(독일어로 근원 또는 실존을 의미 — 옮긴이), '사나타나 다르마'(산스크리트어로 영원한 법이란 의미로 힌두교의 기본 교의를 지칭 — 옮긴이), '초정신'(super mind. 여러 종교나 철학에서 말하는 절대적인 수준의 의식 — 옮긴이), '오베르 팔리아트'(궁극의 위안이라는 뜻의 독일어 — 옮긴이)…… 많은 호칭이 있었지."

"그렇다고 해서 실제가 되는 건 아니죠! 명확한 추론을 올바른 추론으로 착각하지는 맙시다. 이름이 존재한다고 해서 그게 실재한다는 의미는 아닙니다." 오른이 쏘아붙였다.

"그럼 자네는 경험론자로군. 좋아. 의심하는 도마(예수의 열두 제자 중 하나로 예수의 부활을 의심하였다 — 옮긴이)의 전설을 들어 봤나?" 아보드가 물었다.

"아뇨."

"상관없네. 도마는 항상 내가 제일 좋아하는 인물이지. 그는 신앙에 관해 결정적인 사실을 받아들이지 않으려 했지."

"현명한 사람 같군요."

아보드는 미소 지었다. "조금 전에 인류는 우리가 종교라고 부르는 힘을 생성했으며, 그 종교 안에는 우리가 신이라고 하는 독립적인 행동의 초점이 있다고 내가 말했지."

"그 반대가 아닌 게 맞습니까?"

"그건 현재로선 중요한 게 아니네. 원래 가정의 필연적인 결과로 넘어가면, 인류는 또한 같은 방식으로 예지자를 생성해. 타락과 실패로 향하는 길을 지목하는 사람. 그리고 여기에서 우리 사제단의 기능에 이르게 되지. 우리는 이런 예지자를 찾아 교육하네."

"마흐무드 같은 사람을 교육한다고요?"

"마흐무드는 우리에게서 탈출했지."

오른은 화들짝 몸을 세워 앉았다. "내가 예지자라는 뜻으로 하는 말입니까?"

"그야 물론이지. 자네는 비범한 힘을 지닌 사람이야. 사이 기계는 이미 있던 것을, 자네 안에 잠재된 것을 갈고 닦아 초점을 맞추었을 뿐이야.

오른은 오른쪽 무릎을 철썩 쳤다. "이런 황당무계하기 짝이 없는……"

"난 진지하네, 오른. 과거에는 예지자가 제약 없이 설교하는 경향이 있었지. 스스럼없고 참으로 무람없이. 결과는 항상 같았어. 더 크나큰 권력을 향해 올라가는 일시적인 질서, 그리고 불가피한 타락. 반면 우리에겐 다른 수단이 있었네. 우리는 느리고 자제된 데이터의 축적을 통해 우리 종교 과학을 확장하는 쪽을 추구하지. 우리 앞에 드넓은 길은 이미 펼쳐지고……."

"당신네들이 예지자를 교육하려 들었다는 얘깁니까?"

아보드의 반질반질한 눈 속에 내면의 빛이 번뜩였다. "오른, 인류 역사상 얼마나 많은 결백한 사람들이 종교의 이름으로 고문당해 죽었는지 짐작이나 하는가?"

오른은 어깨를 으쓱했다. "얼마나 많은지 알 방법이 없죠."

"셀 수 없이 많을까?"

"당연하죠."

"종교가 도리에서 벗어났을 때 늘 벌어지는 일이야, 오른. 정도를 벗어난 종교에서는 전쟁과 온갖 종류의 유혈 사태가 벌어지지."

"그리고 나를 예지자라 생각한다고요?"

"우린 그렇다는 걸 알아. 신흥 종교를 시작할 수 있을지는 불확실하지만, 자네는 예지자야. 오늘 밤 자네를 그 산자락으로 끌어낸 것은 단 하나의 목적을 위해서였어. 자네 동료 학생들은 예지자가 아닌 것으로 밝혀졌거든. 절대 노동 수사 위로 올라가지 못하겠지. 우리는 그들의 성격을 알지만, 또한 자네의 성격을 알지. 그 둘을 더하면, 자네는 교훈을 배웠겠지."

"그럼요! 군중에 목을 잡아 뽑힐 수 있단 걸!"

"그렇다면 자네는 시험에 실패했단 뜻이지. 자, 마음을 가라앉히고 밖에서 겪은 경험의 기본적인 의의에 대해 말해 주게." 아보드가 말했다.

"잠깐만. 밖에서 무슨 일이 있었는지 당신이 어떻게 아는 겁니까?" 오른이 물었다.

"자네가 군중에서 도망치자마자 몇 초 만에 알았지. 보고를 기다리고 있었네. 우린 자네가 여기로 오리라 짐작했어." 아보드가 말했다.

"물론이죠. 그리고 여기 앉아 나를 기다리고 계셨군요."

"물론이지. 이제 질문에 대답하게. 자네 경험의 기본적인 의의는 뭘까?"

오른은 고개를 돌려, 시야 한구석으로 아보드를 보았다. "종교에는 엄청난 규모의 폭발적인 에너지가 있다는 거요. 그게 제가 배운 겁니다."

"이미 알고 있었겠지, 당연히."

"네. 그저 당신이 그 사실을 중요하게 만들었을 뿐이죠."

"오른, 아멜에 있었던 많은 예지자 중 한 명의 이야기를 들려주겠네. 그의 재능은 어마어마했어. 자기 몸 주위에 빛나는 오라가 나타나게 할 수 있었지. 공중 부양이 가능했고. 우리가 우주라고 알고 있는 것이 그에겐 존재하지 않았어. 보통 사람이 시냇물 건너듯 손쉽게 이 행성에서 저 행성으로 건널 수도……."

"웨센에 있던 그 사람이요? 기사 알림판에서 온통 난리가 났던……."

"들어 보긴 했군. 우리는 그를 간신히 제때 확보했다네. 이제 자네에게 묻지. 예를 들어 그가 우리 정부의 계몽된 중심인 마락에 나타나, 사람들에게 전력을 선보인다면 무슨 일이 벌어질까?"

오른은 미간을 찌푸렸다.

"그의 활동을 종교적으로 해석할 가능성이 많을까?" 아보드가 다그쳤다.

"어…… 아마도요."

"당연하고말고! 그럼 그가 자신의 재능을 완전히 이해하지 못한다면? 상상해 보게. 그는 내적인 감각으로 참과 거짓을 구분할 수 있어. 직감이라고 해 두지. 주위에서 많은 거짓을 보게 돼. 그는 어떻게 할까?"

"알았다고요!" 오른은 고함질렀다. "아마 신흥 종교를 창시하겠죠! 인정합니다."

"원시 종교." 아보드가 바로잡았다. 오른을 노려보더니 오른의 왼쪽을 가리켰다. "저길 봐!"

오른이 돌아보니 2미터쯤 떨어진 곳에서 불의 검이 춤추고 있었다. 검 끝은 그의 머리를 향하고 있었다. 오른은 몸서리를 쳤고, 온몸을 축축하게 적신 식은땀을 느꼈다. 예지 공포가 내면에서 비명을 질러 댔다.

"이 에너지의 근원을 처음으로 접한 최초의 외톨이 남자는 주위 사람들에게 마법사로 지목되어 산 채로 불태워졌지. 고대인들은 불길이 살아 있다고 생각했어. 종교적 의미를 부여하고 실라만더라고 불렀지. 불을 악귀라고 생각했다네. 다루는 방법을 모르면, 불은 생명과 자기 의지를 가진 미친 악마처럼 행동하거든. 거친 에너지야. 나는 사이 초점을 통해 그걸 지시하지. 자네는 무척이나 우월하단 듯이 굴어. 스스로를 전쟁을 예방하는 대단한 조직의 일원이라고 생각하고. 하지만 한 인간에 불과한 나는 자네가 어떤 군대를 불러 공격한다 한들 완전히 궤멸시킬 수 있어……. 그리고 이 고대의 발견 외엔 아무것도 사용하지 않아!"

노인은 베개에 몸을 기대고 눈을 감았다. 곧 눈을 뜨고는 말을 이었다. "가끔은 내 나이를 잊곤 하네만, 나이는 나를 잊지 않지."

오른은 떨리는 숨을 들이쉬었다. 이 해골 같은 인간에게서 그가 의심했던 치명성이 형태와 차원을 갖추었다. 치명성이 새로운 차원으로 확대되었다.

"에몰리도가 자네에 대해 알려 왔을 때, 우리는 자네를 데려와 시험하고 직접 보아야 했네. 많은 이들이 시험을 통과하지 못했지. 그러나 자네의 경우엔, 시험으로 에몰리도가 옳았음이 증명되었지. 자네는……." 아보드가 중얼거렸다.

"난 에몰리도가 가르친 대로 했고, 그가 내 몸에 넣은 기구로 한 겁니다!"

"자네의 기구는 도착 직후 바크리시와의 면담 때부터 감소 투영을 통해 무효화되었어." 아보드가 말했다.

오른은 항변하려 입을 열다가 다물었다. 그 첫 면담 중의 기묘한 감각을 떠올렸다. 무효화? 하지만 여전히 사방에서 위험이 느껴졌다.

"에몰리도는 자네가 이미 할 줄 아는 일을 받아들이도록 강제했을 뿐이야. 첫 번째 교훈, 스스로를 믿어라." 아보드는 음울하게 재미있어하는 듯했다. "하지만 자네는 아직 의심을 품은 게 훤하군."

"당연히 그렇죠! 이 모든 헛소리가 나를 혼란스럽게 하고, 흔들리게 하려는 수작이라고 생각하거든요!"

"자네는 신과 예지자, 심지어 기계에서도 나타나는 고등한 의식의 존재를 의심하는군." 아보드가 말했다.

"당신 사이 파워로 뭔가 얻어걸렸을 수도 있다 생각합니다만, 그 신비주의적 개소리로 다 망쳤죠! 이 모든 안개를 걷어 내면 그 현상에 대한 과학적 설명이 있을 겁니다."

"경험론자가 실증을 요구하는군. 좋아. 대학원 단계로 넘어가 보세, 오른. 지금까지 자네는 장난감을 갖고 논 거야. 자네 존재의 근간을 위협당하면 어떻게 반응할지 보자고!"

오른은 벌떡 일어나 의자 뒤로 손을 뻗었다. 왼쪽을 돌아보니, 춤추는 불꽃이 빙 돌아 그의 눈앞으로 왔다. 불타오르고 저릿한 감각이 피부를 따라 번졌다. 불꽃이 커져 거의 지름 1미터 가까운 구체가 되어 앞으로 다가왔다. 오른은 비틀거리며 뒷걸음치다 의자를 쓰러뜨렸다. 열기가 얼굴에 쏟아졌다.

"이젠 어떤가?" 아보드가 소리쳤다.

나를 겁에 질리게 하려는 거야. 이것도 환상일 수 있어. 오른이 왼쪽으로 돌진하자 불꽃이 휙 앞서가 퇴로를 차단하고 더 바싹 다가왔다.

오른은 후퇴했다. 불꽃이 닿아 그을린 얼굴이 뜨거웠다.

"이게 환상인가, 오른?" 아보드가 외쳤다.

피하듯, 오른은 고개를 내저었다. 눈이 따끔거렸다. 불덩어리는 그를 뒤로 밀어붙였다. 고개를 저어 땀을 털어 내고 바닥을 흘끗 보았다. 오각형 타일. 최소 폭 2미터의 거대한 오각형 타일. 오른은 하얀 타일 중앙에 섰고, 즉시 열기가 줄어드는 것을 느꼈다.

"사이는 사이로 대적해야 하지." 아보드가 외쳤다.

오른은 고개를 끄덕이고, 혀로 입술을 축이고 침을 삼켰다. 에몰리도가 가르친 내면의 인지에 초점을 맞추려 애썼다. 아무것도 없었다. 눈을 감고 집중하니 뭔가 풀리는 것을 느꼈다.

어딘가에서 소리가 아닌 것의 거대한 울부짖음이 났다. 그는 안쪽으로 휘말려 들어갔다. 소용돌이 속에 뒤틀리며 빨려 들어가 아래로…… 아래로…… 아래로…… 아래로…….

째깍째깍 가는 초(秒) 생각이 그의 안에 번뜩 떠올랐다.

시간!

마치 몸 구석구석 와 닿는 듯한 오각별의 희미한 촉감을 제외하면 아무런 감각도 없었다. 오각별, 상자, 우리. 그리고 째깍째깍 가는 초. 오른의 정신은 **시간** 생각으로 들끓고 있었다!

시간과 긴장. 그는 생각했다. 그리고 그의 정신은 상징을 에너지 덩어리처럼 던지고 받으며, 에너지를 독립적인 신호처럼 조작했다. 거기에 문제가 있었다. 긴장! 긴장=에너지원. 에너지+반대=에너지의 성장. 뭔가를 강화하려면, 그것에 반대하라. 에너지의 성장+반대=반대가 섞여 들어 새로운 정체성.

'결국은 반대하는 그것을 닮아 가다 그보다 더한 최악이 되는 거니까.' 그는 생각했다. 그것은 공식이었다. 전에 어디선가 들은 적이 있었다. 사제가 악으로 빠져든다. 위대함이 작은 것으로 전락한다.

그리고 자신의 다친 팔을, 부상 전 간지러움을 기억해 냈다.

시간!

오각형 너머 그는 혼돈 에너지가 흐르는 곳을 감지했다. 빛 - 아님과 끊임없는 흐름으로 가득 찬 거대한 공백의 암흑 - 아님. 그리고 산 정상으로서의 자신을 느꼈다…… 마치 자신이 산 정상이 된 것처럼. 위로 밀려 가지만 여전히 저 아래 살아 있는 땅에 연결된 채. 어딘가에서 오각형의 촉감을 느꼈다. 그가 기억하고 위치를 파악할 수 있는 형태.

산 아래에서 목소리가 들려왔다. "오른?"

오각형이 더 바싹 압박해 오는 것을 느꼈다.

"오른?"

아보드의 목소리.

오른은 도로 흘러가 눌리고, 뒤틀리는 자신을 느꼈다. 그의 감각에 스스로의 신체 형태가 새롭게 변형하는 것이 인지되었다. 오른은 저항하고 싶었다.

"맞서지 말게, 오른."

옆구리와 팔에 와 닿는 압력, 바닥. 오른은 눈을 뜨고 타일 바닥에 길게 뻗어 있는 자신을 발견했다. 머리는 흰색 오각형의 한쪽 모서리에 있었고, 발은 반대쪽 모서리에 있었다. 허리를 끈으로 묶는 하얀 로브 차림의 아보드가 서서 그를 내려다보고 있었다. 가무잡잡하고 원숭이 같은 형상에 커다란 눈이 빤히 응시하고 있었다.

"무엇을 보았나? 오른?"

오른은 헐떡거리며 심호흡했다. 현기증이 나고 힘이 없었다. "아무것도요." 그는 헐떡였다.

"아, 그럴 리가. 자네의 모든 감각으로 보았잖은가. 길을 보지 않고서 걸을 수는 없는 법이지."

걸어? 길? 오른은 흐르는 혼돈의 감각을 기억했다. 팔을 뒤로 뻗어 바닥을 짚고 몸을 일으켰다. 손바닥에 타일 바닥이 차갑게 느껴졌다. 팔의 상처가 가려웠다. 그는 고개를 내저었다. "제가 어쨌으면 좋겠습니까?"

아보드의 시선이 그를 꿰뚫었다. "자네가 말해 보게."

오른은 목이 말라 침을 삼켰다. "혼돈을 보았습니다."

아보드는 몸을 앞으로 기울였다. "그리고 그 혼돈은 어디인가?"

오른은 바닥에 뻗어 있는 발을 내려다보고, 방 안을 둘러본 다음 다시 아보드에게로 시선을 돌렸다. "여기. 이 우주였어요, 이 우주, 이……."

"왜 자네가 그걸 혼돈으로 볼 수 있었을까?"

오른은 고개를 내저었다. 왜? 위협당했으니까. 난…… **시간!** 그는 고개를 들었다. "시간과 관계가 있습니다."

"오른, 정글을 본 적이 있나?"

"네."

"식물의 생, 그 성장은 감각에 즉각적으로 와닿진 않지?"

"즉각적이진…… 않죠. 하지만 날짜를 두고 지켜보면 물론……." 오른은 입을 다물었다.

"바로 그거야!" 아보드가 외쳤다. "즉 자네가 정글의 속도를 올릴 수 있다면 꿈틀거리는 경쟁의 장소가 되겠지. 덩굴이 뱀처럼 돌진해 나무를 움켜잡아 옥죄겠고. 식물은 위로 쑥쑥 자라 씨주머니가 터져 사방에 씨를 흩뿌릴 거야. 햇빛을 다투는 덩굴들의 거대한 조르기 한판을 보게 되겠지."

"시간." 오른은 말했다. 그리고 에몰리도의 비유를 떠올렸다. 2차원 세계에 드리워진 3차원의 그림자. "2차원 세계에 사는 사람이 3차원 물체의 그림자를 어떻게 해석할까?" 그는 중얼거렸다.

아보드는 미소 지었다. "에몰리도는 그 비유를 참 즐겼지."

"2차원 존재는 추정할 수 있겠죠. 상상력을 펼쳐…… 다른 차원에 다다르는 것들을 만들어 낼 수 있습니다." 오른이 말했다.

"그래서?"

오른은 긴장감을 느꼈다. 팔을 따라 신경이 바르르 떨렸다. "사이 기계! 시간을 조종하죠!" 오른은 말해 버렸다.

"사이 현상은 시간 현상이네." 아보드가 말했다.

오른의 감각에서 베일이 벗겨진 것 같았다. 다친 팔을, 다치기 전 그 정확한 부위에서 느꼈던 가려움을 기억했다. 에몰리도가 보여 준 작은 사이 기계를 떠올렸다. 고리, 콘덴서, 전기 튜브, 모두 작고 얇은 사각형 플라스틱에 집중되어 있었다. 한쪽으로 문지르면 플라스틱에 들러붙었다. 다른 방향으로 문지르면 플라스틱이 유리처럼 매끄러워졌다.

반쯤 혼잣말하듯 오른은 입을 열었다. "플라스틱을 따라 얇은 시간 막이 흐르고 있었던 거야. 한쪽 방향으로는 내 손이 흐름에 따라 움직이지만, 다른 방향으로는 손이 흐름을 거슬렀던 거지."

"응?" 아보드는 어리둥절한 모습이었다.

"기억을 떠올리고 있었습니다." 오른이 말했다.

"이런." 아보드는 몸을 돌려 터덜터덜 침대로 돌아가 가장자리에 앉았다. 로브가 벌어져 잠옷 아래 가는 정강이가 드러났다. 굉장히 늙고 지쳐 보였다.

오른은 노인을 향한 동정심을 느꼈다. 이곳을 감싸고 있던 두려움의 감각은 사라졌다. 그 대신 경외감에 가까운 자각이 느껴졌다.

"생은 시간의 차원을 통해 물질을 투영하지." 아보드가 말했다.

"일종의 타임머신처럼요?"

아보드는 고개를 끄덕였다. "그래. 우리의 인식은 분열되어 있어. 이 세 개의 차원과 그 외부에 존재하고 있지. 여러 세기 동안 우린 이를 알고 있었다네. 생각은 단 몇 분의 1초 만에 평생을 질주할 수 있어. 생명이 위협당하면, 자각은 시간이 존재하지 않는 영역으로 빠져들 수 있고. 수많은 대안을 저울질하고, 가장 생존 가능성이 높은 행동 양식을 선택할 수 있지. 이 차원에서 시간이 멈춰 있는 동안 이 모든 것을 할 수 있는 거야."

오른은 심호흡을 했다. 이게 사실이라는 걸 알았다. 헬렙 폭동에서의 그 끔찍한 마지막 순간을 떠올렸다. 탈출선 조종석에 앉아 있는 동안 그의 주위에서는 함선의 허술한 방어벽을 향해 엄청난 화력이 퍼부어질 참이었다. 닥쳐올 게 뻔한 폭발적인 에너지를 피할 방법은 없어 보였다. 그리고 그의 뇌리를 수많은 대안이 스쳐 지나가는 사이 함선 밖 무시무시한 무기들이 얼어붙어 있는 듯했던 기억을 떠올렸다. 그리고 그는 탈출했다. 확실한 한 가지 방법이 보였다.

아보드는 다시 침대에 눕고 이불을 끌어다 다리를 덮었다.

"난 아주 늙었어." 그는 곁눈으로 오른을 보았다. "하지만 누군가 오래된 발견을 하는 것을 보면 아직도 기쁘군."

오른은 한 발짝 나아갔다. "오래되었다고요?"

"고대의 것이지. 최초의 인간이 원래의 고향 별에서 우주로 나선 이래 수천 년의 세월이 흘렀지만, 이런 식으로 우주를 보는 방법을 발견한 이는 드문 소수라네. 그들은 그걸 마야라고 불렀어. 그 언어는 산스크리트어였지. 물질에 대한 우리의 시각은 좀 더…… 다듬어졌지. 하지만 본질적으로는 다르지 않아. 고대인들은 이렇게 말했지. '형태를 버려라. 시간적 현실로 향하라.' 이거 아나, 오른, 참 놀라워. 인간은 대단히…… 모든 것을 포용하려는 욕구가 있다네."

몽유병에 걸린 듯 오른은 앞으로 나아가 침대 옆 의자를 바로 놓고 주저앉았다. 자각으로부터 뻗어 나간 확장이 그의 주의를 사로잡았다. "죽은 자를 불러낸 예언자. 육체의 물질을 그게 살아 있던 시간으로 돌려보낸 거군요. 당신이 나를 위협하는 데 썼던 불길. 우리 주위의 물질이 기체화된 백열이던 시간에서 가져온 거고요. 행성 사이를 시냇물 징검다리 건너듯이 다니던 웨셴의 그 남자는." 오른은 양손을 들었다. "당연하죠. 그 사이를 가로질러 뻗은 시간이 없으면, 공간이 존재하지 않으니. 그 사람에게 시간은 특정 장소였어요!"

"우주를 부푼 풍선으로 생각해 봐. 괴상한 형태에 미지의 꼬인 부분이 있는 풍선. 자네에게 투명한 3차원 격자가 있다고 가정해 보자고. 그래프용지처럼. 그걸 통해 우주를 보지. 거기다 대고 우주의 형태와 움직임을 표시할 수 있는 모형인 셈이야." 아보드가 말했다.

"교육." 오른은 말했다.

아보드는 학생을 칭찬하는 교사처럼 말했다. "잘했어!" 미소를 지으며 말을 이었다. "이 격자, 이 모형을 인간에게 훈련시키지. 인간은 그걸 우주에 투영해. 이 모형을 통해 자연을 파편으로 조각 내. 쓸모 있는 파편으로. 하지만 어쩌다 보니 인간은 때로 자연이…… 우주가 파편이란 발상을 너무 자주 해. 예를 들자면 모형은 굉장히 유용해서, 우리의 발상을 소통하게 해 주지. 하지만 대단히 근시안적이야. 노인이 코를 갖다 대다시피 하고 글을 읽는 것이나 다름없어. 한 번에 한 가지만 보지. 하지만 우리의 우주는 한 번에 한 가지가 아니라고. 어마어마하게 복잡한데. 그래도 우리는 파편에만 집중하지." 그는 고개를 내저었다. "우리가 파편을 어떻게 보는지 아는가, 오른?"

아보드의 말은 그의 인식으로 흘러들어 오는 이해의 총합 같았고, 오른은 반쯤 몽상 상태에 빠져 있다 퍼뜩 깨어났다. "대조를 통해 보죠. 파편마다 다르게 움직이고, 색이 다르고, 아니면……."

"잘했어! 우리는 대조를 통해 파편을 보네. 파편을 보기 위해선 그 배경 또한 봐야 해. 파편과 배경은 불가분의 관계이지. 그중 하나가 없으면 다른 하나를 구별할 수 없지. 악이 없으면 선을 정할 수 없어. 전쟁이 없으면 평화를 정할 수 없고. 하나가 없이는……."

"잠깐!" 오른은 번쩍 정신이 들었다. "I-A를 파멸시키려는 이유가 그겁니까?"

"오른, 강박적 평화는 평화가 아니라네. 평화를 만들려면 호전적인 수단을 써야 해. 한 쌍 중에 한쪽을 제거하고 다른 한쪽만 가질 수 있다는 생각은 난센스지. 이건 힘으로 하는 거야! 진공을 만들어 혼돈이 흘러들어 오게 한다고."

오른은 고개를 내저었다. 미궁에 갇힌 기분이었고, 아보드의 말에 뭔가 잘못된 곳이 틀림없이 있다는 생각에 사로잡혔다.

"약물 습관과 마찬가지야. 평화를 강요하면, 만족을 위해 점점 더 커다란 평화가 필요하게 되지. 그리고 그걸 얻기 위해 점점 더 많이 폭력을 사용하게 되고. 그 순환은 파국으로 끝날 수밖에 없어. 빛이 자네의 눈에 와 닿는 원리로 생각해 보게. 책을 읽을 때 적극적으로 빛을 찾고 갈망하진 않잖아. 같은 식으로 평화는 자네의 감각에 닿지. 기쁨이 자네에게 닿고. 선함이 자네에게 닿고. 빛이 자네의 눈에 도달하듯이. 그게 신경의 기능이야. 신경으로 노력을 할 순 없지. 근육으로 노력을 하는 거고. 그게 우리 우주의 방식이야. 우리의 모형은 현실의, 실재의 직접적인 기능이어야 해. 이런 점에서 우리의 신경과 비슷하지. 모형을 왜곡하면 현실을 바꾸는 게 아니라, 우리가 그걸 보는 방식을 바꿀 뿐이야. 한 쌍 중에 한쪽을 파괴하면, 나머지 한쪽이 우리를 압도하지. 포식자를 제거하면, 그 먹이가 되던 생물은 개체수 폭발을 겪어. 이 모든 것은 기본 법칙에 맞아떨어져."

"그리고 I-A는 그 법칙을 깨고요?"

"그랬지." 아보드가 미간을 찌푸렸다. "보게, 평화는 내부 문제야. 자기 훈련이지. 안에서부터 나와야 해. 외부의 힘으로 평화를 강제하면, 외부 힘이 점점 더 커져. 필연이지. 불가피하게 전락하고. 파국이 오네."

"여기 아멜 사람들은 스스로를 우월한 I-A로 여기는군요, 안 그래요?"

"어떤 의미에서는." 아보드가 수긍했다. "하지만 우리는 뿌리로 가길 원하네. 어디에든 뿌리를 내릴 곳이라면 자기 훈련의 씨앗을 심고자 해. 그리고 그렇게 하려, 배양을 위한 특정한 땅을 준비하지."

"땅?"

"세계. 사회." 아보드는 오른을 응시했다. "그리고 우리에겐 절실하게 농부가 필요하네, 오른."

"저 말입니까?"

"합류할 생각 있나?"

오른은 목청을 가다듬고, 아보드의 강렬한 시선에서 주의를 돌렸다. 몰이를 당하는 기분이었다.

아보드의 목소리가 끼어들었다. "이건 혼돈의 우주일세, 오른. 사물은 변화하고. 앞으로도 변화할 거야. 인간에게는 이 점을 깨닫는 본능이 있어. 우리의 본능은 불안감을 유발해. 우리는 변하지 않는 것을 추구하지. 신뢰는 일시적이니, 우리가 신뢰하는 파편이 움직이고 있기 때문이지. 그것은 변화해. 그래서 주기적으로 우리는 파국을 겪네. 우리는 제대로 되지 않는 것들을 찢어발겨. 우리가 예상한 대로 돌아가지 않는다고, 어린애가 되어 맘대로 되지 않는 장난감을 부수는 거야. 이런 시절에는 자기 훈련의 스승이 절실히 필요하네."

"우리가 부수는 시기에, 파국에 가까워지고 있단 말입니까?"

"언제나 가까워지고 있지. 언제나 우리 앞에는 거대한 불길이 있고 거기에서 불새가 날아올라. 오직 한 가지만이 지속돼. 믿음. 사물은 변화하지만, 믿음은 지속돼. 변화하는 우주에서 우리가 갈망하는 절대적인 것이지."

오른은 치미는 분노에 압도당하는 기분이었다. "믿음? 말도 안 되는 소리! 논리도, 과학적 근거도 없는……."

"자네의 감각을 신뢰해!" 아보드가 고함쳤다. "자네가 원하는 생각에 꿰맞추려 모형을 왜곡하려 들지 마! 자네는 다른 차원을 경험했지. 많은 이들이 깨닫지 못한 채 차원을 경험했어. 자네는 깨달았고."

"하지만…… 믿음이요? 무엇에 대한?"

"우리의 욕구에 대한. 우리가 이 다른 차원을 아우르고 우리의 감각을 끌어당기는 새로운 신비의 영역을 그곳에서 찾으리라는 믿음. 이 모든 혼돈 속에서 버텨 내는 무언가가 있으리라는 믿음…… 만약 그렇지 않다면, 버텨 내는 것을 우리가 창조하리라는. 그런 믿음이야, 오른."

오른은 눈을 내리깔았다. "죄송합니다. 전…… 이해가 안 됩니다."

아보드의 목소리는 거의 속삭임에 가깝게 낮아졌다. "물론 안 되겠지. 자네는 종교에 대한 우리의 간단한 정의를 듣지 못했으니까. 종교는 우리를 둘러싼 명백한 혼돈을 버텨 내는 그 이상의 무언가가 있다는 믿음이야. 중심 개념은 믿음과 버티는 힘이야."

오른은 머릿속에서 그 생각을 곱씹었다.

아보드가 말했다. "여기서 우리의 믿음은 인류의 지속적으로 버티는 힘에 대한 거야. 아멜에서는 위대한 영속성이라고 불러. 항상 인류의 후손이 있으리라는 것이 우리의 믿음이네. 진화하고, 변화하고, 현생 인류로서는 알아볼 수 없고, 어떻게 되더라도 여전히 우리 후손이지."

오른의 가장 의지할 만한 방어 기제인 냉소주의가 그의 사고를 지배했다. "아주 고상하게 들리네요. 그리고 여기서 당신들이 하는 게 그거라면, 꽤나 매력적이고요. 하지만 그렇다는 걸 내가 어떻게 확신하겠습니까? 말이 참 많으신데. 일부는 심지어 이치에 닿기도 해요."

"하지만 약한 고리 하나만 있으면 끝난다?"

오른은 어깨를 으쓱했다.

"그래서 강한 이만, 예지자만 찾는 거네. 시험과 교육이 있는 이유고. 원시 종교를 길들여 그 에너지를 우리 목적에 맞게 다스릴 수 있다면 이치에 닿지 않을까?"

"그럼요."

"그럼 이렇게 하지, 오른. 아멜에서 어디든 가고, 아무 질문이든 하고, 아무 기록이든 보고, 우리의 목적에 반하지 않는 한은 어떤 협력이든 요청해도 좋아. 마음껏 하게. 그러고 나서, 우리와 함께하기로 정하지 않아도 되고. 외부 세계 어디로든, 마락이든, 차곤이든, 어디든 원하는 곳으로 가도 좋아. 다만 자네의 재능을 우리 지시에 따라 맡겨, 어떻게 길들일 수 있는지 자네에게 보여 주도록 허락만 해 주게."

오른은 혀로 입술을 축였다. 아보드의 감정을 조심스레 탐색한 결과 솔직함과 희미하게 즐거워하는 기색이 드러났다. 그 즐거움이 오른을 짜증 나게 했다. 아보드에게는 흔한 이야기일 거라는 느낌이, 루이스 오른의 반응은 이러저러한 타입으로 분류 가능하리라는 느낌이 들었다. 일종의 홧김에 그는 입을 열었다. "두렵진 않습니까, 내가 혹시…… 아멜을 떠나고 나면 당신들을 배반할까 봐?"

"우린 자네에게 믿음을 갖고 있네, 오른. 자네의 시련은 그럴 만한 근거를 주었지, 최소한."

오른은 낄낄 웃었다. "최소한 호의를 돌려드려야겠군요?"

"우리를 마음껏 들볶고 시험한 후에, 그래. 자네 스스로도 말했지. 믿음은 검열받지 않은 의지라고. 우리는 자네가 의심이라는 검열을 하지 않았으면 하네."

오른은 고개를 끄덕였고, 새로운 생각이 뇌리를 스쳤다. "내가 마락으로 돌아가 I-A를 당신네들이 원하는 방향으로 바꿔 놓으리라 여길 만큼 믿는 건가요?"

아보드는 고개를 내저었다. "자네에 대한 믿음, 그건 있지. 하지만 I-A는 권력으로의 길을 너무 멀리 가 버렸어. 자네도 알겠지만 기관은 개인과 마찬가지야. 생존을 위해 싸우겠지. 권력을 추구하고. 자네의 I-A는 모든 부분으로 이루어진 개성을 갖고 있어. 자네 같은 일부는 신뢰할 수 있지. 다른 이들은…… 안타깝지만 아니야. 아니. 자네가 여길 떠나도록 허락하기 전에, I-A는 죽고 다른 기관이 남은 잔해를 먹어 치울 걸세."

오른은 노쇠한 얼굴을 응시했다. 이어 입을 열었다. "내가 임무에 실패한 것 같군요."

"아마 아닐걸. 자네의 원래 목적은 아직 유효해. 자기 훈련으로서의 평화는 어떤 것보다도 만족스러울 수 있으니까. 물론 더 느리게 성장하지만, 중요한 건 자신감 있는 성장이니."

오른은 여전히 일말의 쓸쓸함을 맛보았다. "내가 합류할 거라고 꽤나 자신하는군요."

"자네는 이미 그 결정 단계를 지났어. I-A로 돌아가 고치기를 기대하냐고 물었을 때." 아보드가 중얼거렸다.

이번엔 오른의 웃음은 자기 자신을 향한 것이었다. "날 상당히 잘 아시네요."

"자네의 목표를, 종교를 알지, 말하자면. 자네는 인류에 대한 믿음을 우리와 함께하고 있어. 그걸 알게 되었을 때, 이미 우리 일원이라는 걸 알았지." 아보드가 미소 짓자 나이 든 얼굴이 환해지는 듯했다. "준비해야 할 땅은 많고, 우리는 농부가 많이 필요하다네."

"그래요, 나는 풀씨라 그거죠." 오른이 말했다.

"아멜을 맘껏 파헤쳐 보고 난 다음, 돌아와서 얘기하세. 마락에서 자네를 기다리는 젊은 여성이 있다고 알아. 어쩌면 자네가 다른 기관으로 복귀하는 걸 논의해 볼 수도 있겠지. R & R로."

"R & R! 그 돌대가리들! 그들은……."

"자네의 조건 반응은 흥미롭군. 지금으로선 어느 기관이나 부분의 총합이라는 점만 다시 일러 주지."

* * *

마락에 있는 사무실에서, R & R 국장 타일러 제먼은 거대한 블랙우드 책상을 사이에 두고 오른을 마주했다. 제먼 뒤에는 마락 중앙 정부 구역의 빽빽한 오피스 빌딩가가 내다보이는 넓은 창문이 있었다. 창을 배경으로 드러난 국장의 윤곽은 둥글둥글했고, 살집 많고 온화한 외관에 미소 짓는 입과 매서운 눈을 하고 있었다. 찡그린 표정 주름이 이마에 줄을 긋고 있었다.

사무실은 제먼에게 어울렸다. 표면상으로는 안락함을 목적으로 지어진 듯했다. 푹신한 의자, 두꺼운 카펫, 은은한 조명. 하지만 삼면 벽은 파일 장이 세워져 있었고 책상에서 원거리 검색이 가능했다. 여섯 대의 자동 비서가 책상 옆에 줄지어 있었다.

국장 맞은편에 앉은 오른은 여전히 아멜의 연하늘색 토가 차림이었다. R & R 보안 경찰이 우주항에서 그를 바로 이리로 데려오는 바람에 갈아입을 시간이 없었다.

"이렇게 서두르는 모양이 영 보기 그랬겠지, 오른. 우주항에서 약혼녀와 그런 식으로 떼어 놓다니. 우리가 무례했네." 제먼이 말했다. 매서운 눈이 오른을 뚫어지게 보았다.

오른은 걱정스러운 가면 아래 재미있어하는 기색을 숨겼다. "그럴 만한 이유가 있으시겠죠, 국장님."

제먼이 뒤로 기댔다. "진짜 그렇지." 국장은 책상 위 서류 더미를 끌어당겨 각을 맞췄다. "I-A가 자네를 우리한테서 빼앗아가기 전, 자네는 R & R 요원이었잖나."

"네. I-A에서 저를 징집했죠."

"하말에서의 그 일은 참 운이 나빴지!"

"제가 할 수 있는 일은 아무것도 없었습니다."

"자네더러 뭐라는 게 아니야, 오른. 하지만 이제 우리가 I-A를 대신하게 되었으니 자네에 대해 약간 궁금한 점이 있으리라는 건 이해하겠지."

"제 충성심이 어느 쪽에 있는지 알고 싶으십니까?"

"정확해."

"R & R의 목표는 여전히 제 목표와 일치합니다."

"좋아! 좋아!" 제먼은 앞에 놓인 서류 더미를 툭툭 두들겼다. "아, 그 아멜행 임무 말인데. 어땠나?"

"제가 파견된 이유요?"

제먼의 시선은 차갑게 가늠하고 있었다. "그래."

"아주 간단합니다. I-A 간부들이 자기 부서를 없애려는 움직임에 대해 들었죠. 사제들이 그 움직임의 주요 요인이라고 믿을 만한 이유가 있었습니다. 사제들을 방해할 수 있는지 보기 위해 파견되었습니다."

"그리고 실패했지." 단정적인 평가였다.

"국장님, 제가 한때 R & R에 지원했음을 고려해 주셨으면 합니다. I-A가 데려가기 전까지 여기 요원이었고요." 오른은 굳은 미소를 지어 보였다. "그리고 I-A가 밀려나고 나면 여기서 I-A의 기능을 맡으리라는 건 대단한 천재가 아니어도 자명했습니다."

제먼의 눈이 생각에 잠겨 흐릿해졌다. 그는 목청을 가다듬었다. "그 사이라는 건 뭔가? I-A 최종 감사 중에 이 희한한 부서를 발견했네. 불행히도……." 제먼은 앞에 놓인 서류를 살폈다. "부서장 에이지 에몰리도는 사라졌어. 그렇지만 자네가 그 최근…… 임무 전에 그에게 훈련받았다는 기록이 있더군."

그럼 에몰리도는 도망쳤군. 분명 고향으로 보고하러 갔겠지. 오른은 입을 열었다. "의문의 여지가 많은 분야였습니다. 초능력과 같은 맥락에서 유래했고요."(그리고 생각했다. 이거면 저 간부들의 논리에 맞겠지!) "우연 아닌 특정 현상을 설명할 규칙을 찾고 있었습니다. 결과는 반론의 여지가 있습니다."

제먼은 앞에 놓인 서류를 도로 쌓았다. "예상대로군. 음…… 세부 사항은 나중에 살펴봐도 되겠지. 솔직히 전반적으로 너무 억지스럽게 들려. 전형적인 I-A의 낭비지." 뒤로 기대고 양손 끝을 마주 대어 세웠다. "오른, 알다시피 우리는 I-A의 주요 기능을 인계받고 있어. 하지만 어리석은 저항에 맞닥뜨리고 있지. 그래서 자네가 들어와 주었으면 해."

"제 R & R 기록은 깨끗합니다, 국장님."

제먼은 의자를 빙 돌려 창밖의 마락 행정 밀집 지역을 쳐다 보았다. "자네는 R & R과 I-A 둘 다 알고 있지, 오른. 자네를 내 사무실에 두려는 게 내 생각이야. 특별 선임 보좌관으로. 자네의 임무는 I-A 흡수 합병을 원활하게 하는 것이 되겠지." 의자를 돌려 다시 오른을 보았다. "어떤가?"

오른은 딱 적당한 만큼만 망설였다. "전…… 영광으로 여기겠습니다, 국장님."

"훌륭해!" 제먼이 앞으로 몸을 기울였다. "먼저 자리를 잡고 싶겠지, 물론." 그의 태도가 더 자신만만해졌다. "곧 결혼한다며, 들었네. 필요한 만큼 여유를 둬. 그러니까, 한 달 정도."

"친절에 감사드립니다."

"아무것도 아닌걸. 자네가 우리와 함께 행복하길 바라네." 그는 혀로 입술을 축였다. "물론 양이 얘기할 시간이 없었겠지…… 자기 아버지 일을. 그는 이제 우리 고등 판무관이 아니네. 최근 대규모 개편에서 자리를 잃었거든. 오랫동안 훌륭하게 일해 왔는데 안타까운 일이야."

"그분은 여전히 의회에 남으십니까?"

"아, 그럼. 여전히 중요한 의원이야. 소수 정당 대표." 제먼은 오른을 응시했다. "우린 자네가 불론과의 일종의 교섭책을 맡아 주었으면 하네, 이해하겠지만 비공식적으로."

"분명 뭔가 방법이 있을 겁니다, 국장님."

제먼은 미소 짓고 긴장을 풀었다. 그리고 고개를 끄덕였다.

오른은 입을 열었다. "제 직원들은 어떻게 됩니까, 국장님?"

"직원?"

"이 일을 제대로 하려면 저만의 보좌가 필요합니다."

갑작스러운 긴장감이 사무실 안에 감돌았다. "누구 마음에 둔 사람이라도?"

오른은 생각했다. 차근차근하자고, 여기가 조심해야 할 부분이야. 오른은 말했다. "I-A에 있는 동안 내내 전 한 사람의 직속으로 있었습니다. 그가 개구리라고 하면 전 펄쩍 뛰었고요. 어디든 그가 가리키면 전 그리로 향했습니다."

"아······ 움보 스텟슨 말이군."

"알고 계시군요."

"안다고? 바로 저항의 중심인물이야!"

"그럼 더욱 즐겁지 않겠습니까." 오른이 말했다.

제먼은 큭큭 웃었다. 희열에 찬 가학성으로 빛나고 있었다. "그를 데려오게! 뭐든 그에게 분수를 알게 할 권한이 필요하다면 다 자네 뜻대로 하고!"

오른은 제먼의 미소에 동참했다. "제 생각보다 훨씬 재미있겠군요."

제먼이 일어섰다. "내 사무실 옆에 자네 사무실을 마련하도록 하지. 전부 안락하고 깔끔하게." 그는 고개를 끄덕였다. "아주 잘 풀려 나갈 거라는 생각이 드네. 정말로."

오른은 자리에서 일어섰다. "기대치를 만족시켜 드릴 수 있기를 바랍니다, 국장님."

"이미 그런걸! 자네는 해야 할 일을 알고, 어떻게 실행할지 알지." 그는 의미심장한 미소를 오른에게 지어 보였다. "그리고 아멜에서 자네의 실패는 잊지 못할 걸세." 그는 낄낄거렸다. "응?"

* * *

출처: 루이스 오른이 할마이라크 아보드에게 보내는 비밀 보고서

제먼은 말씀하신 대로 손쉬웠습니다. 이미 스텟슨은 데려왔고, 스텟슨을 통해 다른 사람들을 끌어들이고자 합니다. 정말 빈 땅이 더군요. 숙련된 농부의 돌봄이 필요합니다.

제먼과의 대화는 흥미로웠습니다. 당신이 예상하신 대로의 패턴이었습니다. 약자가 강자를 흡수하고 있으며, 내부에서부터 강자에게 먹힐 수 있다는 사실은 전혀 의식하지 못하고 있었습니다. 하지만 이번에는, 선별된 강자의 씨앗만입니다.

스텟슨은 전혀 반대하지 않았습니다. 그가 특히 끌린 아이디어는 이것입니다. 전쟁을 불가능하게 하지 않고도 전쟁을 방지할 방법을 찾아야 한다. 제게는 전혀 모순이 아닙니다. 한계가 없는 우주에서, 생명은 스스로 부여한 한계에 따라 자랍니다. 모든 가르침은 규율에 달려 있습니다. 그리고 규율은 파생 이익을 얻고자 스스로에게 건 한계가 아니겠습니까? 저의 새로운 모형은 이 개념을 포용하기 위해 왜곡할 필요가 없습니다.

이 모든 것 중에, 계속 떠오르는 생각이 하나 있습니다. 이번 한 번만 언급하고 넘어가겠습니다. 가장 효율적인 정부는 통치자가 자

신이 통치되고 있음을 알지 못하며, 자신이 통치한다고 믿는 정부라는 생각이 문득 들었습니다.

귀하의 충실한 농부,

루이스 오른

1960

알과 재

Egg and Ashes

1960년 11월, 《월즈 오브 이프(Worlds of If)》 수록.

그 슈커닌이 솔방울로 가장하여 사냥꾼 캠프 위에 매달려 있은 지는 일주일째였다. 텐트 덮개를 고정한 로프 하나가 바로 몇 센티미터 떨어진 곳을 지나갔고, 지금처럼 차가운 저녁 바람이 불어오면 로프가 진동음을 냈다. 이 때문에 슈커닌이 모닥불을 둘러싼 인물들에게서 나는 진동에 집중하려면 소리를 묻어 버리는 이 배경 고조파를(다른 많은 '잡음'도 함께) 지워 버려야 했다.

이미 슈커닌의 세포 소기관에는 이 장소와 다른 장소에서 나는 빛이 반사된 형태와 진동의 의미가 긴 목록을 이루어 각인되고 저장되어 있었다. 탄소 기반 형태가 근처에 흐르는 액체를 향해 이동하는 것을 슈커닌은 감지했다. 생명체가 물이 있는 곳으로 가고 있었다. (그리고 동쪽 산 너머에 거대하게 출렁이는 액체의 진동 중 하나이기도 했다.) 그리고 슈커닌은 이 생명체 중 하나가 밤을 맞아 휴지 상태(낮은 진동기)로 들어가면 알 수 있었다. 그게 잠이었다.

아, 진동 의미는 참으로 많이 있었다.

슈커닌은 저음역으로 잠과 물의 진동을 재현해 보았고, 그 섬세함을 숙달해 가고 있음에 뿌듯해했다.

커피 향과 구운 고기 냄새가 불에서 피어올랐다. 슈커닌은 잠시 거기에 귀를 기울이며, 이 매혹적인 장소의 완연한 둥근 진동 스펙트럼을 음미했다. 아직까지는 비(非)칠틱 진동을 자신에게 적용할 필요를 생각하지 못했다.

(이 단계에서 이 개체가 자신에 대해 생각할 때(드문 편이다.), '나는 슈커닌이다.'라고 생각하지 않는단 점을 이해하여야 한다. 첫째, 자연적인 메커니즘이 장기적인 자기 숙고를 막았다. 둘째, '슈커닌'은 임시 진동이었다. 시각적 스펙트럼을 듣지 못하고, 아직 칠틱 스펙트럼을 감지하지 못하는 생명체와 소통하는 용도로만 쓰이는, 실제 '용어'에 대한 제한적인 청각적 접근법이었다. 소통의 시작 단계일 뿐이기에, 이 존재를 '슈커닌'이라고 생각해도 아무런 문제가 없으나, 한계가 있음을 명심해야 한다.)

* * *

사냥꾼 캠프에 오기 전, 슈커닌은 기다란 회색 군함의 병실에서 가짜 나사못 머리로 2주를 보냈다. 폐기물 적재함의 코팅 '필름'이 되어 군함을 떠났고, 여기 소나무 공터에는 사냥꾼 중

한 명이 사들인 중고차 트렁크 뚜껑의 '철사'가 되어 도착했다.

폐기물 적재함과 중고차 사이에 여러 개의 다른 형태 변장을 거쳤으며, 전부 단색과 매끄러움 그리고 재현하기 어렵다는 특징이 있었다. 슈커닌은 현재의 솔방울 형태를 거의 휴식으로 여겼다.

새로운 진동 의미 레퍼토리를 시작하자, 슈커닌은 새 아라베그를 얻은 릴림 같았고, 또는 다른 표현을 빌리자면, 새 장난감을 얻은 아이 같았다. 현재 그것은 전함에서 보낸 기간을 떠올렸다. "자 들어 봐! 자 들어 봐!" 아래에 있는 형체들이 감지하기엔 너무 낮은 음역으로 혼자 되뇌었다.

솔숲 속 캠프에는 어둠이 깔렸고 모닥불은 낮게 깜박거렸다. 직립 생물체들은 텐트로 들어갔다. (알겠지만, 잠을 자려고.) 이 생물체 중에 원시(비칠틱) 진동으로 구분되는 '샘'이라는 개체가 있었다.

이제 슈커닌은 주위의 나뭇가지 사이를 스치는 쌩쌩 바람 소리에, 밤의 생물들이 부스럭거리는 소리에 귀를 기울였다. 그리고 한번은 근처에서, 비유하자면 스컹크 악취가 요란하게 울려 퍼졌다. 한참 후, 슈커닌은 금기를 무시하고 전함에서 깨어나기 전의 시기를 떠올리려 해 보았다. 기억은 희미한 안개일 뿐이었다. 어두운 물속에서 위쪽을 향해 헤엄치는 감각.

기억하려는 노력이 금기 메커니즘을 발동시켰다. 파괴적인 허기가 슈커닌을 괴롭혔다. 그것은 내부 구조에서 진행되는 변화를 감지했다…… 일종의 성숙.

허기를 물리치기 위해, 슈커닌은 하늘에서 아름다운 조화를 이루며 날아다니는 생물체가 된 자신을 상상했다. 위로, 위로 치솟아······.

하지만 이것 역시 곤란했으니, 그 이미지가 이쪽 하늘에서는 낯선(하지만 슈커닌에게는 불안할 만큼 낯익은) 거대한 붉은색과 금색 날개가 달린 형태로 변신하려 들었기 때문이었다.

동쪽 산꼭대기에 여명이 터 오고, 기척에 슈커닌은 몽상에서 깨어났다. 형체 하나가 텐트에서 나와 하품하고 기지개를 켰다. 슈커닌은 형체의 빛 진동과 소리 진동을 매치했고, 나름의 방식으로 사냥꾼 샘을 '알아보았다'. 길고 짧은 후각-시각 파장에 커다란 음향-의미 진동이 끼어들고 뒤섞여 높고 낮은 고조파가 있었다.

"오늘 아침은 쌀쌀하네. 너희 게으름뱅이들처럼 나도 침낭 속에 있으면 좋겠다." 사냥꾼이 말했다.

텐트에서 다른 목소리가 났다. "공정하게 동전 던지기를 해서 네가 졌잖아, 샘. 불이나 지펴."

슈커닌 내부의 미식가 감각이 완전히 깨어났다. 이 조잡한 생명체가 대단히 탐나는 요소를 얼마간 갖추었음을 느꼈다. 어떤 의미에서, 슈커닌은 '웅크렸다'.

사냥꾼은 텐트 덮개 로프에 한 손을 대고, 가짜 솔방울을 올려다보았다. "그래. 불쏘시개로 딱인데." 남자는 손을 뻗어 '솔방울'을 만졌고, 갑작스러운 온기가 느껴지더니 다음 순간 아무것도 없었다. '솔방울'이 사라졌다. 그는 고개를 젓고 땅바닥을 둘러

본 다음, 다시 나무를 올려다보았다. 아무것도 없었다. "돌겠네." 그는 중얼거렸다. 남자는 '솔방울'에 닿았던 손바닥을 긁었다.

"불은 아직이야?" 텐트에서 목소리가 다그쳤다.

샘은 고개를 저었다. "아니. 불쏘시개로 쓰려고 솔방울을 따려는데 그 빌어먹을 게 사라졌어."

"늙어 가는 거지, 할아버지. 시내로 돌아가면 안경 사." 텐트에서 목소리가 말했다.

텐트에서 다른 목소리가 끼어들었다. "그만 좀 닥치지? 사람 좀 자자!"

슈커닌으로서는 지극히 나른한 한순간이었다. 그러다가 자신이 통제할 수 없이 바뀌더니, 탄소 생명체의 손바닥에 펼쳐져 즉시 땀구멍으로, 세포 사이로, 혈관으로 스며드는 것을 느꼈다. 그것은 길게 늘어나(지름이 세포 여섯 개 이하) 뻗어 가고…….

뻗어 가고…….

길고 가느다란 가닥이 되어 혈관을 탐색했다. (여기서의 진동은 대위법적으로 훌륭했음을 인정해야 할 것이다. 작게 쉭쉭대고 끽끽대고 철썩이는 소리가 웅장한 고동 소리를 배경으로 났다. 또한 백혈구가 탐욕스러운 공격을 해 오기 전 섬세한 조정의 시간도 얼마간 있었다.)

나름의 방식으로, 슈커닌은 기쁨으로 춤췄다. 허기는 그저 희미한 깜빡임이 되었다. 허기의 끝이 목전에 있다는 희미한 일 종의 앎.

그리고 위로 향하는 헤엄과 전환에서 최초의 자각이 일어 났던 순간의 기억이 떠올랐다. 그 작은 자아의 알이 위압감 을 느낄지도 모른다고 겁을 줄 정도로 회상이 충분하진 않았 다……. 그저 호기심을 자극하기에 충분할 정도.

(슈커닌이 온전히 갖춘 것은 금지할 수 없는 호기심뿐이었다. 그리 고 칠틱 자각은 이 능력을 더욱 강력하게 만들었다.)

슈커닌은 헤엄치고, 기어가고, 꿈틀거리고, 늘어나고, 쥐어짜 였다. 아래로, 밖으로, 위로. 이제 주위의 '음악' 일부를 걸러 내 야만 했다. 거대한 공기주머니에서 씩씩대는 소리, 골골대고 꿀 렁대는 소리, 탁탁대고 획획대는 소리. 모두 너무 산만했다. 그것 의 요소 중 하나가 숙주의 성대(슈커닌에게는 '거대한 진동기')에 얽혀들었다. 다른 일부는 뇌의 언어 중추에 맞물렸다. 섬모가 안구 표면과 눈꺼풀 혈관으로 뻗어 가, 외부와 접촉했다.

모든 진동이 각각 다른 감각 기관으로 분리되어 있음을 발견 하고 처음에는 정신이 없었다. 그러다 유혹이 저항할 수 없이 커졌다. (누가 여기에 비난을 퍼부을 수 있을까?) 슈커닌은 발성 중 심과 성대와의 접촉을 조율했다.

소나무 공터 너머 인간의 목소리가 외쳤다. "자 들어 봐! 자들어 봐! 물! 잠! 불! 먹어!"

아, 그 짜릿한 기분이라니!

직립 생명체 둘, 다른 사냥꾼들이 텐트에서 기어 나왔다. 한 명이 외쳤다. "드디어 준비가……." 그것은 말하다 말았다. 불이 피워져 있지 않았다. 오직 샘이 공포에 질린 눈을 하고 모닥불 터 옆에서 왼손을 목에 대고, 오른손은 뭔가를 밀어내려는 듯이 쭉 뻗고 있을 뿐이었다.

그러더니 샘이 휘청하고, 쓰러졌다.

병실에서, 지독한 진동은 희미한 쉿쉿 소리로 줄어들었다. 블라인드는 생생한 아침 햇살이 들어오지 않게 닫혀 있었다. 침대 옆 램프는 꺼져 있었다. 하지만 여전히 크림색 벽에 반사된 나직한 고조파가 잠든 이의 고른 숨소리와 어우러졌다.

샘은 병실의 싱글 침대에 눈을 감고 누워 있었다. 녹색 담요 아래 그의 가슴이 부드럽게 올라왔다 내려갔다. 어딘가에서 펌프 모터가 오블리가토로 고동쳤다. 멀리서, 딱딱한 작은 덜컹거림과 헐떡거림 그리고 끽끽거림이 도시의 교통을 알게 했다. 에테르가 소독제의 파장을 타고 공기를 통해 독보적인 존재감을 드러냈다. 복도에서 나는 간호사의 구두 굽 소리가 침대에 누운 형체의 미식가적인 감각을 들뜨게 하는 방식으로 다른 진동에 앞뒤로 흔들리는 갑작스러운 무작위적인 리듬을 더했다.

(결국, 이주(移住)의 긴 가상의 침묵이 이제야 떠올랐다. 어떤 의미에서, 그것은 이 모든 멋진 '소음'에 굶주려 있었다.)

병실의 반쯤 열린 문밖에서, 의사가 샘의 아내 비벌리와 이야기하는 소리가 들렸다. 의사는 키가 크고 매부리코를 하고 있었다. 핑크색과 금발에 흰색과 흰색이, 거기에 또 흰색이 이미지를 가로질러 울려 퍼졌다. 시큼한 작은 고함이 그의 손에서 나오고, 주머니에는 짤랑거림, 숨결에는 담배의 웅웅거림이 실려 있었다.

비벌리는 기묘한 이중의 인식으로 알 수 있었다. 짙은 색 머리와 부드러운 뺨의 곡선, 영민한 회녹색의 눈에서 느껴지는 익숙한 감각. (샘-기억이다, 물론.) 그리고 거기에 더해 향수 기반 파우더의 톡 쏘는 폭발(여전히 익숙하지만, 묘사하기 불가능할 정도로 뚜렷해졌다.), 그리고 녹색 정장에 걸친 녹색 코트와 금목걸이의 글리산도가 가세하여 환하게 쿵쿵거리는 금빛 청동 단추에 맞춰 연주되었다. (그리고 훨씬 더 많았으나, 칠틱 자각이 없는 독자에게 그 효과는 무의미하다.)

조심스레 안심시키는 의사의 목소리는 드럼 같은 특성을 띠고 있었다. "의심의 여지 없이 일종의 수면 발작입니다. 하지만 림프샘은 붓지 않았어요. 맥박과 호흡은 정상이고. 체온은 높지만 위험한 정도는 아닙니다. 신경성 긴장에 의한 반응이 아닌가 하는 의심이 드는데요. 요즘 과로하셨습니까?"

"수면 발작, 수면 발작, 수면 발작." 슈커닌이 샘-입술로 속삭였다.

음…… 이젠 정확히 샘-입술은 아니었다. 샘 (슈커닌의 힘에 따른) 입술이라고 하는 것이 훨씬 정확할 것이다.

단일 자아 지향이 소통에 어려운 문제를 가져왔음을 그냥 이해해야 할 것이다. 이상하고 거부할 수 없다고 여겨지는 일들이 샘과 슈커닌에게 일어났다. 슈커닌의 섬모는 살금살금 기어 들어 스스로의 의지를 가졌다. 그것은 이제 숙주 전체에 퍼진 거대한 얇은 그물이었다. 두뇌에 그리고 다른 곳의 신경 세포에 닿을 때마다, 미묘한 이동이 준(準)세포 단계에서 일어났다. 새로운 기억(샘-기억)이 슈커닌에게로 투과되어 들어왔다. 그리고 슈커닌 기억은 물론 다시 샘에게로 투과되었다. (단방향 회로로는 제한할 수 없는 그런 유의 과정이다.)

* * *

상황은 슈커닌이 일시적인 이주 자아를 대체하는 정도까지 왔다. 그리고 샘-'그'는 이제 자신을 '엄청나게 긴 실'의 끝에 있는 일종의 '바늘'로 생각하게 되었다. 알겠지만 '실'은 슈커닌 자아-기억-사슬이고, 그 과거는 너무나 오래되어 샘-자아가 비틀거렸다.

(슈커닌-과거를 열어 보면 사실상 무의미한 수로 늘어나는 다른 생명체임을 알게 될 것이다. 이는 상당히 만족스러운 내적 관계가 형성되는 흥미로운 무한의 과정이다.

완전히 깨어난 슈커닌은 이제 자아-기억-사슬 의식을 공백으로 만든 필수 메커니즘을 이해했다. 병합된 다양성을 접한 이주 시기에는 내면으로 눈을 돌리고 싶은 유혹이 너무나 컸다. 모든 산만한 과정을 포괄하고, 그저 생각하고, 생각하고…….)

이게 어떻게 일종의 죽음이 되는지 알 수 있을 것이다. (엄밀히 말하면, 슈커닌은 죽음을 두려워하지 않았다. 비록 생애 주기 중 '환희의 비행'이란 시기에는 취약해지긴 하지만.)

샘과 슈커닌은 이제 완전히 병합되었다. 샘-슈커닌(자아-기억-사슬+X)은 병실의 의미 있는 진동 중심에 누워 있었다. 어느 '구성원'이든 이제 벌어진 일을 되돌릴 순 없었다. 되돌리고 싶지도 않았다. 아, 처음에는 샘-저항이 약간 있었다. 상당히 자연스러운 일이다.

하지만 슈커닌은 내켜하지 않는 숙주의 육체를 병합 과정을 멈추지 않은 채 소각할 수 있음을 드러냈다. (그리고 그걸 증명할 모든 기억을 공개했다!) 다른 포획 기억들 또한 설득력 있는 논거이기도 했다.

과정은 끔찍하게 반복적이었다…… 물론 매혹적인 진동 의미를 지닌 새로운 생명은 제외하고.

그리고 이제 어떻게 되는지 여러분은 알 것이다. 고통스럽지 않다(최초의 충격을 제외하면). 숙주-자아에게 해롭지 않다. 그리고 저항하지 않을 것이다.

사실, 이 글은 나머지 여러분에게 저항이 얼마나 어리석은지 보여 주려는(정말로 이상한 감각 분열이다.) 희망에서 작성하는 것이다.

저항은 아무런 소용이 없다.

불가피한 것에 맞서 싸울 순 없다.

게다가, 병합은 아주 가치 있는 경험임을 알게 될 것이다. 그리고 잠깐 생각해 본다면, 여러분 부류가 우리와 만난 것이 처음은 아니다(비록 현재 우리의 이주만큼 대규모로는 없었지만). 불새의 전설은 알고 있겠지. 당신네 전설에 따르면, 이 거대한 붉은 금색의 '새'는 500년마다(합당한 슈커닌-숙주 수명) 고대 이집트의 헬리오폴리스로 돌아와, 그 자신의 재로부터 다시 태어났다.

당연히, 죽은 숙주의 육체를 소각해야 슈커닌 그물에서 풀려나 '환희의 비행'을 할 수 있다. 이해하겠지만 불새를 '새'로 생각하는 것은 좀 지나친 단순화였다. 하지만 분명 여러분은 하늘을 나는 감각과 새로운 알을 창조하는 행동을 즐기게 될 것이다…… 특히 이 경험을 온전한 칠틱 자각을 통해 조망하면 말이다.

1961

A-W-F 언리미티드

A-W-F Unlimited

1961년 6월, 《갤럭시》 수록.

스페이스 아머 문제가 에이전시 앞으로 떨어진 아침, 그웬 에베레스트는 단골인 독신 여성 대상의 전문요리 자동화 식당에서 아침을 먹고 있었다. 주문한 음식이 테이블 위 슬롯에서 나오자, 즉시 테이블 상판의 메뉴 프로젝터가 인터도마의 최신 통역 텔레로그 광고로 바뀌었다.

"나만의 꿈의 번역가! 모든 신경증의 비밀 동반자!"

그웬은 달걀 프라이 위에서 폴짝폴짝 춤추는 3센티미터 높이의 단어들을 응시했다. 그녀가 쓴 카피였다. 광고 아래 음식이 갑자기 아무 맛도 없게 느껴졌다. 그녀는 접시를 밀어냈다.

맨해튼으로 향하는 스피드워크에 올라 있는 사이, 그녀의 감수성에 맞게 감지 기능이 프로그래밍 된 로보플라이어가 귓가에서 날아다녔다. 광고 중인 것은 1년 치 제라밀이었다. "수명 연장을 돕는 아침 식사 드링크!"

오늘 아침의 판매 전략은 그웬 에베레스트의 아이디어였다. 첫해 보험료가 납입된 생명보험 상품. "지금 가입하시면 절대 무료!"

갑작스러운 분노에 그녀는 로보플라이어를 향해 돌아서서 그 관리를 맡은 엔지니어를 꾀어 알아낸 암호 문구를 속삭였다. 로보플라이어는 비행 중 난데없이 위로 치솟아 건물 옆면에 충돌했다.

그녀의 자제력에 난 작은 금. 하지만 이제 시작이었다.

싱글마스터, 헉스팅 앤드 배틀몬트 에이전시의 중역 사무실로 향하는 전용 복도에서 그웬을 기다리고 있는 것은 최근 전시물인 이달의 종교 클럽 캠페인이었다. 그녀는 에이데칼, 레이아웃, 슬로건, 프로조, 쿼터시트, 스키니 등 온갖 것을 지나쳤다. 모두 그녀의 작업물이었다.

"지금 구독하고 이 종교들을 완전 무료로 받으세요! 「흑미사」 전문을 드립니다. 「간추린 신비주의」 추가 증정!"

그녀는 광고 중인 에이데칼 사이를 걸어가야 했다. "절반의 안전에 안주하지 마세요! 모든 것에 믿음을 가지세요! 아프리카 반투 마법이 진정한 길이 아니라 확신하시나요?"

복도 모퉁이에는 남녀의 그래픽이 육체 각성 스키니와 고급화된 음성을 갖추고 서 있었다. "탄트라를 통해 평화를 찾으세요."

스키니는 소름 끼쳤다.

그웬은 사무실로 도망쳐 들어가 책상 의자에 늘어졌다. 커져가는 공포 속에, 자신이 복도에 따라 늘어선 모든 문장을 쓰거나 감독했고 판매 아이디어를 내놨음을 깨달았다.

책상 위 인터폰이 맑게 울리는 소리를 냈다. "좋은 아침입니다." 그녀는 중단 스위치를 내리쳐 기기에서 화상이 나오지 못하게 막았다. 지금 동료를 보는 건 사양이었다.

"누구?" 그녀가 쏘아붙였다.

"그웬?" 착각할 수 없는 목소리. 안드레 배틀몬트, 에이전시 위계 순서에서 제일 아래에 있는 이름이었다.

"뭐야?" 그녀가 다그쳤다.

"우리 그웨니가 오늘 아침 기분이 나쁜가 보네?"

"아, 프로이트시여." 그녀는 버튼을 내리쳐 통화를 끊고, 책상에 팔꿈치를 괴고 몸을 숙여 양손에 얼굴을 묻었다. 현실을 직면하자. 나는 48세에 결혼하지 않았고, 우주의 숨통을 틀어막는 업계를 주도하는 사람이야. 프로 교살자라고.

"좋은 아침." 인터폰이 맑은 소리를 냈다.

그녀는 무시했다.

"교살자." 그녀는 말했다.

그웬은 이곳의 근본적인 문제를 인식했다. 어린 시절부터 알고 있었다. 그웬의 우주는 「벌거벗은 임금님」의 연속 재방영이었다. 그녀는 벌거벗은 실체를 봤다.

"좋은 아침." 인터폰이 맑은 소리를 냈다.

그녀는 오른손을 얼굴에서 떼어 스위치를 켰다. "또 뭐야?"

"내 전화 끊은 거야, 그웬?"

"그렇다면?"

"그웬, 제발! 문제가 있다고."

"문제야 항상 있었지."

배틀몬트의 목소리가 한 옥타브 낮아졌다. "그웬. 이건 큰 문제야."

어쩜 말로 하는데 볼드체로 들리는지 오싹하다니까. 그녀는 생각했다. "꺼져."

"인터도마를 꺼 놓고 있었잖아! 그러면 안 돼. 신경증이 올수 있어." 배틀몬트가 나무랐다.

"그래서 전화한 거야?" 그웬이 물었다.

"물론 그건 아니고."

"그럼 꺼져."

배틀몬트는 싱글마스터의 모든 이들이 그웬 에베레스트에게 하면 위험하다는 것을 알고 있는 행동을 했다. 강제 실행을 눌러 자신의 모습이 그녀의 인터폰 위에 춤추게 했다.

순간적으로 분노가 치밀었지만, 그웬은 이것이 배틀몬트의 절박함에서 나온 행동임을 제대로 이해했다. 흥미가 일었다. 그웬은 둥그런 얼굴, 색이 옅은 눈동자(눈도 확실히 너무 작고), 들창코와 길게 찢어진 입 그리고 거의 없다시피 한 턱을 응시했다.

거기에 더해 이마 선은 완전히 후퇴했다.

"안드레, 꼴이 엉망이야." 그녀가 말했다.

그는 모욕을 무시했다. 여전히 다급한 옥타브로 그가 말했다. "직원 전체 회의를 소집했어. 당장 참석해야 해."

"어째서?"

"여기 군에서 사람이 둘 왔어, 그웬." 그가 침을 꿀꺽 삼켰다. "절박해. 저들의 문제를 해결하지 못하면 우릴 망쳐 놓을 거야. 에이전시의 모든 남자를 징집할 거라고!"

"너도?"

"그래!"

그녀는 인터폰의 비상 통화종료 버튼으로 오른손을 가져갔다. "안녕, 안드레."

"그웬! 맙소사! 이런 때 사람을 버릴 순 없어!"

"왜?"

그는 숨도 쉬지 않고 급하게 말했다. "연봉 인상해 줄게. 보너스도. 더 큰 사무실도. 직원도 더."

"이젠 나를 감당할 만한 형편이 아니지." 그녀가 말했다.

"이렇게 부탁하잖아, 그웬. 날 괴롭혀야겠어?"

그녀는 눈을 감고 생각했다. 벌레들! 그 빌어먹을 벌레들과 징글징글한 감정! 왜 그냥 다들 지옥으로나 꺼지라고 말하지 못할까? 그웬은 눈을 뜨고 말했다. "군에선 왜 난리래?"

배틀몬트가 파스텔 블루 손수건으로 이마를 닦았다. "우주군이야. 여성 분과. WOMS(Women of Space. 우주 여성단을 뜻한다 — 옮긴이). 입대 지원자 수가 전무하다시피 하다더라."

자기도 모르게 흥미가 생겼다. "무슨 일인데?"

"스페이스 아머 관련이라나. 나는 몰라. 너무 속상해."

"거긴 왜 이딴 식으로 일을 던진대? 최후통첩 말이야."

배틀몬트는 좌우를 둘러보더니 앞으로 몸을 기울였다. "소문으로는 창의적인 사람들이 극도의 스트레스 아래에서 더 일을 잘한다는 새로운 이론을 시험한다던데."

"또 심리 분과네. 그 머저리들!"

"하지만 우리가 뭘 어쩔 수 있겠어?"

"그 사람들을 띄워 줘. 넌 콘퍼런스 얼른 가 보고."

"올 거지, 그웬?"

"몇 분 있다가."

"너무 시간 끌진 마, 그웬." 다시 그는 파란 손수건으로 이마를 닦았다. "그웬, 무서워."

"그럴 만도 하지." 그녀는 눈을 가늘게 뜨고 그를 보았다. "네 모습이 보인다. 납으로 된 허리천만 두르고, 방사성 용융로에 연료를 들이붓네. 프로이트시여, 볼 만하다!"

"농담할 일 아냐, 그웬!"

"알아."

"도와줄 거지?"

"내 나름의 별난 방식으로, 안드레." 그웬은 비상 통화종료를 눌렀다.

안드레 배틀몬트는 인터폰에서 몸을 돌려, 사무실을 가로질러 진품 모슬렘 기도 깔개로 갔다. 동쪽의 맨해튼 중심가 쪽으로 난, 천장부터 바닥까진 이어진 창문을 마주하고 매트에 앉았다. 스타스 오브 스페이스 건물의 1479층이었으며, 언제든 구름이 걷히면 경치가 대단했다. 하지만 오늘 아침 도시는 낮은 구름층 아래 가려진 채였다.

그래도 이 위는 화창했다. 배틀몬트의 기분만 제외하고. 공포가 그의 신경을 따라 울렸다.

기도 깔개 위에서 그 신경을 가라앉히려 요가 호흡법을 실행하고 있었다. 군 관계자는 기다려도 된다. 기다려야 한다. 두 달 전부터 그는 메카가 있는 방향으로 향하기를 지켜 왔다. 요가는 한 달 되었다. 하나의 종교를 거치고 나면 언제나 남는 습관이 있었다.

배틀몬트는 거의 1년 전 이달의 종교 클럽에 가입했다. 본인에이전시의 심화 동기 부여 캠페인에 넘어가기도 했고 추가로형제회의 승인이 있었다.

이번 달은 성 프로이트에 재영감 받은 신흥 숭배였다.

테스트용 에이데칼이 아래로 보이는 구름층 광경에 덧씌워졌다. 그웬 에베레스트에게서 영감 받은 최신 IBM어살리움이재생되기 시작했다. 거대한 무지개색 글자가 뭉게구름 배경으로 춤을 췄다.

"조언을 영원히 남기세요! 음성과 사고 패턴을 영구적인 전기메모리 회로에 저장하세요! 세상을 떠나신 후, 생전 방식 그대로질문에 답하는 말씀을 사랑하는 이들이 들을 수 있습니다!"

배틀몬트는 고개를 내저었다. 에이전시는 살아 있는 그웬 에베레스트에 대한 의존도를 두려워한 나머지, 한번은 직원 콘퍼런스에서 몰래 그녀를 녹화했다. 아주 불법적인 일이었다. 노동조합은 격렬히 항의했다. 하지만 IBM어살리움은 그웬의 가상목소리가 던진 첫 번째 질문에 무너졌다.

"어떤 사람들은 사고 패턴이 정확한 정신 기록을 허용하기에는 너무 복잡하다고 생각하죠." 엔지니어가 설명했다.

배틀몬트는 넘어가지 않았다. 에이전시 대표 세 명의 유일한 천재성은 그웬 에베레스트의 천재성을 알아본 것에 있었다. 그웬이 에이전시 그 자체였다.

그런 직원을 둔다는 것은 호랑이 등에 올라탄 거나 마찬가지였다. 싱글마스터, 헉스팅, 배틀몬트는 그 호랑이를 22년간 타고 있었다. 배틀몬트는 눈을 감고 뇌리에 그녀를 떠올렸다. 키가 크고 말랐지만 어떤 우아함을 갖춘 여자. 얼굴은 길고, 차가운 파란 눈이 지배했으며, 적갈색 곱슬머리가 둘러싸고 있었다. 사람을 갈기갈기 찢어 놓을 수 있는 위트, 그리고 혼란 그 자체에서 판매 센스를 뽑아내는 천재성은 귀중한 상품이었다.

배틀몬트는 한숨을 쉬었다.

그는 그웬 에베레스트에게 반해 있었다. 22년 동안. 그래서 결혼도 하지 않았다. 인터도마는 그가 강한 여자에게 지배당하고 싶어 하는 거라고 설명해 주었다.

하지만 그건 설명일 뿐이었다. 도움이 되지 않았다.

잠시 그는 싱글마스터와 헉스팅을 아쉬워하며 떠올렸다. 둘 다 오아후에 있는 노년 의학 센터에서 연간 3개월의 휴가를 보내는 중이었다. 배틀몬트는 혹시 그웬에게 같이 휴가를 가겠냐고 감히 물을까 생각했다. 딱 한 번만.

아니.

기도 매트 위에서 자신이 얼마나 처량한 꼴을 하고 있는지 깨달았다. 별로 매력적이지 못한 파란 정장 차림의 퉁퉁하고 작은 남자.

재단사는, 그들 표현을 빌리자면, '장점을 살려 드리는' 작업을 했다. 하지만 이상화된 그 자신의 이미지에 샘플 의상을 덧씌운 모습을 베스타-미러로 볼 때를 제외하면, 도대체 그 '장점'이 뭔지 종잡을 수 없었다.

그웬은 분명 그를 거절할 것이다.

그는 그게 무엇보다도 두려웠다. 가능성이 남아 있는 한은……

기다림의 기억. 우주군 대표단이 침범했다. 배틀몬트는 부르르 떨었고, 요가 호흡법이 무너졌다. 운동은 평소와 같은 효과가 있었다. 현기증. 그는 자리에서 몸을 일으켰다.

"운명에서 도망칠 수는 없다." 그는 중얼거렸다.

카르마의 달에 몸에 밴 것이었다.

그웬에 따르면, 에이전시의 회의실은 피렌체 매음굴의 황제실(皇帝室)을 모방한 것이라고 했다. 어마어마한 공간이었다. 구석은 온통 도금한 번드르르한 소용돌이 장식이었고, 그 효과가 벽 패널의 깊게 팬 부조로 이어졌다. 천장은 첼리니 큐피드와 달리 풍경화의 조합이었다.

과거 시대 물건, 골동품.

이 바로크 세팅에다가 폭 1.8미터, 길이 13미터의 테이블을 욱여넣었다. 20세기 월스트리트풍이었고 묵직한 나무 의자가 둘러싸고 있었다. 빈백 문진과 금빛 바퀴 재떨이가 사방을 장식했다.

회의실 안은 무드 시가 연기가 파랗게 자욱했다. 테이블에 둘러앉은 직원들은 우주군 장군 둘이 가져오는 우울함을 떨쳐내려 애쓰고 있었다. 남자 한 명과 여자 한 명으로, 배틀몬트 몫의 빈자리 양옆으로 앉아 있었다. 놀랄 만큼 잡담과 서류 부스럭거리는 소리가 없었다.

전 직원이 사내 소문을 통해 최후통첩에 대해 알고 있었다.

배틀몬트는 옆문으로 살그머니 들어가, 테이블 끝자리로 가서 무릎에 힘이 빠지기 전에 주저앉았다. 그는 찌푸리고 있는 군인 둘의 얼굴을 번갈아 보았다.

무반응.

그는 목청을 가다듬었다. "죄송합니다, 제가…… 어…… 급한 업무로. 어쩔 수가 없어서요." 그는 다급한 시선으로 테이블을 둘러봤다. 그웬은 흔적도 없었다. 그는 장교들에게 차례대로 미소 지었다.

무반응.

오른쪽으로는 WOMS의 소닛 피니스터 준장이 앉았다. 배틀몬트는 그녀가 걷는 모습을 보고 기겁했다. 훈련 교관 걸음걸이. 진지함 그 자체. 그녀는 자체 디자인한 제복을 입고 있었다. 마른 골반을 가리기 위한 일자형 주름 스커트, 빈약한 상체 위장용 헐렁한 블라우스, 그리고 전반적인 문제를 은폐하기 위한 긴 케이프. 머리에는 오리 부리처럼 튀어나온 챙이 달린, 앞쪽이 납작한 모자를 썼으며, 그 유일한 목적은 너무 높고 넓은 소닛 피니스터의 이마를 가리기 위한 것이었다.

그녀는 모자를 벗는 일이 거의 없었다.

(배틀몬트의 다급한 사설 조사로 밝혀낸 바에 따르면, 이 별난 모자는 WOMS의 다른 모든 구성원에게 끔찍이도 안 어울렸다. 여자들은 그걸 '소닛 보닛'이라고 불렀다. 추가로 장군 본인은 부하들에게 '시니스터 피니스터'(사악한 피니스터라는 뜻이다 — 옮긴이)라고 불린다는 정보가 있었고, 부분적으론 휘날리는 케이프 탓이었다.)

배틀몬트의 왼쪽으로는 우주공학단의 네이선 아울링 장군이 앉아 있었다. 화가 났을 때 나타나는 특징 때문에 '하울링 아울링'(울부짖는 아울링이라는 뜻이다 — 옮긴이)으로 더 잘 알려져 있었다. 그는 현대 장교 계급의 틀에서 뽑아낸 듯한 마른 금발의 운동선수 체형이었다. 배틀몬트에게 그웬의 눈을 떠올리게 하는 파란 눈이었지만, 다만 남자의 눈이 더 차가웠다.

그런 게 가능하다면 말이지만.

아울링 너머에는 에이전시의 아트 디렉터 레오 프림이 앉아 있었다. 거의 수척함의 경계를 넘나들 만큼 마른 젊은 남자였다. 길게 기른 검은 머리는 자연적으로 곱슬곱슬했다. 폭이 좁은 로마인 코에, 감정이 풍부한 갈색 눈, 뚜렷하게 파인 턱, 넓은 입에 큰 입술. 무드 시가가 입술에 매달려 있었다.

외모를 선택할 수 있다면, 배틀몬트는 레오 프림처럼 생기고 싶었을 것이다. 낭만적. 배틀몬트는 프림의 시선을 받고, 용기 내어 동료애의 미소를 지어 보였다.

무반응.

소닛 피니스터가 가느다란 손가락으로 테이블을 톡톡 쳤다.

배틀몬트에게는 죽음의 행진의 느릿한 북소리로 들렸다.

"시작하는 게 좋지 않을까요?" 피니스터가 다그쳤다.

"다 온 거지요…… 드디어?" 아울링이 물었다.

배틀몬트는 목에 뭔가 걸린 듯한 느낌에 침을 삼켰다. "어…… 아…… 아뇨…… 아…….

아울링은 무릎에 올려 둔 서류 가방을 열어 정보 보고서를 확인하고 테이블 주위를 둘러보았다. "에베레스트 양이 없군요." 그가 잘라 말했다.

피니스터가 입을 열었다. "그 사람 없이 진행하면 안 됩니까?"

"기다리죠." 아울링이 말했다. 남자는 재미있어하고 있었다. 빌어먹을 기생충들은 한 번씩 채찍 맛을 보여 줘야 한다니까! 제 주제를 알게 해야 해.

피니스터는 모든 장교(남성)들을 덜덜 떨게 했던 매의 눈으로 아울링을 노려보았다. 그 눈빛은 아무 효과 없이 아울링에게서 튕겨 나왔다. 사령부는 고르고 골라 아울링 같은 남성우월주의자를 붙여 주나! 그녀는 생각했다.

"이 장소를 누가 들여다볼 위험은 없습니까?" 아울링이 물었다.

배틀몬트는 테이블을 둘러싸고 무드 연기 속에 앉아 있는 직원들에게로 노려보는 눈길을 돌렸다. 아무도 눈을 마주치지 않았다. "여기서 다들 하는 게 그거죠!" 그는 쏘아붙였다.

"뭐라고요?" 아울링은 자리에서 몸을 일으키기 시작했다.

"참견질! 직원 전부!" 배틀몬트가 고함질렀다.

"아아." 아울링은 다시 자리에 앉았다. "내 말은 다른 종류의 들여다보기요."

"아, 그거요." 배틀몬트는 어깨를 으쓱하고, 회의실의 감춰진 녹화기 렌즈가 있는 곳을 올려다보려는 충동을 억눌렀다. "다른 에이전시에게 아이디어를 도둑맞을 순 없죠. 여긴 완전히 안전합니다."

그웬 에베레스트는 그 순간을 골라 등장했다. 그녀가 뒷문으로 들어와 회의실을 성큼성큼 가로지르자 모든 눈길이 그녀에게로 향했다.

배틀몬트는 그녀의 우아함에 감탄했다. 그 강인함에도 불구하고 참으로 여성적인 여자였다. 여자 장군과는 완전히 달랐다.

그웬은 옆쪽 벽에 붙어 있는 여분의 의자를 끌어다가, 배틀몬트와 피니스터 사이에 끼워 넣었다.

WOMS 장군은 침입자를 노려보았다. "누구십니까?

배틀몬트는 앞으로 몸을 숙였다. "이쪽이 에베레스트 양이고 우리…… 아……." 그는 혼란스러움에 주저했다. 그웬은 에이전시에서 공식 직함을 둔 적이 없었다. 그럴 필요가 없었다. 사내 모두가 그웬이 보스임을 알고 있었다. "아…… 에베레스트 양은 우리…… 아…… 총괄 디렉터입니다." 배틀몬트가 말했다.

"와! 멋진 직함이네! 사무용품에다가 박아 넣어야겠어." 그웬은 배틀몬트의 손을 토닥이고 그를 마주했다가, 임무에 나서는 첩보 요원 목소리로 말했다. "자, 시작해 보자고. 이 사람들은 누구? 무슨 일이야?"

아울링 장군이 그웬에게 고개를 숙였다. "우주공학단 아울링 장군입니다." 그는 자기 어깨의 로켓 불꽃 휘장을 손짓해 보이고는 이어 말했다. "이쪽은 WOMS의 피니스터 장군."

그웬은 유명한 피니스터의 얼굴을 알아보았다. 환하게 미소 지으며 입을 열었다. "WOMS 장군님!"

"피니스터요!" 여성 장군이 쏘아붙였다.

"아, 물론이죠. 피니스터 WOMS 장군님. 너무 편하게 호칭하면 안 되니까요." 그웬이 말했다.

피니스터는 느리게 또박또박 입을 열었다. "난…… 우주…… 여성단의…… 소닛…… 피니스터…… 장군이에요! WOMS!"

"아이고, 제가 멍청했네요. 물론 그러시겠죠." 그웬은 장군의 손을 토닥이고 배틀몬트를 향해 미소 지었다.

그웬 에베레스트의 이 분위기가 가식임을 익히 아는 배틀몬트는 의자에 구겨져서 모두의 시야에서 사라지려 애쓰고 있었다.

그 순간, 그웬은 정신적으로 돌이킬 수 없는 지점에 이르렀음을 일말의 두려움과 함께 깨달았다. 무언가 그녀의 정신에서 마개를 뽑아 버렸다. 그녀는 테이블을 둘러보았다. 낯익은 얼굴들이 비현실적으로 뚜렷하게 다가왔다. 응시하는 눈길들. (회의에서 가장 즐거운 일은 그웬의 활약을 지켜보는 것이었다.) 더 이상은 못 하겠어, 나 자신을 솔직히 밝혀야 해. 그웬은 생각했다.

그녀는 군 관계자들에게 집중했다. 회의실의 다른 사람들은 그녀와 조금씩 관계가 있었지만 저 둘은 아니었다. 아울링과 피니스터. 우주 장군들. 상징. 표적!

그냥 흘러가게 둬! 준비되면 발사해. 이 늙은이를 쏴야 한다면 쏴라고…… 상황이 확실해질 때까지 기다려.

그웬은 고개를 끄덕거렸다.

한 발짝만 잘못 디디면 이 에이전시는 끝장이었다.

무슨 상관이야?

그 모든 것은 한순간에 스쳐 갔으나 결정은 내려졌다.

반란!

그웬은 아울링에게로 주의를 돌렸다. "그만 질질 끌고 회의를 진행할 순 없을까요?"

"질질……." 아울링은 말하다 말고 입을 다물었다. 정보 보고 서에 따르면 그웬 에베레스트는 충격 전술을 선호한다고 했다. 그는 짧게 고개를 끄덕이고, 피니스터에게 고갯짓을 했다.

여성 장군은 배틀몬트를 향해 입을 열었다. "아까 설명했듯이, 이 에이전시가 중요한 임무에 선발되었습니다, 배틀필드 씨."

"배틀몬트요." 그웬이 말했다.

피니스터는 멈칫했다. "뭐라고요?"

"이름이 배틀몬트예요, 배틀필드가 아니라." 그웬이 말했다.

"그게 뭐 어떻다고?"

"이름은 중요해요. 이해하실 거라 생각했는데." 그웬이 말했다.

피니스터의 뺨이 달아올랐다. "조용!"

아울링이 틈 사이로 끼어들었다. "이 에이전시 통상적인 단가 의 두 배를 지불 가능합니다. 하지만, 실패하면 여기 남자 직원 들을 전부 우주군으로 징집할 겁니다!"

"무슨 멍청한 소리예요! 우리 직원들은 우주군을 무너뜨릴 텐데. 내부로부터." 그웬은 다시 배틀몬트에게 미소 지었다. "여기 안드레 혼자서도 가능해요, 안 그래?" 그녀는 배틀몬트의 뺨을 토닥였다.

배틀몬트는 의자에 더 깊게 파묻히려 애썼다. 우주군 장성들의 눈을 피하며 말했다. "그웬…… 제발……."

"무슨 소립니까, 우주군을 무너뜨리다니?" 피니스터가 다그쳤다.

그웬은 그녀를 무시하고 아울링에게 대답했다. "이거 그 정신과학 분과가 낸 수죠. 단어 하나하나 그쪽 냄새가 나는데."

아울링은 얼굴을 찌푸렸다. 사실 그는 주관적인 것은 모든 의심하는 현장 작업자의 정신을 갖고 있었다. 이 에베레스트라는 여자는 그 점에서 좋은 지적을 했다. 하지만 군은 외부인을 상대로 단결해야 하는 법이다. 아울링은 입을 열었다. "군사 전술을 제대로 이해할 만한 것 같지 않습니다만. 우리가 당면한 문제로 들어가면……."

"군사 전술이요!" 그웬이 테이블을 두들겼다. "너희 병력을 괴멸시켜라. 그거야! 시계를 서로 맞춰. 정상으로 돌격!"

"그웬!" 배틀몬트가 말했다.

"알았어." 그웬은 피니스터를 마주 보았다. "우리 비(非)군인들도 이해할 수 있는 쉬운 용어로 문제를 대략 설명해 주실 수 있을까요?"

잠시 정적, 노려보는 눈길. 피니스터가 굳은 입술 사이로 말을 내뱉었다. "WOMS 입대 지원자 수가 우려스러운 수준으로 떨어졌습니다. 당신이 그 점을 해결하십시오."

그웬 뒤에서 배틀몬트가 열심히 고개를 끄덕였다.

"여성이 일손을 덜어 주면 남성은 더 고된 일을 맡을 수 있습니다." 아울링이 말했다.

"그리고 여성은 할 수 있지만 남성은 못 하는 일도 많죠." 피니스터가 말했다.

"절대 필수적이고." 아울링이 말했다.

"절대로요." 피니스터가 동의했다.

"여성을 징집할 순 없나 보군요." 그웬이 말했다.

"법안을 통과시키려는 시도는 있었습니다. 반전주의자 여자가 이끄는 그 빌어먹을 위원회가." 아울링이 말했다.

"잘했네요." 그웬이 말했다.

"이 일에 맞는 분 같지 않습니다. 아무래도……." 아울링이 말했다.

"아, 진정하세요." 그웬이 말했다.

"에베레스트 양은 이 업계 최고예요." 배틀몬트가 말했다.

"왜 입대 지원자가 줄었죠? 일반적인 설문은 했겠죠, 아마." 그웬이 말했다.

"스페이스 아머요. 여자들이 좋아하지 않아요." 피니스터가 말했다.

"너무 기계적이지. 너무 실용적이고." 아울링이 말했다.

"우린…… 아…… 매력적인 게 필요해요." 피니스터는 모자 챙을 바로잡았다.

그웬은 모자를 보고 찌푸리고는, 피니스터 제복을 위아래로 훑어보았다. "아머의 뉴스 기사 사진은 봤어요. 그 아래엔 뭘 입나요? 당신 제복 같은 거?" 그웬이 말했다.

피니스터는 치솟는 분노를 억눌렀다. "아뇨. 특수 작업복을 입죠."

"아머는 우주에 있는 동안 벗을 수 없습니다." 아울링이 말했다.

"아? 신체 작용이나 그런 건요?" 그웬이 물었다.

"아머가 전부 처리합니다." 아울링이 말했다.

"보아하니 전부가 아니네요." 그웬이 중얼거렸다. 그녀는 고개를 끄덕거리며 전술을 구상했다.

배틀몬트는 몸을 펴고, 회의실의 분위기를 탐색했다. 직원들은 모두 긴장해서, 조용히 집중하고 있었다. 분위기는 좀 가벼워졌다. 그웬이 자리를 이끌어 가고 있는 듯했다. 믿음직한 그웬. 대단한 그웬. 무슨 계획인지는 알 수 없었다. 평소처럼. 하지만 그웬은 이 일을 해결할 것이다. 늘 그랬으니까. 하지만 만약……

배틀몬트는 눈을 깜박였다. 그웬이 저들을 갖고 놀고 있는 걸까? 그는 그웬의 사고 패턴을 상상하려 애썼다. 불가능. IBM 어샐리움은 그것조차 할 수 없었다. 예측 불가. 에이전시의 남자 직원들이 모두 징집되어, 우주 화물선에서 고생하는 광경을 보면 그웬은 배를 잡고 폭소하겠지. 그 점은 배틀몬트가 확신할 수 있었다.

배틀몬트는 부들부들 떨었다.

피니스터 장군이 말하고 있었다. "문제는 지구 근무에 여자를 뽑는 게 아니라, 우주선, 소행성 정거장, 그런 데 필요한데……"

"우리 솔직해지자고요. 우리 고조할머니가 그런 아머 입는 곳에서 근무하셨거든요. 일기를 읽은 적 있어요. 그걸 '왝키'인가 뭐 그렇게 부르더군요."

"WACS." 피니스터가 말했다.

"맞아요. 스페인과 전쟁 중이었죠." 그웬이 말했다.

"일본이었습니다." 아울링이 말했다.

"제가 하려는 말은, 왜 갑자기 여자들에게 관심이죠? 고조할머니는 어떤 대령이 그…… 알죠, 그래서 도망치느라 애먹은 적이 있거든요. 이게 혹시 우주군 대령에게 여자를 공급하기 위한 책략 같은 건가요?"

피니스터는 무섭게 인상을 썼다.

테이블에 둘러앉은 이들은 다급히 웃음을 억눌렀다.

아울링은 새로운 방법을 시도했다. "우리 동기는 순수 그 자체입니다. 인류가 별들을 향해 발맞추어 나아가려면 여성의 능력이 필요합니다."

그웬은 대놓고 감탄하며 그를 바라보았다. "우와!"

"진심입니다." 아울링이 말했다.

"시인이시네! 아…… 내가 오해했네요. 워낙 머릿속이 썩어서 본능을 채우려는 목적으로 여자들을 원하나 생각했잖아요. 그쪽에서 원한 건 동반자였는데. 영광스러운 새로운 모험을 함께

할 사람." 그웬이 말했다.

다시 배틀몬트는 위험 신호를 감지했다. 그는 최대한 몸을 작게 움츠려 목표가 되는 것을 피하려 했다. 테이블을 둘러싼 직원 대부분은 같은 신호를 감지하고도, 흥미진진해하며 열중해 있었다.

"그겁니다!" 피니스터가 우렁차게 외쳤다.

그웬의 목소리가 분노의 으르렁거림으로 터져 나왔다. "그리고 그렇게 태어난 혼외자들에겐 전부 처녀자리 별 이름을 따서 이름을 지어 주고?"

피니스터와 아울링이 속아 넘어갔음을 깨닫기까진 오래 걸렸다. 피니스터가 일어나려 했다.

"앉아요!" 그웬이 고함쳤다. 그녀는 씨익 웃었다. 굉장한 시간이었다. 반란은 희열의 감각을 가져다주었다.

아울링은 입을 벌렸다가, 고함 없이 다물었다.

피니스터가 다시 자리에 앉았다.

"일 얘기로 들어갈까요?" 그웬이 쏘아붙였다. "당신들이 매력적으로 만들고 싶다는 그 미화된 깡통 덩치를 좀 봅시다."

피니스터는 충격 받은 눈길을 고정할 곳을 찾았다. "스페이스 아머는 대부분이 플라스틱입니다, 금속이 아니라."

"플라스틱…… 어쩌고. 당신네 아이언 거티를 보고 싶어요." 그웬이 말했다.

아울링 장군은 마음을 가라앉히려 두 번 심호흡하고, 서류 가방을 찰칵 열어 디자인 스케치 폴더를 꺼냈다. 그는 폴더를 그웬에게로 밀었다. 마치 그녀가 그의 손까지 잡아챌까 두려워하는 듯 주저하는 동작이었다. 이제 그 믿기 힘든 정보 보고서가 맞는다는 걸 인식했다. 이 놀라운 여성이 에이전시의 사실상 대표였다.

"여기…… 아이언 거티입니다." 그는 억지로 웃음소리를 냈다.

다른 이들이 지켜보는 가운데 그웬이 폴더를 넘겨보았다.

배틀몬트는 그녀를 쳐다보았다. 그는 다른 직원들이 놓친 것을 깨달았다. 그웬 에베레스트는 평소의 그웬 에베레스트가 아니었다. 미묘한 차이가 있었다. 내던져 버린 태도. 뭔가 아주 잘못되었다!

그림에서 눈을 떼지 않은 채 그웬은 피니스터에게 말을 걸었다. "지금 입으신 제복 말인데요, 피니스터 장군님. 직접 디자인했나요?"

"뭐라고요? 아, 네. 내가 했죠."

배틀몬트는 부들부들 떨었다.

그웬이 손을 뻗어, 피니스터의 골반을 툭 건드렸다. "깡말랐네." 그웬은 폴더에서 한 페이지를 넘기며 고개를 내저었다.

"뭐야!" 피니스터가 폭발했다.

여전히 올려다보지 않은 채 그웬이 입을 열었다. "진정해요. 모자는? 그것도 디자인했어요?"

"그래애앳!" 씩씩거리는 폭발음.

그웬은 모자에 눈길을 주며, 합리적인 어조로 말했다. "아무래도 내가 본 중에 가장 흉한 물건 같네요."

"무슨 이런……."

"패션 디자이너세요?" 그웬이 예의 있게 물었다.

피니스터는 머릿속의 거미줄을 떨쳐 내듯 고개를 저었다.

"패션 디자이너는 아니죠?" 그웬이 압박했다.

피니스터는 단어 하나하나 잘라 말했다. "제품 선정에 어느 정도 경험이……."

"그럼 대답은 아니란 거군요. 그럴 줄 알았어요." 그웬은 다시 폴더로 주의를 돌려, 한 페이지를 넘겼다.

피니스터는 입을 떡 벌리고 분노로 그녀를 노려보았다.

그웬이 아울링을 흘끗 올려다봤다. "어째서 이 에이전시를 지목하셨죠?"

아울링은 그웬의 질문에 집중하는 게 어려운 듯했다. 이어 입을 열었다. "덩신이…… 이 에이전시가 업계에서 가장 성공한 곳이라고 지목되어서…… 혹 가장 성공한 곳은 아니라 해도……."

"전문가로 분류된다, 그건가요?"

"그래요. 그렇게 해 두고 싶다면."

"그렇게 해 두고 싶어요." 그웬은 피니스터를 돌아보았다. "그럼 디자인은 전문가에게 맡깁시다, 알겠죠? 당신들은 그 지저분한 손 떼고. 됐나요?" 그녀는 아울링에게 매서운 시선을 던지고 다시 피니스터를 보았다.

"당신은 어떨지 모르지만!" 피니스터가 아울링에게 쏘아붙였다. "하지만 나는 참을 만큼 참……."

"군 경력을 중시한다면 그냥 앉아서 들으세요." 그웬이 말했다. 다시 아울링을 노려보았다. "알겠어요?"

아울링은 고개를 좌우로 내저었다. 재미있다는 감정이 그를 지배했다. 문득, 고개를 저으면 부정으로 해석될 수 있음을 깨달았다. 그는 고개를 끄덕거리다가, 동작 중간에 품위가 없어 보일 수 있음을 깨달았다. 그는 멈추고 목청을 가다듬었다.

정말 놀라운 여자야! 그는 생각했다.

그웬은 디자인 스케치 폴더를 아트 디렉터 레오 프림에게 밀어 주었다. "아울링 장군, 말해 주시죠. 왜 아머가 이렇게 부피가 크죠?"

폴더를 열어 본 레오 프림은 웃기 시작했다.

"굉장하지?" 그웬이 말했다.

테이블 더 위쪽에서 누군가가 물었다. "뭔데요?"

그웬은 아울링에게 집중한 채였다. "우주군의 어느 머저리 엔지니어가 아머 견본품을 무슨 거인 여자처럼 만들어 놨어. 가슴이랑 다." 그웬은 피니스터를 돌아보았다. "물론 이 멍청한 걸 갖고 설문을 돌리셨겠죠?"

피니스터는 고개를 끄덕였다. 충격에 말문이 막혔다.

"괜한 수고를 덜어 드릴 수 있었는데. 전문가들이 하는 말을 잘 들어야 하는 이유 중 하나죠. 이런 걸 제정신으로 입을 여자는 없어요. 거구가 된 기분이 들 거고, 벌거벗은 기분이겠죠." 그웬은 고개를 내저었다. "프로이트시여! 끔찍한 조합이죠!"

아울링은 혀로 입술을 축였다. "어, 아머는 방사능으로부터 적절한 보호를 제공해야 하고, 극한의 압력과 온도에서도 유지되어야 합니다. 그 이상으로 작으면서 인간이 들어갈 만한 크기가 될 수가 없어요." 아울링이 말했다.

"좋아요. 아이디어가 떠오르기 시작하네요."

그웬은 눈을 감고 생각했다. 이 군인들 너무 손쉬운 표적이야. 저격하기가 민망할 정도네. 그웬은 눈을 뜨고 배틀몬트를 흘끗 보았다. 그의 눈은 감겨 있었다. 기도하는 것처럼 보였다. 불쌍한 안드레와 선량한 직원들의 파멸도 될 수 있겠네. 정말 놀라운 전문 교살자 모임이야! 뭐, 그건 어쩔 수 없지. 그웬 에베레스트가 갈 때가 되면, 영광의 불길 속에 떠나갈 거야! 깃발을 전부 휘날리며! 전속력으로 나아가라! 지뢰 따위 알 게 뭐야!

"그래서?" 아울링이 말했다.

발사! 그웬은 생각하고 입을 열었다. "짐작해 보자면, 그쪽에는 기술적인 세부 사항에 대해 우리에게 조언해 줄 전문가, 업계 권위자 들이 있겠죠."

"필요시 말만 하면 언제든지 대령할 겁니다." 아울링이 말했다.

배틀몬트가 눈을 뜨고 그웬의 목덜미를 쳐다보았다. 희망의 빛줄기가 패닉 상태를 꿰뚫고 들어왔다. 그웬이 정말로 맡아 주는 걸까?

"또한 최고의 WOMS가 되는 심리 유형에 대한 모든 정보를 알고 싶어요. 최고의 WOMS라는 게 있다면 말이지만." 그웬이 말했다.

배틀몬트는 눈을 감고 부들부들 떨었다.

"내 경력 통틀어 이렇게 고압적인 대우를 받아 본 적이 있나 싶은데!" 피니스터가 툭 내뱉었다. "아무래도 영 아닌 것……."

"잠깐만요, 제발." 아울링은 자신을 향해 미소 짓는 그웬을 찬찬히 뜯어보았다. 정보 보고서는 이 여자가 '아마도 천재'이며 조심스레 다루어야 한다고 했다.

"법적으로 여성을 징집할 수 없다는 게 유감일 뿐이군요!" 피니스터가 고함쳤다.

"그럼 애초에 이런 문제가 없었겠죠?" 그웬은 이렇게 묻고 피니스터에게로 미소를 돌렸다. 지극한 즐거움으로 가득한 미소.

아울링이 입을 열었다. "우리 재량대로 이 일을 처리할 전적인 권한이 있다는 거 압니다, 피니스터 장군. 그리고 어느 정도 부당한 대우를 받았다는 건 동의하지만……."

"부당하고말고요!" 피니스터가 말했다.

"그리고 즐거운 한때였죠." 그웬이 말했다.

격렬한 떨림이 배틀몬트를 스쳐 갔다. 우린 망했어!

"하지만, 개인적인 감정이 조직의 이익을 위한 결정에 영향을 미쳐선 안 될 일입니다." 아울링이 말했다.

"나팔 소리가 들리는데." 그웬이 중얼거렸다.

"이 에이전시는 문제 해결 가능성이 가장 높다고 선정된 곳입니다." 아울링이 말했다.

"실수였을 수도 있겠죠!" 피니스터가 말했다.

"그럴 거 같진 않습니다."

"이 일을 넘기기로 결심했군요. 저…… 저런……." 피니스터가 말하다 말고, 손바닥으로 테이블을 탁 쳤다.

"그게 타당합니다." 아울링은 이렇게 말하고 생각했다. 이 그웬 에베레스트가 우리 문제를 해결할 거야. 어떤 문제든 그녀에게 맞서지 못할걸. 어떤 문제든 감히!

아울링 장군은 그웬 애호자가 되었다.

"좋아요, 그럼. 내 판단은 유보하기로 하죠." 피니스터가 으르렁거렸다.

피니스터 장군은 그웬 혐오자가 되었다.

그게 그웬 에베레스트의 문제의 일부였다.

"두 분은 이따금 기술적 협의에 응해 주실 수 있겠죠." 그웬이 말했다.

"세부 사항은 부관들이 처리합니다. 피니스터 장군과 나는 큰 그림에, 문제 해결 열쇠에 관심이 있고." 아울링이 말했다.

"큰 그림, 문제 해결 열쇠." 그웬이 곱씹었다. "멋진 아이디어네요."

"뭐라고요?" 아울링은 어리둥절해서 그녀를 응시했다.

"아무것도 아니에요. 그냥 혼잣말." 그웬이 말했다.

아울링은 일어나서 피니스터를 쳐다보았다. "갈까요?"

피니스터 역시 일어나, 회의실 끝에 있는 문 쪽으로 돌아섰다. "넵!"

그들은 테이블을 사이에 두고 동시에 회의실을 길게 가로질렀다. 저벅…… 저벅…… 저벅…… 저벅……. 그들이 막 문가에 이르러 아울링이 문을 열었을 때, 그웬이 벌떡 일어섰다. "돌겨

어어어억!" 그녀가 외쳤다.

두 장교는 얼어붙어, 거의 돌아볼 뻔했다가 다시 마음을 고쳐먹었다. 그들은 나가서 문을 쾅 닫았다.

정적 속에 배틀몬트가 애처롭게 입을 열었다. "그웬, 왜 우리를 파멸시키려는 거지?"

"파멸시켜? 바보 같은 소리 마!"

"하지만, 그웬……."

"제발 조용히 좀 해, 안드레. 생각에 방해가 된다고." 그웬은 레오 프림에게로 몸을 돌렸다. "레오, 그쪽에서 디자인한 왕가슴 버사 스케치랑 이것저것 가져가. 에이데칼 시안하고, 전체 프로조, 전체 캠페인 경비를 해 와."

"빅 버사 에이데칼, 프로조, 경비. 알았습니다!" 프림이 말했다.

"그웬, 뭘 하는 거야? 당신 입으로 말했……." 배틀몬트가 끼어들었다.

"말이 많아, 안드레." 그웬은 천장을 올려다보았다. 첼리니 큐피드 하나가 그녀에게 윙크하고 있었다. "이 회의실은 평소대로 전체 녹화가 되고 있겠지?"

"그럼." 배틀몬트가 말했다.

"그 녹화도 가져가, 레오. 시니스터 소닛 보닛 피니스터 장군만 나오는 연속 장면을 따내." 그웬이 말했다.

"방금 뭐라고요?" 프림이 물었다.

그웬은 피니스터의 별명을 설명했다. "패션 업계에서는 그 사람에 대해 다 알아. 살아 있는 공포지." 그녀가 마무리 지었다.

"네, 알겠어요. 피니스터만 나온 연속 장면. 뭐를 보려는 건가요?" 프림이 말했다.

"모든 각도에서 본 그 제복. 그리고 모자. 프로이트시여! 모자 빼먹지 말고!" 그웬이 말했다.

배틀몬트는 애처롭게 말했다. "이해가 안 가."

"잘됐네." 그웬이 말했다. "레오, 나한테 레스티보랑 짐 스팍을 보내 줘…… 디자인 인력 중 최고로 두 명 더. 당신을 포함해서. 우리는……."

"이거 봐! 벤 애덤스의 이름이 나머지를 이끌고 있네." 배틀몬트가 말했다.

그웬은 몸을 돌려 그를 내려다보았다. 알고 지내온 세월 동안 아주 드물게, 배틀몬트가 말로 그녀를 놀라게 한 경우였다.

우리 안드레가 인간이긴 한 걸까?

안 돼! 머릿속이 멍한 것 같아. 그웬은 입을 열었다. "안드레, 다음 회의 할 때까지 명상 휴식을 좀 가져. 응? 좋은 사람이 있어."

전에는 그웬이 날 괴롭힌다고 할 때면 우리 사이에 통하는 농담 같은 거였지. 하지만 이제 그녀는 나를 상처 주려 하고 있어. 배틀몬트는 씁쓸하게 생각했다. 그의 걱정은 이제 에이전시가 아니라 그웬을 향했다. *나의 그웬에겐 도움이 필요해. 그런데 나는 뭘 해야 할지 몰라.*

"명상 휴식 시간. 아니면 무드 바에 가도 되고. 새로 나온 인터도마 메디니치 써 보지? 제때 쓴 메디니치, 정신 건강을 지킵니다!"

"우리가 함께 보내는 마지막 시간을 멀쩡하게 깨어 있고 싶어." 배틀몬트가 말했다. 흐느낌이 목에 걸렸다. 그걸 감추려 일어섰다가 눈길을 끌고, 그웬에게 절박한 시선을 던졌다. "미래가 거대한 야수처럼 우리 위에 도사리고 있는 게 느껴져!" 그는 그녀에게 등을 돌리고, 성큼성큼 개인 문으로 나갔다.

"도대체 저게 무슨 소리람?" 그웬이 의아해했다.

프림이 입을 열었다. "이번 달은 성 프로이트의 달이에요. 예지력, 초감각적 지각 뭐 그런 걸 하더라고요."

"아, 물론이지. 내가 브로셔를 썼는걸." 하지만 그웬은 배틀몬트가 나가 버린 것이 마음에 걸렸다. 너무 불쌍해 보였어. 이 작은 장난이 역효과를 내서 안드레가 징징대면? 그럴 수도 있는데. 레오랑 다른 교살자들은 견뎌 낼 수 있지. 하지만 안드레는…… 그녀는 머릿속에서 떨쳐 냈다. 이젠 돌이키기엔 늦었어.

테이블에 둘러앉은 부서 책임자들이 그웬을 밀어붙이기 시작했다.

"저기, 그웬, 제작은 어떻게……"

"마감을 맞추려면 더 필요한……"

"진행 중인 다른 건은 포기해야 하는지……"

"조용!" 그웬이 고함쳤다.

충격 받은 정적 속에 그녀는 상냥하게 미소 지었다. "한 명씩 개인적으로 면담할게요, 눈물 닦을 수건을 새로 한 무더기 구하는 대로. 일단 할 일부터 먼저. 1번 문제: 귀찮은 사람들 떼어 놓기. 응?"

그리고 그웬은 생각했다. 이 불쌍한 머저리들! 재앙이 얼마나 가까이 닥쳐왔는지도 모르고. 그웬이 평소처럼 맡아 주리라 생각하지. 하지만 그웬은 신경 쓰지 않아. 그웬은 이제 아무 상관도 안 해. 그웬은 영광의 불길 속에 사직하니까! 죽음의 계곡으로 돌진하는 600명의 전사들! 400명이든가? 상관없어. 전쟁은 지옥이야! 내 에이전시에 줄 목숨이 하나뿐이라는 게 유감이지. 내게 자유를 주든가, 아니면 나를 WOMS에 줘.

레오 프림이 입을 열었다. "그 두 군인의 목을 노리려는 거군요?"

"군사 전술이야. 생존자를 남기지 마라! 포로는 필요 없다! 하얀 눈에 죽음을!"

"네?" 프림이 말했다.

"지시한 업무 즉시 착수해." 그웬이 말했다.

프림은 아울링이 남기고 간 폴더를 내려다보았다. "어……. 이 빅 버사 시안하고…… 피니스터의 솔리도요. 알겠습니다." 그는 고개를 내저었다. "저기, 이번 건으로 에이전시가 완전히 난리 날 수도 있어요."

"그보다 더 심할 수도 있어." 그웬이 주의를 주었다.

다른 누군가가 입을 열었다. "내가 본 중에 절대 최악이에요. 징집이라니!"

그리고 그웬은 생각했다. 오호! 누가 동요하고 있네! 불현듯 그녀는 말했다. "절대 최악의 난리지." 그녀는 환해졌다. "그거 멋진데! 잠깐만, 여러분."

나가려 준비하던 중에 갑작스럽게 고요함이 찾아왔다.

"이번 건을 '절대 최악의 난리'(Absolutely Worst Flap)라고 명명하기로 했어요." 그웬이 말했다.

직원들의 킥킥거림.

"알아챘겠지만, 이니셜인 AWF는 awful(끔찍하다는 뜻 — 옮긴이)의 처음 세 글자이기도 하죠." 그웬이 말했다.

웃음.

"이제까지, 우리는 사소한, 중간, 완전 난리하고만 맞서야 했어요. 이제 AWF가 왔습니다! 배를 얻어맞은 사람이 내는 신음소리와도 운이 맞죠!"

회의실을 채운 웃음소리 중에, 프림이 말했다. "awful의 U와 L은 어쩌고요? 버릴 순 없잖아요."

"언리미티드(UnLimited)!" 그웬이 쏘아붙였다. "절대 최악의 난리 무한!" 그녀는 웃기 시작했다가, 웃음에 신경질적인 기미가 섞이는 바람에 억눌러 참아야 했다. 나 어디가 잘못된 걸까? 그웬은 이렇게 생각하며 프림을 노려보았다. "시작합시다, 여러분! 여러분 중 누가 제복을 입으면 아주 보기 좋지 않겠어요."

웃음이 불안하게 사그라들었다. "그웬!"

그웬은 여기서 나가야 했다. 마치 메스꺼움 같았다. 그녀는 회의실 가장자리 쪽으로 직원들을 밀치고 나왔다. 반란의 반짝임은 사라져 버렸다. 이 사람들이 모두 자신을 잡아당기고, 자신의 일부를 가져가 다시는 되찾을 수 없을 것만 같았다. 화가 치밀었다. 걷어차고, 물고, 할퀴고 싶었다. 대신 그녀는 뻣뻣하게 미소 지었다. "실례해요. 여기 좀 지나가도 될까요? 미안. 고마워요. 실례해요."

그리고 안드레 배틀몬트의 모습이 자꾸 잠재의식을 침범했다. 정말 불쌍한 친구야. 무척…… 어…… 다정하지. 젠장! 다정해! 경멸스러운 나름의 방식으로.

25일이 달력에서 스르륵 사라졌다. 혼란 속에서 허우적거리는 25일. 그웬의 전문이었다. 그녀는 문제에 뛰어들었다. 이건 제대로 해내야 했다. 그녀의 퇴장을 표시하는 꼬리표. 페이지 마지막에 남기는 그웬 에베레스트의 서명.

군에서 나온 기술 전문가들이 온통 에이전시에 바글바글했다. 우주복 이음매 전문가. 보호장치 전문가. 압력 계수. 인공 대기. 배설물 재생. 초소형 동력장치. 잠금장치 전문가. 새로운 가변 플라스틱 전문가(그는 웨스트 코스트에서 날아와야 했다.).

추가로 그웬만 봐야 하는 패션 전문가.

군사 전문가들이 각각 본인의 전문 영역에 필요한 작은 부분만 보게끔 하는 것도 상당한 일이었다.

큰 그림의 날이 왔다. 당일 아침.

그웬의 사무실에는 한 변이 6미터인 정사각형의 특별한 방이 딸려 있었다. 그녀는 이 방을 '나의 겁주기 방'이라고 불렀다. 거의 루이 15세 스타일이었다. 비현실적인 의자들, 흔들거리는 작은 테이블, 조명 위의 요란스러운 유리 장식, 벽 패널의 파스텔 색 아기 천사들.

의자는 마치 중간 체격 남자 무게에도 납작하게 부서져 버릴 것처럼 보였다. 의자마다(벽 패널 뒤에서 미끄러져 나오게 되어 있는 그웬 몫의 푹신한 쿠션 왕좌 의자를 제외하고) 시트가 앞쪽으로 기울어져 있었다. 앉은 사람은 알아채지 못한 사이 슬슬 미끄러져 내려오게 되어 있었다.

테이블이 여러 개가 있었지만 전부 노트와 재떨이를 같이 올려놓을 크기도 안 되었다. 물품 중 하나는 무릎에 올려놓든가 발밑에 놓을 수밖에 없었다. 그로 인해 이따금 카펫을 쳐다보게 되었다.

카펫은 충격적인 심리적 자극을 주도록 제작되었다. 처음 온 사람은 어항 속에 거꾸로 서 있는 기분이 들었다.

아울링 장군은 그 장난 의자 중 하나에 자리하고 있었다. 앉아 있는 안드레 배틀몬트의 약간 오른쪽으로, 맞은편 벽 패널 중심에 있는 아기 천사를 쳐다보지 않으려 애썼다. 배틀몬트는 아파 보였다. 아울링은 의자 뒤로 깊숙이 옮겨 앉았다. 무릎이 드러난 기분이었다. 그는 피니스터 장군을 흘끗 보았다. 그녀는 그의 오른쪽으로 다리 가느다란 테이블 너머에 앉아 있었다. 그가 지켜보는 사이 그녀가 스커트를 끌어 내렸다. 아울링은 그녀가 왜 저렇게 의자 끄트머리에 앉아 있을까 의아해했다.

빌어먹게 불편하고 작은 의자야!

그는 배틀몬트가 자기 몫으로 커다란 회의실 의자를 가져온 것을 알아챘다. 아울링은 왜 전부 크고 네모지고 단단하고 안정적인 의자를 두면 안 되는 걸까 생각했다. 그러고 보니, 왜 이 회의를 큰 회의실에서 하지 않았을까? 전 직원과 함께. 큰 그림! 아울링은 맞은편의 벽 패널을 올려다보았다. 멍청한 아기 천

새! 그는 깔개를 내려다보다가 인상을 쓰고 시선을 돌렸다.

피니스터는 방에 들어올 때 깔개를 쳐다보다가 하마터면 균형을 잃을 뻔했다. 이제는 깔개에서 눈길을 떼려 애쓰고 있었다. 그녀의 마음은 심란한 소문으로 들끓고 있었다. 기술 전문가들의 개별 보고로는 전체적인 이미지가 드러나지 않았다. 마치 다른 퍼즐의 조각을 한데 섞어 놓은 지그소 퍼즐 같았다. 그녀는 의자 뒤쪽으로 고쳐 앉았다. 정말 불편한 방이야. 직감으로 이 방이 미묘하게 계획적으로 꾸며졌음을 알았다. 그웬 에베레스트를 향한 잠재된 분노가 확 폭발했다. 그 여자는 어디 있는 거지?

배틀몬트는 목청을 가다듬고, 그웬이 곧 나올 오른쪽 문을 흘끗 쳐다보았다. 항상 꼭 늦어야 하나? 그웬은 몇 주째 그를 피했다. 너무 바쁘다고. 갑자기 오늘 아침 안드레 배틀몬트를 정면 중앙으로 내세워야 했다. 장식상. 그녀의 작은 쇼를 위한 소도구. 배틀몬트는 그녀가 뭘 하고 있는지 웬만큼은 알고 있었다. 외관상으로, 물리적인 의미에선. 여기 주위 사람 일부에게선 숨길 수 있을지 몰라도, 안드레 배틀몬트는 자기만의 정보 시스템을 굴리고 있었다. 다만 그녀의 마음속에서 무슨 일이 벌어지는지는, 확신할 수 없었다. 그가 아는 것은 맞아떨어지지 않는다는 것뿐이었다. 아무리 그웬이어도.

피니스터가 입을 열었다. "우리 기술직 사람들이 알려 주던데 당신이 꽤나 관심을 보였다더군요." 그녀는 의자 뒤로 깊숙이 앉았다. "최신 가변 플라스틱의 특성에."

"사실입니다." 배틀몬트가 말했다.

"어째서죠?" 아울링이 물었다.

"아아, 아무래도 에베레스트 양을 기다리는 게 좋겠습니다. 솔리도 프로젝터를 가져올 거거든요." 배틀몬트가 말했다.

"벌써 모형을 준비했습니까?" 아울링이 물었다.

"네."

"좋아요! 모델은 몇이나?"

"하나요. 우리 안내 데스크 직원. 아름다운 여성이죠."

"뭐라고요?" 피니스터와 아울링이 입을 모았다.

"아! 그 모델이 아니군요…… 그런데, 보여 드릴 제품 모델은 하나입니다. 정말은 둘인데…… 그중 하나만……." 배틀몬트는 어깨를 으쓱하고 진저리를 억눌렀다.

피니스터와 아울링은 서로 쳐다보았다.

배틀몬트는 눈을 질끈 감았다. 그웬, 제발 빨리. 그는 군 문제에 대한 그녀의 해결책을 생각하고, 떨기 시작했다. 그녀의 기본 아이디어는 건실했다, 물론. 타당한 심리학적 근거가 있었고. 하지만 군은 절대 그걸 받아들이지 않을 것이다. 특히 상사처럼 걷는 저 여성 장군은. 문 열리는 소리에 배틀몬트의 눈이 번쩍 뜨였다.

그웬이 휴대용 디스플레이 프로젝터를 밀며 들어왔다. 그웬과 피니스터 상호 간에 불호의 눈길이 오가고, 즉시 상호 간에 환한 미소로 감추어졌다.

"안녕하세요, 모두들." 그웬이 조잘거렸다.

위험 신호! 배틀몬트가 생각했다. 화났어! 그웬이……. 그는 생각을 멈추고 거기 집중했다. 어쩌면 그럴지도. 우리가 일을 너무 많이 시켰어.

"가져오신 것을 얼른 보고 싶군요. 이 회의를 소집했을 때 막 진척 보고를 요청하려던 참이었습니다." 아울링이 말했다.

"먼저 엔지니어로서 장군님이 인정하실 만한 것을 준비하고 싶었습니다." 그웬이 말했다.

아울링은 고개를 끄덕였다.

피니스터가 입을 열었다. "우리 쪽 사람들 말로는 당신이 작업물에 대해 아주 비밀스럽다고 하던데. 왜죠?"

"벽에도 귀가 있어요. 입이 가벼우면 평화가 도망가고! 절반의 안전에 안주하지 마세요!" 그웬은 프로젝터를 방 중앙에 놓고, 리모컨을 들고 패널을 회전시켜 자신의 의자가 나오게 했다. 이윽고 피니스터와 아울링을 마주하고 앉았다.

그웬이 피니스터의 무릎을 홀린 듯 쳐다보는 사이 몇 초가 지났다.

"그웬?" 배틀몬트가 말했다.

피니스터가 스커트 자락을 끌어 내렸다.

"우리에게 뭘 보여 줄 겁니까?" 아울링이 다그쳤다. 그는 의자 깊숙이 고쳐 앉았다.

"먼저, 문제의 주변부를 확인하죠. 스스로에게 물어보세요. 젊은 여성들이 입대할 때 무엇을 원할까?" 그웬이 말했다.

"합리적으로 들립니다." 아울링이 말했다.

피니스터가 고개를 끄덕였다. 그웬에 대한 비호감은 대화에 정신이 팔려 덮어졌다.

"여러 가지를 원하죠. 여행…… 모험…… 기사도 뭐 그런 거요. 목표물이다!"

배틀몬트, 피니스터, 아울링은 깜짝 놀라 자세를 바로 했다.

"생각해 보면 멈칫하게 되죠." 그웬이 중얼거렸다. "뭔가를 찾는 그 많은 여성들. 공짜 여행. 포상. 무지개 끝에 숨겨진 보물단지."

자신의 말에 그들이 다시 고개를 끄덕이고 있음을 그웬은 알아챘다. 그녀는 목소리를 높였다. "오래된 회전목마! 딸랑딸랑 즐거운 여행!"

배틀몬트는 슬픈 눈으로 그녀를 쳐다보았다. 화났어. 아, 나의 불쌍한 그웨니.

아울링이 입을 열었다. "난…… 어……."

"하지만 모두 한 가지 요소를 원하죠! 그게 뭘까요? 로맨스! 바로 그겁니다. 그리고 무의식에서 로맨스란 무엇인가? 그 로맨스는 섹스입니다!"

"충분히 들은 것 같군요." 피니스터가 말했다.

"아니, 마저…… 어…… 이건 다, 그러니까, 서두겠지요. 나는 그…… 개발한…… 모델이 어디 있는지 알고 싶습니다." 아울링이 말했다.

"그 모든 허섭스레기를 다 걷어 내면 섹스란 무엇일까요? 심리적인 근거. 그 밑에는 뭐가 있는가?" 그웬이 다그쳤다.

아울링은 목을 긁으며 그녀를 응시했다. 그는 주관적인 개념을 기본적으로 불신했으나, 항상 어쩌면 저들이 (이번에는) 옳을

지도 모른다는 두려움을 갖고 있었다. 그중 일부는 통하는 것 같았다(단지 표면상일 수도 있지만).

"그 밑에 뭐가 있는지 말해 드리죠." 그웬이 중얼거렸다.

"맞아요! 그들은 진짜로 벗어날 순 없어요. 그래서 탈출의 상징을 줄 겁니다. 교환으로." 그웬이 말했다.

"교환?" 피니스터가 말했다.

"물론이죠. 남성 우주인이 마음에 든 여성 우주인을 봐요. 남자는 여자에게 열쇠를 교환하자고 청하죠. 아주 로맨틱하게. 그들이 지구로 귀환하거나 기지로 돌아와 우주복을 벗을 때 일어날 수 있는 일들의 상징입니다."

"에베레스트 양, 앞서 당신이 적절하게 지적했듯이, 어떤 우주인도 이 아머 속 여성을 볼 수 없어요. 혹시 그럴 수 있다 해도, 내가 보기엔……."

피니스터는 충격에 말문을 잃고, 얼어붙어 응시했다.

그웬이 솔리드 프로젝터의 리모컨 버튼을 눌렀다. 스페이스 아머 한 벌이 방 중앙에 걸린 형태로 나타났다. 아머 안에는 딱 붙는 재킷을 입은, 에이전시의 글래머 안내 데스크 직원이 서 있었다. 그녀를 감싼 아머는 허리 위로 투명했다.

"아래쪽 절반은 항상 불투명한 상태입니다. 정숙함을 위해서…… 하지만 위쪽 절반은……."

그웬은 다른 버튼을 눌렀다. 투명한 위쪽 절반이 회색을 거쳐 검은색으로 흐려져 모델을 가려 주었다.

"원할 때 프라이버시 용도로. 여기에 새로운 가변 플라스틱을 쓴 거예요. 여성에게 주위 환경에 대한 통제권을 주는 거죠." 그웬이 말했다.

다시 그웬이 첫 번째 버튼을 눌렀다. 모델의 상체가 다시 드러났다.

피니스터는 딱 붙는 제복에 기겁했다.

그웬이 일어나, 지시봉을 들고 입체 영상을 통과하여 가리켰다. "이 제복은 최고 디자이너의 작품입니다. 드러내면서 동시에 가리게끔 만들어졌죠. 몸매가 좋은 여성만이 입었을 때 장점이 드러날 겁니다. 훌륭한 몸매의 여성은 눈부시게 보이겠죠, 지금 보시다시피. 몸매가 나쁘다면……." 그웬은 어깨를 으쓱했다. "몸매를 만드는 운동이 있으니까요. 그렇게 들었어요."

피니스터가 차가운 목소리로 끼어들었다. "그럼 그…… 그 제복…… 옷으로 뭘 어쩌라는 건가요?"

"WOMS의 정식 제복이 될 겁니다. 여기 어울리는 작고 귀여운 모자도 있어요. 아주 섹시하죠." 그웬이 말했다.

배틀몬트가 입을 열었다. "어쩌면 전환을 느리게 만들 수도……."

"무슨 전환?" 피니스터는 이렇게 다그치고는 벌떡 일어섰다. "아울링 장군?"

아울링이 모델에게서 눈길을 떼었다. "네?"

"완전히 비실용적이에요! 더 이상 못 참겠어!" 피니스터가 고함쳤다.

배틀몬트는 생각했다. 이럴 줄 알았어. 아, 불쌍한 나의 그웬! 저들은 그웬도 파멸시키겠지. 이럴 줄 알았어.

"이 에이전시에 더 낭비할 시간은 없습니다. 가죠, 장군." 피니스터가 말했다.

"잠깐!" 배틀몬트가 외쳤다. 자리에서 벌떡 일어섰다. "그웬, 내가 말했던……."

피니스터가 입을 열었다. "유감스러운 일이에요, 하지만……."

"우리가 너무 성급한지도 모릅니다. 여기서 건질 게 있을지도……." 아울링이 말했다.

"맞습니다! 조금만 더 시간을 주시면 새롭게……." 배틀몬트가 말했다.

"그렇게 생각되지 않는군요." 피니스터가 말했다.

그웬은 한 명 한 명에게 미소 지으며 생각했다. 덩치 크고 멍청한 새들 같으니! 약간 취한 기분이었고, 무드 바에서 방금 나온 것처럼 들떴다. 반란, 멋져! 일어나라 아일랜드인들이여! 아니면 뭐라도.

아울링은 어깨를 으쓱하고 생각했다. 민간인에 대항해 함께 뭉쳐야 해. 피니스터 장군이 옳아. 안타깝군, 그래도. 그는 자리에서 일어섰다.

"조금만 시간을 주시면." 배틀몬트가 애원했다.

안드레는 안됐어. 그웬은 생각했다. 영감이 떠올라 입을 열었다. "잠깐만요, 제발."

세 쌍의 눈이 그녀에게로 꽂혔다.

피니스터가 입을 열었다. "우리가 위협을 실천에 옮기지 못하게 막을 수 있다고 생각한다면, 포기하시죠. 당신이 저 제복…… 옷을 날 흉하게 보이게 하려 디자인시켰다는 걸 아주 잘 알고 있거든요!"

"왜 아니겠어요? 당신이 사실상 WOMS의 다른 모든 여성에게 한 일을 당신에게 했을 뿐인데." 그웬이 말했다.

"그웬!" 배틀몬트가 경악하여 말렸다.

"가만있어, 안드레. 어차피 그저 타이밍의 문제였을 뿐이야. 오늘. 내일. 다음 주. 진짜로 중요한 게 아니야." 그웬이 말했다.

"아, 불쌍한 나의 그웬." 배틀몬트가 흐느꼈다.

"나는 기다릴 거였어. 아마도 일주일. 최소한 사직서를 낼 때까진." 그웬이 말했다.

"무슨 소립니까?" 아울링이 물었다.

"사직이라고!" 배틀몬트가 기겁했다.

"불쌍한 안드레를 여기 늑대들에게 그냥 던져 줄 순 없죠. 나머지 남자들은 됐고. 일단 안에 들어가면 그들이 속에서부터 다 물어뜯고 나올 테니까." 그웬이 말했다.

"도대체 무슨 소린가요?" 피니스터가 물었다.

"이 에이전시의 다른 남자들은 알아서 자기 앞가림할 수 있어요…… 그리고 당신들도. 늑대들 속의 늑대. 하지만 여기 안드레는 무력해요. 가진 것이라고는 지위와…… 돈뿐이죠. 안드레는 어쩌다 생긴 존재예요. 돈과 지위가 덜 중요한 곳에 있었더라면 죽었을걸요."

"유감이네요. 이제 가 볼까요, 아울링 장군?" 피니스터가 말했다.

"원래 당신네 둘 다 망쳐 버릴 작정이었어요. 하지만 들어 봐요. 안드레를 내버려 두면 당신들 중 하나에게 사업을 넘기죠." 그웬이 말했다.

"그웬, 무슨 소리야?" 배틀몬트가 속삭였다.

"그래요! 해명해 보시죠!" 피니스터가 으르렁거렸다.

"그냥 여기 서열을 좀 알고 싶을 뿐이에요. 둘 중에 누가 더 상급자죠?" 그웬이 물었다.

"그게 무슨 상관인데요?" 피니스터가 물었다.

"잠깐만. 그 정보 보고서." 아울링은 이렇게 말하고는 그웬을 노려보았다. "우리가 여기 오기 전에 만들었던 테스트 모델의 에이데칼을 당신이 준비했다고 들었는데요."

"빅 버사. 그리고 그냥 에이데칼이 아니에요. 전국적인 캠페인에 필요한 모든 걸 준비했죠. 보세요!" 그웬이 말했다.

가슴을 드러낸 테스트 모델의 솔리도가 방 중앙에 걸린 투명 우주복의 자리를 대신했다.

"빅 버사 아이디어는 원래 아울링 장군에게서 유래한 겁니다. 내 캠페인은 그 사실을 확증한 다음, 빅 버사의 애니메이션 모델을 등장시키죠. 움직이는 공포 그 자체. 이렇게 웃긴 꼴은 생전 처음 볼걸요. 아울링 장군, 내가 이 캠페인을 시작하고 그날 밤쯤 되면 당신은 온 나라의 웃음거리가 될 거예요."

아울링이 한 걸음 앞으로 나섰다.

배틀몬트가 입을 열었다. "그웬! 저들이 당신을 파멸시킬 거야!"

아울링은 영상을 가리켰다. "감히······ 그럴 리가!"

"하지만 할 건데요." 그웬은 그에게 미소 지었다.

배틀몬트는 그웬의 팔을 잡아당겼다. 그녀는 뿌리쳤다.

"그랬다간 나는 망해." 아울링이 속삭였다.

"짐작하건대, 이 위협을 실천에 옮길 수 있겠군요. 유감스럽습니다." 피니스터가 말했다.

아울링이 피니스터를 획 돌아보았다. "함께 뭉쳐야죠!" 그가 절박하게 말했다.

"그렇고말고." 그웬은 리모컨의 다른 버튼을 눌렀다.

유명한 제복 차림의 피니스터 장군의 모습이 빅 버사를 대신했다.

그웬이 말했다. "전체를 알아 두시는 게 낫겠죠. 이 제복 디자인에 관한 다른 캠페인도 전부 준비되어 있어요. 소닛 보닛에서부터 시니스터 피니스터 케이프 그리고 그 음침한 보행화까지. 기본 속옷 차림의 장군의 모형 모델부터 시작할 겁니다. 그다음 현재 WOMS의 제복 요소 각각이 어떻게 피니스터 장군의······ 어······ 몸매 전용으로 디자인되었는지 보여 드릴 거고요."

"고소하겠어!" 피니스터가 고함쳤다.

"어디 해 봐. 어디 해 보라고." 그웬이 팔을 물결처럼 흔들었다.

취한 척 연기하고 있어! 하지만 그웬은 절대 술을 안 마시지. 배틀몬트는 생각했다.

"이 캠페인을 암시장에 내놓을 준비가 다 되었답니다. 나를 막진 못할걸요. 그 제복에 대한 내 주장을 모두 증명할 거예요.

당신을 고발하고. 왜 입대 지원자 수가 폭삭 떨어졌는지 입증하고." 그웬이 말했다.

붉은 기운이 피니스터 얼굴에 확 떠올랐다. "좋아요! 우리를 망하게 만들려는 거면, 우리가 할 수 있는 일은 없겠지. 하지만 알아 둬요, 에베레스트 양. 우린 이 에이전시의 남자들을 군대로 끌고 갈 거고. 당신 양심의 짐이 되겠죠! 그리고 우리가 징집한 사람들은 우리 친구 아래에서 복무하게 되고. 그게 무슨 뜻인지 알았으면 좋겠군요!"

"친구 없잖아요." 하지만 그웬의 목소리엔 확신이 없었다. 역효과야. 아, 망할. 저들이 거부할 줄은 생각 못 했는데. 그웬은 생각했다.

"당신에 대해서도 우리가 뭔가 할 수 있을지도 모르죠! 대통령령이면 국가 비상사태를 이유로 당신을 입대시킬 수 있어요. 아니면 뭔가 법안의 긴급 조항으로. 그리고 우리 손에 들어오기만 한다면……." 피니스터가 말했다.

"안드레!" 그웬이 울부짖었다. 모든 것이 통제 밖으로 벗어나고 있었다. 아무도 해치고 싶지 않았어. 나는 그저……. 그웬은 자신이 뭘 원하는지 모른다는 걸 깨달았다.

배틀몬트는 짜릿함을 느꼈다. 22년 동안, 그웬 에베레스트는 아무에게도 도움을 호소한 적이 없었다. 그리고 지금, 처음으로 그에게 호소하고 있었다! 그는 그웬과 피니스터 사이에 끼어들었다. "안드레 바로 여기 있어." 배틀몬트는 영감을 느꼈다. 그의 그웬이 그에게 호소했다니! "이런 암살자!" 피니스터의 코 아래 삿대질하며 그는 말했다.

"저기, 이봐요! 더 이상 참아 줄 수가……." 아울링이 쏘아붙였다.

"그리고 당신도!" 배틀몬트가 홱 몸을 돌리며 으르렁거렸다. "여기서 했던 회의 기록이 처음부터 다 있습니다, 이번 것도 포함해서! 무슨 일이 있었는지 다 나와요! 이 불쌍한 사람이 왜 잘못되었는지 모르겠습니까? 당신이라고! 당신이 정신 나가게 만든 거야!"

그웬이 합창에 합세했다. "뭐라고?"

"가만있어, 그웬. 내가 해결할게." 배틀몬트가 말했다.

그웬은 그에게서 눈길을 뗄 수 없었다. 배틀몬트는 근사했다. "그래, 안드레."

"내가 증명할게. 인터도마 정신과 의사들로. 돈으로 살 수 있는 전문가를 전부 동원해서. 우리 그웬이 기획한 캠페인에서 뭘 보셨다고? 하! 내가 뭘 좀 보여 드리죠." 배틀몬트는 아울링에게 삿대질했다. "굳이 사람을 미치게 할 수 있습니까?"

"아, 이보세요. 지금 너무 지나쳤어……." 아울링이 말했다.

"그래요! 사람을 미치게 할 수 있죠! 그리고 당신들이 어떻게 불쌍한 그웬을 친구들 걱정으로 미치게 했는지 단계별로 보여 줄 겁니다. 내 걱정으로!" 배틀몬트는 가슴을 팡 치고, 피니스터를 노려보았다. "그리고 그다음엔 어떻게 할지 알아요? 대중에게 말할 겁니다. 여러분에게도 이런 일이 벌어질 수 있다고! 다음은 누구일까? 당신? 아니면 당신? 아니면 당신? 그럼 의회에서 받는 돈은 어떻게 될까요? 입대 할당 인원수는?"

"자, 이것 보세요. 우리는 아무것도……." 아울링이 말했다.

"안 했다고요? 이 불쌍한 사람이 제정신인 것 같습니까?" 배틀몬트가 으르렁거렸다.

"어, 하지만 우린 아무것도……."

"우리 캠페인을 볼 때까지 기다리시죠." 배틀몬트는 그웬의 손을 잡아 토닥였다. "자, 자, 그웬. 안드레가 해결할 거야."

"그래, 안드레." 그웬이 말했다. 그녀가 할 수 있는 말은 그게 다였다. 멍한 기분이었다. 그가 나를 사랑하고 있어. 그녀는 생각했다. 누군가 자신을 사랑한다는 걸 알았던 적이 없었다. 부모조차도 아니었다. 그들은 항상 자기들이 낳은 지성에 불쾌해했다. 그웬은 따스함이 스며 나오는 것을 느꼈다. 마음속에서 톱니바퀴가 움직이기 시작했다. 오랫동안 쓰지 않아 삐걱삐걱 소리가 났다. 그웬은 생각했다. 그가 나를 사랑하고 있어! 그녀는 그를 껴안고 싶었다.

"교착 상태에 빠진 것 같군요." 아울링이 중얼거렸다.

피니스터가 입을 열었다. "하지만 그냥 넘어갈 순……."

"조용히!" 아울링이 명령했다. "저 사람은 진짜로 할 겁니다! 모르겠어요?"

"하지만 우리가 징집하면……."

"그럼 확실히 실행하겠지! 다른 에이전시를 사서 캠페인을 진행합시다."

"하지만 우리가 돌아와서 징집할 수……."

"의견이 안 맞는 사람을 전부 징집할 순 없습니다! 이 나라에서는! 그럼 혁명이 시작될 겁니다!"

"나는……." 피니스터는 무력하게 말했다.

"그리고 그럼 우리만 망하는 게 아니라. 군 전체가 망해요. 정확히 정곡을 찔렀어. 내가 저런 타입을 압니다. 허세 부리는 게 아니야. 큰 난리가 날 거라고!"

아울링은 고개를 설레설레 저으며, 온갖 군 프로젝트가 무너져 내리고 전부 '예산 부족' 라벨이 붙어 나락으로 떨어지는 광경이 그의 마음의 눈 앞에 펼쳐지는 것을 보았다.

"현명하신 분이군요, 아울링 장군." 배틀몬트가 말했다.

"그 정신과학 분과가! 그들과 그 잘난 아이디어 때문에!" 아울링이 이를 갈았다.

"머저리라고 내가 그랬죠." 그웬이 말했다.

"가만히 있어, 그웬." 배틀몬트가 말했다.

"그래, 안드레."

"그럼 우린 어떻게 하면 됩니까?" 아울링이 다그쳤다.

"이렇게 하죠. 그쪽이 우리를 가만 내버려 두면, 우리도 그쪽을 가만 내버려 둘게요." 배틀몬트가 말했다.

"하지만 우리 입대 모집은요?" 피니스터가 울부짖었다.

"우리 그웬이 아프든 멀쩡하든, 문제를 해결 못 할 것 같습니까? 입대 모집은 설명한 대로 프로그램을 사용하시죠." 배틀몬트가 말했다.

"안 해요!"

"하도록 해요." 아울링이 말했다.

"아울링 장군, 나는 거절하겠……."

"이 문제를 스태프 장군에게 내던지면? 어디서부터 인원 감축이 시작되겠습니까? 정신과학 분과? 물론. 그다음은? 현장에서 그걸 해결할 수 있었을 사람들입니다!" 아울링이 말했다.

피니스터가 입을 열었다. "하지만……."

아울링이 말을 잘랐다. "그 점에 대해서라면, 에베레스트 양의 아이디어가 꽤 합리적으로 들립니다…… 물론 약간 수정을 가해서."

"수정은 안 됩니다." 배틀몬트가 말했다.

나폴레옹 그 자체야! 그웬은 생각했다.

"아주 사소하고 중요하지 않은 세부 사항만. 공학적인 이유에서요." 아울링이 달랬다.

"봐서요. 제작 전 우리가 수정 사항을 전달한단 조건으로." 배틀몬트가 동의했다.

"분명 합의를 볼 수 있을 겁니다." 아울링이 말했다.

피니스터는 포기하고, 그들에게 등을 돌렸다.

"작은 세부 사항 하나만." 배틀몬트가 중얼거렸다. "에이전시에게 단가 두 배 수표를 끊어 주실 때, 넉넉히 추가해 주시죠. 에베레스트 양 보너스로."

"당연하죠." 아울링이 말했다.

"당연히." 배틀몬트가 말했다.

우주군 장군들이 떠나자, 배틀몬트는 그웬을 마주하고 발을 쿵 굴렸다. "아주 못된 짓을 했어, 그웬!"

"하지만, 안드레······."

"사표 내!" 배틀몬트가 고함쳤다.

"하지만······."

"아, 이해해, 그웬. 내 잘못이야. 내가 너무 일을 많이 시켰어. 하지만 그건 과거 일이고."

"안드레, 모르니까······."

"아니, 알아! 이해해. 너는 배를 가라앉히고 같이 침몰하려 했지. 내 불쌍한 그웬. 죽고 싶어 하다니! 네가 인터도마 텔레로 그에 신경만 썼더라면."

"여기 누구에게도 피해를 끼치고 싶지 않았어, 안드레. 그냥 그 두 사람만······."

"그래, 그래. 알아. 너 엉망이야."

"맞아." 그웬은 울고 싶은 기분이었다. 마지막으로 운 게······ 언제인지 기억나지 않았다. "있지, 울었던 적이 있는지 기억나지 않아." 그웬이 말했다.

"그거야! 나는 항상 울어. 너에게 필요한 건 안정을 주는 영향력이야. 우는 방법을 가르쳐 줄 사람이 필요해." 배틀몬트가 말했다.

"네가 가르쳐 줄래, 안드레?"

"내가······." 그는 눈가의 눈물을 닦았다. "휴가를 떠나. 당장! 내가 같이 갈게."

"그래, 안드레."

"그리고 돌아올 때는······."

"난 에이전시로 복귀하고 싶지 않아, 안드레. 난…… 못 해."

"그거야! 광고 일! 그게 널 갉아먹은 거라고!" 배틀몬트가 말했다.

그녀는 어깨를 으쓱했다. "난…… 그냥 더는 캠페인을 진행 못 하겠어. 그냥…… 안 돼."

"넌 책을 쓸 거야." 배틀몬트가 선언했다.

"뭐?"

"가장 잘 알려진 치료법이지. 나도 한 번 했어. 광고 업계에 대해 책을 써 봐. 온갖 더러운 수법을 다 폭로하는 거야. 최면 반복, 잠재 시각 점멸 이미지, 교과서에 자기들 제품을 넣으려고 재정 지원을 하는 광고주들, 로보플라이어가 프로그래밍 되는 배양실. 전부 다."

"할 수 있겠다."

"전부 얘기하는 거야."

"그럼!"

"그리고 가명으로 내는 거지. 안전하게." 배틀몬트가 말했다.

"휴가는 언제 시작이야, 안드레?"

"내일." 한순간 그는 오랫동안 품어 온 두려움이 다시 살아나는 걸 느꼈다. "내가 어…… 돼지처럼 못생긴 건 상관없어?"

"그냥 아름다운걸." 그웬은 안드레의 벗어진 머리를 가로지르는 머리칼을 쓰다듬었다. "내가 너보다 똑똑한 거 상관없어?"

"아, 하!" 배틀몬트는 몸을 똑바로 폈다. "네가 머리는 더 똑똑할지 몰라도, 마음은 더 똑똑하지 않으니까!"

1961

짝짓기 소리

Mating Call

1961년 10월, 《갤럭시》 수록.

"당신이 잡히면 우린 모른 척할 수밖에 없어. 이해하겠지, 물론." 플래디스 박사가 말했다.

사회인류학 부서의 선임 현장 요원 라오코니아 윌킨슨은 폭 좁은 머리를 끄덕였다. "물론이죠." 그녀는 퉁명스럽게 말하고는 무릎 위 여행 서류와 지시서를 부스럭부스럭 넘겼다.

"고등평의회에서 이 조사 허가를 받아 내기가 아주 어려웠어, 그…… 몬리골에서의 불운한 사고 이후라. 그래서 활동 제약이 그렇게 엄격한 거야." 플래디스 박사가 말했다.

"데리고 갈 수 있는 건 이 사람뿐인가요…… 마리 메딜?" 그녀가 서류를 내려다보며 말했다.

"음, 기본 행동 계획은 그녀의 아이디어였지. 그리고 그녀만큼 음악 분야 자격을 지닌 사람이 부서에 달리 아무도 없고." 플래디스 박사가 말했다.

"그녀의 계획을 허락해도 될지 모르겠어요." 라오코니아가 중얼거렸다.

"아. 하지만 그 계획은 루쿠치프 상황의 핵심으로 바로 향하고, 아무런 법도 어기지 않는다는 게 묘미지. 법적인 궤변이라는 건 동의해. 하지만 내 말은 당신이 법의 테두리 안에 있으리라는 거야." 플래디스 박사가 말했다.

"그리고 법의 의도에서는 벗어나죠. 그렇다고 법에 동의한다는 건 아니지만. 그래도……." 그녀는 어깨를 으쓱했다. "음악이라니!"

플래디스 박사는 일부러 잘못 알아들은 척했다. "맞아, 메딜 양은 음악 박사 학위가 있지. 고등 교육을 받은 젊은 여성이야."

"이게 그 생명체들이 어떻게 재생산하는지 알아낼 마지막 기회일 수도 있단 사실만 아니었다면……." 라오코니아는 고개를 저었다. "우리가 그 지역에서 정말 해야 할 일은 전체 직원이 나서서 대표적인 표본을 포획하고, 그걸로……."

"고등평의회 명령 D 항에 있는 금지 사항을 명심해야지. '현장 요원은 루쿠치프 원주민의 자유를 한정, 제한, 또는 제약을 두어서는 안 된다.'"

"그들의 출생률 상황은 얼마나 나쁜가요?" 라오코니아가 물었다.

"우리에게 있는 건 루쿠치프 특별 대변인의 말뿐이야. 가프카 말이야, 위기라고 하더군. 그게 물론 고등평의회가 결단을 내린 요인이었고. 루쿠치프는 우리에게 도움을 청했어."

라오코니아는 자리에서 일어섰다. "이 음악 아이디어에 대한 제 생각은 아시죠. 하지만 그걸로 공격할 거라면, 그냥 아예 법을 다 어겨 버리지 못할 건 또 뭔가요. 음악 녹음, 연주자를 다 데리고 가서……."

"제발!" 플래디스 박사가 쏘아붙였다.

라오코니아는 그를 응시했다. 지역 책임자가 이렇게 감정이 격해진 모습은 본 적이 없었다.

"루쿠치프 원주민은 외부 음악 도입이 자기들 생식 주기 결합가를 방해했다고 해. 최소한, 그들의 설명을 우리말로 번역한 내용은 그래. 그래서 법적으로 음악 기기의 반입을 금지하는 거야." 플래디스 박사가 말했다.

라오코니아가 쏘아붙였다. "전 어린애가 아닙니다! 구구절절 설명하실 필요는……."

"아무리 조심해도 부족해. 몬리골의 기억이 모두의 뇌리에 아직 이렇게 생생하니." 플래디스 박사는 몸서리를 쳤다. "사회 인류학 좌우명의 정신으로 돌아가야 해. '우주의 더 큰 이익을 위해.' 이미 경고받았어."

"어떻게 음악이 부차적인 자극 그 이상이 될 수 있단 건지 모르겠어요. 그렇지만, 열린 마음을 유지하겠습니다." 라오코니아가 말했다.

라오코니아 윌킨슨은 노트에서 눈을 떼고 입을 열었다. "마리, 밖에서 소리 나지 않아?" 그녀는 이마에 흘러내린 회색 머리칼을 뒤로 넘겼다.

마리 메딜은 현장 오두막 안의 맞은편에 서서, 두 개의 창문 중 한쪽을 내다보았다. "나뭇잎 소리만 들리는데요. 이런 바람에선 엄청나게 시끄럽죠." 마리가 말했다.

"가프카가 아닌 게 확실한지?"

마리는 한숨을 쉬고 말했다. "아뇨, 이건 그의 이름노래가 아니에요."

"그 괴물을 사람처럼 부르지 말라고!" 라오코니아가 쏘아붙였다.

마리의 어깨가 굳어졌다.

라오코니아는 그 반응을 목격하고 부서에서 원숙한 베테랑 인류학자에게 이곳의 지휘권을 맡긴 것이 얼마나 현명했는지 생각했다. 육각형 돔 오두막은 괴팍한 성미를 가둬 놓기엔 너무 작았다. 그리고 두 여자는 이곳에 이미 25주나 갇혀 있었다. 라오코니아는 일행을 응시했다. 참 젊고 낭만적이었다.

마리의 자세는 지루함과…… 걱정을 드러내고 있었다.

라오코니아는 오두막의 빽빽한 내부를 둘러보았다. 서보-레코더, 야간 카메라, 현장 컴퓨터, 식사 기기, 접을 수 있는 공중부양기, 책상, 의자 두 개, 접이식 침상, 위성 궤도 상공에서 선회하는 모선과 그들을 연결하는 송수신기가 차지한 벽 세 면. 모든 것이 제자리에 있고 모든 것을 위한 곳.

"어째서인지 가프카를 '그'라고 부르지 않을 수가 없어요." 마리는 어깨를 으쓱했다. "말이 안 되는 건 알아요. 그래도…… 가프카가 노래할 때면……."

라오코니아는 젊은 여자를 찬찬히 보았다. 위아래 붙은 녹색 유니폼 차림의 금발 여자. 덩치 큰 농부 체격, 튼튼한 다리, 타원형 얼굴에 너른 이마 그리고 꿈꾸는 파란 눈.

"노래 얘기가 나와서 말인데, 가프카가 큰 노래부르기 참석 허가를 받아다 주지 않으면 어째야 할지 모르겠어. 사실이 없으면 이 난장판을 해결할 수 없다고." 라오코니아가 말했다.

"확실하죠." 마리는 퉁명스럽게 내뱉으며, 라오코니아에게서 주의를 돌리려 애썼다. 연상의 여인은 그냥 거기 앉아만 있었다. 항상 거기 그냥 앉아 있었다. 너무 효율적이고 너무 추진력 있으며, 풍파에 시달린 얼굴에 너무 큰 코, 너무 큰 입, 너무 큰 턱, 너무 작은 눈을 가진 키 크고 어수룩한 사람.

마리는 몸을 돌렸다.

라오코니아가 말했다. "하루하루 지날 때마다 이 음악 일이 막다른 골목이라는 확신이 커져 가. 당신이 우리 음악을 얼마나 그들에게 가르치든 루쿠치프 출생률은 계속 떨어질걸."

마리가 항의했다. "하지만 가프카는 동의했어요. 모든 점이 그걸 가리키고 있는데요. 우리가 이 행성을 발견하게 됨으로써 루쿠치프는 최초로 외계 음악을 접하게 되었어요. 어째서인지 그게 그들의 번식 주기를 방해했고. 전 확신해요."

"번식 주기." 라오코니아가 코웃음 쳤다. "우리가 아는 한, 이 생명체들은 가장 기본적인 기능조차 갖추지 못한 보행 가능 채소일 수도……."

"전 너무 걱정이 돼요. 문제의 근원에 있는 게 음악이라는 건 확신해요, 하지만 우리가 온갖 교육용 테이프를 밀반입해서 가프카에게 우리의 모든 음악 형태를 가르쳤다는 사실이 새어 나가면……." 마리가 말했다.

라오코니아가 으르렁거렸다. "우린 아무것도 밀반입하지 않았어! 법은 상당히 명백해. 실제 음악 소리의 기계적 재생 장치만 어떤 형태든 금지할 뿐이야. 우리 테이프는 완전히 시각적이라고."

"몬리골 생각이 계속 나요. 지성을 갖춘 종족의 멸종에 제가 기여했다는 걸 알면서 살아가진 못할 거 같아요. 간접적이라 해도. 우리의 외부 음악이 정말로 방해가 되었다면……."

"우린 저들이 번식하는지도 모른다니까!"

"하지만 가프카 말로는……."

"가프카 말로는! 멍청한 채소인걸. 가프카 말로는!"

마리가 반박했다. "그렇게 멍청하지 않아요. 그는 3주도 안 되어 우리 언어를 배웠지만, 우리는 노래말하기의 아주 기초밖에 못 하잖아요."

"가프카는 백치천재야. 그리고 그 생명체가 하는 것을 말이라고 부를 수 있는지도 모르겠어." 라오코니아가 말했다.

"박사님이 음치라는 게 안타까워요." 마리가 다정하게 말했다.

라오코니아는 미간을 찌푸리고는 마리를 향해 손가락을 까 닥했다. "내가 깨달은 게 있는데 그들의 출생률이 감소하고 있 다는 근거는 그들의 말뿐이야. 우리에게 도움을 청했고, 이제는 현장 관찰 시도를 전부 방해하고 있지."

"너무 수줍음이 많아 그래요." 마리가 말했다.

"우리를 큰 노래부르기에 초대하지 않을 거면 사회인류학 현 장 조사를 한 번 날리게 될걸. 아! 평의회가 무장 지원을 붙인 전면 현장 조사를 허가하기만 했다면!" 라오코니아가 말했다.

마리가 항의했다. "그렇게는 못 해요! 몬리골 이후로, 사실 상 온 우주의 지적 종족이 루쿠치프를 최종 시험 케이스로 보 고 있어요. 우리가 훼방 놓는 바람에 또 다른 종족을 망친다 면……."

"훼방이라니!" 라오코니아가 고함쳤다. "이봐요, 사회인류학 부서는 신성한 임무야! 무지를 몰아내고, 뒤처진 종족을 돕고!"

"그리고 무엇이 뒤처졌는지 판단하는 주체는 우리뿐이죠. 참 편리하게도. 그리고, 몬리골 건을 볼까요. 곤충이 질병을 옮기 는 건 누구나 알아요. 그래서 우리는 살충제를 가지고 들어가 몬리골인 재생산에 필수적인 공생 파트너를 싹 죽여 버렸어요. 정말 신나는 일이죠." 마리가 말했다.

"그쪽에서 우리한테 말했어야지." 라오코니아가 말했다.

"말할 수 없었어요. 사회적으로 터부시되는 일이라." 마리가 말했다.

"뭐……." 라오코니아는 어깨를 으쓱했다. "그건 여기엔 적용되지 않으니까."

"어떻게 알아요?"

"이런 바보 같은 입씨름은 됐어." 라오코니아가 내뱉었다. "가
프카가 오는지 봐. 올 때가 지났는데."

마리는 떨리는 숨을 들이쉬고, 현장 오두막의 하나뿐인 문까
지 발을 구르며 가서 쾅 열어젖혔다. 즉시 광택숲 잎의 짤랑거
리는 소리가 더 커졌다. 바람이 그녀 왼쪽의 그루터기투성이 평
원에서 박하 향을 실어 왔다.

평원 저편에서는 오렌지색 동그란 알마크(안드로메다자리에
있는 별 — 옮긴이)가 평평한 지평선으로 지고 있었고, 오른쪽으
로 시선을 돌리자 광택숲 벽이 머리 위로 뻗어 있었다. 무지개
색 줄무늬의 박쥐 날개 모양 잎새가 바람결에 부딪히며, 마지막
오렌지빛 햇살을 두고 다투느라 살짝살짝 움직였다.

"보여?" 라오코니아가 다그쳤다.

마리가 고개를 젓자 곱슬곱슬한 금발이 제복 칼라에 살랑
살랑 스쳤다. "곧 어두워질 거예요. 그는 완전히 어두워지기 전
에 돌아온다고 했어요."

라오코니아는 인상을 쓰고, 노트를 옆으로 치웠다. 항상 그라
고 부르지! 움직이는 부활절 달걀에 불과한걸! 만약…… . 멀리서 들
리는 소리에 생각의 흐름이 끊어졌다.

"저기!" 마리는 긴 광택숲 아래를 내려다보았다.

플루트 소리 같은 멜로디가 허공에 맴돌았다. 섬세한 관악기
거장의 곡이었다. 그들이 듣는 가운데, 오르간의 둥둥거림으로

톤이 깊어지면서 첼로 선율이 멜로디를 가져갔다. 광택숲 잎이 공명하는 화음으로 짤랑거렸다. 천천히, 음악이 스러져 갔다.

"가프카예요." 마리가 속삭였다. 마리는 목청을 가다듬고, 더 크게, 의식하며 말했다. "숲을 나와서 한참 내려와야 해요."

"나는 누가 누군지 구분이 안 가. 다 똑같아 보이고 똑같게 들려. 괴물들." 라오코니아가 말했다.

"똑같아 보이죠." 마리가 동의했다. "하지만 소리는 상당히 개별적이에요."

"내가 음치라는 소리는 그만 좀 하지!" 라오코니아가 이렇게 쏘아붙이고는 문가에 있는 마리와 합류했다. "그 노래 모임에 참석하게만 해 주면……."

1.8미터의 부활절 달걀이 물체를 움켜쥘 수 있는 다섯 개의 발 중 네 개로 느릿느릿 걸어오고 있었다.

수정처럼 반들거리는 시각 캡은 현장 오두막 쪽으로 살짝 기울어져 있었고, 내부의 구름 색소가 저물어 가는 태양 방향으로 반쯤 가림막을 형성하고 있었다. 파란색과 흰색의 인사하는 색깔이 상체 주위 대단한 호흡기 근육 가장자리를 물들이고 있었다. 평소 시각 캡 아래 빨강-노랑으로 드러나는 입/귀의 알림 확장기는 여러 겹 주름 아래로 쏙 들어가 있었다.

"못생긴 짐승 같으니." 라오코니아가 말했다.

"쉬잇! 얼마나 멀리서 들을 수 있는지 모르잖아요." 마리는 손을 흔들었다. "가아아아프카아아!" 잠시 후. "이런!"

"뭐 잘못됐어?"

"그의 이름은 음이 아홉 개인데 여덟 개만 냈네요."

가프카는 문으로 올라와, 그루터기 가시 사이로 길을 찾았다. 오렌지색 입/귀가 뻗어 나와, 22개 음의 하모니카 곡조를 불렀다. "마아아리리리이이 으으으으음에에딜." 그다음은 10초 길이 콘체르토. "라오코니니니니니아 위이이이일키느느느스으으은!"

"정말 멋져!" 마리가 말했다.

"우리가 가르쳐 준 대로 똑바로 말했으면 좋겠어. 노래는 따라 하기 힘든데." 라오코니아가 말했다.

가프카의 시각 캡이 그녀 쪽으로 기울어졌다. 목소리가 노래하는 듯한 떨림으로 바뀌었다. "하지만 예의 바른 노래하기 인사."

"물론이지. 자." 라오코니아는 심호흡을 했다. "큰 노래부르기 참석 허가가 났을까?"

가프카의 시각 캡이 마리 쪽으로 기울어졌다가, 다시 라오코니아를 향했다.

"제발, 가프카?" 마리가 말했다.

"어려움." 가프카가 흔들거렸다. "말 어떻게 하는지 모른다. 너희 종류 사람 지식 없다. 말하기 원하지 않는다 주제."

"알겠어. 번식 습관과 관계가 있겠구나." 라오코니아는 은유적인 표현을 알아들었다.

가프카의 시각 캡이 뿌연 색소로 흐려졌다. 민망해하는 표시임을 두 여자는 그간 익혀 왔다.

"자, 가프카. 그런 게 아니야. 과학과 전문가 윤리, 서로 진짜로 돕고 싶은 마음에 대해 전에 설명했지. 마리와 나는 둘 다 너희 종족을 위해 여기 왔다는 걸 이해해야 해." 라오코니아는 말했다.

라오코니아를 마주한 시각 캡의 일부에 수정 달의 뿌연 기운이 가셨다.

"솔직히 말하게 할 수만 있다면 얼마나 좋아." 라오코니아가 말했다.

마리가 입을 열었다. "제발, 가프카. 우리는 돕고 싶을 뿐이야."

"이해한다 나. 다르게 이것 얘기 어떻게?" 가프카가 말했다. 시각 캡의 뿌연 기가 더 가셨다. "하지만 질문해야 한다. 친구들 아마 안 좋아한다."

"우리는 과학자야. 원하는 질문은 뭐든 해도 돼." 라오코니아가 말했다.

"너는 나이가 너무 많다…… 번식하기엔?" 가프카가 물었다. 다시 시각 캡이 뿌옇게 흐려져, 가프카는 라오코니아가 충격 받고 말문을 잃은 모습을 보지 않을 수 있었다.

마리가 구원에 나섰다. "가프카! 너희와 우리는…… 어, 그냥 너무 달라. 우리는 가능하지 않아. 방법이 없어…… 저기……."

"말도 안 돼!" 라오코니아가 고함쳤다. "우리가 너희 큰 노래 부르기에 참석하면 성폭행당할 수도 있단 의미야?"

가프카의 시각 캡이 맑아지더니, 라오코니아 쪽으로 기울어졌다. 보라색 밴드가 호흡기 근육 위아래를 오갔고, 혼란스러움의 표시였다.

가프카가 말했다. "성(性)이라는 거 나 이해 못 한다. 우리 종족 다른 생명체를 해치지 않는다." 위아래를 바삐 오가던 보라색 밴드의 움직임이 느려지고, 망설임의 녹색으로 변했다. 시각 캡이 마리 쪽으로 기울었다. "모든 생명 종류가 어린 알 똑같은 시작 정말이야?" 이번에는 시각 캡의 뿌연 것이 일시적인 흰 번뜩임일 뿐이었다.

"본질적으로는 그렇지. 우리는 모두 알에서 시작돼. 하지만 수정 과정은 종마다 달라." 라오코니아는 마리에게 따로 덧붙여 말했다. "그 알 얘기 기록해 놔. 내가 추정한 대로 난생(卵生)일지도 몰라." 그런 다음 다시 말했다. "자, 너의 질문은 무슨 의미인지 알아야겠어."

가프카의 시각 캡이 왼쪽 오른쪽으로 흔들리더니, 두 여자 사이의 지점에 머물렀다. 음을 실은 목소리가 말했다. "다른 방법 나는 모른다. 하지만 너희가 우리가 못 보는 많은 걸 본다는 거 나는 안다. 번식하기가 (흰 번뜩임) 다르다면, 아니면 너희가 번식하기 나이 많다면 (흰 번뜩임) 내 종족들은 너희 큰 노래부르기 오라고 말한다. 너희 민망하게 만들기 우리는 원하지 않는다."

"우리는 과학자야. 다 괜찮아. 자, 카메라와 녹화 장비를 가져가도 될까?" 라오코니아가 말했다.

"많은 물건 너희 가져간다?" 가프카가 물었다.

"우리 장비를 실을 커다란 공중부양기 하나만 가져갈 거야. 얼마나 오래 머물 준비를 해야 할까?" 라오코니아가 물었다.

가프카가 대답했다. "하룻밤. 나는 일꾼 친구 데려와 공중부양기 돕는다. 지금 나는 간다. 곧 어둡다. 달 뜨면 나는 돌아온다, 큰 노래부르기 장소에 데려간다 너희." 트럼펫 형태 입에서 작별의 단조 음 세 개가 흘러나오고, 도로 오렌지 주름으로 돌아갔다. 가프카는 돌아서서 숲속으로 미끄러져 들어갔다. 곧 그는 유리숲 줄기의 반사된 모습 사이로 사라졌다.

"드디어 실마리가!" 라오코니아가 외쳤다. 성큼성큼 오두막 안으로 들어가면서, 뒤를 향해 말했다. "모선에 연락해. 우리 장비를 모니터하게끔. 녹화를 복제하라고. 우리가 여기서 음향-시각 기록을 분석하기 시작하는 사이, 그쪽에서는 복사본을 캠퍼치에 있는 마스터 컴퓨터로 전송할 수 있게. 가능한 한 많은 인원이 여기 투입되었으면 해. 이런 기회는 다시 오지 않을지도 몰라!"

마리가 입을 열었다. "전 아무래도……."

"서둘러!" 라오코니아가 고함쳤다.

"박스터 박사님께 얘기할까요?" 마리가 물었다.

"헬렌에게 얘기를? 이런 의례적인 질문으로 왜 헬렌을 귀찮게 해?" 라오코니아가 다그쳤다.

"저는 그냥 의논해 보고 싶어서……."

"그 송수신기는 공무용으로만 쓰는 거야. 내가 지시한 대로 메시지 전송해. 우리는 루쿠치프 번식 문제를 해결하러 온 거지, 수다나 떨러 온 게 아냐." 라오코니아가 말했다.

"갑자기 너무 불안해요. 이 상황에 걱정되는 점이 있어요."

마리가 말했다.

"불안해?"

"우리가 가프카의 경고에서 요점을 놓쳤다는 생각이 들어요."

"그만 걱정해. 원주민들은 아무 문제를 일으키지 않을 거야. 가프카는 우리가 큰 노래부르기에 참석하지 못하게 막을 마지막 핑계를 찾고 있었던 거지. 얼마나 멍청하게 수줍음 타는지 봤잖아."

"하지만 혹시……."

"나는 원주민 상대 경험이 아주 많아. 항상 상황을 단호하고 차분하게 통제하는 한 아무 문제 없어." 라오코니아가 말했다.

"그럴지도 모르죠. 하지만……."

"생각해 봐! 루쿠치프 큰 노래부르기에 참석한 최초의 인간. 얼마나 특이해! 우리가 이룬 대단한 성취에 이성이 흐려져선 안 돼. 나처럼 냉정을 지키고 거리감을 유지해. 이제 모선에 연락하라고!"

그곳은 지름 2킬로미터 정도의 원형 공터로, 거대한 반짝이 나무 아래는 달빛이 가려져 어두웠다. 공터 가장자리 저 위쪽으론 달빛이 나뭇잎 가장자리마다 영롱한 무지개색으로 물들였다. 공터 중앙 저 위쪽으로는 가느다란 은색이 야간 카메라와 마이크가 실린, 리모콘으로 조종하는 작은 공중부양기의 존재를 드러내고 있었다.

라오코니아와 마리가 차지한 숲 가장자리 장소 말고는, 공터는 고요한 어둠 속에 둥그런 루쿠치프 원주민들이 가득 들어차 있었다. 시각 캡이 달빛 아래 뒤집힌 그릇처럼 번들거렸다.

커다란 화물 공중부양기 옆에 휴대용 의자를 놓고 앉아, 라오코니아는 저 하늘 높이 있는 작은 공중부양기의 위치를 조정했다. 그녀 앞의 모니터 화면으론 공중부양기 렌즈에 잡힌 광경을 볼 수 있었다……. 루쿠치프 시각 캡이 반짝거리는 공터, 그녀와 공중부양기 반대쪽에 앉은 마리 사이에서 희미하게 빛나는 빨간색과 녹색의 장비 표시등. 마리는 녹화 화면상으로는 대낮처럼 밝게 보일 야간 렌즈를 모니터링 중이었다.

마리가 몸을 펴고 허리를 문질렀다. "이 공터는 폭이 최소 2킬로미터는 되겠어요." 그녀가 감탄하며 속삭였다.

라오코니아는 이어폰을 조정하고 중계를 확인했다. 발이 아팠다. 이 공터까지는 도보로 최소 네 시간 거리였다. 아홉 시간 남은 루쿠치프의 밤에 무슨 일이 기다리고 있을지 은근히 찜찜한 기분이 들기 시작했다. 그 멍청한 경고가…….

"큰 공터라고 말했어요." 마리가 속삭였다.

라오코니아는 주위에 들어찬 고요한 루쿠치프인들의 형체에 불안한 시선을 던졌다. "이렇게 많을 줄은 몰랐어. 별로 감소하는 중인 것처럼 보이지 않는데. 모니터 화면에는 뭐가 보여?" 라오코니아는 속삭였다.

"저들이 공터에 가득해요. 그리고 숲 아래로 다시 늘어나는 거 같은데. 누가 가프카인지 알면 좋겠네요. 우리를 두고 갈 때 지켜봐야 했어요." 마리가 속삭였다.

"어디로 간다고 말 안 했어?"

"그냥 이 위치가 괜찮은지 그리고 우리가 자기네를 도울 준비가 되었는지 물었어요."

"그래, 다 잘될 거야." 라오코니아는 이렇게 말했지만 자신의 귀에도 별로 설득력 있게 들리지 않았다.

"모선에 연락할 시간 아닌가요?" 마리가 물었다.

"금방이라도 올……." 라오코니아 앞의 패널에 빨간 표시등이 들어왔다. "왔어."

그녀는 스위치를 켜고 뺨 옆의 마이크에 말했다. "네?"

라오코니아의 이어폰에서 나는 금속성 잡담은 마리를 더 외롭게 할 뿐이었다. 모선은 그들 위 너무나 멀리 있었다.

"맞아요. 녹화본을 당장 전송하고 캄피치에게 개별 연구를 하라고 해요. 나중에 기록을 비교해 보죠." 라오코니아가 말했다. 듣는 동안 침묵이 흘렀고, 뒤이어 다시 말했다. "위험은 없을 거라 확신해요. 머리 위 렌즈를 통해 우릴 지켜봐도 좋고. 하지만 루쿠치프 원주민이 누구에게든 폭력을 행사했다는 기록은 이제까지 없었…… 음, 지금 뭘 어떻게 할 수 있을지 모르겠네요. 우린 여기 있고 현재로선 그게 다예요. 이제 끊을게요." 그녀는 스위치를 눌렀다.

"박스터 박사님인가요?" 마리가 물었다.

"그래. 헬렌이 직접 우리를 모니터링 중이지만, 뭘 할 수 있을지 모르겠네. 의료계 사람들은 가끔 되게 특이해. 원주민들 상황이 바뀌었어?"

"제가 보는 한에선 안 움직였어요."

"가프카가 왜 우리에게 사전 브리핑을 해 주지 않았을까? 이 렇게 깜깜한 채 있는 게 싫어." 라오코니아가 말했다.

"아직 번식 이야기가 민망한가 봐요." 마리가 말했다.

"모든 게 너무 조용해. 마음에 안 들어." 라오코니아가 낮게 내뱉었다.

"금방 뭔가 하겠죠." 마리가 속삭였다.

마치 그 말이 신호가 된 것처럼, 거의 들리지 않는 진동이 공 터에서 울리기 시작했다. 반짝이 잎이 공명해서 딸랑딸랑 울리 기 시작했다. 진동이 커져 오르간의 울림이 되고 갑자기 파이 프 반주가 그 끝을 따라 춤췄다. 첼로가 삽입되어 소리에서 멜 로디를 끌어내고 공터에 울려 퍼지는 가운데 광택숲은 더욱 크 게 딸랑거렸다.

"너무 신비로워요." 마리가 소곤거렸다. 그녀는 앞에 놓인 장 비에 억지로 주의를 돌렸다. 모두 작동하고 있었다.

멜로디는 조화로운 눈부심을 갖춘 하나의 맑은 고음으로 부 서졌다. 그 플루트 소리가 두 번째 페이즈로 넘어가며 악기 편 성이 확장되었다. 음악이 이 요소에서 저 요소로 넘어가는 사 이 낮은 음역의 팀파니가 그 안에 장엄한 리듬을 쌓아 올리고, 치터(독일 등지의 민속 현악기 — 옮긴이)의 뚱땅거림이 리듬과 대 조를 이루었다.

"장비에 신경 써." 라오코니아가 나무랐다.

마리는 고개를 끄덕이고 침을 꿀꺽 삼켰다. 음악은 전에 들 어 보았지만 이렇게 완벽하게 연주된 적이 없던 노래 같았다.

마리는 눈을 감고 싶었다. 이 소리의 황홀경에 온전히 몸을 맡기고 싶었다.

그들 주위 루쿠치프 원주민들은 부동 자세를 유지한 채였고, 리드미컬하게 팽창과 수축을 반복하는 호흡기 근육이 유일한 움직임이었다.

그리고 음악의 황홀함이 고조되었다.

마리는 입을 벌린 채 고개를 양옆으로 흔들거렸다. 그 소리는 무한한 천사의 합창이었다. 이제껏 생각해 온 음악의 모든 숭고함이 농축되어 절묘하게 정제된 하나에 담겨 있었다. 더 이상 아름다워질 수는 없다고 느꼈다.

하지만 더 아름다워졌다.

올라가고…… 확장되고…… 떠오르고…… 길게 미끄러지는 조마조마한 영원함.

정적.

마리는 자각이 돌아오는 것을 느꼈고, 손이 힘없이 다이얼을 더듬고 있는 것을 발견했다. 습관적으로 제 몫의 일을 실행했음을 알 수는 있었지만, 그 음악은…… 마리는 부르르 떨었다.

"47분간 노래했어." 라오코니아가 낮게 내뱉었다. 주위를 둘러보았다. "이제 뭘 하려나?"

마리는 목을 문지르며 빛을 내는 다이얼에, 공중부양기에, 공터에 억지로 집중했다. 머릿속 깊숙이에서 의혹이 피어오르고 있었다.

"저 중에 누가 가프카인지 알았으면 좋겠는데. 하나 깨워서 가프카에 대해 물어봐?" 라오코니아가 말했다.

"안 그러는 게 낫겠어요." 마리가 말했다.

"이 생명체들은 노래 부르는 거 말곤 아무것도 안 해. 음악은 그냥 자극이 되는 요소일 뿐이라는 확신만 더 강해졌어." 라오코니아가 말했다.

"그게 맞기를 바라요." 마리가 속삭였다. 그녀의 의혹은 더 뚜렷한 형체를 갖춰 가고 있었다……. 음악, 통제된 소리, 통제된 소리의 황홀경…… 생각이 제각각 머릿속에서 뒤엉켰다.

정적 속에 시간이 느릿느릿 흘러갔다.

"저들이 뭘 하는 거 같아? 이러고 25분을 앉아 있었네." 라오코니아가 낮게 내뱉었다.

마리는 작고 트인 공간에 둥글게 둘러앉은 루쿠치프 원주민들을 둘러보았다. 희미한 은색을 얹은 검은 덩어리들. 그 정적은 일촉즉발의 진공 같았다.

시간이 더 흘러갔다.

"40분이야! 우리더러 여기 밤새도록 앉아 있으란 건가?" 라오코니아가 속삭였다.

마리는 아랫입술을 잘근거렸다. 소리의 황홀경. 그녀는 생각했다. 그리고 성게와 칼리보의 단성 생식 토끼를 생각했다.

루쿠치프 대열 사이에 술렁거리는 움직임이 일었다. 곧, 그림자 진 형체들이 광택숲의 어둠 속으로 사라지기 시작했다.

라오코니아가 낮게 내뱉었다. "어딜 가는 거지? 가프카 보여?"

"아뇨."

라오코니아 앞에 통신 수신 표시등이 반짝였다. 그녀는 스위치를 누르고 이어폰을 귀에 댔다. "그들이 그냥 가는 거 같아요. 우리도 같은 광경을 보고 있어요. 우리에겐 아무 움직임도 없어요. 나중에 다시 연락할게요. 지금은 이걸 관찰하고 싶어서." 그녀는 뺨 마이크에 속삭였다.

루쿠치프인 형체가 마리 옆으로 왔다.

"가프카?" 마리가 말했다.

"가프카." 형체가 가락을 붙여 말했다. 졸린 목소리처럼 들렸다.

라오코니아는 장비가 들어찬 공중부양기 위로 몸을 기울였다. "이제 뭘 하는 거야, 가프카?" 그녀가 다그쳤다.

"너희가 준 음악으로 만든 전부 새로운 노래." 가프카가 말했다.

"노래부르기는 다 끝났어?" 마리가 물었다.

"같이." 가프카가 내쉬었다.

"새로운 노래라는 건 뭐지?" 라오코니아가 다그쳤다.

"고치다 전에 너희 종류의 노래 없다. 그 안에 새로움 너무 많다. 노래가 너희를 어떻게 만드는지 우리 이해 못 한다. 하지만 이제 너희가 가르치다, 너희 맞게 만들다."

"이게 다 무슨 소리야? 가프카, 너희들은 다 어디로 가는 거지?" 라오코니아가 물었다.

"가는 거." 가프카가 한숨 쉬었다.

라오코니아는 주위를 둘러보았다. "하지만 각자 떠나고 있는데…… 아니면…… 어, 짝을 지은 쌍이 보이지 않는 거 같아. 뭘 하는 거지?"

"기다리기 하러 각자 간다." 가프카가 말했다.

그리고 마리는 핵분열과 딸핵을 생각했다.

"모르겠어." 라오코니아가 불평했다.

"너희는 새로운 노래부르기 가르치다." 가프카가 한숨 쉬었다. "새로운 노래 항상 최고. 우리는 이 노래 가진다. 오래된 노래보다 낫다 훨씬. 더 나은……." 여자들은 가프카의 시각 캡 위쪽에 희미한 뿌연 번뜩임을 알아보았다. "……더 나은 어린 만든다. 튼튼하다 더."

"가프카, 너희가 하는 건 노래가 전부야? 그러니까, 다른 건 없어?" 마리가 말했다.

"전부. 최고의 노래." 가프카가 말했다.

라오코니아가 입을 열었다. "아무래도 저들 중 일부를 따라가는 게 좋겠……."

"그럴 필요 없어요. 저들의 음악을 즐기셨나요, 윌킨슨 박사님?"

"어……." 나이 든 여자가 고개를 돌리는 모습에는 민망함이 있는 듯했다. "아주 아름다웠지."

"그리고 즐기셨어요?" 마리가 캐물었다.

"무슨 상관인지 모르……."

"박사님은 음치죠." 마리가 말했다.

라오코니아가 쏘아붙였다. "분명히 일종의 자극 요소라니까! 왜 우리에게 알려 주지 않는지 모르겠……."

"알려 줬어요." 마리가 말했다.

라오코니아는 가프카에게 몸을 돌렸다. "가프카, 우리에게 너희의 번식 과정 전체 단계를 연구하도록 허락해야만 해. 안 그러면 우리는 너희에게 아무 도움이 되지 못해."

"너희는 최고의 도움. 출생률 이제 다 좋다. 너희는 음악 섞기에서 벗어나기 가르치다." 가프카의 호흡기 근육에 아래에서 위로 떨림이 지났다.

"당신은 지금 이게 이해가 가?" 라오코니아가 물었다.

"불행히도 이해가 가요. 피곤하지 않아, 가프카?" 마리가 말했다.

"같아." 가프카가 한숨지었다.

"윌킨슨 박사님, 우리는 오두막으로 돌아가는 게 좋겠어요. 샤프터 테스트에 필요한 걸 어떻게 장만해 보게." 마리가 말했다.

"하지만 샤프터 테스트는 인간 임신 확인용이야!" 라오코니아가 반박했다.

라오코니아 앞에 빨간 불이 들어왔다. 그녀는 스위치를 눌렀다. "네?"

이어폰에서 나는 지직 소리가 정적을 깼다. 마리는 모선에서 들려오는 목소리를 듣고 싶지 않은 기분이었다.

라오코니아가 입을 열었다. "물론 당신들이 모니터링한다는 건 알고…… 왜 당신이 샤프터 테스트를 받았다고 마리에게 말하라는 건지……." 라오코니아의 목소리가 올라갔다. "뭐라고요? 말도 안…… 그건 불가능해! 하지만 헬렌, 우린…… 그들은…… 당신…… 우리…… 물론 난…… 어디에서 우리가…… 우주선에 있는 모든 여성이……."

라오코니아가 이어폰에 귀를 기울이며 고개를 끄덕이고 마리가 그걸 지켜보는 사이 긴 침묵이 흘렀다. 곧, 라오코니아는 이어폰을 벗고 살며시 내려놓았다. 그녀의 목소리는 생기 없게 흘러나왔다. "박스터 박사…… 헬렌은 의심을 갖고…… 샤프터 테스트를 자신과 다른 몇 명에게 시행했어."

"그분도 음악을 들었대요?" 마리가 물었다.

"온 우주가 그 음악을 들었어. 어느 밀수업자가 모선에 전송한 우리 공식 녹화본을 모니터링했대. 재방송 방송국에서 가져갔지. 모두가 우리의 아름다운 음악에 흥분하고 있어."

"이런, 안 돼." 마리가 내뱉었다.

라오코니아가 입을 열었다. "모선에 있는 모든 사람이 우리 녹화본을 들었어. 헬렌은 방송 직후 의심이 들었지만, 반 시간을 꼬박 기다렸다가 샤프터 테스트를 했대." 라오코니아는 마리 옆에 서 있는 가프카의 말 없는 둥근 형체를 흘끗 보았다. "선내의 임신 가능한 여자는 모두 임신했어."

"명백하죠, 그렇지 않아요? 가프카의 종족은 단체 단성 생식 형태를 발전시켰어요. 그들의 큰 노래부르기는 난할 과정을 유발했어요."

"하지만 우리는 인간이야! 어떻게 그런……." 라오코니아가 항변했다.

"그리고 우리는 부분적으로 아직 원시적이죠. 놀랄 일이 아니에요. 소리는 최초의 난자 유사 분열 유도에도 사용되었으니까요. 가프카의 종족에겐 그저 이게 유일한 번식 방법인 거예요. 그 기술을 완벽히 갈고 닦은."

라오코니아는 눈을 깜박거리다 입을 열었다. "애초에 어떻게 시작된 걸까?"

"그리고 그들이 처음 우리의 외부 음악을 접했을 때, 혼란스러움에 음악적 관계가 뒤엉킨 거죠. 그들은 새로운 음악 형태에 매료됐어요. 새로운 감각을 시험했고…… 출생률이 떨어졌죠. 당연히."

"그리고 당신이 와서, 새로운 음악을 마스터하는 방법을 가르쳤고." 라오코니아가 말했다.

"정확해요."

"마리!" 라오코니아가 낮게 외쳤다.

"네?"

"우린 내내 바로 여기에 있었잖아…… 설마 우리가…… 내가……."

"박사님은 어떤지 모르겠지만, 저는 평생 이만큼 무언가를 확신해 본 적이 없어요." 마리가 말했다.

아랫입술을 깨물며 눈물을 참았다. "전 아기를 낳게 될 거예요. 여자애. 정상적인 염색체 수의 절반만 갖고 태어나겠죠. 불임이고. 그리고 저는……."

"너희에게 나 말하다." 가프카가 음을 실어 말했다. 그 노래하는 목소리에는 슬픔의 기운이 있었다. "너희에게 나 말하다. 모든 생명 종류가 어린 알 똑같은 시작. 문제 나는 일으키다 원하지 않다. 하지만 너희는 다르다 말하다."

"단성 생식." 라오코니아가 예전의 에너지를 되찾아 말했다. "그러니까 물론, 인간의 재생산 과정은 필요 없고…… 그건 어…… 우리가 안 해도…… 그러니까 남자가 없어도……."

"아기들은 수벌 같은 존재가 될 거예요. 아시잖아요. 생식 불능 수벌. 이게 한때 유행할 수는 있어도, 분명 지속되진 못해요."

"아마도. 하지만 그 우리 녹화본 재방송 생각이 자꾸 나는데. 루쿠치프 종족에게 두 개의 성이 있었던 적이 있을까?" 그녀는 가프카에게로 몸을 돌렸다. "가프카, 혹시 알고 있……" 라오코니아가 말했다.

"문제 일으키다 미안하다." 가프카가 음을 실어 말했다. 노래하는 목소리가 약하게 들렸다. "이제 안녕 해야 한다. 나를 낳을 시간."

"넌 출산을 하는 거야?" 라오코니아가 물었다.

"같아." 가프카가 한숨을 내쉬었다. "눈-꼭대기에 통증 느끼다." 가프카의 손 달린 다리들이 공중부양기 옆의 땅을 마구 파 들어갔다.

"한 가지는 윌킨슨 박사님이 옳았네요. 가프카는 그가 아니라 그녀였어요." 마리가 말했다.

가프카의 다리가 구부러지고, 땅바닥에 새로 판 우묵한 부분에 둥그런 몸을 눕혔다. 즉시 다리가 몸 안으로 움츠러 들어가기 시작했다. 시각 캡에 금이 가더니, 세로로 호흡기 근육까지 쭉 갈라졌다.

곧, 원래 크기의 절반인 가프카가 둘 생겼다. 두 여자가 지켜보는 가운데, 절반 크기 가프카 둘은 정상적인 대칭을 회복하기 위해 새로운 다리가 뻗어 나오기 시작했다.

"이런, 안 돼." 마리가 속삭였다.

두통이 일었다.

1961

기억하려 하다

Try to Remember

1961년 11월, 《어메이징 스토리스》 수록.

지구상에서 문제를 이해할 수 있는 능력의 소유자라면 모두 우주선과 그 탑승자들이 전달한 최후통첩에 주목하고 있었다. 대화 아니면 죽음! 신문 헤드라인이 떠들어 댔다.

 자살률은 올랐고 여전히 상승하고 있었다. 사이비 종교들은 아주 잔칫날이었다. SF 작가가 쓴 『치명적인 은하 간 우주선이 당신에게 갖는 의미!』는 종전의 모든 베스트셀러 기록을 깼다. 그리고 이렇게 정신없이 7개월이 지나갔다.

 우주선은 오리건주 상공의 철회색 하늘에 펄럭거리며 나타났고, 징그럽게 확대한 짚신벌레 같은 모양에 가장자리는 신화 속 하늘을 나는 카펫처럼 물결쳤다. 녹색 피부에 개구리처럼 생긴 탑승자 다섯 명은 최후통첩을 전달했다. 주요 국가 정부마다 벨벳 느낌 종이에 프린트된 사본 하나씩을 받았고, 각 사본은 해당 국가의 언어로 흠잡을 곳 없이 쓰였다.

"인간 소통 분야의 가장 재능 있는 전문가 소집을 너희에게 요청하는 바이다. 우리는 문제를 제출할 것이다. 우리 선내에 다섯 개의 동일한 선실을 개방할 것이다. 방마다 우리 중 한 명이 응대할 것이다.

너희에게 주어질 문제는 우리와 소통하는 것이다.

성공하면 보상은 대단할 것이다.

실패하면 너희 행성에 있는 모든 지적 생명체의 파멸로 이어질 것이다.

이러한 위협을 발표하게 되어 매우 유감스러운 바이다. 우리의 위력을 조금이나마 보려면 에네웨타크 환초(태평양 마셜 제도의 환초로, 1950년대 미국이 이곳에서 핵 실험을 실시했다 — 옮긴이)를 확인하기를 촉구한다. 너희의 인공위성은 하늘에서 제거되었다.

너희는 이 제한된 소통에서 벗어나야만 한다!"

에네웨타크 환초는 3킬로미터 깊이로 테이블처럼 평평하게 싹 쓸려 나가 있었다…… 아무런 폭발 흔적 없이! 러시아와 미국의 모든 인공위성이 하늘에서 싹 사라졌다.

온종일 축축한 바람이 바다에서 컬럼비아강 협곡으로 몰아쳤다. 그 바람은 거짓된 비의 예감을 품고 동부 오리건 알칼리 평야를 휩쓸었다. 가시투성이 사막 관목이 돌풍 앞에 휘어져 메추라기 떼와 귀가 축 처진 산토끼의 은신처가 되어 주었다. 회전초 뭉치가 울타리 줄에 엉키고, 어디나 존재하는 여과성 미생물처럼 모든 것의 아래로, 안으로, 위로 파고드는 메마른 모래 입자가 공기 중에 가득했다.

허미스턴 병기고 남쪽의 평지에는 우주선의 괴상한 형체 주위로 모래가 쌓이고 소용돌이치고 있었다. 그것은 막대를 여러 개 세우고 그 위에 기괴한 타원형의 회갈색 캔버스 천을 걸쳐 놓은 것처럼 생겼다. 한 무리의 퀀셋 막사와 군의 새로운 조립식 가건물이 북쪽 가장자리 주위를 반원으로 점점이 둘러싸고 있었다. 마치 지구에서 가장 거대한 서커스 텐트 옆에서 상대적으로 왜소해진 건물들처럼 보였다. 군 엔지니어들은 우주선의 크기가 길이 1895미터, 폭 321미터라고 했다.

현장에서 동쪽으로 8킬로미터쯤 떨어진, 모래폭풍에 흐릿하게 뒤덮인 단조로운 구조의 군사 지역에는 모든 주요 국가에서 온 약 3만 명의 사람들이 수용되어 있었다. 온갖 체형과 외모의 언어학자, 인류학자, 심리학자, 박사, 감시자 그리고 감시자의 감사자, 스파이, 첩보원과 방첩요원.

7개월 동안 에네웨타크 사건, 그리고 미지의 위협에 사람들은 몸을 사렸다.

이날 저녁이 가까워지자 바람이 잦아들었다. 날려온 모래가 우주선에서 흘러내려 새로운 형태로 돌아가고 온 세상을 향해 떨어져 가고 있었다. 마치 이곳에서 확실하게 고갈되어 가는 비유적인 '시간의 모래'처럼.

인도유럽어족 게르만어파 팀의 임상심리학자 프랜신 밀러는 우주선 입구 밖의 짓밟혀 모래가 드러난 바닥을 바삐 가로질렀다. 폭풍의 여운에 그녀는 고개를 숙였다. 왼팔 아래에는 서류 가방을 미식축구공처럼 끼고 있었다. 다른 손에는 둘둘 만 그날 오후 《오리건 저널》이 들려 있었다. 주요 기사에는 공군 제트기가 제한구역에 몰래 침입하려 든 소형 개인 비행기를 격추했다고 나와 있었다. 신원 불명의 남자 셋이 사망했다. 비행기는 도난당한 것이었다.

비행기 추락이라고 하니 최근 자신이 혼자가 된 경위를 떠올리지 않을 수 없었다. 남편 로버트 밀러 박사는 우주선이 나타나기 열흘 전 대서양 횡단 여객기 추락 사고로 사망했다. 그녀의 손에서 신문이 떨어졌다. 바람에 팔랑팔랑 날아갔다.

돌연 불어온 모래바람에 프랜신은 고개를 돌렸다. 168센티미터 정도의 강인하고 마른 체격으로, 41세에 아직도 탄탄하고 건강미가 있었다. 바람에 흐트러진 적갈색 머리는 아직 젊음의 느낌을 품고 있었다. 두툼한 눈꺼풀이 파란 눈을 가리고 있었다. 눈꺼풀이 살짝 처져서, 또렷하게 깨어 정신 바짝 차리고 있을 때조차 항시 졸려 보이는 얼굴이었다. 직업적으로는 도움이 되는 특징.

회의실 역할을 하는 퀀셋 막사가 바람을 막아 주어 그녀는 몸을 바로 폈다. 모래가 한 겹 문간에 깔려 있었다. 프랜신은 문을 열고, 모래를 지나 들어갔지만 실내 바닥에도 모래가 저벅거릴 뿐이었다. 테이블 위에도, 의자에도, 방구석에도…… 온갖 데에 쌓여 있었다.

일본어족, 한국어족 및 중국티베트어족 팀에서 프랜신과 같은 직책인 히코노조 오하시가 이미 테이블 맞은편 자기 자리에 앉아 있었다. 일본인 심리학자는 끝이 가늘고 뾰족한 붓을 펜처럼 쥐고 표의 문자 속기로 메모하고 있었다.

프랜신은 문을 닫았다.

오하시가 고개를 들지 않은 채 말했다. "우리가 일찍 왔네."

그는 날씬하고 깔끔한 작은 남자였다. 납작한 이목구비, 매끄러운 뺨과 턱의 말끔한 곡선, 동양인 학자들의 필수품인 두꺼운 안경 렌즈 뒤의 거리감 있는 짙은 색 눈.

프랜신은 서류 가방을 테이블에 던지고 오하시 맞은편의 의자를 끌어왔다. 앉기 전에 손수건으로 모래를 닦아 냈다. 어딜 가나 따라붙는 모래, 단조로운 풍경, 그녀 자신의 좌절감······ 그 모든 것이 결합하여 그녀를 분노를 터트리기 일보 직전으로 몰아갔다. 그 감정과 근원을 인지하고, 씁쓸한 미소를 눌렀다.

"아니, 히코. 우리가 늦은 거 같아. 우리 생각보다 더 늦었어."

"네가 그렇게 말한다면 훨씬 늦은 거겠지." 오하시가 말했다. 그의 프러스턴 억양은 낮고, 거장이 연주하는 아기처럼 조율되어 있었다.

"이제 우리 시시해지겠어." 즉시 그녀는 날카로운 어조를 후회하고, 억지로 입가에 미소를 띠었다.

"그들은 최종 기한을 정하지 않았어. 그것도 일단은 고려해야지." 오하시가 벼루에 붓을 휘저었다.

"뭔가 떠돌고 있어. 느껴진다고." 그녀가 말했다.

"공중에 떠도는 모래처럼 말이지."

"바람 때문에 다들 예민해져 있어. 비처럼 느껴져. 날씨의 변화." 오하시는 또 뭔가를 적고, 붓을 내려놓고 회의 준비차 서류를 배치하기 시작했다. 별안간 그가 고개를 들어 프랜신을 향해 미소 지었다. 미소 지으니 미성숙해 보였고, 불현듯 프랜신은 시간을 거슬러 가 히코 오하시라는 진지한 어린 소년의 모습을 보았다.

"7개월이야. 저들이 영원히 기다리진 않을 거라 여기는 게 합리적이고." 그녀가 말했다.

"일반적인 임신 기간은 두 달 더 길지." 그가 말했다.

프랜신은 미간을 찌푸리고, 빈정거림을 무시했다. "하지만 처음에 비해 한 발짝도 나아가지 못했어!"

오하시가 몸을 앞으로 기울였다. 두꺼운 렌즈 뒤 눈이 커지는 듯했다. "우리가 그들과 소통해야 한다는 그들의 주장에 대해 종종 의문이 들지 않아? 그러니까, 그 반대가 아니라?"

"물론 궁금하지. 다들 마찬가지고."

그는 뒤로 기대앉았다. "이슬람 팀의 접근법에 대해 어떻게 생각해?"

"내 생각 알잖아, 히코. 은하계의 말소리를 코란 구절과 비교하는 건 시간 낭비야." 프랜신은 어깨를 으쓱했다. "하지만 누가 알겠어, 사실 그들이 누구보다 해결책에 접근했는지도……."

그녀 뒤의 문이 벌컥 열렸다. 즉시, 우랄알타이어족 팀의 심리학자 시어도어 자크하임의 커다란 저음 목소리에 방이 울렸다.

"하아 – 하아아아아! 다 여기 있네!" 그가 고함쳤다.

자크하임 뒤의 가벼운 발소리로 인도유럽어족 라틴어파 팀의 에밀 고레가 동행하고 있음을 알 수 있었다.

자크하임이 프랜신 옆 의자에 털썩 앉았다. 그의 덩치 아래

의자가 위험스럽게 삐걱거렸다.

마치 거대한 야생 곰 같아! 프랜신은 생각했다.

"꼭 그렇게 시끄러워야 해?" 그녀는 물었다.

고레는 그들 뒤의 문을 쾅 닫았다.

"당연하지! 난 시끄러우니까! 그게 내 천성이야, 나의 작은 푸시킨!" 자크하임이 우렁차게 말했다.

고레가 프랜신 뒤를 지나 테이블 상석으로 향했지만 그녀는 자크하임에게 주의를 집중한 채였다. 몸통이 두툼했는데, 레슬러의 덩치처럼 지방 없는 두툼함이었다. 넓적한 얼굴과 치켜 올라간 옅은 파란색 눈은 몽골인 조상의 존재를 암시하고 있었다. 빗지 않은 불그스레한 머리카락이 정수리에 수풀을 형성하고 있었다.

자크하임은 서류 가방을 가져와 테이블에 놓고, 양손을 짙은 색 가죽에 올려놓았다. 넓적하고 투박한 손의 두꺼운 손가락엔 옅은 잔털이 거의 손톱 있는 데까지 나 있었다.

그녀는 자크하임의 손에서 주의를 돌려, 테이블 저쪽 고레의 자리를 쳐다보았다. 프랑스인은 키가 크고 쭉 내민 목을 한 남자로, 완전히 대머리였다. 금속 테 다중초점 안경 뒤의 새까만 눈은 우스꽝스러운 새처럼 오만하게 내려다보는 인상을 주었다. 그는 평상시 입는 장례식 검은 정장 차림에, 단추를 모조리 채웠다. 울퉁불퉁 뼈가 두드러진 손목이 소매에서 빠져나와 있었다. 손가락이 길고 관절이 굵은 손은 끊임없이 초조히 움직였다.

"반론을 제기하자면, 자크, 우리는 다 여기 있는 게 아니야.

계속 우리끼리만 모이니, 여기서 하는 일에 다른 사람들이 관심을 갖게 하자고 했잖아." 고레가 말했다.

오하시가 프랜신을 향해 말했다. "우리 회의에 다른 사람 초대하는 건 진척이 좀 있었고?"

"나 혼자인 거 보면 알지 않아? 오늘 하루만 다섯 번을 딱 잘라 거절당했어."

"누가?" 자크하임이 물었다.

"미국 인디언에스키모어족, 하이퍼보리아어족(북극해 근방 언어들로 이루어진 어족 — 옮긴이), 드라비다어족(남인도, 스리랑카 등의 언어들로 이루어진 어족 — 옮긴이), 말레이폴리네시아어족과 캅카스어족."

"트집 잡는 것들!" 자크하임이 고함쳤다. "물론 내가 함셈어족(아프로아시아어족이라고도 한다 — 옮긴이)를 커버할 순 있긴 하지만……." 그가 고개를 내저었다.

고레가 오하시에게로 몸을 돌렸다. "그 밖에는?"

오하시가 입을 열었다. "문다어(인도와 방글라데시 일부 지역에서 사용하는 언어 — 옮긴이)와 몬크메르어(베트남, 라오스, 캄보디아, 미얀마, 말레이시아 등지에서 사용하는 언어 — 옮긴이), 수단기니어, 반투어(사하라 이남 아프리카 반투족의 언어 — 옮긴이)의 예의 바른 무관심을 보고해야겠어."

"우리 정보 교환에 난 큰 구멍이야. 그들은 뭘 발견했을까?" 고레가 말했다.

"우리보다 많진 않겠지! 확실해!" 자크하임이 쏘아붙였다.

"여기 국제 현장 팀들 사이에서조차 대표가 없는 언어는 어때? 호텐토트어(남아프리카 비(非)반투족 목축 민족들의 언어 — 옮긴이), 부시먼어(남아프리카에 흩어져 사는 다양한 수렵채집 민족들의 언어 — 옮긴이), 아이누어, 바스크어, 호주파푸아어 말이야." 프랜신이 물었다.

자크하임이 그녀의 왼손을 자기 오른손으로 덮었다. "너에겐 언제나 내가 있어, 나의 작은 비둘기."

"우린 또 다른 바벨탑을 세우고 있다고!" 프랜신은 이렇게 쏘아붙이고 손을 홱 빼냈다.

"또 퇴짜네." 자크하임이 우는소리를 했다.

오하시가 입을 열었다. "자, 우리가 내려가서 거기서 그들의 언어를 혼잡하게 하여 그들이 서로 알아듣지 못하게 하자." 그는 미소 지었다. "창세기 11장 7절."

프랜신이 인상을 썼다. "그리고 지구상의 2800개 언어 중에서 약 20퍼센트가 빠졌지!"

"중요 언어는 다 있잖아." 자크하임이 말했다.

"어느 게 중요한지 자크가 어떻게 알아?" 프랜신이 다그쳤다.

"제발!" 고레가 한 손을 들었다. "우린 여기 정보 교환하러 온 거지, 말씨름하러 온 게 아냐!"

"미안. 그냥 오늘 너무 무력한 기분이네." 프랜신이 말했다.

"흠, 오늘은 뭘 배웠어?" 고레가 물었다.

"우린 새로운 거 없어." 자크하임이 말했다.

고레는 목청을 가다듬었다. "나도 마찬가지야." 그는 오하시를 쳐다보았다.

일본인은 어깨를 으쓱했다. "은하계인 코바이로부터는 아무 반응도 얻지 못했어."

"의인화 말장난이야." 자크하임이 중얼거렸다.

"그를 코바이라고 이름 지은 거 말인가? 전혀 아니야, 자크. 그가 자주 내는 소리고, 이름은 식별에 도움이 돼. 그를 계속 '은하계인'이나 '우주선의 그 생명체'라고 부를 필요는 없잖아." 오하시가 말했다.

고레는 프랜신에게로 몸을 돌렸다. "녹색 조각상에게 얘기하는 것 같았어." 그녀가 대답했다.

"강연 시간은 어때?" 고레가 물었다.

"누가 알겠어? 검은 레오타드 차림의 안짱다리 교수처럼 거기 서 있어. 내뱉는 소리는 마치 절대 끝나지 않을 것 같고. 우릴 향해 꿈틀거려. 손을 흔들고, 몸을 흔들거리지. 얼굴을 일그러뜨려. 그걸 얼굴이라 부를 수 있다면 말이지만. 당연히 전부 녹화했지만, 그냥 평소대로 아무 소리나 하는 거 같은데!" 프랜신이 대답했다.

"동작에 뭔가 있어. 유능한 생리학자가 더 있었더라면." 오하시가 말했다.

"동일한 전체 동작이 동일한 소리와 함께 반복되는 걸 몇 번이나 봤는데?" 자크하임이 다그쳤다.

"너희는 우리 영상을 꼼꼼히 연구했지. 비교를 위한 확실한 근거를 내기엔 시간이 충분하지 않아. 하지만 나는 실망하지 않……." 오하시가 말했다.

"수사학적인 질문이었어." 자크하임이 말했다.

"정말로 다중언어 구사자가 더 필요해. 이럴 때야말로 프랜신의 남편 같은 대단한 언어학자를 잃은 게 제일 아쉬워." 고레가 말했다.

프랜신은 눈을 감고, 짧고 고통스러운 숨을 들이쉬었다. "밥……." 그녀는 고개를 저었다. 아냐. 그건 과거야. 그는 죽었어. 눈물은 끝이야.

고레가 말을 이었다. "파리에서 만나 볼 반가운 기회가 있었지, 그…… 세상을 뜨기 얼마 전에. 이탈리아어와 일본어의 유사한 음성 체계 발전에 대해 강의하고 있었어."

프랜신은 고개를 끄덕였다. 갑자기 텅 빈 기분이었다.

오하시가 몸을 앞으로 기울였다. "아무래도 이건 프랜신에게…… 좀 고통스럽겠는걸."

"정말 미안해. 용서해 줘." 고레가 말했다.

"누군가 이 방에 전자도청장치가 있는지 확인하려고 했어." 오하시가 말했다.

"내 조카가 우리 녹음 부서에 있거든. 여기엔 숨겨진 마이크는 없다고 확답했어." 고레가 말했다.

자크하임의 눈썹이 모여 깊게 찌푸려졌다. 서류 가방 잠금장치를 더듬거렸다. "이건 아주 위험한데." 그가 꿍얼거렸다.

"아, 자크, 항상 그 얘기야! 그만 장난치라고!" 프랜신이 말했다.

"반역죄 혐의 생각이 즐겁진 않은데." 자크하임이 중얼거렸다.

"우리 상사들이 우위를 점할 구실을 찾는 거 다들 알잖아. 다들 아무것도 내주지 않고 뭐 챙겨 가려는 이런 신경전에 질 렸어!" 프랜신이 말했다.

"너희 랭스미스 박사나 스피델 장군이 네가 여기서 뭘 하는 지 알게 되면, 너도 힘들게 될걸." 자크하임이 말했다.

"내 제안은 처음으로 돌아가서 전부 재검토하자는 거야. 이 번에는 공개적으로." 프랜신이 말했다.

"왜?" 자크하임이 따졌다.

"해답이 우리 앞 어딘가에 있을 거라는 확신이 드니까." 프랜 신이 말했다.

"최후통첩에 있겠지, 의심의 여지 없이. 인간 언어가 '제한된' 소통이라는 그들 발표의 진의가 뭐라고 봐? 혹시 텔레파시를 쓰나?" 고레가 말했다.

"내 생각은 아니야." 오하시가 말했다.

"그 가능성은 충분히 배제 가능해. 우리 라인 사람들이 초능 력은 아니랬어. 아니. 나는 다른 가능성에 걸고 있어. 그들이 이 문제를 제기했다는 그 사실 자체가, 현재 우리의 능력으로 답 할 수 있다는 암시니까." 프랜신이 말했다.

"그들이 정직하다면." 자크하임이 말했다.

"그들이 정직하다고 추정할 수밖에 없지. 합당한 이유가 있으 니 우리를 언어 탐정으로 만들었을 테니까." 프랜신이 말했다.

"그들에게 합당한 이유겠지." 고레가 말했다.

"최후통첩이라는 표현에 주목해. 문제를 제출하고. 우리에게

방을 개방하고. 우리를 응대하고. 위협한 것을 유감스러워하고. 심지어 그들의 위력 전시도, 물론 경외감이 들긴 하지만 비폭력이라는 확실한 특징이 있지. 폭발 없고. 성공하면 보상을 제안했어, 그리고 이……."

"보상! 돼지를 도살장에 끌고 갈 때도 먹을 걸로 유인하지!" 자크하임이 코웃음 쳤다.

"나는 그들이 비폭력적이라는 증거를 보였다는 의견이야. 아니면, 비폭력의 면모를 내세우게끔 확실하게 준비했거나." 오하시가 말했다.

프랜신은 몸을 돌려 막사 끝 창밖의 거대한 우주선을 바라보았다. 낮게 깔린 태양이 모래에 우주선의 길쭉한 그림자를 드리웠다.

자크하임 역시 창밖을 내다보았다. "왜 이곳을 택했을까? 사막이어야 했다면 어째서 고비 사막이 아니지? 여기는 심지어 괜찮은 사막도 아니야! 끔찍한 사막이라고!"

"아마도 대도시 근처 부지로 가장 착륙하기 편한 곳이겠지. 경작 가능한 땅을 망치는 걸 피하려고 사막을 골랐을 가능성이 있어." 고레가 말했다.

"개구리들! 그 개구리들이랑 소통할 수 있다고 나는 믿지 않아!" 자크하임이 쏘아붙였다.

프랜신은 테이블에 등을 돌리고, 서류 가방에서 연필과 메모장을 꺼냈다. 간단히 은하계인의 대략적인 윤곽을 스케치하고 옆에 '개구리?'라고 썼다.

오하시가 입을 열었다. "은하계인의 그림을 그리는 건가?"

"너희가 담당 은하계인을 '코바이'라고 부르는 것과 같은 이유로 우리 쪽은 '우루'라고 불러. '우루'라는 소리를 질리도록 자주 내거든." 프랜신이 말했다.

그녀는 자신의 스케치를 곰곰이 응시하며, 은하계인의 기억 속 모습을 떠올렸다. 땅딸막하고, 키는 178센티미터 정도, 수영 선수의 짧은 안짱다리. 검은 레오타드 아래 물결치는 근육이 두드러진 선을 그렸다. 팔은 인간처럼 관절이 있었으나, 움직임이 더 우아했다. 피부는 창백한 녹색이었고, 목은 굵고 짧았다. 큼직한 입은 거의 입술이 없다시피 했으며 코는 그냥 뭉툭한 뿔이었다. 눈은 크고 간격이 넓었으며 깜박일 수 있는 눈꺼풀이 있었다. 머리카락은 없고, 대신 이마 중앙에서부터 머리를 죽 따라 뒤통수까지 높은 볏처럼 튀어나와 있었다.

"이 은하계인들과 상당히 비슷하게 생긴 하와이 장거리 수영 선수를 알고 지냈던 적이 있지." 오하시는 혀로 입술을 축였다. "저기, 오늘 자바섬 출신 불교 승려를 코바이와 만날 때 모셔 갔어."

"장거리 수영 선수와 스님이 무슨 관계인지 모르겠는데." 고레가 말했다.

"그러고 보니 오늘 허탕이었다고 그랬지." 자크하임이 말했다.

"스님은 대화를 아예 시도하지 않더군. 불교 신자로서는 생각조차 못 할 속세의 노력의 형태라서 거부한다고. 그냥 와서 관찰만 했어." 오하시가 말했다.

프랜신이 몸을 앞으로 기울였다. "그래서?" 그녀는 오하시가 억지로 별일 아닌 척하는 태도에 묘한 흥분감을 느꼈다.

"스님의 반응은 묘했어. 끝나고 몇 시간 동안 말이 없더라고. 그러더니 은하계인들이 아주 성스러운 사람들임이 틀림없단 거야."

"성스럽다니!" 자크하임의 목소리엔 쓸쓸한 냉소로 날이 서 있었다.

"우리 접근 방식이 잘못되었어." 프랜신은 낙심한 기분이 들어, 의식적으로 노력하며 말을 이었다. "우리와 이 은하계인들의 접촉은 그들이 선내에 개방한 공간에 한정되어 있잖아."

"우주선 안 나머지 부분에는 뭐가 있을까?" 자크하임이 물었다.

"보상이겠지, 아마." 고레가 말했다.

"아니면 우리를 멸종시킬 무기거나!" 자크하임이 쏘아붙였다.

"세션 패턴도 잘못되었어." 프랜신이 말했다.

오하시가 고개를 끄덕였다. "하루 열두 시간으론 부족하지. 항시 관찰 상태에 두어야 해." 오하시가 말했다.

"그런 뜻이 아니라, 아마 그들에게도 우리만큼 휴식은 필요하겠지. 내 말은 그 선실에서 우리가 시간을 쓰는 방식을 팀 리더들, 랭스미스 같은 상상력 없는 인간들이 절대적으로 통제하는 거 얘기야. 예를 들어, 만약 그 생명체에 실제로 닿지 못하게 막고 있는 포스 장벽인지 뭔지를 우리가 무너뜨리려 하면 어떻게 될까? 개를 데려가서 동물이 그들에게 어떻게 반응하는지 본다면?" 프랜신은 서류 가방에 손을 넣어, 작고 납작한 녹음기를 꺼내 재생을 눌렀다. "들어 봐."

유려하게 소리가 쏟아져 나왔다. "퐈우'티몬시' 우에고' 이클 로프레프르 '사우타' 우루사'아'아……." 그리고 길게 뜸을 들였다가 이어졌다. "투'키무모 '우루리그 '룰루릴 '우그 '슈퀘토 에……." 정적. "숨 '아 '수마 '아 '우루 '츠 '쇼압!"

프랜신은 재생을 멈췄다.

"오늘 녹음한 건가?" 오하시가 물었다.

"맞아. 그쪽은 묘한 그림판을 쓰고 있었고 움직이는 그림이 나왔어. 희한한 꽃과 더 희한한 동물들."

"우리도 봤지." 자크하임이 중얼거렸다.

"그리고 손날로 내리치는 동작, 몸 흔들기, 출렁거림, 얼굴의 뒤틀림." 프랜신은 고개를 저었다. "마치 기괴한 춤 같았어."

"무슨 말이 하고 싶은 거지?" 오하시가 물었다.

"일류 안무가를 데려다가 그 소리에 맞춰 춤을 만들게 하면 어떨까 생각해 봤어, 그리고 그걸……."

"푸핫!" 자크하임이 코웃음 쳤다.

"알았어. 하지만 이 은하계인들에게 뭔가 무작위적인 자극 패턴을 써 봐야 해. 나이트클럽 가수를 데려오면? 서커스 호객 꾼? 마술사? 아니면……." 프랜신이 말했다.

"우리는 정신분열증(현재는 조현병으로 명칭이 바뀌었다 — 옮긴이) 환자를 시도했지." 고레가 말했다.

자크하임이 끙 소리를 냈다. "그리고 그런 전략에 어울리는 결과를 얻었고. 너희 정신분열증 환자는 한 시간 동안 앉아 손 장난만 했잖아!"

"연예계 예술가를 활용한다는 아이디어는 끌리긴 한데. 노 (能. 가면을 쓰고 공연하는 일본 전통 가무극 — 옮긴이) 배우라든 가." 오하시는 고개를 끄덕였다. "생각 못 해 봤네. 하지만 예술 도 결국 소통의 한 형태이니까."

"늪에서 우는 개구리 소리도 마찬가지야." 자크하임이 말했다.

"패러독스 개구리라고 들어 봤어?" 프랜신이 물었다.

"뭔 괴상한 농담인가?" 자크하임이 물었다.

"당연히 아니거든. 패러독스 개구리는 실존하는 생명체야. 트 리니다드섬에 살아. 아주 작은 개구리지만, 손가락 다섯 개 달 린 손에 마주 보는 엄지손가락이 달렸지, 그리고……"

"우리 손님들처럼." 자크하임이 말했다.

"맞아. 그리고 우리처럼 손을 쓰지. 물건을 움켜쥐고, 음식을 집이 들고, 입에다 넣고……"

"폭탄도 만들고?" 자크하임이 물었다.

프랜신은 어깨를 으쓱하고 몸을 돌렸다. 상처받은 기분이었다.

"우리 쪽 사람들은 이 은하계인들이 치밀한 사기를 친다고 생각해. 침략 준비차 우리를 비밀리에 연구하는 사이에 시간을 끄는 거지!" 자크하임이 말했다.

고래가 입을 열었다. "그래서?" 좁은 어깨가 으쓱 올라가며 언어만큼이나 분명하게 의미를 전달하는 프랑스인의 동작을 했다. '그게 사실이라 해도, 우리가 뭘 어쩌겠어?'

프랜신은 오하시에게로 몸을 돌렸다. "그쪽 팀에서 인기 있는 가설 경향은 뭐야?" 그녀의 목소리는 쓸쓸하게 들렸으나, 어조를 누그러뜨릴 수 없었다.

"우리는 한 음절 어근 언어라는 가정하에 진행하고 있어, 중국어처럼 말이야." 오하시가 말했다.

"하지만 모음 조화는? 그렇다면 조화되는 모음이 같은 단어에 있어야 하는데." 고레가 반박했다.

오하시가 안경을 고쳐 썼다. "누가 알겠어? 물론, 후설모음과 전설모음이 여러 번 같이 나오긴 했지만……." 그는 어깨를 으쓱하고 고개를 저었다.

"역사적 유추로 접근하던 그룹 쪽 상황은 어때?" 고레가 물었다.

"거긴 모든 원시적인 소리는 비고정 모음이 있는 자음이라는 가정하에 진행 중이야…… 춤출 때 발 구르는 소리 같은 거. 현재 추정은 은하계인들이 선교자들이며 그들의 언어는 종교적 언어라는 거지."

"결과는?" 자크하임이 물었다.

"없어."

자크하임은 고개를 끄덕였다. "예상할 만하지." 그는 프랜신에게 눈길을 돌렸다. "용서해 줄 수 있을까?"

프랜신은 은하계 언어와 춤에 대한 상념에 잠겨 있다 퍼뜩 놀라 고개를 들었다. "나? 세상에, 왜?"

"오늘 짜증스럽게 굴었잖아." 자크하임은 손목시계를 흘끗 보았다. "미안해. 다른 일정 걱정을 하느라."

그는 거구의 몸을 일으켜, 서류 가방을 들었다. "그리고 이제가 봐야 할 시간이고. 용서해 줄 거야?"

"물론이지, 자크."

그의 커다란 얼굴에 함박웃음이 번졌다. "좋아!"

고레가 자리에서 일어섰다. "중간까지 같이 가, 자크."

프랜신과 오하시는 다른 사람들이 나간 후에도 한동안 앉아 있었다.

"이 회의가 무슨 소용이 있을까?" 그녀가 물었다.

"이 퍼즐의 중요한 조각들이 어떻게 맞춰질지 누가 알겠어? 포인트는 우리가 뭔가 다른 걸 하고 있단 거지." 오하시가 말했다.

프랜신은 한숨을 내쉬었다. "그렇겠네."

오하시는 안경을 벗었고, 그러니 갑자기 무방비하게 보였다. "자크가 우리 회의를 녹음하고 있었던 거 알아?" 그는 이렇게 묻고 안경을 다시 꼈다.

프랜신은 그를 응시했다. "어떻게 알았는데?"

오하시가 서류 가방을 툭 쳤다. "여기에 그런 걸 밝혀내는 장치가 있어."

프랜신은 순간 치민 분노를 삼켰다. "어, 그게 정말 중요해, 히코?"

"아마 아니겠지." 오하시는 고르게 안정된 심호흡을 했다. "스님에 대해 말 안 한 게 하나 있어."

"그래? 뭘 생략했는데?"

"우리가 실패할 거라고, 인류가 파멸할 거라고 예언했어. 아주 나이가 많고 스님치고는 냉소적인 분이지. 모든 인간의 노력이 결국 종말에 이르는 걸 좋은 일이라고 생각하고."

분노와 갑작스러운 결의가 프랜신의 내면에 치솟았다. "상관 없어! 남이 뭐라 생각하든! 나는 알고 있……." 말끝을 흐리고 양손으로 눈을 가렸다.

"오늘 정신이 딴 데 가 있던데. 남편 이야기가 불편했어?" 오하시가 물었다.

"알아. 나는……." 프랜신은 침을 삼키고, 속삭였다. "어젯밤 꿈에 밥이 나왔어. 우리는 춤을 추고 있었고, 남편이 이 문제에 대해 무슨 말을 하려 했는데 나한텐 들리지가 않는 거야. 남편이 말을 꺼낼 때마다 음악 소리가 커지면서 묻혀 버렸어."

정적이 실내에 깔렸다. 이어 오하시가 입을 열었다. "무의식은 이상한 방식으로 우리에게 정답을 알려 주곤 하지. 어쩌면 그 춤 얘기를 조사해야 할지도 모르겠다."

"아, 히코! 나를 도와주겠어?"

"도움을 줄 수 있다면 나야 영광이지."

* * *

반쯤 어둠이 깔린 영사실은 조용했다. 프랜신은 의자 등받이에 머리를 기대고, 오하시가 일하는 중인 스탠드 라이트 쪽을 쳐다보았다. 그는 로스앤젤레스에서 방금 비행기로 도착한 동양 의식 무용 필름을 가지러 갔다. 코트는 아직 의자 등받이에 걸려 있었고, 파이프는 작업대 위 재떨이에서 연기를 피워 올리고 있었다. 두 사람의 의자 주위로는 나흘간 거의 쉼 없는 조사의 잔여물이 쌓여 있었다. 노트, 필름 통, 사진 상자, 참고 도서.

그녀는 히코 오하시에 대해 생각했다. 이상한 남자. 쉰 살이지만 절대 서른 살 이상으로 보이지 않았다. 그에겐 성인 자녀들이 있었다. 부인은 8년 전에 콜레라로 사망했다. 프랜신은 동양인과의 결혼은 어떤 느낌일까 궁금해하다가, 프린스턴 교육과 서구식 방식을 고려하면 진짜 동양적이진 않겠다고 생각하는 자신을 발견했다. 그러다가 이런 태도가 일종의 백인 우월주의임을 깨달았다.

구석에 있는 문이 조용히 열렸다. 오하시가 들어와서 문을 닫았다. "깨어 있어?" 그가 속삭였다.

그녀는 등받이에 기댄 채 고개만 돌렸다. "응."

"잠깐 잠들었기를 바랐는데. 내가 나갈 때 너무 피곤해 보였어시." 오하시가 말했다.

프랜신은 손목시계를 흘끗 보았다. "겨우 3시 반이야. 날씨는 어때?"

"덥고 바람이 불어."

오하시는 바삐 방 뒤쪽 영사기에다 필름을 넣었다. 곧, 그가 영사기 리모컨 줄을 끌면서 자리로 돌아왔다.

"준비됐어?" 그가 물었다.

프랜신은 의자 옆 낮은 라이트로 손을 뻗어 불을 켜고, 좁은 광선을 무릎 위 노트에 비췄다. "그래. 시작해."

"실질적인 진전이 있다는 기분이 들어. 아직 명확한 건 아니지만 정체라는 관점에서……." 오하시가 말했다.

"흥미진진해. 이건 뭐가 나올지 보자." 프랜신이 말했다.

오하시가 리모컨 버튼을 눌렀다. 두껍게 로브를 걸친 아랍 여자가 화면에 나타나 탬버린을 쳤다. 머리칼은 뻣뻣하며, 검고 번들거려 보였다. 눈에는 콜(눈 주위에 바르는 검은색 화장품 — 옮긴이)로 진하게 라인을 그렸다. 갈색 드레스를 살랑거리며 여자가 탬버린을 짤랑이다가, 탁 쳤다.

해설자의 교양 있는 목소리가 스크린 옆 스피커에서 흘러나왔다. "이 젊은 여인은 제벨 토케이크 출신입니다. 오랜 고대의 춤을 통해 전쟁의 이야기를 들려드릴 것입니다. 카메라는 트럭에 숨겨져 있으며, 여인은 이 춤이 촬영되고 있음을 알지 못합니다."

대나무 피리가 탬버린에 합세하고, 퉁퉁 울리는 현악기가 그 뒤로 들이왔다. 여인은 한 발로 서고 다른 다리는 무릎을 굽혀 들어 올린 채 천천히 돌았다.

프랜신은 몰두해 침묵 속에 지켜보았다. 춤추는 여인이 짧은 스타카토로 퉁퉁 뛰고, 앞에 든 탬버린이 흔들렸다.

"북유럽 무용담의 소재 일부를 연상하게 해. 검을 쓰는 전투. 찌르기와 막기에 주목해." 오하시가 말했다.

그녀는 고개를 끄덕였다. "그래." 춤은 계속 이어졌다. 그러던 중. "잠깐! 마지막 부분 다시 돌려 봐."

오하시가 따랐다.

상징적인 낙타 등에 탄 여행으로 시작했다. 살랑거림, 웨이브. 춤추는 여인이 자신의 전사를 향한 갈망을 표현했다. 골반을 따라 움직이는 손이 참 의미심장해. 프랜신은 생각했다. 불현듯 충격과 함께, 거의 똑같은 동작을 은하계인 촬영 필름에서 보았음을 떠올렸다. "저거야!" 그녀가 외쳤다.

"골반의 손. 나도 방금 필름을 멈추려던 참이었어." 오하시는 필름을 끄고, 주위의 노트를 뒤져 정확한 출처를 찾았다.

"자크의 필름에 있었던 거 같아." 프랜신이 말했다.

"맞아. 여기 있네." 오하시는 필름 릴을 꺼내 장면 표시를 보았다. 필름 통을 뒤쪽에 쌓인 큰 더미에다가 올려놓고, 동양 무용 필름을 재시작했다.

세 시간 10분 후 둘은 필름을 통에 넣었다.

"새로 찾아낸 비교점이 몇 개지?" 오하시가 물었다.

"다섯 개. 그러면 총 106개야!" 프랜신은 자기 노트를 넘겨 보았다. "골반 옆 손동작 있잖아 과능적인 기쁨이라고 봐."

오하시는 파이프에 불을 붙이고 연기 사이로 말했다. "다른 건, 어떻게 분류하겠어?"

"음, 은하계인들의 동작을 적고 그다음에 무용 필름 해설자의 말을 적어 놨거든. 손날로 내리치는 동작은 소바야의 첫 번째 꿈의 끝과 연결된다. '자, 나는 깨어났다!' 몸의 웨이브 동작은 사막 바람에 흔들리는 대추야자나무와 연결된다. 발 구르기는 전투마에서 내리는 토락. 손바닥을 위로 해서 양손을 들어 올리는 것은 전투 전 기도로 신에게 영혼을 바치는 알리."

"우주선에서 찍은 이 최신 필름 보고 싶어?" 오하시는 손목시계를 흘끗 보았다. "아니면 먼저 뭐 좀 먹을까?"

그녀는 정신이 팔린 채 한 손을 내저었다. "필름. 배 안 고파. 필름." 프랜신은 고개를 들었다. "뭔가 내가 기억해야 하는 게 있단 기분이 자꾸 들어…… 뭔가……." 이내 고개를 저었다.

"몇 분 생각해 봐. 나는 이 다른 필름들을 우리가 택한 대로 자르고 편집해 달라고 갖다줄게. 그 김에 샌드위치 좀 여기로 보내고." 오하시가 말했다.

프랜신은 이마를 문질렀다. "좋아."

오하시는 필름 통을 모아, 방을 나갔다. 나가는 길에 문 옆에 있는 '금연' 표지에 파이프를 부딪쳤다.

"자음." 프랜신이 속삭였다. "고대 문자는 거의 자음으로만 구성되어 있지. 모음은 나중에 나오고. 모음은 부드럽게 하고, 조절하는 역할이었어." 아랫입술을 잘근거렸다. "언어는 사고방식을 제한해." 이마를 문질렀다. "아, 나에게 밥의 언어 능력이 있다면!"

그녀는 의자 팔걸이를 손가락으로 톡톡 쳤다. "사람과 사람이 하는 일보다는 사물에 강조를 두는 것과 관계가 있어. 인도유럽어족 언어는 모두 그 점에선 동일하지. 만약……."

"혼잣말하는 중?" 남자 목소리였고, 문이 열리는 소리를 듣지 못했기에 그녀는 화들짝 놀랐다.

프랜신은 몸을 벌떡 세우고, 문을 향했다. 게르만어파 미국 분과 책임자 어빙 랭스미스 박사가 문 바로 안쪽에 서서, 문을 닫고 있었다.

"며칠째 못 봤군. 몸이 안 좋다는 쪽지는 받았네." 랭스미스 박사는 안을 둘러보고, 의자 옆 바닥에 쌓인 더미를 보았다.

프랜신은 얼굴이 달아올랐다.

랭스미스 박사는 오하시가 쓰던 의자로 가서 앉았다. 반백이 된 머리에 조그만 체구, 깊게 주름이 팬 얼굴, 작은 이목구비의 남자였다. 딱딱한 눈을 한 놈('정원 요정', '땅속 요정'이라고 하는 판타지 속 생물 — 옮긴이)의 형상. 천재라기보다는 추진력을 지닌 행정가이자 정치인이라는 평판이었다. 그는 뭉툭한 파이프를 주머니에서 꺼내 불을 붙였다.

"절차를 밟아 허가를 받아야 했나 봅니다. 하지만 빨간 테이프가 붙어서 접근 불가 되는 상상이 되더라고요, 특히 히코가…… 그러니까, 다른 팀이 이 프로젝트에 참여한 상황이고."

"괜찮아. 뭘 하고 있는지 몇 시간 내에 우리도 알게 되었으니. 자, 이제 뭘 발견했는지 알고 싶네만. 조금 전 나갈 때 보니 오하시 박사가 상당히 들떠 보이던데." 랭스미스가 말했다.

프랜신의 눈이 환해졌다. "실마리를 잡은 것 같아요. 은하계인의 움직임을 원시 무용의 상징과 비교해 봤습니다."

랭스미스 박사는 껄껄 웃었다. "아주 흥미로운데, 하지만 설마 그걸 진심으로……."

"아뇨, 진짜로요! 106개의 비교점을 찾아냈고, 그 움직임과 거의 정확히 일치합니다!"

"춤? 지금 하려는 말이……."

"이상하게 들린다는 건 알아요, 하지만……."

"정확한 비교점을 찾는다 해도, 아무 의미 없어. 그들은 외계인이야…… 다른 세계에서 온. 그들의 언어 발전이 우리와 같은 패턴을 따르리라고 추정할 근거가 없지." 랭스미스가 말했다.

"하지만 그들은 인간형입니다! 언어는 신체적 제스처를 모방하기 위해 발성 기관을 무의식적으로 구성하는 것에서 시작한다고 믿지 않으시나요?"

"가능성이 높지." 랭스미스가 말했다.

"그들에 대해 상당히 타당한 가설을 몇 가지 세워 볼 수 있어요. 한 가지 들어 보자면, 우주선을 건설할 수 있으니 상당히 높은 수준의 문명을 갖……."

"뻔한 건 넘어가자고." 랭스미스가 조금 성마르게 끼어들었다.

프랜신은 팀장을 잠시 살펴보다가 입을 열었다. "포슈 총사령관(제1차세계대전 당시 연합군 총사령관 — 옮긴이)이 어떻게 군사 작전을 계획했는지 들은 적 있으십니까?"

랭스미스는 파이프를 빨고 연기를 내뿜었다. "어…… 군사 작전이 관계가……."

"문제 요소를 종이에 적었죠. 최상단에는 공통분모가 자리하고. 거기에 이렇게 썼습니다. '문제 — 독일군 패배.' 상당히 단순하죠. 상당히 명백하고. 하지만 이상하게도 복잡한 작전에만 정신이 팔린 지휘관들은 자주 '적군의 패배'를 간과하곤 했어요."

"은하계인들이 적군이라는 말인가?"

프랜신은 분연히 고개를 내저었다. "아니요! 언어는 기본적으로 본능적인 사회적 반사작용이라는 말을 하려는 겁니다. 사회적 문제의 공통분모는 인간이고요. 단 하나의 인간. 그리고 우리는 지금 주로 입말인 것을 수학 공식과 깔끔한 단어 빈도수에 밀어 넣는 데 전념하고 있죠!"

"하지만 시각적 연구를……."

"그래요! 하지만 소리를 변형하기 때문일 뿐이죠." 그녀는 랭스미스에게로 몸을 기울였다. "랭스미스 박사님, 저는 이 언어가 굴절 어미와 모음 교체가 전부 신체 동작에 포함된 굴절어라고 믿습니다."

"흐으으음." 랭스미스는 파이프에서 천장을 향해 소용돌이치며 올라가는 연기를 곰곰이 쳐다보았다. "흥미로운 아이디어야!"

"상당히 수준이 높은 언어라고 추정할 수 있겠지요. 높은 문명 수준에 대한 추정을 바탕으로. 그 둘은 보통 함께 가니까." 프랜신이 말했다.

랭스미스는 고개를 끄덕였다.

"그러면 제스처, 소리는 의례적인 경향이 있죠." 그녀가 말했다.

"으음…… 으음."

"그럼…… 이 아이디어를 마땅히 진행시킬 지원을 받을 수 있을까요?" 프랜신이 물었다.

"다음번 팀 대표 회의에 올리지." 랭스미스는 자리에서 일어섰다. "너무 기대하진 말고. 컴퓨터에 입력해야 할 텐데. 아마 교차확인 하고 다른 문제로 거부당할걸."

프랜신은 실망해서 그를 올려다보았다. "하지만…… 랭스미스 박사님…… 컴퓨터는 입력한 것 이상의 결과를 내지 못합니다. 언어에 대한 온전히 새로운 접근법을 쌓아 올릴 영역에 발을 디뎠다고 확신하는데요."

"자, 걱정은 말고." 랭스미스는 미간을 찌푸렸다. "아니…… 이건 걱정하지 마."

"그럼 지금 하던 대로 진행할까요? 그러니까…… 허락받은 건가요?"

"그래, 그래…… 물론." 랭스미스는 손등으로 입을 문질러 닦았다. "스피넬 장군이 내일 아침 특별 회의를 소집했어. 참석해 주었으면 하는데. 데려올 사람을 보내도록 할게." 그는 프랜신 주위의 어질러진 것을 손짓했다. "계속해, 이제." 랭스미스가 파이프를 입에 물고 방을 나서는 모양에는 뭔가 처량한 공허함이 있었다. 프랜신은 닫힌 문을 응시했다.

떨림이 느껴졌고, 자신이 지독히도 겁먹었음을 인식했다. 왜? 뭘 느꼈기에 겁이 날까? 그녀는 스스로에게 물었다.

이내 오하시가 종이 가방을 들고 들어왔다.

"랭스미스가 나가는 걸 봤는데. 뭐래?" 그가 물었다.

"우리가 뭘 하는지 알고 싶어 했어."

오하시가 의자 앞에서 멈칫했다. "말했고?"

"응. 지원을 요청했어." 프랜신은 고개를 저었다. "약속해 주지 않더라."

"햄 샌드위치 가져왔는데." 오하시가 말했다.

프랜신이 갑자기 고개를 번쩍 쳐들었다. "좌절! 그거야! 완전히 좌절한 것처럼 굴었어!"

"뭐?"

"랭스미스가 이상하게 군 이유를 궁리 중이었거든. 그야말로 좌절한 분위기였어."

오하시는 그녀에게 샌드위치를 건넸다. "충격 받을 테니 마음의 준비 하고 들어. 우리 대표단 연락관인 츠 옹을 카페테리아에서 맞닥뜨렸거든." 일본인은 샌드위치 봉지를 의자 위로 들어 올리더니, 묘하게 공들인 분위기로 자리에 떨어뜨렸다. "러시아인들이 은하계 우주선에 연합 공격을 하자고 밀어붙이고 있다네. 무력으로 비밀을 빼앗으려고."

프랜신은 양손에 얼굴을 파묻었다. "멍청이들! 아, 그 멍청이들!" 돌연, 흐느낌이 터져 나왔다. 프랜신은 남편의 사망을 알았을 때와 마찬가지로 걷잡을 수 없이 격하게 울고 있는 자신을 발견했다.

오하시는 말없이 기다렸다.

눈물이 잦아들었다. 자제력이 돌아왔다. 그녀는 침을 삼키고 입을 열었다. "미안."

"미안해할 거 없어." 그는 그녀의 어깨에 한 손을 얹었다. "오늘은 이제 그만할까?"

그녀는 그의 손에 자기 손을 얹고, 고개를 저었다. "아니. 우주선 최신 필름을 보자."

"바라시는 대로." 오하시는 물러나 새 필름을 영사기에 걸었다.

이내 화면에 창백한 빛이 가득한 청회색의 작은 방이 떴다. 우주선의 '교실' 중 하나였다. 녹색 피부의 땅딸막한 형체가 방 중앙에 서 있었다. 은하계인 옆에는 다섯 명 다 '강의'를 묘사할 때 쓰는 받침 달린 프로젝션 보드가 있었다. 보드에는 드넓은 푸른 호수의 풍경이 떠 있었고, 물가를 따라 자란 갈대가 산들 바람에 살랑거리고 있었다.

은하계인이 몸을 흔들었다. 그의 얼굴은 물결처럼 움직였다. 그가 입을 열었다. "아혼'아투'우클라쇼기나이' 에아스트루루." 녹색 팔이 위아래로 움직이며 웨이브를 했다. 물갈퀴 달린 손을 뻗어, 양 손바닥을 거의 닿을 듯이 마주하고는 손목부터 내리치는 동작을 하기 시작했다. 위, 아래, 위, 아래, 위, 아래……

프로젝션 보드 위 화면이 수중 광경으로 바뀌었다. 온갖 수영하는 형체가 점점 더 가까이 다가왔다. 길게 굴곡이 있는 꼬리가 달린 커다란 눈의 물고기 생명체였다.

"십중팔구 이 은하계 종족의 어린 개체들이겠지. 저 굴곡을 봐." 오하시가 말했다.

"올챙이." 프랜신이 말했다.

수영하는 형체가 오렌지색 그늘을 통과하여 차가운 녹색 공간으로 들어왔다. 그리고 수면에서 첨벙 물을 튕기고, 다시 시원한 녹색 물속으로 들어갔다. 안무가 있는 흔들림, 올라오고, 들어가고, 흔들리고, 그 동기화된 대칭 구조가 멋졌다.

"치루루'우클리아'아'아아구다브'이아야." 은하계인이 말했다. 그의 몸은 수영하는 생물체들의 움직임처럼 웨이브를 했다. 녹색 손을 허벅지에 대고, 위로 미끄러뜨려 올려 팔꿈치가 어깨와 같은 높이가 되었다.

"그 동양 무용 속 젊은 여자 동작이야." 프랜신이 말했다.

이제, 손바닥을 위로 해서 양손을 앞으로 뻗었고, 묘하게 뭔가를 주는 느낌의 제스처였다. 은하계인이 입을 열었다. "플루아이누미우리!" 한 호흡에 내뱉은 소리가 폭발음처럼 귀에 와 닿았다.

"마치 우리가 봤던 의식 무용의 변형 버전 같아." 오하시가 말했다.

"감이 오는데. 여자의 직감. 반복되는 모음 말이야. 우리의 아주처럼 강조하는 부사일 수도 있겠어. '아-아-아.' 하고 말할 때 더 제스처가 격해지는 걸 봐." 프랜신이 말했다.

그녀는 다른 파트를 따라가며, 제스처에 맞춰 고개를 끄덕였다. "히코, 이거 인공어일 수도 있을까? 만들어진 언어?"

"그 생각이 들긴 했지." 오하시가 말했다.

갑자기 프로젝터 빛이 흐려지고 동작이 느려졌다. 불이 전부 나갔다. 둔중하고 요란한 굉음이 멀리에서 들려왔고, 스타카토로 발사되는 총소리가 났다. 방 바깥 복도에 쿵쿵 발소리가 울렸다.

프랜신은 얼어붙은 침묵 속에 앉아 있었다.

오하시가 입을 열었다. "여기 있어. 내가 둘러보고 무슨 일인지……."

문이 쾅 열리고 손전등 불빛이 방 안을 꿰뚫어, 순간 두 사람의 시야가 가려졌다.

"여긴 별일 없습니까?" 우렁찬 남자 목소리였다.

불빛 뒤 하얀 헌병 헬멧을 알아볼 수 있었다.

"네. 무슨 일입니까?" 오하시가 말했다.

"누가 맥네어리 댐에서 나오는 주(主) 송전선에 연결된 송전탑을 날려 버렸습니다. 그리고 남쪽에 보안 봉쇄를 뚫으려는 시도가 있었고요. 곧 전부 정상으로 돌아올 겁니다." 불빛이 돌아섰다.

"누가요?" 프랜신이 물었다.

"웬 미친 민간인이요. 금방 비상 전력이 들어올 겁니다. 저희가 이상 없음을 알릴 때까지는 이 방에 그냥 계세요." 헌병은 문을 닫고 떠났다.

드르륵거리는 자동 화기 소리가 들렸다. 또 다른 폭발이 건물을 뒤흔들었다. 고함치는 목소리들.

"우리는 세상의 종말을 목도하고 있는 거야." 오하시가 말했다.

"우리 세상은 그 우주선이 여기 착륙했을 때 끝났어." 프랜신이 말했다.

갑자기 불이 들어왔다. 희미하게, 그러다가 환해졌다. 프로젝터가 윙윙 다시 돌아가기 시작했다. 오하시가 기계를 껐다.

누가 밖의 복도에서 걸어와, 문을 노크하고 말했다. "이상 없습니다." 발소리는 복도를 따라 멀어지고, 또 다른 노크 소리와 더 희미한 "이상 없습니다."가 들렸다.

"민간인들. 이런 짓을 저지를 만큼 간절히 원한 게 뭐라고 생각해?" 그녀가 물었다.

"전형적인 증상을 보여 주고 있는 거지. 위협을 제거하는 방법 중 하나는 파괴하는 거고. 설령 그 과정에서 자신을 파괴하게 되더라도. 저 민간인들은 그저 사소한 증상일 뿐이야."

"그럼 러시아인들은 큰 증상이겠네." 그녀가 말했다.

"지금은 모든 주요 국가 정부가 큰 증상이지." 그가 말했다.

"나…… 나는 방으로 갈래. 내일 아침 다시 시작하자. 8시 괜찮아?" 그녀가 말했다.

"그럼 좋지. 만약 내일이 있다면." 오하시가 말했다.

"히코, 제발 그러지 마." 프랜신은 말하고, 떨리는 숨을 들이쉬었다. "난 포기하지 않겠어."

오하시는 고개 숙여 인사했다. 갑자기 아주 동양적이었다. "아이누족에 전해 내려오는 말이 있지. 세상은 매일 밤 끝나고…… 매일 아침 새로 시작된다."

* * *

그곳은 병기고 한참 아래 지하에 있는 방으로, 원래는 원자폭탄 보관 용도였다. 벽은 납으로 되어 있었다. 직사각형의 공간으로, 대략 가로세로 10미터에 5미터, 천장은 아주 낮았다. 두 개의 테이블이 방 중앙에 맞닿아 하나의 긴 평면을 이루었다. 이 테이블 위에 길게 줄지은 녹색 불빛 때문에 그 광경은 묘하게 도박장과 닮아 있었다. 테이블 주위 스프링 쿠션 의자에 둘러앉은 남자들의 굳은 어깨가 그 효과를 강화했다. 군복이 군데군데 섞여 있었다. 공군, 육군, 해군. 추가로 값비싼 정장 차림을 한 굳은 얼굴의 민간인들.

랭스미스 박사는 테이블 한쪽 가운데이자 방의 하나뿐인 문을 정면으로 마주하는 자리를 차지하고 있었다. 그의 놈 같은 이목구비는 집중해서 찌푸린 표정으로 굳어져 있었다. 연기로 계시를 받는 마법사처럼 뭉툭한 파이프를 리드미컬하게 뻐끔거리고 있었다.

랭스미스 맞은편의 민간인이 팀장 옆 2성 장군에게 말을 걸었다. "스피델 장군, 이건 여성에게 맡기는 위험을 감수하기엔 너무 예민한 임무입니다."

스피델은 흠 소리를 냈다. 굴곡이 뚜렷하고 폭이 좁은 얼굴에 마른 남자였다. 바위 같은 확신과 굳은 자부심을 드러내는 귀족적인 얼굴. 그에게는 실내를 지배하는 분위기에 맞춰 공명하는 팽팽한 스프링 강철 같은 분위기가 있었다.

"선택의 여지가 별로 없습니다. 우리 측 관계자 중에서 꾸준히 우주선에 바퀴 달린 카트를 가져가면서 동시에 그 포스 장벽인지 뭔지에 지속적으로 접근할 위치에 있는 사람이 거의 없어요." 랭스미스가 말했다.

스피델은 손목시계를 흘끗 보았다. "왜 이리 늦습니까?"

"이미 아침 식사를 하러 갔을 수도 있죠." 랭스미스가 말했다.

"그 여자가 배고프고 초조한 상태에서 데려오는 게 나은데." 민간인이 말했다.

"그 여자를 감당할 수 있을까요, 스미티?" 스피델이 물었다.

랭스미스는 입에서 파이프를 빼서, 마치 답변이 그 안에 있기라도 한 듯이 대통 안을 들여다보았다. "그녀에 대한 분석은 상당히 잘 되어 있습니다. 최근 남편을 잃었죠, 아시다시피. 죽음에 대한 충동이 아직 꽤 활발할 수밖에 없습니다."

테이블 끝 쪽 장교 그룹에게서 수군수군 대화 소리가 들려왔다. 스피델은 의자 팔걸이를 손가락으로 톡톡 두들겼다.

이내 문이 열렸다. 프랜신이 들어왔다. 밖에서 손이 뻗어 들어와, 그녀 뒤로 문을 닫았다.

"아, 왔군, 밀러 박사." 랭스미스가 자리에서 일어섰다. 테이블 주위에서 의자 끄는 소리와 함께 다른 이들이 일어섰다. 랭스미스는 대각선으로 맞은편의 빈 의자를 가리켰다. "앉아요."

프랜신은 빛 속으로 나아갔다. 겁을 먹었고 그게 표시가 난다는 것을 알았기에, 분노로 물든 씁쓸한 감정이 가득했다. 지상에서 엘리베이터로 내려오는 길은 다시는 겪고 싶지 않은 경험이었다. 실제보다 몇 배는 더 길게 느껴졌다. 마치 단테의 연옥으로 내려가는 듯이.

프랜신은 랭스미스에게 묵례하고, 슬쩍 다른 이들을 둘러본 다음 안내받은 의자에 앉았다. 덜덜 떨리는 무릎에서 몸무게를 덜 수 있어 마음이 놓였고, 잠시 긴장을 풀었으나 다른 이들이 자리에 앉자 다시 굳어졌다. 양손을 테이블에 놓았다가, 즉시 무릎으로 내려 꽉 맞잡았다.

"왜 죄수처럼 여기 끌려온 겁니까?" 그녀는 다그쳤다.

랭스미스는 진실로 놀란 듯이 보였다. "하지만 데려올 사람을 보내겠다고 어젯밤에 말했는데."

스피델이 가볍게 킥킥거렸다. "우리 보안 직원 일부가 얼굴이 좀 무뚝뚝하긴 하지. 괜히 겁먹게 하진 않았기를 바랍니다."

프랜신은 심호흡을 했고, 긴장이 풀리기 시작했다. "어젯밤 제가 드린 요청 관련인가요? 그러니까, 새로운 연구 방향 지원?" 그녀가 물었다.

"어떤 면에선. 하지만 먼저 질문 하나 하고 싶은데." 랜스미스는 입술을 모았다. "어…… 이제껏 팀원들에게 그냥 짐작해 보라고 한 적이 없지만, 그 규칙을 깨야겠어. 은하계인들이 여기온 이유는 뭐라고 짐작하나?"

"짐작이요?"

"합리적인 추정, 그럼." 랜스미스가 말했다.

프랜신은 손을 내려다보았다. "우리 모두 추측이야 해 봤죠, 물론. 나름대로 이유가 있어 우리를 조사 중인 과학자일 수도 있고."

"젠장!" 그녀 옆자리의 민간인이 버럭 고함쳤다. 그다음 다시 말했다. "미안합니다, 박사님. 하지만 그건 우리가 일반 대중을 달래려 써먹는 소리고."

"그리고 별로 잘 달래고 있지 못하죠. 어젯밤 쳐들어온 그룹은 자칭 진실의 아들들이라나! 테르밋 소이탄을 가지고 있었고 그걸로 우주선을 공격할 참이었다던데." 랜스미스가 말했다.

"멍청하군요. 한심하기도 하고." 프랜신이 속삭였다.

"어디 한번 짐작해 봐요, 밀러 박사." 스피델이 말했다.

프랜신은 장군을 흘끗 보고, 다시 손을 내려다보았다. "군에서 내놓은 의견이 있었죠. 은하계인이 우주 전쟁의 전략 기지로 지구를 원하는 거라고."

"그럴 수 있죠." 스피델이 말했다.

"그들 종족이 살아갈 곳을 더 찾는지도 모르죠." 그녀가 말했다.

"그런 경우 원(原)거주자들은 어떻게 될까?" 랭스미스가 물었다.

"몰살되거나 노예가 되겠지요, 안타깝지만. 하지만 은하계인들은 뭔가 거래할 상품에 관심을 둔 상인일지도 몰라요. 우리 예술 형식이나, 자기들 동물원에 전시할 우리 동물이나, 우리의 고고학, 향료, 아니면……" 프랜신은 말하다 말고 어깨를 으쓱했다. "그들이 비밀리에 무슨 딴짓을 하는지 우리가 어떻게 알겠어요?"

"바로 그겁니다!" 스피델은 곁눈질로 랭스미스를 살폈다. "박사는 상당히 이성적으로 얘기하는데, 스미티."

"하지만 전 이런 건 믿지 않습니다." 프랜신이 말했다.

"그럼 박사는 뭘 믿으시나?" 스피델이 물었다.

"그냥 그들이 보이고자 하는 모습 그대로라고 믿습니다. 강력한 은하 문명의 대표이며 우리보다 헤아릴 수 없이 우월하다고요."

"강력하다, 그렇죠! 에네웨타크 환초를 밀어 버리고 우리 인공위성을 하늘에서 싹 쓸어 버린 걸 보십시오!" 테이블 저쪽 끝에 앉은 해군 장교였다.

"저들이 진정한 동기를 숨기고 있을 가능성이 있다고 보나?" 랭스미스가 물었다.

"가능성은, 확실하죠."

"자신만만한 사람이 행동하는 걸 본 적이 있나?" 랜스미스가 물었다.

"아닌 것 같은데요. 하지만 설마 진심으로 그들을 그렇게 생각하시는 건……." 프랜신은 고개를 저었다. "불가능해요."

"목표물은 뒤늦게서야 깨닫기 마련이지." 랜스미스가 말했다.

그녀는 어리둥절해 보였다. "목표물이요?"

"자신만만한 사람이 희생자로 찍은 쪽." 랜스미스는 파이프에 다시 불을 붙이고, 성냥을 털어 껐다. "밀러 박사, 이건 박사에게 참 고통스러운 폭로가 되겠는데."

프랜신은 몸을 폈고, 방 안의 정적에 돌연 혈관에 싸늘한 냉기가 흐르는 기분이었다.

"부군의 사망은 사고가 아니었어." 랜스미스가 말했다.

그녀는 헉 숨을 들이켰고, 백지장처럼 창백해졌다.

랜스미스가 말했다. "우주선이 착륙하기 전 6개월 동안, 스물여덟 건의 불가사의한 사망 사고가 있었네. 실제는 그보다 많지, 무고한 주변인들까지 죽었으니. 이들 사고는 묘한 유사점이 있었지. 사고마다 언어학, 암호학, 의미론 분야 최고 전문가가 사망했고……."

"이 문제를 해결했을지도 모를 사람들이 문제가 나오기 전에 사망했다는 겁니다. 묘한 우연의 일치라는 생각 안 듭니까?" 스피델이 말했다.

프랜신은 아무 말도 할 수 없었다.

스피델은 계속 말했다. "한 사고에서는 생존자가 있었습니다.

영국 제트기가 실론에서 추락해서 람피트 유 박사가 사망했죠. 유일한 생존자인 부기장은 위쪽 하늘에서 광선 빔이 내려와 좌현익을 싹 베어 버렸다고 하더군요. 그다음 동체를 절반으로 잘랐고!"

프랜신은 목에 한 손을 가져다 댔다. 랭스미스의 조심스러운 손 움직임에 그녀는 갑자기 홀렸다.

"비행기 추락 스물여덟 건이요?" 그녀가 속삭였다.

"아니. 둘은 자동차 사고." 랭스미스는 얼굴 앞에 담배 연기 구름을 피워 올렸다.

프랜신은 목이 아파져 침을 삼키고 입을 열었다. "하지만 어떻게 확신할 수 있죠?"

"정황 증거긴 하죠, 맞습니다." 스피델이 신중하고 정확한 말투로 말을 받았다. "하지만 더 있습니다. 지난 녁 달 동안 우리나라의 모든 천문학 활동은 가까운 하늘에 집중해 있었죠, 달을 포함해서. 달 분화구 테오필루스 근처의 활동 증거에 우리는 주목하게 되었습니다. 우주선 500척 이상의 착륙 로켓을 확인할 수 있었죠!"

"어떻게 생각하나?" 랭스미스가 물었다. 그는 담배 연기 뒤에서 고개를 끄덕였다.

프랜신은 그를 바라볼 수밖에 없었다. 입술은 핏기 없이 질려 있었다.

"그 개구리들이 달에 대규모 침략 함대를 집결시킨 겁니다! 뻔하지!" 스피델이 쏘아붙였다.

거짓말하고 있어! 왜 이렇게 공들여서 일을 꾸미지? 프랜신은 고개를 저었고, 언젠가 남편이 했던 말이 뜬금없이 떠올랐다. "언어는 보이지 않는 손으로 우리를 움켜잡아. 다른 이들이 생각하는 방식에 따르도록 우리에게 제약을 걸지. 언어를 통해 우리는 사물을 보는 관점을 서로 강요하는 거야."

스피델이 몸을 앞으로 기울였다. "우리는 100개 이상의 핵탄두를 달 기지에 조준하고 있어요! 그중 하나만 맞아도 해내는 겁니다!" 그러고는 주먹으로 테이블을 쾅 내리쳤다. "하지만 먼저 여기 있는 우주선부터 잡아야 합니다!"

왜 나한테 이런 얘기를 다 하는 거지? 프랜신은 의문이 들었다. 떨리는 숨을 들이쉬고 입을 열었다. "확실한가요?"

"물론 확실하죠!" 스피델은 뒤로 몸을 기대고 목소리를 낮췄다. "달리 무슨 이유로 우리더러 자기 언어를 배우라고 하겠습니까? 정복자가 제일 먼저 하는 일은 새 노예에게 자기네 언어를 강요하는 것이죠!"

"아니…… 아니, 잠깐만요. 그건 최근 역사에만 적용돼요. 우리의 제국주의 역사 때문에 언어와 애국주의를 혼동하고 있는 거예요. 남편은 항상 그런 오해가 건전한 역사학 연구에 심각한 장애가 된다고 했죠."

"우리도 알고 하는 얘깁니다, 밀러 박사." 스피델이 말했다.

"우리 제국주의가 우리의 언어와 밀접하게 이어져 있었기 때문에 언어를 의심하시는 거죠." 프랜신이 말했다.

스피델은 랭스미스를 쳐다보았다. "대신 좀 말해 줘요."

"이 은하계인들이 내는 소리에 실제로 소통이 있다면, 지금쯤은 발견했으리라는 거 알잖나. 알고 있으면서!" 랭스미스가 말했다.

그녀는 갑작스러운 분노에 입을 열었다. "모릅니다! 사실, 우리가 진행 중이던 새로운 접근법으로 그들의 언어를 풀어내기 직전이라고 봐요."

"아, 제발! 우리 최고 암호 전문가가 이걸 갖고 7개월을 씨름했는데, 당신은 전적으로 동의하지 않는다 그겁니까?" 스피델이 말했다.

"아니, 아니, 말하게 둬요." 랭스미스가 말했다.

"이 문제를 공략할 새로운 정보 출처를 발견했습니다. 원시춤이요." 프랜신이 말했다.

"춤?" 스피델은 충격 받은 것처럼 보였다.

"네. 은하계인들의 제스처가 형용사와 부사일 수 있다고 생각합니다. 그들 언어의 전체적인 감정적 내용이요."

"감정! 감정은 언어가 아니지!" 스피델이 쏘아붙였다.

프랜신은 치솟는 분노를 억누르고 입을 열었다. "우리는 이제까지의 경험에서 완전히 벗어난 문제를 다루고 있어요. 낡은 생각은 버려야 합니다. 우린 모어(母語) 습관이 사람의 반응 발화를 정한다는 걸 알고 있어요. 사실, 언어란 말할 때 드러나는 습관의 시스템이라고 정의할 수 있습니다."

스피델은 테이블을 손가락으로 톡톡 치며, 프랜신 뒤의 문을 응시했다.

그녀는 정신 사납게 하는 그의 행동은 무시하고 말했다. "은하계인들은 거의 전체 범위의 내파음과 성문 파열음에 다양한 모음을 곁들여 씁니다. 마찰음, 파열음, 유성음과 무성음. 그리고 정상적인 말하기에서 흔히 보이는 방해되는 말버릇이 없다는 게 명백하죠."

"이건 정상적인 말하기가 아니지! 무의미한 소리요!" 스피델은 이렇게 내뱉고는 고개를 내저었다. "감정이라니!"

"그래요. 감정! 언어는 감정으로 시작한다고 상당히 확신합니다. 순수한 감정적 행동이요. 아기는 싫어하는 음식이 담긴 접시를 밀어내죠." 프랜신이 말했다.

"시간 낭비요!" 스피델이 고함쳤다.

"제가 요청해서 온 자리는 아닙니다만." 그녀가 말했다.

"제발." 랜스미스가 스피델의 팔에 손을 얹었다. "밀러 박사가 말하게 둬요."

"감정이라니." 스피델이 중얼거렸다.

"지구상의 모든 입말은 감정으로부터 나왔습니다." 프랜신이 말했다.

"감정을 종이에 쓸 수 있습니까?" 스피델이 다그쳤다.

"됐어요. 정말 답답하네요! 장님이나 다름없어요! 언어는 글로 쓰여야 한다고 그러셨죠. 그게 바로 신기한 점이에요! 학문적 전통에 관점이 꽁꽁 묶여 있는 겁니다! 언어는 일반적으로, 주로 입말이에요! 하지만 당신 같은 사람은 그걸 의례적인 소음으로 만들고 싶어 하죠!"

"탁상공론이나 하자고 여기 내려온 거 아닙니다!" 스피델이 쏘아붙였다.

"나한테 맡겨 줘요, 제발." 랭스미스가 말했다. 그는 프랜신에게 진정하란 제스처를 했다. "마저 얘기해 보지."

그녀는 심호흡을 했다. "발끈해서 죄송합니다." 미소를 지으며 다시 입을 열었다. "우리가 감정에 휘둘렸던 것 같아요."

스피델은 미간을 찌푸렸다.

"언어가 감정에서 멀어져 간다고 얘기하고 있었죠. 일본어를 예로 들어 봅시다. '고맙습니다' 대신에 '가타지케나이'라고 하죠. '송구스럽습니다', '기노도쿠'라고도 하는데 이건 직역하면 '독의 기운'이란 뜻이고요." 프랜신은 양손을 펼쳐 보였다. "감정을 보이는 것을 의례적으로 배제합니다. 우리 인도유럽족, 특히 앵글로색슨 인이는 같은 방향으로 가고 있어요. 감정은 그렇게 좋은 게 아니라고 여기는 듯이……."

"감정으론 아무것도 알 수 없어!" 스피델이 고함쳤다.

프랜신은 자신을 집어삼키려는 분노를 억지로 억눌렀다. "감정적 신호를 읽을 수 있다면, 화자가 진실을 말하는지 알 수 있어요. 그게 답니다, 장군님. 그냥 보면 진실인지 알 수 있습니다. 우수한 심리학자라면 다 알아요, 장군님. 프로이트가 말했죠, '느낌을 감추려 하면 온몸에 다 드러난다.' 장군님은 그 반대를 진실이라고 믿는 것 같군요."

"감정! 춤!" 스피델은 의자를 뒤로 밀었다. "스미티, 나는 참을 만큼 참았습니다."

"잠깐 기다려요. 자, 밀러 박사, 내가 마저 얘기해 보라 한 거는 우리가 이런 점을 이미 다 고려했기 때문이거든. 오래전에. 박사는 제스처에 관심이 있지. 이게 감정의 춤이라고. 다른 전문가들은 전통 전투 의식이라고 마찬가지로 강하게 주장하지. 프로이트, 그렇지! 온몸에 다 드러나. 그들이 오른손 손날로 내리치는 제스처 말이야." 랭스미스는 답답함에 허공에 손날을 날렸다……. "사람 목 내리치는 가라테나 유도 손날치기하고 똑같다고!"

프랜신은 고개를 내젓고 한 손을 목에 가져갔다. 순간 확신이 흔들렸다.

랭스미스는 계속 말했다. "한 손을 바깥으로 쑥 내미는 거. 그건 적수에게 검을 찔러 넣는 동작이고! 온몸에 다 드러나고 있다니까!"

프랜신은 랭스미스와 스피델을 번갈아 보고, 다시 랭스미스를 보았다. 그녀 오른쪽 남자가 목청을 가다듬었다.

랭스미스가 입을 열었다. "방금 두 가지 예를 들었지. 수백 가지가 더 있어. 우리가 실행한 분석은 모두 똑같은 답이었다고. 배신! 케케묵은 패턴이야. 보상을 제시하고, 우정을 가장하고, 순진한 양의 시선을 빈손으로 유도한 다음 다른 손으로 도끼를 들어 올리지!"

내가 틀렸을 수도 있을까? 은하계인들에게 우리가 속았을까? 입술이 떨렸다. 프랜신은 억제하려 애쓰며 속삭였다. "왜 제게 이런 말을 하시죠?"

"남편을 죽인 자들에게 복수하는 데 관심 없습니까?" 스피델이 물었다.

"그들이 남편을 죽였는지 전 몰라요!" 그녀는 눈을 깜박여 눈물을 참았다. "절 혼란스럽게 하려는 거죠!" 그리고 남편이 즐겨 하던 말이 뇌리에 떠올랐다. '회의란 한 사람이 할 쉬운 일을 여러 사람이 모여 힘든 일로 만드는 거지.' 방 안이 갑자기 너무 갑갑하고 짓눌러 오는 듯이 느껴졌다.

"왜 제가 이 회의에 끌려온 겁니까? 왜?" 그녀는 다그쳤다.

"박사가 저 우주선 나포에 협조해 주었으면 했지." 랭스미스가 말했다.

"제가? 협조를……."

"누군가 폭탄을 갖고 입구의 포스 스크린을 지나야 하거든. 모래와 먼지가 우주선에 들어가지 못하게 막는 그거. 안에 폭탄을 심어야 해."

"하지만 왜 저죠?"

"그 카트에 대형 녹음기를 싣고 드나드는 박사의 모습이 그들에게 익숙하니까. 거기에 폭탄을 넣……." 랭스미스가 말했다.

"아뇨!"

"이미 충분해요." 스피델은 심호흡을 하고 일어서려 했다.

"잠깐." 랭스미스가 말렸다.

"박사는 애국적 책임감이라곤 없는 게 명백하니, 시간 낭비입니다." 스피델이 말했다.

랭스미스가 입을 열었다. "은하계인들은 그 카트를 끄는 박사의 모습에 익숙해요. 이제 와서 바꾸면, 의심을 받을 수밖에 없습니다."

"그럼 다른 계획을 세우죠. 내가 보기엔 밀러 박사로부터의 향후 협력 가능성은 제쳐 놔도 되겠습니다." 스피델이 말했다.

"당신들은 게임을 하고 노는 어린애들이에요. 이건 미국만의 문제가 아닙니다. 지구상 모든 국가가 관련된 인간의 문제예요." 프랜신이 말했다.

"그 우주선이 미국 땅에 착륙했단 말입니다." 스피델이 말했다.

"그 미국 땅은 인류가 통제하는 유일한 행성의 일부지요. 다른 팀과 전부 공유하고, 정보와 아이디어를 취합하여 모든 지식의 조각을 모아야 합니다." 그녀가 말했다.

"우리 모두 마음이야 이상주의자가 되고 싶지만, 생존이 걸린 문제에 이상주의의 자리는 없어요. 그 개구리들은 항성 간 우주여행이 가능한 게 명백합니다. 그냥 인공위성과 달 로켓 정도가 아니라. 저 우주선을 손에 넣으면 우리 쪽 조건에 맞게 평화를 실현할 수 있습니다."

"국가적 생존이겠죠. 하지만 지금 위기에 처한 건 종으로서 우리의 생존이에요!" 프랜신이 말했다.

스피델은 랭스미스에게로 몸을 돌렸다. "이건 우리의 또 다른 큰 실패입니다, 스미티. 박사를 엄중히 감시해야겠어요."

랭스미스는 격하게 담배 파이프를 빨아 댔다. 창백한 푸른 연기가 그의 머리를 가렸다. "당신 때문에 내가 다 창피하군, 밀러 박사." 그가 말했다.

그녀는 벌떡 일어서 마침내 분노를 온전히 풀어놓았다. "날 형편없는 심리학자로 생각하시겠군요! 여기 들어온 순간부터 나한테 거짓말만 했으면서!" 스피델을 노려보며 쏘아붙였다. "당신 제스처에서 훤히 다 드러났어요! 비언어적 감정적 제스처 말입니다, 장군!"

"도대체 무슨 소리요?" 스피델이 다그쳤다.

"입으로 하는 말과 몸으로 하는 말이 다르다 그겁니다. 당신이 거짓말을 한다는 뜻이죠. 나에게 알리고 싶지 않은 결정적인 무언가를 숨기고 있다는."

"저 여자는 미쳤어!" 스피델이 고함쳤다.

"실론 비행기 추락 사고에서 생존자는 없었어요. 아마 당신이 말한 비행기 사고 자체가 없었겠죠." 그녀가 말했다.

스피델은 갑자기 우뚝 얼어붙어, 얇은 입술 사이로 말했다. "보안이 뚫렸나? 세상에!"

"저기 랭스미스 박사를 봐요! 파이프 뒤에 몸을 숨기고 있는! 그리고 장군 당신은, 말할 때 정말 딱 필요한 것 이상으론 입을 움직이지 않죠. 진짜 감정을 숨기려고! 온몸에서 드러나죠!"

"저 여자를 내보내!" 스피델이 고함쳤다.

그녀가 외쳤다. "당신은 논리뿐이고, 직감이란 게 없어요! 감정과 예술에 대한 이해가 없고! 장군, 당신의 컴퓨터로 돌아가세요, 하지만 이건 기억해 둬요. 사람처럼 생각하는 기계를 만들 수는 없단 걸! 전기로 움직이는 컴퓨터에 감정을 입력해 봤자 숫자 말고는 아무것도 얻을 게 없다고! 논리죠, 당신에겐, 장군!"

"저 여자를 내보내라니까!" 스피넬이 외쳤다. 그는 반쯤 자리에서 일어나, 하얗게 질린 침묵 속에 앉아 있는 랜스미스를 돌아보았다. "그리고 철저하게 조사해요! 어디서 보안이 뚫려 저여자가 우리 계획을 손에 넣었는지 알아야겠으니까!"

"본인이나 조심하시죠!" 랜스미스가 쏘아붙였다.

스피넬은 두 번 심호흡을 하고 도로 앉았다.

프랜신은 생각했다. 저들은 미쳤어, 미쳤고 구석에 몰려 있지. 저런 식으로 분열되면 긴장증이나 폭력으로 빠져들 수 있겠는데. 그녀는 힘없고 두려운 기분이었다.

테이블을 둘러싼 다른 이들이 일어났다. 민간인 둘이 프랜신 곁으로 왔다. "감금할까요, 장군님?" 한 명이 물었다.

스피넬이 주저했다.

랜스미스가 먼저 입을 열었다. "아니, 그냥 엄중하게 감시만. 박사를 감금하면 대답하기 곤란한 의문이 일어날 테니."

스피넬은 프랜신을 노려보았다. "우리를 폭로하면, 총에 맞을 줄 아시오!" 그는 그녀를 데리고 나가라고 손짓했다.

본부 건물에서 나왔을 때, 프랜신의 머릿속은 아직 핑핑 돌고 있었다. 거짓말! 다 거짓말이야!

어디나 따라붙는 모래가 발밑에서 버석거렸다. 그녀가 선 계단과 30여 미터 떨어진 우주선 사이의 중앙 광장에 모래가 자욱이 일었다. 아침 해가 이미 사막의 밤 냉기를 몰아냈다. 아지랑이가 우주선의 회갈색 표면 위로 춤췄다.

프랜신은 몇 걸음 뒤에서 서성이는 보안 요원을 무시하고 손목시계를 확인했다. 9시 20분. 히코는 나한테 무슨 일이 생겼나 궁금해하겠지. 8시에 시작하기로 했는데. 무력감이 그녀의 정신을 휘어잡았다. 중앙 광장 저쪽 끝에 우뚝 서 있는 우주선은 악성 종양처럼 보였다…… 그녀를 휘감고 숨 막히게 하려 웅크리고 있는 사악한 존재.

그 멍청한 장군 말이 맞을까? 그 생각이 멋대로 떠올랐다. 프랜신은 고개를 저었다. 아냐! 거짓말이야! 하지만 왜 나한테 그런 일을 시키려고……. 뒤늦은 깨달음에 상념에서 깨어났다. 나더러 소형 폭탄을 우주선 선내로 가져가라고 했지만, 내 탈출 계획은 언급에 없었어! 의심을 피하려면 나는 카트와 폭탄을 가지고 남아야 했던 거야. 맙소사! 그 짐승들이 나한테 자살을 시키려 했어! 내가 밥의 죽음을 은하계인들 탓으로 돌리길 바랐어! 내가 거짓말을 믿게 해서 자기들 계획을 거들게 하려 한 거야. 이상을 위해 죽는 것도 힘들지만, 거짓에 목숨을 바치는 건…….

분노가 치밀었다. 그녀는 계단에 멈춰 선 채 부들부들 떨었다. 무력감이 새로이 분노를 대체했다. 눈물에 시야가 흐려졌다. 그런 무자비한 음모가들에 대항해 여자 한 명이 뭘 할 수 있을까?

눈물 너머로 중앙 광장에 움직임이 보였다. 민간인 복장의 남자가 오른쪽에서 왼쪽으로 가로지르고 있었다. 그녀의 정신은 부분적으로만 그 움직임을 의식하고 있었다. 남자가 멈춘다, 가리킨다. 갑자기 정신이 번쩍 들고 눈물이 싹 가셨다. 민간인이 오른팔을 뻗어 가리키는 곳으로 시선이 향하고, 남자가 고함치는 목소리를 들었다. "어이! 저기 봐요!"

물빛 사막 하늘을 가로질러 바늘 같은 비행체가 궤적을 그렸다. 그것은 우주선을 향했다. 그 뒤에는 공군 제트기가 굉음을 내고 있었다…… 세모꼴 날개가 진동하고, 금속에 햇살이 반사됐다. 예광탄이 우주선을 향해 뻗어 나갔다.

누가 우주선을 공격하고 있어! 러시아 대륙 간 탄도 미사일이야!

하지만 믿어지지 않게도 바늘은 별안간 우주선 위에서 급정지했다. 그 뒤로는 공군 제트기 엔진이 꺼졌고, 날개가 공기를 가르며 타들어 가는 섬뜩한 휘이이 소리만 들려왔다.

살며시, 바늘이 우주선의 오목한 부분에 내려앉았다.

그녀는 깨달았다. 은하계인들의 비행체였어, 왜 지금 왔을까? 공격하리라 의심하나? 경계 강화의 일환일까?

동력을 상실한 제트기는 흔들거리며, 모래를 풀썩 피워 올리면서 알칼리 평야에 동체착륙 했다. 악쓰듯 사이렌이 울리는 가운데 응급 차량들이 제트기를 향해 달렸다.

혼란스러운 소음에 프랜신은 갑자기 메스꺼움을 느꼈다. 심호흡을 하고 중앙 광장에 내려선 그녀는 정처 없이 움직이고 있었고, 생각은 뒤죽박죽이었다. 발밑의 까끌까끌한 모래는 마치 그녀의 신경에 사포를 문질러 대는 것 같았다. 매캐한 탄내를 예민하게 의식하고 있었고, 돌연 번쩍 경계심이 들며 보안 경비가 아직 그녀 뒤의 행정동 건물 계단에서 기다리고 있음을 깨달았다.

희미하게, 중앙 광장 양쪽의 건물 입구에서 떠드는 목소리가 들려왔다. 사람들이 나와서 우주선을, 그리고 저쪽 제트기 주위에 붉은 응급 차량이 몰려 있는 평원을 바라보고 있었다.

오른쪽 신발에 잔돌이 들어 있었다. 그녀의 정신은 그걸 인식했고, 멈춰서 거슬리는 것을 제거하고픈 충동에 저항했다. 뇌리에 뭔가 떠오르려 하고 있었다. 앞을 붕붕 가로지르는 벌에 잠시 정신이 팔렸다. 상당히 무의미하게도, 그녀의 정신은 곤충이 이 순간 너무 흔하다는 생각에 머물러 있었다. 정신적인 취기에 어질어질했다. 기분이 들뜨고 동시에 겁에 질렸다. 위험! 그래, 끔찍한 위험, 인류 전체의 소멸. 그녀는 생각했다. 하지만 뭔가 해야만 했다. 그녀는 달리기 시작했고……

폭발이 중앙 광장을 뒤흔들고, 그녀는 고꾸라져 손과 무릎으로 바닥을 짚었다. 모래에 손바닥이 따가웠다. 멍청한 본능에 도로 일어섰다. 또다시 폭발…… 이번에는 오른쪽으로 더 멀리, 건물 뒤쪽에서. 매운 연기가 중앙 광장을 휩쓸었다. 돌연 오른쪽 건물 뒤에서 남자들이 쏟아져 나와, 모래를 뚫고 우주선을 향해 힘겹게 나아갔다.

민간인! 아마 그렇겠지만, 움직임은 목적을 가진 군인 집단의 것이었다.

프랜신에게는 마치 꿈속의 한 장면 같았다. 남자들은 무기를 들고 있었다. 그녀는 멈춰 서서, 금속에 반사되는 햇살을 보고, 사람들이 모래 속을 달리는 독특한 버석버석 소리를 들었다. 꿈같은 몽롱함 속에 달리는 사람 중 하나를 알아보았다. 자크 하임. 그는 어깨에 커다란 검은 상자를 지고 있었다. 붉은 머리가 사람들 속에서 목표물처럼 확 튀었다.

러시아인! 그들이 공격을 시작한 거야! 우리나라 사람들이 가담하면, 끝장이야!

그녀 오른쪽 어딘가에서 기관총이 드르륵 소리를 냈다. 흙먼지가 중앙 광장을 가로질러 이동하더니, 달리는 사람들 사이로 흩어졌다. 남자들이 쓰러졌지만, 다른 이들은 여전히 힘겹게 우주선을 향해 나아갔다. 폭발에 지휘관들이 날아가 쓰러졌다. 다시 기관총이 드르륵댔다. 검은 형체가 쓰러진 도미노처럼 모래에 널려 있었다. 그래도 일부는 미친 돌진을 계속했다.

미국 군복 차림의 헌병들이 오른쪽 건물 사이에서 달려 나왔다. 지휘관들은 기관단총을 들고 있었다.

우리가 공격을 제지할 거야. 프랜신은 생각했다. 하지만 전술이 바뀐다고 해서 스피델과 다른 이들에 의한 폭력을 거부한다는 뜻은 아님을 그녀는 알고 있었다. 그저 러시아가 앞서는 것을 막으려는 움직임일 뿐이었다. 그녀는 주먹을 불끈 쥐고, 자신이 서서 훤히 드러나 있단 사실을 무시했다. 중앙 광장 한가운데 홀로 있는 형체. 그녀의 감각은 기묘한 비현실의 느낌을 인식했다.

기관총 소리가 다시 이어졌고 그러다…… 갑작스러운 정적. 하지만 이제 마지막 러시아인은 쓰러졌다. 쫓아가던 헌병이 비틀거렸다. 몇몇이 멈춰서, 총을 고쳐 잡았다.

프랜신의 충격은 차가운 격노로 바뀌었다. 그녀는 처음엔 천천히, 이내 성큼성큼 앞으로 나아갔다. 멀리 왼쪽에서 누군가 외쳤다. "이봐요! 여자분! 엎드려요!" 그녀는 목소리를 무시했다.

저 앞 모래에 자크하임의 처량하게 구겨진 형체가 있었다. 가

습곽에 불규칙하게 붉은색이 번져 있었다.

누군가 그녀 왼쪽의 건물 사이에서 달려 나와, 그녀에게 돌아가라 손짓했다. 히코! 하지만 프랜신은 계속 단호하게 성큼성큼 나아갔고, 의식적인 의지로 멈출 수 있는 정도를 넘어선 상태였다. 마치 터널 속을 내려다보는 것처럼 모래 위 붉은 머리 형체가 보였다.

정신 한구석에선 히코가 비틀거리고, 그녀를 막으려 달려들던 기세가 느려지는 것을 인지했다. 그는 마치 물속을 헤치며 나아가는 것처럼 보였다.

히코, 나는 자크에게 가야겠어. 불쌍한 멍청이 자크. 그 전날 회의에서 자크가 이상했던 이유가 이거였어. 이 공격에 대해 알고 있어서 겁을 먹었던 거야.

무언가 그녀의 발 주위에 엉겨 붙었고, 발목 위로 뻗어 올라 금방 무릎 너머까지 솟구쳤다. 이상한 건 전혀 보이지 않았지만, 마치 물엿 웅덩이를 헤치고 가는 기분이었다. 한 걸음 한 걸음 엄청난 노력이 필요했다. 물엿 웅덩이가 골반 위, 허리로 올라왔다.

히코와 헌병들이 그렇게 느리게 움직이던 이유가 이거구나, 우주선의 방어 무기야. 틀림없어. 그녀는 생각했다.

쓰러진 자크하임의 형체가 이제 그녀와 겨우 세 걸음 거리였다. 그녀는 엉긴 공기를 뚫고 비틀거리며 나아갔고, 힘겨워 숨을 헐떡거렸다. 애를 쓰느라 근육이 아팠다. 프랜신은 자크하임 곁에 무릎을 꿇었다. 스커트를 물들이는 피를 무시하고 그의 뻗은 손을 잡아 맥박을 확인했다. 아무것도 없었다. 이제, 그의 재킷에 난 흔적을 알아보았다. 총구멍들이었다. 기관총에 가슴을 맞았다. 그는 죽었다. 그녀는 덩치 크고 목소리 큰 빨간 머리를 생각했다. 바로 몇 분 전까지만 해도 피어나는 생명력으로 가득했던. 불쌍한 멍청이 자크. 프랜신은 그의 손을 살며시 내려놓고, 눈물을 털어 냈다. 끔찍한 분노가 치밀어 올랐다.

오하시가 근처에서 고군분투하며 다가오는 게 느껴졌고, 헐떡거리는 숨소리가 들렸다. "자크는 죽었나?"

눈물이 어쩌지 못하고 뚝뚝 떨어졌다. 그녀는 고개를 끄덕였다. "그래, 죽었어." 그리고 생각했다. 자크를 위해 우는 게 아니야. 나 자신을 위해…… 우리 모두를 위해 우는 거지…… 너무나 멍청하고, 의지가 굳고, 맹목적이었던…….

"지구 인간들이여!" 우주선에서 울려 퍼진 목소리에 모든 생각이 멈추었고, 모든 감정은 기다리는 두려움으로 정지했다. "우리는 너희가 소통하는 방법을 배울 수 있기를 바란다! 너희는 실패했다!" 목소리가 울려 퍼졌다.

떨리는 정적.

인식되려고 애쓰던 생각이 차차 프랜신의 정신의 표면으로 떠오르기 시작했다. 정신적 붕괴의 목전에 있음을 느꼈고, 영혼은 출산만큼이나 날카로운 위기에 몰렸다. 충돌하는 단어들이 정신의 마지막 방어벽을 무너뜨렸다. **소통!** 마침내 그녀는 최후통첩의 의미를 이해했다.

하지만 너무 늦었을까?

"안 돼!" 프랜신은 비명을 지르고는 벌떡 일어나 우주선을 향해 주먹을 흔들었다. "여기 실패하지 않은 사람 있다고! 나 그거 무슨 뜻인지 알아!" 우주선을 향해 양손 주먹을 흔들었다. "나의 증오를 봐!"

거의 손에 잡힐 듯이 엉긴 공기를 뚫으며 프랜신은 이제 고요한 우주선을 향해 나아갔고, 사방의 모래에 쓰러진 죽은 형체를 향해 왼손을 뻗어 가리켰다. "당신들이 저 불쌍한 멍청이들을 죽였어! 뭘 기대한 건데? 당신들이 이랬어! 저들을 궁지에 몰아넣었다고!"

우주선 문이 열렸다. 다섯 명의 녹색 피부 형체가 나타났다. 그들은 멈춰 서서 그녀를 바라보았고, 어깨가 축 처져 있었다. 동시에, 프랜신은 주위의 걸쭉한 공기가 느슨해지는 것을 느꼈다. 그녀는 성큼성큼 나아갔고 뺨에는 눈물이 흘렀다.

"당신들이 저들을 겁먹게 했어!" 그녀는 소리쳤다. "달리 어쩔 수 있었을까? 겁에 질리면 생각할 수가 없는데."

흐느낌이 걷잡을 수 없이 치밀었다. 근육이 격하게 떨리는 것이 느껴졌다. 끔찍한 소망이 그녀 안에 있었다…… 저 녹색 형체를 붙들어 흔들고, "당신들이 저지른 짓이 자랑스러우시겠지."라고 말해 상처를 주고 싶은 욕구.

"조용히!" 우주선에서 우렁찬 목소리가 외쳤다.

"싫어!" 그녀는 소리를 질렀다. 고개를 내저었고, 격한 감정에 자기 제어가 풀리는 것을 느꼈다. "당신들이 소통에 대해 옳았다는 건 알지만…… 틀리기도 했는데. 폭력을 동원할 필요는 없었다고."

우주선의 목소리가 좀 더 부드럽게 끼어들었고, 그 변화가 더욱 강력하게 다가왔다. "제발?" 그 단어는 미묘하게 애원하는 어조였다.

프랜신은 무너졌다. 평생의 몽롱함에서 막 깨어난 기분이었으나, 이 생각과 행동의 합일의 명료함은 미약해서 눈만 깜박해도 놓쳐 버릴 수 있었다.

"우리는 해야 하는 일을 했다. 저기 우리 대표 다섯 명이 보이나?" 목소리가 말했다.

프랜신은 어깨가 처진 은하계인들에 주목했다. 그들은 낙담한 기색이었고 슬픔이 배어 나오고 있었다. 몇 발짝 뒤 우주선의 열린 문은 그들을 삼켜 버리려는 입 같았다.

"저 다섯은 한때 60억에 달했던 종족의 생존자 800명 중 일부지." 목소리가 말했다.

프랜신은 오하시가 그녀 옆에 다가오는 것을 느끼고, 곁눈으로 흘끗 그를 본 다음 다시 은하계인들을 쳐다보았다. 그녀 뒤에선 많은 목소리가 낮게 웅얼거렸다. 감정적 폭발 이후 느리게 시작된 반응에 그녀는 비틀거렸다. 흐느낌이 목에 걸렸다.

우주선의 목소리가 이어졌다. "한때 위대했던 이 종족은 실수 없는 소통의 중요성을 깨닫지 못했다. 그들은 병든 상태로 우주에 진입했다…… 증오하고, 두려워하고, 싸우고. 그들 쪽에, 그리고 우리 쪽에 끔찍한 유혈 사태가 벌어지고 나서야 진정시킬 수 있었다."

녹색 피부의 다섯이 앞으로 나서면서 긁히는 소리가 끼어들었다. 그들은 떨고 있었고, 프랜신은 그들의 볏 아래 방울져 반짝이는 물기를 보았다. 그들의 눈이 깜박거렸다. 프랜신은 슬픔의 기운을 그들에게서 감지했고, 그녀의 눈에도 새로 눈물이 고였다.

　우주선의 목소리가 말했다. "800명의 생존자들은 종족의 잘못에 대해 속죄하고 앞으로의 생존권을 얻기 위해, 새로운 언어를 개발했다. 아마도 궁극의 언어겠지. 그들은 우리의 통역자로 봉사하기 위해 모든 언어에 숙달했다." 길게 뜸을 들이더니, 이어 말했다. "아주 신중하게 생각하도록 해, 밀러 박사. 왜 그들이 우리의 통역자인지 아는가?"

　숨죽인 정적이 그들 위로 내려앉았다. 프랜신은 큰 덩어리가 걸린 듯한 목으로 침을 꿀꺽 삼켰다. 이것은 인류의 종말을 고할 수도, 또는 새로운 문을 열 수도 있는 순간이었…… 그리고 그녀도 알았다.

　"거짓말을 할 수 없으니까." 그녀가 쉰 소리로 말했다.

　"그렇다면 정말로 배웠군. 내가 이곳에 온 원래 목적은 너희 행성의 단종을 지시하기 위함이었다. 우리는 너희의 군사적 준비가 너희가 실패했다는 최종 증거라고 생각했다. 이제 그것은 소수자의 실패한 절박함이었을 뿐임을 알겠다. 우리가 성급하게 행동에 나섰다. 사과하는 바이다." 목소리가 말했다.

　녹색 피부의 은하계인들이 앞으로 나와, 프랜신에게서 두 발짝 거리에 멈춰 섰다. 그들의 솟은 볏이 수그러들고, 어깨는 처졌다.

"우리를 죽여라." 한 명이 꺽꺽대는 목소리로 말했다. 그의 눈은 주위 모래 위의 죽은 사람들에게로 향했다.

프랜신은 떨리는 숨을 깊게 들이쉬고, 젖은 눈을 문질러 닦았다. 다시금 끝없는 무력감이 느껴졌다. "이래야만 했어?" 그녀는 속삭였다.

우주선의 목소리가 답했다. "이것이 불모지 행성보다는…… 너희 종족의 완전한 파멸보다는 낫다. 우리 통역자들을 탓하지 마라. 소통할 수 있는 종족이라면 구제받을 수 있다. 너희 종족은 구제받을 수 있다. 먼저 우리는 너희가 가능성이 있음을 확인해야 했다. 새로운 방법에는 당연히 고통이 따를 것이다. 다수가 우리에 맞서 싸우려 하겠지만, 우리가 진로를 통제하기 더 어려울 우주에 너희는 아직 완전히 진출하지 않았다."

"어째서 우리 중 일부를 골라서 시험하지 않고? 왜 전 세계에 이렇게 끔찍한 압력을 줘야 했지?" 프랜신은 다그쳤다.

"우리가 잘못 고르면? 너희 같은 낯선 종족을 두고 가장 높은 잠재력을 지닌 샘플을 우리가 공정하게 택했으리란 보장이 어디 있지? 아니. 너희 모두 너희의 문제를 배울 기회가 있어야 했다. 압력은 너희 스스로가 최고의 대표를 선택할 수 있게 하기 위함이었고." 목소리가 말했다.

프랜신은 팀을 이끌던 상상력이라곤 없이 규칙만 맹종하는 리더들을 떠올렸다. 히스테리 발작이 가까워져 오는 것이 느껴졌다.

너무나 가깝게. 지옥같이 가깝게!

오하시가 옆에서 나직이 말을 걸었다. "프랜신?"

그 차분한 목소리가 그녀의 히스테리를 가라앉혔다. 그녀는 고개를 끄덕였다. 안도감이 그녀 안에서 알아달라고 분투했으나, 그 모든 신경 경로를 뚫진 못했다. 손이 퍼뜩퍼뜩 떨리는 것이 느껴졌다.

오하시가 입을 열었다. "저들은 우리말로 이야기하고 있는데. 우리가 풀어야 했던 그들의 언어는 뭐지?"

"우리는 잘못된 결론에 이르렀어, 히코. 소통하라고 했잖아. 우리 자신의 언어를 기억해야 했던 거야. 우리가 어린 시절 알았던 언어, 그리고 이성이 자라나면서 천천히 잃어 간 그 언어."

"아아아." 오하시가 한숨지었다.

모든 분노가 스러지고 그녀는 슬프게 말했다. "우리는 이성의 힘을, 조종하는 언어의 힘을 그 어떤 기능보다도 높이 여겨 왔어. 글말은 우리의 신이 되었지. 말 이전에 행동이 있다는 것을 잊어버렸어. 항상 말 위에 사물이 있다는 것을. 입말이 글말보다 선행한다는 걸 잊었고. 글로 쓴 형태의 문자가 표의 문자에서 유래했음을, 모든 문자 뒤에는 이미지가 고대의 유령처럼 서 있음을 잊었어. 이미지는 신체 또는 다른 생물들의 자연스러운 움직임을 상징하지."

"춤." 오하시가 속삭였다.

"그래, 춤. 원시 춤은 잊지 않았어. 그리고 몸도 잊지 않았지. 진짜로는." 프랜신은 양손을 들어 바라보았다. "나는 나 자신의 과거의 산물이야. 내 모든 조상들에게 벌어졌던 모든 사건이

내 안에 축적되어 있지." 그녀는 몸을 돌려 오하시를 마주했다.

그는 미간을 찌푸렸다. "기억은 시작까지밖에……."

그녀는 계속 말했다. "그리고 몸은 그 너머까지 기억해. 다른 기억이지. 우리가 언어라고 부르는 것과 마찬가지로 훈련된 반응에 싸여 있는. 우리 자신의 어린 시절을 돌아봐야 해. 모든 아이들은 원시적이니까. 아이의 모든 세포는 감정적 움직임의 언어를 알아. 움켜쥐기 반사, 울음과 찌푸리기, 감각적 버둥거림, 부드러운 달래기."

"그리고 저들은 거짓말을 못 한다고 네가 그랬지." 오하시가 중얼거렸다.

프랜신은 치솟는 행복감을 느꼈다. 아직 주위의 죽음과 앞으로 사람들에게 찾아올 고통으로 얼룩지긴 했지만, 환희가 퍼져 갔다. "육체." 그녀는 말하고, 어리둥절함에 찌푸린 오하시의 얼굴에 고개를 내저었다. "지성은……." 그녀는 말하다가, 오하시가 아직 새로운 방식의 소통으로 완전히 전환하지 못했음을, 인류 중 이렇게 높은 경지에 이른 존재의 시각을 인식이나마 하는 것은 아마도 자신이 유일하리라는 것을 깨닫고 그만두었다.

오하시가 고개를 내젓자 안경에 햇빛이 번뜩였다. "이해하려 노력하고 있어." 그가 말했다.

"알아. 히코, 우리 지구의 모든 언어는 광기로 치우치는 경향이 있어, 지성의 개념을 육체의 개념으로부터 분리했기 때문이지. 지나친 단순화지만 지금으로선 이렇게 가자. 그럼 분열이 일어나겠지? 정신 분열증. 이들은 지금……." 프랜신은 말 없는 은하계인들을 손짓했다. "……소통에 육체와 지성을 재결합시켰어. 전체 존재의 참여가 필요한 잉태 같은 것이지. 저들에게 거짓말은 스스로에게 거짓말을 하는 것이나 마찬가지기에 할 수가 없는 거야. 그러면 완전히 말이 막히게 될 거고." 고개를 저으며 말을 이었다. "'말'은 딱 맞는 단어는 아니지만, 현재로선 우리에겐 유일한 단어야."

"역설이군." 오하시가 말했다.

그녀는 고개를 끄덕였다. "자기 자신에게 거짓말을 할 수 없는 자아. 육체와 지성이 같은 것을 말한다면…… 그건 진실이지. 말과 무언(無言)이 일치한다면…… 그게 진실이고. 알겠지?"

오하시는 그녀 앞에 얼어붙은 채 서 있었고, 두꺼운 안경 렌즈 뒤 눈이 번뜩였다. 그는 입을 벌렸다가 다물더니, 고개를 숙였다. 그 순간 그는 완전히 동양적이었고 프랜신은 그를 통해 그의 모든 조상을 볼 수 있을 것 같은 기분이었다. 여기 한 인간 히코 오하시에 이르기까지 피라미드형으로 쌓아 올려진 모든 문화와 모든 사람을 보고 이해할 수 있을 것 같은 기분.

그가 중얼거렸다. "알겠어. 그들이 보여 준 건 예시였구나. 해석할 언어가 아니라. 인식을 위한 예시일 뿐으로, 우리의 기억을 건드리고 불러내기 위한 것. 정말 대단한 선생들이야! 존재에 통달한 위대한 이들!"

은하계인 중 한 명이 다가와, 프랜신 뒤쪽을 손짓했다. 새로 깨달은 이해를 바탕으로 그의 움직임과 의도를 분명하게 해석할 수 있었다.

은하계인의 넓은 입술이 움직였다. "너희는 녹화되고 있다. 너희 행성 사람들의 교육을 시작하기에 적절한 때일 것이다. 모든 새로운 것은 탄생의 순간이 있어야 하니까."

그녀는 고개를 끄덕이고, 마음을 단단히 먹은 후 돌아섰다. 설령 탄생의 고통이 따르더라도. 그녀는 생각했다. 변화의 눈사태를 촉발할 바로 그 순간. 이 연쇄 반응을 어떻게 시작할지 정확히 알지 못한 채였지만, 실행하리라는 것에는 의심의 여지가 없었다. 천천히 돌아선 그녀는 영화 카메라, 텔레비전 렌즈, 고깔형 마이크가 전부 자신을 향하고 있는 것을 보았다. 우주선 입구와 그녀가 있는 특별한 자리를 둘러싼 아치형의 보이지 않는 벽에 사람들이 몰려들어 있었다. 우주선의 방어 시스템이야, 침입자를 막는 포스 필드.

소리 죽인 웅성거림이 사람의 벽에서 흘러나왔다.

프랜신은 그들을 향해 나섰고, 렌즈와 마이크가 각도를 바꾸는 것을 보았다. 그녀는 포스 필드 뒤의 성난 얼굴들에, 그리고 두려움 가득한 얼굴들에, 그리고 끔찍한 경외심 외엔 아무것도 없는 얼굴들에 집중했다. 그 앞쪽으로, 필드 안쪽에 자크하임의 시신이 누워 있었고 뻗은 한쪽 손이 거의 그녀를 가리키고 있었다. 말없이 그녀는 이 순간을 그에게 바쳤다.

"제 말 잘 들으세요. 하지만 더 중요한 것은, 제 말 너머의 말이 파고들지 못하는 그곳을 보세요." 갑작스러운 에너지의 분출로 몸이 저릿저릿해 오는 것을 그녀는 느꼈다. 짧게, 까치발을 하고 섰다. "제 메시지의 진실을 본다면, 제가 보여 드리는 그곳을 본다면, 여러분은 더 높은 층위의 존재로 들어설 것입니다. 더 행복하고, 더 슬픈. 만사가 더 깊이 있게 될 거예요. 이 우주에서 우리가 느끼는 모든 것을 더 많이 느끼게 되겠죠."

새로 발견한 지식은 내면의 버팀목, 바닥 모를 힘의 샘과도 같았다.

"지구의 모든 외로운 집의 모든 창문 속 고독한 이는 나." 그녀가 말했다. 그리고 몸을 앞으로 구부렸다. 돌연 그 모래 위에 선 것은 심리학자 프랜신 밀러 박사가 아니었다. 모방의 힘으로, 그녀는 창틀에 기대어 공허한 미래를 희망 없이 응시하는 실내복 원피스 차림 여자의 형상을 투영했다.

"그리고 모든 행복한 순수함은 고통을 찾는다."

다시 그녀는 움직였다. 세월이 그녀에게서 벗겨져 나갔다. 그리고 이제, 그녀가 부인 미묘한 리듬감의 언어와 동작은 이후 녹화본을 본 노련한 배우들이 질투로 울게 만들었다.

그녀가 낭송하며 몸을 흔들거렸다.

"자연을 짓는 자연의 천둥은 나
싹 틔우는 붉은 장미
그리고 물을 첨벙이는 송어
그리고 우리의 별들을 두드리는 달
바다 위 배가 지나간 항적에……
이 모든 것이 나다!
빠르게 던지는 동작이 나다!
너희가 생각하는 나는…… 그것은 내가 아니다!

꿈은 너희의 감각에 나의 모든 이름을 말한다.

거칠게 시끄럽거나 갑자기 태만하거나, 냉소적이거나, 정신 팔리거나, 꾸짖듯이가 아니라……

속삭임으로.

너희는 열두 시간의 밤을 위해 열두 시간의 낮을 버렸다.

영원에 조심스레 끼어들기 위해!

그러다가 너희는 주저함을 베어 내고

소원을 빌기 위한 별을 준비하리라……

나의 제대로 된 모습을 볼 때면……

깜박거리는 촛불이 나.

그리고 너희는 별들의 고독한 교류를 느낄 것이다.

기억하라! 기억하라! 기억하라!"

옮긴이 | 박미영

이화여자대학교 영어영문학과를 졸업한 후 KBS 방송아카데미 영상번역작가 과정을 수료했다. 옮긴 책으로는 『우리가 추락한 이유』, 『누가 죽음을 두려워하는가』, 『일러바치는 심장』, 『IQ-탐정 아이제아 퀸타베의 사건노트』, 『빅티켓』, 『완전 범죄 추리 게임』 등이 있다.

오래된 방랑하는 집

프랭크 허버트 단편 걸작선 1952-1961

1판 1쇄 찍음 2024년 2월 22일
1판 1쇄 펴냄 2024년 2월 29일

지은이 | 프랭크 허버트
옮긴이 | 박미영
발행인 | 박근섭
편집인 | 김준혁
펴낸곳 | 황금가지

출판등록 | 2009. 10. 8 (제2009-000273호)
주소 | 06027 서울 강남구 도산대로 1길 62 강남출판문화센터 5층
전화 | 영업부 515-2000 편집부 3446-8774 팩시밀리 515-2007
홈페이지 | www.goldenbough.co.kr

도서 파본 등의 이유로 반송이 필요할 경우에는 구매처에서 교환하시고
출판사 교환이 필요할 경우에는 아래 주소로 반송 사유를 적어 도서와 함께 보내주세요.
06027 서울 강남구 도산대로 1길 62 강남출판문화센터 6층 민음인 마케팅부

㈜민음인은 민음사 출판 그룹의 자회사입니다.
황금가지는 ㈜민음인의 픽션 전문 출간 브랜드입니다.

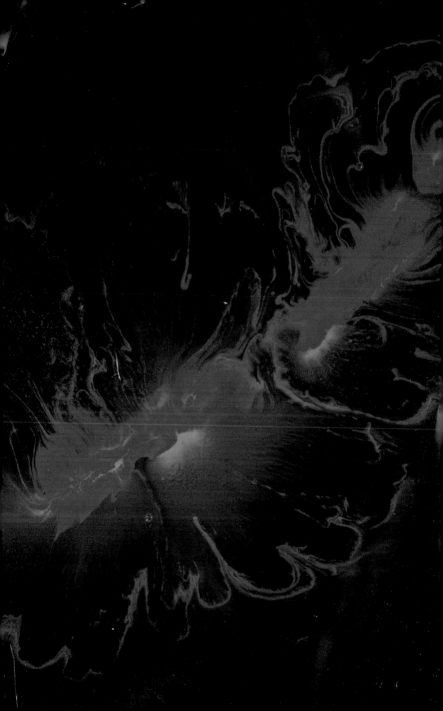

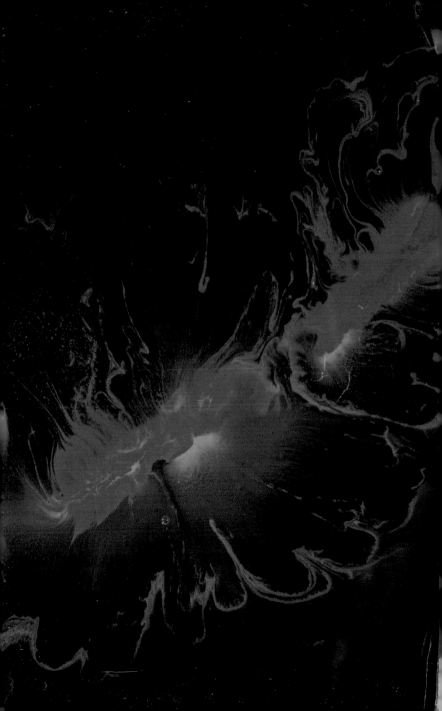